ANDREA
CANOBBIO

# DREI
# LICHTJAHRE

ROMAN

Aus dem Italienischen
von Annette Kopetzki

ROWOHLT

Die Originalausgabe erschien 2013
unter dem Titel «Tre anni luce» bei
Giangiacomo Feltrinelli Editore in Mailand.

1. Auflage Juli 2017

Satz aus der Garamond PostScript, InDesign,
bei Pinkuin Satz und Datentechnik, Berlin
Druck und Bindung CPI books GmbH, Leck, Germany
ISBN 978 3 498 00943 4

*Für Pier Vittorio Tondelli und*
*Daniele Del Giudice*

Ich weiß jedoch von einem Chronophobiker, den so etwas wie Panik ergriff, als er zum ersten Mal einige Amateurfilme sah, die ein paar Wochen vor seiner Geburt aufgenommen waren.

VLADIMIR NABOKOV,
*Erinnerung, sprich*

# EINS

# DAS SINKEN DER GEBURTENRATE

Die Erinnerung ist ein leeres Zimmer. Verschwunden sind die mit Zeitschriften vollgestopften Regale, die Stühle und der Tisch, verschwunden die Gemälde, der Kalender und der Computerbildschirm voller Worte. Verschwunden ist auch mein Vater, der dort sitzt und auf der Tastatur tippt, beseitigt durch Tausende identischer Momente, jeden Tag aufs Neue gelöscht durch die Wiederholung der immer gleichen Gesten.

Und so wäre er geblieben, leer in der Leere, wie eine Null, wer weiß, wie lange noch, wenn nicht Cecilia aufgetaucht wäre und ihn um Hilfe gebeten hätte. Es war um sechs Uhr an einem Abend Ende März. Das Ärztezimmer der Kinderheilkunde wurde zu einer Bühne, auf der eine junge Frau im weißen Kittel erregt hin und her lief und sich beklagte, dass sie niemanden fand, der ihr half. Ihr achtjähriger Sohn lag seit ein paar Tagen auf dieser Station, und sie suchte einen Arzt oder wenigstens einen wie ein Arzt gekleideten Mann, der den Jungen überredete, etwas zu essen. Mein Vater bemerkte den auf ihren Kittel gestickten Namen eines anderen Krankenhauses, ihre geröteten, rissigen Hände, die ungepflegten Fingernägel und das Fehlen von Ringen. Er betrachtete die Hände so genau, in allen Einzelheiten, dass er sich noch Jahre später an sie erinnerte, denn er konnte ihr nicht ins Gesicht sehen, ihre Augen machten ihn schon in diesen ersten Momenten verlegen.

Hatte die Frau den Kittel gestohlen, oder trug sie aus einer verrückten Modelaune einen Arztkittel, ohne Ärztin zu sein? Nein, die Begriffe, mit denen sie die Situation beschrieb, waren zu präzise, sie sprach als Ärztin. Das Kind wurde parenteral ernährt, die Elektrolytwerte und die Nierenfunktion kehrten allmählich zurück, aber der Junge musste wieder anfangen, selbständig zu essen, und er mochte die Oberschwester nicht, vielleicht könnte ein Mann ihn überreden, am Vortag war es dem diensthabenden Arzt gelungen. Der Junge hatte genug von den Frauen um ihn herum, Mutter, Großmutter, Schwester, er wollte nur in Ruhe gelassen werden. Wie die anderen auch, dachte mein Vater, die, die immer Hunger haben, und die, die nie hungrig sind, eigentlich scheinen alle nur zu wollen, dass man sie in Ruhe lässt.

Er sagte Cecilia, dass er ihr helfen wolle, und folgte ihr in das erste Zimmer der Station. Nicht, dass er große Hoffnung auf Erfolg gehabt hätte: Dies war nicht sein Gebiet, er war kein Kinderarzt und konnte mit Kindern nicht umgehen. Er vertraute darauf, dass sofort eine Krankenschwester kommen würde, um ihm die Aufgabe abzunehmen.

Der Junge saß mit dem Rücken zur Tür auf dem mittleren Bett und baumelte mit den Beinen. Über dem Pyjama trug er ein blaues Sweatshirt mit Kapuze, und auf seinem Schoß lag ein aufgeschlagenes Buch, während sein Abendessen, Grießbrei und ein geriebener Apfel, offensichtlich unangetastet auf dem Servierwagen geblieben war. Die gefüllten Teller erzählten, was passiert war: Die Oberschwester musste in ihrem üblichen autoritären Ton, der Eltern sehr beeindruckte, den Befehl zum Essen gegeben haben, der Junge hatte sich nicht beeindrucken lassen, und Cecilia war panisch geworden, sie wollte nicht, dass die Szene sich wiederholte, dass dem Kind auf diese Weise Gewalt angetan wurde.

Mein Vater hielt sie an der Tür zurück, machte ihr ein Zeichen, sie solle draußen bleiben, dann trat er mit zerstreuter Miene ein und studierte die Diagramme an den Fußenden der

Betten. Ein Junge mit mürrischem Gesicht hatte das Bett an der Tür, und ein Kind mit dichtem, rotem Wuschelkopf das am Fenster. Eine Frau, wahrscheinlich eine Mutter, saß strickend in der hinteren Ecke. Es gab noch Frauen, die strickten, man sah sie in den Wartezimmern, den Gängen, geheimnisvoll und tröstlich wie alte Narben aus der Kindheit, die man manchmal auf der Haut wiederentdeckt.

Cecilias Sohn starrte das Kind mit den roten Haaren an, das auf seinem Bett zwei Dinosaurier in einen lautstarken Kampf ohne Ende verwickelte. Der Junge ähnelte seiner Mutter sehr, das Gesicht war nur leicht eingefallen, er wirkte nicht unterernährt. Auf dem Nachttisch standen neben einer Flasche Mineralwasser und einem Glas vier Spielzeugautos, abgestellt auf einem karierten Blatt Papier mit der sehr präzisen Zeichnung eines Parkplatzes mit Fischgrätmuster, und mein Vater dachte, dass dieses Kind offenbar ordentlich gemachte Dinge und überhaupt Ordnung in all ihren Variationen liebte.

Das Buch auf seinem Schoß trug den Titel *Supercars.* Mein Vater fragte, ob er es sich anschauen dürfe. Beim Blättern fiel sein Blick auf einen alten Aston Martin. «Das Auto von James Bond», sagte er erfreut. Er erzählte von einem Modellauto, das ihm jemand aus London mitgebracht hatte, als er klein war. Drückte man auf einen Knopf, wurde der Beifahrer herauskatapultiert. Während er sprach, hatte er sich neben das Kind aufs Bett gesetzt. Er nahm den Löffel und begann, in dem Grießbrei zu rühren, er rührte und redete, rührte und redete. So ging es eine Weile, mein Vater erzählte, welche Tricks sich in dem Aston Martin von James Bond verbargen, der hintere Schutzschild, das Gas, die Waffen, die Klingen, die aus den Naben der Räder herauskamen, und der Junge hörte stumm zu, ließ sich kein Wort entgehen.

Schließlich sagte mein Vater, er müsse jetzt gehen. Vielleicht würde er morgen wiederkommen und noch mehr vom Kampf von 007 gegen Spectre erzählen.

«Wer ist Spectre?», fragte der Junge.

«Sehr böse Menschen.»

«Diebe?»

«Diebe und Mörder, aber James Bond besiegt sie immer.»

«Und warum heißen sie Spectre?»

«Damit man Angst vor ihnen hat.»

Hinter ihnen schlug der mürrische Junge eine andere Erklärung vor: «Weil sie unsichtbar sind.» Als wäre das selbstverständlich und sattsam bekannt.

Mein Vater sah die Szene von oben wie durch ein Lampenauge an der Decke. Das Zimmer von einem langsamen Wirbel erfasst, Gegenstände und Menschen in der Luft schwebend, doch alle nach unten gezogen, wo Cecilias Sohn seinem Abendbrot den kalten Krieg erklärt hatte.

Er wandte sich zu dem anderen Bett und fragte den Jungen mit den roten Haaren, wie die beiden Dinosaurier hießen, doch der wusste es nicht oder war zu eingeschüchtert, um zu antworten. Wieder schaltete sich der andere Junge ein, nun eher naseweis als mürrisch: Es waren ein Tyrannosaurus Rex und ein Diplodokus. Die Mutter in der Ecke lächelte, ohne den Blick von ihren Nadeln zu heben.

Er ging jetzt besser, was glaubte er noch zu erreichen, wenn er blieb. Er wandte sich zur Tür. Um noch etwas Zeit zu gewinnen, fragte er den mürrischen Jungen, welche Musik er auf seinen iPod geladen hatte. Er steckte sich die Kopfhörer in die Ohren und hörte in übertriebener Lautstärke eine Gruppe mit Namen Punkreas. Cecilias Sohn hatte angefangen zu essen. Er sah ihn nicht mit einem versteckten Auge, nahm ihn nicht durch einen sechsten Sinn wahr und konnte auch das Geräusch des Löffels auf dem Teller nicht hören. Er sah sein Spiegelbild in einer leeren Infusionsflasche, die zwischen den beiden Betten noch an ihrer Stange hing.

Tropfen für Tropfen verfolgte er die Szene und war so auf das kleine konvexe Bild konzentriert, dass er den Aufprall der Musik auf seine Trommelfelle erstaunlich gut ertrug. Schließlich nahm er die Stöpsel aus den Ohren und sagte dem Jungen, diese Punkreas seien interessant. «Aber mach die Musik nicht zu laut», fügte er hinzu, um in der Rolle des lästigen Erwachsenen glaubwürdig zu wirken.

Er drehte sich um und nahm den Servierwagen an sich, ohne dem Jungen in die Augen zu sehen, dabei widerstand er der Versuchung, ihn zu loben. Als er herauskam, die Trophäe der leeren Teller vor sich herschiebend, fand er Cecilia an die Wand neben der Tür gelehnt. Sie musterte ihn mit einem angedeuteten Lächeln und glänzenden Augen. Sie sagte nichts, aber sie öffnete ihre Hand, als wollte sie ihn am Sprechen hindern oder auf Abstand halten.

Also ging mein Vater mit dem Wagen zur Küche, und als er in den Flur zurückkam, war Cecilia schon wieder bei ihrem Kind. Der Flur und die Station wurden ins Vergessen gesaugt, von der Zeit verschlungen, und mein Vater ging durch die Glastür hinaus, ohne weitere Erinnerungen schaffen zu können, abgewehrt und in der resignierten Gewissheit, sie nie mehr wiederzusehen.

Ich denke an diese Begegnung zurück, an ihre Zufälligkeit, der Ursprung von allem. Sie erstaunt mich immer noch. Was macht mein Vater in der Kinderheilkunde? Er ist Internist, doch in der pädiatrischen Abteilung arbeitet sein bester Freund, und der Computer, an dem er ein Projekt mit neuen Leitlinien überarbeitet, ist ein altes, leicht zu bedienendes Modell, trotz oder wegen des schmutzigen Plastiks und des zerkratzten Bildschirms.

Mein Vater hält sich oft in dieser Station auf. Es ist kein Zufall, dass Cecilia ihn gerade dort antrifft. Es ist kein Zufall und auch kein Schicksal, das Schicksal gibt es nicht, man darf nicht ans Schicksal glauben, an Seelenverwandtschaft, die ewige Liebe und nicht einmal an die Ewigkeit. Nicht aufgrund metaphysischer Prinzipien, sondern schlicht aus Schamgefühl.

Jedenfalls passiert in seinem Leben seit zehn Jahren nichts, und wenn doch etwas passiert ist, erinnert er sich nicht mehr daran. Kein Initiationsweg, keine Offenbarung hat ihn zu diesem Nachmittag geführt. Doch als Cecilia eintritt, ihn sieht und ihn um Hilfe bittet, beginnt eine Geschichte und prägt sich im Gedächtnis ein. Alles taucht wieder auf, der Tisch aus hellem Holz mit der hellblauen Kunststoffplatte, die aus unerfindlichen Gründen in dieser Ecke des Krankenhauses gelandete Fünfziger-Jahre-Anrichte in Gelb, die Stühle aus Aluminium und die Glasschränkchen voll abgelaufener Arzneimittelmuster, der Kalender der Missionswerke mit einer Gruppe afrikanischer Kinder auf einem grünen Traktor, die naiven Malereien mit riesigen roten und gelben Paprika, die Metallbänke voller Aktenordner fürs Archiv – all das taucht unversehens wieder auf, weil Cecilia der Lichtstrahl ist, der auf die dunkle Szenerie fällt, Cecilia ist die Sonne, die die Himmelskörper erleuchtet, Cecilia erschafft die Dinge ringsum, verleiht ihnen Festigkeit und Farbe und erschafft auch meinen Vater, auch mein Vater erstrahlt in ihrem Widerschein.

Das Pathos der astronomischen Metapher ist ihm gewidmet, der es nicht geschätzt hätte, denn er ließ sich nie gehen, fast nie, selbst wenn er in die Zukunft hätte blicken können und gewusst hätte, wie diese Frau sein Leben verändern würde, hätte er sie nie mit einem Stern verglichen. Du bist ein Feuer, das in der Nacht leuchtet, du bist ein reines Quellwasser, du bist das Herz, das in den Dingen schlägt … Doch warum eigentlich nicht? Wegen der Banalität der Metaphern? Oder weil kein Bild je die Wirklichkeit ersetzen kann? Oder weil wirkliche Frauen unendlich viel kostbarer und begehrenswerter sind als ideale Frauen?

Vielleicht weil nur eins schlimmer ist als der Exzess, und das ist sein verbaler Ausdruck. Darum niemals maßlose Worte aussprechen, sich niemals maßlose Fragen stellen (gibt es die Ewigkeit? Gibt es das Glück?). Sich niemals offenbaren.

Doch am nächsten Tag ging er wieder zu dem Jungen und unterhielt sich mit ihm. Er hieß Mattia. Auf seinem Schoß lag ein großes kariertes Heft, und er zeichnete einen Parkplatz. Er hatte einen länglichen, gewundenen Umriss gezeichnet, in dessen Innerem er so viele Plätze wie möglich zu schaffen versuchte, rechteckige oder trapezförmige, je nachdem, ob es normale oder im Fischgrätmuster angelegte Plätze oder Sonderplätze für Motorräder und Fahrräder waren. Er fragte den Jungen, warum ihm Parkplätze so gefielen, musste er denn viele Spielzeugautos unterbringen?

«Nein, ich will Bauplaner werden», sagte er. Er zeigte ihm andere Seiten mit unregelmäßigen Umrissen und Parkplätzen darin. Mein Vater bemerkte sofort, dass die Formen sich glichen, es mochten verschiedene Versuche sein, einen wirklichen Ort aus dem Gedächtnis zu reproduzieren. Neben jeder Skizze hatte Mattia die Anzahl der geschaffenen Plätze notiert. Manchmal zeichnete er auch die Autos in das Muster hinein, aber von der Seite gesehen.

Und mit welchem Entwurf war er besonders zufrieden? Mattia zeigte ihm einen. Er sah aus wie der Umriss einer Ente oder eines runden Spiegels mit Griff.

«Was ist das? Ein Ort, den du kennst?»

«Das ist der Spielplatz bei unserem Haus.»

«Warum willst du einen Parkplatz daraus machen?»

«Für wenn ich groß bin.»

«Aber dann wird es andere Kinder geben, die dort spielen wollen.»

Mattia sagte nein, es werde keine Kinder mehr geben, das habe ihm seine Schwester gesagt.

«Kein einziges?»

Mattia schüttelte den Kopf. «Das liegt an etwas, was Natalität heißt, glaube ich, aber es ist eigentlich keine Krankheit.»

Mein Vater fuhr sich mit der Hand durch die Haare und murmelte: «Die sinkende Geburtenrate, natürlich, es wird keine Kinder mehr geben … davon habe ich auch schon gehört.» Er hatte davon gehört, und er dachte andauernd darüber nach, als wäre er der Hauptverantwortliche für den Rückgang der Geburten. Wenn er jetzt einen Sohn bekäme, wäre er sechsundfünfzig, wenn der Junge aufs Gymnasium kam, sechzig bei seiner Volljährigkeit und fünfundsechzig bei seinem Hochschulabschluss (ein Medizinstudium oder das Überschreiten der Regelstudienzeit wurden ausgeschlossen). Tatsächlich bestand die Gefahr, dass er die Promotion seines Sohnes nie erleben würde. Mit Sicherheit würde er ihn nie als verheirateten Mann sehen und seine Enkel nie erleben. Denn sein Sohn würde eine gewisse Schwierigkeit erben, sich fortzupflanzen.

Er fürchtete, dass es zu spät war.

Durch die Anwesenheit des Kindes hatte mein Vater einen Grund mehr, sich in der Station aufzuhalten. Mindestens einmal am Tag kam er, um ein paar Worte mit ihm zu wechseln. In der Schule hatte man ihm *Pinocchio* zu lesen gegeben, eines der wenigen Bücher, an das mein Vater sich Szene für Szene erinnerte. Ein Gedanke darin hatte ihn immer beeindruckt: Geld säen, damit es wächst. Aber das war doch eine Erfindung von Kater und Fuchs, protestierte Mattia, das Geld wuchs gar nicht wirklich! Stimmt … aber es wäre schön gewesen. Und eines Morgens mit Eselsohren aufwachen? Sie lachten. Versuchten, das Fell an ihren Ohren zu fühlen. Es war wirklich da! Und wie traurig das vorgetäuschte Begräbnis mit den vier schwarzen Kaninchen, die den Sarg tragen; und die Erscheinung des Mädchens mit den dunkelblauen Haaren am Fenster, wie geheimnisvoll sie ist … Warum sagt sie, dass sie tot ist?

«Das hat mich immer beeindruckt», sagte mein Vater, ohne zu ahnen, wie sehr er mit diesem Ausdruck bei dem Jungen ins Schwarze getroffen hatte.

«Hat es dich *beeindruckt*, als er auf das Wunderfeld geht?», fragte Mattia.

«Ja, das hat mich beeindruckt.»

«Und haben die Eselsohren dich *beeindruckt*?»

«O ja, sehr, die haben mir immer ein bisschen Angst gemacht.»

«Und was hat dich am meisten *beeindruckt*?»

Jedes Mal musste er sich an eine andere Stelle im Buch erinnern, die ihn sehr beeindruckt hatte. Bis der Tag kam, an dem mein Vater, dem die Themen ausgegangen waren, ohne zu überlegen, von den Schalen und Kerngehäusen der Birnen erzählte, die Pinocchio schließlich doch essen musste, weil sein Hunger ihn dazu zwang. «Das hat mich wirklich tief beeindruckt», sagte er, und im selben Moment fühlte er sich schon vor Scham im Erdboden versinken. Mattia betrachtete ihn hingerissen und rührte sich nicht, doch mein Vater stellte sich bereits vor, wie die Mutter wütend ins Zimmer kam, ihn beschimpfte und wegjagte. Warum musste er von einer unartigen Holzpuppe reden? Als hätte das Kind nicht schon genug eigene Schuldgefühle. Doch jetzt konnte er nicht mehr aufhören, also beschrieb er all die außergewöhnlichen Nährstoffe, die in den Schalen und Kernen von Birnen stecken, dann sprach er von sonderbaren Dingen, die man nie isst, obwohl sie gesund sind: Schalen, Krusten, Kerne, Strünke, Blüten ... Mattia nickte und sagte zum ersten Mal: «Ja, das hat auch mich sehr *beeindruckt*», und mein Vater konnte sich nicht zurückhalten und umarmte ihn. Die anderen Kinder im Zimmer beobachteten sie, aber Mattia schien es nicht peinlich zu sein.

«Eingelegte Birnen mag ich sehr», sagte er, «ich mag diesen leckeren Saft, der da am Boden zurückbleibt. Solche Birnen oder Pfirsiche habe ich immer mit meinem Opa gegessen. Mama sagt, die frischen sind besser.»

«Mama hat recht», bestätigte mein Vater.

Er sah Cecilia wieder. Doch es bot sich keine Gelegenheit, erneut ein Gespräch anzuknüpfen. Sie sprach mit den Kinderärzten oder spielte mit ihrem Sohn, auf dem Bett sitzend, und mein Vater wagte nicht, sich ihnen zu nähern. Anderen die eigenen Schwierigkeiten zu unterstellen, war eine alte Angewohnheit, vielleicht wusste er insgeheim, wie es sich wirklich verhielt, stellte sich aber lieber vor, dass Cecilia verlegen war, weil sie sich nicht einmal bei ihm bedankt hatte.

Eines Abends stand sie plötzlich vor ihm, und die Anziehung, die sie auf ihn ausübte, verwirrte ihn. Als er ihr in den Ausschnitt schaute, ein mit Sommersprossen übersätes Hautdreieck, begriff er, dass er sie berühren wollte, auf der Stelle, mitten im Flur. Doch die Vorstellung von sich selbst als unanständiger Mann, der eine nahezu Unbekannte anfasste, ließ ihn beiseitetreten, ohne die Augen vom Boden zu heben (so endete er immer, Fußböden musternd). Nachdem er schon den Sohn umarmt hatte, nun auch noch die Mutter umarmen und alle in Verlegenheit bringen?

Ein paar Wochen später begegneten sie sich in einer Bar. Mein Vater aß einen Teller geschmortes Gemüse an einem Tisch hinter einer Säule, dem Platz, wo er jeden Tag zu Mittag aß, von dem aus er den Eingang kontrollieren konnte, ohne gesehen zu werden. Da war sie plötzlich erschienen, war fast auf ihn gefallen, als hätte sie fest damit gerechnet, dass der Stuhl frei war, und sie hatte herzlich gelacht. Später sollte sie ihm anvertrauen, dass auch sie sich immer an abseits stehende Tische setzte, auch sie versteckte sich, doch an dem Tag dachte mein Vater, sie lachte über ihn, sie war die junge Frau, die sich über den hinter einer Säule versteckten, verdrossenen, ein bisschen linkischen Mann lustig machte. Die junge Frau, schön und voller Energie. Überrascht, sie so urplötzlich vor sich auftauchen zu sehen, überrascht, sie zum ersten Mal lachen zu sehen, nicht aus Nervosität oder Höflichkeit, sondern spontan und herzhaft, war mein Vater endlich genötigt und ermächtigt, ihr ins Gesicht zu blicken. Genötigt und ermächtigt senkte er ganze zwei Minuten lang nicht die Augen. Als er der Welt ins Gesicht und in die Augen sehen konnte, geschah einen Moment lang das Wunder: Sein Blick drang durch Menschen und Dinge, der Teil von ihm, der am schwersten zu ertragen war, verteilte sich ringsum, und er fühlte sich leichter.

Cecilia Re ist vierunddreißig, und das Erste, was an ihr auffällt, sind die lockigen braunen Haare, die sie zu kurz geschnitten trägt und mit einem im Nacken zusammengeschnürten Pferdeschwanz zu bändigen versucht, bis die Strähnen sich nach einer Weile befreien, erst die über den Augen, dann die hinter die Ohren gesteckten. Die Augen sind hellbraun und groß und haben fast immer einen beunruhigten oder verärgerten Ausdruck, weshalb Cecilia, wenn sie sich entspannt und sich gehenlässt, vor Glück zu strahlen scheint. Manchmal wirkt das Gesicht kindlich, unter den Zügen der Erwachsenen sieht man noch das Mädchen, das sie war. Als Kind wollte sie Wettschwimmerin werden, verbrachte Stunden im Schwimmbad (daher die Gewohnheit, das Haar kurz zu tragen), doch vor fünfzehn Jahren hat sie alles aufgegeben.

Sie entschuldigte sich lachend, sagte, er habe sie erschreckt, sie habe nicht erwartet, dass … Was, was hat sie nicht erwartet? Als wäre mein Vater nicht in allem, was er tat, der vorhersehbarste Mensch der Welt gewesen. War es das, was sie sagen wollte, dass er sie überraschte?

Sie hatte nicht erwartet, dass der Tisch besetzt war. Die Handtasche war ihr von der Schulter gerutscht, sie hielt ein Sandwich mit Paprika und Sardellen in der einen und ein Glas ACE-Saft in der anderen Hand. Sie stellte das Glas auf den Tisch und hängte sich die Tasche wieder über die Schulter. Dieses Gelächter, dieses Lächeln verflog, wie ließ es sich aufhalten? Wie sie wieder zum Lachen bringen? Mein Vater fand den geeigneten Moment, um zwischen ihren Satzfetzen das Wort zu ergreifen, und bat sie, sich zu setzen.

Sie begannen über den Jungen zu sprechen, dem es besserging, seine Kräfte kehrten zurück. Cecilia war glücklich, denn am Vormittag hatte sie ihn überrascht, als er heimlich Kekse aß. Er hatte ein kleines Loch in die Tüte gebohrt, damit man nicht sah, dass er sie geöffnet hatte. Ein findiges Kind. Mein Vater sagte, es sei schön, ihn lächeln zu sehen. «Ja», sagte sie, «ich glaube, von jetzt an kann es nur besser werden … Und ich habe mich noch nicht bei dir bedankt für den Abend damals, das hast du wirklich gut gemacht ...» Die Stimme erstarb ihr in der Kehle.

Um das Thema zu wechseln, gestand mein Vater, dass er anfangs gedacht hatte, sie arbeite in einem anderen Krankenhaus, dann hatte er herausgefunden, dass sie vor kurzem in der Notaufnahme angefangen hatte. Cecilia sagte, sie habe keinen Kittel zum Wechseln und benutze manchmal noch die alten. Mein Vater kannte einen der Chefärzte in dem Krankenhaus, wo sie ihren Facharzt gemacht hatte, der Mann war vor zwanzig Jahren sein Professor gewesen. Lächelnd ahmten sie einige eitle Ausdrücke dieses Chefarztes nach, der so zum ersten Statisten im Film ihrer Gespräche wurde, der erste Vorwand, um zu reden, zusammenzusitzen und Witze zu machen.

Sie sprachen über die verschiedenen Möglichkeiten, wo man in der Mittagspause essen konnte, die für sie keine richtige Pause war, denn ihre Schichten dauerten sechs Stunden, und meistens aß sie gegen zwei Uhr. Mit überraschender Geistesgegenwart gab mein Vater vor, das wäre auch seine gewohnte Zeit, und in gewisser Weise stimmte das sogar, denn er behielt sie für die nächsten zwei Jahre bei, ohne je davon abzuweichen. Sie besprachen auch die ärgerliche Parkplatznot rund um das Krankenhaus, gingen die bequemsten Verkehrsmittel für den Weg zur Arbeit durch und erzählten von den Vierteln, in denen sie wohnten.

Cecilia wohnte neben einer großen Kirche, die der Jungfrau Maria geweiht war und gegen Ende des 19. Jahrhunderts als absurde Nachbildung eines berühmten Bauwerks im alten Rom erbaut worden war. Die Fenster ihrer Wohnung gingen auf den runden Platz, in dessen Mitte dieses Monstrum stand. Man gewöhnt sich an alles. «Stimmt, man gewöhnt sich an alles», pflichtete mein Vater ihr bei.

Und noch bevor ihm bewusst wurde, was er tat, sah er sich

mit einer für ihn undenkbaren Selbstverständlichkeit von der eigenartigen Situation berichten, die vor zehn Jahren entstanden war und sein Leben seither prägte. Mein Vater war damals noch nicht mein Vater, er war ein geschiedener Mann und kinderlos (ein Mann, der an sich selbst als an einen kinderlosen Mann dachte, dem es bestimmt war, bis zu seinem Tod kinderlos zu bleiben, heimlich bekümmert über dieses anscheinend ausweglose Schicksal, auch wenn es das Schicksal gar nicht gab): Er wohnte im fünften Stock eines Hauses, wo im zweiten seine alte Mutter und im dritten seine Exfrau Giulia mit ihrem neuen Mann und ihrem sechsjährigen Sohn wohnte. Giulia hing an ihrer ehemaligen Schwiegermutter wie eine Tochter, vielleicht mehr als eine Tochter, und als sie sich nach knapp drei Jahren ohne Streitereien, ohne Bedauern, in aller Freundschaft von meinem Vater getrennt hatte, hatte sie eine Wohnung im selben Haus gemietet. Sie war auch dort wohnen geblieben, als sie wieder geheiratet hatte. In einer Art kurzgeschlossener imaginärer Verwandtschaft nannte Giulias Sohn meinen Vater «Onkel» und *meine* Großmutter Marta «Oma» (mich gab es noch nicht, ich konnte dieses Possessivpronomen noch nicht anfechten und für mich reklamieren).

Mein Vater hatte an dieser Situation nichts auszusetzen, vierzig Jahre hatte er als Sohn, Junggeselle, Ehemann und Geschiedener in diesem Haus gelebt, es war sein Haus. *Es ist deine Entscheidung, du musst entscheiden, ob du alles zusammenhalten oder die Dinge getrennt aufbewahren willst, das Geld, den Ausweis, den Führerschein, die Kreditkarte und die EC-Karte, du kannst eine Brieftasche, einen Terminplaner, eine Ausweistasche besitzen und das Risiko verteilen, alles zusammen bei sich zu tragen, ist gefährlicher, wenn du die Brieftasche verlierst, verlierst du alles, aber das ist ein Scheinrisiko, denn in Wirklichkeit passt du sehr viel besser auf und konzentrierst deine*

*Wachsamkeit auf einen einzigen Gegenstand.* Doch im Lauf der Zeit hatte er begonnen, sich dort zwischen den anderen unwohl zu fühlen, als wäre er der Eindringling. «Für mich ist es schwierig geworden, ein Privatleben zu haben», sagte er lächelnd, und in dem Moment, als er das einer fast Fremden erzählte, wurde ihm bewusst, dass es bei der Geschichte recht wenig zu lachen gab.

Tatsächlich hörte Cecilia ihm ernst und aufmerksam zu. Die Augen waren ihr Geheimnis, mit diesen Augen konnte sie jeden erobern, der bereit war, sich erobern zu lassen. Augen in wachsamer, besorgter Bereitschaft, die nie auswichen, die dir bis zur Diagnose folgten. Dann sprachen sie wieder über sich, das Viertel am Fluss, wo sie wohnte, abgesehen von der Kirche war es eine schöne Gegend. Vielleicht erwartete mein Vater, dass Cecilia ihm sofort alles über ihr Leben erzählen würde, wie er es getan hatte. Doch die Zeit war um, und sie sagte, dass sie gehen müsse, sie sei schon zu spät dran. Von Cecilias Augen alleingelassen, folgten ihr die Augen meines Vaters bis zur Tür des Lokals, dann wanderte sein Blick zu dem leeren Glas ACE-Saft, dem halbvollen Teller Schmorgemüse und blieb an dem verlassenen Stuhl ihm gegenüber hängen. Seit langem hatte er sich nicht mehr so allein gefühlt.

Bewegt, *beeindruckt*, fasziniert nicht nur von der Mutter, auch von dem Kind. Beide waren auf unterschiedliche Weise und aus anderen Gründen faszinierend, Gründe, die aber eindeutig zusammenhingen, auch wenn es sich um eine Sache handelte, die ihm völlig fremd war: familiäre Beziehungen. Nicht dass er noch nie von Essstörungen bei Kindern gehört hatte, doch dieser besondere Fall war ihm unbekannt. Er war nicht einmal sicher, ob es ein besonderer Fall war. Warum hätte er auch mehr darüber wissen sollen? Er hatte fast nur mit alten Menschen zu tun.

Sein Freund Antonio, der Kinderarzt, hätte ihm ähnliche Fälle nennen können, aber das war nie geschehen. Antonio hatte zwei Söhne, die wie Scheunendrescher aßen. Blättermagen und Labmagen nannte er sie: «Ihr fresst mir die Haare vom Kopf», sagte er amüsiert und stolz. Der Stolz auf ein Kind, das gerne isst. Als würde das Kind den Eltern eine Note geben. Mein Vater wusste nichts davon. Er erinnerte sich auch nicht mehr, wie er mit acht Jahren gegessen hatte. Aber er erinnerte sich an einen Ausdruck seiner Mutter: «Einen gesunden Appetit haben.»

In einer Erinnerung, die er irrtümlich seiner Pubertät zuordnete, hatte seine Mutter Marta, weil sie von etwas abgelenkt wurde, weil sie aus irgendeinem Grund besorgt oder deprimiert war, aufgehört zu kochen und einzukaufen. Das hatte er irrtümlich in die Zeit nach dem Tod des Vaters gelegt, um diesem Verhalten einen Grund zu geben, und weil etwas Ähnliches auch nach dem Tod des Vaters geschehen war. Er erinnerte sich an eine Zeit des Heißhungers oder glaubte sich daran zu erinnern, damals kaufte er riesige Stücke Pizza beim Bäcker, bevor er von der Schule nach Hause ging, und aß sie mit einem Freund auf einer Bank sitzend. Doch das hatte nicht lange angehalten, und vielleicht war es auch kein längerer Zeitraum gewesen, sondern nur ein oder zwei Mal vorgekommen, was der Groll zu etwas Wiederkehrendem gemacht hatte. Er kannte diese Erinnerungen gut und verwies sie jedes Mal in ihre Schranken, denn es mangelte ihnen an Wahrscheinlichkeit. Wie hätte seine Mutter ihm denn so etwas Schreckliches antun können?

Er dachte an den Jungen. Helle, geschmacksneutrale Speisen begannen ihn immer mehr zu interessieren. Quark, Kochfisch, Gemüsebrühen. Er wollte verstehen, was der Junge auf dem Teller sah. Setzte sich an den Küchentisch vor eine Packung gekochtem Schinken und versuchte, Widerwillen oder

Gleichgültigkeit zu empfinden. Er machte kleine Zylinder aus dem Schinken und aß drei, vier Scheiben ohne Brot. Er kochte sich die faden Gerichte, die der Junge in den ersten Tagen im Krankenhaus hatte essen müssen. Grießbrei, Brühe mit Sternchennudeln, geriebener Apfel. Wenn man in Kreisen auf dem Teller rührte, zeichnete der Löffel ein Knäuel aus Linien in den Grießbrei, die sofort verschwanden, wie eine Sonde in einem Abgrund versanken. Das gleiche Knäuel erschien, allerdings mit klareren Linien, wenn man ein Stück Brot in einem kleinen See aus Olivenöl mitten in einem blauen Teller ertränkte.

Es reizte ihn, ein Geschenk für den Jungen zu kaufen, und eines Tages ging er in einen Spielzeugladen in seiner Nähe. Die Spielsachen seiner Kindheit gab es nicht mehr, dieser Laden war eine Art großes Lagerhaus, wo die Waren ausgestellt waren wie in einem Supermarkt, lange Regalreihen und lange Gänge, ein Ort, wo jemand wie mein Vater sich unweigerlich verlaufen musste, zumal er fürchtete, jemand könnte ihn enttarnen. Er hatte keine Kinder, keine Neffen, er war ein Betrüger. Nachdem er zwanzig Minuten orientierungslos herumgelaufen war, gab er auf und fragte eine Verkäuferin, ob sie Parkgaragen hätten. Die Verkäuferin brachte ihn zu einer Parkgarage, mein Vater untersuchte sie eine halbe Stunde lang in allen Einzelheiten, las alles, was auf der Schachtel geschrieben stand, und kaufte sie schließlich aus Verzweiflung. Er wusste, dass dies nicht die Parkgarage war, die er suchte, die Spielzeuggarage, die er mit acht Jahren gehabt hatte, war viel realistischer gewesen, in den Details viel ausgearbeiteter. Zu Hause angekommen, entdeckte er, dass die Aufschrift 3+ bedeutete, dass das Spiel für Kinder über drei Jahren geeignet war, also wahrscheinlich für Kinder, die nicht älter waren als vier oder fünf. Die abgerundeten Formen und reinen

Primärfarben hätten ihn misstrauisch machen sollen, und jetzt erschien es ihm so klar und einleuchtend, dass es sich um ein Spiel für viel kleinere Kinder als Mattia handelte, dass er sich fragte, wie er nur einen solchen Fehler begehen konnte. Ein alter Mensch wie seine Mutter hätte so eine Parkgarage kaufen können. Er zog nicht einmal in Betracht, sie zurückzubringen und gegen ein anderes Spielzeug zu tauschen. Er warf die Schachtel in eine Ecke und versuchte, sie zu vergessen.

Es wurde ihnen zur Gewohnheit, drei oder vier Mal in der Woche zusammen zu essen. Anfangs erschien mein Vater gegen viertel vor zwei in der Bar, weil er Cecilia nicht nach den genauen Zeiten ihrer Schichten fragen konnte oder wollte. Wenn sie nachmittags Dienst hatte, war sie schon da und knabberte an einem belegten Brötchen; wenn sie morgens anfangen musste, würde sie in der nächsten halben Stunde eintreffen. Sie blieben nie länger als zwanzig Minuten am Tisch hinter der Säule sitzen. Die Regelmäßigkeit war wichtig, zu festen Zeiten essen, wenig, aber ohne Eile, und über Themen reden, bei denen man sich entspannen konnte. Vielleicht musste Cecilia sich nur wieder daran gewöhnen, eine Bindung zu wollen, eine Freundschaft oder etwas mehr, indem sie jeden Tag ein bisschen davon zu sich nahm, so wie ihr Sohn sich wieder ans Essen gewöhnte. Und obwohl seine Scheidung über zehn Jahre zurücklag, fühlte mein Vater sich in einer ähnlichen Lage.

Unglaublich, dass diese Frau Tag für Tag in dieselbe Bar zurückkehrte und wusste, dass er auch da sein würde. Er hatte von Antonio erfahren, dass Cecilia in Trennung lebte oder fast geschieden oder vielleicht schon ganz geschieden war. Die Nachricht hatte ihn nicht überrascht, er hatte sogar gemurmelt: «Ja, ich weiß», obwohl ihm klar war, dass er es keineswegs wusste, niemand konnte es ihm gesagt haben. Diese Lüge brachte ihn einen ganzen Abend lang zum Nachdenken, und als er Cecilia am nächsten Tag wiedersah, fragte er sich immer noch, was seine schwache Intuitionsgabe so beflügelt haben mochte. Er konnte nicht in Menschen lesen, vor allem nicht ihre Gefühle, und schon gar nicht erkennen, ob sie verheiratet oder verlobt oder in anderer Weise gebunden waren. Vielleicht hatte es nichts mit Intuition zu tun, es war nur die Hoffnung gewesen. Sie musste unbedingt frei sein. Sie *war* frei. Und tatsächlich, jetzt, wo er die Gewissheit hatte, fühlte er sich nicht besser. Denn jetzt wurde es schwierig, jetzt begann sein Projekt des homöopathischen Sich-Verliebens.

Sie gefiel ihm immer besser. Ihm gefiel, wie sie sich eine Haarsträhne hinters Ohr steckte, hinter diese kleine, wohlgeformte rosa Muschel. Ihm gefiel, wie sie beim Essen mit zwei Fingern ihre Lippen berührte, auf der Suche nach einem nicht vorhandenen Krümel, oder um ihm zu bedeuten, dass sie gerade nicht sprechen konnte, mit vollem Mund. Ihm gefiel, wie sie einen Augenblick, bevor sie zu lachen begann, die Augen aufriss. Sie hatte ein Muttermal in der Kuhle, wo der Hals endet. Sie hatte einen sehr schönen Hals. Sie hatte einen grünen Fleck in der Iris des rechten Auges (wusste sie, dass sie den hatte?)

Sie sprachen viel über die Arbeit. Mein Vater beklagte sich darüber, dass er einen beträchtlichen Teil seiner Zeit damit zubringen musste, den Kindern seiner Patienten hinterherzulaufen, die immer versuchten, den Tag der Entlassung hinauszuschieben. Töchter, die seit Wochen nicht schliefen, weil ihre neunzigjährigen Mütter die ganze Nacht um Hilfe schrien, ließen sie wegen Verdacht auf Bronchialasthma einliefern und behaupteten dann, sie nicht wieder bei sich zu Hause aufnehmen und sich keine Pflegekraft leisten zu können (Schwestern oder Brüder weigerten sich, zu den Kosten für die Pflege beizutragen, weil die Schwester oder der Bruder in der Eigentumswohnung der Eltern lebte, ohne Miete zu zahlen). Je größer die Anzahl an Kindern und Enkeln, desto größer meist auch die Wahrscheinlichkeit, dass niemand sich um den alten Menschen kümmern wollte. Das andere Extrem war der einzige, unverheiratete, noch bei den Eltern lebende Sohn, der erst Sicherheit bot und dann zur Bedrohung wurde: In jenen Monaten war mein Vater nach dem Tod einer siebenundneunzigjährigen Frau von deren zweiundsiebzigjährigem Sohn wegen Vernachlässigung angezeigt worden. *Lieber Herr Doktor*, hatte der Mann geschrieben, mit einer riesigen Handschrift, die gefährlich zur Seite kippte, als müssten die Worte im nächsten Moment über den rechten Rand des Blattes stürzen, *Sie haben meine Mama umgebracht. Das Leid, das Sie mir zugefügt haben, werde ich nie vergessen. Als ich meine Mama eingeliefert habe, habe ich Sie in Ihre Hände gegeben, und Sie konnten sie nicht kurieren. Meine Mama ist ins Krankenhaus gekommen, um zu sterben, und das werde ich Ihnen nie verzeihen.* So ging es über vier Seiten weiter. Dagegen waren die sechs Wochenstunden in der Ambulanz für Endokrinologie eine Oase des Friedens.

Cecilia erzählte von seltsameren, komplizierteren, dramatischen und komischen Fällen, in der Notaufnahme kam alles vor. Viel Lästiges, viele Junkies oder Betrunkene, auf der einen Seite all die verrückten, irreführenden Geschichten, die die Patienten und ihre Angehörigen erfanden, und auf der anderen der Kampf gegen den Tod, ebenfalls endlos. Mein Vater fragte nach, er hörte sie gerne lachen und sprechen, nicht nur wegen der Leidenschaft für diesen Beruf, die man ihren Erzählungen anmerkte, sondern auch wegen ihrer fachlichen Kompetenz. Immer wieder wunderte er sich, wie exakt ihre Diagnosen, wie sinnvoll und ausgewogen ihre Therapien waren. Früher oder später, dachte er, muss ein Arzt wie ich (fleißig, sorgfältig, mittelmäßig) wenigstens einmal im Leben einem echten Naturtalent begegnen. Das war kein Neid, es war reinste Bewunderung. Vielleicht bildete er sich ein, Anteil an Cecilias Fähigkeiten zu haben, er bildete sich ein, sie als Erster entdeckt zu haben. Seine einzige Ressource, die Erfahrung, konnte man am Alter abmessen, sie war weniger geheimnisvoll als das Talent, und sie war bitterer, denn sie verdankte sich zum Gutteil Irrtümern.

Eines Tages kam Cecilia in die Bar und sagte, sie habe keinen Hunger, sie müsse ein paar Schritte gehen und reden, ob mein Vater Lust habe, sie zu begleiten? Sie gingen hinaus, und er fragte, was passiert war, denn man sah, dass etwas passiert war, etwas hatte sie erschüttert. Cecilia erzählte, heute sei ihr ein Patient auf dem Tisch geblieben, was bedeuten sollte: «Er ist mir unter den Händen gestorben», ein gängiger Ausdruck unter Ärzten, auch wenn er brutal klang und vielleicht ein Schuldgeständnis beinhaltete, obwohl es keine Schuld gab. Wenn sie es anders ausgedrückt hätte, wäre meinem Vater nichts aufgefallen, aber «Er ist mir auf dem Tisch geblieben» klang seltsam und anrührend aus ihrem Mund. Nicht dass ihm keine Patienten auf dem Tisch blieben, er schien sogar spezialisiert darin, sie vielfach, ständig auf dem Tisch bleiben zu lassen.

In die Notaufnahme war ein Mann mit Verdacht auf ein rezidives Magengeschwür eingeliefert worden. Doch der Patient hatte starke Schmerzen in der Brust, war blass und verschwitzt und hatte 180 auf einem Arm und 80 auf dem anderen. Also hatte Cecilia an die Aorta gedacht und ihn in die Radiologie zur Computertomographie geschickt. Während der alte Mann, großgewachsen, schlank, der einen verwirrten Eindruck machte, auf der Trage lag und wartete, dass man ihn holte, hatte sie ein paar Worte mit ihm gewechselt. Er hatte Schmerzen und Durst, «Ich sterbe vor Durst», sagte er. Er erinnerte sich an eine Quelle auf dem Land, wo er als kleiner Junge Wasser holen ging, dieses Wasser war so kühl, sagte er, dass das Glas der Flasche beschlug, wenn man sie füllte. Zehn Minuten später hatte man sie aus der Radiologie angerufen, er war bei der Untersuchung gestorben. «Aber ich habe ihn dir doch gerade eben geschickt», hatte sie zum Radiologen gesagt. Dass es so schnell gehen würde, hätte sie nicht gedacht.

Sie hatte Angst, diese Erinnerung nicht mehr vergessen zu können, seine letzte, die vom eiskalten Wasser beschlagene Flasche. Mein Vater hörte schweigend zu. Er schämte sich, dass er ihr einmal gesagt hatte, er könne die Angehörigen der Kranken nicht ertragen, denn solange sie nicht selbst krank werden, lernen die Menschen nichts vom Leben. Er hatte ihr erzählt, seine Station sei voll psychisch gestörter oder zerstreuter Verwandter, die von den Ärzten entweder Wunder oder verdeckte Formen von Euthanasie vor Ferienbeginn erwarteten. Er hatte ihr erzählt, dass die Lebenden die Toten nicht mehr sehen wollen, dass Krankenhäuser eher dazu da sind, den Tod zu verbergen, als zu heilen. Er schämte sich, dass er ihr gesagt hatte, die Leute behandelten die Alten auf seiner Station wie Elektrogeräte, die nicht mehr funktionieren. Er schämte sich, dass er ihr nur von den grotesken Seiten seiner Arbeit erzählt hatte, als gäbe es alles andere gar nicht. Er hatte die edelsten Gründe verdrängt, er hatte sich selbst als Arzt verdrängt, und indem er sich selbst aus dem Bild verbannte, außer als Opfer der Dummheit der Angehörigen, hatte er die Krankheit und den Tod verdrängen wollen. Hatte er das auch aus Scham getan? Er spürte, dass er mit ihr lernen würde, schamlos zu sein.

Eines Abends, Anfang Mai, kam mein Vater aus dem Umkleideraum im Erdgeschoss und sah eine alte Frau durch den Flur gehen, keuchend, barfuß, in jeder Hand einen Schuh. Zwei Krankenpfleger waren stehen geblieben, um sie zu beobachten, doch sie blickte starr vor sich hin und achtete nicht auf das, was um sie herum geschah. Die großen Fenster auf den Innenhof standen offen, es hatte gerade aufgehört zu regnen, und in der Luft lag der Krankenhausgeruch, der gewöhnlich kaum bemerkbar ist, jetzt aber durch die Feuchtigkeit verstärkt wurde: eine Mischung aus Karbolsäure, Ammoniak mit Duftstoffen und Küchendünsten. Im Hof gab es einen Parkplatz, wo ein paar Bäumchen mit rötlichen Blättern standen, und die Autos wurden zwischen den Baumstämmen geparkt, als wäre von Anfang an statt der weißen Streifen am Boden diese natürliche Methode des Einsperrens vorgesehen gewesen.

Es sah aus wie eine der Zeichnungen von Mattia, aber unscharf, schlecht gezeichnet. Und auf dem plötzlich zum Leben erweckten Blatt tauchte Cecilia auf. Neben einem Renault Scénic kramte sie in ihrer Handtasche nach dem Schlüssel. Wie war das möglich, dass sie dort reinfahren, im Innenhof parken durfte? Ein Privileg, das nur wenigen und keinem einzigen der jungen Ärzte gewährt wurde, diese Frau hatte eindeutig verborgene Kräfte. Um sie besser zu sehen, um zu verstehen, was sie dort machte, musste mein Vater sich aus dem Fenster beugen und durch die junge Krone eines Baumes spähen. Zu weit wollte er sich nicht hinauslehnen, denn an der anderen Ecke des Hofs hatte er ein paar Leute entdeckt, die dort standen und sich unterhielten. Er wollte nicht, dass sie ihn dabei ertappten, wie er eine Kollegin heimlich beobachtete, konnte sich aber nicht vom Fenster lösen. Die Leute dort hinten waren nur Schatten an den Rändern seines Blickfelds, doch Vorsicht und Furcht machten sie größer. Cecilia drückte unterdessen die automatische Türöffnung, doch der Schlüssel fiel ihr aus der Hand in eine Pfütze. Als mein Vater sich seitlich noch weiter vorbeugte, bemerkte er, dass der Grund für Cecilias Unbeholfenheit zwei Päckchen waren, die sie zusätzlich zu ihrer Tasche in der Hand hielt. Sie befreite sich von den Päckchen, indem sie sie auf dem Autodach ablegte, dann hob sie den Schlüssel auf und trocknete ihn mit einem Papiertaschentuch ab, worauf der Schlüssel, wie von eigener Kraft und Willensstärke beseelt, zum zweiten Mal in dieselbe Pfütze fiel.

Sie hob ihn nicht sofort wieder auf. Sie lehnte sich an den Scénic und betrachtete ihn. Und mein Vater beobachtete sie, während sie den Schlüssel betrachtete. Das Erdgeschoss lag etwa anderthalb Meter höher als der Hof, von seiner Position aus konnte mein Vater sie recht gut sehen. Er versuchte, ihren Gesichtsausdruck zu entschlüsseln. Es gelang ihm nicht. In ihren Augen lag ein Hauch Melancholie, doch auch etwas anderes, was einfach keinen Sinn ergab: Zärtlichkeit, Rührung. Für den am Boden liegenden Schlüssel? Für sich selbst? Sie wirkte nicht wie jemand, der sich selbst bemitleidet oder solche kleinen Pannen als Zeichen eines ungünstigen Schicksals nimmt. Ein Gesicht wie dieses (dachte mein Vater zum ersten Mal) würde er gerne jeden Morgen beim Aufwachen sehen. Nein, das stimmte nicht. Nicht ein Gesicht *wie* dieses – sondern *dieses* Gesicht. Der jähe, starke Wunsch: Er stellte sich vor, wie er vom Fenstersims sprang – ein Sprung mit ausgebreiteten Armen –, über ihr kreiste, sie im Flug ergriff und mit sich zog, um sie vor einer drohenden Gefahr zu retten, wie ein Schutzengel auf einem Votivbild. Was war los mit ihm? Zwei sanfte, ein wenig traurige Augen genügten, damit er Visionen hatte? Warum ausgerechnet dieses Gesicht unter allen Gesichtern in seinem Leben? Als wären die anderen grau und nichtssagend geworden. Warum so große Begeisterung, so große Hoffnung? Grundlos, sinnlos, als empfände man Mitleid mit einem Gegenstand aus Plastik und Metall, der immer wieder auf den Boden fällt.

Unterdessen hatte sich das Grüppchen auf der anderen Seite des Hofs aufgelöst, und durch die Glastür gegenüber waren ein Mann und ein Kind gekommen. Sie gingen langsam auf den Parkplatz zu. Mein Vater fürchtete, sie könnten ihn sehen, wenn sie zum Fenster aufblickten, doch weggehen konnte er auch nicht. Cecilias Augen, die noch immer den Schlüssel am Boden fixierten, hatten jetzt einen verzweifelten Ausdruck. Seltsam, dass ein so tüchtiger und selbstsicherer Mensch sich durch ein so banales Problem entmutigen ließ. Er überlegte, ob er sie rufen, ihr zuwinken, sie aus ihren Grübeleien reißen, verhindern sollte, dass fremde Menschen sie so verzagt sahen. Auch er fühlte sich wie gelähmt durch den Fall des Schlüssels. Als Kind, es war gleich nach dem Tod seines Vaters gewesen oder kurz davor, war er einmal an einem Sonntagmorgen im Schlafanzug aus seinem Zimmer gekommen und an der Küchentür stehen geblieben. Seine Mutter, die vor einer Tasse Kaffee am Tisch saß, hatte ihn nicht kommen gehört. Der Blick leer, die rechte Hand um das linke Handgelenk geklammert. Er wusste nicht, ob er gehen oder bleiben sollte, so tun sollte, als wäre nichts geschehen oder sie umarmen und trösten sollte, wenn sie denn getröstet werden musste. Was hatte er damals getan? Er konnte sich nicht erinnern. Doch er erinnerte sich an den kalten Boden unter seinen nackten Füßen.

Je näher der Junge an der Hand des Erwachsenen kam, desto mehr ähnelte er Mattia. In diesen Tagen sollte er entlassen werden. Mein Vater hatte keine Zeit gehabt, sich von ihm zu verabschieden, und der Junge fehlte ihm schon jetzt. Die beiden gingen direkt auf den Scénic zu, und mein Vater versuchte verzweifelt, in dem erwachsenen Mann, der das Kind führte, einen Kinderarzt zu erkennen, doch das wurde mit jedem Schritt unwahrscheinlicher. Der Mann war groß und ziemlich attraktiv, trotz des kantigen Gesichts und der großen Nase.

Wie verwandelt sich das Gesicht eines Heranwachsenden in das Gesicht eines Mannes? Es verwandelt sich nicht. Früher wurden die Menschen erwachsen, und das sah man. Jetzt wurde man schon mit einem mehr oder weniger erwachsenen Gesicht geboren und behielt es sein ganzes Leben lang, denn das Leben zehrte nicht mehr so an einem wie früher. Darum gab es gealterte Kinder, wie Cecilia, und graumelierte Jungen, wie meinen Vater, und die reifen Erwachsenen, die mit vierzig Jahren genau das richtige Alter für ihre Gesichtszüge erreicht hatten.

Wie hatte er nur so naiv sein können. Als würde ein Mensch schlagartig aus dem Leben eines anderen verschwinden. Er verschwand nicht. Als würden nicht die Geschichten aller Menschen von Trägheit beherrscht. Sie wurden davon beherrscht.

Innerhalb weniger Sekunden hob Cecilia die Augen, sah ihren Sohn und Ehemann (oder Ex-Ex-Ehemann), hob den Schlüssel auf und öffnete die Wagentür. Sie küsste den Jungen auf den Kopf und den Mann auf den Mund, indem sie ihn im Nacken fasste und lachend zu sich heranzog. Die Traurigkeit, die sie einen Moment zuvor ausgestrahlt hatte, war spurlos verschwunden. Der Mann ging auf die andere Seite des Autos und öffnete die Beifahrertür, um das Kind einsteigen zu lassen. Cecilia nahm die Päckchen vom Dach. Sie stiegen ein, machten die Türen zu, und der Scénic fuhr vom Parkplatz.

Mein Vater blieb noch eine ganze Weile stehen und betrachtete den leeren Hof, unschlüssig, ob er seine starke, glühende Eifersucht auf das Kind oder die Mutter konzentrieren sollte. Er hatte immer gedacht, dass er nicht in Menschen lesen konnte, und er hatte sich nicht geirrt. Aber da gab es noch etwas. Es war, als fehlte allen Dingen die Phantasie.

Also: Am Anfang das leere Zimmer wie eine Bühne, in der Mitte ein Mann, hinter einer Säule versteckt, der die Welt belauscht, und zum Schluss ein Fenster. Im Grunde ist die Szene immer die gleiche. Er sitzt im Publikum und beobachtet. Er versteckt sich, steht am Fenster und beobachtet.

Mein Vater hatte sich dafür entschieden, am Rand stehend zuzuschauen. Er hieß Claudio Viberti, aber im Krankenhaus nannten ihn alle einfach nur Viberti, und mit den Jahren hatte er sich daran gewöhnt, sich selbst mit diesem Namen zu denken, als wäre es sein Vorname.

Der Sohn, den es damals noch nicht gab und der noch keinen Namen hatte, hat sich für das Schreiben entschieden. Keiner kann mich aufhalten, es gibt keine interessantere Gegenwart als diese ferne Vergangenheit, die ich nicht erlebt habe, von der ich fast nichts weiß, und die ich mir weiterhin vorstelle, indem ich die Erinnerungen anderer Menschen erfinde.

# ZWEI

# LASST MICH AUF DEM PACKEIS ZURÜCK

Seit einigen Monaten litt Marta an Gedächtnisstörungen. Sie wiederholte eine Frage oder eine kleine Anekdote drei oder vier Mal hintereinander, sie vergaß, wo sie kurz zuvor die Schlüssel oder ihre Brille abgelegt hatte, und in letzter Zeit ließ sie auch auf den Herdplatten vergessene Töpfe und Pfannen glühend heiß werden. Giulia hatte es bemerkt, sie hatte Angst bekommen und Viberti darauf hingewiesen, während er so getan hatte, als habe er nichts bemerkt. Doch Verstellung ist eine subtile Kunst, die viel Übung, List und starke Nerven erfordert, und dazu war Viberti nicht fähig. Giulia brachte ihn dazu, zu gestehen, ja, er habe die Amnesien seiner Mutter bemerkt und das Problem geleugnet, weil er beschlossen habe, dass es sowieso nicht zu ändern sei. Und das war falsch, immer. Also wurde Marta zu einem Geriater gebracht, und die Untersuchungen ergaben, dass Alzheimer ausgeschlossen war, nicht aber Altersdemenz. Bei einer zweiundachtzigjährigen Frau war der Krankheitsverlauf schwer vorhersagbar, möglich, dass sie in drei oder vier Jahren niemanden mehr erkannte, oder hundertjährig mit diesen kleinen Problemen starb.

Ein Jahr, nachdem er Cecilia in der Kinderheilkunde kennengelernt hatte, schaute Viberti an einem Abend im Mai, bevor er in seine Wohnung ging, bei seiner Mutter vorbei, was er oft tat, doch nicht oft genug, um das Gefühl loszuwerden, dass er seine alte Mutter vernachlässigte, die doch nur drei Stockwerke unter ihm wohnte. Seine Exfrau hatte die Wohnung hier genommen, ganz offensichtlich, um dieses Schuldgefühl zu nähren (Schuldgefühle waren die Alimente, die Viberti an Giulia zahlte). Martas Küche war mit Zetteln tapeziert, geschrieben von Giulia und Angélica, der peruanischen Pflegekraft. *Schinken und Käse im Kühlschrank; 4 Minuten lang bei 700 erhitzen; In diesem Umschlag sind sechs (6) Schmerztabletten. Sie werden Marta heute, 23. April, von Giulia ausgehändigt und müssen bis Sonntagabend reichen (27. April?)*, wobei die letzte Klammer in Martas runder, flattriger Handschrift geschrieben war. Der Tisch war übersät mit alten Fotos, die Marta seit Monaten auf der Rückseite mit Anmerkungen versah. *Im Chalet der Montenegro-Bäder, Marta hat ihr «liebes» Hundebaby Ailé im Arm, der Name war «in Mode», weil Italien gerade Abessinien «erobert» hatte.* Oder: *Ausflug nach San Colombano. Pietro zeigt seine «Ausbeute» an Steinpilzen.* Fast auf jedem Foto gab es ein Wort in Anführungszeichen. Giulia behauptete, das liege ganz eindeutig an einem neurologischen Problem: Marta erinnerte sich nicht mehr, ob man bestimmte Ausdrücke in bestimmten Zusammenhängen verwenden durfte, alles schien ihr fehl am Platz und provisorisch, da distanzierte man sich besser.

Seine Besuche bei der Mutter konnten wenige Minuten oder über eine Stunde dauern. An diesem Abend hatten sie begonnen, über Stefano Mercuri zu sprechen, einen alten Freund der Familie, ein Arzt, der für Viberti ein Adoptivvater und ein geistiger Führer gewesen war. Mercuri war seit langem pensioniert und lebte an der Riviera di Levante, wo Viberti ihn gelegentlich besuchte. Marta hatte mit abwesendem Ausdruck die neuesten Nachrichten über den Freund gehört, dann hatte sie das Thema gewechselt, um sich eine Erzählung von Tschechow oder Maupassant oder Tarchetti ins Gedächtnis zu rufen, die sie als «skandalös» bezeichnet hatte. Die weibliche Hauptfigur (ob sie nun Russin, Französin oder Italienerin war) hieß Cecilia, und das zufällige Auftauchen dieses Namens auf den Lippen seiner Mutter hatte Viberti sehr verstört, während die Geschichte (irgendwas mit Inzest) ihn ziemlich gleichgültig gelassen hatte. Umso mehr, als ihre Erzählung noch unglaubwürdiger war als sonst.

Nach einer unruhigen Nacht erwachte er mit der Gewissheit, dass er es nicht länger aufschieben konnte, er musste mit Cecilia sprechen oder sie nicht mehr treffen. Er war dreiundvierzig. Mit dreiundvierzig kann man ein Kind haben, das fünfzehn oder zwanzig Jahre alt ist, mit fünfzig kann man Großvater, mit fünfundsiebzig Urgroßvater werden. Seine Eltern hatten spät geheiratet, er war der Sohn alter Eltern, und mittlerweile war er selbst alt, das heißt, für ihn war die Zeit verloren, aber nicht vergangen, sie war stehengeblieben, staute sich, war verloren, aufgestaut und sumpfig.

Er begann den Tag mit dem einzigen Ziel, so schnell wie möglich zehn freie Minuten zu finden, um in die Notaufnahme hinunterzugehen und nach ihr zu suchen. Das tat er sonst nie, gewöhnlich verabredeten sie sich von einem Tag auf den anderen oder schrieben sich eine Nachricht, doch gestern Nachmittag hatte Cecilia ihm gesagt, sie sei nicht sicher, ob sie morgen mit ihm essen könne. Als er seine Sprechstunde in der Ambulanz unterbrechen konnte, stürzte er sofort die Treppe hinunter, kam schwungvoll in die Notaufnahme und schaute in das Zimmer, wo Cecilia gerade Patienten behandelte. Sie hob nur kurz die Augen vom Schreibtisch und sagte, sie sei um die Mittagszeit beschäftigt.

Viberti verließ die Notaufnahme, ohne zu wissen, wohin er ging und warum. Unvermittelt kam ihm der Gedanke, dass er diese Qual nicht mehr lange aushalten würde, und sofort wunderte er sich, dass er das gedacht hatte. Zum ersten Mal in seinem Leben bezeichnete er eine Verlockung und ein Gefühl mit dem Wort «Qual», und zum ersten Mal zweifelte er an seiner Fähigkeit, dem zu widerstehen. Er hatte immer geglaubt, er könnte die schmerzhaftesten Prüfungen überstehen, auf jeden Fall schmerzhaftere als eine Schwärmerei oder eine Verliebtheit. War diese Bezeichnung angebracht? Er wusste es nicht genau. Aber gerade weil er ein Eigenbrötler war, wie seine Mutter ihn am Abend zuvor genannt hatte, gerade weil er die Einsamkeit kannte und lebte, brauchte er niemanden, er hatte nie jemanden gebraucht, er genügte sich selbst, und schon das war zu viel. Auf jeden Fall, und dessen war er sich sicher, durfte man sich nie selbst bemitleiden, niemals.

Er ging immer noch mit schnellen Schritten, als flüchtete er vor einer Blamage, doch in Wirklichkeit kehrte er nach zweimal Rechtsabbiegen durch die Radiologie in die Notaufnahme zurück. Diese Station war in den fünfziger Jahren erbaut oder umgebaut worden, die Fenster, die Fußbodenleisten und die Türen waren aus hellem Holz, beschichtet mit glänzendem, hellblauem Laminat, und der Kontrast zwischen diesen beiden Materialien wies auf den Zeitpunkt der Erbauung hin. Keiner weiß, warum eine solche Ausstattung zum Zeichen für Modernität geworden war und ein paar Jahre lang in Schulen und Krankenhäusern weite Verbreitung gefunden hatte, um dann durch Metall oder Plastik ersetzt zu werden. Vielleicht waren die Arbeiten von der zum Krankenhaus gehörigen Tischlerei ausgeführt worden, die noch bis in die frühen siebziger Jahre überlebt hatte. Damals war Viberti bei einem Schulausflug ins Krankenhaus mit seinen Klassenkameraden auch in die Tischlerei gekommen, wo die Jungen die Funktionsweise der Drehbank und der Fräsmaschine kennenlernen sollten. Er erinnerte sich gut an den starken, säuerlichen Geruch des Holzes, die stickige Luft und die beiden

Tischler aus der Toskana, die es nach Norditalien verschlagen hatte, Kunsttischler, die in ihrer Freizeit intarsierte Möbel und Möbelaufsätze herstellten, aber aus Geldnot einer niedrigeren Arbeit nachgehen mussten. Ein Klassenkamerad hatte damals gefragt, ob sie auch Holzbeine für Beinamputierte herstellten, einige reagierten mit ersticktem Gelächter, und Viberti, den schon der Besuch in den Operationssälen stark beeindruckt hatte, war ohnmächtig geworden. Beim Aufwachen hatte er sich auf dem Fußboden wiedergefunden, die Füße auf einen niedrigen Schemel gelegt und den Kopf auf ein weiches Bett aus Sägemehl und Holzspänen gebettet. Es war ihm nie wieder passiert, dass er einfach so in Ohnmacht fiel. Vielleicht war genau das die Zeit gewesen, als Marta versucht hatte, ihn verhungern zu lassen.

Der Krankenpfleger am Empfang, der ihn zum zweiten Mal innerhalb weniger Minuten in die Notaufnahme kommen sah, warf ihm einen erstaunten Blick zu. Cecilia war damit beschäftigt, einem Assistenzarzt in der Facharztausbildung zu zeigen, welches die Ähnlichkeiten zwischen einem EKG im Handbuch für Kardiologie und dem EKG waren, das sie gerade bei einem Patienten gemacht hatten. Ihr Tonfall war scherzhaft, sie sagte, er könne ihr ruhig vertrauen, oft seien die Dinge einfacher, als es den Anschein hatte. Der Assistenzarzt ging, er wirkte wenig überzeugt und sehr besorgt. Cecilia sah Viberti, lächelte ihm zu und sagte: «Manchmal glauben sie mir nicht.» Viberti nahm das noch offen auf dem Schreibtisch liegende Handbuch, suchte das weiße Vorsatzblatt und schrieb auf den von der Umschlagklappe verdeckten Seitenrand: *Ich muss mit dir reden. Essen wir zusammen.* Und schubste das Buch Cecilia unter die Nase.

Sie begriff nicht sofort, dass es sich um eine Nachricht handelte, die sie lesen sollte, und als sie die Sätze las, schien sie unsicher und leicht verlegen. Warum hatte er es ihr nicht direkt gesagt, warum dieses konspirative Gebaren, warum fehlte das Fragezeichen nach den letzten drei Worten? Und weil sie nichts fand, was dieses seltsame Verhalten rechtfertigen konnte, fragte sie flüsternd: «Was ist passiert?», als würde sie jemand belauschen. Doch der Krankenpfleger im Raum schien nicht besonders interessiert an ihren Angelegenheiten.

Viberti hatte nicht vorhergesehen, dass Cecilia die Art ihrer Unterhaltung missverstehen konnte, ihn verrieten seine Röte, die Unruhe, der Blick, was sollte er tun, damit sie bemerkte, was er fühlte? Dabei war eine solche Geste für ihn schon fast das Maximum an Vertraulichkeit. Er fühlte sich ertappt, die Indizien waren so klar, doch sie war weit entfernt von der Lösung: kalt … kalt …

«Nichts», stammelte Viberti, «es hat keine Eile …»

Cecilia sah ihn verwirrt an. Eben war es doch noch so dringend gewesen? Sie sagte, sie habe die Einladung von zwei Kolleginnen angenommen. «Wir sehen uns morgen, geht das auch?»

Er aß allein hinter der gewohnten Säule, und ohne die Augen von seinem Teller mit geschmortem Gemüse zu heben, brütete er über der Szene in der Notaufnahme, analysierte sie und ging sie Moment für Moment durch. Was hatte er sich nur dabei gedacht? Warum ausgerechnet an diesem Tag, warum nicht einen Monat früher oder ein Jahr früher oder sechs Monate, nachdem er sie kennengelernt hatte? Ein Jahr lang hatte er den Unbeteiligten gespielt, und schlagartig wurde ihm bewusst, dass diese Frau unersetzlich geworden war. Ein Jahr lang hatte er widerstanden, um dann an einem beliebigen 7. Mai jämmerlich zusammenzubrechen, was war so Besonderes an diesem Datum?

Er hatte die Brückentage um den 25. April mit drei Freunden und ihren Familien verbracht, lag es an den Kindern, dass er sein Scheitern intensiver empfand?

Es war die Erzählung von Tschechow oder Maupassant oder Tarchetti gewesen, die ihn an den Rand des Abgrunds gedrängt hatte, es war Martas Zustand gewesen, die Angst, allein alt zu werden … Aber dann hätte er sich besser in einen Tangokurs eingeschrieben oder Spanisch gelernt oder Bridge, oder er hätte eine Reise machen können, eine Kreuzfahrt für Singles. Wenn er eine Freundin suchte, wäre alles andere besser gewesen. Außerdem bestand die Gefahr, dass sie nicht mal sein Typ war (zumal Viberti nie verstanden hatte, was dieser Ausdruck wirklich bedeutete).

«Sie ist doch gar nicht dein Typ», hatte Antonio Lorenzi, sein Freund in der Kinderheilkunde, vor ein paar Monaten bemerkt. «Warum gefällt sie dir?»

Viberti hatte gebrummelt, das wisse er nicht. Als würde man immer die Gründe kennen.

«Ja, aber es wird doch etwas geben, was dir an ihr gefällt.»

«Erst hat sie mir nicht gefallen», log er. «Sie ist eine von denen, die dich aus der Notaufnahme anrufen und sofort ein Bett wollen, und sie lassen dich nicht in Ruhe, bis du ihnen eins gibst. Aber dann haben wir uns angefreundet, und von da an hatte ich Lust, sie zu treffen.»

«Redet ihr über die Arbeit?»

«Ja, das auch. Sie ist sehr gut.»

«Als Ärztin?»

Viberti nickte.

«Und was willst du von ihr, willst du mit ihr über Medizin diskutieren? Du hast auch mit Giulia über Medizin diskutiert.»

«Sie gefällt mir, weil irgendetwas an ihr nicht ganz stimmig ist … Sie zieht sich merkwürdig an, ihre Pullis sind immer enganliegend und die Hosen weit …»

«Sie ziehen sich alle so an.»

«Ja, aber sie trägt eine perfekte weiße Bluse, und darüber zieht sie einen ausgeleierten Pullover voller Löcher.»

Antonio brach in Gelächter aus, und Viberti schickte ihn zum Teufel.

Sie waren ein Freundeskreis, alte Schulkameraden, alle verheiratet, mit Kindern, Antonio getrennt lebend, mit Kindern, Viberti geschieden, ohne Kinder, aber für die anderen war Vibertis Scheidung keine echte Annullierung, sie galt nicht als Scheidung, und das davor galt nicht als Ehe. Es war keine Trennung mit Tränen und Blut gewesen, wie bei Antonio, es war keine Ehe mit Leidenschaft, Krächen, langen Gesichtern, Glücksmomenten, Befriedigung und Enttäuschung gewesen, wie die Ehen der drei anderen, die weitergingen. Manchmal spielten sie zusammen Tennis, und bei den hitzigen Diskussionen über ihre Dauerbrenner-Themen Woche für Woche auf dem Platz oder im Umkleideraum, bei den endlos wiederholten witzigen Sprüchen, die nur sie kannten und nur sie sich gegenseitig an den Kopf werfen durften, im ganzen sprachlichen Repertoire ihrer Freundschaft war das Attribut für Viberti: «Claudio mit der nicht vollzogenen Ehe.»

Ohne es zu wissen, ohne das je untereinander und schon gar nicht mit ihm besprochen zu haben, war er ihnen als Junggeselle lieber. Er war ihr Maskottchen. Wenn er mit ihnen in die Ferien fuhr, dann immer nur für kurze Zeit, länger klappte es nicht. Egal, ob mit Kindern oder ohne Kinder, es konnte nicht klappen, das wussten alle. Die Freunde hatten eine nebulöse Vorstellung von seinem Privatleben. Ja, er hatte nach der Scheidung ein paar Beziehungen gehabt, eine Frau hatte erzählt, sie übernachte nicht gerne bei ihm zu Haus, denn dort «geht ein Gespenst um». Aber viel mehr wussten sie nicht.

Seit Antonio in Trennung lebte, war es für ihn ausgemacht,

dass Viberti und er ein festes Gespann bildeten. In jenem Winter war Viberti jeden Dienstag oder Mittwoch abends bei ihm zu Gast, dann guckten sie ein Fußballspiel. Mittwoch war turnusgemäß der Tag, an dem ihm während der Woche die beiden Söhne zustanden. Die Wohnung war unaufgeräumt, an drei Vormittagen kam stundenweise eine Haushaltshilfe – «um die Gefahr von Epidemien abzuwenden» –, aber Antonio weigerte sich, den Geschirrspüler und die Waschmaschine in Gang zu setzen, zu kochen oder zu putzen. Manchmal räumte Viberti während der Halbzeit des Spiels die Küche ein wenig auf. Wenn er von Cecilia erzählte, fürchtete Antonio vielleicht, dass sein Freund wieder heiraten würde. Vielleicht war er eifersüchtig.

Wenn er sagte: «Übrigens finden nicht alle, dass Cecilia so gut ist», dann war er eifersüchtig, entschied Viberti.

«Wer findet, dass sie es nicht ist?»

«Ihre Kollegen sagen, dass sie ...»

«Wer?»

«Sie sagen, dass sie furchtbar pedantisch ist, manchmal schimpft sie mit den Krankenpflegern.»

«Glaube ich nicht.»

«Sie ist besessen von den Leitlinien.»

«Das ist gut so.»

«Und es macht sie rasend, dass manche Kollegen eine unleserliche Handschrift haben.»

Sie lachten beide. «Sie wird wütend, weil die Ärzte schlecht schreiben?»

«Scheint so.»

«Tja, sie wird mir immer sympathischer», bemerkte Viberti.

Antonio sah ihn lächelnd an. «Wir werden alt.»

«Ich fühle mich nicht alt.»

«Dies ist deine erste Altersleidenschaft.»

«Ich bin vierzig, lass mich in Ruhe.»

«Dreiundvierzig. Jetzt tu nicht so beleidigt. Ich habe eine gute Nachricht für dich.»

«Was?»

«Sie hat sich wieder einmal von ihrem Mann getrennt, diesmal für immer, heißt es.»

Das war Ende Februar, er kannte sie seit fast einem Jahr.

Diesmal tat er nicht so, als wüsste er es schon, er wusste es nicht und war zu überrascht, um zu schauspielern. Ihm war in letzter Zeit keine Veränderung in Cecilias Verhalten aufgefallen, er erinnerte sich nicht. Sie schien nicht besorgter oder erleichterter als sonst. Es ärgerte ihn, dass er es nicht wusste, dass er es von Antonio erfahren musste, doch warum auch hätte Cecilia es ihm sagen sollen?

Für den nächsten Tag, an dem er sie in der Bar an ihrem Tisch trifft, hat er ein perfektes Ersatzthema vorbereitet: glaubwürdig, dringend und harmlos. «Ich muss meine Mutter untersuchen lassen, die Gerontologin, zu der ich sie gebracht habe, scheint mir nicht besonders kompetent, kennst du noch jemanden?» Doch als er sie vor sich hat und in ihren Augen mehr Besorgnis und Verlegenheit als gespannte Erwartung und Neugierde liest, wird ihm bewusst, dass diese Frau beunruhigt ist, weil sie den Grund der Zusammenkunft genau kennt. Auch sie hatte nach der Szene in der Notaufnahme Zeit zum Nachdenken und Analysieren und ist durch Ausschluss der weniger wahrscheinlichen Vermutungen auf die Wahrheit gestoßen. Es hat keinen Zweck, sich aus der Affäre zu ziehen, er will nicht als Feigling dastehen, da ist es schon besser, sich lächerlich zu machen. Lieber Verlegenheit erzeugen, als verachtet zu werden. Er betrachtet ihre Haare, den Mund, dann senkt er die Augen. Cecilia trägt heute einen violetten Pulli mit Hosen aus blauem Leinen, und der Saum des Pullis hat sich an einigen Stellen aufgetrennt.

Er sagt fast in einem Atemzug: «Ich weiß nicht, wieso ich zugelassen habe, dass alles immer so weiterging, so hat es keinen Sinn, und das war meine Schuld. Mir wurde klar, dass wir uns seit einem Jahr sehen, und da habe ich Angst bekommen … Ich hätte es dir schon längst sagen sollen oder mich dazu durchringen, nicht mehr mit dir essen zu gehen … Ich weiß nicht, ist es normal, dass wir jeden Tag zusammen essen?»

Cecilia schüttelt den Kopf: «Ich habe nichts verstanden.»

Viberti seufzt, fängt von vorne an: «Ich weiß nicht, wie es passiert ist, aber ich glaube, einer der Hauptgründe ist, dass ich dich als Ärztin schätze, ich weiß, dass du diese Anziehung nicht empfindest, das hätte ich gemerkt, aber in den letzten Monaten bist du für mich zu einer Art Qual geworden, darum habe ich gedacht, wenn ich es dir sagen würde, könnte ich mich vielleicht davon befreien, ich weiß nicht, vielleicht ist es ein dummer Gedanke, aber ich möchte, dass das für mich aufhört.» Sofort bereut er, dass er das Wort «Qual» benutzt hat, doch diese Rede hat er nicht vorbereitet. «Na ja, Qual ist übertrieben, entschuldige bitte, ich wollte sagen fixe Idee, Obsession, aber positiv gemeint …» Er macht sich das Leben schwer, verschlimmert alles. Er trinkt einen Schluck Wasser.

Es geschieht zwar nur flüchtig, aber er kann es nicht vermeiden, sie anzusehen. Cecilias Mund ist leicht geöffnet, ihr Kinn zittert ein wenig, die Augen sind weit aufgerissen. Viberti schaut weg, in den halbleeren Raum. Er ist nicht sicher, ob er richtig gesehen hat, vielleicht war das gar kein Ausdruck maßloser Verblüffung. Er blickt wieder zu ihr hin. Ja, es war wirklich so ein Ausdruck.

Er hat gelogen, als er sagte, er wisse, dass sie nicht dieselbe

Anziehung empfindet, er weiß es nicht und hofft immer noch auf das Gegenteil. «Hör zu, ich wollte dich nicht so in Verlegenheit bringen, du darfst nicht denken, ich würde dir wer weiß welche Verantwortung in die Schuhe schieben. Nimm es so: Du bist die Krankheit und der Arzt, sag mir, dass nichts mehr zu machen ist, es ist besser, wenn du mir das sofort sagst.»

Cecilia lächelt nicht, und Viberti denkt, dass sie nie mehr aus dieser Bar herauskommen werden. Es ist zu heiß an diesem Tag, kein Windhauch, ein falscher Frühling, der schon Sommer ist, und auf allem lastet ein Gefühl frühnachmittäglicher Erwartung, in diesem starken Licht wird sich gar nichts klären lassen.

«Ich bitte dich, mach nicht so ein Gesicht.» Er lächelt. «Da komme ich mir vor wie ein Verrückter.»

«Nein, ich glaube nicht, dass du verrückt bist», sagt sie endlich. «Bloß, dass ...» Sie bricht ab, öffnet die Hände zum Zeichen der Hilflosigkeit.

«Du weißt nicht, was du sagen sollst, das hatte ich erwartet, du bist wie ich, wenn ich in deiner Lage wäre, hätte ich auch Angst, verletzend zu sein, aber ich, na ja ... ich bitte dich, sag es mir, es ist besser, wenn ich es direkt von dir höre.»

Cecilia schüttelt den Kopf. «Meine Schuld. Ich hätte dir genauer erzählen sollen, was mir passiert ist. Ich habe schwierige Monate durchgemacht ... das weißt du. Mein Mann und ich haben uns getrennt, diesmal für immer, glaube ich. Und es war sehr schmerzhaft. Jetzt bin ich völlig ausgelaugt. Selbst wenn es eine Anziehung gäbe, ich hätte nicht die Kraft, mich darauf zu konzentrieren.»

«Aber es gibt keine.»

«Nun ja, daran habe ich nie gedacht ... Vielleicht habe ich mitbekommen, dass ich dir gefalle, aber diese Mittagessen waren zu wichtig für mich, ich wollte nicht darauf verzichten.»

Warum wichtig? Niemand hat je darauf bestanden, mit ihm zu essen, nicht mal seine Mutter.

«Ich bin im Moment ziemlich durcheinander, aber du hast recht, ich will dich nicht in die Irre führen … Ich habe wirklich niemals an dich gedacht … als jemanden … nicht in diesem Sinn … Aber ich denke oft an dich.»

«Natürlich, in Wahrheit habe ich das auch bemerkt … und ich habe mir keine Hoffnungen gemacht.»

Dass er sich keine Hoffnungen gemacht hat, scheint Cecilia zu erleichtern, sehr zu erleichtern, und wenigstens das merkt Viberti jetzt wirklich, er fühlt sich plötzlich leer, hat keine Worte mehr, er möchte aufstehen und gehen.

Sie schweigen eine Weile, die beiden sehr lang erscheint.

«Ich habe dich enttäuscht.»

«Nein, du hast mich nicht enttäuscht. Ich bin enttäuscht, aber das ist nicht deine Schuld.»

«Du wirst nicht mehr mit mir reden.»

«Ich werde mit dir reden.»

«Sind wir noch Freunde?»

«Aber sicher, was für eine Frage!»

«Du bist ein besonderer Mensch.»

Sie hat sich erholt, ihre Augen glänzen, die Wangen haben wieder Farbe bekommen.

«Du bist sehr wichtig für mich, weißt du?»

«Fühl dich nicht verpflichtet, so was zu sagen.»

«Nein, ich meine es ernst. Du bist ein wichtiger Freund …»

Viberti schüttelt den Kopf, doch Cecilia lässt sich nicht entmutigen und redet weiter. Es klingt immer mehr wie eine Trauerrede.

«… und du kannst dir nicht vorstellen, wie viele Male am Tag mir einfällt, dass ich mit dir reden möchte, dass ich dir etwas erzählen will, mein Leben lang habe ich mit niemandem so viel geredet.»

Wenn er nicht gelitten hat, als sie nein zu ihm sagte, dann leidet er jetzt. Er muss sie stoppen, bevor sie noch mehr nicht Wiedergutzumachendes sagt, als wäre «Freund» nicht schon schlimm genug.

«Ich weiß nicht, ob mir diese Komplimente Freude machen, du meinst, ich bin einer, der zuhören kann, eine Art Beichtvater …»

«Nein, das wollte ich nicht sagen, das weißt du.»

«Na gut, ich habe übertrieben.»

«Ich wollte sagen, dass du eines der wenigen menschlichen Wesen bist, die ich in diesem Krankenhaus kennengelernt habe.»

Endlich entspannt sich Viberti. Ja, das gefällt ihm. *Die wahre Herausforderung für einen Arzt ist, die Patienten Jahr für Jahr weiter als Menschen und nicht als bloße Fälle zu behandeln, denn du weißt ja, nach einer Weile sagen wir alle ganz spontan Sätze wie «Heute Abend ist eine böse Lungenentzündung gekommen, die Angina in Bett 5, Nr. 20 ist eine dekompensierte Herzinsuffizienz», das sind Formeln zum Selbstschutz, um das Leiden zu entpersönlichen, aber vor diesem Selbstschutz muss man sich schützen.* Es gefällt ihm, ein menschliches Wesen zu sein.

«Die anderen gehören verschiedenen Spezies an. Sie sind Robben und Walrösser, Hennen, Freilandhühner.»

Viberti lächelt. «Ich fühle mich manchmal als Hund.»

«Warum?»

«Begierig zu gehorchen, viel zu anhänglich, ich brauche die Befehle meines Herrchens.»

«Manchmal darf man das. Manchmal darfst du ein Tier sein, aber nicht immer.»

«Du bist eine Katze.»

«O Gott, nein. Eins von diesen unausstehlichen Viechern? Dann können wir uns nicht vertragen.»

Er muss diese Vertraulichkeit jetzt unbedingt am Leben halten.

«Deinen Ausdruck werde ich nie vergessen.»

«Welchen?»

«Den vorhin. Das Gesicht, das du gemacht hast, als du nicht verstanden hast, wovon ich rede, und als du es dann verstanden hast.»

«Was hatte ich für ein Gesicht?»

«Dein Mund stand offen.»

«Unmöglich, ich mache den Mund immer zu.»

«Ich schwöre dir, deine Augen waren weit aufgerissen, und der Mund stand dir offen.»

«Unsinn.»

«So was hattest du nicht erwartet.»

«Ja, das hatte ich nicht erwartet.»

«Von einem so wichtigen *Freund.*»

«Nein, ich habe mich falsch ausgedrückt. Du bist der einzige. Andere Freunde habe ich nicht. Wirklich nicht.» Sie macht eine Pause. «Jedenfalls hatte ich das nicht erwartet. Wann hast du beschlossen, es mir zu sagen?»

«Ich habe es nicht beschlossen. Gestern habe ich morgens gedacht: Jetzt sage ich ihr, dass ich mit ihr reden muss. Und das habe ich dir gesagt.»

«Du hast es mir geschrieben.»

«Ich habe es dir geschrieben.»

«Warum?»

«Ich wusste noch nicht, ob ich dir wirklich alles sagen wollte.»

«Aber warum hast du es dann geschrieben?»

Er schüttelt den Kopf. «Keine Ahnung.»

«Und was wolltest du mir sagen?»

«Was ich dir ursprünglich sagen wollte? Ich hatte mir überlegt, dir etwas anderes zu erzählen. Zum Beispiel von meiner Mutter.»

«Wann hast du beschlossen, mir die Wahrheit zu sagen?»

«Als du hereingekommen bist und dich hier hingesetzt hast. Da habe ich gedacht, es ist dumm, so weiterzumachen.»

«Seit wann ging das schon so?»

«Von Anfang an. Mehr oder weniger. Seit ich dich kennengelernt habe. Aber ich wusste es nicht. Dann habe ich es mir eingestehen müssen.»

«Müssen?»

«Ich hätte mir lieber weiterhin eingebildet, dass ich dich schätze.» Er lächelt. «Schätzt du mich?»

«Als Arzt ja.»

«Woher willst du wissen, wie ich als Arzt bin?»

«Ich weiß es.»

«Auf jeden Fall war es nicht die Wertschätzung.»

«Nicht nur.»

«Schätzt du mich denn nun oder nicht?»

«Sehr.»

«Also geht das ungefähr seit einem Jahr so.»

«Seit einem Jahr.»

«Und urplötzlich beschließt du, es mir zu sagen.»

«Ich weiß nicht, warum. Gestern Abend hat meine Mutter mir eine verrückte Geschichte erzählt. Meine Mutter ist zweiundachtzig. Wahrscheinlich ist das der Beginn von Altersdemenz.»

«Welche Symptome hat sie?»

«Sie erinnert sich nicht mehr an das, was sie gerade eben gesagt hat. Sie lässt Töpfe auf dem Herd.»

«Das tut mir leid.»

«Es ist nicht ganz einfach, sich Sorgen um sie zu machen. Denn in Wirklichkeit geht es ihr ausgezeichnet. Außerdem ist Demenz schwer zu diagnostizieren. Sie hat den Mini-Mental-Status-Test gemacht und 29 von 30 Punkten bekommen. Draußen hat sie damit angegeben und gesagt, dass die Professoren an der Uni, diese *Schurken*, ihr auch immer 29 gegeben haben. Die Krankheit entwickelt sich so langsam, dass man versucht ist, sie für unvermeidlich zu halten.»

«Ist sie das nicht?»

«Doch, aber vielleicht dürfte man das nicht denken.»

«Und die verrückte Geschichte?»

«Die verrückte Geschichte war eine Erzählung, von wem, weiß ich nicht, sie hat sie zum ersten Mal erwähnt, vielleicht hat sie sie ja wirklich gelesen, sie war immer eine begeisterte Leserin, ich hatte jedenfalls den Eindruck, dass sie etwas durcheinanderbringt, dass sie zwei verschiedene Erzählungen vermischt. Aber das Lustige war, dass die Hauptfigur Cecilia hieß.»

«Du hast ihr von mir erzählt?»

Er lächelt. «Ich spreche mit meiner Mutter nicht über Frauen.»

Als sie aufstehen, ist es, als hätten sie sich getroffen, um einen Geburtstag zu feiern, es tut ihnen leid, dass das Fest vorbei ist, aber sie sind gut gelaunt. Viberti zahlt die zwei Mineralwasser und bewahrt die Quittung in seiner Brieftasche bei den Passfotos auf, die übrig geblieben waren, als er seinen Personalausweis erneuert hat. Er verabschiedet sich mit einem Händedruck von Cecilia, lächelnd. Auch die Passanten scheinen zu lächeln, und die Reklamebilder und die Schnauzen der Autos.

Ich wette, dass er pfeift, während er sich zu Hause eine Pasta mit Fleischsoße kocht. Ich wette, er ist nicht deprimiert, nicht enttäuscht und schämt sich nicht, dass er zurückgewiesen wurde.

Ich kann es nicht wissen, ich weiß gar nichts, aber ich könnte schwören, dass seine Liebe erklärt zu haben für ihn schon Grund genug ist, euphorisch zu sein. Als würde alles andere, zum Beispiel diese Liebe zu leben, in der Hoffnung, dass sie erwidert wird, automatisch daraus folgen. Denn im Grunde, im tiefsten Grunde, in den unerforschten Tiefen seines Bewusstseins, glaubt er nicht, dass er abgewiesen wurde. (Sechzehn Jahre später sollte er mir mit der gleichen Mischung aus Selbstbetrug und vager Ahnung begegnen, als ich ihm auf dem Höhepunkt meiner pubertären Rebellion mitteilte, dass ich ihn nicht mehr liebhätte. Er ging pfeifend weg, nachdem er gebrummt hatte, das könne ich nicht ernst gemeint haben, ich würde mir das noch einmal überlegen, und er wäre auf jeden Fall immer bereit, mich wieder zu umarmen.)

Zwischen einem beliebigen 8. Mai und einem beliebigen 3. Juni trafen sie sich weiterhin zur Mittagszeit in der Bar. Viberti tat so, als hätte ihn sein Geständnis von einer sinnlosen Verliebtheit befreit, Cecilia schien es zu freuen, dass er sich befreit hatte. Doch die Rechnung ging nicht auf. Wenn sie nicht verlegen waren, warum mussten sie dann zeigen, dass sie es nicht waren? An manchen Tagen kam es zu regelrechten Wettkämpfen in Ungezwungenheit.

Von dem Jahr, das sie hinter sich hatten, sprachen sie wie von einer lang zurückliegenden Gefahr, einer schon verschwommenen Erinnerung, einem Arkadien, in dem sie jung und unschuldig gewesen waren. Cecilia gestand Viberti, dass er sie mit seinem geschmorten Gemüse in Verlegenheit brachte, ihr Schuldgefühle machte, denn sie dagegen aß gern spezielle Sandwiches mit Paprika und Sardellen, Curryhuhn, geräuchertem Lachs. Als sie einmal dachte, er würde nicht kommen, hatte er sie mit einem

Gorgonzola-Nuss-Sandwich ertappt. Viberti gestand ihr die Methode, die er ersonnen hatte, um die Wahrscheinlichkeit zu erhöhen, sie in der Bar anzutreffen – immer um Viertel vor zwei da sein. Er gestand ihr, dass er, bevor er sie kennengelernt hatte, immer um halb eins essen gegangen sei, spätestens um eins. Um zwölf hatte er meist schon einen Bärenhunger, dann kaute er Gaze, damit ihm der Hunger verging.

Sie sprachen nicht mehr über die Liebeserklärung, doch es war, als erlaubte ihnen die Liebeserklärung, über neue und intimere Dinge zu sprechen. Cecilia fühlte sich anscheinend freier, von dem zu erzählen, was ihr wirklich am Herzen lag, die Kinder. Viberti sprach von der Krankheit seiner Mutter, damit gab er seiner Traurigkeit, die er früher nicht hatte akzeptieren wollen, eine Stimme.

Sich woanders zu treffen, war unmöglich. In diesen Wochen versuchte Viberti, sie zum Abendessen, ins Kino einzuladen, aber sie erklärte, das könne sie nicht, sagte: «Vielleicht in fünf oder sechs Jahren.» Sie lächelte, aber es war kein Scherz. Ihre ganze Zeit gehörte den Kindern, und wenn sie von ihnen sprach, wenn sie erzählte, wie sie allein mit ihnen zu Hause hocken musste, schien sie den erbitterten Widerstand einer belagerten Stadt zu beschreiben, oder das Leben einer kleinen Gemeinschaft, die wegen Pest unter Quarantäne gestellt war.

Sie sagte, sie habe eine angespannte, aber gesittete Beziehung zu ihrem Mann, es gebe keine Szenen vor den Kindern, wenn er sie am Wochenende abholte, war es nicht wie ein Gefangenenaustausch, nein, alles laufe besonnen und diszipliniert ab, so wie auch ihre Trennung besonnen und diszipliniert abgelaufen war – nach der ersten Zeit. Der Schmerz war in irgendeine Ecke gequetscht wie ein hässliches Kleid im Schrank. Sie sagte, anfangs seien sie in den Park am Fluss gegangen, um zu streiten.

Viberti stellte sich vor, wie sie dort spazieren gingen, wo sie laut werden, sich beleidigen konnten, so dachte er sich das, was Paare tun, wenn sie sich unter heftigen Auseinandersetzungen trennen. Er stellte sich vor, dass sie sich vor den Kindern wie vor Abhörgeräten hüten, wie Geheimagenten geschlossene Räume meiden mussten.

«Nach der ersten Zeit» und «anfangs» bedeutete, dass die Trennung in mehreren Phasen verlief und nur die erste mit Streitereien und Gewalt verbunden war. Viberti war zu beeindruckt und verwirrt von diesen Geständnissen, um sich zu fragen, ob sie einen Sinn hatten. Es fehlte ein auslösendes Moment, es gab keinen Ehebruch oder eine immer schwerer wiegende Unverträglichkeit, außerdem sprach Cecilia nicht über diese Dinge. Aber was wusste er schon von echten Trennungen, er hatte ja selbst kein auslösendes Moment gehabt, er hatte die Ehe nicht vollzogen, hatte sich nicht schuldig gemacht mit Anklagen und Gegenklagen, Beleidigungen und Bezichtigungen, Sätzen, die man bereut und für die man sich schämt. Manchmal schämte er sich für etwas, was er niemandem sagte: Er erinnerte sich nicht mehr, warum er Giulia geheiratet hatte, er erinnerte sich nicht mehr, warum sie sich getrennt hatten.

Auch in Cecilias Erzählungen fehlte das auslösende Motiv, und Viberti hatte nicht die geringste Lust, nachzuforschen. Sie hatte sich für immer getrennt, nur das zählte. Oft verweilte er bei einem anderen Gedanken. Den Ehemann im Bett der Ehefrau und im Herzen der Kinder ersetzen. Diesen Kindern ein Vater sein. Doch da er dem Mädchen nie begegnet war, kreisten seine Phantasien am Ende immer nur um Mattia. Er stellte sich vor, wie er ihm abends Bücher vorlas. Sonntags würden sie ins Stadion gehen, er hätte ihm die Spielregeln erklärt. Sie würden ein großes Zeichenheft mitnehmen und die Aktionen und Bewegungen der Spieler auf dem Platz zeichnen. Dann verzagte er plötzlich. Er wusste gar nichts von diesen Kindern. Er wusste gar nichts von Kindern.

Sich die Kinder vorzustellen, war schwierig, außerdem erzählte Cecilia und korrigierte sich sofort danach, wodurch sich das provisorische, soeben in Vibertis Kopf entstandene Bild wieder umkehrte, sie schien das absichtlich zu machen, um ihn auf falsche Fährten zu locken. Die Kinder hatten sehr unter der Trennung gelitten und unterschiedlich reagiert. Die Kinder hatten einen unterschiedlichen Charakter und hatten auf ihre Weise reagiert, nämlich beide auf die einzig mögliche Weise, in der Kinder reagieren konnten, sie hatten versucht, zu vergessen. Die Kinder würden niemals vergessen können, das war unmöglich. Die Kinder hatten sich zu erwachsen verhalten, sie hatten die Reife bewiesen, die den Eltern fehlte. Die Kinder waren Kinder gewesen, sie hatten alles verleugnet und verdrängt, um nicht zu sehr zu leiden. Das Mädchen hatte es sich zur Aufgabe gemacht, die Mutter bei Laune zu halten, der Junge war ernst und gewissenhaft geworden, «der Mann im Haus». Das Mädchen war unwiderstehlich, doch wenn sie dich mit ihren Geschichten zur völligen Erschöpfung gebracht hatte, hattest du nur noch einen Wunsch: sie zu erwürgen. Das Mädchen war ein Quälgeist und egozentrisch, konnte keinen Moment still sein, doch wenn du ihr beim Abendessen eine halbe Stunde lang, Belustigung heuchelnd, zugehört hattest, ging dir das Herz über vor Zärtlichkeit. Auf der einen Seite der Junge, schweigsam und essgestört, würdevoll und niemals bockig, auf der anderen seine Schwester, hartnäckig bemüht, alles unter einer Flut von Worten zu begraben. Einerseits die Härte des undankbaren Kleinen, der mit der Waffe des Hungers kämpfte, andererseits die Gnadenlosigkeit der undankbaren Kleinen, die der Mutter nicht verzieh, dass sie den Vater weggejagt hatte.

«Michela glaubt, es sei deine Schuld?», fragte Viberti.

«Beide glauben, dass es die Schuld desjenigen ist, der bei ihnen geblieben ist, der andere, der gegangen ist, wurde weggejagt, er ist das Opfer»,

doch auch:

«Sie glauben, es ist ihre Schuld, sie glauben, sie haben etwas Böses getan»,

doch auch:

«Sie lässt ihre Wut am Bruder aus, aber das ist nicht das größte Problem, glaube ich»,

doch auch:

«Sie glauben, er will wieder eine Familie gründen und andere Kinder haben, früher oder später werden sie mich fragen, wie sie sich zu diesen neuen Geschwistern verhalten sollen»,

doch auch:

«Sie denken gar nichts.»

Viberti fragte (wobei er versuchte, nicht ängstlich zu wirken):

«Behandelt Michela ihren Bruder schlecht?»

«Nein, sie ist liebevoll und fürsorglich, sie spielen zusammen, verstehen sich sehr gut, nur manchmal tobt sie sich aus und fängt an zu schreien, dann lässt sie ihn nicht mehr in ihr Zimmer»,

doch auch:

«Sie hat ihre eigene Weise, ihn auszuschließen, auch wenn sie gar nicht böse auf ihn ist, manchmal redet sie nicht mit ihm, dann höre ich, wie er ihr zehnmal dieselbe Frage stellt»,

doch auch:

«Sie hilft ihm bei den Hausaufgaben, räumt seine Spielsachen mit auf, wenn sie sieht, dass er auf dem Bett liegt und liest, eigentlich ist sie sehr um ihn bemüht, sie spielt ein bisschen Mama, aber sie erträgt es nicht, wenn ich mit ihm schmuse, dann nervt sie so lange, bis ich ihn nicht mehr auf meinem Schoß sitzen lasse»,

doch auch:

«Ich glaube nicht, dass sie mir seine Geburt vergeben hat!»

Viberti fragte (wobei er sich fragte, ob er nicht zu weit ging):

«Wie ist es möglich, dass sie denken, dein Mann will eine neue Familie gründen? Wer kann ihnen das gesagt haben?»

«Niemand hat ihnen das gesagt, es stimmt nicht, ich glaube, das ist das Letzte, was sie sich wünschen»,

doch auch:

«Niemand hat ihnen das eingeredet, sie denken es einfach, so groß ist ihre Angst, ihn mit anderen Kindern teilen zu müssen»,

doch auch:

«Wahrscheinlich haben die Großeltern, seine Eltern, ihnen diesen Unsinn gesagt und es einen Augenblick später vergessen»,

doch auch:

«Aber das ist noch nicht so verwunderlich, recht bedacht, ist es viel unerklärlicher, dass sie gar keine Angst haben, *ich* könnte mir eine neue Familie zulegen wollen, für sie ist es selbstverständlich, dass ich immer bei ihnen bleibe, ich allein, verstehst du?»

«Und, stimmt das?», errötend.

«Es stimmt, ja, es stimmt», ihm in die Augen blickend. «Sie denken das, weil ich es ihnen zu verstehen gegeben habe, ohne es aussprechen zu müssen, aus Angst, sie zu verlieren, habe ich es ihnen stillschweigend gestanden.»

In diesen Wochen rekonstruierte Viberti zum ersten Mal, seit er sie kannte, rückwärts die Chronologie von Cecilias Leben: Sie musste ihren Facharzt mit dreißig gemacht haben, Mattia war geboren, als sie sechsundzwanzig war, mit vierundzwanzig hatte sie ihr Studium abgeschlossen, mit dreiundzwanzig Michela bekommen, mit zweiundzwanzig hatte sie geheiratet. Mit zweiundzwanzig geheiratet. Das erschien ihm unglaublich, und noch unglaublicher war, dass er nicht früher daran gedacht hatte. Er bat sie um eine Bestätigung, sie bestätigte es und fing an zu lachen. «Du siehst ja völlig verstört aus, was ist los?» Er sagte, das sei tatsächlich ziemlich verstörend. Woher hatte sie die Kraft genommen, so viele Sachen auf einmal zu machen? Cecilia lächelte noch immer, sie antwortete nicht.

Seine Beschreibung von Marta begann Viberti mit der Szene seiner Heimkehr nach Hause. Seit er sich eine eigene Wohnung in demselben Haus genommen hatte, wo er geboren und aufgewachsen war, hatte er zwanzig Jahre lang fast jeden Abend bei der Mutter vorbeigeschaut, wenigstens ein kurzer Gruß, oft nur an der Türschwelle, um zu hören, ob alles in Ordnung war. Auch nachdem er geheiratet hatte, gab er diese Gewohnheit nicht auf, zumal Giulia häufig bei Marta sitzen blieb, um ein bisschen zu plaudern, und sie schien glücklich in Gesellschaft dieser älteren Frau, die sie ermutigte, ihr Ratschläge gab, ohne aufdringlich zu werden, die ihre Freundin war. Als die Ehe ihres Sohnes geschieden wurde, änderte sich für Marta fast nichts, sie bekam weiterhin Besuch von beiden, führte sie wieder zusammen, indem sie sie einmal in der Woche zum Abendessen einlud.

Jahre waren vergangen, und noch immer kam Viberti mit demselben Dilemma nach Hause zurück: Sollte er jeden Abend bei der Mutter anklopfen oder so tun, als hätte er nicht daran gedacht? Wenn er sehr hungrig war und es nicht erwarten konnte, sich etwas zu kochen, betrat er den Aufzug und drückte auf den Knopf des fünften Stocks, doch dann stand er vor seiner Wohnungstür und ließ die Schlüssel in seiner Hand klingeln, ohne dass er sich entschließen konnte, hineinzugehen. Vor allem im Frühling, wenn die Nachmittage nicht enden wollten, das Licht um sieben Uhr einen weichen, müden, süßlichen Farbton annahm und ihn einhüllte, ohne ihm einen Ausweg zu lassen.

Er musste nur reinschauen und ihr hallo sagen, eine Angelegenheit von wenigen Minuten, doch gerade das hinderte ihn, dass es so einfach war, im Treppenhaus drei Stock nach unten zu gehen, zu klingeln, ein paar Worte zu wechseln. Etwas hielt ihn zurück, ein schwacher Wunsch, der noch aus der Resignation auftauchte, sich aber nicht geschlagen geben wollte … Ja, in seine Wohnung gehen und das Stück Fleisch braten, das er sich gekauft hatte, die tiefgefrorenen Kartoffeln in den Ofen schieben, ein neues Glas Senf aufmachen, eine Flasche Wein entkorken … Denn das war die einzige richtige Mahlzeit am Tag, zu Mittag aß er nie mehr als einen Salat oder einen Teller geschmortes Gemüse … *Denk dran, dass die Verdauung schon beim Essen beginnt, iss niemals zu schnell, kein Heißhunger, keine Notlage, keine Arbeit und kein Vergnügen rechtfertigen das Verschlingen eines Bechers Joghurt in zehn Sekunden, theoretisch müsste man jeden Bissen mindestens fünfzigmal kauen, aber vierzig reichen auch.* Widerwillig steckte er die Schlüssel in die Tasche zurück und ging in den zweiten Stock hinunter.

Dann stand er vor der alten Haustür, seiner ersten Tür, der Tür schlechthin, der Mutter aller Türen, und nahm all seine Kraft zusammen, um zu klingeln. Aber schon ohne dass er geklingelt hätte, öffnete sich wie durch Zauber die Tür, und seine Mutter erschien in Fleisch und Blut, mit einer kleinen Gießkanne in der Hand.

«Claudio.»

«Ciao, Mama.»

Dann wanderte der Blick von Mutter und Sohn zu den Pflanzen, die den sonnigen Treppenabsatz schmückten, und gemeinsam blickten sie auf die randvoll mit Wasser gefüllten Übertöpfe, die feuchte Erde, die tropfenden Blätter. Marta machte eine verärgerte Bewegung mit der freien Hand: «Giulia muss sie schon gegossen haben», sagte sie. Viberti nickte.

Sie gingen hinein oder blieben auf der Schwelle stehen, und er entschuldigte sich, dass er so lange nicht vorbeigekommen war, um ihr hallo zu sagen, obwohl sie sich in Wahrheit vor zwei Abenden gesehen hatten. Sie sagte vorsichtshalber nichts, denn wenn sie bei dem Thema blieben, hätte sie sich erinnern müssen, wann sie den Sohn zum letzten Mal gesehen hatte.

«Du bist doch nicht zum Essen gekommen?», fragte sie besorgt.

«Nein, Mama, danke, bei mir steht alles bereit. Ich wollte dir nur hallo sagen.»

«Bei der Arbeit alles in Ordnung? Die Drüsen se-zer-nie-ren? Himmel, was für ein schwieriges Wort.»

«Sie sezernieren, ja, ja», antwortete Viberti lächelnd.

Gingen sie in die Wohnung, setzte er sich an den Küchentisch, während sie auf dem Balkon die Gießkanne abstellte. Obwohl sie nicht mehr kochte, weil Giulia ihr verboten hatte, den Herd anzumachen, blieb die Küche doch ihr Hauptquartier.

«Darf ich dir etwas anbieten?», fragte sie, als sie wieder hereinkam.

«Nein, danke», antwortete Viberti.

«Hast du was von Giulia gehört?»

«Nein, seit dem Essen am Sonntagabend nicht mehr.»

«Hast du am Sonntagabend bei ihnen gegessen?»

Auch sie war dabei gewesen, aber Viberti wies sie nie auf ihre Irrtümer hin, seiner Meinung nach war das zwecklos, es demütigte sie nur. Giulia dagegen meinte, sie fortwährend zu tadeln, würde ihr Erinnerungsvermögen stimulieren. Giulia war Gastroenterologin, Viberti Internist und Endokrinologe, doch da er fast nur mit alten Menschen zu tun hatte, glaubte er, mit etwas mehr Recht über geriatrische Themen sprechen zu dürfen.

In der Küche hingen (am Kühlschrank, mit den gleichen bunten Magneten befestigt wie Giulias Zettel) die stets aktuellen Fotos der beiden Kinder, die Angélica, die Pflegekraft, in Peru zurückgelassen hatte, und Viberti machte eine freundliche Bemerkung darüber, wie gut sie heranwuchsen. Auch sie waren «Enkel» für Marta.

Häufig berichtete Viberti ihr dann das Neuste von Stefano Mercuri. Marta fragte, ob das Wetter am Meer gut sei, und Viberti bestätigte das, obwohl er mit dem alten Freund nie über das Wetter sprach. Ihre Gespräche verliefen nicht mehr in den Bahnen von früher, Viberti würde nur von Politik und Medizin sprechen, und Mercuri erzählte ihm, welch große Befriedigung ihm sein Garten verschaffte.

«Darf ich dir etwas anbieten?»

Eine Taube setzte sich auf die Balkonbrüstung und ließ den Kopf um den violett-grünen Hals kreisen, als machte sie eine Entspannungsübung, dann starrte sie Viberti an und verdrehte die Augen.

«Nein, danke.»

«Tauben sind eines der größten Geheimnisse der Welt», sagte Marta kopfschüttelnd. Sie machte eine Handbewegung, um die Taube zu verscheuchen, doch sie bewegte die Hand so schwach, dass es aussah, als wollte sie die Taube zu sich einladen.

Wenn Viberti einen alten Bekannten erwähnte, den er zufällig im Krankenhaus getroffen hatte, sagte Marta mit einem triumphierenden Lächeln «Ich erinnere mich genau an ihn», und erzählte alles, was in der Familienchronik von diesem Mann überliefert war. Ein ganz einfacher Trick, man musste sie nur zu sehr weit zurückliegenden Erinnerungen führen, denn in der Vergangenheit lag das Festland, während die Gegenwart ein stürmisches Gewässer war, wo nichts an der Oberfläche blieb.

Darum irrte sich Giulia, es war sinnlos, Marta zu quälen, ihr Schuldgefühle zu bereiten, es stimmte nicht, dass jedes Gespräch unmöglich geworden war, man musste einfach ein sicheres Thema finden, das vertieft werden konnte.

«Darf ich dir etwas anbieten?»

Schon die Formulierung war seltsam, noch seltsamer als ihre Wiederholung. Niemals hätte seine Mutter, solange sie im Vollbesitz ihrer geistigen Kräfte war, ihrem Sohn gegenüber das so förmliche, so distanzierte Wort «anbieten» benutzt. Es war, als wäre die Verwandlung des Wortschatzes ein erstes Zeichen der allgemeineren Verwandlung, durch die Pflanzen, Tiere und Menschen eines Tages wieder zu Unbekannten wurden, ein ganzer Planet fremder Dinge, eine jungfräuliche Welt, die kennengelernt, klassifiziert und mit kühler Höflichkeit behandelt werden wollte.

«Ein Glas Wasser, danke», sagte Viberti.

«Du bist doch nicht zum Essen gekommen?»

«Nein danke, Mama, bei mir steht alles bereit.» Er trank einen Schluck Wasser. «Und ich muss jetzt auch gehen.»

Marta ging auf den Balkon und kehrte mit der Gießkanne zurück.

«Ich komme mit dir, da kann ich gleich die Pflanzen auf dem Treppenabsatz gießen.»

«Ja, tu das», sagte Viberti.

Da er vor ihr ins Treppenhaus trat, sagte er, dass die Töpfe feucht zu sein schienen, vielleicht hatte Giulia sich schon darum gekümmert. Marta nickte enttäuscht, ging in die Wohnung zurück und schloss die Tür, ohne daran zu denken, sich von ihm zu verabschieden.

Die Welt seiner Mutter. In Wirklichkeit noch kein fremder Planet, noch keine jungfräuliche Welt aus neuen, unbekannten Gegenständen. Vorerst waren es bekannte und abgenutzte Gegenstände, die unversehens dort auftauchten, wo sie nicht sein sollten. Die Töpfe auf dem Herd zum Beispiel, verkohlte Rüben und Karotten, verkochte Suppen, verdampftes Wasser, rotglühendes Metall. Wer hatte die Herdplatten angemacht? Sie, aber in einer Parallelwelt, aus der sie herausgetreten war, ohne eine Erinnerung daran zu bewahren. Vor der Tür stehend, versuchte Viberti sich den Geist seiner Mutter auszumalen, sich die Wirkung dieses plötzlichen Erscheinens und Verschwindens von Dingen vorzustellen. Unmöglich, sich zu erinnern, wo sie vor wenigen Minuten ihre Brille abgelegt hatte. Unmöglich, das Geld wiederzufinden, das sie in einer sicheren Ecke versteckt hatte. Es war eine Welt belebter Gegenstände mit eigenem Willen. Man überträgt das Leben, das einem nach und nach entweicht, auf die Dinge.

Viberti ging die Treppen wieder hinauf und blieb auf jedem Treppenabsatz stehen, um einen Blick aus dem Fenster zu werfen. In den Höfen hatte das Licht einen aschfarbenen Ton angenommen. Er sah auf die Uhr, an manchen Abenden vergingen von dem Moment an, da er bei ihr geklingelt hatte, bis zu seiner Rückkehr kaum zehn Minuten.

Wenn ich versuchen muss, mich in ihn hineinzuversetzen, sehe ich ihn so: Aus der mütterlichen Wohnung herausgekommen und jetzt im Niemandsland zwischen zwei Stockwerken verharrend, als hätte er noch nicht das Recht, ins Leben der Erwachsenen einzutreten. Und ich möchte ihm zurufen: Los, beeil dich, denn im Leben der Erwachsenen warte ich auf dich, du musst dich um mich kümmern, komm nicht zu spät. Doch er rührt sich nicht. Den Blick starr auf das Ziffernblatt seiner Uhr gerichtet, studiert er die aufsteigende Linie zwischen der Sieben und der Neun, die der Zeiger zurückgelegt hat, ohne sich Fragen zu stellen, dickköpfig, stark, gleichgültig gegenüber dem Schicksal seiner Mutter und seinem eigenen.

Cecilia hatte eine wichtige Gabe, den aufmerksamen, konzentrierten Blick. Vibertis Erzählungen schienen sie wirklich zu interessieren. Eines Tages schaffte er es sogar, von seinem Vater zu sprechen. Er erinnerte sich nicht, jemals mit einem anderen Menschen über seinen Tod gesprochen zu haben.

Cecilia war in die Bar gekommen, in der er gerade einen Kaffee trank. Es war nicht ihre gewöhnliche Bar, und Viberti hatte sofort gedacht, dass sie ihn suchte, dass sie mit ihm reden wollte. Nein, sie hatte nichts Besonderes zu sagen.

Er fragte: «Bist du mir gefolgt?»

«Du hast unsere Bar verraten.»

«Wenn ich weiß, dass du nicht da bist, kann ich nicht mehr reingehen.»

Cecilia lächelte. «Ich bin dir nicht gefolgt. Ich habe dich von weitem gesehen, und du schienst mir traurig zu sein.»

«Ich bin nicht traurig.»

Fühlte sie sich schuldig, weil sie ein Jahr lang nichts bemerkt hatte, war sie besorgt, weil es ihm ihretwegen schlechtging? Ihr Mitleid wollte er nicht. Vielleicht sollte er ihr das sagen. «Du darfst dich nicht schuldig fühlen.»

Doch sie wechselte das Thema. «Manchmal frage ich mich, warum ich Medizin studiert habe, warum ich mir diesen Beruf ausgesucht habe. Passiert dir das nie?»

«Andauernd. Nicht unbedingt jeden Tag, aber oft.»

«War es nicht wegen deines Vaters?»

«Wegen meines Vaters?»

«Du hast mir erzählt, dass er gestorben ist, als du noch klein warst.»

«Nicht mehr ganz klein, ich war vierzehn ... Warum glaubst du, ich hätte es seinetwegen getan? Er hatte keine besonders hohe Meinung von Ärzten.»

«Du hast mir erzählt, er sei an einem malignen Lymphogranuloma gestorben.»

«Ich erinnere mich gar nicht, dass ich dir davon erzählt hatte.»

«Vor ein paar Monaten, erinnerst du dich an diesen Jungen ...»

«Ja, jetzt erinnere ich mich. Aber mein Vater ist 1975 gestorben.»

Er hatte plötzlich ein seltsames Gefühl, ein Kribbeln am Magenmund.

«Wir hatten darüber gesprochen, weil du mir gesagt hast, diese Fälle seien damals unheilbar gewesen, meistens. Heute hätte man ihn retten können.»

«Ich glaube, ja. Aber was hat das mit meiner Entscheidung zu tun, Medizin zu studieren?»

«Um ihn zu retten, um ihn in Zukunft retten zu können.» Sie brach ab, bewegte die Hände, versuchte, sich verständlich zu machen. «Ich meine, ideell retten.»

«Oh. Tja, kann sein.»

Was ihn erstaunte – das wurde ihm später bewusst, auf dem Nachhauseweg –, war, dass diese Frau sich Gedanken um ihn gemacht hatte. Dass sie tagelang über diese Sache nachgedacht, nach einer Erklärung gesucht hatte, die ihn betraf, und schließlich eine Geschichte erfunden hatte, die ihn *erklärte.*

Manchmal stellte er sich vor, wie sein Vater in dem alten

Schlafzimmer seiner Eltern gestorben war. Den genauen Moment. Seither hatte er den Tod vieler Patienten erlebt. Röcheln war ein beeindruckendes Verb, es bezeichnete ein desorientiertes Rollen auf der letzten Wegstrecke, auf der «man einen bösen Lauf nimmt». Beim letzten Atemzug seines Vaters war er nicht dabei gewesen, denn während der langen Monate der Krankheit war er oft draußen gewesen, von der Mutter aufgefordert, rauszugehen, sich abzulenken. Marta wollte, dass der Junge sich an einen gesunden Vater erinnerte, aber da gab es nicht viel zu erinnern.

Als hätte sie seine Gedanken gelesen, fragte Cecilia: «War er lange krank?»

«Ja, viele Monate lang, aber ich erinnere mich nicht genau, ich muss es verdrängt haben.» Er schwieg eine Weile. «Nein, ich glaube nicht, dass ich deswegen Arzt geworden bin. Ich wollte in die Fußstapfen eines anderen Mannes treten, das war ein Freund von meinem Vater, an dem ich sehr hänge.»

Cecilia kannte Stefano Mercuri nicht, aber sie hatte im Krankenhaus von ihm gehört, sie hatte seine Aufsätze gelesen.

«Und du, warum bist du Ärztin geworden?»

«Ich weiß es nicht. Wirklich nicht. Erst wollte ich schwimmen.»

«Ach ja, das hast du mir erzählt.»

Sie betrachtete die Kaffeetasse auf dem Tresen mit dem gleichen Blick, mit dem sie vor einem Jahr die Schlüssel des Scénic betrachtet hatte, die ihr heruntergefallen waren.

Viberti berührte leicht ihre Schulter: «Danke, dass du mir gefolgt bist, um mit mir zu sprechen, ich freue mich, wenn du mit mir sprichst.»

Cecilia lächelte: «Ich bin dir nicht gefolgt.»

Am Morgen des 3. Juni wacht Viberti überflutet vom erbarmungslosen Licht des Tages auf und verspürt ein starkes Bedürfnis nach Nebel, weiß aber, dass er selbst im November keine Hoffnung auf die Erfüllung seines Wunsches hätte, denn mittlerweile ist nicht mal mehr der Nebel das, was er einmal war. Das Klima hat sich verändert, die Umweltverschmutzung hat sich verändert, die Stadt hat sich verändert. Als Junge hatte er manchmal Angst, sich zu verlaufen, wenn er um acht Uhr morgens zur Schule ging, er sah keine zehn Schritt weit, die Menschen tauchten ganz plötzlich auf, als wären sie vom Himmel gefallen, und sie waren verschwommen und grau und fröstelten, nie wieder sollte er so traurigen Passanten wie in jenen Jahren begegnen, wütende und verängstigte Menschen, nicht nur wegen des Nebels. Tatsächlich hingen Nebel und Angst in seiner Erinnerung nicht notwendig zusammen, denn es war eine schöne, tröstliche Erinnerung, oder vielleicht war sie nur nostalgisch, im Nebel konnte man sich verstecken und einfach hinter der nächsten Ecke verschwinden. Wenn er nach Hause kam, war oftmals Mercuri da, der Kommunist. Mit ihm konnte man diskutieren und versuchen, alles, was passierte, besser zu verstehen, denn im Unterschied zu den anderen Erwachsenen hatte Mercuri keine vorgefertigten Antworten parat, die als «Erfahrung» ausgegeben wurden, sondern machte gerade mit seinen Zweifeln alles verständlicher. Und während er an Mercuri denkt und daran, wie die Politik in den siebziger Jahren war und was Politik im Allgemeinen ist, steht er auf, und vor dem Spiegel fällt ihm ein, dass er heute zu einer wichtigen Versammlung der Gewerkschaft gehen muss, der Klinikdirektor spielt verrückt, jemand muss ihn aufhalten.

Am späten Nachmittag setzt er sich in das Ärztezimmer der Pädiatrie, um einen Fragebogen zur Selbsteinschätzung auszufüllen. Die Sonne teilt den langen blauen Tisch diagonal in zwei Hälften, und Viberti setzt sich in die schattigste Ecke, weit weg vom weißlichen Lichtreflex. Er hat das Wochenende bei Mercuri verbracht und hat einen Sonnenbrand, weil er am Strand eingeschlafen ist. Drei Tage lang hat er an nichts anderes gedacht als an Cecilia, der Besuch bei dem alten Freund hat ihm seine eigene Einsamkeit schmerzhaft zu Bewusstsein gebracht (vielleicht, weil Mercuri sein ganzes Leben lang allein war und das Problem jetzt gelöst hat, indem er seine Haushaltshilfe geheiratet hat). Er hätte dem Alten gern diese hartnäckige Verliebtheit gestanden, nein, noch lieber würde er ihm Cecilia vorstellen und sich seinen Segen abholen. Er würde ihn gern sagen hören: «Sie scheint eine ausgezeichnete Ärztin zu sein.» Warum ist es eigentlich so wichtig für ihn, dass Cecilia eine ausgezeichnete Ärztin ist?

Heute hat er sie beim Mittagessen wieder gesehen und ist ruhiger geworden. Sie haben über seinen Sonnenbrand gewitzelt. Sie jeden Tag zu sehen ist verrückt und tröstlich. Der Fragebogen bringt ihn in Schwierigkeiten. Es gibt eine Frage, die letzte, die er schon im vergangenen Jahr nicht beantworten konnte: *Wie schätzen Sie die Qualität Ihrer Arbeitsleistung insgesamt ein?* Das ist ein bisschen so wie das grüne Kärtchen, das man ausfüllen muss, wenn man in die Staaten reist. Da muss man erklären, dass man kein Terrorist, Mörder oder Dieb ist. Letztes Jahr haben Antonio und Giulia ihm geraten, zu antworten: *Ziemlich gut, aber ich kann mich immer noch verbessern.* Sie hatten das als Witz gemeint, aber er hat sie beim Wort genommen und genau das geantwortet. Später hat er es bereut, denn im Personalbüro hat man wahrscheinlich gedacht, er wolle sich über den Fragebogen lustig machen. Also fängt er heute bei der letzten Frage an und schreibt, ohne lange zu überlegen: *Ziemlich gut*, die Antwort, die er auch in den nächsten Jahren geben wird, bis zur letzten Selbsteinschätzung vor der Pensionierung.

Er dreht das Blatt um und füllt den Fragebogen von Anfang an aus. Die Tür geht auf, Cecilia kommt herein. Wie vor einem Jahr wird das Ärztezimmer zum Bühnenbild für zukünftige Erinnerungen, solange der Zustand der beteiligten Gehirne das Fortbestehen und die Verwertung von Erinnerung erlaubt.

Cecilia trägt ihren Kittel nicht mehr. Die Zeit rast, jeder mit dieser Frau verbrachte Moment vergeht zu schnell, immer erscheint und verschwindet sie zu eilig.

«Ich dachte, du wärst schon weg.»

«Ich hatte vergessen, eine Tuberkulose anzuzeigen.»

«Bist du deswegen zurückgekommen?»

Cecilia geht zum Fenster. Draußen sieht man den Stoßverkehr auf der breiten, von Bäumen gesäumten Allee, hinter der Allee liegt der Fluss, wo zwei einsame Kanuten paddeln, und hinter dem Fluss der grüne Fleck des Hügels, der sofort steil ansteigt, die Häuser dicht umringt von Bäumen.

«Ist etwas passiert?»

Cecilia zuckt mit den Achseln. Etwas ist passiert, aber was? Sie dreht sich um, sieht ihm in die Augen, kommt näher, vielleicht wollte sie doch zu ihm, vielleicht will sie reden.

Sie nimmt einen Stuhl, setzt sich neben ihn. Der Kragen ihrer Bluse sitzt schief, Viberti würde ihn gerne geraderücken, aber er hält sich zurück.

«Der Sonnenbrand wird schlimmer, du musst dich eincremen.»

«Ja, es brennt.»

Cecilia hebt einen Arm, bringt den Kragen seines Kittels in Ordnung. Was für ein Zufall! Bei ihm war der Kragen auch hochgeschlagen. Schon will er sagen «Dein Kragen ist auch schief, lass mich mal machen», aber sie senkt den Arm nicht. Ihre Finger gleiten hinunter bis zur Brusttasche. Es sieht aus, als wollte sie einen der Stifte herausziehen oder vielleicht den Pieper, der Viberti noch um den Hals hängt. Schwer zu sagen, ob dieser Arm eine Brücke ist, die sie verbindet, oder das Maß einer Distanz, die sie trennt.

Dann beugt Cecilia sich vor, zieht ihn zu sich heran und küsst ihn auf den Mund. Viberti ist zu überrascht, um die Lippen zu schließen, Cecilia löst sich von ihm, rückt aber nicht ab.

Sie bleiben dicht beieinander, atmen sich an, zwischen den Gesichtern ein minimaler Spielraum. Fünf Sekunden, dann fasst Viberti sich wieder, er packt Cecilia am Nacken und steckt seine Zunge in ihren Mund, dabei seufzt er vor Erleichterung, denn dies ist der Ort und die Stunde, in der ein Wunsch heimkehrt, der von weither kommt, als verschollen galt und wie ein Toter beweint wurde. Und er küsst sie so heftig, dass er bei denen, die ihn kennen, Erstaunen und Irritation oder Belustigung oder Erregung hervorrufen würde, denn er ist fest entschlossen, in diesem warmen, feuchten Mund zu bleiben, ihn zu seinem ständigen Aufenthaltsort zu machen, denn er muss sie bestrafen, weil sie ihn so lange hat warten lassen, er hat Angst, dass sie es sich anders überlegt, es gefällt ihm, und er weiß, dass es niemals genug sein wird, egal, wie lange es dauert.

Sie lösen sich abrupt voneinander, sehen beide zur Tür. Doch das Geräusch war nur in ihren Köpfen. Da ist niemand.

«Lass uns gehen», sagt Viberti.

Cecilia nickt, sieht ihn an, als wollte sie ihn umbringen. Diese Frau hat Angst, diese Frau macht ihm Angst, diese Frau hat vor nichts Angst.

Er sammelt die Blätter ein, steht auf, ihm fällt ein, dass er mit Antonio zur Versammlung der Gewerkschaft gehen muss, er nimmt das Handy, ruft ihn an: «Ich hab da was durcheinandergebracht, entschuldige bitte, wir sehen uns morgen.» Antonio sagt seufzend: «Ich kann auch nicht hingehen», aber er hat nicht daran gedacht, Viberti zu benachrichtigen. Vielleicht hätte auch er Antonio nicht benachrichtigt, wenn es nicht *das* hier wäre, was ihn hindert, egal, er hat jetzt keine Zeit, darüber nachzudenken.

Sie verlassen das Ärztezimmer, am Ende des Flurs stehen zwei Krankenpfleger, die sie mit einem Handzeichen grüßen, sie erwidern den Gruß, indem beide den linken Arm heben wie zwei aufeinander eingespielte Wettkämpfer im Synchronschwimmen.

«Ich hab da was durcheinandergebracht?», murmelt Cecilia lächelnd, während Viberti sich im Umkleideraum den Kittel auszieht. Ja, er hat wirklich gesagt «Ich hab da was durcheinandergebracht». Wie ist ihm das bloß eingefallen? Warum nicht «Ich bin beschäftigt» oder «Mir ist nicht gut, ich gehe nach Hause»? Wenn er schon unbedingt einen Vorwand erfinden musste. Aber warum eigentlich etwas erfinden?

Er küsst sie wieder, drückt sie gegen die Metallspinde. Er möchte ihr zeigen, wie erregt er ist, aber Cecilias Rucksack steckt zwischen ihnen. Dieser Mund hat genau das richtige Maß, denkt Viberti, ihre Münder sind dafür geschaffen, aneinanderzukleben. Sie schiebt ihn weg. «Lass uns gehen.»

Sie verlassen das Krankenhaus. Gehen schnell, flüchten oder rennen hinter etwas her, sie sind spät dran, müssen die verlorene Zeit aufholen. Sie blicken sich um. Kein Kollege in Sicht, doch selbst wenn ihnen einer entgegenkäme, würden sie ihn nicht wahrnehmen.

«Zu meinem Auto», sagt er. Er zeigt auf die andere Seite der Allee wie ein Feldherr, keiner von beiden lächelt über diese Geste.

Auf dem gegenüberliegenden Bürgersteig kommen sie an ihrer Bar vorbei. «Ich muss etwas trinken», sagte Cecilia.

«Ja, aber nicht hier.»

Sie steigen in Vibertis Passat, halten nach ein paar Häuserblöcken an, prüfen eine Bar von außen, aber sie wirkt zu triste, sie suchen eine andere, finden sie. Viberti parkt in der zweiten Reihe neben grünen Müllcontainern, steigt aus, geht um das Auto herum, und erst als er schon auf dem Gehsteig steht, merkt er, dass Cecilia nicht ausgestiegen ist, sie kann die Beifahrertür nicht weit genug öffnen, obwohl sie mit der Tür ziemlich heftig gegen einen der Container schlägt. Er steigt wieder ins Auto, legt den Rückwärtsgang ein, die Tür ist frei, Cecilia steigt aus, er fährt wieder vorwärts, steigt aus und schließt das Auto ab. Und während all dieser Manöver macht keiner der beiden eine Bemerkung, witzelt oder lächelt nicht einen Augenblick lang, sie sind ernst und konzentriert, als wollten sie nicht in diese Bar, um etwas zu trinken, sondern um sie auszurauben.

Diesmal trinken sie kein Mineralwasser, Cecilia bestellt einen Campari, und obwohl Viberti Campari nicht besonders mag, trinkt auch er einen. Sie sitzen an einem Tischchen ganz hinten im Raum, den Rücken zum Lokal gedreht, Viberti, zu Cecilia vorgebeugt, streichelt die Innenseite ihres Oberschenkels, sie öffnet die Beine und rutscht ihm auf ihrem Stuhl entgegen, blickt ihn hingebungsvoll an, mit halb gesenkten Lidern und offenen Lippen. Das Bild einer Frau, die vögeln will, denkt Viberti, er muss es in irgendeinem Film gesehen haben, und er verbessert sich sofort, nein, sie ist nicht das Bild, sie ist es selbst, die Frau, die vögeln will, in Fleisch und Blut, und sie will wirklich mit ihm vögeln. Ist das möglich? Es scheint so, aber es ist trotzdem seltsam. Sie stammeln unwichtige Sätze, fast ohne Bedeutung: «Wie ist dir das nur eingefallen?», «Ich weiß nicht, was mit mir los ist», «Einfach so, plötzlich.»

Sie trinken den Campari, kaum haben sie das Glas auf das

Tischchen gestellt, heben sie es schon wieder, um den nächsten Schluck zu trinken, nach fünf Minuten sind sie fertig. Als sie wieder ins Auto steigen, haben sie sehr wirre Vorstellungen, nicht von dem, was sie wollen, sondern davon, wie sie es bekommen können. Sie biegen in eine der breiten Straßen ein, die am Krankenhaus entlangführen, dann folgt ein Kreisverkehr, zweimal drehen sie diese Runde, stumm, ohne ein Lächeln, auch dann nicht, als die Reifen quietschen, weil der Fahrer die Kurve zu eng nimmt. *Wie bei allen Ersatzteilen lohnt sich das Sparen auch bei den Reifen nicht, man wechselt sie besser in regelmäßigen Abständen, alle anderthalb Jahre, alle drei, vier Jahre, je nachdem, wie man das Auto benutzt, es gibt nichts Schlimmeres, als nur einen Reifen wechseln zu müssen, und man kann unmöglich vorhersehen, wann sie abgenutzt genug sind, den Reifenhändlern kann man natürlich nicht trauen, also legt man selbst die Haltbarkeitszeit fest und hat das Problem gelöst.* Dann fährt Viberti auf eine Brücke, überquert den Fluss, und sie kommen in eine Gegend, wo viele Bäume um eine Schule stehen. Nicht weit von hier wohnt Antonio, Viberti kennt das Viertel und weiß, dass hinter der nächsten Ecke eine Sackgasse mit Platanen liegt, ziemlich ruhig und abgeschieden, wo man reden kann. Wo sie in aller Ruhe beschließen können, wohin sie gehen, um das zu tun, worauf sie Lust haben. Eigentlich müssten sie weiter vom Krankenhaus wegfahren, um sicher zu sein, dass niemand sie sieht, aber, denkt Viberti, wenn sie sich keine Sorgen macht, warum zum Teufel sollte er sich dann welche machen? Sie werden dort ja nur anhalten, um zu reden, das heißt, eigentlich nur beschließen, was sie tun und wohin sie fahren werden, nein, eigentlich wird Viberti versuchen, Cecilia zu überreden, sofort in seine Wohnung mitzukommen, um dort mit ihm zu schlafen, obwohl es dann auch wieder um die Frage geht, wie sie in sein Haus kommen, ohne dass Giulia sie sieht, aber sie werden jedes Problem zu seiner Zeit lösen. Doch als der Passat in der Sackgasse geparkt ist, in Sicherheit, denn die Gasse ist um diese Zeit so verlassen wie zu jeder anderen Tageszeit auch, als der Motor ausgestellt ist und die Fenster geöffnet sind, durch die die frische Luft des Spätnachmittags strömt, als sie endlich miteinander allein sind, scheinbar allein, sicher vor unerwünschten Blicken und Begegnungen, fangen Cecilia und Viberti nicht an zu reden.

Ohne ein Wort zu sagen, umarmen sie sich, küssen sich und saugen an den Lippen des anderen, beißen und berühren sich, drücken und reiben, öffnen Knöpfe, lösen Gürtel und schieben ihre Hände unter Blusen und in Jeans, Viberti umfasst eine Brust und drückt die harte Brustwarze zwischen Zeigefinger und Daumen, Cecilia zieht seinen Schwanz heraus, bewegt die Hand auf und ab, kratzt mit ihren Fingernägeln über seinen Bauch, Viberti beugt sich aus dem Fahrersitz und schafft es (mit einer Drehung, an die er monatelang stolz und ungläubig zurückdenken wird), ihr innerhalb von dreißig Sekunden die Jeans und den Slip bis auf die Hälfte der Oberschenkel herunterzuziehen, dann stürzt er sich auf den dreieckigen, braunen Flaum, um zu küssen und zu lecken, was wie die stilisierte Zeichnung einer Möse zwischen geschlossenen Beinen aussieht, die Zeichnung eines erregten Fünfzehnjährigen, aber das ist keine Zeichnung, hier unten ist eine echte Möse, wirklich?, ja, so scheint es, und obwohl Viberti in seinem Leben schon ein paar Mösen gesehen hat, ist es, als sähe er zum ersten Mal eine. Es ist wie das mythische erste Mal, das er nie erlebt hat, weil er das enttäuschende, wirkliche erste Mal aus seinem Gedächtnis gestrichen hat, wenn dieser verfluchte Slip sich doch noch weiter herunterziehen ließe, damit sie die Beine öffnen kann, wenn die Beine sich doch öffnen würden, damit er sehen und küssen und lecken kann, was er sehen und küssen und lecken möchte, wenn sie den Sitz herunterrutschen und die Beine auf das Armaturenbrett legen würde, wenn sie in einem Bett statt im Auto wären, doch plötzlich schiebt Cecilia ihn weg und schreit laut, so laut, dass sie wahrscheinlich bis zur Notaufnahme des Krankenhauses zu hören ist: «Aufhören!»

Viberti hebt den Kopf, und sie umarmt ihn, versteckt ihr Gesicht an ihm, legt die Wange auf das Dreieck der Brust, das das aufgeknöpfte Hemd unbedeckt lässt, und atmet schwer. Beide atmen keuchend, jetzt, wo sie innehalten, und Viberti, schon jetzt beunruhigt, besorgt, versucht zu verstehen, was passiert sein könnte. «Bitte entschuldige», sagt er schließlich. «Entschuldigung, das wollte ich nicht.» Doch in Wirklichkeit wollte er, in Wirklichkeit wollte auch sie, denn sie schüttelt den Kopf, schüttelt die braunen Locken an seiner Brust, während sie ihn noch fester umarmt, aber wo ist dann das Problem?

«Da hinten ist jemand.»

Viberti blickt in den Rückspiegel und sieht zehn Meter vom Passat entfernt einen Mann mit einem Hund, eine Silhouette im Gegenlicht, die unmissverständliche Gestalt eines Spaziergängers, der mit seinem Hund Gassi geht, in einem Moment, da das Tier sich nicht entschließen kann, sein Häufchen zu machen. Das ist kein Spanner, im Gegenteil, er dreht ihnen den Rücken zu, denn er muss bemerkt haben, dass da jemand im Auto sitzt. Viberti könnte warten, doch der Spaziergänger kommt ihm vage bekannt vor. Wer von seinen Bekannten hat einen Hund? Im Winter wäre es um diese Zeit schon dunkel. Es ist viel zu hell.

Er lässt den Motor an und wendet, indem er auf den breiten Bürgersteig zwischen die Bäume und Häuser fährt, wo der Spaziergänger auf der anderen Straßenseite, selbst wenn er wollte, ihnen nicht ins Gesicht sehen kann. Cecilia hat ihre Jeans unterdessen wieder hochgezogen, schließt die Knöpfe ihrer Bluse, versteckt all die Herrlichkeiten, die sie gezeigt hatte. «Mach dir keine Sorgen», sagt Viberti, «er hat uns nicht gesehen.»

«Hast du ihn denn erkannt?»

«Nein, warum? Wer war das?»

«Ich weiß es nicht, ich habe ihn nicht gesehen.»

«Das war niemand, den wir kennen.»

«Jemand aus dem Krankenhaus.»

«Ist es denn so schlimm, wenn sie uns sehen? Lass uns zu mir fahren, da sind wir ungestört.»

«Und begegnen womöglich deiner Exfrau auf der Treppe.»

«Sie ist bis acht in der Praxis.»

Cecilia schüttelt den Kopf. «Nein, ich muss jetzt gehen, es ist spät.»

«Bitte.»

Sie drückt seinen Arm, lächelt. «Ich möchte ja auch, aber ich kann nicht. Wir reden morgen mit mehr Ruhe darüber.»

Viberti ist nicht sicher, ob Ruhe der Erfüllung seiner Wünsche förderlich ist, aber er nickt: «Einverstanden.»

Er fährt sie zu ihrem Auto, und obwohl sie fast direkt vor dem Krankenhaus stehen und Cecilia offenbar Angst hat, gesehen zu werden, küsst sie ihn lange und leidenschaftlich, wenigstens scheint es Viberti so. Sonst würde er, während er sie aussteigen und auf den Scénic zugehen sieht, nicht denken: Diese Frau gehört mir, diese Frau gehört mir, das ist meine Frau.

Ruhe ist der Erfüllung gewisser Wünsche niemals förderlich, Viberti hatte recht, denn am nächsten Tag kam Cecilia sehr aufgeregt in die Bar und erklärte, sie habe die ganze Nacht kein Auge zugetan, aber eine wichtige Entscheidung getroffen.

«Du wirkst gar nicht müde, aber vielleicht macht die Schlaflosigkeit dich ja nur noch hübscher», sagte er. Der Satz passte so wenig zu ihm, dass die Panik, die ihn bereits gepackt hatte, umso deutlicher wurde. Es war keine gespielte Unbefangenheit, es war, als wedelte er beim Sturz ins Leere mit den Armen, eine nutzlose Reflexhandlung.

Cecilia hatte wieder und wieder über das nachgedacht, was passiert war, hatte sich im Bett hin und her gewälzt und schließlich entschieden, dass alles falsch war. Es war falsch, weil sie es sich nicht erlauben konnte, sie war nicht mehr Herr über ihr eigenes Leben, und außerdem war sie ihm gegenüber nicht ehrlich gewesen, er war ein wichtiger Freund, aber er würde nie etwas anderes sein. «Ich war dumm, nein, ich war gemein, so was tut man nicht, ich weiß nicht, was in mich gefahren ist, oder vielleicht weiß ich es doch ... Jedenfalls tut es mir schrecklich leid, du wirst mich jetzt hassen, und recht hast du, du hast vollkommen recht, du *musst* mich hassen.» Sätze, die ohne Eile gesprochen wurden, in einem entspannten, fast flüsternden Ton.

Viberti war wie betäubt, er hatte das Hindernis nicht gesehen und war dagegengerannt. Nicht, dass er gedacht hätte, er habe die Frau seines Lebens (oder wenigstens der zweiten Hälfte seines Lebens) gefunden, nicht, dass er sich vorgestellt hatte, sie gleich heiraten zu können, doch mit Sicherheit hatte er nicht erwartet, dass es so schnell zu Ende gehen würde, noch bevor es überhaupt angefangen hatte. Und es schien wirklich alles zu Ende, das zeigten dieser Ton und diese ruhige Art, entsetzliche Entscheidungen zu verkünden.

«Gestern Abend war ich völlig durcheinander, ich kam mir vor wie ein anderer Mensch, ich konnte nicht verstehen, warum ich das getan habe, und dann hätte ich es am liebsten mit einem Schlag ungeschehen gemacht, nicht nur für mich, nicht wegen dem, was es für mich bedeutete, sondern weil mir klarwurde, was ich dir angetan habe, du wirst mir nie verzeihen.»

Mit hauchdünner Stimme sagte Viberti, um Verzeihung gehe es gar nicht, es gebe nichts zu verzeihen, und ganz bestimmt könne er sie nicht hassen, aber er könne es nicht verstehen und vielleicht sei es auch nicht richtig, jetzt auf einer Erklärung zu bestehen, sie würden noch einmal darüber sprechen (mit mehr Ruhe? Wieviel Ruhe brauchten sie denn?). Er sagte, es sei besser, ein paar Tage zu warten, bis beide etwas mehr Klarheit gewonnen hatten.

«Ja, aber ich habe schon Klarheit, das ist es, was ich dir sagen möchte, was du verstehen sollst, für mich ist die Sache völlig klar, ich habe eine Dummheit gemacht, und du darfst nicht erwarten, dass sich das wiederholt, bitte, du musst mir sagen, dass du nichts mehr von mir erwartest, denn es wird nichts geben, und es wäre schlimmer, wenn du weiterhin …»

Viberti unterbrach sie, indem er sich erhob und sagte, er müsse zurück ins Krankenhaus. Obwohl er anfing, wütend zu werden, konnte er ihre Hand nehmen und ihr fast liebevoll sagen, dass er nichts erwarte, er sei erwachsen und erwarte von niemandem etwas.

«Aber du darfst mich jetzt nicht verlassen», sagte sie.

«Was soll das heißen? Mir scheint, hier passiert gerade genau das Gegenteil.»

«Nein, nein, verlass mich nicht, du weißt ja gar nicht, wie wichtig du für mich bist, verlass mich nicht, wir müssen uns weiterhin treffen, Freunde sein.»

«Na gut.»

«Nein, sag nicht einfach so ‹Na gut›. Sag mir, dass du es mir versprichst.»

«Ich verspreche es dir.»

«Sehen wir uns morgen zum Mittagessen?»

«Morgen.»

Er ließ sie vor der Bar stehen, wo sie in ihrem Rucksack nach den Autoschlüsseln kramte, und rannte fast zurück. An ein plötzliches Aussetzen der Vernunft glaubte er nicht, seiner Meinung nach war das kein kurzfristiger Rausch gewesen. Er hätte sie gerne zu einem Wiedersehen gezwungen – es waren nicht nur die Küsse und Umarmungen und Zärtlichkeiten, nicht nur das, was sie getan hatte oder wozu sie bereit gewesen wäre, sondern auch, *wie* sie es getan hatte. Eine langandauernde Großaufnahme ihres Gesichts vom ersten Kuss bis zu dem Moment, an dem sie sich verabschiedet hatten: Nein, die Leidenschaft und Hingabe waren kein Fehler, sie waren kein Irrtum, sie waren keine Dummheit. Er musste sie zwingen, die Augen zu öffnen. Dieses Gesicht war ihr wahres Gesicht, nicht die Maske aus Holz.

Aber er musste ruhig bleiben, wenigstens er, nicht sediert, wie Cecilia offenbar war, er musste ruhig und verantwortungsbewusst bleiben, für sie beide nachdenken und entscheiden, weil sie ganz und gar nichts verstand und so wenig von sich selbst wusste. Er musste ruhig bleiben, aber er war so erregt, dass er, ohne es zu merken, an jemandem vorbeiging, der stehen geblieben war, um ihn zu begrüßen.

«Claudio.»

Endlich wurde Viberti aus seinen Phantastereien gerissen, er drehte sich um und erblickte Antonio. Sofort bemerkte er dessen maliziöses Lächeln.

«He, ich habe dich gestern bei Schweinereien ertappt!»

Viberti grinste, ohne zu verstehen.

«Ich habe einen Hund! Die Jungen haben ihn geschenkt bekommen, ich weiß nicht, was ich damit machen soll … Willst du ihn haben?»

«Einen Hund? Du hast keinen Hund.»

«Ich bin mit dem Hund draußen gewesen und habe dich jemanden umschlingen sehen wie eine Pythonschlange, es war dein Auto, ich habe es erkannt. Es sei denn, du hast es jemandem geliehen.»

«Wann?»

«Gestern Nachmittag. Es ist ein Dalmatiner. Ich glaube, er ist ziemlich dumm. Na los, mach mir nichts vor, ich sehe es deinen Augen an, dass du es warst.»

«Du hast mich gesehen?»

«Na ja, ich konnte mir die Nase schlecht an der Frontscheibe plattdrücken, ich bin ja kein Spanner … Außerdem wollte der Hund nicht scheißen. Aber sag mal, ist es die, an die ich denke?»

Er schien überhaupt nicht eifersüchtig, im Gegenteil. Er hatte ihn schon durch den Hund ersetzt und benutzte Ausdrücke aus dem Tierreich, Schweinereien machen, umschlingen wie eine Pythonschlange.

«Und du lässt ihn den ganzen Tag in der Wohnung?»

«Auf dem Balkon, die Wohnung ist dafür nicht eingerichtet, die ist schon jetzt ein Schweinestall. Ich will ihn gerade holen und Gassi gehen, ich muss weg.» Und wieder lächelte er Viberti zu, aber diesmal war es kein ironisches Lächeln. «Später erzählst du mir alles», sagte er, obwohl er genau wusste, dass Viberti ihm nichts erzählen würde. Viberti blickte ihm nach und dachte, dass ihm die Vorstellung, Antonio könnte ihn entdeckt haben, unerträglich war, aber warum, wusste er nicht.

Er würde gerne *über Politik reden*, wenigstens manchmal, jemanden finden, mit dem er diskutieren konnte, so wie man sich einen Partner zum Tennisspielen sucht, denn gegen eine Wand zu spielen, ist nicht lustig. Doch mit Antonio zu diskutieren, dem einzigen Kandidaten in Reichweite, war unmöglich. Antonio verlor sofort die Geduld. Ganz egal, wo man anfing, es endete immer bei dem alten, ewigen Thema, dass die Krankenhäuser in privatwirtschaftliche Betriebe verwandelt werden sollen, dass niemand die Politiker aufhalten würde und dass alles andere Geschwätz war. Dann setzte Viberti seinen Ausdruck eines geprügelten Hundes auf und brummte, dass es trotzdem wichtig sei, zu diskutieren, man müsse wenigstens versuchen, etwas zu verändern. Darauf beruhigte sich Antonio, vielleicht fürchtete er, er könne seinen Freund beleidigt haben, vielleicht bereute er, was er gesagt hatte, und versicherte ihm, sie würden es dem Klinikleiter auf jeden Fall nicht leichtmachen.

Vor Jahren, als er noch wirklich Lust hatte, über Politik zu reden, war er eines Tages ans Meer gefahren, um Mercuri zu suchen. Am Samstag davor war er bei ihm zu Gast gewesen, sie hatten allein unter der mit Erdbeertrauben bewachsenen Pergola gegessen und aufs Meer hinausgeschaut, das vom Mistral der letzten Tage noch gekräuselt war. Mercuris Frau hatte Pasta mit Pesto und frittierte Zucchiniblüten zubereitet. War es Zufall, dass sie, nachdem sie gekocht hatte, eine Freundin besuchen ging? Viberti hatte nie mehr als ein paar Worte mit ihr wechseln können.

Mercuri fragte nach neuen Filmen, Konzerten, Ausstellungen, das waren die einzigen Dinge aus seinem alten Leben, die ihm fehlten. Wenn die Neugierde die Oberhand über seine Faulheit und die gärtnerischen Pflichten behielt, lieh er sich einen Film aus. Zuletzt hatte er einen gesehen, der ihn zu Tränen gerührt hatte. Er konnte sich nicht erinnern, im Kino jemals geweint zu haben. Vor dem Fernseher ja, Naturkatastrophen und große Tragödien hatten ihn immer schon erschüttert. Am 11. September 2001 hatte er beim Gedanken an die Toten und ihre Familien geweint. Er hatte geweint, als er an die Ärzte dachte, die in den Krankenhäusern vergeblich auf Verletzte gewartet hatten. Und immer wenn er Kinder in Kriegsgebieten sah, musste er weinen.

Doch dieser Film hatte ihn auf eine andere Weise gerührt, weniger automatisch, auf eine vernünftigere Weise.

Viberti fragte, was das bedeute, «eine vernünftigere Rührung».

«Ja, ich weiß, das ist sinnlos …»

«Welcher Film war das?»

«Ein Film von diesem Spanier, *Sprich mit ihr.*»

«O Gott», rief Viberti, scherzhaft den Entsetzten spielend. Er hatte den Film nicht gesehen und sich auf Giulias Urteil verlassen. «Geht es da nicht um Nekrophilie?»

«Nein, ganz und gar nicht. Es ist eine Liebesgeschichte, die Geschichte einer unmöglichen Liebe, aber es ist trotzdem Liebe. In einer Szene singt jemand ein altes, melancholisches Lied, dir würde das nichts sagen, das Lied stammt aus der Zeit vor dem Krieg, *Cuccuruccucù Paloma*, aber mein Vater sang es immer übertrieben schmachtend. Als der Hauptdarsteller das Lied hört, fängt er an zu weinen, und aus Sympathie habe ich mitgeweint.»

Ein verlegenes Schweigen folgte, dann sagte Viberti: «Also schaust du dir einen Film an, der dich zu Tränen rührt …»

«Ja. Obwohl es ein bisschen traurig macht, allein Filme anzusehen.»

«Warum denn allein?»

«Sie mag so was nicht», sagte Mercuri.

«Sie mag keine Filme?»

«Sie sieht nicht mal fern, sie versteht es nicht, sagt sie.»

«Aber sie ist doch nicht taub.»

Mercuri kicherte. «Nein, taub ist sie nicht. Sie sagt, im Fernsehen reden alle zu schnell … Aber das stimmt nicht, weißt du, es interessiert sie einfach nicht.»

Worauf wollte Mercuri mit diesem Kichern anspielen? Dass seine Frau ein so schlichtes Gemüt war, dass sie nicht einmal dem italienischen Fernsehen folgen konnte? Oder dass die wirklich schlichten Gemüter sich vom Fernsehen nicht beeinflussen ließen? Sie war seine Frau, da fragte man besser nicht nach. Mercuri hatte sie geheiratet, weil sie etwas gemeinsam hatten, das Leben in diesem kleinen Ort, den Garten, die Stille, das Bett.

Viberti hatte schon drei Gläser Wein getrunken, der Tag war herrlich, das Essen ausgezeichnet und das Panorama wunderbar. Er geriet nicht leicht in Rührung, man hatte ihn dazu erzogen, sich nicht selbst zu bemitleiden, doch in diesem Moment spürte er plötzlich einen Kloß in der Kehle. Damit Mercuri nicht merkte, was los war, legte er die Gabel weg, drehte sich zu den Dächern des Städtchens um und tat so, als studierte er den Sarazenenturm, den er schon unzählige Male besichtigt hatte. Er stellte sich vor, dass Cecilia bei ihnen am Tisch saß. Er hatte sie zu einem offiziellen Besuch mitgenommen, um sie seinem alten Freund vorzustellen. Wie gern hätte er sie bei sich gehabt.

Mercuri fragte nach Marta. Viberti hätte lieber in Ruhe darüber gesprochen und ihm beim Kaffee die Befunde gezeigt. Er wollte vermeiden, dass Marta zum Gegenstand einer Plauderei wie andere Themen wurde und der alte Arzt sich zu schnell und zu leicht in seine übliche fatalistische Haltung flüchten konnte. Doch Mercuris Einfluss auf ihn war so stark, dass Viberti ihm am Ende immer den Weg ebnete und es ihm leichtmachte, als gäbe es eine seit langer Zeit existierende und nie beglichene Schuld. Also lenkte er das Gespräch auf Giulias aggressives Verhalten und gebrauchte scherzhaft die Wendung «therapeutische Halsstarrigkeit». Es endete damit, dass er Mercuri das lieferte, was er wollte, das Stichwort für die Feststellung, es sei zwecklos, sich in etwas zu verbeißen, es gebe keine Heilung.

Viberti opferte seine besten Truppenteile einem Feind, der schon gewonnen hatte, und zog als letzte, verzweifelte Geste die Befunde aus der Tasche. Mercuri warf einen Blick darauf und stellte ein paar Fragen. Was hatte der Arzt gesagt, der sie zuletzt untersucht hatte?

«Die Ärztin für Geriatrie hat nur von jährlichen Kontrollen gesprochen, um das Tempo des Krankheitsverlaufs zu überwachen … und es ist ja nicht mal gesagt, dass es schlimmer wird.»

Sie sprachen über die Möglichkeit, leichte Antidepressiva einzusetzen, und Viberti beichtete, dass er nicht verstanden habe (oder nicht hatte verstehen wollen), ob die Ärztin dazu riet oder nicht, denn das sei ohnehin eine Frage, die mit dem Psychiater besprochen werden musste, und es war ja nicht einmal klar, ob Marta überhaupt depressiv war.

Wer behauptete das denn?

Giulia. Weil Marta sich in der Wohnung verkroch, nicht rausgehen wollte.

Mercuri schüttelte den Kopf, murmelte etwas. Plötzlich hatte er Tränen in den Augen (er hatte keine Angst, seine Gefühle zu zeigen, er nicht), lächelte traurig und verriet seine achtzig Jahre, als er sagte: «Weißt du, vielleicht ist es nicht mal das schlechteste Ende, sich an nichts mehr zu erinnern.» Genau vor diesen Worten hatte Viberti sich an diesem Tag gefürchtet.

Er verspürte einen Anflug von Zorn auf den Alten, den er sofort unterdrückte. Die ganze Zugfahrt lang hatte er darüber nachgedacht und sich gesagt: «Wenn ich ihn gut vorbereite, wenn ich ihn in die richtigen Bahnen lenke, kann er mich nicht in fünf Minuten abfertigen.» Für ihn war es wichtig, dass sein alter Lehrer sich nicht gleichgültig gegenüber ihrem Beruf zeigte, dass er sich nicht weigerte, über neue Therapien, neue Arzneimittel, neue Entwicklungen zu sprechen. Es war schmerzhaft, dass ihm all das inzwischen egal war. Marta jedoch nicht, Marta war ihm nicht egal, und während Mercuri sich die Augen trocknete, drückte Viberti seinen Arm und legte ihm die offene Hand an die Wange, unschlüssig, ob er diese Geste zu einer Zärtlichkeit ausdehnen sollte. Dann steckte er die Mappe mit den Befunden wieder in seine Tasche.

«Manchmal denke ich daran, wie sie sagte: ‹Wenn es zu Ende geht, lasst mich auf dem Packeis zurück.› Erinnerst du dich? Das brachte mich immer zum Lachen.»

«Ja, und weißt du, warum sie das sagte?»

«Sie hat immer eine Heidenangst vor Alzheimer gehabt.»

«Aber die Idee mit dem Packeis ist ihr durch den Film *Das rote Zelt* gekommen, den wir zusammen gesehen haben», sagte Viberti.

«Habe ich den mit euch gesehen?»

Als sein Vater starb, war Viberti vierzehn Jahre alt. Die Familie bestand aus drei Personen, doch der Vater arbeitete zehn Stunden am Tag, kam oft nicht zum Abendessen nach Hause oder war auf Reisen. In den seltenen Momenten, in denen er sich zu Hause aufhielt, bemerkte man ihn kaum, immer saß er in einer Ecke des Sofas und las Zeitung, der Krawattenknoten gelockert, die Ärmelaufschläge seines Hemdes aufgeknöpft, vor sich eine langsam im Aschenbecher verglühende Zigarette. Er trug eine chinesische Kappe aus schwarzem Stoff mit einem Saum aus Seide, weil ihm in der Wohnung «oben am Kopf» kalt werde, wie er behauptete. Überhaupt wurde ihm immer «an den Extremitäten» kalt, «Meine Fingerspitzen sind kalt», «Mir ist kalt an den Ohren», ja, sogar «Mir ist kalt am Kinn». Sah man ihn vom Flur aus mit dem Rücken zum Beobachter sitzen, in eine bläuliche Rauchwolke gehüllt, mit dieser Hausmütze auf dem

Kopf, wirkte er fehl am Platze, nur vorübergehend anwesend, als säße er in einem Wartesaal.

Trotzdem machte die Wohnung nach seinem Tod einen trostlosen, verlassenen Eindruck. Marta und Viberti sahen sich abends am Tisch in einer anderen, neuen Einsamkeit gefangen, an die sie sich nicht gewöhnen konnten: Sie erwarteten niemanden, niemand würde mehr zurückkommen. Mit fünfzig war Marta Witwe geworden, und ihr halbwüchsiger Sohn war noch wortkarger als seine maulfaulen Altersgenossen. Er war so gleichmütig und unergründlich. Hatte der Tod des Vaters ihn geschmerzt, wurzelte die leise Feindseligkeit, die er dem Vater entgegengebracht hatte, in einem tiefer sitzenden Groll? Schwer zu sagen. Also füllte Marta die Stille der ersten Trauerwochen, indem sie alles erzählte, was sie über die bunte Familie ihres Mannes wusste, die über die ganze Welt verstreut war, weshalb man wenig oder keinen Umgang mit ihr hatte. Es wurde ein langer Nachtrag, ein ganzer Roman über den Cousin, der Amtsarzt im Land der Ziehharmonikas war, eine in totaler Einsamkeit auf dem Land lebende Tante (ein einziges Mal war sie drei Tage lang bei ihnen zu Besuch gewesen, da hatte sie ihre Katze in den Hühnerkäfig gesperrt, damit sie nicht weglief, und sie zwischen den Maschen des Drahtzauns erdrosselt aufgefunden, die sie mit großer Mühe und Findigkeit in stundenlanger Arbeit geweitet hatte), eine andere Tante mit einer mehr oder weniger heimlichen Vorliebe für Johnnie Walker, einen Trompeter-Urgroßvater, der an der spanischen Grippe gestorben war, weil er ein mit dem Virus behaftetes Instrument gespielt hatte, eine Großmutter, die drei Sprachen sprach, aber nie gereist war (sie unterhielt einen regen Briefwechsel mit völlig Unbekannten auf der ganzen Welt, zu dem einzigen Zweck, ihre Sprachkenntnisse zu trainieren, und hatte auf diese Weise zwei Heiratsanträge erhalten), einen Großonkel, der 1915 auf dem Monte San Michele gestorben war, eine Cousine in Amerika, die sich von ihrem Mann hatte scheiden lassen und ihn viele Jahre später erneut geheiratet hatte. Alles Figuren, die man sich besser mit Tierköpfen vorstellen konnte, wie im Märchen: die Schildkröten-Großmutter, der Großonkel-Bär, der Kaninchen-Cousin, der Kater-Onkel und die Fuchs-Tante. Doch die einzige Geschichte, die Viberti wirklich interessiert angehört hätte, über die vier Jahre, die der Vater während des Krieges in Indien in Gefangenschaft verbracht hatte, würde er nie hören, Marta wusste fast nichts über diese Zeit, weil ihr Mann nie darüber gesprochen hatte (er hatte nur erzählt, dass er sehr unter der Kälte gelitten hatte – in Indien?). Damals hatte er sich darüber ausgeschwiegen, und Viberti bildete sich ein, dass sein Vater ihm früher oder später etwas mehr erzählt hätte, wenn er nicht gestorben wäre. Er glaubte irrigerweise, dass sein Vater ihm diese Erzählungen nicht hätte verweigern können, wenn sie beide erwachsen gewesen wären, als würden Erwachsene sich immer alles erzählen.

Von den Erzählungen der Mutter erinnerte er vor allem den Tonfall: ängstlich (Marta fürchtete, der Sohn könnte den Vater zu schnell vergessen) und feierlich (die Ahnenreihe des Vaters, die beschworen wurde, um den lebenden Vater zu ersetzen).

Doch welche Erinnerungen hatte Viberti an seinen Vater? Fast nur diese vier immer gleichen Anekdoten:

1) Mit fünf Jahren hatte er Marta gefragt, welches die rechte Hand sei, weil er den Vater beeindrucken wollte, doch bevor er vor dem berühmten Sofa ankam, hatte er es schon vergessen, und als er mit den Worten «Das hier ist die rechte!» die linke Hand hob, hatte sein Vater, ohne die Augen von der Zeitung zu heben, den Kopf geschüttelt und mit geistesabwesender Strenge verneint.

2) Mit sieben, bei einer der seltenen Gelegenheiten, wo er mit seinem Vater allein war, hatte er an einer Straßenkreuzung ein Schild mit der Aufschrift FLUGHAFEN gesehen (sie saßen im Auto und fuhren genau in diese Richtung) und Angst bekommen, der Vater hätte keine Zeit, ihn wieder nach Hause zu bringen, Angst, mit ihm ans Ende der Welt fahren zu müssen.

3) Er war zehn, sie gingen an einem Auto vorbei, das vor ihrem Haus parkte, als der Vater plötzlich ausgerufen hatte: «Knutscher!», und die Mutter ihn verärgert zurechtgewiesen hatte.

4) Er war elf, Stefano Mercuri war zum Abendessen bei ihnen, und sie hatten den ganzen Abend lang über Politik diskutiert (Mercuri war Mitglied der Kommunistischen Partei, Vibertis Vater war Liberaler), der Vater hatte den Freund zur Tür gebracht, war an den Tisch zurückgekehrt und hatte, während er sich ein letztes Glas Wein eingoss, ausgerufen: «Und so schützen wir sie letztendlich sogar noch vor ihren eigenen dummen Ideen!»

Manchmal stiegen andere Erinnerungen an die Oberfläche, doch sie wurden von der Zeit sofort wieder in die Tiefe gesogen. Diese vier Episoden dagegen kehrten regelmäßig anlässlich von 1.) Blamagen, 2.) Angst, 3.) Sex und 4.) Politik wieder. Erinnerungen als magische Amulette, auf den ersten Blick unbedeutend, vom häufigen Gebrauch abgenutzt, aber immer noch wirksam.

Martas Familienerzählungen endeten jedenfalls mit der Ankunft von Mercuri. Er war ihnen eines Nachmittags am Ausgang eines Kinos begegnet, sie hatten *Das rote Zelt* gesehen, denn Marta hatte sich gedacht, eine Geschichte von Luftschiffen, die zum Nordpol fliegen, könnte abenteuerlich genug sein, um ihren Sohn abzulenken. Doch der sollte diesen Film sein

Leben lang nicht mehr vergessen. Er erinnerte sich vor allem an die Szene, in der einer der Überlebenden der Katastrophe sich bis auf die langen Wollunterhosen auszieht und sich in einen Spalt im Eis hinablässt, um schneller zu sterben. Als Mercuri die beiden sah, hatte er den Eindruck, dass Marta sich ein wenig gehenließ, denn «ihre Haare waren in Unordnung», um einen von Martas Ausdrücken zu benutzen; trotzdem, oder vielleicht gerade deswegen, war sie noch attraktiver. Der Junge aber sah unterernährt aus, als äße er seit Wochen nicht, hatte die Mutter das denn nicht bemerkt? Mercuri zeigte nicht, wie besorgt und fasziniert er war, bestand aber darauf, bei ihnen zu Abend essen zu dürfen, indem er die Rolle des aufdringlichen Freundes spielte, der förmlich darum bettelt, eingeladen zu werden, weil er unter seiner Einsamkeit leidet. Nur allzu froh, endlich einen Gast zu haben, bereiteten Mutter und Sohn ihm einen herzlichen Empfang. Der Sohn wusste nicht, dass Mercuri natürlich nicht der Typ Junggeselle war, der abends allein vor dem Fernseher eine wieder aufgewärmte Mahlzeit isst; und wenn die Mutter es wusste, dann sagte sie es dem Sohn nicht.

Von dem Tag an klingelte Mercuri mindestens drei oder vier Mal in der Woche gegen sieben an der Tür. Er hätte keinen Vorwand nötig gehabt, doch eines Abends fing er damit an, hatte ein Kilo hausgemachte Pasta in der Hand, das habe ihm ein Patient geschenkt, am nächsten Abend war es eine Salami, dann ein Glas Senf und sogar ein gebratenes Huhn. Es wurde ein Spiel, darum konnten ihm die Patienten gelegentlich sogar einen kompletten Einkauf im Supermarkt mitbringen. Doch Mercuri füllte nicht nur ihre Speisekammer. Er kochte, unterhielt Mutter und Sohn mit Geschichten von Patienten und ungeschickten, ahnungslosen Ärzten, ein ganzer Musterkatalog von Dummheiten, den man in eine Witzesammlung hätte aufnehmen können (was Jahre später auch geschehen sollte). So war Mercuri im Laufe der Monate zu einer ständigen Präsenz in ihrem Leben geworden, auch während der Wochenenden, wenn er mit Viberti Tennis spielte, auch während der Ferien, wenn sie zusammen zum Skifahren verreisten. Der tote Vater wurde zu einem heiklen Thema und geriet fast ganz ins Abseits. Im Gegensatz zum Vater war Mercuri eine Schatzgrube an Anekdoten über den Krieg, in dem er mit sechzehn auf der richtigen Seite gekämpft und (sozusagen) gewonnen hatte. Er war ein geborener Geschichtenerzähler.

Antonio hatte sie ertappt. Antonio, unvermutet als Hundebesitzer verkleidet. Ein Zitat aller vier mit dem Vater verbundenen Erinnerungs-Amulette: Angst («Cecilia darf nicht erfahren, dass sie erkannt wurde»); Blamage («als Python im Auto überrascht»); Politik («ich habe die Versammlung der Gewerkschaft geschwänzt»); Sex («ich bin ein Knutscher»).

Antonio blieb nicht lang Hundebesitzer, er fand einen Kollegen, einen Kardiologen, der den Hund als Geschenk annahm, da er ein Haus mit Garten hatte. Ohne Vorankündigung tauchte Antonio eines Abends bei Viberti auf, ziemlich deprimiert oder wenigstens so deprimiert, dass er es dem Freund zeigen wollte. Also sehr deprimiert. Viberti hatte sich *Sprich mit ihr* von Almodóvar ausgeliehen und gerade angefangen, sich den Film anzusehen. Antonio forderte ihn durch die Gegensprechanlage auf, in einer Bar mit ihm etwas zu trinken, Viberti hatte keine Lust, aus dem Haus zu gehen, und bat ihn, raufzukommen.

Schwer geknickt kam Antonio herein und erzählte vom Hund und dem Kardiologen. Dann, mit einem Glas Wein in der Hand, fing er an zu jammern, er sei in einer ausweglosen Situation, die durch das unvermeidliche Schicksal des Hundes perfekt versinnbildlicht werde. A) Die dämlichen Eltern seiner Exfrau schenken den Enkeln einen Dalmatinerwelpen, denn unter dem Vorwand der dramatischen, traumatisierenden Trennung der Eltern erfüllen sie den Jungen jeden Wunsch. B) Die Exfrau will den Hund nicht bei sich in der Wohnung, und die Kinder vertrauen ihn Antonio an, mit dem Versprechen, ihn zweimal in der Woche auszuführen. C) Das Versprechen halten sie eine halbe Woche lang, und an den Wochenenden, die sie bei ihm verbringen, beschäftigen sie sich nicht mit dem Hund. D) Antonio redet sehr ernst mit den Kindern, die verständnisvoll nicken und einwilligen, dass er ihn einem Kollegen schenkt, weil sie schon wussten, dass die Sache so ausgehen würde, weil der Hund ihnen völlig egal ist, weil sie vierzehn und dreizehn sind und zu viele andere Dinge im Kopf haben. Also wird der Hund zum Sinnbild dessen, was die Kinder nicht mehr haben dürfen, die Eintracht der Eltern, die Alles-inklusive-Zuneigung, die gepunktete Kuscheldecke aus dem Trickfilm, der mit seiner dummen Rhetorik die heile Familie verteidigt. Viberti nickte. Ja, Antonio war *sehr* deprimiert. So hatte er ihn noch nie reden hören. Er versuchte, konkrete Fakten als Trost anzubieten, indem er objektive, unwiderlegbare Gründe aufzählte: «Wie könntest du dich um einen Hund kümmern, wenn du den ganzen Tag arbeitest?» Doch Antonio wollte an dem Abend nichts hören, und objektive, unwiderlegbare Gründe schon gar nicht.

Schweigend starrten sie auf den Grund ihrer Weingläser. Antonio fragte, ob er ein Fußballspiel gucke.

Nein, antwortete Viberti, es gebe keine interessanten Begegnungen, außerdem habe er einen Film ausgeliehen.

«Ich bleibe und schau mir ein Stück mit dir an.»

«Ich weiß nicht, ob er dir gefällt.»

«Wovon handelt er?»

«Von einer Frau im Koma.»

«Sehr gut.»

Sie guckten oft zusammen Fußball im Fernsehen. Oder sie guckten die Spiele allein und telefonierten dann, um das Ergebnis zu besprechen, oder sie telefonierten nach einem Tor oder sogar nach einem knapp verpassten Tor. Mit den verheirateten Freunden kamen sie bei wichtigen Anlässen zusammen, mit Antonios Söhnen am Dienstag oder am Mittwoch, wenn es Pokalspiele gab; aber auch an anderen Abenden guckten sie Fußball, aufgezeichnete Spiele, Spiele von zweitrangigen Mannschaften der Bundesliga oder der Premier League oder der spanischen Liga.

Viberti ließ die DVD weiterlaufen. Nach einer Weile fragte Antonio, ob es wirklich kein Fußballspiel gebe. Viberti sagte, er *wolle* diesen Film sehen, Mercuri habe ihm den Film empfohlen, und er werde ihn anrufen und ihm sagen, wie er den Film fand, das gebiete die Höflichkeit.

«Kannst du ihn nicht anlügen?»

Sie fingen an, über die Gesichter der Schauspieler zu lachen.

Marco, ein Journalist, verliebt sich in eine Stierkämpferin, Lydia.

«Du bist also geschieden», sagt Lydia.

«Ich bin allein», verbessert sie Marco.

Vielleicht war es doch keine so gute Idee, den Film ausgerechnet an diesem Abend zu sehen.

Lydia wird von einem Stier aufgespießt und liegt im Koma.

«Meinst du», fragte Viberti, «dass ich Arzt geworden bin, um meinen Vater behandeln zu können?»

«Was soll das denn heißen?»

«Weil ich mich schuldig fühlte, dass ich ihn nicht gerettet habe, als wäre ich verantwortlich für seinen Tod.»

«Aha», sagte Antonio, «nun ja, selbst wenn du ihn getötet hast, ist die Tat inzwischen verjährt.»

Er fügte hinzu, dass der Film anfange, ihm zu gefallen.

Viberti dagegen langweilte sich. Er verstand nicht, was Mercuri daran gefunden hatte. Caetano Veloso singt *Cuccuruccucú Paloma*, begleitet von einer Gitarre, Cello und Kontrabass. Marco fängt an zu weinen, aber in Wirklichkeit weinte er nur eine Träne, und die schien sogar unecht. Viberti stellte sich vor, wie Mercuri weinte, als er den Schauspieler weinen sah.

«Ich weinte, wenn ich von etwas ergriffen war, weil ich es nicht mit ihr teilen konnte», sagt Marco.

Im Krankenhaus trifft Marco auf Benigno, einen Krankenpfleger, der in ein ebenfalls im Koma liegendes Mädchen verliebt ist (Alicia, eine Ballettschülerin).

«Alicia und ich verstehen uns besser als viele Paare», sagt Benigno.

«Sprich mit den Pflanzen, aber heirate sie nicht», bemerkt Marco.

Antonio lachte. «Sehr interessant, dieser Film.»

«Machst du Witze?»

«Ich bin todernst.»

Er sagte, in einem gewissen Alter seien die Frauen den Männern so lieber: im Koma.

Viberti fühlte sich unbehaglich. Ja, vielleicht war es ein guter Film, aber er war nicht in der richtigen Stimmung. Und sein Unbehagen wuchs, als Benigno verhaftet wurde, weil er Alicia vergewaltigt hatte, und dann im Gefängnis Selbstmord beging. Und in dem Moment, als Marco erfährt, dass Alicia bei der Geburt des (toten) Kindes von Benigno aus dem Koma erwacht ist, in dem Moment, als Marco sie in der Ballettschule auf der anderen Straßenseite sieht, packte Viberti wieder dieselbe Rührung, die er unter Mercuris Pergola empfunden hatte. Er sprang auf und lief in die Küche. Durch die offene Balkontür ging er auf den Balkon hinaus.

Als Antonio ihn nicht zurückkehren sah, folgte er ihm und blieb verlegen, ein paar Meter entfernt, in der Küche stehen. Was passiert sei, fragte er. Was hatte Viberti? War ihm übel?

Viberti konnte sich nicht beruhigen, konnte nicht antworten. Er verstand nicht, warum Cecilia nicht mit ihm zusammen sein wollte. Er empfand das als eine unerträgliche Ungerechtigkeit.

Es dauerte ein paar Minuten. Antonio wandte sich halb um, als wollte er gehen, blieb dann aber stehen und starrte den Kühlschrank an. Sie kannten sich seit dreißig Jahren, aber in so eine Situation waren sie noch nie gekommen.

Viberti kam in den Sinn, seine Mutter ins Spiel zu bringen. Er sagte, es sei schrecklich, sich vorzustellen, dass ein Mensch so im Nichts verschwinde.

Antonio nickte, tat so, als glaubte er ihm.

Aber so ist ein echter Freund, dachte Viberti später. Ein echter Freund lässt sich nichts anmerken und glaubt die erstbeste Ausrede, die dir einfällt.

Seit Giulia in den dritten Stock umgezogen war, hatte Viberti die Möbel, die sie mitgenommen hatte, nicht ersetzt. Die beiden hatten das Mobiliar so gerecht wie möglich aufgeteilt, einen ganzen Tag lang Witze darüber gemacht, «das Sofa für dich, den Sessel für mich». Und er hatte die restlichen Möbel nicht einmal neu verteilt, um die leeren Stellen zu verstecken, die entstanden waren. Die Möbel, die Giulia sich ausgesucht hatte oder die ihr zugefallen waren, hatten während ihres kurzen Aufenthalts in der ehelichen Wohnung eine Spur aus hellen Flecken an der

Wand hinterlassen. Wenn er durch die Wohnung ging, zerstreut in ein Zimmer kam, meinte Viberti, sie manchmal noch zu sehen. Die Geisterkommode. Das Skelett des Schranks. Die Abstraktion des Gemäldes.

Im Laufe vieler Abende im Juni und Juli wuchs in Viberti die Einsicht, dass Cecilia recht gehabt hatte, was im Ärztezimmer und dann in seinem Passat geschehen war, war ein Fehler gewesen. Und auch wenn er nicht mehr darüber sprach, gab er ihr stillschweigend zu verstehen (oder besser, er glaubte, es ihr stillschweigend mitgeteilt zu haben), dass er das Urteil akzeptierte, obwohl es hart und unanfechtbar war.

In dieser Zeit ging er nie direkt nach Hause, sondern blieb manchmal bis um zehn in der Küche seiner Mutter, nachdem er sie angelogen hatte, er habe schon zu Abend gegessen, und hörte sich Martas Erinnerungen an, die immer weiter in die Vergangenheit zurückgingen, immer komplizierter und unwahrscheinlicher wurden. Über dem Zuhören vergaß er, dass er Hunger hatte, bis er in seine Wohnung kam, dann riss er hastig die Kühlschranktür auf, um irgendetwas Kaltes zu essen, danach ging er sofort zu Bett. An manchen Abenden blieb er jedoch allein, dann saß er nach dem Abendessen stundenlang auf dem Balkon und betrachtete, auf einem alten Korbstuhl sitzend, die Hinterhöfe. Die Abende, an denen es geregnet hatte, die Abende, an denen es nach Regen aussah, die reglosen Abende mit einem stahlblauen Himmel, die Hitze, die man mit einem Messer durchschneiden konnte, die Frische, wie ein unverhofftes Geschenk, das unbarmherzige Licht.

Auf dem Balkon erinnerte er sich oft an eine Begebenheit während der Zeit, in der Marta traurig war. Er hatte immer gedacht, das sei nach dem Tod des Vaters geschehen, aber in letzter Zeit war er zu der Überzeugung gelangt, dass er sich in dem

Punkt geirrt hatte. Am nächsten Tag, auch daran erinnerte er sich gut, hatte er Fieber bekommen.

Sie hatte ihn versehentlich auf dem Balkon ausgesperrt, während sie aus dem Haus gegangen war, um eine Flasche Mineralwasser zu holen. Und sie hatte nicht gehört, dass er sie rief. Vielleicht, weil sie sich ins Bett gelegt hatte. Den ganzen Nachmittag hatte sie im Bett gelegen. Erst um elf Uhr abends, als sie in der Küche Licht gemacht hatte, um sich einen Kräutertee zu kochen, hatte sie bemerkt, dass sie ihn da draußen eingeschlossen hatte. Mitten im Winter hatte er sieben Stunden im T-Shirt auf dem Balkon verbracht. Er lächelte, als er daran zurückdachte. Beide hatten sie immer darüber gelacht. Aber gab es da etwas zu lachen? Er war vielleicht zwölf oder dreizehn damals. In der Kälte, wie einer der Überlebenden im Film *Das rote Zelt.* Er hatte sich eine Bronchitis geholt, und Mercuri war herbeigeeilt, um ihn zu behandeln.

Marta! Wie konnte er Marta böse sein? Wegen einer so dummen Geschichte Groll gegen seine Mutter hegen? Nein, er war ihr nicht böse. Er hatte ihr sogar ein Alibi verschafft, den Tod des Vaters. Doch in Wirklichkeit (dachte er jetzt) war es *vorher*, nicht nachher passiert. Ein anderes Mal hatte sie ihn einen ganzen Nachmittag lang aus der Wohnung ausgesperrt. Immer wieder hatte er geklingelt, doch Marta lag im Bett und hörte nichts.

Andererseits … Zweimal hatte sie ihre Mutterpflichten vernachlässigt, zwei Vorfälle in achtzehn Jahren (wenn man die Volljährigkeit als Grenze setzte). Zwei Momente eines vermutlich depressiven Blackouts in achtzehn Jahren. An andere erinnerte er sich nicht. Vielleicht hatte es sie gegeben, und er hatte sie nicht wahrgenommen oder nicht wahrhaben wollen. Diese beiden hatte er wahrnehmen müssen, Marta hatte ihn gezwungen, besser aufzupassen. Vielleicht gerade deswegen, weil er gewöhnlich nicht besonders achtsam war. Damit er jemandem davon erzählte? Dem Vater? Mercuri? Nein, es war zu kompliziert, zu verdreht, seine Mutter war nicht so verdreht, niemand war so verdreht.

Jedenfalls verspürte er keinerlei Groll gegen seine Mutter, und seine Mutter war nie ernsthaft depressiv gewesen. Egal, wie Giulia darüber dachte.

Doch er erinnerte sich an diesen Nachmittag und diesen eisigen Abend, diese Stunden, die er auf dem Balkon in der Kälte verbracht hatte. Er hatte nicht gewagt, die Scheibe einzuschlagen, vielleicht hätte er das tun sollen. An das Glas der Balkontür gedrückt, um ein bisschen Wärme aufzufangen, die erleuchteten Fenster in den Häusern beobachtend. Menschen, die in diesem gelben, zwischen sechzig und fünfundsiebzig Watt starken Licht lebten und sich anschickten, ins Bett zu gehen, die ihm feindselige Botschaften schickten, die Rollläden herunterließen, als schlössen sie die Augen, um ihn nicht mehr zu sehen. Wenn er wenigstens ein Mädchen beim Ausziehen gesehen hätte.

An einem dieser Abende, Ende Juli, schiebt mein Vater den Sessel auf den Balkon und lässt den Blick an den Trennmauern zwischen den Hinterhöfen entlangwandern. Es ist ein seltsames Gefühl, ihn mir in dieser Position vorzustellen, denn ich habe ihn so viele Male als alten Mann gesehen, wie er dieselben Hinterhöfe mit einem ruhigen Ausdruck im Gesicht beobachtete. Diese Gelassenheit muss ich löschen und sie durch einen Ausdruck der Unruhe und Melancholie ersetzen.

Der Häuserblock, wo das Haus mit den Wohnungen von Viberti, Marta und Giulia steht, ist ein Quadrat aus Häusern mit vier oder fünf Stockwerken, an allen Seiten fast ganz geschlossen, wie die Mauern einer Festung. An den Balkonen hängen die Regenbogenfahnen gegen den Krieg im Irak. Nur auf der linken Seite durchbricht ein niedriges Gebäude die gerade Linie der rückwärtigen Fassaden, früher war das eine alte Fabrik für Kuchenformen, heute ist es ein Supermarkt. In der Mitte des Quadrats stehen eine Garage, die in ein Fitnesscenter verwandelt wurde, und ein kleines Lagerhaus mit einem halb eingefallenen Dach aus roten Ziegeln, wo Generationen von Katzen gelebt haben. Der Rest ist in Hinterhöfe aufgeteilt, im kleinsten gibt es sogar einen Garten mit einer sehr hohen Pinie, die anderen sind mit Zementplatten gepflastert.

Diese Platten kennt mein Vater gut. Sie sind rau, aber rutschig, schrecklich für Knie und Ellenbogen. Als Kind ist er ganze Nachmittage lang im Hof schwindelerregende Kurven mit dem Fahrrad gefahren, hat sich wie ein Motorradfahrer in jede Kurve gelegt und sich bei den unvermeidlichen Stürzen Schürfwunden geholt. Als Junge hat er an schönen Tagen auf diesem Korbsessel für die Schule gelernt und während er das Gelernte wiederholte, stundenlang den Sprüngen der Katzen zugesehen, den Arbeitern der Fabrik, die Aluminiumplatten schleppten, den Autos, die die Rampe zur Garage hinauffuhren. Statt ihn abzulenken, wurde das Panorama der Hinterhöfe zu einem mnemotechnischen Hilfsmittel: Mit jedem Hof verband er die Absätze eines Kapitels oder die Teile einer Beweisführung oder die Phasen eines geschichtlichen Ereignisses. Noch heute spürt er jedes Mal, wenn er auf den Balkon geht, den Zwang, mit den Augen einer genau festgelegten Ordnung zu folgen. Erst danach kann er den Blick und die Gedanken frei umherschweifen lassen.

Plötzlich meint er, auf dem Dach des Supermarkts einen Schatten zwischen zwei Schornsteinen durchschlüpfen zu sehen. Je länger er den Schatten beobachtet, desto bekannter kommt er ihm vor. Es ist Giulias Mann. Was macht er da oben auf dem

Dach? Die Sache interessiert ihn nicht, er ist nicht mal neugierig. Auf Giulias Mann war er nie eifersüchtig. Giulias Sohn hat er nie gerngehabt, so wie er, nur um ein Beispiel zu nennen, Cecilias Sohn gernhatte. Außerdem hat er es prinzipiell immer vorgezogen, von den Angelegenheiten anderer Menschen so wenig wie möglich zu wissen. *Prinzipiell ist es immer besser, von den Angelegenheiten anderer Menschen so wenig wie möglich zu wissen. Nicht dass es schwierig wäre, das, was man zufällig erfährt, für sich zu behalten und so zu tun, als wisse man von nichts. Doch selbst wenn man vorgibt, nichts zu wissen, weiß man es doch, und ständig dringt das Leben der anderen ins eigene Leben ein. Man sieht jemanden auf der Straße, der seinem Sohn eine Ohrfeige gibt. Von nun an denkt man jedes Mal, wenn man ihn sieht, wie viele Ohrfeigen er dem Kind inzwischen wohl gegeben haben mag.* Giulias Mann spaziert ohne Eile auf das Lagerhaus zu, klettert über die Dachziegel und verschwindet auf der anderen Seite. Als wäre nichts dabei, als täte er das jeden Tag. Von mir aus kann er es auch zweimal jeden Tag tun, denkt Viberti.

Kann jemand *ihn* auf dem Balkon sehen? Jemand aus den Fenstern gegenüber? Jemand, der wie er seit vierzig Jahren in diesem Haus wohnt und seinen kleinen Umzug bemerkt hat, erkannt hat, dass der Junge aus dem zweiten Stock, der einmal draußen auf dem Balkon eingeschlossen war, der einsame Erwachsene aus dem fünften Stock geworden ist.

Er ist wütend, er ist enttäuscht. Er ist erst dreiundvierzig, aber er spürt, dass Cecilia seine letzte Gelegenheit war, mit einer Frau glücklich zu werden, und nicht nur das, auch seine letzte Gelegenheit, ein Kind zu bekommen. Er ahnt, dass er gezwungen sein wird, seine Einsamkeit mit Freunden, mit den Familien der anderen und mit Arbeit zu bekämpfen. Er fühlt, dass er das immer gewusst hat, dass er sich immer vorgestellt hat, allein und unabhängig alt zu werden. Er ahnt, dass er niemals mit Cecilia schlafen wird.

Das Telefon klingelt, es ist Cecilia. Sie erzählt, sie sei vor ein paar Tagen mit Kollegen in einer Pizzeria gewesen, die Kinder seien im Sommercamp, und sie habe sich schuldig gefühlt, weil sie nie mit ihm ausgehen wollte, aber das möchte sie jetzt wiedergutmachen, sie möchte ihn in ein Restaurant am Fluss einladen. «Natürlich», sagt Viberti.

Sie sitzen sich zum ersten Mal im Restaurant gegenüber, an einem Tisch im Licht einer Kerze. Das sanfte Geräusch des Wassers, das schnell fließt und silbrige Wirbel an den Ufern bildet. Fetischistische Mücken, die nur an den Füßen stechen. Das leise Klingeln des Bestecks auf den Tellern, das gedämpfte Stimmengewirr. Es ist sehr warm, aber Cecilia ist bester Laune, und Viberti kommt gar nicht mit, so viel fällt ihr ein. Sie macht sich über ihn lustig, weil er eine richtige Mahlzeit isst. «Ich glaube, ich habe dich immer nur gekochte Zucchini, Kartoffeln und Spinat essen sehen.» Sie nennt ihn Dr. Anorexic und Mr. Buliminic. «Nein, ganz so ist es nicht», verteidigt sich Viberti errötend. Er möchte ihr seine Ernährungsmethode erklären, aber sie ist schon beim nächsten Thema.

Vor zwei Tagen ist sie mit Kollegen ausgegangen, sie sind in einer grässlichen Pizzeria in der Nähe des Krankenhauses gelandet. Nicht, um den Ferienbeginn zu feiern, denn «die Zeiten, als alle gleichzeitig in die Ferien fuhren, sind vorbei», wie der Oberarzt mit verträumtem Ausdruck verkündet hat. Als er jung war, erinnerte er sich, leerte sich die Stadt im August, es gab keine Kranken mehr, und im Krankenhaus veranstaltete man große Fußballturniere. «Ach, die schönen Zeiten», hat eine Krankenschwester Cecilia ins Ohr geflüstert, «als wir noch kurze Hosen trugen.» Cecilia ahmt den wichtigtuerischen Oberarzt und die neapolitanische Krankenschwester perfekt nach, Viberti lacht.

Doch es stimmt, nur ein Drittel von ihnen wird ab nächstem Montag in Urlaub sein, die Städte leeren sich nicht mehr. Warum sind sie dann alle zusammen in die Pizzeria essen gegangen? Um eine Krankenschwester zu verabschieden, die weggeht, sie nimmt ein Jahr Auszeit, um in einem Dorf in Mali zu arbeiten. Zum Schluss hat sie mit glänzenden Augen eine kurze Rede gehalten, und alle waren froh, dass sie zu diesem Abschiedsessen gegangen sind, trotz der ekligen Pizzeria, der eiskalten Klimaanlage und des unerbittlichen Neonlichts. Der Oberarzt hat sie umarmt und laut gesagt, damit alle es hörten: «Und keine Angst: Nicht alle Malier sind maligne.» Die erschöpften Ärzte und Krankenpfleger haben im Chor gelacht, und alle hatten ein merkwürdiges Gefühl der Erleichterung.

Auch Viberti lacht noch immer, Cecilias gute Laune ist ansteckend. Unter den Bäumen am Fluss ist die Hitze fast erträglich. Doch als sie nach dem Essen wieder auf die Straße gehen, strahlt der Asphalt Hitze und Feuchtigkeit ab.

«Wenn das so weitergeht, werden meine Alten an Dehydrierung sterben», sagt Viberti. Er denkt, dass es auch wie Sterben ist, sie jetzt allein weggehen zu lassen, dass ein Leben ohne sie der Tod ist.

Er denkt, dass Cecilia sich von ihm verabschieden will, und macht sich auf einen enttäuschenden Wangenkuss gefasst. Darf er sie zu ihrem Auto begleiten?

«Ich bin nicht mit dem Auto gekommen», sagt Cecilia.

«Du scheinst wütend zu sein», sagt Viberti, «ist das meine Schuld?»

«Es ist immer deine Schuld.» Sie schüttelt mit einem traurigen Lächeln den Kopf.

Ohne ein weiteres Wort steigen sie in den Passat, Viberti fährt über die Brücke und biegt nach links in die breite, von Bäumen gesäumte Straße am Fluss ein. Er fährt stumm, nicht schneller als fünfzig, Cecilia hat sich angeschnallt und den Kopf zurückgelegt, ihre Augen sind geschlossen. Fünf Ampeln, Rot, Grün, Rot, an der vorletzten Kreuzung fährt Viberti langsamer, in der Hoffnung, dass sie auf Gelb umspringt, an der letzten bleibt er sogar bei Grün stehen. Die hohen Bäume bilden ein dunkles Bühnenbild, das den Fluss und die aufgeheizte Stadt hinter dem Fluss verdeckt. Cecilia hält die Augen geschlossen, doch als sie an den Platz um die große, kreisförmige Kirche kommen, nimmt sie Vibertis Hand, die auf dem Schalthebel liegt und bittet ihn, zurückzufahren. «Wohin zurück?», fragt er. «Ins Restaurant?»

Er soll die Straße am Fluss in umgekehrter Richtung fahren. Sie legen die Strecke zweimal zurück, vor und zurück, als hätten sie beschlossen, die Nacht im Auto fahrend zu verbringen, weil es eine Klimaanlage hat.

Nach der dritten Tour, öffnet Cecilia die Augen, dreht sich zu Viberti um und sieht ihn an.

Viberti bittet sie nicht, mit ihm in seine Wohnung zu gehen, er weiß, dass sie nicht einwilligen würde. Er fährt stumm die Allee am Fluss entlang, bis er einen dunklen, geschützten Ort findet.

## WIEDER IN DIE MENSCHLICHE GESELLSCHAFT AUFGENOMMEN

Die Erinnerung ist ungerecht. Wer sich erinnert, ist immer schon älter. Sie konnte sich das Gefühl, das sie für Luca empfunden hatte, nicht mehr ins Gedächtnis zurückrufen. Sie erinnerte sich noch genau an den Eindruck, dass etwas erloschen war, und daran, dass sie nichts mehr empfand, und danach an die Wut und die Sehnsucht nach den alten Zeiten; sie hatte ihn für immer verloren. Sie erinnerte sich, wie sie sich gefühlt hatte, als sie ihn in einer unbestimmbaren Vergangenheit geliebt hatte und plötzlich erkannte, dass sie ihn nicht mehr liebte, überhaupt nicht mehr, und in diesem Moment, in der Sekunde davor, entdeckte, dass sie ihn seit wer weiß wie langer Zeit schon nicht mehr liebte. Sie hatte aufgehört, ihn zu lieben, ohne sich dessen bewusst zu sein, denn vielleicht war das unmöglich, bevor man zugeben konnte, dass es mittlerweile zu spät war. Außerdem ist man, wenn man sich erinnert, immer schon älter und desillusionierter und zerstreuter als die junge Hauptfigur der Erinnerungen mit ihren Illusionen und Entschlüssen. Darum ist die Erinnerung ungerecht.

Sie hatte ihn geliebt. Es stimmte nicht, dass sie sich nicht erinnerte. Sie hatte ihn geliebt, und sie hatte Beweise dafür. Es hatte bestimmte Gesten, Orte, Worte gegeben, die als Indizien dienten, Erinnerungen, die sie sorgsam hütete, manchmal hasste oder sich dafür schämte. Manchmal lächelte sie über diese Erinnerungen. Sie hatte ihn geliebt, vor langer Zeit. Nur weil sie ihn liebte, hatte sie bestimmte Dinge getan und gesagt und gedacht. Mindestens zwei Freundinnen hatte sie erzählt, dass sie sehr *angetan* von ihm war. Sie hatte «Ich liebe dich» auf eine Busfahrkarte geschrieben und sie ihm in die Manteltasche gesteckt, damit er die Botschaft in dem Moment las, wenn er die Fahrkarte entwertete (erst jetzt wurde ihr die sexuelle Anspielung dieser Geste bewusst). Sie konnte nicht bügeln, doch manchmal musste sie ihm ein Hemd bügeln, und beim Bügeln dachte sie, dass er merken würde, wie schlecht es gebügelt war, er würde die Falten auf seiner Haut spüren und an sie denken.

Reglos im Bett, schlaflose Nächte. Sie wollte nicht jeden Abend ein Schlafmittel nehmen, vielleicht sollte sie es tun. Aber sie war so müde, dass es ihr im Grunde gefiel, einfach nur reglos im Bett zu liegen. Und es zu wissen. Als wäre es erholsamer, zu wissen, dass noch vier Stunden reglose Dunkelheit vor einem lagen, als sie in der Bewusstlosigkeit des Schlafs zu verbringen. Sie bewegte sich nicht, drehte sich nicht um, streckte die Beine nicht aus, winkelte sie nicht an. Sie blieb bewegungslos in dieser Stellung liegen, auf dem Bauch. Und ihre Gedanken waren nicht unbedingt schlechte Gedanken. Sätze ihrer Mutter, die sie deuten musste, die Planung der Nachmittage nach der Schule, Ereignisse in der Notaufnahme. Die Gedanken kamen in langsamen, ruhigen Prozessionen, einer hielt den anderen an der Hand, oder wie die Panzerknacker, eine Hand auf der Schulter des vorangehenden Gedankens. Manchmal waren es quälende Gedanken, sie entstanden aus der Angst und nährten sie noch mehr, aber auch diese Gedanken bewegten sich ohne Eile.

Der erste betraf immer ihren Jungen. Ob es dem Jungen gutging, ob er weiterhin aß, ob er fröhlicher und lebhafter wurde, ob er zu Kräften kam, ob seine Arme und Beine kräftiger wurden, vor allem die Beine – der Gedanke an die viel zu dünnen Beine ihres Sohnes war die Patrouille, die die Angst als Spähtrupp vorausschickte. Dann dachte sie wieder und wieder an seine Mahlzeiten, rief sie sich ins Gedächtnis, verglich sie, erinnerte sich an Details aus den letzten Tagen, aber auch an Momente in den zurückliegenden Wochen, die einen Fortschritt bedeutet hatten (weil er eine zweite, allerdings kleinere, Portion verlangt hatte, weil er gezeigt hatte, dass ihm ein bestimmtes Gericht schmeckte – also musste sie dieses Gericht im Gedächtnis behalten, es im Geist ankreuzen, Variationen dazu erfinden, es als Grundlage benutzen, damit er mehr aß) oder kleine Krisen (also den Gründen nachgehen, ohne dass er es merkte, verstehen, ob er nachmittags zu viel gegessen hatte oder schwere Speisen in der Schule, ob er irgendeine Unverträglichkeit hatte, verstehen, ob ihn etwas verstört hatte).

Die Angst überwinden, dem Bild der Magerkeit seinen Schrecken nehmen, die düstersten Gedanken verscheuchen, indem sie Dinge auflistete, die zu tun waren. Erstens, ihn nicht spüren lassen, dass er beobachtet wurde. Zweitens, seiner Verweigerung zuvorkommen. Drittens, die Abendessen in Ruhe planen. Viertens, ihn mit zerstreuter Miene einbeziehen. Fünftens, sich von ihm beim Tischdecken helfen lassen. Sechstens, nicht übertreiben, wenn sie seinen Teller füllte. Siebtens, ihn nicht zur Eile drängen (ihn nicht heimlich beobachten, nicht kontrollieren, seinen Teller nicht berühren, seine Haltung nicht korrigieren und nicht darauf achten, wie er das Besteck in der Hand hielt). Achtens, ihn selbst wählen lassen. Neuntens, akzeptieren, dass er etwas übrig lässt, aber nicht vergessen, wie viel er übrig gelassen hat. Zehntens, wenn du glücklich bist, bekommst du Hunger. Die zehn Gebote, die mit dem Gesetz gedeckten Tafeln.

Vor und nach der Trennung waren ihre schlaflosen Nächte ganz und gar nicht erholsam gewesen. Damals waren die Gedanken schnell, nahmen an Heftigkeit zu und stürzten urplötzlich in die Tiefe, wickelten sich im Fallen um lange Spiralen, im Hintergrund katastrophenartige Szenarien.

Als Luca noch in diesem Bett schlief, hatte sie sich hin und her gewälzt, um ihn aufzuwecken, wütend, weil er weiterschlief, ohne zu ahnen oder wissen zu wollen, wie stark ihr Zorn war. Es ärgerte sie, dass er ausgeruht aufwachen würde, besser auf einen Tag voller Konflikte vorbereitet als sie. Als er endlich weggegangen war und sie das Ehebett für sich hatte, hatte sie sich kreuz und quer in alle Richtungen geworfen, mit Füßen getreten und sich ausgetobt. Aber es gab niemanden mehr zum Aufwecken. Es waren Nächte einer nervösen Gymnastik gewesen, Nächte voller Sorgen und Angst. Dann hatte sie sich einem Schlafmittel ergeben.

Mattia war krank geworden, und Luca war für ein paar Monate nach Hause zurückgekehrt, dann war er wieder gegangen. Jetzt sah sie ihn ein oder zwei Mal in der Woche, je nach den Besuchszeiten. Friedliche Begegnungen auf dem Treppenabsatz, die Kinder kehrten nach Hause zurück, wechselten von einer Obhut zur anderen (sie hatten aufgehört, es den «Gefangenenaustausch» zu nennen, der Sarkasmus hatte viel von seinem Reiz verloren), und er sprach noch kurz mit ihr, alles lief sehr gesittet, ermutigend und tröstlich ab. Was auch immer das Thema ihrer Gespräche war, seine Worte besagten, dass man es schaffen konnte, so viele Paare waren in dieser Situation, nichts daran war dramatisch. Das sagten seine Worte, und sie überließ sich dem Gespräch, ohne Widerstand zu leisten, ohne es zu bremsen oder anzuregen, sie nahm jedes Gespräch so an, wie es kam. Doch währenddessen, und das passierte ihr häufig in letzter Zeit, kreiste ein Gedanke in ihrem Kopf wie der Kehrreim eines Liedes: Wie merkwürdig, diesen Mann habe ich geliebt.

Als er zum zweiten Mal wegging, hatte es keine schmerzhaften Risse gegeben. Vielleicht hatte es überhaupt keinen Riss gegeben. Vielleicht war nicht nur er weggegangen. Sie waren beide übereingekommen, die Vergangenheit loszulassen. Wenn sie nicht während der wenigen Monate von Mattias Einlieferung ins Krankenhaus bis zum Winter wieder zusammengekommen wären, hätte sie die Erinnerung an ihre Liebe vielleicht nicht verloren. Aber nicht einmal dessen war sie sich sicher. Vor einem Jahr: Wie sollte sie sich an das erinnern, was sie vor einem Jahr hatte empfinden können? Vor einem Jahr empfand sie noch eine Anziehung. In der Zeit, in der sie ihn am meisten hasste, empfand sie eine ernsthafte sexuelle Anziehung für ihren zukünftigen Exmann. Sie hasste ihn und wollte mit ihm vögeln. An vielen Abenden hätte sie ihn beim Gefangenenaustausch gern am Schlips in die Wohnung und ins Bett gezogen. Und ihn dann wieder rausgeworfen. Aber es war schwierig, einem Mann den wahren Unterschied zwischen Sex und Liebe zu erklären (sie waren überzeugt, dass sie ihn kannten, sie glaubten, ihn zu kennen). Worin bestand denn eigentlich der Unterschied?

Vor einem Augenblick war er ihr noch sonnenklar gewesen. Vielleicht schlief sie gerade ein. Wenn ihre Gedanken widersprüchlich und konfus wurden, war das ein Zeichen, dass sie einschlief (Gedanken, die am nächsten Morgen widersprüchlich und konfus erscheinen würden). Aber sie schlief nicht ein. Sie war nur verwirrt. Sie wollte sagen: Wenn Luca und sie nicht wieder zusammengekommen wären, hätte sie in einem Winkel ihres Geistes für immer die Vorstellung gehegt, ihn noch zu lieben oder ihn wieder lieben zu können. Aber sie hatten wieder zusammen gelebt, und sie hatte mit einem Schlag den ganzen Schwung ihres Hasses auf ihn verloren. Sie mussten mit einer Notlage fertigwerden, das Kind brauchte sie. Und so hatte sie begonnen, in Luca einen alten Freund zu sehen, der ihr helfen konnte.

Sie hätte diesen neuen alten Freund gern ein paar Mal in der Woche getroffen, ohne unter seiner Abwesenheit zu leiden. Doch als er für eine gewisse Zeit nach Hause zurückgekehrt war, hatten sie sogar miteinander geschlafen wie ein altes Ehepaar. Luca schien sich nicht mehr vor ihr zu fürchten, wie er noch vor ein paar Monaten behauptet hatte. Als er sie nicht berühren konnte. Als er sagte, er erkenne sie nicht wieder. Er war nach Hause zurückgekommen, weil es dem Jungen schlechtging, und um ihn noch einmal zu zeugen, um ihn noch einmal als Kind mit einem normalen, gesunden Appetit auf die Welt kommen zu lassen, hatten sie wieder miteinander geschlafen. Nach einer Weile hatten sie dazu keine Lust mehr gehabt. Ihr kam der Ausdruck in den Sinn: «Gewöhnung ist lustfeindlich.» In ihrem Fall war «wiederaufgegossene Gewöhnung» passender. Statt wütend oder verbittert auf den Sarkasmus zu reagieren, der wieder aufblühte, lachte sie in der schlaflosen Nacht für sich allein, das Gesicht ins Kissen gedrückt.

Luca versuchte, sich Zeit zu nehmen, er hatte Angst, dem Kind weh zu tun. Sie aber fürchtete, dass er, wenn er sich Zeit nahm, nicht mehr gehen würde. Bei dem Gedanken, dass er bleiben wollte, wurde sie panisch. Sie sprach mit ihm, schlug ihm vor, allmählich, schrittweise zu verschwinden, einen Plan dafür zu entwickeln. Zu Komplizen werden, um gemeinsam jeden Verdacht zu zerstreuen, die Kinder langsam zu entwöhnen, sie zu impfen. Ihre Angst, er könnte nicht mehr gehen wollen, war so groß, dass sie bereit gewesen wäre, ihm sämtliche Möbel zu überlassen, wie eine Eidechse, die dem Verfolger ihren Schwanz opfert, alle Bücher, alle CDs und DVDs. Luca begann, zwei Nächte pro Woche außer Haus zu schlafen, «wegen der

Arbeit». Im Januar waren es vier Nächte in der Woche, es gab eine neue Wohnung, und die Kinder gingen manchmal dorthin. Alles lief bestens. Ohne es erklären zu müssen (sie konnten nicht gut erklären, außerdem waren Erklärungen nicht nötig), geschah es einfach.

Sie hatte schon gedacht, die Kinder würden nicht mehr reagieren. Doch eines Tages sagte Michela aus heiterem Himmel, sie müsse jetzt ein neues Bett haben. Jetzt, wo Papa *wirklich* gegangen war, müsse sie sich ein Einzelbett kaufen. Wenn sie nicht mehr verheiratet war, dürfe sie nicht mehr im Ehebett schlafen. «Woher willst du wissen, dass ich nicht noch mal heirate?» Sie hatte es nicht gesagt. Solche Bemerkungen waren tabu, sie war ohnehin nicht dazu fähig. Sie hätte es lernen sollen. Hätte sie die Geistesgegenwart gehabt, mit einem Lächeln, in scherzhaftem Ton zu sagen: «Vielleicht heirate ich noch einmal, vielleicht brauche ich diesen Platz für einen neuen Mann», wäre ihre Tochter nicht ganz so dickköpfig gewesen. Oder noch unerträglicher geworden. Doch vielleicht war Michela gar nicht das Problem, der Wunsch nach einem Einzelbett stand ihr ins Gesicht geschrieben, und ihre Tochter hatte ihn einfach nur abgelesen.

Eine Mutter hat keinen Sex mehr, woher konnte so eine Vorstellung kommen? Ihr war die Lust irgendwann vergangen. Während der großen Kämpfe vor drei Jahren hatte sie keine Lust mehr gehabt. In der Zeit der Trennung war die Lust zurückgekehrt, aber vielleicht war es nur Wut in anderer Form. Dann war sie ihr abermals vergangen. «Sie kommt und geht», das war auch ganz lustig, aber nicht so wie «wiederaufgegossene Gewöhnung». «Es kommt und geht» sagten die Patienten oft. Der Schmerz kommt und geht, nicht einmal der Schmerz ist konsequent. Der Schlaf kommt und geht. Sie erinnerte sich an eine alte Dame, sechzig Jahre alt, die in Begleitung ihres Mannes um drei Uhr morgens in Festtagskleidung in die Notaufnahme kam. In der Patientenakte des Triage stand geschrieben: *Schläft nicht.* Die Frau hatte einen Schreck bekommen, weil sie nicht schlafen konnte. Das war ihr noch nie passiert.

Zwischen zwei Ampeln dachte sie oft an den schüchternen, zurückhaltenden Internisten. Oder an ihre Schlaflosigkeit und die Kette aus Gedanken, die sie in der Nacht aufgefädelt hatte, während sie reglos auf dem Bauch lag. Gelegentlich passierte es ihr, dass sie einige dieser Gedanken oder Anekdoten dem Internisten erzählte, der diskret fragte, der listig und vorsichtig nur dort nachhakte, wo er keinen Widerstand spürte.

Zum Beispiel: Während er eine Scheibe Wassermelone aß, hatte der Junge über eine Albernheit seiner Schwester gelacht, und ein kleiner Bissen Melone war ihm durch die Kehle in die Nase gelangt und nach einer Weile aus einem Nasenloch herausgekommen. Das Mädchen hatte geschrien: «Mattia kommt die Wassermelone aus der Nase!» Die Melone aus der Nase war lustig, weil der Junge häufig Nasenbluten hatte. Über harmlose Krankheiten zu sprechen war tröstlich für sie, aber auch für den schüchternen Internisten, der zuhörte.

Wenn Viberti sie nicht gedrängt hätte, diese Anekdote zu erzählen, wenn er sie nicht von Zeit zu Zeit als ein kleines Zeichen ihres Einvernehmens erwähnt hätte, wäre sie verblasst und schließlich verschwunden, so aber nährte sie sich von jeder Erwähnung und wurde mit der Zeit immer dauerhafter. Der Internist war zurückhaltend, aber neugierig. Er hatte eine nette Art, zu fragen, ohne aufdringlich zu werden, und viel erreichte er sowieso nicht, weil sie ihm nichts Wichtiges erzählte. Doch er war ein Allesfresser, an jedem Thema, an jeder kleinen Episode interessiert, vielleicht aber auch nur daran, sie reden zu hören.

Oder nur daran, sie zu sehen. Und da war es, das Ziel ihrer morgendlichen Grübelei auf der Fahrt ins Krankenhaus. Der schüchterne Internist war in sie verliebt.

Der Gedanke breitete sich im Inneren des Autos aus wie ein zu starkes Parfüm (wenn die Patienten sich mit Rasierwasser oder Eau de Cologne überschütteten, bevor sie in die Notaufnahme kamen). Das Auto war zu groß, wie das Ehebett, das sie vor anderthalb Stunden verlassen hatte, ohne wieder einschlafen zu können, es war ein Eheauto. Alle zwischen den Ampeln hintereinander aufgereihten Autos waren Verlängerungen der Betten. Menschen am Steuer oder im Bus oder am Zebrastreifen wartend, bis sie die Straße überqueren konnten, schläfrige oder besorgte oder gedankenverlorene Blicke, doch sie sah vor allem gekränkte, unversöhnliche Augen, wie die der Kinder, wenn sie aus dem Bett geholt wurden.

Wenn sie Frühschicht hatte, ging sie vor den Kindern aus dem Haus, dann brachten die Haushaltshilfe oder die Großmutter sie in die Schule. Sie holte die Kinder dann ab, das Abholen war der schwierigste Teil. Die größte Bedrohung bei Schulschluss war Michela mit ihren zahlreichen gesellschaftlichen Verpflichtungen: Immer gab es eine Freundin, die eingeladen werden musste, oder die Einladung einer Freundin, der sie bereits zugesagt hatte, alles mit absoluter Gleichgültigkeit gegenüber den Bedürfnissen anderer organisiert.

Doch bevor sie die Kinder von der Schule abholte, würde sie den schüchternen Internisten beim Mittagessen treffen. Der in sie verliebt war. Sie nannte ihn nur für sich so, der schüchterne Internist, vor anderen nannte sie ihn Viberti. Im Krankenhaus duzten sich alle, doch die Ärzte riefen sich beim Vornamen, die Pflegekräfte beim Namen. Bei den Patienten wurden Name und Vorname umgedreht: Santi Luciano, Rocca Vincenza.

Hierarchien. Manchmal nannte sie ihn heimlich «meinen Verliebten». Hundertprozentig sicher war sie sich nicht. Er war schüchtern, also verbarg er es. Mit achtzigprozentiger Wahrscheinlichkeit war er in sie verliebt oder bereit, sich in sie zu verlieben, wenn sie ihn mit einem Wink ermutigen würde. Sie ermutigte ihn bewusst nicht, und er drängte sie nicht. Er begnügte sich damit, sie beim Mittagessen zu sehen, und das war schwer zu verstehen. Ein vierzigjähriger Mann.

In der ersten Zeit, als Mattia im Krankenhaus lag, konnte der Internist seine Freude, sie zu sehen, nicht verbergen. Freude, Erregung, was auch immer es war, er war verlegen und glücklich. Er war sehr glücklich, sie zu sehen, und verbarg es nicht, er konnte oder wollte es nicht verbergen. Etwa einen Monat nach ihrer ersten Begegnung war etwas passiert, er war vorsichtiger geworden. Jemand hatte ihm gesagt, dass Luca zurückgekehrt war. Derselbe Jemand hätte ihm auch sagen können, dass sie sich erneut getrennt hatten, diesmal für immer. Jedenfalls hatte er sie in der letzten Zeit nicht mehr belagert, im Gegenteil. Hätte er es tun sollen? Was erwartete sie von ihm?

Wenn sie erwartete, dass er sie stürmischer umwarb, musste sie das wohl überdenken, sie riskierte eine Enttäuschung. Nehmen wir an, sie erwartete es. Und nehmen wir an, dass er bloß ein guter Mensch war, der sich um das Kind sorgte, und darum auch um die Mutter, ein kinderloser Mann, den Kinder nie interessiert hatten, der sich aber jetzt weiterhin nach Mattia erkundigte, als hätte er ihn insgeheim adoptiert. Oder nehmen wir an, dass ihm der Tisch hinter der Säule so sehr am Herzen lag, dass er ihn um keinen Preis aufgeben wollte und darum immer wieder pünktlich zum Mittagessen mit ihr erschien. All das mal angenommen.

Zu achtzig Prozent war er in sie verliebt, doch zu zwanzig

hing er an dem Kind oder an ihrem Tischchen in der Bar, und sie brauchte das Gefühl, begehrt zu werden. Es war möglich, dass sie das Gefühl brauchte, begehrt zu werden, und sich deshalb sogar der stummen Anbetung eines Mannes, eines beliebigen Mannes aussetzte, wie die Statue der Jungfrau Maria. Und es war möglich, dass die Erkenntnis, dass Luca sie nicht mehr begehrte (sie merkte es, mit leiser Verwunderung, jedes Mal, wenn er die Kinder holte oder zurückbrachte), keineswegs eine Erleichterung war, wie sie sich einredete.

Die Bäume in den Alleen bekamen Blätter, zarte, grüne Blättchen, die das Skelett der Äste noch nicht verdeckten, junge Bäume, nur Haut und Knochen. Der schüchterne Internist gefiel ihr. Ja, er war nett. Nase und Mund waren nichts Besonderes. Aber den Augen konnte sie sich nicht entziehen. Traurige Augen, Augen eines melancholischen Hundes. Und dann blickten diese Augen sie plötzlich an und waren schön, eindringlich, voller Leidenschaft. Ernsthafte, überzeugte Leidenschaft, kein Spiel. Ein trauriger Hund, der eindringlich blicken konnte. Er versprach etwas, was er vielleicht nicht halten konnte. Völlig anders als Luca oder völlig anders, als Luca ihr gegenüber war. Luca war überzeugt, dass er immer die Kontrolle über die Situation hatte, auch wenn er sie nicht mehr hatte. Der Internist war so unsicher, dass sie oft versucht war, ihn zu umarmen oder ihm mit einer Hand auf die Schulter zu klopfen, um ihn aufzumuntern. Nehmen wir also an, dass sie es nötig hatte, von einem unsicheren Mann geliebt zu werden. Wie lange würde der unsichere Mann sie im Stillen lieben, sich mit ihren Erscheinungen als Jungfrau Maria im Halbdunkel der Bar begnügen?

Sie fand einen Parkplatz und ging auf die Notaufnahme zu. Ein unsicherer Mann, der in sie verliebt war, würde seiner Geliebten keine Bedingungen stellen. War es das, was sie dachte?

Zum Beispiel: Wenn sie ihm die ganze Geschichte erzählen würde, genauso, wie sie sich abgespielt hatte, würde er nicht schlecht über sie denken. War es das, was sie wollte? Zum Glück konnte sie, sobald sie in der Notaufnahme war, nicht mehr denken, sechs Stunden Ruhe von den Gedanken lagen vor ihr wie ein Urlaub.

Der Strand wirkte größer, doch er war derselbe wie immer, weiße und graue Steinchen und dunklerer Kies am Ufer, an einer Seite ein paar schwarze, glänzende Felsklippen und in der Mitte das rostige Eisengerüst eines kleinen Badestegs, dem noch die Bretter aus blau bemaltem Holz fehlten. Auch die Menschenmassen des Sommers fehlten noch und die Reihen aus Sonnenschirmen und Liegestühlen, die die Verteilung der Familien und Freundesgruppen auf dem Strand regelten. Mattia hatte das schnell erkannt. Es war der 25. April, ein herrlicher Tag, das Wasser sehr kalt, obwohl schon jemand ein Bad versuchte. Nach Monaten in geschlossenen Räumen, bei künstlicher Beleuchtung, nahmen einem das Licht und die frische Luft den Atem, der weite Himmel war erdrückend.

Wenige Meter vom Ufer entfernt saßen Cecilia und ihre Mutter und hielten einen schleppenden Dialog in Gang, während die Kinder weggerannt waren, um weiter hinten am Strand zu spielen. Mattia war sofort atemlos und aufgeregt zurückgekommen und hatte verkündet: «Am Strand sind gar keine Sonnenschirme und Liegestühle!» Sie hatten gelacht: «Nein, die sind noch nicht da.» Ein ausgezeichnetes Stichwort, um das Gespräch auf ein sicheres Terrain zu lenken, über den Jungen sprechen, ohne seine Probleme zu diskutieren. Seit drei Jahren fuhren sie zu dieser Jahreszeit nicht mehr ans Meer, und er erinnerte sich nicht an den leeren Strand. «Der liebe Kleine, er dachte, hier bleibt es das ganze Jahr über voll.» «Der Junge ist intelligent, er bemerkt viele Dinge ... und wie gut er das Einmaleins kann, Michela hat es nicht so gut gelernt.» Man brauchte nicht viel Intelligenz, um zu bemerken, dass die Sonnenschirme nicht da waren, aber das Gespräch schien jetzt aufs richtige Gleis gelenkt.

Doch egal, von wo es losging, die Stationen dieser Reise führten immer in die gleiche Richtung: Mattia war intelligent, Michela liebenswert, Michelas Charakter, Michelas Ähnlichkeit mit ihrer Tante Silvia, Silvias Einsamkeit, Silvias Probleme mit der Arbeit, Silvias allgemeine Probleme, Silvia wird nie heiraten. Ein Kollege von Silvia hatte ein paar Mal bei ihr zu Hause angerufen, und Silvia war wütend geworden, der sei schrecklich neugierig. Als sie einmal mit den Kindern im Bus fuhren, war der Mutter ein junger Mann aufgefallen, der Silvia anstarrte, und sie hatte gedacht, so einer wäre richtig für Silvia, «ein normaler Mann».

Cecilia lachte. «Seit wann bemerkst du die Männer, die sie anschauen? Hast du das auch bei mir gemacht?»

Wenn ihre Mutter sich auf den Arm genommen fühlte, erwiderte sie das Lächeln nicht. «Du hast immer viel zu diskrete Bewunderer gehabt, die bemerkte man nicht.»

«Und als wir klein waren, hast du da auch die Jungen bemerkt, die uns nachguckten?»

Sie lächelte nicht. «Ihr habt immer nur mit anständigen Kindern gespielt.»

Das heißt, solange sie unter ihrer Fuchtel standen. Cecilia lachte, aber sie hatte keine Lust auf das Thema. Sie wollte sich wohl fühlen, und um sich wohl fühlen zu können, musste sie ihre Mutter bei Laune halten. «Und merkst du auch, wenn die Männer dich ansehen?»

Endlich lächelte ihre Mutter, sagte, sie solle mit dem Unsinn aufhören. Sie lächelte, war nicht beleidigt.

Doch sie fing sofort wieder mit dem Gejammer an: Sie hatte alles falsch gemacht, das wusste sie genau, bei Silvia hatte sie viele Fehler gemacht, als sie ein Kind war, als sie ein junges Mädchen war. «Ich bin zu streng gewesen, aber ich war auf sie nicht vorbereitet, du hattest mich zu sehr verwöhnt.»

Cecilia lachte, obwohl sie anfing, sich zu ärgern. «Also jetzt sag nicht, dass es meine Schuld ist, Mama», und dann sofort: «Ich finde nicht, dass du zu streng warst, im Gegenteil, du hast dich bei ihr immer geschlagen gegeben. Aber eigentlich erinnere ich mich gar nicht.»

Sie erinnerte sich wirklich nicht. Doch der Ton war derselbe, mit dem sie manchen Patienten, die offenkundigen Tatsachen leugnend, sagte: «Ich finde nicht, dass Sie zu dick sind», als müsste sie ihnen einen Anzug verkaufen.

Jetzt musste sie eine andere Richtung einschlagen, damit ihre Mutter nicht in ihre alte Litanei zurückfiel: «Silvia allein, du geschieden, ich Witwe.» Eine etwas unproblematischere Strecke war: allgemeiner Zustand der Patienten, das Restaurieren alter Möbel, Arbeiten im Haus, Müdigkeit, niedriger Blutdruck, rascher Arztbesuch, beruhigender Zuspruch.

«Mach dir keine Sorgen wegen der Vogelgrippe, du musst keinen Mundschutz tragen.»

Es war schön, am Strand zu sein und mit ihrer Mutter zu plaudern, schön, die Sonne auf dem Gesicht und den Armen zu spüren, die Bluse aufzuknöpfen, damit Hals und Dekolleté Farbe bekamen, schön, sich Schuhe und Strümpfe auszuziehen und die Füße nass zu machen, schön, dass ihre Schwester erst am Abend ankommen würde, nicht weil sie keine Lust hatte, Silvia zu sehen, sondern weil ihre Mutter in Silvias Gegenwart sehr viel unleidlicher wurde. Besonders schön war es, die Kinder in der Ferne spielen zu sehen, sie hatten Spaß und schrien vor

Begeisterung. Noch schöner war es, dass sie von Zeit zu Zeit abwechselnd zu ihr zurückkamen. Jetzt passierte das nur noch selten. Als sie klein waren, war dieses Zurückkommen der glücklichste Teil des Tages gewesen. Alle zwanzig, dreißig Minuten kam eines der beiden angerannt und ließ sich gegen sie, auf sie fallen, klammerte sich an sie. Sie jammerte zum Spaß, sie sei müde und das Kind zu schwer, spielte sogar die Ungeduldige und fast Verärgerte. Jetzt hätte sie für einen dieser Momente alles gegeben, und wenn es geschah, musste sie ihre Freude zügeln. Sie kamen an und forderten Aufmerksamkeit, weil sie Durst hatten, weil ihnen heiß war, weil man ihnen irgendeine Ungerechtigkeit angetan hatte, weil sie etwas erzählen mussten oder, wie Mattia, einen Gedankengang zu Ende führen wollten, der vor einer Stunde begonnen hatte: «Aber ohne Liegestühle sind weniger Leute da, und es herrscht weniger Ordnung.» Ja, die Großmutter hatte recht, er war ein sehr intelligenter Junge, und sie liebte ihn heiß und innig.

Als sie aufbrechen wollten, verschwanden die Kinder, wie immer, und man musste sie suchen. Cecilia fand sie nicht. Alle anderen Kinder waren schon weg, wo waren ihre? Sie suchte bei den Umkleidekabinen, eine Reihe Kabinen hatte gemauerte Wände und wurde nicht abgebaut, wie die aus Holz. Vielleicht waren sie mit ihrer Mutter gegangen, die schon zum Haus hinaufgestiegen war, um das Mittagessen zuzubereiten. Sie kehrte ans Meer zurück und sah sie hinter den Klippen. Sie rief nach ihnen, sie hörten sie nicht. Also ging sie auf die Klippen zu und kam, ohne es zu wollen, hinter ihrem Rücken an. Noch immer hatten sie Cecilia nicht bemerkt. Mattia saß im Schneidersitz, mit dem Gesicht zur Felswand, das war eine Strafe, zumindest erschien es ihr so. Michela beobachtete stehend den Strand, sie war der Wachposten, der kontrollierte, ob niemand kam. Cecilia verstand nicht, was sie da spielten, ob sie etwas spielten. Sie rief ihre Namen. Das Mädchen drehte sich erschrocken zu ihr um. Hatte sie sie bei einem heimlichen Spiel überrascht? Mattia richtete sich schwerfällig auf, als wäre er müde, und ging an der Mutter vorbei, ohne die Augen von der Felswand zu lösen.

Silvia kam am Freitagabend sehr spät an, als die Kinder schon im Bett waren, und das war schade, sagte ihre Mutter, weil sie den ganzen Tag auf sie gewartet hatten. Silvia erklärte, sie habe sich nicht eher freimachen können, und die Mutter warf Cecilia einen Blick zu, den diese nicht erwiderte. Sie verbrachten den Samstagvormittag am Strand, und trotz wiederholter, gegenseitiger Provokationen stritten Silvia und ihre Mutter nicht. Der ungeheure Himmel und das weite Meer passten nicht gut zu Animositäten, aber vielleicht hatte der Ort nichts damit zu tun, bei anderen Gelegenheiten hatten die jodhaltige Luft und die brennende Sonne Streitigkeiten befördert. Michela schaffte es, mit größter Unbefangenheit den Samstagnachmittag zu organisieren, indem sie auf eigene Initiative sieben Kinder zu sich nach Hause einlud.

Sie wohnten in einer kleinen Villa, die in vier Wohnungen aufgeteilt war. Ihr Vater hatte eine der beiden Wohnungen im Erdgeschoss gekauft, weil er die Wochenenden hier verbringen wollte. Er hatte es fast nie getan. Sie stellten zwei Tische in den Garten und bereiteten alle zusammen Teller mit Schinkenbrötchen und kleine Stücke Pizza und Focaccia vor. Unter dem Kommen und Gehen von Eltern oder Großeltern, die Kinder begleiteten, und Eltern oder Großeltern, die Kinder abholten, verging der Nachmittag wie im Flug. Silvia und ihre Mutter unterhielten die Gäste so gut, dass Cecilia sich ins Haus flüchten und fast ein richtiges Schläfchen machen konnte. Nach zwanzig

Minuten wachte sie auf, aber sie blieb auf dem Bett liegen und starrte an die weiße Decke. Sie dachte an ihren Vater.

Er war ein immer fröhlicher, optimistischer Mensch gewesen. Warum er ihre Mutter geheiratet hatte, war ein Geheimnis, aber wie konnte ausgerechnet sie über die Ehe anderer Menschen richten? Immerhin schienen sie zusammen nicht unglücklich gewesen zu sein, vielleicht hatten sie sich nicht viel zu sagen, vielleicht hatten sie sich schon alles gesagt. Für Silvia aber war die Situation unerträglich. Es war unerträglich, dass ein Mann wie ihr Vater mit einer Frau wie ihrer Mutter zusammenblieb. Jeden zweiten oder dritten Tag rief Silvia sie an, um ihr zu erzählen, dass ihre Mutter *buchstäblich* versuchte, den Vater umzubringen. Sie machte ihm das Leben zur Hölle, schikanierte ihn, quälte ihn. Doch worin diese Quälereien bestanden, abgesehen von der objektiven Tatsache, dass ihre Mutter eine unübertreffliche Nervensäge war, hätte Silvia nicht sagen können. Wenn es Quälereien waren, dann verzeihliche. Doch etwas musste passiert sein, irgendwann: Ihr Vater hatte sich einen Tumor geholt. Er hatte sich den Tumor geholt, er hatte ihn bekommen. «Ich hab's dir ja gesagt», war Silvias Kommentar.

Cecilia war nicht neugierig auf die Ehegeheimnisse ihrer Eltern. Eine andere Geschichte interessierte sie schon eher, doch auch nicht zu sehr. Ihr Vater kam aus Süditalien, aber in der Familie wurde nie darüber gesprochen. Denn da unten im Süden gab es keine Verwandten, die man besuchen konnte, keine Häuser. Der Großvater war Angestellter bei der Post gewesen und Anfang der fünfziger Jahre mit der Familie in den Norden gezogen, als ihr Vater fast schon in der Pubertät war. Das typische Einzelkind, von den Eltern vergöttert und ängstlich bemüht, ihnen zu gefallen. Alle Aufmerksamkeit nur für ihn. Und er hatte sie nicht enttäuscht, er war Ingenieur geworden, hatte

Karriere gemacht, hatte vergessen, dass er aus Süditalien stammte. Ein leichter Akzent war geblieben, aber so leicht, dass man von seiner Herkunft wissen musste, um ihn zu bemerken. Und sein Nachname, Re, war ein Meisterwerk der Tarnung, denn er schien einen Einheimischen aus ihm zu machen. Er hatte eine Norditalienerin geheiratet, die er vielleicht nicht übermäßig liebte oder schon bald gar nicht mehr liebte, und zwei Töchter gezeugt. Und seinen Eltern, die aus Süditalien gekommen waren und sich ihr ganzes Leben lang bemüht hatten, nicht mit den Süditalienern verwechselt zu werden, die ihnen in Scharen gefolgt waren, um die Fabriken der Stadt zu füllen, musste das als eine perfekte Lebensplanung erscheinen.

Cecilias liebste Erinnerung an ihren Vater war die Beziehung, die er zu Mattia hatte. Er war Mattias großer Häuptling gewesen, sein Schamane. Sie hatten eine Menge Geheimnisse miteinander. Ihr Vater liebte Zeichentrickfilme, er liebte die Spiele des Kindes, der Junge spürte das.

Silvia war immer sein Liebling gewesen, Cecilia hatte sich kein einziges Mal darüber beklagt. Sie wusste fast nie, worüber sie mit ihm reden sollte, und Ärztin zu werden, hatte das Problem gelöst, denn sie konnten über seine Gesundheit oder die Gesundheit von Mama sprechen. Aus ihrer Kindheit hatte sie fast keine Erinnerungen an ihn. Ihr schien, als wäre sie als kleines Mädchen fast immer mit ihrer Mutter zusammen gewesen. Als sie heranwuchs und Silvia noch ein Kind war, schien ihre körperliche Veränderung den Vater in Verlegenheit zu bringen, er hörte auf, sie anzufassen. Damals dachte sie, das sei normal. Wenn ein Mädchen heranwuchs und zur Frau wurde, musste der Vater in den Hintergrund treten. Doch dann war auch Silvia in die Pubertät gekommen, und *ihre* Vertrautheit mit dem Vater schien darunter nicht gelitten zu haben.

Seine Freizeit verbrachte ihr Vater, indem er mit Freunden Karten spielte und Sciencefiction-Romane las (wenn ihre Mutter keine Aufgabe für ihn fand). Die Lüge zu entlarven, die hinter der Ehe ihrer Eltern stand, und das Ausmaß ihres Unglücks zu ermessen, war eine unbezwingliche Leidenschaft von Silvia. Cecilia hatte den Eindruck, dass die Eltern nicht unglücklicher gewesen waren, als der Durchschnitt aller verheirateten Paare ihrer Generation. Und das (den Durchschnitt zum Vergleich heranzuziehen) beendete fast immer die Diskussion. Sich zu sehr mit der Vergangenheit der eigenen Eltern zu beschäftigen, war kein Symptom von etwas Gutem, im Gegenteil, es war sehr schlecht, kein Zeichen von Gesundheit, eher von Krankheit.

Sie wollte nicht denken, dass Mattias Probleme ihren Vater so betrübt haben könnten, dass sie für diesen frühen Tod verantwortlich waren. Es waren nicht die Probleme des Kindes gewesen, nicht die Schikanen seiner Frau, nicht der ständige Kampf zwischen Silvia und der Mutter. Er war tot, weil er gestorben war.

Ihr Vater war im selben Jahr gestorben, in dem Cecilias Ehe begonnen hatte, brüchig zu werden. Und natürlich gab es auch zwischen diesen beiden Ereignissen keine Verbindung. Doch im Krankenhaus hatte Cecilia sich angewöhnt, die Gedanken der Menschen zu lesen, und in den Gedanken ihrer Mutter und ihrer Schwester las sie dieses Datum, das Todesjahr des Vaters, als Ursprung des Unglücks, das sie verband.

An diesem Abend gingen sie in den Ort hinunter, um ein Eis zu essen. Die Mutter war nicht begeistert von der Idee, aber Silvia hatte es den Kindern versprochen. Eine so schöne Atmosphäre und so unbeschwerte Kinder konnten nur zu einem anderen Menschen gehören, der nicht ihre Geschichte hatte oder vielleicht gar keine Geschichte. Sie sah Silvia und ihre Mutter wie hinter einer dicken Glasscheibe, wie in einer der Telenovelas, die sie vor fünfzehn Jahren jeden Tag nach dem Mittagessen angeschaut hatte, bevor sie sich wieder über ihre Bücher beugte. Es war die Geschichte dreier Frauen, zwei konnten sich nicht ausstehen, die dritte stand zwischen ihnen. In den Telenovelas verging die Zeit langsam, aber dennoch schneller als in Wirklichkeit, nach zehn Folgen konnte ein Neugeborenes schon laufen, ein halbes Leben ließ sich mit einem Blick erfassen, und immer schien es, als hätte das Ganze einen Sinn. Die Zeit dieser drei Frauen dagegen war so ungreifbar und zusammenhanglos wie die Leute, die mit ihrem Eis in der Hand auf der Strandpromenade in den Lichtkegeln der Laternen auftauchten und wieder verschwanden.

(Wenn du sie dir als Einzelbilder eines Films denkst, kannst du dir vorstellen, sie schneller ablaufen zu lassen, um zu sehen, wie es endet oder weitergeht, wenn es weitergeht. Und in diesem Fall geht es weiter: Die Strandpromenade geht weiter, die Spaziergänge mit dem Eis in der Hand gehen weiter. Irgendwann läuft der Film langsamer ab, und das Bild bleibt stehen. Da bin ich, gestreiftes T-Shirt, Shorts und Flipflops. Kerzengerade, stolz und ein bisschen besorgt, energisch leckend, kämpfe ich einen vergeblichen Kampf gegen Erdbeere und Sahne, die an der Waffel herunterlaufen und mir die Hand klebrig machen. Hinter mir die Aufsicht – meine Mutter und meine Großmutter.)

Sie blätterten in den Heften, jede an einer Ecke des Sofas sitzend, die Beine hochgezogen und angewinkelt. Silvia war kleiner und schmaler, ihre Beine waren kürzer und biegsamer, sie fühlte sich wohler in embryonaler Haltung, im Zelt, auf einer Liege im Schlafwagen, in einem Doppelbett, um ein Feuer sitzend, am Strand: Sie fühlte sich wohl in den Ferien. Die beiden ähnelten sich nicht wie ein Ei dem anderen, aber man sah, dass sie Schwestern waren, Silvia war eine kleinere Ausgabe von ihr, hatte Cecilia als Kind gedacht, und das nicht immer liebevoll. Oder ein Teil von ihr, wie sie jetzt dachte, liebevoll.

Auf diesem Sofa hatten sie diskutiert und gestritten, hatten alles geklärt und sich wieder versöhnt, hatten einander Geständnisse gemacht und sich von Geheimnissen befreit. Wichtige Momente des Erwachsenwerdens hatten sie hier verbracht, flüsternd, damit die Eltern sie nicht hörten, die im Schlafzimmer schliefen oder schlaflos im Bett lagen. Hier hatten sie viel öfter miteinander geredet als in der Stadt, wo sie abends in ihren Zimmern lernten oder ausgingen und nur selten bis zwei Uhr morgens schwatzten. Aus der Polsterung des Sofas stieg der Geruch des Hauses am Meer durch den blau-weiß gestreiften Stoff, ein Geruch nach Schimmel und nach feuchten, geschlossenen Räumen, der die Zauberkraft hatte, sie glücklich zu machen. Sie wollten sich wohl fühlen, und um zusammen glücklich zu sein, wenn die Großmutter und die Kinder nach dem Spaziergang ins Bett gebracht waren, blätterten sie gemeinsam in den Schulheften von Mattia und Michela.

Sie schauten sich diese Hefte nicht zum ersten Mal zusammen an, schon vor ein paar Jahren hatten sie zufällig entdeckt, wie lustig das war. Auch Silvia verfolgte den Fortschritt der Kinder bei ihren Aufgaben und war so neugierig auf die Beurteilungen, die die Lehrerinnen geschrieben hatten, als beträfen die Noten sie selbst. In einem Heft von Mattia hatten sie eine Art Projekt der Klasse zum Thema Gerüche gefunden. Neben jedem Geruch stand der Name des Schülers, der ihn vorgeschlagen hatte. Sie lachten, weil ein Tommaso der Urheber von «Atem», «Schweiß» und «Füße» war. Sie lachten, weil Lisa nur den «Fisch» beigesteuert hatte. Alessandro hatte geheimnisvoll und poetisch «Tränen» genannt und musste seine Sache wohl sehr gut vertreten haben. Mattia hatte «Krankenhaus» und «Minestrone» geschrieben.

Cecilia sagte, sie wisse nicht, wo er je eine Minestrone gerochen haben konnte, sie koche nie Minestrone. Also hatte sie ihn gefragt, denn wenn es um solche Dinge ging, wurde sie wachsam. Es stellte sich heraus, dass im Eingang und im Treppenschacht des Hauses, wo Papas neue Wohnung war, ein starker Geruch herrschte, den die Kinder sofort bemerkt hatten. Luca war in ein altes Haus im Zentrum gezogen, wo die Hälfte der Wohnungen gerade renoviert wurde. Seiner Meinung nach verbrachte die Portiersfrau ihre Tage damit, «eine eklige Minestrone» zu kochen, und andere Mieter hatten sich schon beschwert, doch die Frau hatte sich nicht einschüchtern lassen. Als die Kinder ihr das erzählten, hatte Cecilia ihren Zorn zurückhalten müssen: Was war so schlimm daran, Minestrone zu kochen, und warum hatte er ausgerechnet mit dem Essen ein negatives Urteil verbunden, wohl wissend, welche Probleme sein Sohn hatte?

«Hast du es ihm gesagt?», fragte Silvia.

Nein, sie hatte es ihm nicht gesagt, sie konnte sich nicht erlauben, dem Exmann solche Kleinigkeiten vorzuwerfen. Doch den Kindern, ja, denen hatte sie gesagt: Sie mochte den Geruch von Minestrone, und wenn sie nie eine kochte, dann nur, weil sie sich daran gewöhnt hatten, Pasta zu essen. Fertigsuppen in Tüten schmeckten ihr nicht, aber wenn sie ihr helfen würden, das Gemüse zu schneiden, könnten sie zusammen eine Minestrone kochen. Also hatten sie sich eines Samstagnachmittags alle drei an den Küchentisch gesetzt und Brechbohnen, Zucchini, Karotten, Kartoffeln, Zwiebeln, Selleriestangen, dicke Bohnen, Erbsen, Basilikum und Petersilie geschnitten und zerhackt, und das hatte ihnen viel Spaß gemacht. Der Geruch war genau der gleiche, und abends hatten sie die Minestrone gegessen.

«Hat sie ihnen geschmeckt?»

Nein, nicht besonders. Sie hatten gesagt, es sei besser, wenn sie keine mehr kochte.

Silvia lachte.

«Lach nicht.»

«Sei doch nicht so empfindlich.»

«Sag mir ehrlich, findest du das nicht wichtig? Ich kann es nicht mehr beurteilen.»

«Wichtig ist, glaube ich, dass du bei allem, was die Ernährung betrifft, wachsam bleibst, aber du darfst dich davon nicht so bedrücken lassen.»

«Also, wenn das nicht bedrückend ist, dann weiß ich nicht, was es ist.»

«Selbst wenn Mattia den Geruch von Minestrone nicht mag, könnte ihm doch der Geruch von Essen allgemein gefallen. Und selbst wenn sein Vater sagt, der Geruch von Minestrone ist eklig, könnte Mattia immer noch ein großer Liebhaber von Minestrone werden.»

«Du hättest ihn sehen sollen, wie er mit dem Löffel die Karottenstücke und Bohnen durch den Teller schwimmen ließ.»

«Mir scheint, in letzter Zeit hat er angefangen, ganz gut zu essen.»

«Manchmal denke ich, er könnte ein großartiger Koch werden.»

Silvia senkte den Blick auf das Schulheft in ihrem Schoß.

«Behandle mich nicht wie eine Kranke», sagte Cecilia.

«Ich glaube nicht, dass du krank bist, ich dachte gerade daran zurück, wie ich mir vorgestellt habe, was ich später machen würde, niemals wäre ich auf den Beruf gekommen, den ich jetzt habe, einfach weil ich nicht wusste, dass es ihn gibt.»

«Also dürfte ich mir nicht vorstellen, was Mattia werden

könnte, ich benehme mich kindisch, als hätte ich gesagt, wenn ich groß bin, möchte ich Feuerwehrmann werden.»

«Was ich meinte, war, dass es Mattia gutgeht, ein Jahr ist seit damals vergangen, auf seine Weise ist er ein fröhliches Kind.»

«Ich bedränge ihn nicht damit, dass er essen soll, ich bin sehr vorsichtig.»

«Ich weiß, dass du ihn nicht bedrängst, ich werfe dir überhaupt nichts vor, es geht mir um dich, ich sage dir, dass du dich ruhig entspannen darfst, dann entspannt er sich vielleicht auch.»

«Nein, du irrst dich, ich bin kein bisschen angespannt bei ihm, ich bin sehr ruhig, ich habe ja gar keinen Grund, angespannt zu sein, entspannt vielleicht nicht, aber angespannt auch nicht.»

Silvia schloss die Augen und schwieg eine Weile. Dann sagte sie: «Diese Geste, dir auf beiden Seiten gleichzeitig die Haare hinter die Ohren zu streichen, das bist wirklich du, und du tust es nicht, wenn du entspannt bist …»

Cecilia wartete darauf, dass sie die Augen wieder öffnete. Sie wollte sich nicht ärgern, sie wollte Silvia nicht ärgern. Aber ihr fiel nichts Diplomatischeres ein als: «Das ist ja mal eine Neuigkeit. Solche Sachen sagt Mama mir auch immer.»

Silvia öffnete die Augen. «Welche Neuigkeit?»

«Dass du mal mit Mama einer Meinung bist.»

Silvia warf ein Kissen auf sie. «Blöde Kuh. Ich verbringe eine Menge Zeit mit deinen Kindern.»

«Ja, und ich bin dir wirklich dankbar dafür.»

«Ich habe einige Schulden bei dir.»

«Du wirst es mir zurückzahlen.»

«Ich rede nicht von Geld.»

«Du wirst mir auch den Rest zurückzahlen.»

Silvia schüttelte den Kopf und schlug Mattias Heft wieder auf.

«Erzähl mir von diesem Kollegen», sagte Cecilia.

«Welcher Kollege? Es gibt keinen Kollegen … Mama benimmt sich wirklich beschissen. Hochgradig beschissen. Ich weiß ganz gut, dass ich auch manchmal beschissen zu ihr bin. Aber nur manchmal. Gelegentlich. Sie dagegen hört nie auf.»

«Inzwischen vertragt ihr euch doch ganz gut. Erinnere dich, wie ihr vor einem Jahr wart.»

«Alles mein Verdienst, sie bemüht sich kein bisschen.»

«Und der Kollege?»

«Also: Er ist nur ein Kollege, er gefällt mir ganz und gar nicht, und ich weiß nicht mal, ob er an mir interessiert ist. Mich interessiert er jedenfalls nicht.»

«Es kann vorkommen, dass Männer anfangs nicht interessant sind.»

«Es kann vorkommen, dass sie anfangs sehr viel interessanter sind. Dieser interessiert mich jedenfalls nicht, keine Ahnung, wieso ihm eingefallen ist, bei Mama zu Hause anzurufen, nein, warte, ich weiß es, er hat die Nummer im Telefonbuch gefunden, sie passte zu der Adresse, an die ich mir die Fahnen schicken lasse, denn bei Mama gibt es eine Portiersfrau …»

«Also hat Mama die Geschichte erfunden.»

«Sie ist nicht ganz erfunden, er ruft mich wirklich an, er ist hinter mir her.»

«Ist dir das unangenehm?»

«Was meinst du damit? Ach nein, er ist völlig harmlos.»

«Und was will er von dir?»

«Mit mir ausgehen, ins Kino gehen … Aber warum fragst du? Erinnerst du dich nicht mehr, wie sie das machen?»

«Nein, ich erinnere mich nicht.» Cecilia lachte.

Silvia warf den Kopf zurück. «Erinnerst du dich an den Typ, der bei uns anrief, zehn Minuten lang keuchte und dann auflegte?»

Cecilia lief ein kalter Schauder über den Rücken. Die Erinnerung, oder ihr wurde langsam kalt, vielleicht wollte sie jetzt lieber ins Bett gehen. «Und ob ich mich erinnere.»

Silvia sah sie mit weit geöffneten Augen an. «Warum haben wir immer gedacht, das wäre einer, der was gegen dich hat?»

«Keine Ahnung.»

«Du hattest einen Schulfreund im Verdacht ...»

«Ja, stimmt. Aber jetzt kommt mir das unwahrscheinlich vor. Er war ein bisschen exhibitionistisch veranlagt, aber solche Anrufe hätte er nicht gewagt.»

«Weißt du, was ich mir neulich gedacht habe? Ich habe mir gedacht, dass wir nichts begriffen haben.»

«Wieso?»

«Es war für Mama, er rief an, um Mama zu erschrecken.»

«Warum denn das?»

Silvia antwortete nicht.

«Immer noch diese alte Geschichte?», fragte Cecilia.

Silvia drehte sich zum Fenster um. Draußen war es dunkel, im Fenster das verkleinerte Spiegelbild der beiden.

Cecilia senkte die Stimme. «Hältst du es denn für möglich, dass ein Mensch wie unser Vater jemanden hatte?»

Silvia nickte. «Nein, du hast recht. Es ist nicht möglich.»

«Denkst du viel an Papa?»

Silvia nickte. «Du nicht?»

«Ja, natürlich.» Aber das stimmte nicht. Sie dachte nie an ihn. Als sie an diesem Nachmittag von ihrem Nickerchen aufgewacht war, war ihr zu Bewusstsein gekommen, dass sie seit Monaten nicht an ihn gedacht hatte. Sie nahm ein Buch mit Illustrationen in die Hand, das Mattia am Nachmittag aus dem Regal gezogen hatte, es trug den Titel *Tiere und Pflanzen der europäischen Küsten* und war voller Bilder von großen blauen Algen.

«Es war nett von Mama, dir Papas Bücher anzubieten.»

«Sie wusste nichts damit anzufangen.»

Ihre Gespräche: Am Anfang fühlte sie sich als ältere Schwester, und vielleicht behandelte sie Silvia ein bisschen herablassend, am Ende wurde sie zur kleinen Schwester, als wüsste Silvia doch immer mehr als sie.

«Wenn ich deinen Kindern etwas hinterlassen sollte, was würdest du für sie aussuchen?»

«Das Rezept für Minestrone.»

Sie lachten.

Cecilia legte ihre Wange auf die Rückenlehne des Sofas und nahm den Geruch des Hauses stärker wahr. «Ich möchte entscheiden, welche Erinnerungen ich ihnen hinterlasse. Darf ich?»

Sie fuhr ungern nachts und besonders ungern im grauen Licht der Abenddämmerung. Sie fuhr nicht gern auf der Autobahn, wo alle mit einer anderen Geschwindigkeit unterwegs waren als sie. Manche mussten sich etwas beweisen, andere hatten gute Gründe, ihre Ankunft zu Hause hinauszuzögern. Man musste überholen oder rasch ausweichen, sie fuhr auch nicht gern nachts auf der Autobahn, weil es ihr so vorkam, als würden alle das Fernlicht einschalten, um sie zu ärgern, jedes Mal, wenn sie in den Rückspiegel blickte, brannten ihr die Augen. Sie fuhr nicht gern nach so vielen Brückentagen am Sonntagabend in die Stadt zurück, der Verkehr war zu stark, und alle waren nervös. Auch sie war nervös, aber sie hatte wirklich keinen Grund dazu.

Sie hatten eine gute Zeit gehabt, das Wetter war schön gewesen, ihre Mutter und ihre Schwester hatten nicht gestritten, und manchmal hatten die Kinder alles vergessen, das hatte sie ihnen von den Augen abgelesen. Jetzt waren sie eingeschlafen – Mattia fast sofort, Michela eine Stunde später, nachdem sie mindestens viermal erklärt hatte, dass sie mit zwölf Jahren nicht mehr im Auto schlafe wie ein Baby. Sie schliefen mit schaukelnden Köpfen, von den Sicherheitsgurten gehalten, sie hatte immer befürchtet, der Gurt könnte sie erwürgen, doch Luca hatte ihr erklärt, nein, da bestehe keine Gefahr. Mattia zog am Strand nie sein T-Shirt aus, sie und ihre Mutter diskutieren, ob er sich schäme, dass er zu dünn sei. Wusste er, dass er dünn war? War ihm kalt, wie er behauptete? Andererseits hatte sie sich auch nie das T-Shirt ausgezogen, Michela dagegen, stolz auf ihren wachsenden Busen, war nur besorgt, ob das Oberteil auch an seinem Platz saß. Silvia wusste das Mädchen zu nehmen. Sie hatte früher losfahren müssen, ihre Mutter hatte die Augen zum Himmel verdreht. Noch immer überzeugt, dass der Vater eine Geliebte gehabt hatte. Die unwahrscheinlichste von allen möglichen fixen Ideen. Schön, dieses Kinderfest, insgesamt neun Kinder, das Geheimnis lag einfach darin, dass immer Kinder herumliefen. Mattia, der ein bisschen hinter den Spielen der anderen hinterherhinkte. Komisch, denn wenn er allein war, erfand er andauernd neue Spiele. Aber er spielte sie immer allein, es interessierte ihn nicht, Anhänger um sich zu scharen, sich durchzusetzen. Das Fischmarkt-Spiel zum Beispiel: Die Blätter des Oleanders waren Sardellen, die der Hortensie Seezungen, Pinienzapfen waren Seeigel. Luca machte Ferien mit «Freunden», doch früher oder später musste sie damit rechnen, die Kinder würden es ihr erzählen: «Papa hat eine Freundin.» Michela würde es ihr erzählen, stolz, eifersüchtig, begeistert. Lernen, die Irritation zu verbergen, die die Begeisterung des Mädchens bei ihr auslöste.

Um sich abzulenken, dachte sie an die Notaufnahme. Die Frühling-Sommer-Saison begann. Mit dem Wechsel der Jahreszeiten veränderte sich die Notaufnahme wie ein Wald oder der

Laufsteg einer Modenschau. Im Sommer und vor Feiertagen kamen die Leute, um ihre alten Verwandten abzuliefern. Im Winter kamen die Migranten und Obdachlosen, um im Wartesaal zu schlafen oder wenigstens ein paar Stunden im Warmen zu verbringen. Während der Weihnachtsfeiertage kamen die Verwandten aus Süditalien, die auf Besuch waren, und nutzten die Gelegenheit, einen ärztlichen Rat einzuholen. Während der Spiele der Nationalliga herrschte dann völlige Leere. Beim letzten Spiel innerhalb von zwei Stunden nur eine Alte mit niedrigem Blutdruck. Während des Ramadan gab es das Problem mit den Medikamenten, Moslems nahmen sie nicht vor Sonnenuntergang. Im Sommer dehydrierte alte Menschen, Lungenentzündungen durch Klimaanlagen. Im Winter Spitzenwerte bei den Grippeerkrankungen. Dann so erfreuliche, unvorhergesehene Zwischenfälle wie die Vogelgrippe. Vor der Trennung war ihr oft erst am Ende einer Arbeitsschicht bewusst geworden, dass sie keinen einzigen Moment an Luca und die Kinder gedacht hatte. Damals fühlte sie sich schuldig. Jetzt war sie dankbar, dass sie sechs Stunden lang an etwas anderes denken musste.

Sie fuhr nicht gern im Dunkeln auf der Autobahn, sie hätte früher losfahren sollen, aber die Kinder hatten es ihr nicht erlaubt. Ihre Mutter würde einen Abend lang allein im Haus am Meer bleiben und mit dem Gespenst fertigwerden müssen. Autos überholten sie, Männer, allein am Steuer, die den Kopf leicht drehten, um sie anzusehen, erwarteten sie womöglich, dass sie ihnen zuzwinkerte, dass sie anbiss, ein Quickie im Dunkeln auf der Nothaltespur? Die Flirts in der Notaufnahme, die Flirts im Krankenhaus, der schüchterne Internist. Ihre Kinder schliefen. Michela war zwölf. Ein Mädchen in der Pubertät, also mindestens noch sieben oder acht Jahre lang Streit. Wie sie sich verändert hatte: Sie bewegte sich anders, als tanzte sie auf Zehenspitzen, und sie war sehr hübsch. Weniger hysterische Szenen, aber vielleicht theatralischere. Dieses merkwürdige Spiel, das sie am Strand gespielt hatten. Weniger Raum für Michela, nach Mattias Problem. Sie musste sich erwachsener zeigen. Tatsächlich, die Menstruation. Manchmal zog sie an ihren Jeans, sie hatte Angst, die Binden könnten verrutschen. Doch am Strand war sie wieder ein kleines Mädchen, rannte mit den anderen los.

Es war schwer, an diesen Strand zurückzukehren, die Erinnerungen besiedelten die Räume, immer schien Luca zu fehlen. Nicht immer, nicht alle Räume, ihre Wohnung zum Beispiel hatte ihn vergessen, es war, als hätte Luca nie dort gewohnt, das Durcheinander der Kinder verdeckte die Abwesenheit seiner peinlich genau geordneten Sachen. Doch als sie am ersten Tag vom Strand zum Haus gingen, hatte sie den Eindruck gehabt, alle drehten sich zum Meer um und würden gleich fragen: «Wo ist Papa denn geblieben?» Nicht nur Luca, nicht nur er. «Wo sind die Väter geblieben?» Zwei Väter waren innerhalb von drei Jahren verschwunden. Was für ein Pech. Vor Zorn schlug sie auf das Lenkrad. Sie ertrug ihn nicht mehr, den Sarkasmus, der unter der Oberfläche immer noch schwelte und biss, wenn er hervorkam.

«Warum hast du aufs Lenkrad geschlagen?», fragte Michela. Sie war wach.

«Mich nerven die Lichter in den Augen.»

«Mich auch», sagte Mattia, ebenfalls wach.

Beide wach, sie hatte es nicht gemerkt. Also mussten sie unterhalten werden.

Michela sagte: «Ich war eingeschlafen, wir sind schon in San Pietro», und dann wiederholte sie es für Mattia, der nichts dazu sagte, weil er sich nicht erinnerte, wo San Pietro lag und wie weit das von zu Hause war. «Wir haben über eine Stunde geschlafen!» und dann noch einmal, kreischend: «Ich hab gar nicht gemerkt, dass wir schon an San Pietro vorbei sind!»

«Wie weit ist es noch?», fragte Mattia, ohne zu merken, dass er sich auslieferte.

«Wir sind fast da!», rief Michela. «Du weißt also nicht, wo San Pietro ist?»

Als sie noch kleiner waren, bei Autofahrten ohne Luca, hatte sie gesungen, damit die Kinder einschliefen. Benommen, an die Kindersitze gefesselt, von Übelkeit oder den Gurten geplagt, machten die Kinder fast nie mit. Sie schauten aus dem Fenster, weinten selten. Was war falsch daran, stumm zu bleiben, sie einfach nur aus dem Fenster schauen zu lassen? Es war stärker als sie. Wissen, was sie dachten, ihren Geist beschäftigen, sie zum Schlafen bringen. Sie sang Lieder aus Zeichentrickfilmen oder Lieder, die sie im Kindergarten lernten. Nie ließ sie die Kinder allein.

«Wir spielen ein Spiel. Sagt mir die drei schönsten Erinnerungen von diesen Tagen am Meer.»

Stille.

«Meine sind: Als wir die Möwe auf der Mole gefüttert haben, und abends der Spaziergang mit Großmutter und Tante Silvia in den Ort, als wir uns Schals umgebunden haben.»

Sie log. Ihre schönsten Erinnerungen waren der erste Vormittag am Strand, als die Kinder manchmal zu ihr zurückkamen, und der Samstagabend, als sie mit Silvia die Schulhefte der Kinder angeschaut hatte.

«Das waren nur zwei», sagte Mattia.

«Sagt mir eure, dann werde ich euch die dritte verraten.»

Sie log aus Gewohnheit. Sie stellte sich vor, dass die Möwe für Mattia eine der schönsten Erinnerungen sein könnte (ihre Federn faszinierten ihn, er strich sich die Haare über der Stirn zurück, um die Glätte der Federn nachzuahmen), und dass der Spaziergang eine der schönsten Erinnerungen für Michela sein könnte (die stolz darauf war, allein mit der Tante ein paar Schritte vor den anderen zu gehen und älter zu erscheinen). Sie war es gewöhnt, andere anzuregen. Wie bei den Patienten: «Haben Sie auch ein Gefühl der Schwere? Die Übelkeit vergeht nach dem Essen?» Dann die kurze Befriedigung, wenn sie bestätigten: «Ja, sie vergeht nach dem Essen.» Wobei natürlich der Zweifel blieb, ob sie es ihnen eingeredet hatte, der Zweifel, ob die Patienten ja gesagt hatten, um sie zufriedenzustellen.

Michela sagte: «Meine schönsten Erinnerungen sind: Erstens, wie kalt das Wasser war, weil ich das wirklich nicht erwartet hatte, und zweitens der Spaziergang.»

«Das sind nur zwei», sagte Mattia.

«Und dann der Geruch vom Klebsamen, den kannte ich noch gar nicht.»

«Jetzt bist du dran», sagte Cecilia zu Mattia, «na los, lass dich nicht so lang bitten.»

«Die Möwe», sagte Mattia.

«Das ist nur eine …»

«Der Kopf, die Flügel und die orangenen Beine», sagte Cecilia an seiner Stelle.

«Helfen gilt nicht!», rief Michela.

Helfen gilt nicht, einreden gilt nicht, die Erinnerungen anderer kennen, Gedanken lesen gilt nicht. *Und jetzt sagt mir die drei schönsten Erinnerungen aus der Zeit, als wir zu viert waren*, Fragen, die sie niemals stellen würde, *und jetzt sagt mir eure schlimmsten Erinnerungen, ihr müsst sie mir alle sagen.*

Sie konnte um zwei, um drei, um vier aufwachen. Aber das Schlimmste war, um fünf aufzuwachen, keine Hoffnung, wieder einzuschlafen, zu spät für eine Tablette, zu spät für einen ganzen Riegel Kokosschokolade oder zwei Fruchtjoghurt oder eine Packung Vanillewaffeln. «Dein Pech.» In den frühen Morgenstunden so übel dran sein, das Bett voller Gedanken, die piksten wie Kekskrümel. Die fürchterlichen Morgenstunden. Sie hörte die Badezimmertür am anderen Ende der Wohnung alle zwei, drei Minuten leicht schlagen. Ein unmerklicher Luftzug, sie musste daran denken, die Tür zuzumachen, bevor sie schlafen ging. Jetzt hatte sie keine Lust aufzustehen. Es war, als atmete die Wohnung leise.

Vor drei Jahren, kurz bevor sie sich trennten, wachte sie in den fürchterlichen Morgenstunden wutschäumend auf. Schon bevor sie aufwachte, träumte sie, dass sie wütend auf ihn war, und wenn sie die Augen aufmachte, hätte sie ihn am liebsten verprügelt. Sie setzte sich aufrecht ins Bett, die Beine gekreuzt, und betrachtete ihn. Sie besaß ein Werkzeug, es war kein Stock, kein Schläger, aber auch kein einfaches Stück Holz. Es war ein Nudelholz, und mit dieser Walze zum Ausrollen von Teig, die sie von ihrer Großmutter geerbt hatte und die die Kinder manchmal benutzten, um Knete zu walzen, hätte sie ihn schlagen wollen, nicht auf die Genitalien, sondern auf den Mund. Ihn auf den Mund schlagen, für das, was er sagte, wenn er wach war, vor allem aber, weil er im Schlaf oft lächelte. Ihn bestrafen, als hätte er es absichtlich getan, ausgerechnet sie wollte ihn bestrafen, die nicht mal mit ihren Kindern schimpfen konnte, ohne sich schuldig zu fühlen.

Dann wurde sie schwanger und tobte vor Wut. Es war nicht vorgesehen und nicht erwünscht, sie konnte es sich nicht leisten und hatte absolut keine Lust dazu, zwei Kinder, die sie sehr liebte, genügten ihr, und sie waren gerade aus der schwierigsten Zeit heraus. Mattia war in der ersten Grundschulklasse, und sie hatte nicht die Absicht, mit einem weiteren Kind wieder von vorn anzufangen. Mattia war ein schwieriges Kind, und sie wollte sich ihm ohne Ablenkungen widmen, ihm keinen neuen Grund zur Eifersucht bieten und ihm keine Probleme bereiten. Das Mädchen hatte sie mit dreiundzwanzig bekommen, noch vor ihrem Examen, aber sie hatte das Studium nicht unterbrochen und sofort mit der Facharztausbildung begonnen. Mit sechsundzwanzig war sie wieder schwanger geworden, hatte aber nicht länger als zwei Monate gefehlt und weitergemacht, ohne das Jahr zu verlieren. Ihre Facharztausbildung hatte sie mit einer Tochter abgeschlossen, die schon zur Schule ging, und einem dreijährigen Sohn, der wenig sprach, aber sich ihre Liebe zu erobern wusste. Mit zweiunddreißig arbeitete sie in der Notaufnahme, das war ihr Ziel gewesen, und sie hatte es erreicht. Sie brauchte Stabilität, nicht noch ein Kind.

Nach neun Jahren, die sie so verlebt hatte, wie die letzten neun Jahre. Die Krankheit und der Tod ihres Vaters lagen gerade hinter ihr, sie hatte seinen Tumor diagnostiziert. Ihr Vater war vor zwei Monaten gestorben. Wenn man das alles zusammennahm, musste eine unerwünschte Schwangerschaft da wirklich sein? Das war es, was das Leben, der mit *ihrer* Diagnose beauftragte Arzt, für sie bereithielt. Sie war gezwungen, innezuhalten und sich zu überlegen, was sie vom Leben wollte, gezwungen, zu entdecken, dass etwas nicht stimmte, und zu ahnen, dass es etwas sehr Ernstes war, gezwungen, entsetzliche Angst zu haben, sich damit auseinanderzusetzen. Da wird man doch lieber wütend.

Sie wollte das Hindernis aus dem Weg räumen, als wäre das Hindernis der einzige Grund für ihre Wut. Doch wenn es so wäre, hätte sie vermeiden können, es Luca zu sagen. Da sie seine Reaktion ahnte und nicht die geringste Lust auf Diskussionen hatte, hätte sie ihn belügen und auf ihrem Weg weitergehen können. Stattdessen war sie auf halber Strecke stehengeblieben, hatte die Arme verschränkt, oder die Beine. Auf dem Bett sitzend, sah sie ihn im Schlaf lächeln und wartete, dass er aufwachte. Sie hatte ihm gesagt, dass sie schwanger war, und ohne ihm Zeit zu lassen, sich überrascht oder glücklich oder besorgt zu zeigen, hatte sie hinzugefügt: «Ich kann es nicht behalten.» Also war er gezwungen, auf diese zweite Mitteilung zu reagieren, die erste war bereits veraltet. Eine ungeplante Schwangerschaft, die Möglichkeit eines dritten Kindes, darüber hatten sie nie gesprochen. Mit ihrem Satz: «Ich bin schwanger und kann es nicht behalten», hatte sie das Thema festgelegt, das auf der Tagesordnung stand. «Was heißt das, du kannst es nicht behalten?» «Ich will es nicht behalten.» Sie hatte sich hingesetzt und geschwiegen, damit die Nachricht, die sie gerade eben zwischen sie beide geworfen hatte, sich ablagern konnte. «Warum denn nicht?», hatte er gemurmelt. Und sie hatte wütend gesagt: «Weil ich nicht will.» «Wir müssen in Ruhe darüber reden, wir können das nicht einfach so entscheiden.» Schon wollte sie sagen: «*Wir* können? Ich entscheide, wir entscheiden das nicht gemeinsam», aber dann blieb sie stumm.

Es war nichts zu machen. Oder vielleicht doch, vielleicht hätte sie mit ihm sprechen und ihn überzeugen können, die Entscheidung zu akzeptieren, die *sie* getroffen hatte. Wenn er ihr wichtig gewesen wäre. Erst jetzt merkte sie, dass sie keine Lust und nicht die Absicht hatte, sich mit ihm zusammenzusetzen und zu reden, um ihm die Entscheidung leichter zu machen. Er sollte sie akzeptieren und Schluss. War das nicht *ihre* Angelegenheit? Na ja, es war auch seine, er war ihr Mann, wie konnte sie das leugnen? Wenn sie nicht wollte, dass es auch seine Angelegenheit war, bedeutete das, dass sich etwas geändert hatte, und sie hatte es nicht gemerkt, hatte es nicht merken wollen. Gut, sagen wir, es war auch seine Angelegenheit, aber sie hätte vorgezogen, dass es nicht seine war. Und zu entdecken, dass sie schwanger war, um dann zu entdecken, dass sie nicht nur ganz allgemein nicht schwanger sein wollte, sondern vor allem nicht von *ihm* schwanger, das machte sie wütend.

Was war in den letzten Jahren mit ihrer Liebe passiert? Es schien, als wäre gar nichts passiert, aber das stimmte nicht. Luca hatte den Auftrag eines wichtigen Klienten in Rom angenommen, er war nie zu Hause, an den Wochenenden saß er oft in seinem Zimmer und arbeitete. Er hatte lange gezögert, diese Verantwortung zu übernehmen, und hatte am Ende auch deswegen zugesagt, weil Cecilia ihm versichert hatte, sie würden es schaffen (sie war daran gewöhnt, so etwas zu sagen, für diese Art Ermutigung war sie programmiert). Doch als sie es sagte, wusste sie nicht, was sie sagte. Oder doch, sie wusste es nur allzu gut und hatte es gesagt, um die Gleichgültigkeit wachsen zu lassen, die zwischen ihnen zu keimen begann.

Und jedes Mal, wenn sie über die Agonie ihrer Ehe grübelte, neigte sie dazu, den Anfang vom Ende immer früher zu datieren, über kurz oder lang würde sie das Ende mit dem Anfang zusammenfallen lassen, dem Prinzip folgend, dass nur der Ursprung heil und unversehrt ist, weil die Zellen von der Geburt an zu sterben beginnen. Lucas Abwesenheit hatte bei beiden die schlechtesten Seiten hervorgekehrt. Gerade als sie kurz vor dem Abschluss ihrer Facharztausbildung stand, gerade als ihr Vater krank wurde, gerade als Michela den Kommunionsunterricht so ernst nahm, dass beide sich Sorgen machten, gerade als Mattia mit vier Jahren so wenig und schlecht sprach, dass er zur Logopädin gehen musste. Lucas Abwesenheit hatte sie nicht stärker verbunden, hatte nicht bewirkt, dass sie seine Anwesenheit als unverzichtbar empfand, nein, sie hatte einen Schalter in ihrem Gehirn umgelegt, und wenn sie ihn um sich hatte, bekam sie schreckliche Lust, mit ihm zu streiten. Und wieder fragte sie sich: Wie war es möglich, dass so banale Dinge (die räumliche Entfernung, die Müdigkeit, die Sorgen um die Arbeit und die Kinder) sie nur noch weiter voneinander entfernt hatten? Es musste etwas anderes sein.

Und sie datierte den Anfang noch weiter zurück. Mattias Geburt, ihre fixe Idee, dass Luca den Sohn nicht so lieben könnte, wie er die Tochter geliebt hatte, dass er sich nicht mit ihm beschäftigen wollte, ihre Angst, er sähe in ihm einen Rivalen. Aber auch das genügte noch nicht. Also datierte sie noch weiter zurück. Dass sie arbeitete, dass sie darauf bestanden hatte, zu arbeiten: Obwohl er so tat, als sei er stolz auf ihre Erfolge, hätte Luca, wie alle Männer, gern eine Kopie seiner Mutter zur Frau gehabt. Nein, das war noch immer nicht genug. Alles war immer zu wenig. Wie war es möglich, dass dieses Wenige so große Wirkungen hatte? Dass dieses Nichts dieses Ganze hervorrief?

«Wir können nicht in Ruhe darüber reden, ich muss das schnell entscheiden.» Luca sah verstört aus, immer wieder berührte er sie, drehte ihr Gesicht zu seinem, legte einen Arm um ihre Schultern, versuchte, ihr ins Gesicht zu blicken, als würde er sie nicht wiedererkennen. «Da ist etwas, was du mir nicht sagst, du hast Tests machen lassen, und mit dem Kind stimmt etwas nicht.» Immer bereit, den Ärzten böse Absichten zu unterstellen, ihre schwarze Seele, ihren Zynismus, ihre angeborene Fähigkeit zu lügen. «Es gibt kein Kind, also kann es nichts geben, was nicht stimmt. Bei mir stimmt etwas nicht. Ich kann es nicht behalten.» Doch er bat um Zeit, sie sollten noch einmal darüber reden. Wie viel Ruhe brauchte er denn noch? Sie war nicht bereit, ihm mehr davon zu gewähren. Als sie mit gekreuzten

Beinen auf dem Bett saß und an das Nudelholz dachte, das auf Lucas lächelndem Mund zersplitterte, hatte sie ihre Entscheidung schon getroffen.

Fast drei Jahre waren vergangen, doch daran erinnerte sie sich sehr genau. Die Vorstellung von seinem zerschmetterten Mund, dem Brei aus Blut, Zahnfleisch und Zähnen. Hatte sie so etwas im Krankenhaus gesehen? Ja. Obwohl die chirurgische Notaufnahme von ihrer Station getrennt war und sie die Unfallverletzten bei ihrer Ankunft nie zu Gesicht bekamen. Doch, es war zwecklos, das zu leugnen, sie hatte einen Jungen gesehen, dem das Gesicht mit einem Hammer zertrümmert worden war.

Und auch an alles andere erinnerte sie sich genau. Sie vergaß es nicht, wollte es nicht vergessen. Doch sie hätte gerne manchmal mit jemandem darüber geredet, nicht, um ihr Gewissen zu erleichtern, nein, nur um darüber zu reden, denn wenn sie die Geschichte nicht erzählte, hatte sie keinen Sinn. Wenn sie nicht von der Abtreibung sprach, hatte Lucas Reaktion keinen Sinn, hatte ihre Trennung keinen Sinn. Nicht weil die Abtreibung der Grund für ihre Trennung war. Sie war deren Ankündigung, aber eine versteckte Ankündigung. Sie hatte ihre Liebe zu ihm abgetrieben, und niemand wusste es. Nicht einmal ihre Schwester, erst recht nicht ihre Mutter. Sie war sicher, dass Luca es niemandem erzählt hatte, es war zu unfassbar.

Dieses Unfassbare sah sie vor sich wie einen Gegenstand mit einer Form und einem Umriss, mit seiner eigenen Materie und Festigkeit. Es war ein Studienobjekt, wenn man es aus gebührendem Abstand betrachtete. Was es darüber zu sagen gab, war ein Geheimnis für sie, was sie davon halten sollte, auch. Sollte sie sich schuldig fühlen, wie Luca es gewollt und natürlich gefunden hätte? Das konnte sie nicht. Sollte sie sich als Ungeheuer fühlen? Das konnte sie nicht. Um wenigstens einen Teil von sich wieder in die menschliche Gesellschaft aufgenommen zu sehen, war sie irgendwann sogar bereit gewesen, den anderen Teil für monströs zu halten. Gab es in ihr etwas, was nicht stimmte? Und sie erzählte sich die ganze Geschichte wieder von vorne.

Sie hatte zwei gewollte, zwei Wunschkinder von einem Mann bekommen, den sie liebte, Kinder, die sie mehr liebte als sich selbst. Sie war von einem Mann schwanger geworden, den sie nicht mehr liebte (auch wenn sie es in dem Moment noch nicht wusste), und sie hatte abgetrieben. Hatte sie etwas Böses getan? Nein. War es schmerzhaft, traumatisch, brutal gewesen? Ja, natürlich, schmerzhaft, traumatisch, brutal für sie. In den fürchterlichen Morgenstunden dachte sie nämlich noch immer daran. Aber sie verstand es nicht. Sie wollte mit jemandem darüber sprechen, sie hätte gerne darüber gesprochen. Als Mattia ins Krankenhaus kam, hatte man ihr geraten, mit einem Psychologen zu sprechen. Nicht für das Kind war eine Therapie vorgesehen, man dachte dabei an die Eltern. Luca hatte nichts davon wissen wollen. Sie war hingegangen. Und war vor dieser frisch promovierten jungen Frau, fünf oder sechs Jahre jünger als sie, in Tränen ausgebrochen. Ein junges Mädchen mit einer Schachtel Kleenex griffbereit auf dem Schreibtisch. Sehr vorausschauend. Statt über Mattia zu sprechen, war sie beim ersten Mal gleich in Tränen ausgebrochen und hatte von der Abtreibung erzählt.

Sie wollte mit jemandem darüber sprechen, sie hätte gerne darüber gesprochen. Mit dem schüchternen Internisten, natürlich, denn er konnte zuhören. In jener Zeit war er nervös, wegen eigener Probleme. Nicht dass er sie gemieden hätte, das konnte er nicht, aber er war nervös. Er steckte wieder in einer nervösen Phase, wie damals, als er sie kennengelernt hatte. Sie hätte dem schüchternen Internisten ihr ganzes Leben erzählen wollen, um es von seinen Augen abzulesen. Er war ein offenes Buch, er hätte nichts vor ihr verbergen können.

Als der Tag der Liebeserklärung kam, dachte Cecilia, wie blind sie doch gewesen war, wie sehr sie sich wünschte, dass alles so blieb, wie es war, dass in ihrem Leben nichts mehr passierte, jeder Tag wie der andere, jedes Tun ununterscheidbar vom gestrigen Tun, und die Kinder für immer Kinder. Der schüchterne Internist erklärte ihr seine Liebe, und sie dachte, dass Michela bald ihren ersten Freund haben würde.

Am Morgen dieses Tages hatte sie zu lachen begonnen, als ein Patient sie, eine Kollegin und eine Assistenzärztin angesehen und gefragt hatte: «Wann kommt der Arzt?» Dann hatte sie, noch in Gedanken an den Vortag versunken, den Pieper auf dem Rücken eines Patienten abgelegt und «Hier Notaufnahme» gesagt, als antworte sie am Telefon. Alle drei hatten sie das Behandlungszimmer verlassen müssen, damit man nicht sah, wie sie sich ausschütteten vor Lachen. Was wollte sie jetzt in dieser Bar, die zum Glück leer war, warum hatte sie keinen Vorwand erfunden? Sie wusste genau, warum er sie hergebeten hatte, und war direkt auf die Katastrophe zumarschiert, ohne ihr auszuweichen. Vorher hätte sie fast noch zu einer Kollegin gesagt: «Ich muss jetzt gehen, da ist einer, der mich bitten wird, seine Geliebte zu werden.» In letzter Minute hatte sie sich zurückgehalten, es wäre nicht schön gewesen, ihn so zu verspotten.

Wenn sie ihn gebeten hätte, das Treffen zu verschieben, hätte er vielleicht seine Meinung geändert, hätte einen Rückzieher gemacht, aus Angst, das zu verlieren, was sie miteinander teilen konnten. Stattdessen saß er hier vor ihr und stammelte. Sagte, er habe ein Jahr lang den Mund gehalten, weil er dachte, es würde sich alles von selbst regeln, er sprach darüber wie über eine Krankheit. Ein ganzes Jahr lang war er in diese Bar gekommen, um sie zu sehen, als wäre es nur ihre Schuld, dass sich die Sache so lange hingezogen hatte, als wäre sie immer gegen seinen Willen in der Bar erschienen. Eine Weile konnte sie nicht reagieren, erdrückt von der Last dieses abermaligen Irrtums. Ihr Leben war mit Irrtümern übersät, funkelnde Irrtümer, wie der Heiligenschein der Jungfrau Maria, die dem schüchternen Internisten ein Jahr lang in den Nebelschwaden dieser Bar erschienen war. «Maria, du weißt, dass ich nicht gelogen habe», weinte Michela während ihrer mystischen Anfälle. In der irrigen Überzeugung, nie einen Fehler zu machen, hatte sie wieder einen gemacht.

Ohne ihn zu entmutigen, hatte sie von dieser stummen Anbetung gelebt, sich von seiner immer größeren Verliebtheit genährt. Als seine Rede dann beendet schien (wenn sie vorbereitet war, war sie schlecht vorbereitet und noch schlechter gehalten), dachte Cecilia: Was habe ich bloß getan. Aber da sie einen Fehler gemacht hatte und Fehler aus Gewohnheit rasch behob, resümierte sie in aller Eile, dass es mittlerweile zu spät war, die Rolle der unwissenden Jungfrau zu spielen, und es war auch zu spät für jene der Jungfrau, der die Aufmerksamkeiten und Attraktionen anderer gleichgültig sind, dass sie also, wenn sie sich nicht *hochgradig beschissen* verhalten wollte, diese Freundschaft retten, oder besser, diese Beziehung in Freundschaft verwandeln musste. Sie wollte den Mann, der ihr gegenübersaß, nicht verlieren, was auch immer er für sie war. Sie fühlte, wie Farbe in ihr Gesicht zurückkehrte, sie musste blass geworden sein, jetzt war ihr, als würde sie erröten, aber sie kam nur wieder zu sich.

Lügen war das kleinste Übel, dachte sie und sagte, das hätte sie wirklich nicht erwartet, sie habe eine schwierige Zeit hinter sich und sei erschöpft, vielleicht habe sie deshalb nichts bemerkt (es stimmte nicht, dass sie eine schwierige Zeit hinter sich hatte, es war die einfachste Zeit seit drei Jahren gewesen). Sie sagte, sie habe nie in diesem Sinn an ihn gedacht, aber sie denke viel an ihn. Das kleine Wortspiel, auf das sie bei anderer Gelegenheit stolz gewesen wäre, erschien ihr völlig sinnlos und nahm ihr alle Kraft, weiterzumachen. Sie stellte sich vor, aufzustehen und zu sagen: «Ich muss jetzt gehen», sie stellte sich vor, wegzulaufen. Stattdessen blieb sie sitzen und begann, einen Teil der Wahrheit zu gestehen. Sie sagte ihm, wie wichtig diese Mittagessen für sie waren. Und langsam löste sich die Spannung. Sie fingen an, miteinander zu plaudern wie nie zuvor, mit einem Vergnügen und einer Vertrautheit, die sie erst in diesem Moment entdeckten. Darum hatte Cecilia, als der Moment kam, sich zu verabschieden, das deutliche Gefühl, dass es ihr gelingen würde, den schüchternen Internisten als Freund nicht zu verlieren, ja, dass es ihr schon gelungen war.

Ein paar Tage lang redeten sie sehr viel miteinander. Cecilia erzählte sogar etwas von der Trennung. Sie wunderte sich, wie vertraut alle mit dieser Art Erzählungen waren und dass keiner an den banalen Gründen zweifelte, die sie so gequält hatten («Wir haben angefangen, uns zu streiten»). Auch Erwachsene akzeptierten den Vorwand, der bei den Kindern funktioniert hatte und den zu bestreiten ihren Kindern nicht einmal im Traum eingefallen wäre, weil es tatsächlich schon ziemlich schrecklich war, ihn zu akzeptieren: Mama und Papa kommen nicht mehr miteinander aus, sie mögen sich noch, aber sie können nicht mehr zusammen leben. Zuletzt war alles völlig glaubwürdig, und sie war die Einzige, die an den *wahren* Grund dachte, die dachte, dass genau dies die Ursache war, keine Folge unter anderen Folgen, sondern die anfängliche Ursache aller Folgen.

Sie wunderte sich auch darüber, dass sie Viberti etwas erzählte, woran sie in Wirklichkeit noch nie gedacht hatte: Wie die Kinder sie beurteilten, was sie von ihr dachten, was sie über die

Scheidung dachten. Vielleicht tat sie das, um herauszufinden, was *er* von ihr und ihrer Scheidung dachte. Aber Viberti war zu diskret, um sich das entwischen zu lassen.

Viberti sprach von seiner Mutter, von seiner Exfrau, und er sprach von sich selbst in seinem Haus wie von einem Gefängnis. Als er ihr eines Tages sagte: «Du bist der erste Mensch, der mich nicht sofort fragt: ‹Warum ziehst du nicht aus?› Das sollte ich auch eigentlich tun, ja, vielleicht, aber ich mag es nicht, dass alle mich darauf hinweisen», da hätte sie ihn vor Zuneigung küssen mögen.

Nach der Fahrt auf der Autobahn hatte der Junge sich ein neues Spiel ausgedacht. Er reihte seine Spielzeugautos im Flur hintereinander auf und ließ sie eines nach dem anderen durch eine Schranke fahren, die er aus Legosteinen gebaut hatte, eine Mautstelle. Cecilia beobachtete ihn verstohlen, während sie aus der Küche ins Schlafzimmer ging, und blieb hinter der halboffenen Tür stehen, um ihn zu belauschen. Mattia imitierte die metallische Stimme des Kassenautomaten an der Mautstelle: «Bitte das Ticket einführen», «Bitte die Kreditkarte einführen», «Vielen Dank und gute Fahrt.» Er sagte auch: «Das Ticket ist abgelaufen», oder: «Kreditkarte leer», oder: «Vorsicht vor dem Nebel, den Kindern Sicherheitsgurte anlegen, wenn du müde bist, bleib stehen und mach ein Nickerchen.»

Er spielte dieses Spiel über zwei Wochen lang, verteilte Strafzettel nach Geschwindigkeitskontrollen und hielt Lastwagen mit verdächtiger Ladung an, mit gestohlenen Fernsehern oder Katzen für Tierversuche. Ein paar Tage lang tat Cecilia, als hätte sie nichts gesehen, dann fragte sie ihn: «Wie heißt denn dieses Spiel?» Mattia zuckte die Achseln, ohne den Kopf zu heben, und murmelte: «Die Mautstelle.» Er beschränkte sich nicht auf die Tonbandstimme des Kassenautomaten, er stellte sich auch die Gespräche im Inneren der Autos vor. «Wann sind wir da, Papa?», fragte ein Kind. «Mit so einer Schlange habe ich nicht gerechnet» (tiefere Stimme, der Vater). «Ja, hier ist viel Verkehr» (die Mutter, etwas schrill). «Ich will aber nach Hause», beharrte das Kind. «Alle wollen nach Hause», sagte der Vater.

Von einem Tag auf den anderen verschwand die Autoschlange aus dem Flur. Cecilia dachte, Mattia wäre das Spiel leid und hätte alles selbst weggeräumt. Das war in den Tagen nach der Liebeserklärung, und sie hatte andere Dinge im Kopf: den schüchternen Internisten, seine Worte, die komplizierten Gefühle, die sie bei ihr geweckt hatten. So verging fast eine Woche, bevor ihr einfiel, zu fragen, was passiert war, warum hatte er keine Lust mehr zu dem Spiel? Sie war neugierig, und wie immer stellte sie ihm keine direkte Fragen, aus Angst, ihn zu beunruhigen, sondern sagte nur: «Ich habe gesehen, dass der Verkehr im Flur jetzt sehr viel besser läuft.» Mit einem leichten Lächeln, in der Hoffnung und Erwartung, er würde verstehen, dass er das Lächeln erwidern konnte. Doch der Junge reagierte nicht, tat so, als hätte er nichts gehört, weil er zu beschäftigt war, in seinem Rucksack nach einem Schulheft zu suchen. Er musste noch Hausaufgaben für Montag machen, und Cecilia hätte vielleicht besser daran getan, die Sache fallenzulassen, aber es war stärker als sie. «He, ich habe dich etwas gefragt», sagte sie, ohne zu lächeln, und der Junge blieb verblüfft stehen, unsicher, ob er weiterhin den Ahnungslosen spielen sollte, unsicher wegen der Frage, denn in Wirklichkeit war ihm ja keine Frage gestellt worden.

«Warum spielst du nicht mehr Mautstelle?», fragte Cecilia und zog ihn an sich.

«Es hat alles in Unordnung gebracht.»

«In Unordnung gebracht? Nein, das ist nicht wahr. Wer hat dir gesagt, dass es in Unordnung bringt? Du kannst im Flur spielen, wann du willst. Unordnung kann manchmal fröhlich machen.»

«Michela hat gesagt, du hast gesagt, es bringt den Flur in Unordnung.»

«Michela? Bist du sicher?»

«Ja, Michela hat das gesagt. Und sie hat recht, es hat alles in Unordnung gebracht.»

Sie sagte, er solle sein Heft aufschlagen und mit den Rechenaufgaben anfangen. Dann stand sie auf und ging hinaus, gemessenen Schrittes, um nicht hektisch zu wirken, um rechtzeitig stehen bleiben zu können, falls sie beschließen sollte, stehen zu bleiben, wenn sie nicht schon beschlossen hätte, weiterzugehen, zu Michela, die, auf dem Sofa im Wohnzimmer liegend, eine Lektion im Geschichtsbuch wiederholte. Sie schloss die Tür hinter sich, ging zwei Schritte auf ihre Tochter zu, und bevor sie nachdenken und sich zurückhalten konnte, versetzte sie ihr einen Schlag an den Kopf, der sie zwischen Stirn und Auge traf. Eine Sekunde später wurde ihr die Ungeheuerlichkeit ihres Tuns bewusst, doch der Zorn war noch nicht verflogen. Das Mädchen hielt sich den Kopf mit beiden Händen, fassungslos, das Buch war auf den Boden gefallen. Sie weinte nicht und sprach nicht, weil sie noch nicht verstanden hatte, was passiert war. «Wage ja nie mehr, deinem Bruder etwas zu befehlen», zischte Cecilia, ohne die Stimme zu erheben, «und erfinde keine Sachen, die ich niemals gesagt habe. Wenn er im Flur mit seinen Autos spielen will, darf er das, hast du verstanden?»

Das Mädchen begann zu schluchzen, und Cecilia ließ sich aufs Sofa fallen, ihre Beine zitterten. Sie umarmte Michela, die die Umarmung erwiderte, als wäre die Frau, die sie vor einem

Moment geohrfeigt hatte, nicht dieselbe, die sie jetzt tröstete. Auf dem Möbel hinter dem Sofa stand eine Vase aus emaillierter Terrakotta mit der Aufschrift HÔTEL DES TILLEULS, die hatten sie während eines Urlaubs in Südfrankreich geschenkt bekommen. Auf der Rückreise hatten sie das Aquarium an der Côte d'Azur besucht. In der Tiefe eines Beckens, das die Besucher vom Untergeschoss aus besichtigen konnten, begatteten sich zwei Delfine inmitten wirbelnder Wasserspritzer. Die Kinder wussten nicht, worum es ging. Luca drückte ihr lächelnd die Hand. All das war vor Jahrhunderten geschehen, in einem anderen Leben, das nicht mehr wiederkehren würde.

Obwohl Michela verzweifelt weinte, hörte sie ein Knarren und sah aus dem Augenwinkel die offene Tür und Mattia auf der Schwelle.

Es gab nicht die geringste Notwendigkeit, den Zwischenfall zu überspielen oder dafür zu sorgen, dass die Kinder es für einen banalen Zwischenfall hielten, oder Gründe anzuführen, die ihre Handlungsweise entschuldigten. Es war nicht nötig, noch einmal darüber zu reden oder die Sache totzuschweigen. Cecilia wusste genau, dass die Kinder sie ohnehin nicht vergessen würden, und genauso sicher war sie, dass sie nicht mehr darüber sprechen wollten, ja, dass sie sogar imstande waren, nicht mehr daran zu denken, außer in wenigen Momenten, unwillentlich, und den Gedanken sofort verscheuchend. Sie war sich so sicher, weil sie selbst als kleines Mädchen so reagiert hatte, wenn sie mit etwas Beunruhigendem oder Unverständlichem oder Gewalttätigem konfrontiert worden war.

Trotz dieser Gewissheit redete sie mit ihnen. Während des Abendessens erklärte sie, sie habe die Fassung verloren, weil sie nicht wollte, dass man anderen einen bösen Streich spielte (das Vergehen zum «bösen Streich» herabgestuft). Sie fragte Michela lächelnd, ob die zornige Mama Angst einjage, und Michela nickte, keineswegs überzeugt, dass es ein Thema war, über das man lächeln konnte. Unterdessen kontrollierte Cecilia unbemerkt Mattias Teller. Da sie fürchtete, er würde an diesem Abend nichts essen, hatte sie ihm eine kleinere Portion gegeben, unmittelbare Folgen gab es jedoch nicht, die langfristigen galt es abzuwarten.

Als sie nach dem Sonntagsbesuch bei Luca vorbeifuhr, um die Kinder abzuholen, ließ ihr Mann die Haustür hinter sich angelehnt, kam auf den Treppenabsatz heraus und fragte, was passiert sei, ob es stimme, dass sie Michela eine Ohrfeige verpasst habe. Sein Ton war nicht aggressiv, eher sanft, als hätte sie die Ohrfeige nicht gegeben, sondern bekommen, und er gab sich verständig, wie ein Elternteil, der mit dem anderen über ein Problem spricht, um es zu lösen. Sie musste vor Rührung fast weinen, auf diesem halbdunklen Treppenabsatz, umgeben vom Geruch nach Minestrone, waren sie wieder ein Paar, allerdings nur ein Teilzeitpaar. Sie gestand ihm, sie habe die Nerven verloren, weil es ihr so gefallen habe, den Jungen spielen zu sehen, sie war enttäuscht, als er damit aufhörte, die Reihe der Spielzeugautos war wie ein Hoffnungsfaden gewesen, man hätte nur warten müssen, dann hätte sich der Stau aufgelöst.

Luca sagte: «Manchmal hat Michela eine Ohrfeige verdient. Und wir haben ihr nie eine gegeben.»

«Bin ich deiner Meinung nach eine gewalttätige Mutter geworden?»

Luca zögerte, das war unvermeidlich, und schon bereute sie die Frage, auch als er lächelnd antwortete: «Nein, das finde ich wirklich nicht.»

Sie dachte oft an die Liebeserklärung des schüchternen Internisten. Es musste ihm sehr schwergefallen sein, er musste Monate darüber nachgedacht haben, aber vielleicht hatte er auch nichts anderes erwartet als das, was er bekommen hatte. Warum sich dann erklären? Um sich von einer fixen Idee zu befreien, etwas Ähnliches hatte er gestammelt. Tatsächlich schien eine Last von ihm genommen, nachdem er seine kleine Rede gehalten hatte. Doch innerhalb weniger Wochen war die wohltuende Wirkung verflogen, und ihre Mittagessen waren schwieriger geworden. Wenn es eine momentane Erleichterung gegeben hatte, war sie schnell verbraucht, wie manch minderwertiges Material, das im Krankenhaus ankam. Minderwertig, mangelhaft, es war keine wirkliche, wirksame Erleichterung gewesen, vielleicht weil er im Grunde gar nicht die Absicht gehabt hatte, sich von einer Last zu befreien. Immer wieder dachte sie über dieses Detail nach und spürte, dass der schüchterne Internist unwillentlich an eine Schwachstelle bei ihr gerührt hatte, an der sie leicht zu erweichen war. Ja, es hatte sie gerührt, dass dieser vierzigjährige Mann sich nicht einfach erklärt hatte, sondern sie (fast sofort, ungeduldig) gebeten hatte, ihn zu entmutigen, als hätte er Angst vor seinem eigenen Gefühl. Was für ein armer Tropf.

Immer wieder kam sie ins Grübeln über seine Beharrlichkeit und Hingabe, über die außergewöhnliche Anhänglichkeit dieses Mannes an ihr Tischchen in der Bar. Sie verstieg sich sogar zu dem Gedanken, dass es wahrscheinlich niemanden gab, der sie je so geliebt hatte, doch das bereute sie sofort. Es war eine Dummheit, aus zwei Gründen: Erstens, ein anderer Mann hatte sie geliebt; zweitens, eine nicht erklärte Liebe galt nicht. Sie galt erst vom Moment der Erklärung an, vorher war sie eine stumme Anbetung, eine Schwärmerei. Jemanden ein Jahr lang anbeten, ohne es ihm zu sagen – da musste man schon sehr beharrlich sein, aber es war auch verrückt. Wenn der Internist verrückt war, hatte er offenbar beschlossen, seinen ganzen Irrsinn auf ein einziges Symptom zu konzentrieren: sie. Doch das war nur ein weiteres Zeichen absoluter Hingabe.

Sie dachte an die Liebeserklärung, während sie die Kinder bei den Hausaufgaben überwachte. Mattia sollte die Chronologie einer Zeitungsnachricht rekonstruieren, die die Verfasser des Aufgabenbuchs in sechs Teile zerschnitten und diese dann vertauscht hatten.

*Sie ließen ihren Hund auf dem Balkon ihrer Wohnung allein und gingen fort, während in der Stadt eine sommerliche Hitze mit Temperaturen über 38 Grad herrschte.*

Was für eine Vorstellung hatte sie sich bloß von Viberti gemacht, er hatte weder etwas von einem verlassenen Hund noch von dem Opfer eines bösen Herrchens.

*Die Feuerwehrleute, die sofort einschritten, konnten mit Hilfe ihrer elektrischen Leiter auf den Balkon gelangen und brachten den Hund in Sicherheit.*

Es war eine seltsame Ideenverbindung gewesen: Als das Gespräch entspannter verlaufen war, hatte er gesagt, er fühle sich als Hund und sie erinnere ihn an eine Katze.

*Die Nachbarn erzählten, dass der Hund nicht zum ersten Mal auf der kleinen Terrasse ausgesetzt wurde.*

Während der Junge die ungeordneten Teile der Geschichte las, stellte sie sich vor, den schüchternen Internisten am Halsband herumzuführen.

*Sie brachten ihn in eine Tierklinik, wo er untersucht und behandelt wurde.*

Aber sie hatte nicht die Absicht, sein Frauchen zu werden.

*Der Vorfall endete damit, dass die Hundehalter wegen Tierquälerei angezeigt wurden. Der Hund wurde in ein städtisches Tierheim gegeben.*

Darum würde sie vielleicht mit ihm sprechen und ihm sagen, dass er seine Zeit verschwendete, dass sie noch zu sehr unter ihrer Trennung leide und mit den Kindern zu beschäftigt sei, um sich eine Beziehung erlauben zu können, und selbst wenn sie es sich erlauben könnte, sei nicht gesagt, dass sie es wollte.

*Das ist gestern passiert, an einem der heißesten Tage im Jahr. Die Freiwilligen des Nationalen Tierschutzbundes wurden von einem anonymen Anrufer benachrichtigt. Diese begaben sich sofort an Ort und Stelle und alarmierten die Feuerwehr.*

Sie würde ihm sagen, dass sie ihn gernhatte, mehr aber nicht und nichts anderes. Sie musste den Mut haben, auf ihn zu verzichten, damit er sich nicht einbildete, in Zukunft könnte noch etwas geschehen. Nach der Liebeserklärung hatte sie Angst bekommen, denn auf ihre gemeinsamen Mittagessen wollte sie nicht verzichten, aber sie musste es sofort tun, jetzt.

Mattia schrieb in einem Zug die richtige Reihenfolge der Teile auf: 1-3-5-4-6-2 und wollte sein Heft zuklappen.

Cecilia kontrollierte, und es war richtig.

Sie sagte, er sei sehr tüchtig gewesen, und schnell. Der Junge sah sie an, dann schüttelte er den Kopf und wies das Kompliment zurück: «Das war doch kinderleicht, Mama.»

Sie wollte mit ihm sprechen, hatte aber nicht den Mut dazu. Am nächsten Tag sah sie ihn beim Mittagessen und redete eine Stunde lang über die unsinnigen, gefährlichen, verfassungswidrigen Initiativen des Klinikdirektors, über die Dummheit des Chefarztes und über einen Patienten mit Malaria, der erste in ihrer Laufbahn. Sie fühlte sich nicht schuldig und fand nicht, dass sie Claudio Viberti in die Irre führte. Er war kein armer Tropf, er war ein vierzigjähriger Arzt, in sie verliebt, aber erwachsen genug, um selbst über sein Leben zu entscheiden, ohne sich am Halsband führen zu lassen.

Eines Nachmittags jedoch, sie versuchte sich gerade zu erinnern, wo sie ihr Auto geparkt hatte, sah sie ihn um die Ecke kommen und auf der anderen Straßenseite gehen. Er bemerkte sie nicht. Sein langer Rücken, die hängenden Schultern und die niedergeschlagenen, auf die Steinplatten des Gehsteigs gehefteten Augen machten sie wieder trübsinnig, als wäre sie doch schuld an seiner Traurigkeit.

Sie wollte ihm nicht hinterherspionieren, konnte aber den Blick nicht von ihm lassen. Er steuerte auf eine Bar zu, die nicht ihre übliche Bar war. Sie lief ihm hinterher, und als sie im Lokal aufeinandertrafen, nahm sie ihn ein bisschen auf den Arm, weil er ihr gemeinsames Tischchen so leichtfertig betrog. Er beschuldigte sie scherzhaft, sie habe ihn verfolgt. Dann fiel ihr ein, ihn nach seinem Vater zu fragen, sie hatte nachts einmal darüber nachgedacht, als sie eine Gedankenkette zurückverfolgte. Diese Kette hatte mit dem Satz eines Patienten begonnen, der kopfschüttelnd gesagt hatte, «der Beruf des Arztes muss einem wirklich auf den Leib geschnitten sein». Sie hatte dabei an einen Schnitt gedacht und in den ersten achtzehn Jahren ihres Lebens kein entsprechendes Trauma gefunden. Es gab keine Wunde, also war sie wohl zufällig auf die Medizin gekommen, dachte sie weiter, trotzdem liebte sie diesen Beruf. Ja, diese Arbeit war ihr wie auf den Leib geschnitten, doch vielleicht wäre das auch jeder andere Beruf gewesen, bei dem man ständig beweisen musste, dass man die Klassenbeste ist und Komplimente von den Lehrern kriegt. Der schüchterne Internist dagegen hatte seine guten Gründe: einen Vater, der an einem malignen Lymphogranuloma gestorben war, als er noch ein Kind war.

Viberti hatte ihre Erklärung nicht überzeugt, und es schien

ihn sehr verlegen zu machen, dass er ihr widersprechen und sie enttäuschen musste. Seine Erklärung war dann genau die gleiche, allerdings kam sie in einer Verkleidung daher: Die entscheidende Rolle spielte eine Vaterfigur, ein sehr bekannter Arzt (Cecilia hatte den Namen in einer Zeitschrift gelesen), der den Platz des Vaters eingenommen und Viberti zu seiner Berufswahl angeregt hatte. Sie überlegte, ob sie ihn darauf hinweisen sollte, dass die beiden Lesarten sich perfekt ergänzten, doch sie fürchtete, ihre Nase in Dinge zu stecken, die sie nichts angingen. Sie war versucht, ihm von der Krankheit und dem Tod ihres Vaters zu erzählen, obwohl das sicher nichts erklärte, sie hatte damals ja sogar schon ihren Facharzt gemacht, also ließ sie das Thema fallen. Doch kaum hatten sie sich getrennt, verspürte sie Sehnsucht nach ihm wie einen stechenden Schmerz in der Brust, ein Gefühl, das sie noch nie für ihn empfunden hatte und seit wer weiß wie langer Zeit für keinen Mann, außer ihrem Sohn. Es war der Stich ins Herz, den sie morgens verspürte, wenn sie Mattia hinterherschaute, wie er das Schulgebäude betrat. Am liebsten hätte sie Viberti Hand in Hand durch seinen Tag begleitet. Vielleicht hätte sie ihn auch gerne umarmt. Zum ersten Mal, seit sie ihn kannte, dachte sie, dass sie ihn zum Abendessen einladen, ihn Mattia wiedersehen lassen könnte, der sich wahrscheinlich kaum an ihn erinnerte, aber wer weiß.

In der darauffolgenden Nacht begann sie, an den schüchternen Internisten zu denken, und vier Nächte lang war ihre Schlaflosigkeit mit Vorstellungen von geschwisterlichen Umarmungen, unschuldigen Spaziergängen Hand in Hand, gemeinsam auf einem fiktiven Sofa geschauten Filmen, ihr Kopf auf seiner Schulter, angefüllt. Groß war die Überraschung am Montag, als sie in der Bar ankam und Viberti entdeckte, der schon dasaß und auf sie wartete. Er gefiel ihr sehr – die Haut sonnenverbrannt, die Haare ungekämmt, die Ärmel des weißen Hemdes hochgekrempelt –, und gerne hätte sie ihn umarmt und geküsst und wahrscheinlich mit ihm geschlafen. Sie aß fast nichts, während er von seinem Wochenende bei dem alten Mercuri erzählte, von einem Spaziergang durch die Gärten, von einer Welt, in der man sich fremd fühlte, weit weg von allem. Sie hingegen fühlte sich fremd und ihm zu nah, nach einer Viertelstunde sagte sie, sie müsse jetzt schnell weg. Denn möglicherweise habe sie in der Notaufnahme ein Schlamassel angerichtet, sie wollte rübergehen und nachschauen.

Viberti schlug ihr vor, anzurufen, und tatsächlich wäre ein Anruf das Sinnvollste gewesen.

«Ich gehe lieber selbst nachschauen», und schon stand sie auf.

«Du solltest dir das nicht so zu Herzen nehmen», sagte Viberti.

O doch, das sollte ich, dachte sie beim Hinausgehen. Bevor ihr klarwurde, dass sie gar nicht wirklich in die Notaufnahme zurückmusste, sah sie sich schon die Rampe für die Rettungswagen hinuntergehen. Hoffte sie, dort drinnen würde sie jemand für weitere sechs Stunden festhalten? Aber warum war sie zurückgekehrt, wenn sie doch gar nichts angerichtet hatte? Sie tat so, als hätte sie ihr Handy vergessen, das freilich in ihrer Tasche lag, und während ein Kollege ihr beim Suchen half, malte sie sich aus, dass es jetzt klingeln würde und sie dumm dastünde. Also machte sie sich schnell aus dem Staub und rief draußen ihre Schwester an, ob sie Mattia bitte von der Schule abholen und zur Großmutter bringen könne, sie habe einen Notfall im Krankenhaus. Die Spezialistin für Notfallmedizin, die Spezialistin für Notfälle wollte sich ihren Kindern nicht in diesem Zustand zeigen.

Im Park am Fluss traf man nachmittags um diese Zeit Mütter, die beim Joggen dreirädrige Hightech-Kinderwagen vor sich herschoben, die es zu ihrer Zeit noch nicht gab. Nicht dass sie damals Zeit gehabt hätte, mit dem Kinderwagen zu joggen, sie hatte lernen müssen. Man sah zwei- oder dreijährige Kinder, die überzeugt waren, dass sie ihr Dreirad selbständig fuhren, in Wirklichkeit aber von Kindermädchen an langen Griffen gelenkt wurden, die hinten herausragten wie Auspuffrohre. Man begegnete verwirrten Rentnern und einigen männlichen Wesen unterschiedlichen Alters, die aus den Büschen hervorkamen wie Märchenwölfe. Man traf auf glücklich davonstürmende Hunde und keuchende Hundehalter, die nach ihnen suchten.

Die dicht belaubten Bäume erschienen ihr riesig, sie blieb stehen und legte den Kopf in den Nacken, um zu sehen, bis wohin sie reichten, wieso hatte sie nie darauf geachtet? Warum hatte sie nie das starke Rauschen der Blätter bemerkt, wenn sie von einer leichten Brise bewegt wurden? Sie nahm alles intensiver wahr, sah lebendigere, glänzendere Farben, und in der Stille des Parks erschien ihr das kleinste Geräusch wie ein Lockruf. Vor sich sah sie die lange Reihe der Laternen, und sie ging weiter, als hätte sie beschlossen, zu Fuß nach Hause zu gehen und müsste nicht früher oder später zurück, um das Auto zu holen. Eine halbe Stunde lang ging sie, dann setzte sie sich auf eine Bank, sie war müde und wollte eine Weile sitzen. Doch dann fingen ein paar alte Männer an, um sie herumzuschwirren. Oder hatten sie nur erkannt, dass sie Ärztin war, und wollten sie wegen ihrer Prostatektomie um Rat fragen?

Von der Hitze und einem Gefühl der Nutzlosigkeit erschöpft, kehrte sie zum Krankenhaus zurück, sie hatte zwei Stunden vergeudet und ihrer Schwester Zeit gestohlen, die nun wahrscheinlich bis drei Uhr morgens arbeiten musste, um das Versäumte nachzuholen. Aber es war zu spät, um die Verabredung noch rückgängig zu machen. Sie ging in den Supermarkt gegenüber vom Krankenhaus, obwohl sie nicht dringend einkaufen musste, und füllte den Einkaufswagen, um dem Tag einen Sinn zu geben. Kaffee war im Sonderangebot, drei Packungen zum Preis von zwei. Zu Hause gab es noch genug Tagliatelle, die Lieblingspasta der Kinder, aber sie wurde ja nicht schlecht. Die Tomaten sahen nicht besonders schön aus, sie nahm trotzdem ein Pfund. Alufolie konnte man immer gebrauchen.

Kraftlos schleppte sie sich zum Auto, lud die Einkaufstüten in den Kofferraum und öffnete alle vier Fenster, um im Schatten zu warten, bis die Innentemperatur um ein paar Grad gesunken war. Und plötzlich fiel ihr ein, dass sie in Wahrheit doch ein kleines Schlamassel angerichtet hatte, denn am Vormittag hatte sie vergessen, das Formular für die Anzeige eines TBC-Verdachts auszufüllen. Konnte sie nicht anrufen? Ja, aber sie konnte ebenso gut selbst wieder reingehen.

In den Kellergeschossen des Krankenhauses war es sehr viel angenehmer, auch dort, wo es keine Klimaanlage gab. Sie füllte das Formular aus, und ihre Kollegen fragten, warum sie deswegen zurückgekommen sei, sie hätte doch anrufen können. Als sie die Notaufnahme verließ, bewegten sich ihre Beine bereits wie von selbst und steuerten ganz offensichtlich nicht auf den Ausgang zu. Sie wollte nicht stehen bleiben, doch selbst wenn sie gewollt hätte, jetzt war es zu spät, denn genau in dem Moment, als sie aus dem Fahrstuhl trat, in die Pädiatrie ging und an die Tür des Ärztezimmers klopfte, wusste sie, dass dies der Ort war, wo sie ankommen und bleiben wollte. Der schüchterne Internist erwartete sie, ohne es zu wissen, er wusste nie etwas, selige Unschuld.

In der Nacht wachte sie auf, von blanker Panik gepackt. Sie war nicht verliebt in den schüchternen Internisten, sie wollte keine Beziehung anfangen, den Nachmittag mit ihm zu verbringen, ihn zu küssen, sich im Auto ausziehen zu lassen wie ein Teenager, war ein Fehler gewesen, ein schrecklicher Ausbruch von Egoismus, sie war dumm und unverantwortlich, und statt ihn zu entmutigen, was sie eigentlich hätte tun müssen, täuschte sie ihn. Und ihre Panik wurde noch größer, weil sie genau wusste, dass es ihr gefallen hatte. Sie fand keinen Schlaf mehr, saß im Schneidersitz mitten auf dem Bett, stand eine Stunde, bevor der Wecker klingelte, auf und ging in der Küche hin und her, um die Kinder nicht zu wecken. Sie aß zwei Portionen Schmelzkäse, auf Reiswaffeln gestrichen.

Die Panik hielt den ganzen Vormittag an, nicht einmal Arbeiten half, nicht einmal, sich kopfüber in die Untersuchungen zu stürzen, bei vollem Wartezimmer und keinem einzigen Moment zum Nachdenken. Wenn ein Tag wie dieser nicht wirkte, hätte ihr nicht einmal Opium geholfen. Als sie beim Mittagessen mit Viberti sprechen konnte, sich entschuldigte und sagte, sie habe keine Entschuldigung, um Verzeihung bat und ihm erklärte, ihr Verhalten sei unverzeihlich gewesen, spürte sie eine schwache Erleichterung, die sie bis zum Nachmittag tröstete. Später versteckte sie sich hinter Müdigkeit, ein kleines Schauspiel für die Mutter und die Kinder inszenierend. Ihre Müdigkeit war nichts Neues, auch wenn sie nicht klagte, las man sie ihr an den Augen ab.

Sie ging spät ins Bett, schlief nicht mal eine Stunde, dann wachte sie auf und fing sehr leise an zu weinen. Als sie die Ereignisse des Tages durchging, fand sie fast sofort einen tiefen, dunklen Brunnen, von dem sie sich verschlucken lassen konnte. Sie erinnerte sich, dass sie sich auf eine Bank gesetzt hatte, das war während dieses schlafwandlerischen Spaziergangs im Park gewesen. Sich allein auf eine Bank zu setzen, war vielleicht eines der traurigsten Dinge, die ein Mensch tun konnte. Sie erinnerte sich, dass sie auf dieser Bank gedacht hatte, wenn sie jetzt immer in derselben Richtung am Fluss entlang weitergegangen wäre, wäre sie auf der runden Lichtung herausgekommen, in die Luca und sie sich vor drei Jahren zum Streiten geflüchtet hatten, eine Quarantäne für ihren Groll und Zorn, um die Kinder nicht damit anzustecken. Sie erinnerte sich an Lucas Worte, vor allem an die, die sein Entsetzen und seine Verachtung ausdrückten. Jedes einzelne Wort hatte sie behalten. Wie er sie angeschrien hatte. Dann hatte sie Mitleid mit sich selbst und schlief ein.

(Es ist schön, sie manchmal in einen tiefen Schlaf ohne Träume sinken zu sehen. Sie sich in einem bewusstlosen Zustand vorzustellen, selbstvergessen, entspannt. Bevor ich weitererzähle, dämpfe ich das Geräusch der Welt auf ein Minimum, schließe das Draußen aus, ziehe die Vorhänge zu. Denn Cecilias Licht brennt immer, und es blendet mich.)

Sie erinnerte sich an jede Einzelheit, die Geburt, die ersten Tage, die ersten Monate, und es waren Erinnerungen, die nur ihr gehörten, niemand würde sie ihr je wegnehmen. Sie betrachtete die zusammengesteckten Köpfe der Kinder, die bäuchlings vor dem Fernseher lagen, wer weiß, was sie sich erzählten, sie kicherten. Und diese Köpfe hatte sie aus ihrem Bauch herauskommen sehen (vielleicht glaubte sie nur, sie gesehen zu haben, vielleicht hatte sie diese Köpfe so intensiv gespürt, das sie sie mit jeder Zelle ihres Körpers, nur nicht mit ihren Augen gesehen hatte), sie erinnerte sich an jede Einzelheit, niemand würde diese Erinnerungen auslöschen. Das Mädchen kam kahl zur Welt, der

Junge hatte viele schwarze Haare, die er in den ersten Monaten verlor, aber die Köpfe waren ihre Köpfe, und sie waren aus ihr herausgekommen, wie, das wusste sie nicht, man hatte sie nähen müssen. So ging das Lebendige von einem Zustand in einen anderen über, so teilte sich das Lebendige, und aus einem Leben entstand ein anderes. Ihre ganz eigenen Erinnerungen, die sie bewahrte, auch die lächerlichen, grotesken, peinlichen. Warum hatte sie sich so sehr geschämt? Während der Entbindung hatte sie sich überhaupt nicht geschämt, dass die Krankenschwestern und Ärzte ihre Möse sahen, doch dass sie scheißen musste und im Kreißsaal wirklich geschissen hatte, das war ihr peinlich gewesen. Sie hatte gesagt: «Bitte entschuldigen Sie», und alle hatten gelacht und sie getröstet. Mit Luca hatte sie nie darüber gesprochen, er war während der Entbindung bei ihr, anscheinend aufgeregt, doch weit entfernt von einer Ohnmacht. «Anscheinend» war keine Gemeinheit von ihr, sie erinnerte nur seinen Umriss an ihrem Bett, doch schon die Anwesenheit eines Umrisses war wichtig, das wusste sie genau. Danach war er in ihrer Erinnerung sehr glücklich, strahlend.

Väter konnten sich erlauben, nach der Geburt zu strahlen, die Mütter verblassten ein bisschen vor Erschöpfung, aber sie waren glücklich über das Kind und glücklich, dass sie sich von der Last befreit hatten. Auch war es keine Gemeinheit, dass die Väter den Geburtsschmerz nicht erleben mussten, es war eben von der natürlichen Ordnung der Dinge so vorgesehen. Dank dieser Tatsache hätte der schüchterne Internist zum Beispiel, wenn er gekonnt hätte, zehn Kinder in die Welt gesetzt. Und dass er es nicht gekonnt hatte, das war wirklich gemein.

Sie war ihm nicht böse. Es war nicht Vibertis Schuld, dass es passiert war. Es war allein ihre Schuld. Wie gut, dass ihr das sofort klargeworden war und sie es ihm gesagt hatte. Sie war zu ihm gekommen, hatte ihn provoziert, und das war unverzeihlich. Sie schämte sich sehr dafür. Sie hatte es getan, weil sie unvorbereitet war, sie hatte sich vorher nie eingestehen wollen, dass er ihr gefiel. Allgemein war es in diesen Monaten nicht leicht gewesen, sich einzugestehen, dass sie das andere Geschlecht, dass sie Sex brauchte (in den seltenen Fällen, wenn sie daran dachte). Es war wichtig für sie gewesen, sich einzureden, dass sie darauf verzichten musste und konnte. Auch an diesem Abend, als sie auf dem Sofa sitzend, die Kinder beobachtete, die eine DVD anschauten, kamen ihr Momente der mit Viberti verbrachten Stunden wieder in den Sinn. Sie hatte sich gehenlassen, es hatte ihr gefallen, aber damit lösten sich ihre Probleme nicht. Sie mochte Viberti, wollte ihn nicht verlieren, aber sie durften nur Freunde sein. Wenn es ihr andererseits sehr gefallen oder wahnsinnig gut gefallen hätte, wenn es sie hingerissen hätte, hätte sie sich diese Frage nicht einmal gestellt. Also war sie nicht in ihn verliebt. Sie war von ihm angezogen und mochte ihn. Am besten vergaß sie alles.

«Wie viele Monate hast du gelebt, seit du auf die Erde gekommen bist?»

Michela kicherte: «Wie redest du denn? Man sagt auf die Welt kommen.»

«Seit du auf die Welt gekommen bist.»

«Oder ans Licht der Welt kommen.»

«Wie viele Monate?»

«Das ist leicht», mischte sich Cecilia ein, «man muss nur zwölf mal zwölf rechnen.»

«Einhundertvierundvierzig», sagte Mattia fast sofort.

«Du wusstest das Ergebnis schon», protestierte Michela.

«Nein, das ist ein Trick, den haben wir heute gelernt. Du musst so tun, als wären die Zahlen Quadrate und Rechtecke.»

Sie erinnerte sich an jede Einzelheit, vor allem an die zunehmenden Gründe, stolz zu sein, die Galerie mütterlicher Siegestrophäen. Dass das Kind beim Wiedererkennen lächelt. Dass es den Kopf gerade hält. Dass alle seine Reflexe normal sind (sie probierte an den Kindern ihre in Büchern erworbenen Kenntnisse aus, den Moro-Reflex, den Saugreflex, den dreifachen Kontraktionsreflex). Dass der Pädiater das Mädchen für gesund befindet, den Jungen für gesund befindet (und vorher, die Note bei der Entbindung – sie erinnerte sich an einen Vater, der protestierte, weil der Sohn nicht 10 von 10 Punkten bekommen hatte – Michela und Mattia hatten 9 von 10, die perfekte Note, denn im Leben muss immer noch Raum für Verbesserung bleiben). Dass das Kind nicht launisch ist, dass es nachts schläft (und, wenn es nachts aufwacht, nicht zu laut ruft, sondern mit einem wohlerzogenen Stimmchen). Die kleinen Heldentaten in den ersten Monaten: Wie macht der Hund, wau wau; in die Hände klatschen; winken. Und dass es bejahend nickt oder verneinend den Kopf schüttelt, auch wenn es keine Ahnung hat, was das bedeutet. Später dann, dass es schafft, sich allein anzuziehen (aber noch ein bisschen Hilfe braucht). Dass es anfängt, sich an Dinge zu erinnern, die es mit dir gemacht hat, dass es Dinge erinnert, die du vergessen hast, die für die Kinder aber wichtig sind. Dass es dich bittet, die Geschichte immer mit den gleichen Worten zu wiederholen. Schließlich, dass es den Text einer Geschichte auswendig lernt und dich eines Tages überrascht, indem es die Geschichte perfekt aufsagt und dabei so tut, als habe es lesen gelernt.

Doch sie erinnerte sich auch an die Entfremdung durch die fließbandähnliche Wiederholung, den ständigen Kreislauf von Fläschchen-Windelwechseln-Schlaf. Sie erinnerte sich an die jähe Erkenntnis, die Kinder nie mehr loswerden zu können. Eines

Tages hatte sie im Halbschlaf, das Ohr für das leiseste Wimmern gespitzt, etwas gedacht wie: «Wenn das Mädchen aus dem Haus gehen wird.» Immer wieder hatte sie sich beruhigende Sätze gesagt, wie: «Wenn diese Phase erst einmal vorüber ist ...», ohne den zweiten Teil hinzuzufügen: «... wird es eine neue geben.» In den ersten drei Monaten hatte sie sich keinen Augenblick lang von Michela entfernt, und auch wenn sie sich ausruhte und ihr die Augen zufielen, hatte sie das Gesicht des Neugeborenen vor sich wie auf einem alten Negativ. Noch immer klangen ihr die kleinen Explosionen des Geschreis im Ohr. Sie hatte versucht, das Mädchen zu stillen, in den ersten Wochen hatte sie viel Milch. Michela zerbiss ihr die Brustwarzen, ein grässlicher Schmerz. Sie hatte Brustwarzenaufsätze gekauft, sie hatte eine Milchpumpe gekauft, um ihr die Milch im Fläschchen zu geben. Luca war nicht erfreut, dass das Kind nicht mehr an der Brust saugen durfte. Er hatte ihren Busen nie besonders geliebt, nicht einmal, als er während der Schwangerschaft größer geworden war. Aber eines Abends hatte er einen Wutausbruch bekommen, als sie das Kind vor Schmerz abrupt von ihrer Brust genommen hatte. «Scheiße, was machst du da, siehst du nicht, dass sie weint?», hatte er geschrien. Dann hatte er sich entschuldigt, und sie hatten zusammen gelacht. Die Kleinen beschützen und nähren war ein altes Programm in seinem genetischen Gepäck, um die wunden Brüste der Frau sorgte er sich nicht. Der schüchterne Internist dagegen hatte mit großem Genuss an ihren Brustwarzen gesaugt, und wenn sie es ihm erlaubt hätte, hätte er sie ganz abgeleckt wie einen Lutscher.

Mattia stand auf und ging in die Küche, während Harry Potter auf einem Besen über den Bildschirm flog. Er kam mit einer Tüte Kekse zurück und gab sie seiner Schwester, die anfing zu essen. Er war aufgestanden und hatte ihr Kekse aus der Küche geholt. Sie waren nicht für ihn. Cecilia hatte nicht gehört, dass Michela ihn darum gebeten hatte, sie musste es leise gesagt haben, ohne ihm den Kopf zuzuwenden. Solche Dinge hätte sie lieber nicht bemerkt. Gerade erzählte Michela ihrem Bruder, dass ihre Religionslehrerin gesagt habe, das Leben von Harry Potter sei vom Leben Jesu inspiriert. Im Vorjahr hatte dieselbe Lehrerin gesagt, der *Herr der Ringe* sei von der Bibel inspiriert.

Vor fünf Jahren (es war, wie von der Vorgeschichte sprechen), als sie ihren Facharzt gemacht und den Tumor ihres Vaters diagnostiziert hatte, war Michela auf dem Höhepunkt ihrer kurzen mystischen Anfälle gewesen. Sie hatten sie zum Kommunionsunterricht geschickt, weil Luca oder vielmehr seinen Eltern sehr viel daran lag, obwohl Luca gar nicht gläubig war, und wenn er es war, hatte er es niemals bekannt, auf jeden Fall war er kein praktizierender Katholik (seine Eltern ja). Sie hatten kirchlich geheiratet, weil man das machte, aber Cecilia hatte es nicht als Zwang empfunden. Auch sie hatte keine klare Position, und obwohl sie konsequent laizistisch erzogen worden war, war sie zur Erstkommunion gegangen. Warum hätte sie sie Michela dann verweigern sollen? Es war ihr vernünftig erschienen, das Mädchen zum Kommunionsunterricht zu schicken, zumal alle Kinder aus ihrer Klasse hingingen. Die mystischen Anfälle aber hatten auch Luca erschreckt, und sie hatten sich dafür entschieden, die Firmung bis zur Volljährigkeit zu verschieben. Mattia dagegen hatte seinen Kommunionsunterricht im Jahr ihrer ersten Trennung gehabt, er hatte viele Stunden versäumt und kaum mehr als die Namen der vier Evangelisten gelernt. An der Erstkommunionfeier konnte er nicht teilnehmen, weil er im Krankenhaus lag. Der Pfarrer hatte sie zwei Monate später für ihn nachgeholt, eine Erstkommunion nach Maß, nur für ihn, und wenigstens die Hostie hatte er gegessen (vielleicht).

Doch worin bestanden Michelas mystische Anfälle? Sie ertrug es nicht, wenn ihr Grenzen gesetzt wurden, und als sie sieben oder acht Jahre alt war, hatte sie ihren Wutausbrüchen eine religiöse Form verliehen. Cecilia und Luca hatten es «mystische Anfälle» genannt, um dem Ganzen einen komischen Anstrich zu geben. Eine Zeitlang hatte Michela mit der größten Unbefangenheit bei den unterschiedlichsten Anlässen gelogen. Hausaufgaben, die bei der Großmama vor dem Fernseher verbrachten Stunden, abendliches Zähneputzen. Ertappt, fing sie an zu weinen und zu schreien, lief den Flur auf und ab wie eine Büßerin, schlug sich dabei mit dem Schultagebuch auf den Kopf und psalmodierte: «Jungfrau Maria, du weißt, dass ich nichts Böses getan habe, ich bitte dich, steh mir bei, mach, dass Mama und Papa die Wahrheit erfahren.» Abends betete sie laut in ihrem Zimmer, vor einem schon ganz zerknitterten Heiligenbildchen der Madonna von Fatima kniend. Sie betete laut, damit jeder in der Wohnung sie ja hörte, und sagte Sachen wie: «Ich bitte dich, meine liebste Maria, liebe Muttergottes, beschütze meine ganze Familie, meinen Vater, der oft mit dem Flugzeug fliegt, mach, dass er nicht abstürzt, und meine Mutter, die kranke Menschen behandelt, mach, dass sie sich nicht mit einer unheilbaren Krankheit ansteckt, und meinen kleinen Bruder, der schlecht spricht, mach, dass er nicht zurückgeblieben ist.» Sie verstand es, die Worte sehr genau zu wählen, ein kleines Ungeheuer, das wie ein Erwachsener sprach. «Du bist meine kleine unheilbare Krankheit», sagte Luca, wenn er auf dem Sofa vor dem Fernseher mit ihr schmuste, während Cecilia und der Junge sie aus dem Augenwinkel beobachteten. Sie betete zehn Minuten lang und überließ den Eltern die Entscheidung, ob sie lachen oder sich Sorgen machen sollten, je nachdem, in welcher Stimmung sie waren. Wenn Luca oder Cecilia sich an ihrer Zimmertür zeigten, um ihr zu sagen, sie habe genug gebetet und es sei Zeit, ins Bett zu gehen, faltete sie ein letztes Mal die Hände und sagte, ohne sie anzusehen, immer noch zur Madonna von Fatima gewandt: «Und ich bitte dich, liebste Muttergottes, vergib all denen, die nicht an dich glauben.»

«Es ist alles künstlich, ich hab's dir doch gesagt, es ist am Computer gemacht», sagte sie jetzt wieder zu ihrem Bruder.

Cecilia hörte Mattias Erwiderung nicht.

«Nein, das ist unmöglich, es gibt keine fliegenden Besen, ganz bestimmt nicht!»

Doch Mattia beharrte auf seinem Standpunkt, leise und hartnäckig.

In diesen schwülen Junitagen ging es ihren beiden Liebsten schlecht. Der schüchterne Internist war schweigsam und verwirrt, aber sie wusste nicht, wie sie ihm helfen konnte. Auch der Junge war ziemlich schweigsam und verwirrt. Man hatte ihm vorgeschlagen, zwei Wochen in einem Sommercamp zu verbringen. Das Camp lag eine Autostunde von der Stadt entfernt, sie könnten ihn jederzeit wieder abholen, wenn es nötig sein würde. Seine drei besten Freunde fuhren hin, drei Klassenkameraden, sie hatten darauf bestanden, dass Mattia auch teilnahm. Das Camp stand unter dem Motto «Abenteuer und Entdeckungen». Der Junge hatte große Lust, mitzufahren, aber er war unsicher.

«Ich bin nicht sicher», sagte er.

«Ob du mitfahren willst?», fragte Cecilia.

«Nein, ich bin sicher, dass ich mitfahren will.»

«Also hast du Lust dazu.»

«Ja, Lust habe ich.»

«Worin bist du dir dann nicht sicher?»

War er vielleicht nicht sicher, ob er es schaffen würde, ob

es eine gute Idee war, fürchtete er, es könnte zu anstrengend werden oder dass man ihn zum Essen zwingen würde? Luca und sie hatten beschlossen, ihn nicht zu drängen und nicht zu bremsen. Ihre gemeinsame Strategie war: die Schwierigkeiten herunterspielen, den Spaß betonen, die Entscheidung des Kindes respektieren. Wenn ihm nicht danach war, ging das in Ordnung. Der Junge entschied, dass ihm danach war, vielleicht, um die Freunde nicht zu enttäuschen. Also begannen die Vorbereitungen.

Sie waren nur noch zu zweit in der Wohnung, Michela war schon in ein Camp mit dem Motto «Tennis und Englisch» abgefahren, zwei Wochen am Meer. An einem Nachmittag gingen sie einen Schlafsack kaufen, den er für das Doppelstockbett im Basislager brauchte, außerdem würden sie ein paar Nächte im Zelt schlafen. Der Junge trug kurze Hosen mit vielen Taschen, und die Taschen waren voller Kastanien und Pinienzapfen und Quartettkarten mit magischen Monstern und Korken und Steinen, von denen er sich nie trennte. Normalerweise sah man seine Schätze nicht, weil er sie im Rucksack aufbewahrte, aber an den Wochenenden und im Sommer nahm er den Umriss einer Ente an, magere Unterschenkel, die aus prallen Oberschenkeln hervorkamen.

Cecilia sah ihn häufig in den großen Seitentaschen kramen und die kleinen Zypressenzapfen herausholen, seine Lieblingszapfen. Er hatte erzählt (oder auf Drängen der Mutter gebeichtet), dass er sie am Fuß eines Baumes im Schulhof einsammelte. Cecilia hatte gesagt, dem Duft nach müsste es eine Zypresse sein, dann hatten sie zusammen im Internet gesucht und ihren richtigen Namen herausgefunden, keine Zapfen, keine Beeren, sondern Beerenzapfen. Trocknete man die Zapfen oder Beerenzapfen, öffneten sie sich und gaben die Samen frei, die Cecilia fand, wenn sie die Taschen seiner Hose umkrempelte, bevor sie sie in die Waschmaschine steckte. Das Innere der Beerenzapfen offenbarte eine zarte, aber durch und durch symmetrische Struktur, bei der die robusten Deckschuppen durch dünne Stiele mit der Achse in der Mitte verbunden waren.

Sie wagte nicht, ihn zu fragen, wozu diese Amulette dienten, wenn es denn Amulette waren, oder Gedächtnishilfen oder Erinnerungsstücke oder Teile eines geheimen Spiels. Die Monsterspielkarten waren noch das verständlichste Element des ganzen Inventars. Sie wollte keine aufdringliche, neugierige Mutter sein, aber eines Tages hatte sie ihn gefragt, ob es wirklich nötig sei, immer alles mit sich herumzutragen, konnte er dabei nicht etwas verlieren? Er hatte nur mit den Achseln gezuckt, als wären die Dinge nicht so kostbar, wie seine Mutter dachte. Und sie hatte sich wieder einmal in der ausweglosen Lage befunden, in der das Kind sie oft zurückließ, sie wusste nicht, ob sie sich mehr darüber sorgen sollte, dass ihr Sohn mit dem ganzen Zeug herumlief, oder dass er ihm keinen großen Wert beimaß. Michela schien komplizierter, war aber ein unendlich viel einfacheres Kind. Sie kümmerte sich nicht um ihre Sachen, vergaß sie und verlor sie, reagierte dann verzweifelt und nervte, bis die Mutter nachgab und ihr neue Sachen kaufte. Wenn sie sich etwas wünschte, wollte sie es wirklich haben.

Im Auto ließ sie ihn vorne Platz nehmen, obwohl der Gurt zu hoch saß, in gefährlicher Nähe zum Hals. Er schien stolz, auf einem Erwachsenenplatz sitzen zu dürfen. Fast verschwand er im Beifahrersitz, wirkte noch dünner, eingelaufen wie ein Pulli nach einer zu heißen Wäsche. Er war immer dünn gewesen. Hatte nie gern gegessen, nie nach etwas gegiert.

Als er vor anderthalb Jahren begonnen hatte, gar nichts mehr oder nur wenige Sachen zu essen (Joghurt, Weichkäse,

Kartoffelknödel) und das in sehr kleinen Mengen, hatten Luca und sie auf unterschiedliche Weise und zu unterschiedlichen Zeiten reagiert. Da Cecilia ihn jeden Tag vor Augen hatte, war sie langsamer gewesen und hatte sich nicht aufregen wollen. Es gab schon zu viele Alarmglocken, die laut schrillten, sie war ein wenig taub geworden. Sie hatte vorsichtig nachgeforscht oder, anders gesagt, sie hatte sich Zeit gelassen, in der Hoffnung, dass die Krise vorübergehen und das Kind irgendwann wieder essen würde. Vielleicht erschien es ihr nicht beunruhigend, weil der Junge nichts tat, um es zu verbergen, das Essen blieb auf dem Teller, und er nahm nicht einmal das Besteck in die Hand. Er log offenherzig, wenn sie fragte: «Hast du bei der Großmama vielleicht ein bisschen zu viel Süßigkeiten gegessen?», bejahte er. Die Großmutter war nicht in der Lage, sich zu erinnern, wie viel und was die Kinder am Nachmittag aßen. Doch damals hatte Silvia beiläufig gefragt: «Dein Sohn isst überhaupt nichts, ist das normal?» Denn sie war der Arzt, und alle dachten, sie müsste es zuallererst bemerken.

Wie lange hatte die kollektive Verblendung angedauert, wie lange hatten sie dem eklatant Sichtbaren widerstanden? Drei Wochen, einen Monat lang. Darum musste er dann ins Krankenhaus. Luca war in die Notaufnahme gekommen, um unter vier Augen mit ihr zu sprechen. «Alles andere lassen wir jetzt beiseite», hatte er gesagt. Luca beobachtete das Kind seit einiger Zeit. Da er ihn nicht mehr jeden Tag sah, konnte er Veränderungen vielleicht genauer wahrnehmen, sein Blick war durch den Streit, durch Wut und Verbitterung geschärft. Angriffslustiges Suchen nach Zeichen von Vernachlässigung bei den Kindern. Nein, so war es nicht, und auch wenn es gestimmt hätte, darum ging es nicht.

Er hatte die Krise als Erster bemerkt und war in die Notaufnahme gekommen, weil er etwas tun musste, das ihre Routine aus Anspannung und Schweigen und Blicken durchbrach. «Alles andere lassen wir jetzt beiseite, hier haben wir ein aktuelles Problem.» Er sagte, was ihn am meisten erschreckte, sei die Kälte des Kindes. Als kontrollierte der Sohn den Vater, nicht umgekehrt.

«Er kontrolliert dich, wenn du ihn fragst, warum er nicht isst?»

Ja, der Junge kontrolliere, ob er seinen Job als Vater noch mache, das sei doch offensichtlich.

Cecilia schüttelte den Kopf, sie wollte es noch nicht akzeptieren. Erst als sie mit den Pädiatern sprach, als sie die Befunde sah, gab sie nach. Vielleicht war sie von dem Moment an keine Mutter mehr, sie war Ärztin auf dem Terrain von Ärzten.

All das (und noch mehr) war bei der kindlichen Psychologin herausgekommen, der mit den Kleenex. Zu der Luca aber nicht hatte gehen wollen. Seltsamerweise lag es auch für ihn, wie für die Psychologin, auf der Hand, dass das Kind nicht aß, um sie beide zu zwingen, miteinander zu sprechen, sich gemeinsam mit einem Problem auseinanderzusetzen. Die kindliche Psychologin behauptete jedoch noch etwas anderes. «Hat es in Ihrer Familie in letzter Zeit Trauerfälle gegeben?» Cecilia hatte verneint. Dann hatte sie sich verbessert. «Na ja, vor zwei Jahren, mein Vater. Mattia hing sehr an seinem Großvater. Aber es ist doch nicht möglich, dass er erst zwei Jahre später darauf reagiert.» «Spricht er vom Großvater?» «Oh ja, er spricht oft von ihm. Aber nicht so viel wie früher. Als mein Vater gestorben ist», sagte sie lächelnd, stolz wie immer, wenn sie Aussprüche ihres Sohnes erzählen konnte, die seine Intelligenz und Sensibilität zeigten, «war Mattia erst sechs, aber er hat etwas gesagt, was ich genial gefunden habe: Ich will nicht mehr wachsen, denn wenn man wächst, stirbt man.»

Die kindliche Psychologin nickte, ohne zu lächeln, und murmelte: «Wer nicht isst, läuft nicht Gefahr, zu wachsen.» Sie war kein böses Mädchen, aber sie hatte bereits dieses unerträgliche Gehabe der Psychologen, wenn sie glauben, in deinem Inneren lesen zu können. Nein, der Tod ihres Vaters hatte nichts damit zu tun, oder vielleicht nur, weil er ihre Trennung von Luca vorweggenommen hatte. Die Trennung war das unheilbare Leiden, das der Junge heilen wollte.

Aber waren sie in den Monaten danach denn nicht wieder zusammengekommen, um ihm zu zeigen, dass sie verstanden hatten, dass er recht hatte, dass er gewonnen hatte? Doch sie hatte nie daran geglaubt, sie glaubte nicht, dass es halten würde, und es hatte nicht gehalten. Sie selbst hatte alles getan, damit es nicht hielt und besser zu Ende ging als beim ersten Mal. Wenn der Junge gewollt hatte, dass sie sich auf andere Weise trennten, war es ihm gelungen. Aber wenn ihm das nicht genügte? Wenn er sie für immer wieder zusammenbringen wollte?

In dem Sportgeschäft gab es neben zweihundert verschiedenen Arten von Wanderstiefeln und zweihundert verschiedenen Rucksäcken nur zwei Schlafsack-Modelle, einen sehr dicken und einen sehr leichten. Der Tag war zu schwül, um mit leeren Händen aus dem klimatisierten Geschäft zu gehen und ein anderes zu suchen, das Problem musste sofort gelöst werden. Cecilia sagte, der für eine Nordpolexpedition geeignete Schlafsack sei zweifellos der bessere, wenn ihm warm wurde, könne er ihn ja einfach offen lassen. Vielleicht hatte sie Angst, Mattia könnte eher frieren als die anderen Kinder, vielleicht verstand er ihre Angst, aber er musste mit seinen eigenen Ängsten fertigwerden. Er zog den leichteren Schlafsack vor, weil zwei seiner Freunde den gleichen hatten. Cecilia traute ihm nicht, er war doch immer so zerstreut, wie hätte er sich die Marke dieses Schlafsacks merken können? Sie beharrte eine Weile auf dem anderen Modell, aber Mattia wirkte sehr sicher und entschlossen.

«Mit dem anderen fahre ich nicht ins Camp», sagte er.

Da wurde sie ungeduldig, nahm ihr Handy aus der Tasche und rief die Mutter eines der beiden Freunde an (die, die ihr menschlicher vorkam und sie vielleicht verstehen konnte, denn sie lebte auch in Trennung) und fragte sie, ob die Marke und das Modell des leichteren Schlafsacks mit dem ihres Sohnes übereinstimmten. Die Mutter war menschlich, aber sie bestätigte, ja, das sei der Schlafsack.

Der Junge sagte: «Ich hab's dir doch gesagt.» Er schien aber nicht verärgert. Cecilia musste lachen, gute Laune breitete sich in ihr aus wie ein Fleck auf weißer Farbe. Sie brauchte sich keine Sorgen zu machen, das wirkliche Kind war vernünftiger und reifer als das imaginäre Kind im Kopf der Mutter.

«Versuch mal, reinzuschlüpfen», sagte sie.

Der Junge lächelte: «Schlafsäcke probiert man doch nicht an.»

«Na, los.»

«Das darf man nicht.» Und zeigte auf ein Schild, das sie nicht gesehen hatte: DAS ANPROBIEREN DER AUSGESTELLTEN WARE IST VERBOTEN. «Er passt mir bestimmt», sagte er.

«Ich habe ja nur befürchtet, dass du nicht reinpasst.» Lächelnd fuhr sie ihm mit der Hand durchs Haar.

Mit dem Schlafsack unterm Arm gingen sie auf die Kassen zu, doch auf halbem Weg blieb Cecilia stehen, um eine Ansammlung kleiner Taschenlampen aus Aluminium zu betrachten, die unter einer Glasvitrine lagen. Ihr fiel ein, dass der Junge sich so eine Taschenlampe heiß und innig gewünscht hatte, sein Vater besaß so ein Modell, sie erinnerte sich an das bunte Metall und den gerändelten Griff. Sie rief ihn zurück und zeigte ihm die Taschenlampen.

«Wenn du möchtest, schenke ich dir eine.»

Der Junge schüttelte den Kopf. «Ich brauche keine. Im Camp geben sie uns welche für die Nachtwanderung im Wald.»

«Ja, aber das hier wird deine eigene sein. Du wolltest doch unbedingt so eine haben.»

«Ich erinnere mich nicht mehr, wann war das?»

«Darf ich sie dir schenken?»

«Ich brauche sie nicht.»

«Ja, aber darf ich sie dir schenken?»

Er nickte: «Ja, du darfst.»

Sie gingen zur Kasse und zahlten. Sie stellte sich vor, wie Mattia die Lampe nachts im Schlafsack anknipste, um seine Amulette zu betrachten oder ein Heftchen zu lesen.

«Erinnerst du dich wirklich nicht mehr, wie sehr du die haben wolltest?»

Der Junge schüttelte den Kopf.

Doch als sie im Auto saßen, sah sie, wie er die Lampe aus der Tüte holte und sich in die Tasche steckte, wobei er seine Sachen ein wenig umsortierte, als müsste er Platz für die Lampe schaffen, sie in die Familie aufnehmen. Diese Geste ermutigte sie.

Die Kinder fehlten ihr sehr. Ihr fehlte Michela, wenn sie sich abends zu ihr aufs Sofa setzte und ihr Geschichten von ihren Klassenkameradinnen oder von anderen Eltern erzählte, sie hatte das Talent, die komischsten Seiten an Menschen zu sehen, und konnte sie perfekt nachahmen. Michela war liebenswert, nicht immer, aber sie fehlte ihr trotzdem, auch in der weniger liebenswerten Version. Als Cecilia sie in das Camp am Meer brachte, hatten sie während der Fahrt über eine ihrer Freundinnen gesprochen.

«Die Eltern von Laura reden nicht miteinander.»

«Wer hat dir das gesagt?»

«Laura.»

«Sprechen sie nie miteinander?»

«Wenn sie dabei ist, nein, dann nie. Vielleicht sprechen sie, wenn sie nicht da ist.»

«Na ja, sie werden sich doch manchmal etwas sagen müssen.»

«Dann ist es besser, sich zu trennen.»

«Jede Familie ist anders.»

«Du und Papa, ihr redet miteinander.»

«Natürlich.»

«Habt ihr euch nie gestritten?»

«O doch, wir haben sehr viel gestritten.»

«Die Eltern von Laura reden nicht, denn wenn sie reden würden, dann würden sie sich streiten.»

«Wer hat dir das gesagt?»

«Laura. Sie ist nicht sicher. Sie denkt, dass sie nicht miteinander reden, um nicht zu streiten.»

Pause.

«Wann streitet ihr denn?»

«Jetzt vertragen wir uns ganz gut. Aber früher haben wir gestritten.»

«Darum habt ihr euch getrennt.»

Ihr kleines Mädchen kannte den Unterschied zwischen Trennung und Scheidung.

«Ja, darum.»

«Und später werdet ihr euch scheiden lassen.»

«Ja.»

«Aber ich habe es gar nicht gesehen.»

«Was hast du nicht gesehen?»

«Ich habe nicht gesehen, wie ihr euch streitet.»

«Wir haben versucht, es nicht vor euch zu tun.»

«Aha.»

Pause.

«Hättet ihr ruhig tun können. Mich hätte das nicht erschreckt. Aber Mattia, vielleicht.»

Ihr fehlte der Kontakt mit Mattia. Ohne es zu merken, sprach sie von nichts anderem, erzählte allen detailliert von ihren Telefonaten mit dem Jungen. Nur ihre Schwester erwies sich als fürsorglich oder grausam genug, um sie zu warnen, dass sie übertreibe.

«Nütz die freie Zeit, um auszugehen», sagte sie, «lass uns ins Kino gehen, es gibt Freiluft-Konzerte, oder lass uns irgendwo einen Aperitif trinken, dann siehst du ein paar Leute.»

«Es ist furchtbar heiß.»

«Ist diese Hitze gefährlich?»

«Nein, du musst nur viel trinken.»

Um Silvia zu zeigen, dass sie sich nicht von der Welt abgesondert hatte, hätte sie ihr die Geschichte mit Viberti erzählen können, wenn es eine Geschichte war, aber sie hatte keine Lust dazu. Besser, sie redete wieder von den Kindern, machte mit dem Vorhersehbaren weiter, das Vorhersehbare war überzeugender. Sie erzählte, sie habe mit zwei Animateuren aus Mattias Camp gesprochen. Die beiden hatten ihr versichert, dem Jungen gehe es gut, und er esse «reichlich und mit großem Appetit».

«Das haben sie gesagt? Reichlich und mit großem Appetit?»

«Ja, ‹reichlich und mit großem Appetit›. Hättest du gedacht, dass diese Worte sich eines Tages auf deinen Neffen beziehen könnten?»

«Ja, natürlich, warum nicht?»

«Ist es nicht schrecklich, dass er anfängt zu essen, kaum dass er aus dem Haus ist?»

Ohne zu überlegen, sagte Silvia, sie finde das vollkommen

normal. Dann sah sie den Gesichtsausdruck ihrer Schwester, als hätte man ihr in den Rücken gestochen, und versuchte, es wiedergutzumachen. «Vielen Kindern macht das Essen mehr Spaß, wenn sie woanders sind.»

Aber Cecilia war gekränkt.

«Außerdem denkst du das auch, du hast es mir hundertmal gesagt, und hat die Psychologin es nicht auch gesagt? Hat sie nicht gesagt, es ist seine Reaktion auf das, was bei euch passiert ist?»

Dann fragte Cecilia: «Wie hat Michela denn deiner Meinung nach reagiert?»

Silvia überlegte einen Moment, dann sagte sie: «Sie ist nicht mehr so unbeschwert wie früher.»

«Ich finde sie immer noch reichlich überdreht.»

«Ja, aber nicht mehr so wie früher.»

«Sie ist älter geworden.»

«Stimmt.»

«Und du hast nichts Besonderes bemerkt?»

«Was hätte ich denn bemerken sollen?»

«Ihre Beziehung zum Bruder …»

«Was für eine Beziehung hat sie denn zu ihrem Bruder?»

Cecilia seufzte, sie wusste nicht, ob sie überhaupt darüber sprechen wollte, sie wusste nicht, ob sie mit ihrer Schwester darüber sprechen wollte.

«Ist irgendwas nicht in Ordnung?», fragte Silvia. «Mir scheint, ihre Beziehung hat sich nicht verändert. Sie vertragen sich gut, sie lachen zusammen, sie streiten sich, wie alle Geschwister. Oder sie gehen sich aus dem Weg.»

Cecilia erzählte ein paar Episoden, darunter auch die mit den Spielzeugautos im Flur.

Silvia schüttelte den Kopf. «Lass das, bitte.»

Vielleicht hätte sie auf ihre Schwester hören und den Mund halten sollen. Wenn sie gewisse Gedanken laut aussprach, riskierte sie, ihre Ängste zu verstärken.

«Hältst du es für möglich, dass Michela irgendwie ... ich weiß nicht, dass sie ... Mattia dazu drängt, nicht zu essen ...»

Silvia war aufgestanden und fuchtelte mit den Händen, sie sah erschrocken aus.

«... oder ihn sogar zwingt, dass ihr Einfluss auf ihn so stark ist, dass ...»

«Ich bitte dich, hör auf, bitte!», rief Silvia.

Cecilia verstummte, senkte den Kopf. «Na gut. Ich weiß, dass ich dir Angst mache, du hast ja recht, entschuldige bitte, aber es hilft mir, nicht mehr daran zu denken, wenn ich es dir sage.»

«Ja, versprich mir, nicht mehr daran zu denken, versprich es mir!»

«Ich kann es nicht versprechen, wie kann man versprechen, nicht mehr an etwas zu denken? Aber ich verspreche dir, wenn mir diese Gedanken kommen, werde ich mir den Gesichtsausdruck, den du jetzt hast, ins Gedächtnis rufen und sie verscheuchen.»

Eines Abends ging sie mit dem schüchternen Internisten aus, weil Silvia ihr gesagt hatte, sie solle die Abwesenheit der Kinder nutzen, um sich ein bisschen zu zerstreuen. Vielleicht tat sie es auch, weil es dem Jungen gutging und die Zukunft weniger dunkel erschien als die Vergangenheit, oder vielleicht, weil sie sich Viberti gegenüber schuldig fühlte, denn sie hatte ihn dazu gebracht, sich in sie zu verlieben, oder weil sie ihn seit ein paar Nächten in Szenen vor Augen hatte, die nicht mehr nur geschwisterlich waren, Hand in Hand, Kopf an der Schulter.

So detaillierte Szenen hatte sie sich zuletzt mit siebzehn,

achtzehn Jahren ausgemalt. Als wäre die Neugierde zurückgekehrt oder das Neue nie vergangen. Zum Beispiel wollte sie an seinen Lippen saugen, wie sie es an jenem Nachmittag Anfang Juni getan hatte, sie wollte ihm mit der Zunge über die Lider fahren, sie wollte seinen Schwanz drücken, fühlen, wie das Blut pulsierte, ihm den Puls fühlen. Sie wollte, dass er sie so fest zwischen den Beinen packte, als müsste er sie auseinanderreißen. Sie wollte ihn beißen.

Sie war gekommen und riss im Dunkeln die Augen auf. Du lieber Himmel, sie wollte ihn wirklich beißen. Aber natürlich hätte sie es nicht getan. Sie stand auf und ging in einem Anatomiebuch nachschauen, wie ein bestimmter Handwurzelknochen hieß. Wenn die Kinder da gewesen wären, hätte sie niemals masturbiert, und niemals wäre sie mitten in der Nacht aufgestanden, hätte alle Lichter angemacht und ein dickes Handbuch der Anatomie gesucht, das sie seit wer weiß wie vielen Jahren nicht mehr anrührte, um auf dem Küchentisch die Morphologie der Handknochen nachzulesen: Ja, da war er, der Erbsenbeinknochen, *Os pisiforme*, mit seiner unmissverständlichen Form.

Im Restaurant redete sie zwei Stunden lang, überschüttete den schüchternen Internisten mit einem Schwall dummer Geschichten, sie war vollkommen überdreht, redete ununterbrochen und dachte, dass sie mit Viberti vögeln wollte und dass sie es nicht tun würde, weil sie es besser nicht tat. Sie hörte erst auf, als sie in die schwülfeuchte Luft hinausgingen, unter die dunkle Masse der Bäume, die sie an ihren Spaziergang vor einem Monat erinnerte, an den dichten Nebel, von dem sie sich umhüllt gefühlt hatte.

Sie musste sofort ein Taxi rufen und nach Hause fliehen, doch sie ging mit Viberti zum Parkplatz, als wäre auch sie mit dem Auto hergekommen. Und sie sagte nichts mehr, bis der schüchterne Internist aufhörte, mit Blicken nach dem Scénic zu suchen und sie anschaute. Nun musste sie beichten, dass sie nicht mit dem Auto gekommen war, worauf er ihr anbot, sie nach Hause zu fahren. Sie durfte das nicht annehmen, doch sie stieg in den Passat, dessen Innenraum vor einem Monat das Ziel ihres schlafwandlerischen Umherirrens gewesen war. Sie schwieg weiterhin, denn es hätte den Zauber gebrochen, wenn sie geredet hätte. Was sie nicht tun durfte, wusste sie, doch sie tat es. Reglos, mit geschlossenen Augen auf dem Beifahrersitz, ließ sie Viberti die Allee am Fluss auf und ab fahren.

Auf dem schwarzen Bildschirm ihrer Lider sah sie die Kinder, die ihr entgegenliefen. Sie hatte das Gefühl, trügerisch wie eine Erinnerung aus weiter Ferne, dass sie die Kinder auf dem Parkplatz zurückgelassen hatte, um sich woanders zu amüsieren. Stattdessen amüsierten sich die Kinder woanders ohne sie. War sie eifersüchtig, beleidigt, dass sie so glücklich waren? Böswilliges Verlassen von Minderjährigen oder böswilliges Verlassen der Eltern durch die Minderjährigen. Mattia hatte aufgehört, Parkplätze zu zeichnen, Gott sei Dank. Sie fuhren die Allee auf und ab, warteten darauf, dass sie bereit war, wie im Kreißsaal, sie warteten auf die Geburt einer Entscheidung. Eine Wartestraße. Auf welchen Spezialisten warteten sie? Sie waren jeder zum Spezialisten für den anderen geworden.

Der Sicherheitsgurt drückte auf ihre Brust, sie lockerte ihn. Das genügte, um sie aus ihrer Erstarrung zu lösen. Ein Teil von ihr war abwesend, aber ein anderer war anwesend und erregt, und als die Erregung einen Spalt fand, um hervorzukommen und sich zu zeigen, öffnete Cecilia die Augen und sah Viberti an. Er schien ihr gar nicht mehr so schüchtern, dieser Internist. Es war zu schnell passiert. Und gleich würde es wieder passieren. Viberti brachte das Auto in einer dunklen Ecke zum Stehen und stürzte sich rittlings auf sie, ohne zu warten, bis sie ihre Bluse aufgeknöpft hatte.

Diesmal war die Reue leichter, und sie trat schneller ein. Es genügte, Anrufe und Simse zu ignorieren, auf die Rückkehr der Kinder aus den Sommercamps zu warten, Kinder und Gepäck ins Auto zu laden und zu ihrer Mutter ans Meer zu fahren. Es stand nicht in den Leitlinien, dass sie verpflichtet war, Erklärungen abzugeben, und ein bisschen Stille würde ihnen beiden guttun.

# DREI

## DIE TEEZEREMONIE

In der Erinnerung war das Gesicht des Jungen immer verschwommener geworden. Er versuchte, sich in die Tage von Mattias Krankenhausaufenthalts vor zwei Jahren zurückzuversetzen und fand noch immer fast intakte Einzelheiten, die er vergessen zu haben glaubte: das Heft mit den Zeichnungen, den hellblauen Pyjama, das Buch mit den Supercars, den Buchdeckel von *Pinocchio*. Einige Bilder sah er vor sich, das schmale Handgelenk, das aus dem Pyjamaärmel hervorkam, oder die Füße in blauen Pantoffeln, die braunen Haarbüschel, die ihm über die Ohren fielen und seinen Kopf wie ein Pagodendach aussehen ließen. Er erinnerte sich an Bilder, die er nicht gesehen haben konnte, das Kind biss in einen Apfel und hinterließ zwei parallele Spuren im Fruchtfleisch, als fehlten ihm noch die vorderen Schneidezähne (sie fehlten ihm nicht).

Und nach einer Weile erkannte er, dass er Mattia verwandelte oder schon verwandelt hatte. Das Gesicht war eine kindliche Version von Cecilias Gesicht geworden. Er war sich jetzt nicht mehr so sicher, dass Mattia ihr sehr ähnlich sah. Und womöglich würde er ihn nie mehr sehen. Sicher hatte er sich in zwei Jahren sehr verändert. Er war jetzt zehn, vielleicht war er nicht wiederzuerkennen. Nein, das vermutlich nicht gerade, aber sicher verändert. Darum hatte er in gewisser Weise recht: Das Kind von vor zwei Jahren würde er tatsächlich nie mehr sehen. Ihm fehlte der Mut, Cecilia um ein Foto zu bitten. Das wäre seltsam gewesen. Außerdem wollte er sie nicht zwingen, in den Fotos aus jener Zeit zu kramen. Er versuchte, sich zu erinnern, aber all seine Bemühungen waren zwecklos.

Es geschah an einem Morgen Mitte Februar, in der kältesten Zeit des Winters, es war ein Tag, der schamlos war, nicht vorübergehen wollte, ohne Spuren zu hinterlassen, und es war nicht nur ein Montag, nicht nur ein eiskalter Tag, sondern auch ein Tag mit einem sattblauen, strahlenden, vom Wind blankgefegten Himmel. Nicht dieser graue Himmel, der die Stadt sonst wie eine ausgebreitete Flanelldecke einhüllt. An solchen Tagen, so Marta, lauerten Kopfschmerzen, darum nannte man sie «Hochdrucktage».

Um zehn Uhr musste Viberti mit den Visiten bei den fünfzehn Patienten beginnen, die auf seiner Station lagen, und während er auf die Oberschwester wartete, die ihm mitteilen sollte, dass sie ihren Rundgang durch die Zimmer beendet hatte, errechnete er rasch das Durchschnittsalter: fünfundsiebzig Jahre (ein Sechzigjähriger senkte den Durchschnitt). Wenn das Durchschnittsalter der Patienten die durchschnittliche Lebenserwartung im Land überstieg, war das ein schlechtes Zeichen, natürlich ohne jede wissenschaftliche Grundlage, aber trotzdem schlecht.

Vor kurzem war er vierundvierzig geworden. Wenn er binnen eines Jahres einen Sohn bekäme, wäre er fünfundfünfzig, wenn das Kind seinen zehnten Geburtstag feierte, wenn es achtzehn wurde, wäre er dreiundsechzig. Er musste in Form bleiben, damit er in dem Alter noch Tennis spielen konnte.

Er witzelte mit zwei Assistenzärzten, riet ihnen, den Verwandten immer zu sagen, die Situation sei kompliziert. Wenn der Patient sich dann erholte, genügte es, die magische Formel «Er ist aus hartem Holz geschnitzt» auszusprechen, die alles erklärte. Das genetisch vererbte harte Holz war eine Versicherung, die leuchtend über der Zukunft von Kindern und Enkelkindern schwebte. Beim harten Holz fühlten sich alle gleich besser. Die

Oberschwester kam, um die drei abzuholen, hörte den Scherz und warf Viberti einen strengen Blick zu.

In einigen Zimmern waren die Rollläden wegen des starken Lichts halb heruntergelassen, doch die Sonne drang durch die Spalten, entzündete die Laminatplatten des Fußbodens, brach sich an den Wänden. Auch im Halbdunkel waren die Zimmer erfüllt mit gedämpftem Licht. Der erste Patient hatte einen akuten Rückfall einer chronischen Bronchitis. Viberti horchte seinen Rücken ab und sagte den beiden Assistenzärzten, sie könnten die Steroide geringer dosieren.

Plötzlich vibrierte das Handy in seiner Kitteltasche gegen die Hüfte des Patienten, der erst erschrak und dann lachen musste. Es war eine unbekannte Nummer. Viberti ging auf den Flur, hörte Cecilias erregte Stimme und flüchtete sich in das leere Untersuchungszimmer, um in Ruhe sprechen zu können. Das Zimmer lag auf der anderen Seite des Gebäudes, und als er die Tür hinter sich schloss, erschien es ihm zunächst, als hätte der Abend sich auf die Welt gesenkt, dann gewöhnten seine Augen sich an das Halbdunkel. Zum ersten Mal rief Cecilia ihn von zu Hause aus an. Sie musste ihn unbedingt sehen, nicht zum Mittagessen, nicht in zwei Stunden, sondern jetzt, so bald wie möglich, sie musste ihm etwas sagen, was nicht warten konnte.

Allein der Gedanke, von ihr angerufen zu werden, versetzte ihn in Alarmbereitschaft, es war ein Appell, auf den er reagieren musste. Wenn er es nicht tat, würde er ein fragiles Gleichgewicht zerstören, und Gefahr laufen, dass er etwas verlor, was er zu verlieren fürchtete und wünschte. Appelle, auf die man, eigene Ängste oder Wünsche überwindend, reagieren musste, kamen von Menschen wie seiner Mutter oder Cecilia, in die er verliebt war, weil er selbstverständlich davon ausging, dass er in sie verliebt war und sich an den Gedanken gewöhnt hatte.

«Ist Mattia etwas passiert?»

«Nichts ist passiert.»

«Kannst du nicht bis zum Mittagessen warten?»

«Ich komme nicht zum Mittagessen, ich habe Spätschicht.»

«Ich kann mich erst in einer Stunde freimachen.»

Doch sie bestand auf ihrer Bitte, und Viberti versprach, spätestens in vierzig Minuten in der gewohnten Bar zu sein.

«Nicht in unserer Bar.» Sie bat ihn, auf einen Spielplatz auf halbem Weg zwischen dem Krankenhaus und ihrer Wohnung zu kommen.

«Wo der ist, weiß ich nicht, ist es nicht besser, wir treffen uns an einem Ort, den ich kenne?»

Sie musste den Zahnarzt der Kinder bezahlen, dessen Praxis in der Nähe des Spielplatzes lag, und dann sofort zurück nach Hause. «Bitte, ich bitte dich!»

Viberti willigte ein.

Er beendete die Visiten in fünfzig Minuten und rannte die Treppe hinunter. Warum rannte er? Weil er ungern zu spät kam. Renne ich, weil ich sie sehen will, oder nur deshalb, weil ich ungern zu spät komme? Ihm fiel der Taxistand vor einem Nebeneingang des Krankenhauses ein: Wenn er das Gebäude durch den Haupteingang verließ und vorher im Umkleideraum seinen Mantel holen ging, würde er über eine halbe Stunde brauchen.

Seinen Kittel zusammenziehend, trat er in das grelle Licht und die schneidende Kälte hinaus und erwartete, sofort ein Taxi zu finden, doch der Stand war leer. Es war so kalt, dass die Straße größer erschien, die Häuser kauerten sich im Hintergrund zusammen, eines gegen das andere gepresst. Viberti holte sein Handy heraus, rief die Nummer eines Funktaxis an und nannte der Zentrale die Adresse, dann eilte er in eine Bar, um dort zu warten. Er rief Cecilia an, um ihr zu sagen, dass er sich verspäten würde – mit dem Rücken zum Lokal direkt vor der mit Aufklebern von Essensmarken, Eissorten und Madonnenbildern aus Medjugorje übersäten, gläsernen Eingangstür stehend –, doch Cecilias Handy war ausgeschaltet oder hatte kein Netz. Er hob die Augen, dachte, er könnte unbeobachtet bleiben, in der Bar waren nur zwei Kunden, doch der Barmann starrte ihn an.

Die Lokale auf dieser Seite des Krankenhauses kannte er nicht, in diese Bar hatte er noch nie einen Fuß gesetzt. Er ging zur Kasse und nahm eine Schachtel Bonbons. Der Barmann sah ihn misstrauisch oder verärgert an, als wüsste er, dass Viberti in Wirklichkeit nicht hereingekommen war, um Bonbons zu kaufen, als hielte er ihn für einen Schmarotzer, der seine Bar nur betreten hatte, um im Warmen auf ein Taxi zu warten. Und Viberti hatte noch nirgendwo um die Benutzung der Toilette bitten können, ohne wenigstens einen Kaffee zu bestellen. Er drehte sich wieder zur Tür, um zu gehen, da fragte der Barmann, ob er zufällig Arzt sei. Sein Sohn habe eine Krampfader am Hoden, und die Ärzte (er machte eine vage Handbewegung, um *andere* Ärzte zu bezeichnen, die Anwesenden ausgeschlossen) konnten ihm nicht helfen. Ob er einen guten Spezialisten kannte? Aus dem Augenwinkel sah Viberti das Taxi vor der Bar halten. Er nannte den Namen eines Kollegen, dann noch einen. Der Barmann schien nicht zufrieden. Also nahm Viberti eine der Visitenkarten neben der Kasse und sagte: «Vielleicht fällt mir noch jemand ein, ich rufe Sie später an, versprochen.»

Im Taxi stellte er sich vor, wie Cecilia, auf einer Schaukel sitzend, in der Kälte auf ihn wartete, er überlegte, was passiert sein mochte, es war das erste Mal, dass sie ihn so dringend um ein Treffen bat. Aber es konnte nichts passiert sein, es war verrückt, es hatte keinen Sinn, so übereilt auf derartige Appelle zu reagieren, ohne genauer nachzufragen, ohne Antworten zu verlangen.

Er schloss die Augen. Schon als Kind hatte er die Brechung der Sonnenstrahlen an Autofenstern unerträglich gefunden, immer war ihm nach wenigen Minuten schlecht geworden. Allein der Gedanke an dieses Licht verursachte ihm Übelkeit, obwohl er nicht an der Autokrankheit litt. Als er einmal im Auto auf seine Mutter warten musste, hatte er sich eingeschlossen, indem er an allen Türen den Sicherheitsknopf drückte, und das Licht hatte ihn so gestört, dass er sich einen Schal um den Kopf gewickelt hatte. Marta war böse geworden, er hätte sich erhängen können (es ist schon schwer, sich in einem Lastwagen zu erhängen, im Auto ist es unmöglich).

Nach einer Weile fragte der Taxifahrer, ob er zufällig Arzt sei. Viberti diagnostizierte eine spastische Enterokolitis nervösen Ursprungs, zahlte und stieg aus. Der Spielplatz lag zwischen der Allee und dem Fluss, hinter einer Wache der Verkehrspolizei, auf der er früher manchmal Bußgelder eingezahlt hatte. Es gab die Standardgeräte aller modernen Spielplätze, Sachen, die ihn als kleinen Jungen begeistert hätten. Auch jetzt noch interessierten ihn Details wie das gummiartige Material, mit dem der Boden verkleidet war, eine geniale Idee, um die Kinder vor gefährlichen Stürzen zu schützen. *Was mich außerdem fasziniert, sind die kleinen Verbesserungen, denn sie zeigen mir, dass alles verbessert werden kann, immer, in kleinen Schritten, und dass man die Hoffnung nicht aufgeben darf. Nimm zum Beispiel den elektrischen Entsafter, wer weiß wie, wer weiß warum, aber eines Tages ist jemandem eingefallen, dass er sich nicht immer nur in eine Richtung drehen muss. Du drückst einmal: Er dreht sich im Uhrzeigersinn. Du drückst wieder: Er dreht sich andersrum. So wird die Frucht gründlicher ausgedrückt.* Keine Spur von Cecilia, sie musste schon weggegangen sein. Er nahm das Handy, um sie anzurufen und sich für seine Verspätung zu entschuldigen, da sah er, dass er vor zehn Minuten eine Nachricht erhalten hatte, er hatte das Signal nicht gehört. *Bin gleich da.* Wenn er pünktlich gekommen wäre, hätte er eine halbe Stunde in der Eiseskälte gewartet.

Er schnäuzte sich die Nase. Diese Geschichte hatte keinen Sinn mehr. Sie wiederholte sich nun schon seit Wochen. Nach den Ferien hatte es einen «Rückfall» gegeben und noch einen im Dezember. Er hatte begonnen, es Rückfälle zu nennen, um sie zum Lachen zu bringen, um gemeinsam zu lachen, denn ihre Geschichte war eine zyklische Krankheit, und sie waren Ärzte, die sie nicht heilen konnten, aber mittlerweile war das nicht mehr lustig. Die Theorie der Rückfälle war nicht lustig, die Theorie des Serienkillers (ein verrückter Serienkiller, der immer dasselbe Opfer angriff) war nicht lustig. Darum setzte er sich auf eine dicke Sprungfeder mit einer roten, blauen und gelben Blume als Sitz, und stellte sich, vor Kälte zitternd, wieder dieselben Fragen: Bin ich hierhergerannt, weil ich sie sehen wollte, weil ich nicht darauf verzichten konnte, sie zu sehen, weil ich in sie verliebt bin oder weil ich es ihr nicht abschlagen wollte, weil ich Angst hatte, es später zu bereuen, weil ich Angst habe, für immer allein zu bleiben, weil sich seit einiger Zeit die verrückte Idee in meinem Kopf festgesetzt hat, dass es zu spät ist, dass dies meine letzte Gelegenheit ist?

Er war wütend, auf Cecilia, auf sich selbst. Nach dem letzten Rückfall, als die Reueszene sich zum vierten Mal wiederholt hatte, als sie zum vierten Mal gesagt hatte, tut mir leid, ich kann es nicht, hatte er bemerkt: «Dann ist also alles vorbei.» Cecilia hatte beleidigt reagiert, der Sarkasmus gefiel ihr nicht, sie hatte geantwortet: «Vielleicht hat es ja nie angefangen.» Darauf hatte er beleidigt reagiert. Zwei Wochen hatten sie nicht miteinander gesprochen, bis Weihnachten, dann hatten sie sich wieder vertragen. Er betrachtete die reglos in der Kälte hängenden Schaukeln.

Er stellte sich vor, dass er und Cecilia sich auf eine Schaukel setzten und beim Schaukeln miteinander sprachen. Wenn sie das Auf und Ab der Schaukelbewegung aufeinander abstimmten, konnten sie leicht ein Gespräch führen. Doch auch ohne sich abzustimmen, würden sie sich bei jeder Schwingung wenigstens einmal treffen.

Er beschloss, noch zehn Minuten zu warten. Nach zehn Minuten beschloss er, weitere fünf zu warten. Ein Obdachloser kam langsam auf ihn zu, einen kleinen Karren mit seiner gesamten irdischen Habe hinter sich herziehend. Sein Heim. Er blieb stehen, um Viberti zu mustern. Und der sah sich mit den Augen des Penners: ein Mann im weißen Kittel, der auf einem in reinen Primärfarben gehaltenen Spielplatz auf einer dicken Sprungfeder sitzt. Sollte er weggehen? Bleiben? Den Blick erwidern? Und was für ein Blick! Unmöglich, jemanden mit einem so durchdringenden Blick zu fixieren, benebelt und stechend zugleich.

Nach einer Ewigkeit kam der Mann näher. Wie viele Krankheiten mussten ihn plagen, ein ganzer Musterkatalog. Einen Augenblick hatte es wirklich den Anschein, als würde er Viberti fragen wollen, ob er Arzt sei. Aber er bat um eine Zigarette. Viberti lächelte. «Einen Arzt um eine Zigarette bitten? Das ist zwecklos.» Der Penner lächelte nicht. Viberti nahm die Schachtel Bonbons aus der Tasche und wollte ihm eins anbieten. Der Penner nahm die ganze Schachtel und ging ohne ein Wort des Dankes davon.

Wie der Obdachlose beobachte auch ich meinen Vater, wie er, steifgefroren in der kalten Februarluft, auf der Sprungfeder in Form einer Blume sitzt. Es ist ein Bild, das als Ganzes gedeutet werden muss, wie ein Rätselbild. Die Kälte ist eine feuchte Kälte, die dir in die Knochen kriecht. Auf dem Spielplatz am Fluss sitzt der Internist Viberti steif und bewegungslos, er scheint an die Blume gefesselt, ein Gefangener. Aber man darf nicht vergessen, dass er auf einer Sprungfeder sitzt wie der Beifahrer von James Bond im Aston Martin, also könnte er im nächsten Moment hinunterkatapultiert werden.

Und mit mir auf den weichen Boden des Spielplatzes fallen. Dieses gummiartige Material kenne ich gut, ich kann es unter meinen Füßen fühlen, wenn ich mit meinen Spielgefährten von den Geräten falle und weich aufpralle. Mein Vater prallt nur in meiner Vorstellung zusammen mit mir auf, in Wirklichkeit sitzt er in der Nähe auf einer Bank und liest die Zeitung. Ganze Nachmittage lang, in der schönen Jahreszeit.

Als Cecilia ankommt, sieht sie sehr müde aus. Viberti ist zu Eis gefroren und möchte ihr alles verzeihen, aber er kann nicht, weil es nichts zu verzeihen gibt, und die Schuld, wenn es sich denn um Schuld handelt, sich gleichermaßen auf beide verteilt. Es ist keine Schuld, warum um alles in der Welt sollte es überhaupt Schuld geben?

Cecilia möchte ein bisschen am Fluss entlangspazieren. Viberti fleht sie an, in eine Bar zu gehen, die er auf der Allee entdeckt hat. Sie setzen sich an ein Tischchen ganz hinten im Raum. Cecilia erzählt von den Kindern, Mattia hustet, vielleicht hat er sich die Grippe geholt, sie hat ihn in die Schule geschickt, bereut es aber schon. Und wenn er krank ist, ist es noch schwerer, ihn zum Essen zu bringen.

«Du hast mich aber nicht gerufen, um darüber zu sprechen», sagt Viberti schroff.

«Nein, aber sei nicht grob zu mir», erwidert sie mit brüchiger Stimme.

«Entschuldige, aber versuch bitte, mich zu verstehen, ich

muss ins Krankenhaus zurück, ich dachte, es sei etwas Schlimmes passiert.»

Sie erzählt, dass sie nachts nicht gut schläft, sie ist so müde, dass sie um zehn zusammenbricht, gleich nachdem sie das Licht im Kinderzimmer ausgemacht hat, dann wacht sie um zwei oder drei Uhr auf und fängt an, sich im Bett hin und her zu wälzen. Sie will nicht wieder mit der Schlaflosigkeit vom letzten Jahr anfangen. Manchmal steht sie auf, um nach den Kindern zu sehen, um zu kontrollieren, ob sie atmen. «Ist dir klar, was das bedeutet? Das macht man bei Neugeborenen!»

Viberti seufzt, nimmt ihre Hand, drückt sie fest. Er erwartet, dass sie sich gleich wieder entziehen wird, denn gewöhnlich will sie diese Zeichen von Zärtlichkeit in der Öffentlichkeit nicht, aber jetzt zieht sie ihn zu sich heran und gibt ihm einen Kuss auf die Wange. Hat sie ihn darum so weit weg vom Krankenhaus bestellt, um sich wenigstens einmal normal verhalten zu dürfen, ohne Angst haben zu müssen, dass jemand sie beobachtet?

«Ich komme gleich zur Sache, ja? Gleich.»

Und Viberti denkt, dass er ihr sagen möchte, dass sie sich nicht mehr sehen dürfen, dass diese Freundschaft, die nicht nur eine Freundschaft ist, sie ermüdet, so wie sie ihn ermüdet, und dass es in ihrem Leben keinen Platz für diese Verschwendung von Gefühlen gibt.

Stattdessen sagt Cecilia: «Und wenn ich an etwas Schönes und Gutes denken muss, fällst du mir ein, nachts denke ich an dich, dann beruhige ich mich und schlafe ein.»

«Tja, ich bin eben besser als ein Benzodiazepin.»

Aber Cecilia achtet nicht auf ihn und fährt fort: «Also habe ich mir gesagt, dass ich vielleicht in dich verliebt bin. Ich weiß es nicht. Darum frage ich dich: Bin ich deiner Meinung nach verliebt in dich?»

Viberti senkt die Augen. Wie soll er auf diese Frage reagieren? Sich ihr an den Hals werfen, in Tränen ausbrechen, vor Freude schreien? Doch allein die Tatsache, dass er sich diese Frage stellt, bedeutet, dass er gar nicht reagieren will, dass er Cecilias Worten nicht glaubt, er glaubt nicht, dass sie wirklich in ihn verliebt ist. Er glaubt, dass sie sehr verwirrt ist, und verwirrte Menschen bringen ihn in Verlegenheit, er weiß nicht, wie er sich verhalten soll.

«Du scheinst mir nicht gerade begeistert», sagt sie.

Er kann nicht sprechen, ihm fällt nichts Vernünftiges ein.

«Bitte sag etwas.»

Er schüttelt den Kopf.

Nach einer Pause, die nicht enden will, sagt er: «Natürlich bist du in mich verliebt. Auch ich bin in dich verliebt.»

Cecilia nickt.

«Aber zusammen sein ist nicht leicht, oder?»

«Nein, es ist nicht leicht.»

«Nicht nach allem, was dir passiert ist.»

«Nicht nach allem, was mir passiert ist. Was mir immer noch passiert.» Wieder drückt sie seine Hand. «Siehst du. Du verstehst mich. Du verstehst mich sofort.»

Viberti denkt: Warum versuchen wir es nicht? Warum versuchen wir nicht, zusammenzuleben?

Das ist nicht, was sie will. Ist es das, was *er* will?

Ein jäher Zorn packt ihn. Er versteht nicht, warum Cecilia sich so gehenlässt, alte, staubige Mokassins, am Kragen ihrer Bluse fehlt ein Knopf, der Rucksack ist völlig zerschlissen.

«Woran denkst du?»

«An nichts. Es tut mir leid, dass es dir schlechtgeht. Ich möchte dir helfen, aber ich weiß nicht, wie.»

«Du hilfst mir doch, du hilfst mir sehr», die Augen von Tränen verschleiert, «wenn es dich nicht gäbe, wüsste ich nicht, was ich tun soll.»

«Wenn es mich nicht gäbe.»

«Ja», sagt Cecilia.

«Aber mich gibt es.»

Sie schweigen, halten sich an der Hand, studieren den braunen Kaffeering auf dem Grund ihrer Tassen. Cecilia ist darauf konzentriert, ihre Tränen zurückzuhalten, Viberti staunt darüber, dass er gesagt hat «Es tut mir leid, dass es dir schlechtgeht». Wie schlecht es ihr ging, war ihm nie bewusst geworden, wenn es einem «schlechtgeht» bedeutet das, es geht einem *sehr* schlecht, sonst hätte er gesagt, «Es tut mir leid, dass es dir nicht gutgeht». Und noch erstaunlicher ist, dass sie nicht verneint hat, dass es ihr schlecht (also *sehr* schlecht) geht. Sie weiß es, sie leugnet es nicht und spricht nicht darüber, weil es zu schmerzhaft ist.

Er prüft mit Blicken, ob jemand sie beobachtet. Eine Liebesgeschichte, die sich fast ausschließlich in Cafés abgespielt hat. Ein Tischchen unter vielen sein. Ein Tischchen, so winzig, dass es unbequem ist, die Ellenbogen darauf abzustützen. Die Blicke der Fremden, die den Hochzeitsbaldachin über das Paar heben, das Papiertischtuch als Brautschleier, der halbe Liter Mineralwasser zum Anstoßen.

Dann kam wieder Leben in Cecilia, und sie bat ihn, die Geschichte zu erzählen. Viberti verstand nicht, was sie meinte.

«Die Geschichte, die deine Mutter dir erzählt hat, wo eine Cecilia vorkam, du hast gesagt, es sei eine skandalöse Geschichte … Heute Nacht ist sie mir wieder eingefallen, und ich habe mir Vorwürfe gemacht, weil ich dich nie danach gefragt habe.»

«Die skandalöse Geschichte … Vielleicht erinnere ich mich nicht mehr. Warum interessiert sie dich?»

«Ich weiß nicht, weil sie dich betrifft. Mich interessiert alles, was dich betrifft. Und sie betrifft auch mich, du hast mir beim ersten Mal davon erzählt.»

«Beim ersten Mal?»

«Als du mir diese feierliche Rede gehalten hast.»

«Die feierliche Rede … Ja, an die erinnere ich mich.»

Er konnte ihr nicht sagen, dass er nicht die geringste Lust zum Erzählen hatte. Er hatte keine Lust, ihr zu sagen, dass er es nicht schaffen würde. Um sie aufzuheitern, um sich aufzuheitern, versuchte er trotzdem, die Geschichte zu rekonstruieren, die er vor neun Monaten von Marta gehört hatte, doch er merkte sofort, dass er sie nicht im gleichen unterhaltsamen Rhythmus und in der Sprache der Mutter erzählen konnte, mit ihrem Reichtum an Euphemismen und Anspielungen. Er sprach zu schnell, mehrmals vergaß er ein wichtiges Detail und musste zurückgehen, um die Lücken zu füllen. Gleich zu Anfang hatte er ein sehr wichtiges Detail vergessen. Er hatte teilnahmslos zu erzählen begonnen und erzählte teilnahmslos weiter. Er erzählte, um schnell zum Ende zu kommen und ins Krankenhaus zurückgehen zu können.

Auf diese Weise erzählt, schien die Geschichte wirklich wie von einem alten, kranken Menschen erfunden. Nach der Hälfte fühlte er sich schuldig, Marta hatte es nicht verdient, dass ihre Geschichte so entwertet wurde. Oder fesselte ihn die Geschichte plötzlich viel stärker als an dem Abend, an dem er sie gehört hatte, ergriff sie jetzt Besitz von ihm und benutzte ihn als Marionette? Er erinnerte sich, dass seine Mutter an einer Stelle etwas gesagt hatte, was ihn zum Lachen brachte, und wiederholte den Satz, als käme er von ihm: «Und jetzt musst du dir eine dieser Filmszenen vorstellen, wo der Todgeweihte auf dem Sterbebett liegt.» Als sähen sie niemals Sterbende. Cecilia lachte, sagte: «Klar, das kann ich mir vorstellen.»

Jetzt erzählte er mit Verve, die Geschichte erschien ihm plötzlich nicht mehr so unglaubwürdig, es machte ihm nichts mehr aus, sie zu erzählen, er bedauerte nur, dass das Ende nahte. Noch einmal konnte er Cecilia zum Lachen bringen, als er die zornige Grimasse eines Uhrmachers mit Monokel nachahmte.

Denn am Anfang von allem steht eine Taschenuhr, versteckt in einem Schmuckkästchen in der hintersten Ecke der Schublade einer monumentalen Kommode im Zimmer eines Mannes, der langsam stirbt. Der Mann ist seit zehn Jahren Witwer, kann nicht mehr gehen, verlässt nie das Haus, spricht mit Mühe. Seine Tochter Cecilia sorgt hingebungsvoll für ihn, verbringt ihre Tage mit ihm, lebt seit zwanzig Jahren zurückgezogen in diesem Haus voller Möbel und Nippes, unweit der Bank, wo der Vater gearbeitet hat, bevor er krank wurde. Eines Tages verschlechtert sich sein Zustand, er steht nicht mehr auf, kann nicht mehr sprechen, muss gefüttert und gewaschen werden wie ein Kind. Cecilia betet, dass er nicht zu sehr leiden muss, kann sich aber nicht mit dem Schicksal abfinden und auf seinen raschen Tod hoffen. Sie wacht bis spät in der Nacht an seinem Bett, schläft auf einem Sessel neben ihm, immer bereit, für ihn zu sorgen.

Eines Abends bittet der Vater sie, das Schmuckkästchen aus bordeauxrotem Samt zu holen, das in der Schublade liegt. Cecilia kennt es, sie weiß, dass es einige Erinnerungsstücke an die Mutter enthält, und denkt, dass der Vater ihr den Schmuck anvertrauen möchte. Doch in dem Kästchen liegt auch eine Taschenuhr, die nicht besonders wertvoll zu sein scheint. Mit ungeheurer Mühe hebt der Alte den Kopf aus seinem Kissen, seine Stirn ist schweißnass, er nuschelt etwas, möchte sprechen, vermag es nicht. Cecilia steckt ihm einen Bleistift in die Hand und stützt ihn, damit er etwas auf die erste Seite eines Buches schreiben kann. Er schreibt einen Namen in schiefen, zittrigen Großbuchstaben, Cecilia erkennt den Nachnamen, es ist der Handwerker, der ein paar Mal die alte Pendeluhr im Haus repariert hat. Sie glaubt, der Vater bittet sie, die Taschenuhr zur Reparatur zu bringen, und hält das für ein Delirium im Todeskampf, nimmt ihn nicht ernst. Der Vater stirbt noch in dieser Nacht.

Einige Monate vergehen, Cecilia erholt sich wieder. Sie beschließt, das Haus in Ordnung zu bringen, und findet die Uhr. Sie weint, als sie an den Vater zurückdenkt. Und ihr fällt ein, dass sie seinen letzten Willen, so verrückt er auch sein mag, vielleicht doch respektieren sollte. Die alte Uhr zum Uhrmacher zu bringen, wäre eine pietätvolle Geste, eine Form des Gedenkens. Was ist so anders daran, als zum Friedhof zu gehen und frische Blumen auf sein Grab zu legen? Also durchquert sie mit der Pferdebahn die ganze Stadt, in der Handtasche, die sie im Schoß fest umklammert hält, die verpackte Taschenuhr. Sie kommt zum Uhrmacher. In seiner Werkstatt ist sie noch nie gewesen, er kam immer zu ihnen ins Haus, baute die Pendeluhr auseinander und legte die einzelnen Teile sorgfältig auf einem weißen Tuch ab, das er auf dem Fußboden ausgebreitet hatte. Der kleine Laden ist sehr schlicht, das Schild bescheiden. Cecilia tritt ein, das Klingeln des Glöckchens verkündet die Ankunft eines Kunden, doch der Uhrmacher steht, das Monokel im Auge, über seine Werkbank gebeugt und scheint nichts gehört zu haben. Schon wird im Hintergrund ein roter Vorhang wie ein Bühnenvorhang beiseitegeschoben, und ein junger Mann tritt ein, schaut ihr in die Augen, und Cecilia erkennt, dass dies der Mann ihres Lebens ist. Der Junge sieht genauso aus wie ihr Vater mit zwanzig Jahren, auf einem dunklen alten Foto, in der Uniform des Kavallerieregiments.

«Und dann?»

«Dann haben sie sich verlobt und geheiratet.»

«Und wo ist der Skandal?»

«Sie waren Geschwister! Hast du das nicht mitgekriegt?»

«Nein, wie ist das möglich? War er nicht der Sohn des Uhrmachers?»

«Er war der Sohn von Cecilias Vater, der das Hausmädchen geschwängert hatte. Der Uhrmacher hatte sie später geheiratet. Und der Vater des Mädchens hat ihnen geholfen, hat für sie die Werkstatt eröffnet, hat den Sohn studieren lassen.»

«Na ja, das mit dem Hausmädchen hattest du nicht erzählt.»

Viberti lächelte. «Ich hab's vergessen … aber das war ja auch nicht so schwer zu verstehen.»

«Entschuldige mal, wie ist es möglich, dass sein Vater … also der Uhrmacher wusste, dass … warum hat er sich nicht widersetzt … und auch die Mutter, das Hausmädchen, die wusste doch, dass ihr Sohn von dem anderen … wie kann das sein?»

Die Geschichte hatte die gewünschte Wirkung gehabt, sie hatte Cecilia abgelenkt. Sie lächelte zufrieden, murmelte bei sich: «Wirklich eine verrückte Geschichte», und drückte seine Hand, als hätte er ihr mit der Erzählung ein Geschenk gemacht.

Sich an seine Mutter zu erinnern, hatte bei Viberti dagegen ein merkwürdiges Angstgefühl geweckt. An seine Mutter zu denken, die sich erinnerte, diese Geschichte gelesen zu haben, oder glaubte, sich daran zu erinnern, dass sie diese Geschichte gelesen hatte. Und die Erzählung: wie eine falsche Diagnose, der Tod eines vernachlässigten Patienten. Das verspätete Geständnis im Todeskampf. Der Alte musste diesen Jungen mehr als sich selbst geliebt haben, aber wer weiß, ob er beabsichtigt hatte, ihn mit seiner Tochter zu verheiraten. Vielleicht wollte er nur, dass sie von der Existenz dieses Bruders erfuhr. Und wenn er nicht eine

Figur in einer Erzählung von Tschechow oder Maupassant oder Tarchetti war, wer konnte er dann sein?

Sie sprachen über den Skandal, der das Krankenhaus erschütterte, die Verhaftung des Klinikdirektors wegen einer Bestechungsaffäre. Dann stand Viberti auf, sagte, er müsse einen guten Urologen finden.

Cecilia verstand «Neurologen», dachte, er spräche von seiner Mutter und sagte: «Du wirst schon sehen, es wird nicht schlimmer.»

Viberti fragte sich, wie sie vom Sohn des Barmanns wissen konnte, er erinnerte sich nicht, ihr davon erzählt zu haben. Er küsste sie auf die Wange und ging.

Nichts änderte sich, nichts durfte sich ändern, doch wenn jemand ihr Gespräch gehört hätte, ohne die Geschichte der vorangegangenen Monate zu kennen, hätte er gedacht, dass von da an alles anders sein musste, weil beide sich noch nie zuvor so geöffnet hatten wie an diesem Tag. Zwei Abende später liebten sie sich im Auto, dann ging alles weiter wie immer, sie trafen sich, weil Cecilia es brauchte und Viberti nicht den Mut hatte, ihr zu sagen, es sei besser, sich nicht mehr zu sehen. Außerdem ist es unmöglich, der Hoffnung den Stecker zu ziehen.

Eine totale Unfähigkeit, in Menschen zu lesen: Die Kunst der Semiologie, von grundlegender Bedeutung in der Medizin, er hatte sie nie gelernt. *Manche Dinge zum Beispiel lernt man nur durch das Leben. Mit vierzig habe ich entdeckt, dass man das linke hintere Autofenster ein wenig öffnen muss, dann erzeugt die Luft, die durchs linke vordere Fenster hereinkommt, keine Turbulenzen und lüftet den Innenraum. Denn sie wird sofort kanalisiert und nach draußen gesogen, verstehst du? Das ist eine der Sachen, die einem keiner beibringen kann.*

Manchmal dachte Viberti, dass Cecilia eines Tages zu ihm

kommen und sagen würde, ja, sie wolle es versuchen, sie wolle ein neues Leben anfangen. Doch das dachte er nur gelegentlich, meistens war er überzeugt, dass es niemals geschehen würde. Erschreckt hatte ihn das tiefe Misstrauen, mit dem er ihr eigenartiges Geständnis aufgenommen hatte: «Also habe ich mir gesagt, dass ich vielleicht in dich verliebt bin.» Er hatte ihr nicht nur nicht geglaubt, es war ihm auch so vorgekommen, als sagte sie genau das Gegenteil. Es war, als hätte sie ihn gebeten, einen Schlussstrich unter die Geschichte zu ziehen und wieder von vorn anzufangen, als hätte sie ihm gestanden: «Also habe ich mir gesagt, dass ich vielleicht nie in dich verliebt war.» Und tatsächlich war ihr die von Marta erzählte Geschichte eingefallen, um den Kreis zu schließen.

Er konnte sich den Gedanken nicht aus dem Kopf schlagen, dass er zu früh in Cecilias Leben getreten war. Sie hatte sich gerade von ihrem Mann getrennt, die Wunde war noch nicht verheilt, ein paar Jahre später würde sie bereit sein für eine neue Liebe, und er würde ihr als eine vorübergehende Episode in Erinnerung bleiben.

Doch ein Satz von Cecilia war hängengeblieben und wehrte sich dagegen, beiseitegeschoben zu werden, im Gegenteil, er rückte sogar in den Vordergrund, als der einzige bemerkenswerte Satz jenes Vormittags: «Nicht nach allem, was mir passiert ist. Was mir immer noch passiert.» Was genau passierte ihr immer noch? Warum hatte er nach all diesen Monaten der Freundschaft mit Rückfällen nie daran gedacht, sie einfach mal zu fragen: «Wie sieht die Beziehung zu deinem Mann jetzt aus?»

Oder warum hatte er nie den Wunsch gehabt, ihr zu folgen und mit eigenen Augen zu sehen, wo sie wohnte? Mit wem sie abends ausging, wenn sie ausging, da sie mit ihm ja nicht ausgehen wollte? Darum beschloss er, dass er es tun würde, dass er sich vor ihrem Haus postieren würde, auf dem Parkplatz hinter der Kirche, um sie zu belauern. Das schien ihm ein sehr vernünftiger Entschluss, und solange er ihn nicht in die Tat umsetzte, fiel ihm nicht auf, wie unendlich traurig der Plan war.

Als er sich das erste Mal auf die Lauer legte, sah er sie nach einer Nachmittagsschicht um halb neun heimkommen. Nichts geschah, es gab nichts zu sehen. Nach einer Stunde hatte er genug und ging nach Hause.

Einmal postierte er sich zwischen sechs und neun Uhr, sah jedoch niemanden kommen, der auch nur von weitem dem Mann oder Exmann ähnelte.

Eines Nachmittags folgte er ihr aus dem Krankenhaus und verlor sie im Verkehr, aber statt sofort nach Hause zurückzufahren, fuhr er auf einer sehr langen Straße weiter, bis er fast aus der Stadt herauskam. Er irrte in der nordöstlichen Peripherie umher und sah, dass dort, wo einst stillgelegte Fabriken gewesen waren, jetzt riesige Einkaufszentren oder neue Wohnhäuser aufragten, die die Architekten mit blauen Dächern oder rosa Fensterläden einladender zu machen versuchten. An anderen Stellen standen die leeren Hüllen der alten Fabriken noch, jede schwer an ihrer eigenen Geschichte tragend, wie der Obdachlose auf dem Spielplatz.

Eines Tages blieb er, statt ihr hinterherzuspionieren, unter den Bäumen stehen, wo sie sich an jenem Spätnachmittag im Juni zum ersten Mal geküsst hatten, und an einem anderen Abend suchte er die Stelle, wo er geparkt hatte, als sie zum ersten Mal im Auto Sex miteinander hatten. Dort blieb er eine Stunde stehen und dachte nach, auch das war eine Möglichkeit, sie auszuspionieren, aber es war keine gute Möglichkeit, die Zeit zu verbringen. Er dachte an all die Male, in denen er sich beim Masturbieren vorgestellt hatte, Cecilia im Auto zu vögeln. Ihre

Geschichte war noch immer auf Reisen, vielleicht würde sie nie zu Hause ankommen, darum gestattete er sich keine anderen Phantasien als Sex im Auto. Als Maximum an Bequemlichkeit stellte er sich vor, es auf der Rückbank zu tun.

Er legte sich ein letztes Mal auf die Lauer und sah Cecilia ein Kind zu jemandem bringen, vielleicht zum Vater. Der Junge hatte nur seinen Schulrucksack dabei. War es die Wohnung des Vaters oder eines Klassenkameraden? Er wartete, dass Cecilia wieder herunterkam, stellte sie sich mit ihrem Exmann vor. Und dort, in dieser Straße, die ihm nichts sagte, in diesem Viertel, das nicht seines war, an dieser Adresse, die er nie hätte erfahren wollen, dachte er, dass Cecilia ihm vielleicht nichts mehr bedeutete, vielleicht war er nicht nur die seltsame Freundschaft mit Rückfällen satt, vielleicht liebte er sie nicht, wie er glaubte, er liebte sie nicht mehr oder hatte sie nie geliebt, und die Angst, dass sie seine letzte Gelegenheit sein könnte, hatte ihm einen bösen Streich gespielt.

Er startete den Passat, und als er davonfuhr, empfand er sofort Erleichterung. Schluss. Endlich Schluss. Er befreite sich von ihr, er hatte sich schon von ihr befreit. So kommt urplötzlich der Moment, an dem man sagen kann: Es ist vorbei. Auch bei den Geschichten, die nie zu enden scheinen (vielleicht weil sie nie begonnen haben).

Aber er trifft sie weiterhin. Das Mittagessen war zwei Jahre lang ihr einziger gemeinsamer Moment gewesen, und es ist schwierig, von einem Tag auf den anderen mit einem Ritual aufzuhören, aber ebenso schwierig ist es, glaubwürdige Vorwände zu finden, wenn Viberti an einem Tag beschließt, nicht hinzugehen, und Cecilia ihn am nächsten Tag nach Gründen für sein Fehlen fragt. Außerdem muss man ja schließlich essen, und man läuft Gefahr, in einer anderen Bar vor dem Krankenhaus entdeckt zu werden, also benutzt Viberti in diesem Monat März manchmal den Hinterausgang und geht sein geschmortes Gemüse in der Bar essen, die er «Zum Urologen» getauft hat. Aber er isst nicht in Ruhe, er hat das Gefühl, sie könnte ihn jeden Moment hier überraschen.

Als er eines Tages hinter der Säule auftaucht, die ihr Tischchen versteckt, denkt er im ersten Moment, Cecilia habe ihre dreizehnjährige Tochter zum Essen mitgenommen. Die junge Frau, die bei ihr sitzt, kommt ihm bekannt vor, obwohl er sicher ist, dass er sie noch nie gesehen hat. Sonst würde er sich an das breite schwarze Band in den Haaren und den drohenden Blick erinnern. Zu spät für einen Rückzug: Cecilia fordert ihn auf, sich zu ihnen zu setzen. «Das ist Silvia, meine Schwester.»

Viberti begrüßt sie und setzt sich. «Du hast mir nie gesagt, dass du eine Schwester hast», murmelt er, steht wieder auf, macht Anstalten, sich wieder zu setzen, beschließt dann aber aufzustehen, um seinen Teller geschmortes Gemüse und das Glas Mineralwasser zu bestellen. Er muss nur um die Säule herumgehen und sich über die Theke beugen, um beim Barmann den Teller zu bestellen, doch er möchte lieber gehen, das Lokal durch die Tür verlassen und allein in einer anderen Bar essen. Er hat sie mit Cecilias Tochter verwechselt, weil die Vorstellung, dem Mädchen zu begegnen, ihm Angst macht.

Er geht an seinen Platz zurück, ist wie versteinert, überzeugt, dass man ihm das ansieht, als käme auf seiner Haut eine hellblaue Maserung zum Vorschein. Er hat nicht die geringste Lust, Konversation zu machen, er hatte schon keine Lust, mit Cecilia zu Mittag zu essen, und erst recht nicht mit Cecilia und ihrer Schwester. Diese Silvia erscheint ihm weniger interessant als Cecilia, weniger schön, weniger groß. Er versteht nicht, wie das geschehen konnte, in zwei Jahren keine einzige Anspielung auf die Existenz einer Schwester. Gerne würde er auf der Sache bestehen, es noch einmal wiederholen: «Du hast mir nie gesagt, dass du eine Schwester hast», um Cecilia zu bestrafen, aber das wäre nicht höflich. Er fühlt sich steif wie die Säule in seinem Rücken. Nein, er *ist* die Säule, er ist zur Säule geworden, um für immer in dieser Bar zu bleiben, von allen unbeachtet, in stummer Anbetung der am Tischchen sitzenden Frau.

«Claudio isst immer nur geschmortes Gemüse zum Mittagessen», sagt Cecilia. Wenn ihr daran liegt, dass er sich wohl fühlt, hätte sie etwas anderes sagen können. Er möchte während des ganzen Mittagessens schweigen, damit Cecilia merkt, wie verletzt er ist. Aber wirklich zu schweigen ist schwer. Wenn man nicht spricht, sagt man immerhin, dass man nicht sprechen will. Man müsste reden können, ohne etwas zu sagen, seine Mutter war darin eine Meisterin.

Cecilia hört nicht auf: «Silvia hat mittags und abends auch immer geschmortes Gemüse gegessen … vor vielen Jahren. Erinnerst du dich, Silvia?»

«Hast du eine Diät gemacht?», fragt Viberti.

Silvia kaut mühsam an einem Bissen ihres Brötchens und kann nicht antworten, sie tippt sich mit den Fingerspitzen leicht an die Lippen, eine Geste, die auch Cecilia oft macht, als wollte sie sagen: «Warte, ich werde es dir erklären.»

Aber Viberti kann nicht warten, er ist verlegen, weil er sie in Schwierigkeiten gebracht hat. «Entschuldige, ich wollte dich nicht beim Essen stören. Du mochtest geschmortes Gemüse, das scheint mir ein ausreichender Grund zu sein.»

Endlich schluckt Silvia herunter. «Hab in meinem ganzen Leben noch nie eine Diät gemacht.»

Es ist eigenartig, zum ersten Mal zu dritt zu sein, als wäre es das letzte Mal für sie beide allein. Und es ist eigenartig, dass es noch nie vorgekommen ist, in zwei Jahren ist kein einziger Kollege oder Freund je in dieser Bar gelandet, kann das sein? Und niemals hat sie jemand gesehen und hat sich zu ihnen gesetzt, kann das sein? Das Tischchen steht versteckt, darum hat Viberti es sich ausgesucht. Und garantiert hätte er nie aus eigenem Antrieb einen Freund oder Kollegen mitgebracht, er wollte Cecilia nie mit jemandem teilen. Bis heute hat nicht einmal Cecilia das getan, dafür muss es einen Grund geben.

«Ich mag geschmortes Gemüse», ergänzt Silvia, «aber damals hab ich es gegessen, weil ich einen Plan hatte.»

Cecilia nickt: «Ach ja, der Plan … natürlich, das war wirklich ein richtiges Projekt.»

«Ich musste eine ganze Woche lang das gleiche Gericht essen. Ein bestimmtes Gericht in der Woche, vier Wochen lang, und am Ende habe ich entschieden, mit welchem Essen ich mich am fittesten fühlte.»

Viberti lächelt. Eigentlich wollte er das ganze Mittagessen lang verärgert und beleidigt sein, stattdessen findet er diese Geschichte lustig. Er fragt, was für Gerichte das waren.

«Ich erinnere mich, dass das erste Gericht gekochte Kartoffeln und gekochter Fisch war. Ein anderes bestand aus pochierten Eiern, Karotten und Zucchini. Dann Reis, Erbsen und Huhn. An das vierte erinnere ich mich nicht. Nach einer halben Woche Reis, Erbsen und Huhn hatte ich keine Lust mehr und hab alles hingeschmissen. Aber eigentlich müsste ich mich an das vierte erinnern. Mozzarella, Tomaten und Feigen? Was meinst du, Ceci? Ich glaube, es waren Feigen dabei und auch Spargel. Nein, das geht nicht, die gibt es nicht zur gleichen Zeit. Auch an Artischocken erinnere ich mich, aber da könnte ich mich irren, Artischocken habe ich nie besonders gemocht. Ich habe mich mal an einer Artischocke gestochen. Nein, beim vierten war Mozzarella dabei und Tomate, aber die dritte Zutat habe ich vergessen.»

«Und du hast wirklich nichts anderes gegessen?»

«Ha, ich wusste ja, dass diese Geschichte dich begeistern würde», sagt Cecilia, ohne den sarkastischen Unterton zu verbergen. Sie hat es nicht gemerkt, sie ist nervös. Vor lauter Verdruss, dass sie ihm ihre Schwester verschwiegen hat, hat er den Schatten auf ihrem Gesicht nicht bemerkt. Sie ist verwirrt oder wütend oder sehr müde. Es muss etwas in der Notaufnahme passiert sein oder mit dem Kind.

«Morgens habe ich Joghurt und Cornflakes gegessen», fährt Silvia fort, «und abends auch noch Obst. Nicht jedes Obst. Bananen zum Beispiel finde ich eklig. Unsere Mutter hat uns immer gesagt, wir dürften Essen nicht eklig nennen, aber für Bananen gibt es keinen anderen Ausdruck. Weißt du noch, Ceci? Keine Bananen. Und dabei sind Bananen furchtbar gesund. Kalium. Nimm zum Beispiel die Allergien. Ich habe irgendwo gelesen, dass Bananen bei Allergien super sind. Birnen, Äpfel, Pflaumen. Ich hab alles gegessen. Aber keine Bananen. Sind die Sachen, die man so liest, denn überhaupt wahr? Ihr seid Ärzte, glaubt ihr das, wenn ihr es lest? Mich beschleicht dann immer der Verdacht, dass die Bananenproduzenten die Journalisten bezahlen.»

«Mit welchem Gericht hast du dich dann letztendlich am fittesten gefühlt?»

«Vielleicht die Eier mit Karotten und Zucchini. Nach drei Tagen Reis, Erbsen und Huhn war ich jedenfalls, wie gesagt, völlig fertig.»

«Wie bist du denn auf die Idee gekommen?»

«Keine Ahnung, es war eine Zeit, wo ich total fixiert aufs Essen war. Ich war bei dem Vortrag von so einem Typen gewesen, einem Schweizer … kein Arzt und auch kein Diätologe … Er war gekommen, um an der Uni einen Vortrag zu halten. Ich erinnere mich, dass ich zufällig da reingeraten bin, ein Freund hat mich mitgeschleppt», zu Cecilia gewandt, «Enrico Fermi», dann wieder zu Viberti: «Ein alter Freund, er hieß Enrico, aber ich habe ihn immer Enrico Fermi genannt, weil er in einer Diskussion die Atomenergie verteidigt hat, fast hätten wir ihn gelyncht, außerdem hatte er rote Haare ...».

Cecilia steht auf. «Enrico Fermi hatte wirklich feuerrote Haare, ja.»

«Du gehst schon ...», sagt Viberti.

«Rufst du mich an?», fragt Silvia.

Viberti steht auf, Cecilia hat sich hastig ihre Jacke übergezogen, sagt lächelnd: «Ciao, wir sehen uns», und streicht ihm über den Arm.

Silvia fragt noch einmal: «Rufst du mich später an?»

Cecilia nickt, einen Augenblick später ist sie schon draußen.

Viberti setzt sich wieder. Er ist mit einer Unbekannten in der Bar, wer weiß wieso, wer weiß warum. Auch er darf sich nicht verspäten, er hat noch Termine. Er hätte stehen bleiben können, sich verabschieden und sofort weggehen. Aber es ist stärker als er, er muss die Verlegenheit überspielen. Denn Cecilias eilige Flucht hat sie beide in Verlegenheit gebracht, es braucht nicht viel, um das zu verstehen. Und Silvia tut nichts, um aus dieser Situation herauszukommen. Sie starrt noch immer in die Richtung, in der ihre Schwester verschwunden ist.

«Du hast gesagt, er war Schweizer ... aber wer war das?»

Silvia senkt die Augen. «Ja. Na ja, er kam aus der Schweiz. An seinen Namen erinnere ich mich nicht, etwas wie Fletcher oder Frecher. Keine Ahnung ... Ich war nur zufällig mit diesem Freund da ... Das nur, um dir zu sagen, dass die Philosophie dieses Schweizers mich nicht die Bohne interessiert hat.»

«Eine Philosophie?»

«Ach, ich erinnere mich nicht mehr so genau. Das Ganze basierte auf einem Ritual, er sagte, dass man bei der Ernährung ein Ritual einhalten muss, man darf nur rohe oder gekochte Sachen essen, sonst *verletzt* man die Lebensmittel nämlich, beim Braten oder Grillen … aber dann verstehe ich nicht, warum es besser sein soll, Sachen zu kochen, er war doch ein ziemlicher Scharlatan … Ach ja, und dann hatte er diese Idee vom tiefen Teller …» Silvia trinkt einen Schluck Tee.

«Der tiefe Teller?»

«Seiner Meinung nach sollte man immer aus tiefen Tellern essen, denn die Speisen müssen *zusammengehalten* werden, *umarmt* werden, etwa so …» Sie formt mit den Händen eine Muschel.

Viberti lächelt. Auch Silvia lächelt.

«Aber dann hat er dich doch überzeugt.»

«Überzeugt?»

«Der Philosoph.»

«Ja, es war ziemlich faszinierend, wie er sprach, was er so erzählte. Und ich habe Lust gekriegt, es auszuprobieren, denn neben diesen anderen Sachen vertrat er auch das Prinzip des einzigen Gerichts.»

«Hat er auch gesagt, dass man zum Mittagessen Tee trinken soll?»

«Nein, das ist ein Tick, den ich erst später angenommen habe.»

Und sie erzählt von ihrer Liebe zu grünem Tee, von den Schwierigkeiten, in Italien guten japanischen Tee zu bekommen (die abrupten Temperaturunterschiede während des Transports beeinträchtigten die Qualität des Produkts), sie sagt, dass grüner Tee sehr viel schmackhafter ist als schwarzer, spricht von den Substanzen, die gut für Herz und Kreislauf sind, von anderen, die praktisch allen Arten von Tumoren vorbeugen. «Ich muss dir den Link zu einer wunderschönen Seite schicken, du wirst sehen, das überzeugt auch dich.»

Viberti hört ihr zu. Komisch, wie ähnlich und unähnlich diese Frau ihrer Schwester ist. Dann fällt ihm ein, dass er zurückmuss. Doch er denkt nicht einmal daran, aufzustehen. Er betrachtet das Brötchen, das Cecilia unangetastet auf ihrem Teller zurückgelassen hat. Hat sie nichts anderes zu Mittag gegessen?

«Wie du dieses Brötchen ansiehst …», sagt Silvia.

«Wie sehe ich es an?»

«Als hätte es dir was Böses getan.»

Es ist ein Brötchen mit Mortadella. Die rosaweißen Scheiben kommen wie freche kleine Zungen aus dem Rand des Brötchens heraus. «Nein», sagt Viberti, «ich würde so was niemals essen, aber ich hege keinen Groll gegen das Brötchen. Ich respektiere es. Es lebt in seiner Welt und ich in meiner.»

Silvia lacht. «Du musst einen tollen Roman lesen, eines der Lieblingsbücher meines Vaters, es heißt *Der Koch*. Ich leihe es dir, okay? Ich werde es Cecilia geben. Der Roman handelt von einem Koch, der die Menschen verführt oder umgarnt oder hörig macht, kurz … er *manipuliert* die Menschen mit seinen Rezepten.»

Viberti blickt sie erstaunt an, warum sollte ihn dieses Buch interessieren?

Silvia springt auf und zieht ihre Jacke an. «Jetzt muss ich wirklich gehen. Schreib mir deine Mailadresse auf.» Sie hält ihm ein in blaues Tuch gebundenes Notizbuch unter die Nase, reicht ihm einen Stift.

Statt zu schreiben, liest Viberti eine Notiz, die ihm mitten auf der weißen Seite entgegenspringt: *Ich möchte, dass sie mich gernhat*, und starrt wie betäubt auf das unterstrichene letzte Wort. Dann hebt er die Augen.

«Deine Mailadresse», wiederholt Silvia, «schreib sie darunter. Du hast doch eine Mailadresse?»

Viberti nickt, schreibt die Adresse auf und gibt ihr das Notizbuch zurück.

Und jetzt kann auch er aufstehen, sich verabschieden und die Bar eilig verlassen.

Er wartete vor dem Haupteingang auf Giulia und Marta und wunderte sich über das Lächeln der Passanten, die Menschenmenge um das Krankenhaus schien ziellos auseinanderzulaufen, es waren keine leidenden Menschen – echte oder eingebildete Kranke, Frauen und Kinder von Kranken, Ärzte, Straßenverkäufer, die nutzlose Erste-Hilfe-Sets verkauften –, sondern das sonntägliche Menschengewimmel in einem Vergnügungspark. Giulia hatte Marta wieder einmal für eine geriatrische Untersuchung angemeldet.

Das Krankenhaus war in den dreißiger Jahren eingeweiht worden, und aus dem hinfälligen Körper der alten Gebäude ragten die Prothesen der nach dem Krieg hinzugefügten Pavillons heraus. Die Vergangenheit blieb präsent, war aber unsichtbar, wie manche Spuren der Väter in den Söhnen, Ähnlichkeiten, die man nicht sehen möchte, Vergangenheit, die nicht vergeht. *Was habe ich dir wirklich beigebracht? Habe ich dir etwas Nützliches beigebracht? Etwas Konkretes? Habe ich dir beigebracht, wie du dir die Schuhe oder den Krawattenknoten binden musst? Denn das sind später die Dinge, die von den Eltern bleiben. Nein, das ist kein Witz. Immer wenn ich meinen Koffer packe, erinnere ich mich an meine Mutter, an den Tag, an dem sie mir beibrachte, wie man ein Jackett zusammenlegt. Du breitest es auf dem Bett aus. Klappst einen Ärmel nach innen, dann den anderen. Du klappst die untere Hälfte des Jacketts über die obere. Nie werde ich die Anmut ihrer Bewegungen vergessen.*

Als sie am Ende der Zufahrtsstraße auftauchten, sah Viberti, dass seine Exfrau sprach und dass seine Mutter vorsichtshalber schwieg. Es war keine Grausamkeit, sie brauchte nicht noch eine Bestätigung für die Amnesien ihrer Schwiegermutter, Giulia sprach aus Mitleid, denn im Unterschied zu Viberti war sie es nicht gewöhnt, zu schweigen, jahrelang hatte sie mit Marta gesprochen, über zehn Jahre lang, alles hatten sie einander erzählt, und dass sich jetzt Stille über sie senkte, war unbegreiflich, der Dialog musste wiederbelebt werden, ihren einstigen Wortwechsel mussten sie für zwei fortführen. Manchmal stellte er sich vor, dass er auf Giulias Station eingeliefert war, ans Bett gefesselt, hilflos, gezwungen, ihr Gerede anzuhören.

Die geparkten Autos und das Hin und Her der Menschen verwirrten Marta, die nach jedem dritten Schritt stehen blieb und sich umsah, obwohl Giulia sie schon am Eingangstor untergehakt hatte und mit sich zog. Viberti stieg die Eingangstreppe hinunter, unschlüssig, ob er ihnen entgegengehen sollte. Er wollte die Situation nicht noch komplizierter machen. Wovor hatte seine Mutter Angst? Krankenwagen, Taxis, Motorräder, die sie hinter sich ankommen hörte. Vielleicht wusste sie nicht mehr, in welche Richtung sie gehen musste.

«Hier sind wir!», rief Giulia mit der Zufriedenheit einer Mutter nach den ersten Schritten ihres Kindes.

«Du siehst sehr elegant aus, Mama», sagte Viberti, und das stimmte. Martas Stil war einfach und raffiniert: An diesem Tag trug sie ein Kostüm aus anthrazitgrauem Wollstoff und eine cremefarbene Bluse, sie sah nicht wie eine Dreiundachtzigjährige aus.

«Es ist doch keine ärztliche Untersuchung, oder?», fragte sie.

Giulia schüttelte den Kopf. «Darüber haben wir gerade eben gesprochen!»

«Selbst wenn es eine wäre, Mama, du bist tipptopp und wirst uns nicht blamieren», sagte Viberti, während er ihren Arm nahm, sie an sich drückte und sofort wieder losließ, aus Angst, er könnte ihr einen Knochen brechen.

«Wir haben von klein auf gelernt, dass man bei ärztlichen Untersuchungen …», hub Marta an.

«Aber es ist keine!», unterbrach sie Giulia.

«Es ist keine, du musst dich nicht ausziehen, du musst niemandem deine Unterwäsche zeigen», schäkerte Viberti.

«Dummkopf, darum ging es nicht, ich bin tadellos in Ordnung, das wäre ja noch schöner … Wo ist der Eingang? War der immer hier?»

An der ersten Kreuzung zweier Flure verabschiedete sich Giulia und wurde verschluckt von der Menge Patienten in Pantoffeln und Morgenrock und Besuchern, die in ihre Handys schrien. Viberti führte die zunehmend verwirrte Marta zu einer Nebentreppe hinter einem Automaten für Kaffee und Kakao. Sie gingen durch eine Milchglastür zu einem kleinen Aufzug nur für das Personal. Aus seiner Kitteltasche zog er einen Schlüssel, den er sich von der Oberschwester geliehen hatte (er hatte seinen verloren), und drehte ihn in einem Schlüsselloch, das als Schalter fungierte.

Marta beobachtete ihn: «Du bist auch sehr elegant in deinem weißen Kittel.»

«Danke, Mama.»

*Du auch* – sie hatte das Kompliment, das er ihr vorhin gemacht hatte, nicht vergessen und wollte es zurückgeben.

Giulia hatte alles so gut vorbereitet, dass sie nicht mehr ins Wartezimmer mussten. Kaum waren sie auf der Geriatrie angekommen, erkannte ein Pfleger Viberti und stellte sich Marta höflich vor, bevor er sie ins Untersuchungszimmer brachte. «Ich verlasse mich auf dich», sagte Viberti. Marta verschwand hinter der Tür, ohne ihm zu antworten.

Gleich darauf klingelte das Handy, es war Giulia.

«Hast du gesehen, wie ängstlich sie war?»

«Hab ich gesehen.»

«Ich hatte es dir ja gesagt, sie hat Angst, aus dem Haus zu gehen. Das habe ich schon im letzten Winter erkannt, als sie behauptete, es sei zu kalt draußen, und das ist ein untrügliches Zeichen, weißt du.»

«Vielleicht ist es normal für einen alten Menschen, dass er Angst hat, auf die Straße zu gehen. Wenn man dich überfällt und du am Boden liegen bleibst …»

«Red keinen Unsinn.»

«Wovor hat sie dann Angst?»

«Nicht mehr nach Hause zurückzufinden!»

«Sprich leiser.»

«Na gut, wir reden später darüber, aber ich verspreche dir, dass wir drüber reden werden.»

«Was schlägst du vor?»

«Jemand muss Tag und Nacht bei ihr sein.»

«Sie hat doch Angélica.»

«Drei ganze Tage und drei Vormittage, aber von Samstagnachmittag bis Montagmorgen ist Marta allein. Ohne die Zeit abzuziehen, die Angélica bei dir ist. Konntest du dir nicht eine andere Putzfrau suchen? Musstest du unbedingt die von deiner Mutter nehmen?»

«Sie hat oft gesagt, dass sie Angélica nachts nicht bei sich haben will.»

«Du bist ihr Sohn, du bist Arzt, du verordnest es ihr einfach! Das ist doch nicht so schwer, du sagst: ‹Hör zu, Mama, du brauchst jemanden, der dich betreut …›»

«Ich denke drüber nach, warten wir die Untersuchung ab.»

«Die Untersuchung wird nichts ergeben.»

«Warum machen wir sie dann?»

«Um ihr zu zeigen, dass sie krank ist.»

Als wäre plötzlich das Licht ausgegangen. «Wir reden später», flüsterte er und beendete das Gespräch.

Nach zwanzig Jahren im Krankenhaus hatte er sich noch immer nicht an die Blicke der Leute gewöhnt, an die Wirkung, die der weiße Kittel auf unbekannte Patienten ausübte. Er hätte gern ein Schild um den Hals getragen: TUT MIR LEID, ICH KANN IHNEN NICHT HELFEN. Und er würde sich nicht ändern, bis zum Schluss. Ich erinnere mich an ihn, wie er, fast schon in Rente, mit dieser ewig schuldbewussten Miene verstohlen durch das Krankenhaus schlich. Er blickte zu Boden, um sich zu schützen, meistens dorthin, wo die Leiste sich an der Wand in einer leichten Krümmung mit dem Fußboden verband. Er war mit den Gedanken woanders. Manchmal war er so in Gedanken versunken, dass er vergaß, an der richtigen Stelle abzubiegen. *Wenn du dich im Wald verläufst, darfst du vor allem deiner Angst nicht nachgeben und sofort nach dem richtigen Weg suchen, denn damit machst du deine Lage nur schlimmer. Das Erste, was du tun musst, ist, dich hinsetzen, tief einatmen und in aller Ruhe versuchen, den Weg, den du gegangen bist, im Geist zurückzuverfolgen. Dann stehst du auf und suchst nach Spuren, die du auf deinem Weg hinterlassen hast. Wir hinterlassen alle Spuren, niemand kann sich wirklich unsichtbar machen, nicht mal zufällig, sogar den Mann aus der Vorgeschichte, der in einen Gletscher gestürzt ist, hat man am Ende gefunden.*

Cecilia hatte ihm nichts von einer Schwester gesagt, sie hatte ihm die Existenz einer Schwester verschwiegen, sie hatte ihn wie einen Fremden behandelt. Sie hatte ihn nicht nur von ihrem Leben ferngehalten, nicht nur von ihren Kindern ferngehalten.

Er hätte Mattia gern wiedergesehen, seit zwei Jahren hätte er ihn gern wiedergesehen, und sie hatte ihn niemals mit Mattia zusammengebracht. Er hätte ihm gern zu Weihnachten eine neue Parkgarage geschenkt, die er in einem Spielzeugladen gesehen hatte, eine zweistöckige Garage mit Tankstelle und Hebebühne für die Autos, und das war sicherlich die richtige für sein Alter. Aber Cecilia hatte gesagt, Mattia sei zu groß für diese Art Spielzeug.

Er ging in den Umkleideraum, um sich umzuziehen, bevor er seine Mutter abholte und nach Hause brachte.

«Weißt du», sagte Marta im Fahrstuhl, «auch an der Universität habe ich immer 29 Punkte bekommen, ich war nie gut genug für die 30, vielleicht waren die Professoren aber auch gemeiner als heute, aber hier ist das ein ausgezeichnetes Ergebnis.»

«Du hast wieder 29 beim Mini-Mental-Status-Test bekommen? Wirklich?»

«Scheint dir das so unmöglich? Ich bin ja nicht dumm, nur mein Gedächtnis macht mir Probleme.»

«Natürlich, Mama, ich wollte nicht sagen, dass du dumm bist.»

Später sollte er mit der ganzen Familie bei Giulia zu Abend essen, doch er war gerade aus der Dusche gekommen, als es an der Tür klingelte. Durch den Spion sah er Giulia als Karikatur, ein Riesenkopf auf einem umgekehrten Kegel als Körper, eine noch unleidlichere und mit der Welt noch mehr im Streit liegende Version der Giulia, die einen Augenblick später in ihrer normalen Gestalt durch die offene Tür trat.

Sie sagte, sie sei heraufgekommen, um allein mit ihm zu sprechen, und Viberti wagte nicht einmal, sie um zwei Minuten Zeit zum Anziehen zu bitten, er bot ihr einen Platz in seiner spartanischen Küche an und setzte sich zu ihr, mit nassen Haaren, im Bademantel. Sie hatte jemanden gefunden, der nachts bei Marta bleiben konnte, eine Peruanerin, eine Cousine von Angélica, vielleicht aber auch eine Freundin, eine Nichte oder eine Stieftochter. «Bei diesen Leuten kapiert man ja nie, wo die Familie anfängt oder aufhört.» Das Gleiche hätte man von ihrer eigenen Familie sagen können, aber Viberti hütete sich, sie darauf hinzuweisen. Angélicas Cousine, María, konnte sofort anfangen, aber man musste sie im Voraus buchen, ihr vielleicht einen Vorschuss geben, sich die Gelegenheit nicht entgehen lassen, zur Eingewöhnung tagsüber mit der Pflege beginnen.

Marta war strikt dagegen, tausendmal hatte sie gesagt, sie wolle keine Fremden in der Wohnung, dann könne sie nicht ruhig schlafen. Aber im Januar hatte sie eines Nachts gegen drei Uhr vor Giulias Tür gestanden, in den Mantel mit Pelzkragen gehüllt, eine Strickmütze auf dem Kopf und am Arm eine Krokodilledertasche, die sie aus den Tiefen irgendeines Schranks gefischt hatte: «Ich verstehe nicht, warum Angélica immer noch nicht da ist, kannst du ihr bitte ausrichten, dass ich rausgehen musste, eine Besorgung machen?» Ihre Uhr war am Vorabend auf zwanzig nach neun stehengeblieben, und sie hatte nicht nur nicht bemerkt, dass die Zeiger keine Anstalten machten, sich von dieser Uhrzeit wegzubewegen, sie hatte sich auch nicht darüber gewundert, dass es noch stockfinster war. Sie dachte, es wäre neun Uhr morgens. Was war besorgniserregender, dass sie sich nicht erinnerte, dass sie Angst hatte, aus dem Haus zu gehen, oder dass sie ihre Schwester im Krankenhaus besuchen wollte, die vor zehn Jahren gestorben war? Am nächsten Abend hatte Marta mit Viberti darüber gelacht. «Stell dir vor, letzte Nacht war ich doch tatsächlich überzeugt, dass Tante Bruna noch lebt. Wie dumm ich bin!»

Viberti gab zu, dass ihr Zustand sich verschlechtert hatte, auch wenn die Symptome widersprüchlich waren. Schwerwiegende Episoden wie die im Januar hatten sich nicht wiederholt, aber Giulia neigte dazu, jedes Zeichen von Verschlechterung für irreversibel zu halten. Viberti behauptete, dass Marta allein zurechtkam, wenn Angélica ihr im Haushalt und in der Küche half. Den größten Teil des Tages über wirkte sie ganz und gar nicht dement, und beim Mini-Mental-Test hatte sie keinen Punkt eingebüßt. Eines Morgens hatte Giulia sie jedoch mit drei eingeschalteten Herdplatten überrascht, auf denen zwei Töpfe voller Gemüse kochten. «Ich hatte nichts fertig Gekochtes für Claudio», hatte sie gesagt. Giulia schien immer dann besonders wütend zu werden, wenn in der Altersdemenz ihrer Schwiegermutter mütterliche Gefühle und Instinkte wieder hochkamen.

«Unglücklicherweise haben manche Frauen in ihrem Leben zur gleichen Zeit mit dementen Müttern und ihren eigenen Wechseljahren zu tun», hatte Antonio zu Viberti gesagt.

«Aber Giulia ist vierzig, und Marta nicht ihre Mutter.»

«Verfrühte Wechseljahre.»

In letzter Zeit hatte Giulia die Gewohnheit angenommen, auf einem um neunzig Grad gedrehten Stuhl am Tisch zu sitzen. Sie ertrug es nicht mehr, wenn ihre Beine unter dem Tisch steckten, als litten die Beine an Klaustrophobie. Viberti, der sich vorsichtshalber auf die andere Seite gesetzt hatte, sah sie im Profil, sie sprach fast immer zur Balkontür gewandt, nur manchmal drehte sie sich zu ihm um.

«Wunderbar, wir buchen sie sofort», sagte Viberti.

«Von wegen wunderbar», sagte Giulia, «glaub nicht, dass du so leicht davonkommst. Du musst es ihr sagen.»

«Ist gut, ich sage es ihr.»

«Und wenn sie ablehnt?»

«Überrede ich sie.»

Giulia starrte ihn an. Sie wurde laut: «Glaub ja nicht, dass das so leicht ist. Schlag dir das aus dem Kopf, dass es leicht ist, denn wenn du sie nicht überreden kannst, garantiere ich für gar nichts mehr. Geeignete und verfügbare Pflegekräfte findet man nicht an jeder Straßenecke.»

«Du hast recht», sagte Viberti, «wenn ich sie nicht überreden kann, verpflichte ich mich feierlich, innerhalb von zwei Wochen jemand anderen zu finden.»

«Dein feierlich kannst du dir sonst wo hinstecken», sagte Giulia kopfschüttelnd.

Der Tag war lang gewesen, und er war noch nicht zu Ende. Viberti sagte, er müsse sich unbedingt die Haare trocknen, er sei gleich wieder da. Am Morgen hatte er eine Mail von Silvia Re bekommen. Er hatte ihr noch nicht geantwortet, aber er hatte die Nachricht ausgedruckt und in seine Kitteltasche gesteckt, damit er nicht vergaß, am Abend und am nächsten Tag in Ruhe zu antworten. Manchmal stieß er mit der Hand an das Papier, erinnerte sich nicht, was das war, und las die Mail noch einmal. Während des Tages hatte er sie mehrmals gelesen und las sie auch jetzt, als er vor dem Waschbecken stand, dann ließ er sie auf dem Hocker daneben liegen.

Er betrachtete sich im Spiegel und rief, ohne den Föhn auszuschalten: «Ich spreche heute Abend mit ihr. Sie sagt ja, du wirst schon sehen.»

Er kehrte in die Küche zurück und fand Giulia in unveränderter Haltung.

«Ich spreche heute Abend mit ihr. Sie sagt ja, du wirst schon sehen.»

Er reckte sich, indem er die Arme ausbreitete, dann rieb er sich die Augen. Als er sie wieder öffnete, sah er, dass Giulia ihn beobachtete. Mit einer bewusst beiläufigen Bewegung schloss er die Zipfel des Bademantels und verbarg das bisschen nackte Brust, das er versehentlich gezeigt hatte.

«Du bist schon immer schamhaft gewesen.»

«Es gibt nichts Schönes zu sehen.»

Dennoch war Giulia nach der Trennung eine Zeitlang drei oder vier Mal im Jahr, auch nachdem sie wieder geheiratet hatte, die zwei Stockwerke heraufgekommen und zu ihm zurückgekehrt. Auch das waren im Grunde Rückfälle.

Nach kurzem Zögern sagte Giulia: «Sie wird ja sagen. Dir kann sie nichts abschlagen.»

Dann stand sie auf und bat ihn, er möge bitte nicht im Bademantel herunterkommen, er sehe tatsächlich nicht besonders gut aus.

Das Abendessen hätte fast mit einer Katastrophe geendet. Viberti sprach in Giulias Arbeitszimmer mit Marta, erzählte ihr, Angélica habe eine Cousine, die Arbeit suche, und sie hätten versprochen, ihr zu helfen. Marta legte eine ungeahnte Geistesschärfe an den Tag und antwortete, das habe sie erwartet, sie wusste, dass sie noch einmal versuchen würden, ihr jemanden ins Haus zu setzen, und sie sei ihnen gar nicht böse, um Himmels willen, «Ich weiß, dass ihr nur das Beste für mich wollt», aber sie brauche niemanden. Viberti schlug ihr eine Probezeit vor, doch Marta nahm ihn an der Hand und führte ihn aus dem Zimmer. «Das Abendessen ist fertig, du bist bestimmt hungrig und wirst es sowieso nicht schaffen, mich zu überreden.» Viberti hatte wirklich großen Hunger.

Bei Tisch hielt Giulia eine leidenschaftliche Schmährede gegen den Diätwahn. Marta sagte, die Leute seien früher dünner gewesen, weil es nicht so viel zu essen gab. Alle lächelten. Viberti fragte: «Erinnerst du dich, Mama, wie dünn ich als kleiner Junge war?»

Marta antwortete, Viberti sei immer ziemlich pummelig gewesen. Ja, sie habe sogar befürchtet, er hätte den Körperbau von seinem Großonkel, dem Diabetiker, geerbt.

Viberti begann, unruhig auf seinem Stuhl hin und her zu rutschen. «Dick? Nein, Mama, du verwechselst etwas. Ich war dünn wie ein Streichholz.»

«Ach was. Alle nannten dich Dickerchen …»

*«Dickerchen?»*

Die anderen fingen an zu lachen, aber Viberti nahm es gar nicht gut auf. Giulia machte ihm ein Zeichen, er solle das Thema fallenlassen, endlich einmal konnte sie Martas verwirrten Geist entschuldigen, und sie nutzte die Gelegenheit.

«Ich habe immer gedacht, du seist als Reaktion auf den Tod deines Vaters so dick geworden. Zum Glück ist dann Stefano Mercuri aufgetaucht und hat dich manchmal zum Tennisspielen mitgenommen.»

Viberti schüttelte den Kopf. Giulias Mann reichte ihm die Schüssel mit der Pasta. «Noch ein paar Tagliatelle, Dickerchen?» Alle lachten.

Nach dem Essen kam ihm eine Idee. Vielleicht hatte Marta seinen Überredungsversuch schon vergessen, vielleicht konnte er es noch einmal probieren, als fragte er sie zum ersten Mal. Er ging zu ihr ins Wohnzimmer, wo sie mit dem Kind Karten spielte, und wiederholte seine Rede von vorhin. Tatsächlich schien die Mutter sich nicht zu erinnern, dass ihr Sohn sie vor einer Stunde gebeten hatte, nachts eine peruanische Betreuerin in ihre Wohnung zu lassen, doch sie reagierte mit mustergültiger Konsequenz auf exakt die gleiche Weise.

Die vergangene und vergessene Zeit schlüpfte aus Martas Verstand hervor wie ein Flaschengeist und ballte sich um Viberti zusammen, der nicht mehr wusste, was er sagen sollte, zum dunklen Flur blickte und Giulias Umriss vorbeigehen sah. Lauschte sie?

Vielleicht hatte Marta nur so getan, als erinnerte sie sich nicht. Die Altersdemenz macht uns alle dement, dachte er. Er hatte seine Rede wiederholt, als könnte er sich nicht erinnern, dass er sie gehalten hatte, die Mutter hatte geantwortet, als hätte sie vergessen, dass sie bereits geantwortet hatte, oder als erinnerte sie sich sehr gut und hätte nur so getan, als antworte sie zum ersten Mal, *genauso wie* beim ersten Mal. Demenz durchdringt die Menschen und Dinge, sie diktiert eine neue Ordnung.

Er beugte sich vor, nahm die knochigen Hände der Mutter, die dünne, mit Flecken übersäte Haut, und spürte, ohne es zu wollen, ihren Puls, ihre Bradykardie.

«Ich weiß sehr gut, dass du niemanden brauchst. Es ist eine Beruhigung für uns, verstehst du? Wir möchten dir ja gern Gesellschaft leisten, aber wir können nicht. Tu es für uns, nimm diese Person bei dir auf. Ich bitte dich darum.»

Marta war sehr beeindruckt. Sie sah Viberti an, und in ihren wunderschönen blauen Augen glänzten Tränen. Plötzlich sagte sie: «Gut, ich bin einverstanden.»

«Du willigst ein?»

«Wenn ich dir damit einen Gefallen tun kann. Du hättest mir früher sagen können, dass ich es für euch tun soll. Denn in Wirklichkeit brauche ich niemanden. Ich habe nur mein Gedächtnis verloren.»

Viberti umarmte sie, schmächtig war sie und klein, leicht zu umschlingen, er küsste sie. Dann fragte er: «Sag mal, stimmt es, dass du mich Dickerchen genannt hast?»

Zwei Tage später kehrte er nachmittags mit einer Gardenie nach Hause zurück, die er am Infostand einer therapeutischen Gruppe für Drogenentzug vor dem Krankenhaus gekauft hatte, stellte sie zwischen die anderen Blumentöpfe auf dem Balkon und setzte sich wieder in seinen Korbstuhl, um in die Innenhöfe zu schauen. Sein Blick wanderte über die Trennmauern, die Ecken, die Glasscherben, die Kletterpflanzen, die Fensterfront des Fitnesscenters und das Dach des Lagerhauses. Nach einem sehr hellen Tag erschienen die Dinge nun wie mit einer opaken Patina überzogen, als wären die Farben der Welt seit jeher erloschen oder kühlten langsam ab, wie die gebrochenen oder vergessenen Versprechen des Vormittags. Er konnte stundenlang auf diesem Stuhl sitzen, und er hätte es getan, wenn er nicht ins Bad gemusst hätte. Beim Händewaschen entdeckte er auf dem Boden unter dem Hocker das Blatt mit der Mail von Silvia, feucht und faltig wie ein altes Pergament. Er hatte keine Lust, einen Roman zu lesen, in dem ein Koch die Menschen manipulierte, was auch immer das Verb manipulieren in diesem Fall bedeuten mochte (Viberti vermutete, es bedeutete «kochen»). Aber er wollte sich bei ihr bedanken, weil sie Cecilias Schwester war und weil sie freundlich gewesen war.

Bevor er es sich anders überlegte oder wenigstens gründlicher über die Sache nachdachte – und sich ausmalte, wie das Telefonat ablaufen könnte –, hatte er schon die Handynummer gewählt, die Silvia in der Mail geschrieben hatte, und einen Augenblick später hörte er bereits, unvorbereitet und seine impulsive Handlung bereuend, die Geschichte von den außergewöhnlichen, verrückten Umständen, unter denen das Buch zum Vorschein gekommen war. Es hatte auf dem Dachboden ihrer Mutter gelegen, im hintersten Winkel versteckt, und Silvia hatte es zufällig entdeckt, während sie ein anderes Buch suchte, das sie für ihre

Arbeit brauchte – und das war nur einen Tag nach ihrer Begegnung passiert. «Also war es Schicksal.» Claudio sagte, es sei sehr nett von ihr gewesen, ihm zu schreiben, das Buch interessiere ihn, obwohl er im Moment viel Arbeit habe und keine Zeit zum Lesen, aber vielleicht eignete es sich als Sommerlektüre, das Buch würde ihm nützen, um es im Urlaub mit dem Essen nicht zu übertreiben.

«Ich nehme im Urlaub immer ab», unterbrach sie ihn, «wie schaffst du es, im Urlaub zuzunehmen?»

Das wisse er nicht, sagte er, vielleicht esse er mehr, vielleicht esse er Sachen, die dick machten.

«Zum Beispiel?»

«Ich esse viel Pasta.»

«Stimmt, in den Ferien ist immer jemand mit dabei, der eine besondere Soße zubereiten kann.»

Viberti sagte, dass Pasta auch ohne besondere Soße das schnellste Gericht sei, das man kochen könnte.

«Ich habe mal Pasta ganz ohne Soße gegessen. Schrecklich. Und Süßigkeiten? Süßigkeiten machen dick.»

«Ich esse nicht viel Süßigkeiten.»

«Du isst keine Süßigkeiten im Urlaub?»

«Ich glaube nicht.»

Er begann die Last dieser idiotischen Unterhaltung zu spüren, beim ersten Mal war es amüsant gewesen, man durfte so was nicht wiederholen. Eine zweite Gelegenheit würde Cecilias exzentrische Schwester in eine geschwätzige Unbekannte verwandeln.

Silvia schien seine Ungeduld zu ahnen und sagte, sie könne mit dem Buch sowieso nichts mehr anfangen, sie würde es ihm leihen oder vielleicht schenken, solle Cecilia es ihm ins Krankenhaus bringen oder wolle er lieber vorbeikommen, um es sich abzuholen? Doch recht bedacht brauchten sie sich dafür gar nicht extra verabreden, sie könne es in ihren Briefkasten tun, es sei ein Taschenbuch, klein wie ein Gebetbuch, der Schlitz sei groß genug und der Briefkasten werde nie verschlossen, also könne Viberti das Buch jederzeit holen kommen, auch wenn sie nicht zu Hause war, aber auch wenn sie zu Hause war und er es eilig hatte, weil er in der zweiten Reihe geparkt hatte, könne er durch die Haustür gehen und sich das Buch schnell aus dem Briefkasten holen, an einem beliebigen Tag in dieser oder der nächsten Woche, sie würde es auf jeden Fall am nächsten Morgen in den Briefkasten legen, denn heute Abend habe sie nicht vor, aus dem Haus zu gehen.

«Ja», sagte Viberti, «so machen wir es.»

Vielleicht war es unmöglich, mit dieser Frau ein Minimum an Klarheit herzustellen, ihre Undurchschaubarkeit war das Gegenteil und die Ergänzung zu der ihrer Schwester. Die eher verschwiegen als undurchschaubar war. Na ja, im Endeffekt lief beides aufs Gleiche hinaus.

«Wie denn nun?» Sie ließ nicht locker.

«Ich komme es in den nächsten Tagen holen, wo wohnst du?»

So entdeckte Viberti, dass Silvia in einem Viertel nördlich vom Zentrum wohnte, das nicht weiter als eine halbe Stunde Fußweg von seinem Viertel entfernt lag, eine Gegend, die er gut kannte, weil Stefano Mercuri vierzig Jahre dort gelebt hatte, bis er endgültig ans Meer gezogen war. Eine halbe Stunde Fußweg, wenn man so schnell ging wie er damals als Zwanzigjähriger. Viberti hatte Mercuri oft vor seinem Haus abgeholt, und von da waren sie zusammen zu den Tennisplätzen eines nahegelegenen Sportvereins gegangen. In kurzer Hose, Sporthemd und Schuhen, an denen noch roter Sand klebte, den Tennisschläger wie ein Gewehr unterm Arm, war er zu Hause aufgebrochen.

«Ich kenne die Gegend gut, dort wohnte ein Freund unserer Familie, es ist nicht weit von meiner Wohnung», sagte er.

Sie sprachen noch eine Weile über die beiden benachbarten Viertel. Silvia hatte eine Freundin, die in Vibertis Gegend wohnte, und sie wiederholte mehrmals, wie sehr auch sie über diesen Zufall gestaunt hatte, bis Viberti zu der Überzeugung kam, dass es absolut nichts Außergewöhnliches war, es war kein Zeichen, es bedeutete gar nichts.

Doch kaum war das Gespräch beendet, dachte er mit Schrecken an den einsamen Abend, der ihn erwartete, er dachte an die milden Temperaturen und die frische Abendluft, er dachte an die Strecke, die er vor zwanzig Jahren zu Fuß zurückgelegt hatte, stolz über die Blicke, die die Leute ihm zuwarfen, und auch ein bisschen besorgt, jemand könnte ihn festhalten und ihm den Schläger oder die Schuhe stehlen. Damals war das Klauen von Daunenwesten, Mofas und Brieftaschen an der Tagesordnung, heute würde niemand mehr auf einen Jungen in Tenniskleidung auf der Straße achten. Seine Mutter sagte immer: «So läufst du rum? Schämst du dich denn nicht?» Es klang nicht wie ein Vorwurf, sie war ehrlich erstaunt, dass ihr Sohn sich nicht schämte, in kurzen Hosen auf die Straße zu gehen (ihr Sohn schämte sich, weil Tennis kein Sport für Linke war, und er hatte beschlossen, links zu sein wie Mercuri, dem es allerdings herzlich egal war, welchen Ruf das Tennisspielen hatte).

Ihm fehlte nichts fürs Abendessen, er musste nicht rausgehen. Aber er hatte keine Lust zu kochen, keine Lust, sich allein zu Tisch zu setzen, keine Lust, den Abend auf dem Balkon zu verbringen und in die Höfe zu schauen, bis es dunkel wurde, um dann im Fernsehprogramm nach einem Fußballspiel zu suchen. Er zog seine Tennisschuhe an, ein grünes Polohemd von Lacoste und blaue Shorts. Es waren keine Shorts wie die, mit denen er als Sechzehnjähriger aus dem Haus gegangen war, die gab es nicht mehr. Er nahm die Schlüssel, das Portemonnaie und das Mobiltelefon und zwängte alles in die kleinen Taschen der Shorts. Dann trat er aus der Tür und hoffte, nicht Giulia, seiner Mutter oder einer der Pflegekräfte im Treppenhaus zu begegnen. Die Luft des Spätnachmittags war wirklich frisch und die Temperatur milde, die Dinge waren nicht mit einer grauen Patina überzogen, sondern sahen weich und einladend aus, Kanten und Ecken waren abgerundet, Linien verschwommen, als wäre alles mit Samt oder Frotté oder einem besonderen Gummi verkleidet, um die alltäglichen Stürze abzudämpfen.

In Schuhen aus dem Haus zu gehen, an denen noch der rote Sand klebte, stimmte ihn fröhlich. Er hatte sogar Lust zu lachen, am liebsten mit Cecilia, er hätte sie gern auf diesen nostalgischen Spaziergang mitgenommen, auf die Straßen voller Menschen, dann unter die Alleebäume, auf die Piazza mit dem Reiterstandbild, das früher mit Guano besprenkelt war und jetzt schwarz glänzte, und wieder zurück unter die dicht mit Blättern und weißen, konischen Blüten besetzten Bäume, die ihr pralles Laub aber noch immer nicht müde waren. Er rekapitulierte: März bis April: Ihnen wuchsen Blätter; April bis Mai: noch mehr Blätter; Mai bis Juni: Es wurden zu viele, oder vielleicht wurden die Blätter, die sie schon hatten, noch größer, und man sah, dass sie sich schwertaten, innerhalb weniger Tage schlug ihr blühendes Gedeihen in Übergewicht um. Doch jetzt waren die Bäume noch nicht träge und übergewichtig, jetzt, Anfang Mai, standen sie in üppiger Blüte, waren hoch, gesund und stark, einige beleibt, andere schlank, und während Viberti unter ihren noch jungen Kronen durch die in der Luft schwebenden Wolken aus wolligem Blütenstaub hindurchging, kam er an die Grenze des Viertels, in dem Mercuri früher gewohnt hatte.

Er ging durch die Straße, wo damals ein Kino gestanden hatte, dort hatte er samstags und sonntagnachmittags mit seinem Freund viele Filme gesehen, an Regentagen oder nach dem Tennis. Ohne lange zu diskutieren, was sie sehen wollten, hatten sie sich dem Zufall anvertraut, wie es damals üblich war, denn sie gingen nicht *ins Kino*, sondern in *dieses Kino*, egal, welcher Film auf dem Programm stand. Immer wenn Viberti an dieses Kino dachte, fiel ihm ein Film ein, der für unter Sechzehnjährige verboten war, sein erster verbotener Film (er war damals fünfzehn). Mercuri hatte die Altersbeschränkung nicht bemerkt, einfach weil für ihn feststand, dass in diesem Kino nur Filme für alle liefen. Und er dachte, es sei ein Krimi, «Ich dachte, es sei so ein Agatha-Christie-Krimi», hatte er Marta erklärt. «Hast du dich erschrocken, gab es etwas zum Fürchten?», hatte die Mutter ihn gefragt. Viberti hatte bejaht, die Geschichte von der Wiedergeburt habe ihm ein bisschen Angst eingejagt, aber dann habe er verstanden, dass es Einbildung war, das hatte Mercuri ihr auch bestätigt. Was ihn dagegen verstört hatte (Marta hatte er es nicht gesagt), war der eigentliche Grund für die Altersbeschränkung: einige ziemlich freizügige Sexszenen (so waren sie ihm jedenfalls vorgekommen). Er hatte noch nie gesehen, wie ein Mann und eine Frau sich liebten, natürlich wurden die Genitalien nicht gezeigt, aber man sah die beiden nackten Liebenden, die sich umarmten, stöhnten und wie die Tiere keuchten. Viberti war verlegen, aber es machte ihn fast noch verlegener, dass Mercuri peinlich berührt war, er merkte genau, wie der Freund nervös auf seinem Sitz hin und her rutschte. Mercuri verlor danach kein Wort über diese Szenen. Als sie in das Licht des Nachmittags hinaustraten, schüttelte Mercuri den Kopf und sagte immer wieder beschämt: «Was für ein schlechter Film. Ich dachte, es wäre ein Krimi, weil der Titel lautete *Das Geheimnis der …*»

Im Film träumte ein junger Mann immer wieder, er sei ein Anderer und würde mitten in einem See von einer Frau mit dem Ruder erschlagen. Die Frau saß in einem Boot, angekleidet, während der Mann im Traum nackt in das dunkle, ölige Wasser des Sees gesprungen war. Er lachte, vielleicht lud er die Frau ein, zu ihm ins Wasser zu kommen, es war ein herausforderndes, kein glückliches Lachen. Das Gesicht der Frau war kalt und undurchdringlich, vielleicht auch wütend und entsetzt (in Wirklichkeit erinnerte sich Viberti nicht mehr an das Gesicht der Frau, nur an das Lachen des Mannes). Der junge Mann glaubte, dass die Geschichte, die er geträumt hatte, wirklich passiert war, er machte sich auf die Suche nach dem Haus am See, das er im Traum gesehen hatte, und fand es. In dem Haus wohnte die Frau aus seinem Traum, vierzig Jahre älter, mit ihrer Tochter. Der junge Mann verliebte sich in die Tochter und schlief mit ihr, die Mutter, die erkannt hatte, dass ihr Mann, den sie vor vierzig Jahren ermordet hatte, in diesem Unbekannten wiedergeboren war, brachte auch ihn um. Eine verrückte Geschichte, hätte Cecilia gesagt.

Und er brauchte nur noch um die Ecke gehen, um vor dem alten Haus von Mercuri zu stehen, unglaublich, dass sein Name vom Klingelbrett an der Haustür verschwunden war. Und zwei Häuserblocks später musste er nur noch einmal nach links abbiegen, um die Adresse zu finden, wo Silvia wohnte. SILIVA K. RE stand auf dem Namensschild neben der Klingel. Was auch immer dieses K bedeutete, es passte zu ihrer pilzförmigen Frisur, mit der sie größer erscheinen wollte.

Jetzt, wo er angekommen war, hatte er keine Lust mehr, einzutreten. Vielleicht steckte das Buch noch nicht im Briefkasten, war Silvia zu Hause oder war sie ausgegangen? Er erinnerte sich nicht, was sie gesagt hatte, denn er hatte ihr nicht zugehört.

Vielleicht war sie mit Cecilia essen gegangen, er stellte sich die beiden in angeregter Unterhaltung vor, wie wahrscheinlich an dem Mittag in der Bar, als er sie zusammen überrascht und, nach Cecilias schlechter Laune zu urteilen, gestört hatte. Ein Mal zu klingeln war also nicht allzu gefährlich, vermutlich war Silvia nicht zu Hause.

Aber sie antwortete sofort durch die Gegensprechanlage, fragte, was er hier machte, sagte, er solle heraufkommen, und öffnete die Tür. Viberti suchte in Gedanken nach einem Vorwand, der sein plötzliches Erscheinen rechtfertigte, nachdem er am Telefon behauptet hatte, er habe keine Zeit zum Lesen, konnte er schlecht so tun, als sei er begierig nach dem Buch. Das Innere des Hauses ähnelte dem Haus, in dem Mercuri gewohnt hatte, Gebäude aus dem Ende des 19. Jahrhunderts, alte, solide Wohnhäuser für Handwerker und Angestellte, später vielleicht für Eisenbahner, der Bahnhof war nicht weit weg. Jetzt waren es alte, immer noch solide, aber etwas heruntergekommene Häuser, schmutzig und leicht modrig, mit dem Geruch nach feuchten Mauern und sauer gewordenem Wein, der aus den Kellern ins Treppenhaus aufstieg. In den Wänden steckte der Geruch von Leben, die mit Kochen, Waschen und Zigarettenrauchen auf dem Treppenabsatz verbracht worden waren. Potenzielle «Gründerzeithäuser», die auf die Gentrifizierung warteten. Es war zwecklos, Vorwände zu erfinden, er würde sagen, er sei neugierig geworden und habe das alte Viertel wiedersehen wollen.

Der Fahrstuhl fuhr nur bis zum vierten Stock, in den fünften führte eine Treppe. Dachböden, in Ein- oder Zweizimmerwohnungen verwandelt. Eine Tür, grellrot gestrichen wie ein Notausgang, öffnete sich im selben Augenblick, als er auf dem Treppenabsatz ankam. Silvia trug ein sehr weites schwarzes Hemd über einem grauen T-Shirt und schwarze Jeans mit weißen Nähten, die wie frisch gekauft aussahen. Ihre Haare wurden nicht mehr von dem schwarzen Band zusammengehalten, jetzt standen sie ihr anarchistisch nach allen Seiten vom Kopf ab. Sie beugte den Oberkörper leicht vor und massierte sich die Schenkel, sagte, sie müsse dieser Hose, die zu steif und eng sei, eine akzeptable Form verleihen. Sie finde nur selten Kleider, die ihr auf Anhieb passten, sie habe keine Standardgröße, entweder sei sie falsch gebaut oder alle anderen.

Viberti grinste wie ein Idiot. Er dachte, er hätte sie sich bei ihrer ersten Begegnung genau angeschaut, und sei zu dem Schluss gekommen, dass sie nicht so schön war wie Cecilia, und vielleicht stimmte das, sie war nicht schön wie Cecilia, aber sie war ihr sehr ähnlich. Nicht nur in den Gesichtszügen, sondern auch in der Art, wie sie sich bewegte, Hände und Kopf bewegte, das hatte er beim ersten Mal nicht bemerkt oder nicht bemerken wollen, und jetzt verwirrte ihn diese Ähnlichkeit.

Silvia lebte in einer Zweizimmerwohnung, das Zimmer, in dem sie standen, hatte eine Kochnische, eine Ecke mit Sofa und Fernseher, eine Ecke mit Schreibtisch und Computer und an einer Seite die Tür, und alle Ecken glichen sich, denn jedes Möbelstück und jeder Meter Wandfläche waren mit Büchern bedeckt.

«Hast du die alle gelesen?», waren Vibertis erste Worte.

«Ich arbeite für drei Verlage», sagte Silvia, als wollte sie die Bücherberge damit begründen. Sie machte eine Handbewegung zu den Papierstapeln auf ihrem Schreibtisch hin, die offenbar bedeutete: *Weg hier, verschwindet!*

«Du korrigierst die Fehler.»

«Im Grunde ja», sagte sie und reichte ihm das Buch.

Viberti nahm es in die Hand, bedankte sich. Er blätterte darin, ohne etwas anderes zu sehen als vergilbte Seiten ohne eine einzige Abbildung.

Silvia sagte, sie habe nicht verstanden, ob die Sache ihn wirklich interessierte, am Telefon schien es, als wäre das Buch ihm inzwischen völlig egal, und jetzt tauchte er plötzlich auf.

Viberti lächelte. «Nein, nein», sagte er, was keine richtige Antwort war. Er drehte sich zu einem Plakat an der Eingangstür um, fragte, woher sie das habe. Die Schrift war chinesisch oder japanisch, und es zeigte viele kleine Fischstücke, rot, orange und weiß.

«Das ist eine Gedenktafel», sagte Silvia.

Viberti verstand nicht, aber da er es gewöhnt war, nicht nach Erklärungen zu fragen, wenn die Patienten unverständliche Sätze sagten, bemerkte er nur: «Ich habe noch nie Sushi gegessen.»

«Du hast noch nie Sushi gegessen? Das glaube ich nicht!»

«Ich habe noch nie ein japanisches Restaurant betreten.»

«Dann bist du auch noch nie in Japan gewesen.»

«Hätte ich sollen?»

«Im Zentrum gibt es ein paar gute japanische Restaurants, ich schicke dir die Adressen.»

Viberti wollte schon sagen, sie könnten ja mal zusammen mit Cecilia japanisch essen gehen, dann kam ihm die Idee dumm vor, und er murmelte: «Ich will dir nicht noch mehr Zeit stehlen.»

Silvia sagte, er störe sie nicht, an diesem Abend würde sie nicht mehr arbeiten. Sie fügte nichts mehr hinzu, hatte sich unterdessen aber der Tür genähert.

Viberti folgte ihr, und als sie die Tür öffnete, ging er auf den Treppenabsatz hinaus.

Er drehte sich um, hob das Buch des Kochs hoch und bedankte sich noch einmal. «Ich melde mich bei dir.»

Sie verabschiedeten sich fast flüsternd, als wäre es beiden peinlich, nicht mehr Interesse aneinander gezeigt zu haben.

Viberti ging die Treppen bis ins Erdgeschoss hinunter und überlegte, ob er etwas Falsches gesagt hatte oder ob es falsch gewesen war, etwas anderes gesagt zu haben.

Doch als er draußen war, hörte er auf, an Silvia zu denken und ging langsam und gedankenverloren auf die belebteren Straßen des Viertels zu, wo an Werktagen vormittags Markt war, wo es Restaurants gab und die Lebensmittelgeschäfte noch geöffnet hatten. Hier hätte er etwas zum Abendessen kaufen können, obwohl er nichts brauchte. Er kam an einer alten Milchhandlung vorbei und wunderte sich, dass es die noch gab. Durch die Schaufenster beobachtete er die Leute im Ladeninneren, die eilig letzte Besorgungen machten. Sie wedelten mit den Nummern, die ihnen einen Platz in der Warteschlange sicherten. *Manchmal sehe ich jemanden auf der Straße, der Eindruck auf mich macht, und denke: In fünf Minuten werde ich ihn vergessen haben. Und gleich darauf packt mich eine Art Panik. Oh Gott, denke ich, jetzt werde ich den nie mehr vergessen. Mit den Patienten ist es anders, an einige Fälle erinnert man sich gezwungenermaßen, sie dringen in dich ein wie Splitter unter die Haut, verursachen keine Entzündung, wollen aber nicht mehr herauskommen, sie bleiben dort und werden irgendwann ein Teil von dir.* Abends fast immer allein zu essen, verdarb ihm nicht den Appetit. Die eingelegten panierten Schnitzel, die Pastete mit Eiern und Spinat, den mit Girlanden aus Mayonnaise geschmückten russischen Salat, die Schinkenröllchen in Gelatine und die Hackbällchen mit Soße aus Tomaten und Minze, die er gerade in einem Schaufenster gesehen hatte, hätte er auch gern gegessen. Er spazierte weiter durch die Straße, ohne sich entscheiden zu können, ob er kehrtmachen oder den Weg nach Hause einschlagen sollte.

Nach Hause zurückzukehren, war an diesem Abend unmöglich, es war einfach zu traurig. Vielleicht sollte er in einem

Restaurant essen. So wie er angezogen war, ging das aber nicht. Außerdem fürchtete er, einem früheren Patienten zu begegnen, der ihn aus Dankbarkeit zum Essen einladen würde. Oder jenem siebzigjährigen Sohn, der ihn angezeigt hatte und ihm seither alljährlich am Todestag seiner Mutter einen Brief schickte, in dem er mit einer von Jahr zu Jahr kolossaleren Handschrift schrieb, er würde niemals vergessen.

Er erinnerte sich genau an das Gefühl der Geborgenheit, das er als Junge verspürt hatte, wenn er mit Mercuri durch das Viertel ging, beide im Tennisdress, den Schläger auf dem Rücken. Die Ruhe, die Mercuris regelmäßige Anwesenheit ihm geschenkt hatte, und die Ruhe, die er Marta geschenkt hatte. Sie hatte sich nicht mehr einsam gefühlt, alleingelassen mit einem Sohn, den es großzuziehen galt, in jeder Notlage würde ihr alter Freund für sie da sein, und der alte Freund war da gewesen, war nie weggezogen. Viele Jahre später erst war er weggezogen, als er mit zweiundsiebzig in den Ruhestand ging. «Jetzt sag mir bloß nicht, dass du dich von Mercuri verraten fühlst», hatte Viberti lachend gesagt, «sag mir jetzt nicht, dass der Alte nicht ans Meer ziehen durfte.»

Unweit von hier gab es eine Marienkirche, wohin Mercuri ihn oft auf dem Rückweg nach dem Tennis mitgenommen hatte, um ihm die Votivtafeln zu zeigen, die die Kapellen schmückten. Mercuri war nicht gläubig, aber er liebte Votivtafeln wegen der Geschichten, die dahintersteckten. Er erzählte, dass er sich im Sommer, auf dem Heimweg nach der Arbeit im Krankenhaus, oft in das kühle Halbdunkel dieser Kirche gesetzt habe, um ein bisschen zur Ruhe zu kommen. Dort hatte er sich einer bestimmten Übung unterzogen: sich ein anderes Leben vorstellen, das Leben eines anderen Menschen, ein dramatisches Ereignis, einen Unfall, eine Gefahr, der dieser Mensch entronnen war, und wie er sich dann aus Dankbarkeit gegenüber der Muttergottes das kleine Tafelbild oder die kleine Skulptur ausgedacht hat. Viberti hatte sich in der Kirche nie wohl gefühlt, natürlich wegen der kurzen Hosen. Oder wegen der Gefahr, die immer nach dem Tennisspielen drohte, nämlich dass Mercuri mit ihm in ihre Wohnung kommen wollte und Marta im Tiefschlaf vorfand.

So würde ich gerne weitermachen, mir den trägen Spaziergang meines Vaters ausmalen und wie er langsam nach Hause zurückkehrt, in der steigenden Flut seiner Erinnerungen versinkend. Aber das würde bedeuten, sich einen anderen Mann vorzustellen, der noch stärker zur Melancholie neigt als mein Vater. Es ist ein merkwürdiger Gedanke, ein merkwürdiger Wunsch. Ich glaube nicht, dass es sich um einen selbstzerstörerischen Impuls meinerseits handelt. Ich glaube, es ist ein Wunsch nach Symmetrie, nach Vereinfachung, wenn die Dinge anfangen, komplizierter zu werden, und das Unvorhergesehene lauert. Darum werde ich weiter an meiner Votivtafel malen.

In Gedanken noch bei Mercuri, steht Viberti plötzlich vor einem Restaurant, das, wenn er sich nicht gewaltig irrt, ein japanisches Restaurant sein muss. Was für ein Zufall, denkt er. Er versucht, die draußen ausgestellte Speisekarte zu lesen, sie ist nur für Eingeweihte gemacht, er versteht nicht viel. Warum hat er Silvia nicht zum Essen eingeladen? Daran wäre nichts Schlechtes gewesen. «Was soll daran falsch sein?», fragt er sich laut. Er stellt sich vor, wie er Cecilia erzählt, dass er mit ihrer Schwester zu Abend gegessen hat, er stellt sich vor, dass sie überrascht und belustigt reagiert.

Er nimmt das Handy aus der Tasche und ruft Silvia an, fragt, ob eines der japanischen Restaurants, von denen sie gesprochen hat, *Hasaki* heißt, denn wenn es so heißt, hat er es gefunden. Aber so heißt es nicht, das wäre zu einfach. *Hasaki* ist ein falsches japanisches Restaurant, das in Wirklichkeit von Chinesen geführt wird. Es ist kein schlechtes Restaurant, aber kein richtiges japanisches Restaurant.

Viberti sagt: «Ich war unhöflich, ich habe dich nicht gefragt, ob du Lust hast, etwas zu essen, bitte entschuldige.»

Silvia schweigt, dann sagt sie: «Lädst du mich zum Essen ein?»

«Ja, eigentlich ja», sagt Viberti.

«Ich bin in fünf Minuten da.»

Einen Augenblick später ruft sie zurück. «Geh schon mal rein und lass dir zwei Plätze an der Theke geben.»

Gleich darauf wieder ein Anruf: «Kann ich in Jeans kommen?»

Worüber soll er sich den ganzen Abend lang mit dieser Verrückten unterhalten? Viberti geht in das Restaurant, fast hofft er, es sei voll besetzt, die Tische sind tatsächlich alle besetzt, aber an der Theke sitzt keiner. Ein Chinese kommt auf ihn zu. Chinese, Japaner, Koreaner, wer weiß das schon. Er bietet ihm einen Platz an. Viberti zieht *Der Koch* aus seiner Tasche, liest aber keine einzige Zeile, sondern betrachtet die Köche in Fleisch und Blut hinter der Glasscheibe, die den Fisch erst langsam und vorsichtig, dann aber urplötzlich mit rasend schnellen, wilden Bewegungen zerschneiden, und kann den Blick nicht mehr von diesem Schauspiel wenden, bis Silvia erscheint.

Sie hat einen grünen Rock aus dem gleichen zerknitterten Baumwollstoff wie das Hemd und der Pulli angezogen. «Ich hab mich dann doch umgezogen», verkündet sie. Sie trägt auch wieder das Band in den Haaren.

Diese Frau kennt keine Verlegenheit, denkt Viberti.

Sie ist nicht einen Augenblick still. Will ihm die Speisekarte erklären. Vibertis Unbehagen ist physischer Art, denn er muss sich von Zeit zu Zeit in den Redefluss einschalten, um zu zeigen, dass er aufmerksam zuhört. An der Theke sitzend ist das jedoch einfacher, er muss ihr nicht ins Gesicht sehen und kann die chinesischen Köche betrachten, die sich wie Japaner benehmen, indem sie das Messer so gewandt schwingen, als hinge der Lauf der Planeten und Sterne von ihren Bewegungen ab.

«Bestell du für mich, lass mich die wichtigsten Speisen probieren», sagt er, um den Wortschwall einzudämmen.

Silvia bestellt, und von einem Moment auf den anderen, ohne Vorwarnung, spricht sie von Cecilia. Sie hätten eine sehr enge Beziehung, sagt sie, wenn Cecilia nicht wäre, hätte sie manchmal nicht mehr weitergewusst. Sie sei nicht bloß eine Schwester, aber auch keine Freundin im herkömmlichen Sinn. Cecilia habe nicht ihre Mutter gespielt, das hätte sie nicht ertragen. Mit der Mütterlichkeit habe sie Probleme, besonders mit der mütterlichen Autorität. Nicht mit Autorität allgemein. Zur Mütterlichkeit gehöre eine mit Liebe ausgeübte Autorität, die Gefühle als Druckmittel benutzt, was natürlich ein Paradox sei. Vielleicht übertreibe sie, das sei sicher nicht immer so, es gelte nicht für alle Mütter. Übertreibt sie?

«Ich verstehe, was du sagen willst», sagt Viberti, «ja, es scheint mir ein bisschen übertrieben. Aber du hast gesagt, Cecilia sei anders. Wie groß ist euer Altersunterschied?»

Fünf Jahre, genug, um sich nicht im Weg zu stehen. Cecilia sei ihr Gegengewicht, sie gleiche ihre Beziehung zur Mutter aus. Tatsächlich war es schwierig für sie, als Cecilia heiratete und aus dem Haus ging. Sie habe bis zum Ende der Studienzeit durchgehalten, dann sei sie aus dem Elternhaus geflohen.

«Irgendwann muss man gehen», sagt Viberti. Hier würde jetzt sein Monolog über das Haus passen, in dem er sein ganzes Leben lang wohnt, aber an diesem Abend, mit dieser Frau, hat er keine Lust, ihn aufzusagen. Er hat es getan, als Cecilia und er sich zum ersten Mal in der Bar begegnet sind, und das ist kein Zufall.

Silvia sagt, Cecilia sei eine gute Mutter, wenn man bedenke, welches Vorbild sie hatten. Wenn man die Probleme der Trennung berücksichtige und die Probleme des Jungen.

Nach dem Wort «Jungen» wird sie schlagartig still und mustert Viberti, der auf diese abrupte Unterbrechung, auf diesen Blick nicht gefasst war und errötet, weil er glaubt, Silvia habe etwas in seinem Gesicht gelesen.

«Rede ich zu viel?», fragt sie.

Viberti lächelt. «Ach was, natürlich nicht.»

«Nein, ich meine, du weißt doch von diesen Dingen, oder? Du kennst meine Schwester gut ...»

Er schüttelt den Kopf, und ihm scheint, dass er ihn gut schüttelt, mit der Natürlichkeit und Glaubwürdigkeit eines erfahrenen Schauspielers. «Ich kann nicht sagen, dass ich sie gut kenne, aber ich weiß von der Trennung und habe das Kind gesehen, als es im Krankenhaus lag. Manchmal erzählt Cecilia mir etwas, aber die meiste Zeit reden wir über die Arbeit.»

Silvia schüttelt nun ihrerseits den Kopf, sagt, dass Cecilia in Wirklichkeit nie etwas erzählt. Es sei keine Diskretion, keine Zurückhaltung, es sei regelrechte Geheimnistuerei. Und darin bestehe ihrer Meinung nach der einzige Fehler ihrer Schwester. Cecilia erzähle nie so viel, wie sie sich wünschte, sie erzähle nie genug. Aber vielleicht bewirke auch dieser Fehler, dass ihre Beziehung so innig sei: Sie selbst erzähle alles und zu viel, Cecilia erzähle fast nichts oder gar nichts.

Und wieder mit einem prüfenden Blick auf ihn: «Wie ist Ceci denn bei der Arbeit?»

«Was meinst du?»

«Ist sie aufgeregt, nervös?»

«Sie ist eine hervorragende Ärztin.»

«Manchmal denke ich, es ist zu stressig für sie.»

Zum Glück kommen die Sushis, Silvia scheint ihre Schwester sofort völlig zu vergessen, sie fängt an, Stück für Stück Namen und Eigenschaften des jeweiligen Fisches aufzuzählen, als hätte sie das Plakat an ihrer Wohnungstür vor Augen. Ohne dass Viberti sie gefragt hätte, woher sie das alles weiß, erzählt sie von einem Freund, der bei ihr die Liebe zu Sushi und grünem Tee geweckt hat. Er müsse dienstlich oft nach Japan, sie selbst sei nie dort gewesen, es sei zu teuer, aber sie träume davon, sich die Reise eines Tages leisten zu können, obwohl es im Grunde so sei, als wäre auch sie schon dort gewesen, als hätte sie das Land schon besucht, allein durch die Berichte ihres Freundes, der andauernd von Japan gesprochen habe, detaillierte Beschreibungen der Straßen, Häuser, Parks, der Läden und Restaurants, vor allem der Restaurants, diese endlosen Arbeitsessen in den Restaurants von Tokio, Osaka und Hiroshima, Restaurants, die sie mit verbundenen Augen finden würde, na ja, fast, auf jeden Fall habe sie den Stadtplan zum Beispiel von Tokio im Geist genau vor Augen, und wenn sie Straßennamen höre, verbinde sie die mit den Fotos, die ihr Freund ihr aus Japan geschickt hat, und die sie noch immer als Bildschirmschoner benutzt, Bilder von Orten, die ihr so vertraut geworden sind, dass sie ihr im Traum erscheinen, aber nicht als exotische Hintergrundbilder, sondern als dreidimensionale Räume voller Leben, sprechende Menschen und die Geräusche des Straßenverkehrs eingeschlossen, nein, fast ausgenommen, denn ihr Freund habe ihr etwas Unglaubliches erzählt, in den japanischen Metropolen herrsche eine absolute Stille, auf den Straßen, in der U-Bahn, in den

Supermärkten, sogar die Autos schienen weniger Krach zu machen, und die Kinder weinten nicht.

«Die Kinder weinen nie?», fragt Viberti lächelnd.

«Nie.»

Sie lachen. Wenn Silvia lacht, wird sie Cecilia ähnlicher. Die Schwestern sind sich sehr ähnlich, ohne sich physisch zu gleichen, sie verbindet das, was Silvia sein könnte und Cecilia nie mehr sein wird, als wäre die Jüngere eine sorglosere Version der Älteren, ein Mensch, der noch glücklich sein kann.

Silvia verstummt abrupt, starrt Viberti an. «Ich glaub es nicht, ich kann's nicht glauben, dass du noch nie Sushi gegessen hast.»

«Ehrlich!»

«Ich kenne vielleicht jemanden, der noch nie Pizza gegessen hat, aber Sushi, nein, das ist nicht möglich.»

Viberti lächelt. Der warme Sake schmeckt ihm gut, er scheint so etwas zu sein wie Apfelwein, von dem man nicht betrunken wird.

«Ich schwöre es dir!»

«Ich glaube es trotzdem nicht.»

«Nehmen wir deine Schwester», sagt Viberti, «hat sie jemals Sushi gegessen?»

«Natürlich, hier, in diesem Restaurant. Wir sind oft hierhergekommen, vor allem, nachdem meine Geschichte mit dem Japaner vorbei war.»

«Er war Japaner? Das hatte ich nicht mitbekommen.»

«Seine Mutter war Japanerin, aber er ist in Italien aufgewachsen. Ich habe ihn den Japaner genannt. Irgendwann ist er ganz nach Japan umgezogen.»

«Und du hattest danach immer noch Lust auf dieses Zeug?»

«Inzwischen waren seine Erinnerungen zu meinen geworden, ich wollte sie ihm nicht zurückgeben, das wäre nicht richtig gewesen. Außerdem ist roher Fisch eine der wenigen Sachen, die ich immer verdauen kann, auch in den schlimmsten Momenten. Ich wäre zum Beispiel fast verhungert, als mein Vater starb, aber Cecilia ging hierher, um Sushi zu kaufen, und brachte es mir nach Hause.»

Viberti sieht sie an. «Wann ist dein Vater gestorben?»

«Vor vier Jahren.»

«An was?»

«An einem Tumor.»

«Ein Tumor?»

«Ja … warum?»

Viberti kippt den Sake herunter.

«Das ist seltsam. Cecilia und ich haben über meinen Vater gesprochen. Er ist vor vielen Jahren an einem Lymphogranuloma gestorben. Merkwürdig. Wenn sie die Krankheit ihres Vaters erwähnt hätte, hätte ich spontan auch von meinem Vater mehr erzählt, glaube ich.»

«Ich hab's dir doch gesagt, sie erzählt *nichts*, es ist unerträglich.»

Ja, vielleicht war sie von Natur aus verschwiegen, aber vielleicht war sie es besonders bei ihm. Als wäre er ein Fremder. Er möchte aber vermeiden, dass Silvia seinen Stimmungswechsel bemerkt.

«Hast du sehr an deinem Vater gehangen?», fragt er, in der Hoffnung, damit den nächsten Monolog auszulösen, der ihm Zeit gibt, sich zu fassen.

Aber Silvia nickt nur.

Viberti trinkt weiter warmen Sake, vielleicht kann er damit wenigstens ein bisschen betrunken werden. Er spürt die lange Welle der Melancholie nahen, den ganzen Abend lang hat er versucht, ihr zu entkommen, indem er sich dieses unmögliche

Abendessen mit Cecilias redseliger Schwester ausgedacht hat, doch die Traurigkeit hat ihn eingeholt, schlagartig hat er sie vor sich, um sich, in sich. Er sieht die Welt, wie sie wirklich ist, sie ist die Unordnung in Silvias zu kleiner Wohnung, ein übertriebenes Aufkommen von Papier pro Quadratmeter, und sie ist der dunkle, kalte, tiefe See in dem Film über die Wiedergeburt. Seen hat er nie gemocht.

Die arme Silvia fängt wieder an zu reden, sie erzählt von einer Freundin, die in Barcelona lebt. Hinter dieser unmenschlichen Geschwätzigkeit, denkt Viberti, verbirgt sie ein Herz, das menschlicher ist als das geheimnisvolle Herz der Schwester.

Irgendwann wird beiden klar, dass Viberti für den Rest des Abends den Mund nicht mehr aufmachen wird. Silvia sagt, sie sollten jetzt lieber gehen, bittet ihn, einen Moment zu warten, sie müsse kurz auf die Toilette und komme gleich zurück. Das Restaurant ist noch immer voll, die chinesischen Köche schneiden den Fisch mit den immer gleichen Bewegungen, aber nach einer Stunde Zuschauen sind sie nicht mehr ganz so faszinierend. Viberti zahlt und geht auf die Straße hinaus. Die Abendluft genügt nicht, um ihn zu beleben. Er merkt, dass er doch zu viel getrunken hat, betrachtet seine Tennisschuhe, seine behaarten Waden, und lächelt wehmütig, nicht wegen des Jungen, der er mit fünfzehn war, sondern wegen des naiven, begeisterten Mannes, der er vor wenigen Stunden war. Er hat zwei Möglichkeiten, zu weinen oder zu lachen. Weinen und Silvia gestehen, dass er hoffnungslos (*hoffnungslos*) in Cecilia verliebt ist, ihr die ganze Geschichte erzählen, beichten. Und sie endlich zum Schweigen bringen! Ja, so könnte es klappen. Sie würde ihn erstarrt ansehen, mit offenem Mund. Er lächelt. Kichert vor sich hin.

«Also bist du gar nicht traurig», sagt Silvia, als sie herauskommt, «mir schien, die Sache mit meinem Vater hätte dich traurig gestimmt, bitte entschuldige, ich bin so dumm, immer merke ich zu spät, was ich anrichte.»

Viberti schüttelt den Kopf. «Ich habe zu viel getrunken», sagt er, immer noch kichernd.

Silvia lächelt. «Bist du betrunken?» Als wäre das eine gute Nachricht. «Gut, dann verrate ich dir was. Wenn es ans Bezahlen geht, muss ich immer aufs Klo. Mittlerweile ist das schon ein Pawlow'scher Reflex, weißt du? Denn das habe ich jahrelang als Trick benutzt, um nicht bezahlen zu müssen, weil ich nie Geld hatte.»

«Und hast du jetzt Geld?»

«Nein, natürlich nicht.»

«Dann wolltest du also nicht zahlen. Du bist aufs Klo gegangen, um nicht zu bezahlen.»

Sie lachen laut. Ein Chinese kommt aus dem Restaurant, um nachzusehen, was da passiert.

Und sie machen so weiter, Viberti, indem er seinen Rausch übertreibt, um Silvia zum Lachen zu bringen, Silvia, indem sie so tut, als glaubte sie, dass er betrunken ist oder hielte ihn für betrunkener, als er wirklich ist, und sich um seine Gesundheit sorgt und darum, ob er noch heil nach Hause kommt. Und so scheint es beiden das Natürlichste von der Welt, dass Silvia ihn bittet, mit in ihre Wohnung zu kommen, als sie vor ihrem Haus stehen.

Der Vorwand ist, eine Tasse Kirschblütentee zu trinken, den Sakura-Tee, damit er Viberti wieder ein wenig belebt, doch als sie in ihrer Zweizimmerwohnung stehen, sagt sie, dass sie die Teezeremonie mit ihm probieren will. Sie kocht Wasser in ihrer Kochnische und stellt die Teekanne neben zwei bemalte Tassen auf ein blumenförmiges Tablett. Als Viberti die Tasse in die Hand nimmt, erkennt er Großvater Schlumpf in seinem Dorf aus fröhlichen Pilz-Häusern und fängt wieder an zu lachen. «Jetzt erkläre ich dir, wie das geht», sagt Silvia und nimmt ihm die Tasse aus der Hand. Sie legt zwei Strohmatten auf den Boden zwischen der Sofa-Ecke und der Arbeitsecke und sagt Viberti, er solle sich hinknien. «Wir überspringen die Vorbereitungsphase», sagt sie, «die erkläre ich dir vielleicht ein anderes Mal. Nicht, dass sie nicht interessant wäre, aber sie ist ein bisschen lang.»

«Von mir aus können wir die auch noch schlumpfen», sagt Viberti.

«He, mach keine Witze. Das hier ist eine ernste Sache.»

«Schon gut, verstehe.»

Silvia kniet links von Viberti, gießt den Tee in die Tassen. «Wir tun so, als wären wir beide Gäste, und als säße derjenige, der uns zum Tee eingeladen hat, hier bei uns.» Sie dreht sich zu Viberti um, verbeugt sich leicht und sagt: *«Osh ban itashimasu.»*

Viberti kichert. «Ich weiß nicht, was ich antworten soll», flüstert er.

Silvia lächelt leicht. «Du musst nichts sagen. Es ist der erste Satz. Ich habe zu dir gesagt: Bitte, gestatte mir, den Tee mit dir zu teilen.»

«Einverstanden. Ich gestatte es dir. Gehen wir zur nächsten Phase über.»

«Du darfst es nicht eilig haben.»

Silvia verneigt sich vor dem abwesenden Hausherrn und sagt: *«Otemae ch dai itashimasu.»* Dann flüstert sie Viberti zu: «Ich habe ihm gesagt, dass es mir Freude bereitet, seinen Tee zu trinken.»

«Gut», sagt er, «bestell ihm das auch von mir.»

«Jetzt nimm die Tasse mit der rechten Hand und stell sie auf die linke Handfläche. Halt sie gut fest, indem du den Daumen der rechten Hand auf den Rand der Tasse legst. Mach eine leichte Verbeugung.»

Viberti gehorcht, obwohl seine Hand zittert.

«Jetzt nimmst du den Zeigefinger der rechten Hand dazu und drehst die Tasse im Uhrzeigersinn um neunzig Grad. Nimm einen Schluck und sag etwas über den Tee.»

«Hm. Er schmeckt nach Kirsche.»

«Nein, es muss eine positivere Bemerkung sein.»

«Aha. Na ja, er schmeckt sehr gut.»

«Zwischen zwei Schlucken stützt du die Fingerspitzen der rechten Hand auf der Matte vor dir ab. Beim letzten Schluck musst du ein trockenes Gaumengeräusch machen.»

«In Gaumengeräuschen war ich nie besonders gut.»

«Versuch es.»

Er bringt etwas wie ein *Plock* heraus, dann fängt er wieder an zu kichern.

«Jetzt säuberst du den Rand der Tasse mit zwei Fingern der rechten Hand. Dreh die Tasse auf der Hand im entgegengesetzten Uhrzeigersinn, damit sie wieder in ihre ursprüngliche Position zurückkehrt. Stell die Tasse vor deiner Matte ab und bewundere sie. Du kannst Bemerkungen machen.»

«Über die Tasse?»

«Das ist nicht zwingend.»

«Kann ich denn nicht über etwas anderes sprechen?»

«Nein, ich glaube, das kannst du nicht. Was wolltest du denn sagen?»

«Dass es mir gefällt, hier bei dir zu sein.»

Silvia lächelt, beugt sich zu ihm vor und küsst ihn. Einen Augenblick später liegen sie umarmt am Boden. Viberti ist erregt, obwohl er weiterhin an Cecilia denkt. Mit der Schwester ins Bett zu gehen, ist nicht unbedingt die beste Strategie, um Cecilia zu erobern, aber er kann jetzt unmöglich aufhören, es ist, als wäre er nicht mehr er selbst, als wäre er die Wiedergeburt des Japaners.

Als er später nach Hause zurückging, versuchte er zu verstehen, warum er das getan hatte. Alles war sehr kompliziert. Verschlimmert durch rasende Kopfschmerzen. Er hatte es getan, weil er Lust dazu hatte, weil er verwirrt und frustriert war, und obwohl es ihm gefallen hatte, bedeutete das gar nichts, er war in Cecilia verliebt. Er würde Silvia sagen, dass er nicht weitermachen konnte, er würde sie bitten, ihrer Schwester nichts zu sagen.

Doch innerhalb der nächsten vier Tage übte er noch zweimal mit ihr die Teezeremonie. Sie hatten eine vierte Verabredung, doch Viberti kam nicht. Er schickte ihr eine SMS, es gehe ihm nicht gut. Silvia fragte zurück, ob er etwas brauche, dann wünschte sie ihm eine rasche Genesung. Auf diese Weise zu lügen, passte nicht zu ihm, tatsächlich wunderte er sich über die Ungezwungenheit, mit der er es getan hatte. Aber es war notwendig, denn wenn er sie weiterhin getroffen hätte, wäre die verfahrene Situation, in die er sich gebracht hatte, nicht mehr einzurenken gewesen. Vielleicht war sie schon jetzt nicht mehr einzurenken, vielleicht hatte Silvia ihrer Schwester schon alles erzählt. Er empfand große Zärtlichkeit für Cecilia und hatte Sehnsucht nach ihr, denn jetzt verstand er endlich den seelischen Zustand, in dem sie gewesen war, nachdem sie mit ihm geschlafen hatte. Auch er hätte nun Silvia gerne angerufen und gesagt: «Es ist unmöglich, ich kann nicht.» Doch in den folgenden Tagen meldete er sich nicht bei ihr, und es wurde von Tag zu Tag schwieriger, dieses Schweigen zu durchbrechen.

Zehn Tage lang sah er die beiden Schwestern nicht, bis Antonio an einem Montagvormittag anrief, um ihm mitzuteilen, der Sohn von Cecilia Re sei in die Pädiatrie eingeliefert worden, er war in der Schule ohnmächtig umgefallen. Aber es scheine nichts Ernstes zu sein, der Vater sei bei ihm. Viberti ging hinauf, sein Herz klopfte bis zum Hals.

Der Junge war gewachsen, es ging ihm gut, viel besser, er hätte ihn nicht wiedererkannt. Vielleicht doch, ja, vielleicht hätte er ihn wiedererkannt, obwohl er viel selbstsicherer war, dreister und fröhlicher. Das Einverständnis mit dem Vater, den der Junge fortwährend ansah, als bäte er um eine Bestätigung oder Erlaubnis, machte Viberti eifersüchtig. Dieser Exmann von Cecilia schien ein ausgeglichener Mensch zu sein, anständig und sympathisch. Plötzlich fürchtete er, Cecilia zu begegnen. Sein Besuch war ohnehin beendet. Er hatte dem Kind nichts zu sagen, fühlte sich wie ein Fremdling. Er gab Mattia zum Abschied die Hand, wünschte ihm schöne Ferien.

Am Nachmittag rief er Silvia an, bat um Entschuldigung, er hätte nicht so einfach verschwinden dürfen, aber er sei verwirrt gewesen und habe nicht gewusst, was er tun sollte, vielleicht sei es besser, wenn sie sich nicht mehr sahen. «Ich möchte aber nicht, dass du mich für ein Arschloch hältst», sagte er.

Silvia sagte, dafür halte sie ihn ganz bestimmt nicht, und sie sei einverstanden, es habe keinen Sinn, sich weiterhin zu treffen. Sie dankte ihm, dass er sie angerufen hatte.

Im Sessel in Martas Wohnzimmer sitzend, blättert Viberti in einer Reisezeitschrift, die Giulia regelmäßig kauft, obwohl sie nie weiter weg fährt als bis Bocca di Magra, später gibt sie die Zeitschrift an ihre Schwiegermutter weiter, die ihrerseits fast nicht mehr aus dem Haus geht. Die gleichen Strände, Denkmäler und Sonnenuntergänge wie immer, doch zwischen den Zeilen die Befürchtung, dass die Leute endgültig darauf verzichten könnten, zu verreisen. Ein Übermaß an Begeisterung, unverlangte Beschwichtigungen, eingefrorenes Lächeln. *Irgendwann habe ich angefangen, ein Heft zu führen, in das ich alle Ferien eintrug, die Wochenenden und kleinen Reisen, die Sylvester- und Geburtstagsfeiern, mit wem und wo ich sie verbracht hatte, doch dann hatte ich es satt, und wenn ich etwas vergaß, Schwamm drüber. Ich hatte damit angefangen, weil jemand mich eines Tages gefragt hatte, wo ich Sylvester 1986 oder 87 verbracht hätte. Ich konnte nicht antworten und fühlte mich verloren.*

Offene Fenster, Anfang Juni, das Klima schon sommerlich. Marta ist im Sessel neben Viberti eingeschlafen, der Kopf geneigt, der Mund halb offen. Der Fernseher läuft, Nachrichten, doch als Viberti gesehen hat, dass seine Mutter eingeschlafen ist, hat er den Ton abgestellt. Sie haben zusammen gegessen, Giulia ist vorbeigekommen, um hallo zu sagen, und in der Küche räumt Angélica auf.

Es könnte ein ruhiger Abend sein, er könnte noch zehn Minuten warten, dann aufstehen, die Mutter mit einem Kuss auf die Stirn wecken und ihr anbieten, sie ins Bett zu bringen (es tut ihr nicht gut, im Sessel zu schlafen). Oder sie fragen, ob ihr danach ist, einen Spaziergang um den Block zu wagen, die Luft ist so mild. Er könnte das Wohnzimmer auch leise verlassen, Angélica bitten, die Mutter in zehn Minuten zu wecken, und dann ohne Abschied gehen, denn Marta würde seine Abwesenheit sowieso nicht bemerken. Er könnte in seine Wohnung hinaufgehen und ein wenig Musik hören, die Zimmer aufräumen oder seinen Kopf, in Ruhe über die Situation nachdenken, die jetzt mit Cecilia entstanden ist, selbst Entscheidungen treffen, bevor er die der anderen über sich ergehen lässt, wie immer. Er könnte, doch das Handy in seiner Tasche klingelt.

Auf dem Display erscheint Cecilias Name. Viberti antwortet, er spricht leise, obwohl seine Mutter ihn nicht hören kann.

Cecilias Stimme bricht vor Kummer, sie weint nicht, sie ist

nicht aufgeregt. Sie sagt, sie habe gehört, dass Viberti den Jungen gesehen hat, sie sind gerade nach Hause zurückgekommen, sie fragt, wie der Junge auf ihn gewirkt habe. Viberti antwortet, er habe einen sehr guten Eindruck gemacht, Mattia habe sich an ihn erinnert, allerdings habe er gedacht, Viberti sei der Koch. «Ich habe nicht verstanden, ob er mich auf den Arm nehmen wollte, aber ich glaube nicht, er dachte wohl wirklich, ich sei so eine Art Koch der Station, denn vor zwei Jahren hat er mich immer um die Mittagszeit kommen sehen.» Cecilia heuchelt Belustigung, gibt sich heiter, sie spricht so vertraulich, zugeneigt und familiär mit ihm wie mit einem alten Freund, einem Menschen, dem man vertraut und von dem man sich Hilfe erwartet. Und Viberti fühlt, wie sich in seiner Brust ein Abgrund auftut, anstelle des Herzens hat er ein schwarzes Loch, das in sich zusammenstürzt und das ganze Universum verschlingt, denn er hat begriffen, dass Cecilia alles weiß.

«Dieses Mal ist es noch gut gegangen, aber ich weiß nicht, wie lange ich noch durchhalte, ich weiß nicht, wie ich das körperlich durchstehen soll, gestern konnte ich mich kaum auf den Beinen halten, so zitterten sie mir.»

«Auch mir haben heute die Beine gezittert.»

«Ich weiß nicht, was ich tun soll, und mir scheint, ich kann niemanden um Hilfe bitten.»

«Ich bin da, ich helfe dir.»

«Nein, auch du bist nicht da.»

«Wieso bin ich nicht da? Du kannst mich jederzeit anrufen … wo bist du jetzt? Möchtest du, dass wir uns treffen?»

«Du bist nicht da.»

«Cecilia, ich möchte dir helfen, ich bitte dich um nichts anderes, als dir beistehen zu dürfen.»

«Das ist nicht wahr. Das ist nicht wahr.»

«Doch, es ist wahr. Wo bist du? Hör zu, bitte sag mir, wo du bist. Ich möchte zu dir kommen.»

«Warum triffst du dich mit Silvia? Was ist mit Silvia passiert?»

Jetzt weint sie, vielleicht. Schwer zu sagen. Viberti schweigt. Er ist überrumpelt worden, aber er wusste es vorher. Ihm fehlen die Worte. Der Abgrund hat sich geschlossen, mitten in seiner Brust drückt ihm etwas den Magenmund zu, eine harte, knochige Hand wie die seiner Mutter, die vor seinen Augen eingeschlafen ist.

«Warum triffst du dich mit ihr?»

Viberti antwortet nicht.

«Claudio?»

«Ja», sagt er endlich.

«Warum triffst du dich mit ihr?»

«Ich weiß es nicht, wirklich nicht. Ich kann es dir nicht erklären.»

Sie schweigen.

«Seid ihr zusammen? Ihr habt euch doch gerade erst kennengelernt … Seid ihr zusammen?»

Viberti antwortet nicht. Cecilias Stimme klingt unsicher, sie stolpert über die Worte, trotz des inquisitorischen Tons oder vielleicht gerade deswegen, innerhalb einer Frage wechselt sie vom Zorn zum Flehen.

«Ich habe sie ein paar Mal abends getroffen. Wir sind zusammen essen gegangen.»

«Bist du in sie verliebt?»

Als hätte sie ihn geohrfeigt. Sein Kopf schnellt zur Seite. Er geht durchs Zimmer, das Handy ans Ohr gepresst. Er wird vor die Tatsachen gestellt, sein Leben im Spiegel, und er ist es wirklich.

«Himmel, was stellst du mir für Fragen, Cecilia?»

«Ich stelle dir eine einfache Frage, ich möchte eine einfache Antwort.»

«Nein, ich bin nicht in sie verliebt.»

«Bist du mit ihr zusammen? Gehst du mit ihr ins Bett? Wie soll ich dir diese Frage noch stellen?»

«Du sollst sie mir gar nicht stellen!» Viberti hebt die Stimme, immer noch leise sprechend, heraus kommt ein heiseres Flüstern, das die Mutter eher aufwecken wird, als wenn er normal spräche. Leute, die am Telefon flüstern, hat er oft gehört, ihre Stimmen klingen drohend. Zum Beispiel im Krankenhaus, wenn man im Flur um eine Ecke biegt, und da steht eine Frau, die sagt: «Bist du mit ihr zusammen? Gehst du mit ihr ins Bett? Wie soll ich dir diese Frage noch stellen?», sie blickt einen an, aber sie spricht nicht mit einem, sie spricht ins Handy. Jetzt ist er der Angesprochene, jetzt ist er an der Reihe.

«Hat es zwischen uns etwas gegeben?», fragt Cecilia.

Viberti betrachtet seine Mutter. Ihr Kopf ist geneigt, aber jetzt vielleicht zur anderen Seite.

«Hat es etwas gegeben», sagt Cecilia.

«Ist das eine Frage oder eine Feststellung?»

«Eine Frage.»

«Ja, natürlich hat es etwas gegeben. Worauf willst du hinaus?»

«Ich will auf gar nichts hinaus. Ich habe dich nur gefragt, ob es etwas gegeben hat.»

«Ja, es hat etwas gegeben. Aber du warst immer sehr klar in Bezug auf das, was es geben durfte.»

«Findest du, dass ich ein klarer Mensch bin?»

«Sehr klar, sehr entschlossen. Du schienst immer genau zu wissen, was du willst.»

«Wechsle nicht das Thema. Sag mir, wie das passieren konnte, wie du es fertiggebracht hast, dich mit Silvia zusammenzutun.»

«Cecilia, du kannst mir keine Eifersuchtsszene machen, das darfst du nicht, du hast kein Recht dazu!» Jetzt hebt er wirklich die Stimme, er geht aus dem Zimmer, und im Flur trifft er auf die besorgte Angélica, die nachsehen will, was los ist. Viberti schlüpft in die Küche und geht auf den Balkon. Vor ihm liegen die Innenhöfe: Dies ist die allererste Aussicht, die seiner Kindheit, seiner Jugend. Dies ist der Balkon, auf dem er an jenem Abend eingesperrt wurde, auf dem er noch heute eingesperrt ist.

«Nein, ich habe kein Recht dazu. Aber du warst verliebt in mich, oder? Du hast mir immer gesagt, dass du verliebt bist. Vielleicht hast du es mir auch nicht gesagt, vielleicht hast du es mir gezeigt, und vielleicht habe ich dich missverstanden.»

Viberti ist verloren, in die Ecke gedrängt.

Er murmelt: «Nein, du hast mich nicht missverstanden. Ich bin verliebt in dich. Seit dem ersten Tag, an dem ich dich gesehen habe, bin ich verliebt in dich.»

Cecilia weint, es gibt keinen Zweifel mehr, sie weint am Telefon.

«Du bist verliebt in mich, aber du vögelst mit Silvia. Ist das so? Hattest du es nötig, zu vögeln?»

«Ich bitte dich, Cecilia, behandle mich nicht so.»

«Ja, es stimmt. Ich habe kein Recht dazu. Ich darf nicht. Ich lasse dich jetzt in Ruhe, vielleicht musst du weg. Ciao.»

«Cecilia, warte doch … Cecilia? Cecilia?»

Er versucht, zurückzurufen. Sie hat das Telefon ausgeschaltet.

Er nimmt das Handy vom Ohr, kontrolliert auf dem Display, ob er versehentlich die Tastensperre gedrückt hat, und fühlt einen Augenblick lang seine Kräfte schwinden. Seine Beine geben nach, das Telefon fällt ihm aus der Hand, prallt auf dem Balkonboden auf und saust gegen einen der Zementpfähle, fast kann es sich umbringen, indem es sich in den Hof stürzt.

Marta blättert in der Reisezeitschrift. Als Viberti sich entschuldigt, weil er laut gesprochen hat, sieht sie ihn verständnislos an.

Sie fängt an zu sprechen und setzt dabei, wie immer häufiger in letzter Zeit, ein Gespräch fort, das sie wahrscheinlich im Geist begonnen hat. Sie sagt, dass sie mehr Reisen hätte machen sollen, sie habe nichts von der Welt gesehen, habe ihren Mann herumreisen lassen, ohne ihn zu begleiten, manchmal wäre das möglich gewesen, er habe sie immer wieder gebeten, den Jungen bei ihrer Schwester zu lassen, aber sie vertraute der Schwester nicht, vielleicht wollte sie auch nicht, dumme Vorwände wie Angst vorm Fliegen, Angst, nichts Essbares zu finden.

«Nichts Essbares?»

«Ja, in Hongkong zum Beispiel, nichts, was ich mag … oder in Brasilien. Was isst man in Brasilien?»

Viberti fährt sich mit der Hand durch die Haare, er ist wieder in die Absurdität gestürzt, vielleicht ist er auch nie herausgekommen. «Ich weiß nicht, Mama, ich bin auch noch nie dort gewesen.»

«Dabei solltest du eigentlich reisen, wenn ich dir einen Rat geben darf, du solltest verreisen, solange du jung bist. Warte nicht bis zur Pensionierung. Ich hätte deinen Vater öfter begleiten sollen, weißt du, er bat mich immer wieder inständig, mit ihm zu kommen, aber mir war nicht danach, vielleicht hatte ich Angst, nichts Essbares zu finden.»

«In Ordnung, Mama, ich werde verreisen. Wohin soll ich fahren?»

«Ein Ort ist so gut wie der andere. Wegfahren, das ist es, was zählt.»

Viberti nickt. Er klammert sich an die Armlehnen des Sessels, er braucht einen Ankerplatz, um nicht weggerissen zu werden, ein Seil, um nicht abzustürzen, er muss festgebunden werden.

Eine Bindung? Nein, nein, keine Bindung, eher einen Fausthieb ins Gesicht, der ihn betäubt oder ohnmächtig zu Boden gehen lässt, vielleicht würde Alkohol genügen, um das Rasen seiner Gedanken aufzuhalten oder zu verlangsamen, ein Glas Wein, Portwein oder Rum, aber hier gibt es nichts, er muss so schnell wie möglich in seine Wohnung zurück. Er muss Marta unterbrechen, sich von ihr verabschieden.

«Du solltest öfter reisen, wie dein Vater. Reisen ist sehr lehrreich. Aber ich will dir keinen Vorwurf machen, im Gegenteil, vermutlich habe ich dir meine Angst vererbt …»

«Ach was, Mama, ich habe keine Angst vor dem Reisen, außerdem ist es ja nicht so, dass ich immer zu Hause sitze.»

«Mir hat es nie gefallen, teils wegen der Angst vorm Fliegen, teils weil ich dachte, dass ich das kleine Kind nicht allein zu Hause lassen konnte.»

«In Ordnung, ich werde versuchen, öfter mal eine Reise zu machen.»

«Eben, du hast dich ja nie von hier wegbewegt. Du bist ein häuslicher Typ.»

«Was meinst du damit?»

«Du hast doch immer in diesem Haus gewohnt, oder?»

«Ja, Mama, immer hier. Immer nur hier», und er schickt sich an, aufzustehen.

«Denn wer hat am Ende wirklich gelebt?», fragt seine Mutter und legt die Zeitschrift neben sich aufs Sofa.

Viberti sieht sie verständnislos an, setzt sich wieder auf den Rand des Sessels.

«Ja, wer hat am Ende wirklich gelebt? Nimm meine Großeltern oder auch nur meine Eltern, haben sie weniger gelebt, weil sie manche Orte nicht gesehen haben, weil sie manche Erfahrungen nicht gemacht haben? Das habe ich mich immer gefragt, denn als junge Frau war ich fasziniert von Einsiedlern …», sie kichert belustigt, «niemals weggehen, jeden Tag dieselben Dinge sehen, dieselbe Aussicht, den Fernseher wegwerfen» – der nicht mehr läuft, wie Viberti erst jetzt merkt, hat sie ihn ausgeschaltet? Hat sie gedacht, diese unbeherrscht laute Stimme käme aus dem Fernseher? Oder hat sie alles mitbekommen? Hat sie überhaupt geschlafen? «Mittlerweile messen wir alles an diesem Maßstab.»

Er würde sie gerne fragen: «An welchem Maßstab? Was bedeutet es, dass wir alles daran messen?», stattdessen lächelt er und sagt: «Als Einsiedlerin kann ich mir dich nicht vorstellen. Auf alten Fotos siehst du aus wie ein Mädchen voller Tatendrang, eine vergnügungssüchtige junge Frau.»

«Na, na, wir wollen nicht übertreiben. Vergnügungssüchtig ist ein starkes Wort. Dann hätte ich deinen Vater nicht geheiratet!»

Sie lachen. Marta sorgt sich wegen des Geständnisses, das ihr ganz unfreiwillig entschlüpft ist. «Habe ich etwas Schlimmes gesagt?», fragt sie errötend.

Sie war ein wunderschönes Mädchen gewesen, aber vielleicht wusste sie das nicht. Wenigstens hat Viberti immer gedacht, dass seine Mutter zu dieser Art Frauen gehörte: die unbewusste, gleichgültige Schönheit. Die Frau, die ihre Schönheit nicht einzusetzen weiß, die es nicht interessiert, daraus Profit zu schlagen. Als er klein war und sein Vater wochenlang weg, nahm Marta ihn manchmal mit ins Restaurant. Wenn sie eintraten, bemerkte das Kind die Blicke der Männer, die sich nach seiner Mutter umdrehten und die Schönheit der jungen, energischen Frau bewunderten, und dann dachte er, dass all diese Männer Bekannte seines Vaters sein müssten, Bewohner der von seinem Vater bewohnten Welt, die ihm und seiner Mutter verschlossen war, Boten, die Briefe, Nachrichten überbringen mussten.

«Habe ich dir je von dieser Reise nach Triest erzählt? Wir

fuhren zu den Hochschulwettkämpfen im Schwimmen. Da habe ich mich wirklich amüsiert! Aber das Reisen mochte ich nicht, schon damals nicht. Ich erinnere mich, es gab eine Grenze mit Wächtern, die haben mir Angst gemacht. Und später hat eine, die ich dort kennengelernt hatte, mir geschrieben und eine große Pistole auf den Brief gemalt, denn beim Startschuss bin ich jedes Mal zusammengezuckt vor Schreck. Wie dumm ich war …»

«Du hast ein wunderbares Leben gehabt. Meinst du, du hast nicht wirklich gelebt?»

«Ich? Ach, ich habe viel zu viel erlebt! Erinnerst du dich an den *Kirschgarten* von Tschechow? Als du aufs Gymnasium gingst, hatten wir ein Theaterabonnement, einmal im Monat … wie du dich da immer gelangweilt hast!»

Ja, Viberti erinnert sich an Tschechow, es hatte ihn sehr beeindruckt, dass er Arzt war wie Mercuri. Aber was hat das jetzt damit zu tun? Warum zum Teufel ist ihr das eingefallen? Sie hat ihn abgelenkt, einen Moment lang hat er nicht mehr an Cecilia und an Silvia gedacht, er hat keine Lust, an Kirschen zu denken, an das Sakura, an die japanische Küche.

«Da war diese eine Figur, ein jammernder Alter, der sich andauernd beklagte, erinnerst du dich an den?»

«Nein, Mama, ich erinnere mich nicht.»

«Weil er nicht genug gelebt hatte, verstehst du? Er beklagte sich, dass er nicht genug gelebt hatte. Und ich habe immer gedacht, dass er schrecklich dumm war!»

Viberti erinnert sich nicht, es interessiert ihn kein bisschen. Er steht auf, sagt: «Mama, hast du wirklich ein Problem mit dem Gedächtnis? Mir scheint, du erinnerst dich sehr gut.»

Marta streckt einen Arm nach ihm aus, als wollte sie sich vorstellen, sie reicht ihm die geöffnete Hand. Und Viberti drückt sie. Er wird ihre Hände drücken, solange sie lebt, sie an ihn geklammert und er an sie geklammert, in den wenigen Jahren, die ihr noch bleiben, in denen sie den Papst in Großaufnahme im Fernsehen sehen und leise fragen wird: «Warum schaut der mich so an?», in denen sie den Menschen auf alten Familienfotos die Augen auskratzen wird oder glauben wird, die Betreuerinnen wollen sie töten, in denen sie ihn kränken wird, «ekelhafter Kerl» zu ihm sagt, weil sie sich keine Spritze geben lassen will, in denen sie nicht mehr aus dem Bett aufstehen wird, wortlos die blauen Augen aufreißen und ihn anstarren wird.

Einige Monate zuvor hatte Viberti geträumt, dass Mercuri das Wort «Hypocomist» sagte. Niemand erwiderte etwas, sonst geschah nichts. Da war nur dieses Wort aus dem Mund von Mercuri, im Traum dachte er, es wäre ein Synonym für «Anästhesist» und war betrübt und erstaunt, dass er es in fünfundzwanzig Jahren Umgang mit der Medizin, von der Uni bis zum Krankenhaus, nicht gelernt, ja, nicht einmal gehört hatte. Ein kurzer Traum, ohne Angst oder Verwirrtheit, direkt vor dem Aufwachen. Er bestand fast nur aus seinem Erstaunen, aus dem bitteren Gefühl, niemals auf der Höhe seiner Aufgaben und auf Mercuris Höhe zu sein (seine Vorstellung, die Ärzte seien früher weniger spezialisiert, aber tüchtiger gewesen). Nachdem er die Augen geöffnet hatte, war er noch eine Zeitlang sicher, das Wort müsse eine Bedeutung haben, und es müsse die sein, die er geträumt hatte, als er dann aber ganz wach war, gestand er sich ein, dass es nichts bedeutete. Es war das erste Mal, dass er von einem Wort träumte. «Hypocomist» erinnerte überhaupt nicht an «Anästhesist», ihm fiel dabei jemand ein, der nicht «kommunistisch genug» war. Oder jemand, der wenig aß (*«Vamos a comer»*, sagte Angélica zu Marta). Es hätte einen Sinn ergeben, wenn Mercuri ihn nach einem Anästhesisten gefragt hätte, um nicht zu sehr leiden zu müssen, wenn der Moment für ihn kam, oder dass

Mercuri sich selbst bezichtigte: «Ich bin nicht kommunistisch genug gewesen.» Aber es ergab keinen Sinn, dass er Viberti beschuldigte, nicht genug zu essen.

Daran dachte er zurück, als er am dritten Wochenende im Juni zu Mercuri ans Meer fuhr. Seit zwei Monaten hatte er ihn nicht gesehen, und wie vor jedem Besuch fragte er sich auch jetzt: Werde ich ihn verändert vorfinden? Eines Tages wird er mir schlagartig gealtert vorkommen, und er wird sich mit dem Alter abgefunden haben, wird gezähmt und gefügig sein. Mercuri wollte ihm sofort die Reisetasche abnehmen, aber Viberti sagte: «Die trage ich. Du willst mir immer wieder beweisen, dass du besser in Form bist als ich.»

«Hier halten sie es so: Sobald du nicht mehr ganz fit bist, bringen sie dich auf den Berg und lassen dich dort oben warten», sagte Mercuri lächelnd.

Am Berghang rankte sich der Friedhof empor, und bei jedem Besuch Vibertis fand der Alte eine Gelegenheit, diese Bemerkung zu machen. (Sie spielte auf die Geschichte von der Familie an, die den sterbenskranken Verwandten überredet, auf eigenen Beinen zum Friedhof hinaufzusteigen. «Komm mit, dort oben ist die Luft besser» – sei es aus Faulheit, um nicht den vollen Sarg hinauftragen zu müssen, sei es, um die Bestattungskosten zu sparen, und der Geiz der Einwohner Liguriens war sicher das Hauptangriffsziel von Mercuris Ironie.) Dass er die Anspielung so oft wiederholte, war eine Botschaft des Alten an den Jüngeren («Ich denke an den Tod»), aber auch ein Zeichen von Vergreisung, eines der wenigen, die Mercuri in dem, was er sagte, durchschimmern ließ.

«Meiner Meinung nach wirst du dir deine eigene Diagnose stellen und allein hinaufgehen, wenn du beschließt, dass der Moment gekommen ist.»

Mittlerweile versuchte Mercuri nicht mehr, die Abwesenheit seiner Frau während der Besuche von Viberti zu rechtfertigen, das Haus war jedenfalls darauf vorbereitet, zwölf Gäste zu empfangen. Beim Essen unter der Pergola sprachen sie fast nur über die jüngste Entwicklung von Martas Demenz. Und anders als im letzten Jahr klang in Mercuris Fragen keine Rührung mehr an, er war der Arzt, der als Arzt Fragen stellte. Viberti beantwortete sie Punkt für Punkt, nannte die kleinsten Details.

Als Mercuri den Kaffee brachte, sagte er: «Hör auf, das Meer so anzustarren.»

Viberti lächelte. «Wie starre ich es denn an?»

«Ach, ich möchte noch mal so alt sein wie du.»

«Glaube ich nicht.»

«Wegen der Frauen. Nur wegen ihnen.»

«Habe ich an eine Frau gedacht?»

«Mindestens an zwei.»

Dass der Alte mit einer einfachen Bemerkung die Wahrheit erriet, war verwirrend. In den letzten zehn Tagen hatte Viberti weder Cecilia noch Silvia gesehen oder gehört. Cecilia antwortete nicht am Telefon, kam nicht mehr in ihre Bar. Er hatte nicht den Mut, sie in der Notaufnahme zu besuchen. Vielleicht war er zu Mercuri gefahren, um sich diesen Mut auszuleihen. Doch von seinen Liebesaffären würde er ihm niemals erzählen, und er ahnte, warum.

Er wollte Silvia nicht mehr treffen. Er wünschte sich, es wäre nichts passiert. In den letzten Monaten hatte er sich erfolgreich eingeredet, dass er nicht mehr in Cecilia verliebt war, und jetzt hatte er erkannt, dass er es noch war, dass er niemals aufgehört hatte, in sie verliebt zu sein, und das war erschreckend. Wie hatte er sich so täuschen können? Plötzlich meinte er sich genau zu erinnern, wie er sich gefühlt hatte, als Verliebtsein eine totale, bedingungslose Kapitulation war, mit sechzehn, zwanzig. Ständig und ausschließlich an einen Menschen zu denken, zu fühlen, dass mit diesem Menschen eine neue Zeit anbrach, ein neues Leben begann.

Mercuri ging sich ausruhen, und Viberti legte sich auf das Bett im Gästezimmer, um die Decke anzustarren. Er hatte nicht vor, einzuschlafen, doch die angehäufte Müdigkeit lastete auf seinen Augenlidern wie eine energische, weiche Hand. Er glitt immer tiefer in den Schlaf und erwachte eine Stunde später benommen, mit der Angst, zu fallen. Er griff an die Bettkanten, um sich zu vergewissern, dass er nicht in Gefahr war. In welchem Alter lernte man, nicht mehr aus dem Bett zu fallen? Es war nicht gesagt, dass dieses Wissen sich im Alter nicht verlor. Die alten Menschen im Krankenhaus fielen aus dem Bett, das Gleichgewicht war eine vorübergehende Phase.

Verrückte Gedanken, er schlief nie am Nachmittag. Als Mercuri ihn für den gewohnten Spaziergang zum Garten abholte, hatte er Lust sich zu bewegen, sich die Beine zu vertreten, richtig müde zu werden, am Abend keine Kraft mehr zu haben. Es war über eine Stunde Fußmarsch im Hinterland bis nach San Giorgio, zwölf verlassene Steinhäuser, wo jahrhundertelang ganze Generationen ligurischer Bauern gelebt hatten. Trockenmauern trennten die Gärten, alle waren bepflanzt und perfekt gepflegt. Manchmal hörte man Stimmen, aus den Reihen der Tomatenbüsche kam ein Kopf mit weißen Haaren hervor, und ein Arm hob sich zum Gruß. Es war, als würden sich hier Gespenster um den Boden kümmern.

«Hast du hier manchmal geschlafen?»

«Ich bin doch nicht verrückt.»

Vor dem Geräteschuppen (in dem eine Pritsche für ein Nickerchen stand) gab es einen Stuhl, und gewöhnlich nahm

Viberti dort Platz, wie auf der Terrasse einer Bar, und unterhielt sich mit Mercuri, der sofort zwischen den Pflanzen verschwand. Er sprach, und der Alte brummte wirre Satzfetzen, weil er von der Arbeit abgelenkt war und weil die Anstrengung ihm den Atem nahm. Wenn er zusammenbrach, würde Viberti ihn zurückbringen können? Aber Mercuri brach nicht zusammen.

Viberti dagegen war das Sitzen nach zehn oder zwanzig Minuten leid und verkündete, er werde ein bisschen herumgehen. Und er stieg weiter den Berg hinauf, bis seine Beine schmerzten. Er hielt an, setzte sich auf die Wegsteine eines alten Saumpfades mitten zwischen Steineichen und Kastanien und versuchte, seinen Geist zu leeren. Schwarze oder rötliche Steine, natürliche oder im Laufe von vielen hundert Jahren entstandene Treppenstufen, von unzähligen Schritten gegraben und geglättet.

Plötzlich fiel ihm etwas ein, und weil er sich vorgenommen hatte, Mercuri davon zu berichten, kehrte er den Abhang hinunterhüpfend zu den Gärten zurück. In seinem Haus gab es einen Jungen, vierzehn oder fünfzehn Jahre alt. Er trug immer einen Gürtel in den Farben einer Fußballmannschaft mit der Aufschrift: VIEL FEIND, VIEL EHR. Der Junge mochte vielleicht nicht wissen, dass der Satz von Mussolini stammte, doch seine Eltern wussten es bestimmt: Wie konnten sie ihm nur erlauben, so etwas zu tragen? Als die Erzählung beendet war, hob Mercuri die schweißnasse Stirn aus der Reihe Tomatenpflanzen, die er gerade festgebunden hatte, und sagte: «Sind wahrscheinlich Faschisten.» Als wäre es nicht besorgniserregend, dass noch immer Faschisten herumliefen.

«Schlimmer noch: Sie sind keine Faschisten.»

Gegenüber Mercuri fühlte er sich wie ein Hypocomist, verwirrt, ungeeignet und oberflächlich, doch Mercuri war noch mehr Hypocomist als er. Hatte er irgendeine Rechtfertigung, die Viberti sich nicht erlauben konnte? Er schaffte es nicht mehr, Mercuri in ein Gespräch zu verwickeln, und auch deswegen fühlte er sich schuldig. An einem Fenster sah er eine Unterhose hängen und deutete sie als ein Zeichen gesunden Ungehorsams, also versuchte er, ihre Diskussionen über den G8-Gipfel wiederzubeleben. Mercuri ignorierte den Köder mit einem Achselzucken.

Es schien, als wäre Mercuri nie Kommunist gewesen. Viberti beschrieb ihm eine Gegend, wo Einkaufszentren, Multiplex-Kinos und Fakultäten der Uni alte, stillgelegte Fabriken ersetzt hatten. Mercuri hatte in den sechziger Jahren in einer Reifenfabrik gearbeitet und oft erzählt, wie düster und traurig diese Orte damals gewesen waren.

«Aber du hast es aus Überzeugung getan, oder?»

«Betriebsarzt aus Überzeugung? Das scheint mir völlig unmöglich.»

«Du hast mir erzählt, es sei schwer gewesen aufzuhören, denn schließlich spürte man, dass große Veränderungen in der Luft lagen.»

«Ein Riesendurcheinander.»

«Ja, aber aufregend.»

«Vielleicht. Aber die Praxis war besser.»

«Die Praxis?»

«Ich bin da weggegangen, um eine Praxis zu eröffnen und eine Zeitlang selbständig zu arbeiten.»

«Du hast mir erzählt, dass sie dir das Leben schwergemacht haben, weil du links warst, sie haben dich beschuldigt, diejenigen zu decken, die krankfeierten.»

«Kann sein. Aber weggegangen bin ich wegen der Praxis.» Er lächelte. «Wahrscheinlich habe ich dir erzählt, dass sie mich gefeuert haben, um damit anzugeben, dass ich von den Kapitalisten drangsaliert wurde.»

An diesem Sommernachmittag, auf dem Stuhl im Garten sitzend, vor sich den Alten, der ihm «prächtige» Exemplare der unterschiedlichsten Gemüsesorten vorführte, als müsste er sie ihm verkaufen, kam Viberti zu dem Schluss, dass man Mercuri sein musste, um so zu altern wie Mercuri, und dass er ein anderes Leben vorziehen würde.

Am nächsten Montag setzte er sich auf eine Bank in der Nähe der Notaufnahme wie ein Patient, der auf den Arzt wartet. Cecilia würde ihn dort sehen, sie musste an dieser Stelle vorbeikommen, und er brauchte nur wenige Sekunden, um ihr begreiflich zu machen, dass sich nichts geändert hatte, dass sie ihr langes Gespräch nach der Unterbrechung wieder aufnehmen mussten. Eine Zeitlang sah er nur Kollegen, die ihn erkannten und ihn lächelnd fragten, warum er hier auf der Bank saß. Er antwortete, dass er auf Cecilia wartete. Eine Kardiologin zeigte im Vorübergehen auf ihn und sagte: «Er wartet auf Cecilia!» Denn alle wussten, dass sie befreundet waren. Und sie mussten nichts verheimlichen, es gab nichts mehr zu verheimlichen. Er fühlte sich nicht besonders wohl auf der Bank, aus mehreren Gründen, denn von einem Arzt wird erwartet, dass er steht, dass er andauernd in Bewegung ist. Um die Blicke der Leute zu vermeiden, zog er seinen Kittel aus, knüllte ihn zusammen und legte ihn neben sich auf die Bank. Wirklich unwohl fühlte er sich jedoch nicht, er wusste, dass alles vorbei sein würde, wenn der Arzt, auf den er wartete, kam, ihn untersuchte und beruhigte: «Sie sind kerngesund.»

Als die Schicht beendet war, erschien Cecilia vor der Tür zur Notaufnahme. Sie sah ihn und winkte ihm lächelnd zu, unglücklich und verletzt, aber nicht feindselig, nicht misstrauisch. Sie kam näher, begrüßte ihn, und Viberti bat, sie bis zum Umkleideraum begleiten zu dürfen. «Gut, komm mit», sagte sie. Schweigend stiegen sie die beiden Treppen hinauf, und schweigend gingen sie durch den Flur. Dann fragte Viberti, wie es dem Jungen gehe, und Cecilia sagte, es gehe ihm gut.

«Es war eine große Freude, ihn wiederzusehen, ich hätte nicht gedacht, dass er sich an mich erinnert.»

Cecilia lächelte. Sie blieben an der Tür der Umkleide stehen, vor dem Fenster, durch das Viberti sie vor zwei Jahren beobachtet hatte.

«Von hier habe ich dich mal gesehen, unten auf dem Parkplatz, und immer wieder fiel dir der Autoschlüssel aus der Hand.»

Cecilia hielt sich eine Hand vor den Mund. «Ja, ich erinnere mich! Mattia war gerade entlassen worden ... Was habe ich dann gemacht?»

«Du hast dich gebückt, um ihn aufzuheben, dann fiel er dir wieder runter.»

«Und wurde ganz schmutzig, es hatte wohl geregnet ...»

«Ja, es hatte geregnet.»

«Vor über zwei Jahren. Wie lange hast du mich beobachtet?»

«Bis zum Schluss.»

Cecilia nickte. Der Innenhof war voll parkender Autos, doch die Bäumchen verbargen sie, es war nicht leicht, aus der Erinnerung zu sagen, wo genau das Auto gestanden hatte, von welcher Seite Mattia mit seinem Vater angekommen war, die Blätter versperrten ihnen die Sicht, vielleicht waren die Baumkronen üppiger geworden. Trotzdem hatten beide die Szene wieder vor Augen, Viberti so, wie er sie gesehen hatte, während Cecilia sich von diesem Blickwinkel aus vorstellte, wie sie sie damals erlebt hatte.

Nach einer Weile sagte Viberti: «Ich muss dir etwas sagen. Ich bin nicht der, für den du mich hältst. Ich bin ein sehr banaler und egoistischer Mensch. Einer, der allein lebt. Ich habe jahrelang allein gelebt, und ich glaube, das ist kein Zufall. Oft denke ich an gar nichts, wenn ich allein bin. Mir fällt nichts ein, dann setze ich mich auf den Balkon und betrachte die Innenhöfe.»

Cecilia hielt sich wieder die Hand vor ihren Mund, dann vor seinen und machte ihm ein Zeichen, aufzuhören. «Pst ... Genug.»

Sie strich ihm über die Wange. «Du bist kein Egoist, du bist kein banaler Mensch. Sag nichts mehr.»

Sie standen sich schweigend gegenüber, die Augen gesenkt, manchmal kreuzten sich ihre Blicke kurz. Dann sagte Cecilia: «Isst du morgen mit mir?»

Zehn Tage vergehen, da sieht Viberti, als er aus dem Krankenhaus kommt, Silvia an einem Zeitungskiosk stehen. Lieber wäre mir, wenn ich sie nicht schon wieder mit dem schwarzen Haarband und dem pilzförmigen Kopf beschreiben müsste, aber ich fürchte, es geht nicht anders. Ich könnte ihr Aussehen als eine selbstverständliche Tatsache voraussetzen, es immer wieder zu betonen, ist nicht freundlich, das weiß ich genau. Muss ich zartfühlender sein, muss ich mehr Respekt und Schamgefühl haben, oder sollte ich schamlos sein? Immerhin handelt es sich nur um einen pilzförmigen Kopf (ich hab's schon wieder gesagt).

Silvia steht mit dem Rücken zum Eingang und blickt auf die andere Straßenseite, aber sie ist es. Sie kann ihn nicht gesehen haben. Viberti hat keine Zeit zum Nachdenken, schon sieht er sich in der entgegengesetzten Richtung den Bürgersteig entlanglaufen. Nach einem langen Umweg kommt er zu seinem geparkten Auto, setzt sich hinter das Steuer und schämt sich, auf diese Weise geflüchtet zu sein. Aber es war stärker als er, seine Beine haben sich in Bewegung gesetzt, bevor er darüber nachdenken konnte, ob Flüchten die sinnvollste Reaktion ist. Jetzt wäre es das Sinnvollste, sie zu besuchen und mit ihr zu sprechen. Er weiß nicht, warum er geflohen ist. Er weiß nur, dass er sie nicht sehen will. Reglos sitzt er im Auto, bis er merkt, dass er stark schwitzt, der Wagen hat den ganzen Tag in der Sonne gestanden, das Innere ist heiß wie ein Ofen. Viberti öffnet die Fenster. Es ist besser, wenn er nach Hause fährt, sie später anruft und sich mit ihr verabredet. Besser, er ruft sie später an.

Vor seinem Haus angekommen, sucht er einen Parkplatz und sieht sie vor dem Hauseingang, und diesmal ist er sicher, dass auch sie ihn gesehen hat. Er hat ihren überraschten Ausdruck bemerkt, das Gesicht, das sich belebt, bevor sie sich entschließen kann, seine Aufmerksamkeit auf sich zu lenken. Im Rückspiegel sieht es aus, als hebe sie einen Arm. Wie hat sie es geschafft, vor ihm anzukommen? Sie hat ein Taxi genommen, aber wann? Sie hat das Taxi genommen, weil sie ihn vor dem Krankenhaus weglaufen sah, das ist die einzige Erklärung. Wie peinlich. Wie peinlich, denkt Viberti, und ihm ist noch nicht ganz klar, ob er ihr überhaupt begegnen will, da fällt ihm schon ein Weg über die Innenhöfe ein, auf dem er durch eine Hintertür ins Haus kommen kann. Um ihr schon wieder auszuweichen? Um ihr zu zeigen, dass er schon zu Hause war, also nicht derjenige sein kann, der vor dem Krankenhaus und dem Hauseingang vor ihr geflüchtet war?

Er parkt auf der anderen Seite des Häuserblocks und geht mit schnellen Schritten durch die Einfahrt zur alten Garage, dem heutigen Fitnesscenter. Zwanzig Meter geht er an der Glasfront entlang, unter den Augen von Leuten, die in klimatisierter Luft auf Laufbändern auf der Stelle treten. Ihm fällt eine kleine

Eisentür ein, die in seiner Kindheit nie zugeschlossen war, vielleicht hat sie jetzt ein Vorhängeschloss, oder sie ist zugemauert worden, seit dreißig Jahren ist er nicht mehr durch diese Tür gegangen. Doch wie im Märchen taucht die Zaubertür unversehrt in der Mauer am Ende des Hofes vor ihm auf, noch immer unverschlossen, vielleicht ein bisschen in den verrosteten Angeln knarrend, vielleicht genauso wie in seiner Erinnerung.

Er muss noch durch einen engen Gang zwischen zwei Mauern aus roten Ziegelsteinen gehen, an denen sich Kletterpflanzen emporranken, dann gelangt er schweißtriefend und euphorisch in den Innenhof seines Hauses. Im nächsten Moment ist er schon im kühlen Schatten des Treppenhauses. Er drückt auf den Knopf des Fahrstuhls und hört Stimmen im ersten oder zweiten Stock. Eine Frauenstimme, dann eine andere Frauenstimme mit spanischem Akzent und dann die Stimme einer dritten Frau, seiner Mutter. Was sie sagen, versteht er nicht, aber es ist nicht schwer, sich auszumalen, was passiert ist. Silvia hat bei seiner Mutter geklingelt, am zweiten Knopf mit dem Namen VIBERTI. Sie ist zu ihr hochgegangen! Was hat sie vor? Will sie sich vor seine Tür setzen?

Und statt die Begegnung mit Silvia zu akzeptieren, sie in seine Wohnung einzuladen und herauszufinden, warum sie ihn sehen will, weicht er ihr zum dritten Mal aus. Er kehrt zurück in den Hof, durchquert ihn diagonal, nicht mehr in Richtung Zaubertür, sondern auf eine Wendeltreppe an der gegenüberliegenden Hauswand zusteuernd, die Treppe, über die er Giulias Mann mehrmals aufs Dach des Supermarkts hat steigen sehen. Oben angekommen, dreht er sich um und wirft einen Blick auf die hintere Fassade seines Wohnhauses, eine unwillkürliche Geste, um sich zu vergewissern, dass ihn niemand beobachtet. Doch dann bleibt sein Blick an seinem leeren Balkon hängen.

Dort, auf dem Korbsessel, erwidert ein Gespenst verwundert seinen Blick und scheint zu sagen: *Du bist in den Hof hinuntergegangen, du warst ein Zuschauer, nun bist du zur Hauptfigur der Szene geworden, was ist in dich gefahren? Und du hast dich nicht mal vom Balkon gestürzt, bist nicht auf den Steinen zerschellt. Du bist nach unten gegangen, um zu laufen, über Mauern zu steigen, zu springen und zu klettern. Was denkst du dir eigentlich dabei*? Er sucht nach dem Balkon seiner Mutter, dem von Giulia, aber die Wohnungen auf der linken Seite haben keinen guten Blick auf den Bereich des alten Lagerhauses. Darum steigt Giulias Mann die leichte Schräge aus roten Dachziegeln hinauf und auf der anderen Seite wieder hinunter. Was sucht er dort? Das Dach des Lagerhauses ragt über das Flachdach des Fitnesscenters hinaus und schafft dort oben einen Raum, in den man sich zurückziehen kann, eine kleine städtische Höhle für Teilzeiteinsiedler.

Er kauert sich in den schattigen Unterschlupf, will nachdenken und eine Rede vorbereiten, mit der er vor Silvia treten kann, aber stattdessen denkt er sofort an Giulias Mann – was macht der hier eigentlich? Der Ort ist keineswegs bequem, man hockt auf der Teerpappe der alten Garage, dem jetzigen Fitnesscenter. Viberti erinnert sich, wie ein paar Arbeiter vor vielleicht fünfunddreißig Jahren die schwarzen Rollen ausgebreitet und mit flüssigem Teer aneinandergeklebt haben, der stinkende Rauch hat alle Wohnungen im Häuserblock verpestet. Wie eigenartig, dieses Material jetzt ganz aus der Nähe zu betrachten, oft hat er sich vorgestellt, darauf herumzuspringen, er hätte es für gummiartiger gehalten. An der Wand des Lagerhauses ist der Verputz an vielen Stellen abgeblättert, darunter sieht man die Ziegelsteine, und zwischen den Steinen öffnen sich zweifingerbreite Risse. In einem dieser Risse finden eine kleine metallene Schachtel mit holländischen Zigarillos und ein Feuerzeug leicht Platz.

Es ist so einfach, so banal, kein Geheimnis. Giulias Ehemann verkriecht sich hier nicht, um in Ruhe mit einer Geliebten zu telefonieren oder eine halbe Stunde in autistischer Einsamkeit zu verbringen. Er kommt hierher, um heimlich einen Zigarillo zu rauchen, wie ein dreizehnjähriger Junge, denn Giulia hat es ihm verboten. So einfach, so lächerlich. Wie er es danach anstellt, den Rauchgeruch loszuwerden, ist eine andere Geschichte. Rauch, Teer, Gestank, und wieder denkt Viberti, dass es nicht sein Problem ist.

Sein Problem hat einen Namen, und mit diesem Namen, Silvia, muss er sich beschäftigen. Er ist geflohen, er hat sich lächerlich gemacht, aber das ist nicht schlimm, das kann man ausbügeln. Er wird jetzt aus der Höhle kommen und in seine Wohnung gehen, und wenn Silvia sich wirklich vor seiner Tür postiert hat, wird er sie hereinbitten und einen Weg finden, ihr zu erklären, dass er nicht weglaufen wollte, und er wird sich anhören, was sie ihm zu sagen hat.

Silvia will ihm sicherlich sagen, dass sie seine Geschichte mit Cecilia entdeckt hat und dass sie nicht versteht, wie er mit ihr schlafen konnte.

Und das ist der Grund, warum er geflohen ist, das ist es, wofür er sich schämt.

Also richtet er sich auf, um zu gehen, aber dann fällt ihm ein, dass er erst noch versuchen möchte zu rauchen und auch ein bisschen zu stinken. Seit zwanzig Jahren hat er keine Zigarette mehr geraucht, er möchte inhalieren und wieder einmal die Wirkung von Tabak in der Lunge spüren. Er nimmt die kleine Schachtel, Giulias Mann wird schon nicht bemerken, dass ein Zigarillo fehlt. Er zündet ihn an, nimmt einen tiefen Zug. Er hustet, aber nicht krampfhaft. Seine Kehle brennt. Er nimmt noch einen Zug. Macht weiter, dreht den Zigarillo zwischen den

Fingern, hustet wieder, probiert das ganze Repertoire an Gesten aus, um die Asche von der Spitze fallen zu lassen. Als er den Zigarillo halb aufgeraucht hat, drückt er ihn aus.

Vom Hof aus geht er wieder in den Hausflur, nimmt den Fahrstuhl. Silvia steht nicht auf dem Treppenabsatz des fünften Stocks, um auf ihn zu warten. Er wird sie später anrufen, auch weil er in dem Moment, als er seine Wohnung betritt, merkt, dass ihm schwindelig ist und ein bisschen übel. Er kommt sich ziemlich dumm vor. Da klingelt es. Wer mag das sein? Er antwortet nicht. Von heftiger Übelkeit gepackt, blickt er durch den Spion und sieht Silvia vor der Tür. Sie ist immer noch da, warum geht sie nicht? Was will sie von ihm? Eine Verrückte, eine Wahnsinnige, warum gibt sie nicht auf, warum geht sie nicht weg? Warum kapituliert sie nicht, hat sie nicht kapiert, dass sie kapitulieren müsste? Auch unter den Kranken gibt es welche, die einfach nicht kapieren wollen, mit dem Schlimmsten wollen die Menschen sich nicht abfinden. Die Übelkeit wird fast zum Brechreiz, wie ist es möglich, dass ein halber Zigarillo ihn so fertigmachen kann? Er schluckt zwei Tabletten gegen Übelkeit, wirft sich bäuchlings aufs Bett und belauert sein Unwohlsein. Es klingelt abermals. Vielleicht wird es wieder und wieder klingeln, diese Frau kapiert einfach nicht. Den Abend verbringt er, indem er zwischen Bett und Sofa, ein- und ausgeschaltetem Fernseher hin und her wechselt, am Küchentisch sitzt und den Flur auf und abläuft wie ein Gefangener beim Hofgang. Es klingelt nicht mehr.

Mitten in der Nacht wachte er auf, das offene Fenster bildete ein Quadrat aus vibrierender Luft mit senkrechten und schrägen Linien wie ein alter Fernseher, der zu erschöpft ist, um das Signal zu suchen. Es rauschte, trommelte auf die Dächer, ergoss sich in die Dachrinnen, roch nach Regen, es war ein Gewitter. Den Nebel von früher gab es nicht mehr, dafür gab es jetzt Monsungüsse statt Regen. Die Übelkeit war verschwunden, der Mund trocken, ein bitterer Geschmack. Er ging ins Bad, putzte sich die Zähne so heftig, dass sein Zahnfleisch blutete, und zog sich aus, verstreute seine Kleider zwischen Bad und Flur. Im Schlafzimmer schlüpfte er in seinen Pyjama und schloss das Fenster. Dann öffnete er es wieder, schaute auf die menschenleere Straße hinunter, und durch den opaken Filter des Regens meinte er sie zu erblicken. Das muss ein Schatten sein, das bilde ich mir ein, dachte er. Dann sah er sie erneut und war sicher, dass er sie gesehen hatte.

Sie saß zusammengekauert in der kleinen Einbuchtung eines überdachten Eingangs auf der anderen Straßenseite, gegenüber von seinem Hauseingang. Vom fünften Stock aus ließ sich unmöglich feststellen, ob sie lebte, ob sie schlief, ob sie die Straße mit wahnhaften, paranoiden Blicken im Auge behielt, ob sie eine Verrückte war und ihn umbringen wollte. Er legte sich ins Bett und machte das Licht aus, als könnte er sie durch Nichtbeachtung zum Verschwinden bringen, doch es war ein hilfloser Versuch, er wusste, dass er bluffte. Zehn Minuten lang lauschte er auf den strömenden Regen, dann stand er auf, zog die Sachen an, die er gerade ausgezogen hatte, trank ein Glas Wasser, nahm einen Schirm und die Autoschlüssel und ging hinunter.

Aber Silvia war nicht da, nicht mehr da, oder sie war nie da gewesen. Er überquerte die Straße, ohne den Schirm zu öffnen, wurde nass, obwohl es langsam aufhörte zu regnen, und suchte Schutz in dem Eingang, in dem er sie gesehen zu haben glaubte. Im spärlichen Licht einer Straßenlaterne musterte er den Quadratmeter Bürgersteig vor sich, als könnte er auf den Steinen und dem Zement Spuren von Silvia finden. Er setzte sich auf die

Stufe, blickte sich um. Es hatte aufgehört zu regnen, war wärmer geworden. Die Fassade seines Hauses war dunkel, finster, kein einziges erleuchtetes Fenster, nur das Licht der Straßenlaterne erhellte sie schwach von unten. Der fünfte Stock war in fransige Dunstschwaden gehüllt, es sah aus, als flögen Stofffetzen von den Fenstern seiner Wohnung, als würde jemand Kleider, Lappen oder Laken auf die Straße werfen. Als würde das Haus die Arme zur Nacht ausstrecken, um Hilfe und Schutz zu erflehen. «Das ist das Haus, in dem ich mein ganzes Leben lang gewohnt habe», sagte er sich und hörte sich widerwillig zu, als spräche ein alter Onkel, der zum hundertsten Mal eine Familienanekdote erzählt. Er blieb noch eine Weile auf der Stufe sitzen, dann ging er wieder nach oben.

Die Wohnung leer, die Lampen an, die Fenster offen, Geruch nach Regen in der Luft. Er zog wieder seinen Pyjama an, doch statt sich ins Bett zu legen, setzte er sich hin, um einen Brief an Cecilia zu schreiben. Seit zwanzig Jahren hatte er keinen Brief mehr an eine Frau geschrieben, in so etwas war er nie besonders gut, aber der Stil war unwichtig, es gab Dinge, die gesagt werden mussten. In der Fassung, die er über eine Stunde später ins Reine schrieb, sagte er ihr, dass sie die erste und einzige Frau sei, die er wirklich geliebt habe, denn er habe keine andere je so geliebt wie sie, und bevor er sie kennengelernt hatte, habe er eine so große Liebe niemals erlebt. Über dieses Adjektiv, groß, verwickelte er sich drei oder vier Zeilen lang in komplizierte Betrachtungen, versuchte es präziser zu fassen, groß, weil umfassend, und groß, weil erwachsen. Seltsam, weil ihre Geschichte von außen betrachtet, keineswegs umfassend und erst recht nicht erwachsen scheine. Aber er meine nicht die Dauer oder Art ihrer Beziehung, es sei die Intensität und Qualität, durch die das Gefühl groß werde. Und nie zuvor habe er geglaubt, dass man mit solcher Intensität und Qualität lieben könne. Alles, was er sich wünschte, sei mit ihr verbunden, falle mit ihr zusammen, das Glück, von dem er träumte, wolle er mit ihr erleben, die Reisen, von denen er träumte (jene, zu denen Marta ihn genötigt hatte), wolle er mit ihr unternehmen, das Haus, von dem er träumte, wolle er mit ihr haben (von dem Jungen sprach er nicht). Die Emphase musste abgeschwächt werden, um glaubwürdig zu wirken, und so schloss Viberti mit den Worten, dass er immer noch nicht verstehe, warum er sich so heftig verliebt habe, was war denn Besonderes an ihr … Nun, das sei ein Grund mehr, das Leben, das ihm noch blieb, mit ihr zu verbringen, um die Gründe für diese Liebe herauszufinden. *Noch nie habe ich mit jemandem so gesprochen wie mit dir. Niemand hat je so zu mir gesprochen wie du. Vielleicht waren wir kein Paar in der herkömmlichen Bedeutung des Wortes, aber mit dir zu sprechen und dir zuzuhören, war die schönste Liebesgeschichte meines Lebens.* Er steckte den Brief in einen weißen Umschlag, auf den er *Cecilia* schrieb. Dann ließ er ihn auf dem Schreibtisch liegen und ging ins Bad. Bevor er sich schlafen legte, nahm er ihn noch einmal in die Hand und fixierte den Namen mitten auf dem weißen Rechteck. Er zog einen Strich darunter.

Am nächsten Tag riefen die Betreuerinnen ihn nachmittags an, weil Marta unruhig war, sie wollte verreisen, packte schon die Koffer und hatte ein Reisebüro angerufen. Die beiden Peruanerinnen redeten aufgeregt miteinander und rissen sich gegenseitig das Telefon aus der Hand, um immer neue beunruhigende Details hinzuzufügen: Die Signora hatte einen alten Ausweis ihrer verstorbenen Schwester gefunden, einer Schwester, die jung gestorben war, und ihr war bewusst geworden, dass sie nie am Grab ihrer Schwester gewesen war, sie wollte unbedingt zum

Friedhof fahren. Viberti sagte, sie sollten ihr das Beruhigungsmittel geben, das auf der Anrichte stehe, darunter liege ein Zettel von Giulia, doch dann merkte er, dass auch die beiden Frauen panisch waren, aus irgendeinem Grund konnten sie die Situation nicht meistern, sie baten ihn, so schnell wie möglich nach Hause zu kommen.

Als er ankam, fand er Marta im Morgenrock vor den geöffneten Schränken, seit einer halben Stunde erteilte sie den beiden Frauen Befehle, und die räumten Kleider und Decken von einem Fach ins andere. Wieder einmal war der Notfall eingetreten. «Sehr gut, Mama», sagte er, legte den Arm um ihre Schultern, «manchmal muss man Ordnung schaffen», und küsste sie auf die Stirn. Auf dem Bett lag ein offener Koffer, noch leer und vielleicht bereits vergessen. Während sie aus dem Zimmer gingen, erzählten die Pflegerinnen ihm von dem Zwischenfall mit dem Personalausweis, den sie während einer der großen Ordnungsaktionen, die in letzter Zeit zu Martas Hauptbeschäftigung geworden waren, zufällig am Boden einer Schublade gefunden hatte. Angélica zeigte ihm den Ausweis und wies ihn auf den Namen «Maria Rita» und die außergewöhnliche Ähnlichkeit der Signora Marta mit der Frau auf dem Schwarzweißfoto hin. Es war kein Ausweisfoto, sondern ein echtes Porträtfoto, in einem Atelier aufgenommen, wo ein Fotograf das Modell hatte posieren lassen, um den günstigsten Winkel und das beste Licht für die Aufnahme zu finden, alles überflüssige Bemühungen, denn diese vierzigjährige Frau war ohnehin wunderschön.

Viberti erzählte, dass Maria Rita der richtige Name seiner Mutter sei, den sie immer gehasst habe. Sie habe sich ihr ganzes Leben lang Marta nennen lassen, eine Art Diminutiv (aber auch ein richtiger Name). «*Así que no es su hermana*», sagte Angélica, die plötzlich verstand. «Nicht ihre *hermana.*» Viberti schüttelte den Kopf. Doch die Neuheit war, dass Marta sich nicht mehr an den Namen erinnerte, unter dem sie beim Einwohnermeldeamt registriert war, und dass sie glaubte, den Ausweis einer Schwester gefunden zu haben. «Wartet», sagte Viberti, «wir machen ein Experiment.»

Er kehrte zu seiner Mutter zurück und sagte, er habe ihren alten Personalausweis gefunden: «Siehst du, hier steht dein richtiger Name, Maria Rita.» Marta nahm den Ausweis in die Hand, als sähe sie ihn zum ersten Mal und rief erregt aus: «Ich habe diesen Namen immer verabscheut!» Gleich darauf wunderte sie sich, wie jung sie auf dem Foto aussah und schüttelte lachend den Kopf. Keiner verstand, warum sie sich so komisch fand.

Sie setzten sich in die Küche, um einen Eistee zu trinken, während Marta, noch immer in sich hineinkichernd, das Foto betrachtete. Viberti überlegte, ob Cecilia den Brief, den er durch den Spalt ihres Spinds geschoben hatte, schon gelesen hatte. Er war fast sicher, dass der Umschlag im Türrahmen des Spinds stecken geblieben war, und Cecilia ihn beim Öffnen nicht entdeckt hatte, doch er malte sich weitere Missgeschicke aus, durch die der Brief verlorengegangen oder ganz hinten in den Spind gefallen sein könnte, versteckt hinter alten Sandalen und Fotokopien der in der Notaufnahme abgearbeiteten Schichten.

«Ich erinnere mich genau daran, wie ich dieses Foto machen ließ», sagte Marta. «Ich erinnere mich genau» war einer ihrer Lieblingsausdrücke geworden, und Giulia versäumte nie, sie darauf hinzuweisen. «Der Fotograf hatte sein Atelier im Zentrum, und ich war noch nie bei ihm gewesen, ein Buckliger mit zweifelhaftem Gebaren, der mich verrückt gemacht hat, indem er mich eine Stunde lang posieren ließ, er griff mir ans Kinn, um mein Gesicht zu einer Seite, dann zur anderen zu drehen, und fasste mich an, um die Falten meines Kleides zu ordnen. Als ich das Stefano erzählt habe, wurde er sehr wütend, er wollte hingehen und ihm eine Szene machen.» *Es gibt sie nicht mehr, die verschrobenen Onkel von früher, und die leicht verrückten Freunde, die Invaliden oder Buckligen, die wenigstens unverwechselbar und unvergesslich waren. Von den Freundinnen meiner Mutter war keine einzige normal. Und mein Vater hatte eine ganze Schar Schützlinge und Begünstigte, die auch nach seinem Tod noch um Schutz und Vergünstigungen baten. Meine Freunde und ich dagegen, dem Anschein nach normale Menschen, leicht zu vergessen und auswechselbar, haben verborgene Behinderungen, innere Buckel.*

Viberti lächelte über die Schilderung und sah darüber hinweg, dass die Mutter seinen Vater Stefano genannt hatte. Doch Marta fügte hinzu: «Er hatte gerade Tennis gespielt und sagte, er würde den Tennisschläger auf seinem Kopf zerschlagen.» Sie lachte zufrieden und fröhlich, und Viberti zwang sich, mit ihr zu lachen. Ohne nachzudenken, warf er ein: «Ich wusste gar nicht, dass Papa so eifersüchtig war.»

«Oh nein, ich meinte wirklich Stefano Mercuri. Dein Vater war überhaupt nicht eifersüchtig. Stefano dagegen machte mir derartige Szenen ...» Und wieder lachte sie, vielleicht nur, weil sie sich freute, ihrem Sohn gezeigt zu haben, dass sie sich noch an etwas erinnern konnte. Sie schien kein bisschen besorgt über das, was sie soeben gesagt hatte. Oder ihr war nicht bewusst, welche Implikationen es hatte. Und Viberti wusste, dass er diesem merkwürdigen, unfreiwilligen Geständnis keinerlei Bedeutung beimessen durfte. Hatte er nicht wer weiß wie oft bei sich gedacht, dass zwischen Mercuri und seiner Mutter etwas gewesen war? Wie oft hatte er als Junge gehofft, Mercuri und seine Mutter würden heiraten? Gehofft oder befürchtet.

Um seine Verlegenheit loszuwerden, ging er auf den Balkon, wo er einen Blick in die Höfe warf und feststellte, dass die Höhle des Teilzeiteinsiedlers von diesem Teil des Hauses aus wirklich nicht gesehen werden konnte, sie lag gut geschützt und verborgen. Es war immerhin möglich, dass Marta phantasierte. Moment mal, dachte er, hier ging es um eine Zeit, in der sein Vater noch gesund und kräftig war, ja, um die Zeit, als seine Eltern erst vor wenigen Jahren geheiratet hatten und er ein Kleinkind war. Vielleicht phantasierte Marta doch nicht, und Mercuri war ihr Liebhaber vor und nach der Heirat gewesen. Doch er ähnelte Mercuri überhaupt nicht. Allerdings sah er auch seinem Vater nicht ähnlich. Er hatte sehr viel von Marta.

Nachdem er sich von seiner Mutter verabschiedet hatte, ging er sofort in den dritten Stock zu Giulia hinauf. Sie war gerade aus dem Krankenhaus gekommen, wusste noch nichts von der Geschichte mit dem Personalausweis. Sie sprachen eine Zeitlang von Martas neuen Angstattacken, die ihnen Sorgen machten, und erwogen die beste Dosis des Schlaf- und des Beruhigungsmittels. Dann erzählte Viberti, in gespielter Ungezwungenheit lächelnd, von Martas Irrtum. Sie habe Mercuri die Eifersucht eines Ehemanns unterstellt.

Giulia zuckte die Achseln. «Hast du das nicht auch immer vermutet?»

Vibertis Lächeln erlosch sofort. «Na ja, aber wir sprechen hier von den sechziger Jahren.»

«Ach so», bemerkte Giulia.

Viberti hielt seinen Ärger zurück.

«Ciao», sagte er und ging, bevor Giulia etwas hinzufügen konnte.

Bei Silvia Re meldete er sich weder an diesem Abend noch am nächsten Tag. Sie hinterließ ihm Nachrichten, aber er rief nicht zurück. Es war Freitag, am Samstagmorgen würde er mit seiner

Mutter und den beiden Pflegerinnen in ihr Haus in den Bergen fahren, wo Marta der schwülen Hitze in der Stadt für den Rest des Sommers entkommen konnte. Also gab es am Wochenende keine Möglichkeit, Silvia zu sehen, da konnte er den Anruf ebenso gut auf Montag verschieben. Vielleicht hätte er sie anrufen und es ihr sagen sollen, aber er schob auch das auf. Er dachte ohnehin an nichts anderes als an Cecilias Reaktion auf seinen Brief. Sie hatte nichts von sich hören lassen, er hatte sie nicht im Krankenhaus und auch nicht in der Bar gesehen. Vielleicht war der Brief wirklich in einen Spalt im Schrank gerutscht und für immer verschwunden. Vielleicht hatte Cecilia ihn gelesen, er hatte ihr gefallen oder nicht gefallen, doch da das nichts änderte, da es die Probleme nicht löste, die sie trennten, würde sie später mit ihm darüber sprechen.

Um fünf Uhr nachmittags war Viberti versucht, sich wieder in den Korbsessel auf seinem Balkon zu setzen und die Innenhöfe von oben zu betrachten, doch etwas hielt ihn zurück, als wäre das jetzt nicht mehr möglich. Die Versuchung war allerdings stark. Beim Beobachten der Höfe würde er an die Geschichte zwischen seiner Mutter und Mercuri denken, und daran, dass sie ihn bitter und melancholisch stimmte.

Kurze Zeit später rief Cecilia an. Ihre Stimme klang gerührt, ja, glücklich. Sie hatte den Brief gelesen, er hatte ihr sehr gut gefallen, so einen Brief hätte sie gerne gleich noch einmal bekommen. Außerdem wollte sie mit ihm essen, noch am selben Abend, ihr war eingefallen, dass er ihr vor vielen Monaten mal von einer Pasta mit einer ganz besonderen Soße erzählt hatte.

«Ja», sagte er, «die kann ich jederzeit wieder kochen.» Das brachte sie zum Lachen.

«Dann lädst du mich also zum Essen ein? Wann kann ich kommen?»

«Wann immer du willst, ich erwarte dich.»
«Ich komme gegen acht.»
Er stürzte ins Bad, um zu duschen, doch kaum hatte er sich ausgezogen, lief er nackt in die Küche und fing an, die Zutaten für die Soße aus dem Kühlschrank zu holen, deckte auch schon den Tisch mit einem schönen weißen Tischtuch und eleganten Tellern, nie benutzt, die ihm bei der Aufteilung der Hochzeitsgeschenke zugefallen waren. Die Soße war vorbereitet, eine Flasche Weißwein stand im Kühlschrank, und er hatte das Nötigste für einen besonderen Salat, aber Brot fehlte, er musste es schnell noch kaufen. Er merkte, dass er nackt war, die Balkontür stand weit offen, er blickte zu den Häusern gegenüber, doch niemand schien um diese Zeit an einem Freitag im Juli an einem exhibitionistischen Koch interessiert zu sein.
Er duschte, zog ein frisches Hemd an und lief eilig nach unten, um Brot zu kaufen. Er kaufte verschiedene Sorten, Vollkornbrot, mit Rosinen, mit Sesam und kleine Brötchen für den Salat. Zwei Salate, beschloss er, einer würde nicht reichen: Feldsalat mit Nüssen und Grana und Fenchelsalat mit Orangen und Sardellen, obwohl dies nicht die Jahreszeit für Orangen war, vielleicht lieber eine Pampelmuse, woher kamen Zitrusfrüchte im Juli? *Kennst du den Spruch «Du bist, was du isst»? Eine Art Drohung mit einem traurigen Schicksal, und sie erinnert mich an die andere Wendung «Eines Tages wird das alles dein sein», als Kind verstand ich das nicht recht, ich dachte, es wäre «Eines Tages wirst du das alles sein», und stellte mir vor, dass mein Vater mir früher oder später in einer ruhigen Minute haarklein erzählen würde, was später aus mir werden würde, als könnte er das im Voraus wissen, als könnten seine Träume zu meinen Erinnerungen werden.* Vom Bäcker lief er zum Obsthändler und kaufte zwischendurch Eis, vielleicht würde Cecilia etwas mitbringen, Wein oder Eis, egal, es war besser, einen Vorrat im

Kühlschrank zu haben. Zurück in seiner Wohnung bereitete er die Salate zu, dazu noch einen Obstsalat, dann machte er eine Frittata mit Majoran, Minze und Balsamkraut. Er stellte sich abermals unter die Dusche und zog wieder ein neues Hemd an. Dann sah er auf die Uhr: Es war kurz vor sieben.

Cecilia erschien um halb neun mit einem großen Strauß roter Rosen. Viberti fehlten die Worte und eine Vase, in die er die Blumen stellen konnte. Er irrte in der Wohnung umher, riss Schranktüren auf und wusste doch genau, dass er nichts Geeignetes finden würde. Niemand hatte ihm je Blumen geschenkt, er hatte sich nie welche gekauft, wahrscheinlich waren sämtliche Vasen bei Giulia gelandet. Schließlich zog Cecilia aus dem Küchenschrank, wo die Töpfe standen, einen länglichen Fischkochtopf hervor – wer weiß, warum der bei ihm geblieben war –, füllte ihn mit Wasser und legte die Rosen hinein, die rubinroten Blüten auf den Rand gebettet, die Stiele im Wasser. Als er in die Küche zurückkam, fragte Viberti nicht, wie sie auf Anhieb den Schrank für die Töpfe gefunden hatte, er ahnte, dass das keine intelligente Frage war, stattdessen betrachtete er die sinnlichen, wie hingegeben im Wasser liegenden Rosen und stellte sich Cecilia nackt in seiner Badewanne vor.

«Erwarten wir noch jemanden?», fragte sie lächelnd und zeigte auf all die Speisen, die Viberti auf dem Tisch angehäuft hatte, nur die Pasta fehlte, die er sofort ins kochende Wasser gegeben hatte, als er ihr Klingeln hörte. «Hast du befürchtet, ich könnte verhungern?»

«Ja, das war wirklich meine Sorge», murmelte er.

«Wir erwarten doch nicht etwa meine Schwester?», setzte Cecilia lachend hinzu.

Viberti verzog empört das Gesicht, und sie umarmte ihn, um ihn zu besänftigen, sie hatte nur einen Witz gemacht.

Während die Pasta kochte, wollte Cecilia die Wohnung sehen, natürlich auch den berühmten Balkon über den berühmten Höfen. Viberti hatte gehofft, sich hinsetzen und den Weißwein trinken zu können, mit dem er schon zwei Gläser gefüllt hatte, doch Cecilia nahm ihr Glas und ging in den Flur.

Das blaue, fünfsitzige Sofa stand mitten im Wohnzimmer vor dem Fernseher. Es gab keine Sessel, keine Stühle, keinen Esstisch. Nur eine längliche Kommode mit vielen Schubladen, das niemals geordnete Archiv mit Rechnungen, Quittungen, Steuererklärungen, Dokumenten und Bescheinigungen aus den letzten zehn Jahren.

«Und wenn du Gäste hast, wenn sich hier jemand hinsetzen soll?»

«Wir blicken alle in die gleiche Richtung, der schlechteste Platz ist der in der Mitte.»

«Und ein Esstisch?»

«Ich esse in der Küche.»

Im ersten Zimmer stand das Ehebett. Einer der beiden Nachttische war mit einer Schutzhülle bedeckt, als hätten sie im letzten Moment beschlossen, ihn nicht wegzubringen. Auf seiner schwarzen Marmorplatte, dem einzigen nicht umhüllten Teil, eine Lampe und ein Stapel Zeitungen. Dem großen, zur Hälfte leeren Kleiderschrank fehlten die Türen.

«Sie hatte die Türen von einer Freundin bemalen lassen, eine große Landschaft mit Hügeln, Bäumen, Blumen und Autos. Ich weiß nicht, ob ich das mochte. Egal, sie hat die Türen ja sowieso mitgenommen.»

Das nächste Zimmer ohne Möbel, am Boden überall Stapel alter Zeitschriften, an die Wände gestützt. In einer Ecke eine Spielzeuggarage, vor zwei Jahren irrtümlich gekauft. «Das Kinderzimmer.» Keine Ironie in der Stimme.

Das Arbeitszimmer: ein Schreibtisch mit Computer, ein Drehstuhl, ein Schränkchen mit Drucker, eine Stereoanlage.

Im Badezimmer fehlte nichts, wenigstens dort nicht.

Ein Zimmer, in dessen Mitte eine Waschmaschine thronte. Zum Trocknen aufgehängte Unterwäsche.

Cecilia sagte nichts, fragte nicht, warum er die Möbel nicht ersetzt hatte, warum er keine neuen Türen für den Kleiderschrank gekauft hatte, während der ganzen Besichtigungstour hielt sie Vibertis Hand fest, als würde sie ihn führen. Sie traten auf den Balkon hinaus. Der Balkon sei ja ein richtiger Wald, sagte Cecilia, voller Pflanzen und Blumen, woher nahm er die Zeit, sich darum zu kümmern?

«Ich kümmere mich gar nicht, tatsächlich geht mir pro Woche eine Pflanze ein, aber ich kaufe sofort eine neue.»

«Du lässt sie eingehen.»

«Ja». Er lachte. «Dies ist so was wie die Abteilung für hoffnungslose Fälle.»

«Silvia sagt, wir Ärzte sind unerträgliche Zyniker.»

Viberti schlug die Augen nieder. Sie verstummten.

«Gut, reden wir nicht mehr drüber», sagte Cecilia.

Ein leichter Wind kühlte die Luft.

«Warum essen wir nicht draußen?»

«Draußen? Aber wo stellen wir die Teller ab?»

«Wir brauchen keinen Tisch, komm mit. Du setzt dich hierhin, auf den Hocker, und ich nehme mir den Korbsessel.»

Viberti sah sie lächelnd an.

«Ich möchte gern auf deinem Stuhl sitzen.»

«Einverstanden. Ich gehe die Pasta abgießen.»

Sie hielten die Teller in der Hand, die Gläser stellten sie auf den Boden. Cecilia erzählte von ein paar Telefonaten mit den Kindern, es ging ihnen gut, sie waren jetzt groß und unabhängig und brauchten sie nicht mehr. Es hatte sie gerührt, dass beide zum ersten Mal gefragt hatten: «Und wie geht es dir, Mama?» Sie lächelte. Dann sagte sie, sie möge es nicht, wenn die Leute ihr sagten, jetzt gehe es Mattia ja wirklich gut, sie habe Angst, dass er durch das Reden über die Krankheit wieder krank werden könne. Auf jeden Fall würden die beiden braungebrannt und erholt aus den Sommerlagern zurückkommen, und dann würden sie ein bisschen Zeit bei der Großmutter verbringen. Sie waren so daran gewöhnt, ihre Tage rundum verplant zu bekommen, dass sie sich gar nicht langweilen konnten.

«Hast du dich gelangweilt?»

«Als Kind? Da bin ich in die Schule der Langeweile gegangen.»

«Die beiden sagen immer: ‹Und was machen wir jetzt?› Sogar meine Mutter ruft mich manchmal an, wenn die Kinder bei ihr sind, und fragt: ‹Was können sie jetzt tun?›» Sie lachten. Cecilia fragte, ob er sich schon als kleiner Junge auf den Korbsessel gesetzt und in die Höfe hinuntergeschaut habe, wenn er sich langweilte.

Nein, sagte Viberti, der Stuhl stamme aus seiner Zeit auf dem Gymnasium und vor allem seiner Studienzeit, als er auf dem Balkon lernte. Er erzählte von der Methode, die er benutzt hatte, um sich an die Abschnitte eines Kapitels zu erinnern, er habe sie auf die verschiedenen Teile des Hofes verteilt. Sie unterhielten sich über die Methoden, mit denen sie die schwierigsten Themen auswendig gelernt hatten. Cecilia hatte unzählige Hefte mit Schlüsselwörtern vollgeschrieben. Sie sprachen über die Prüfung in Anatomie, denn alle Ärzte erzählen früher oder später von ihrer Anatomieprüfung. Sie redeten vom Foramen mandibulae, von der Fossa infraspinata, vom Musculus pronator teres und dem kortikalen Homunkulus nach Penfield. Und Viberti konnte sämtliche Knochen der Hand nennen.

Als Cecilia ihn dann mit ernstem Gesichtsausdruck ansah, rutschte Viberti von seinem Hocker, kniete vor ihr nieder und küsste sie. Ein langer, leidenschaftlicher Kuss. Wenige Atempausen, er küsste sie zehn Minuten lang, obwohl ihm die Knie weh taten.

Schließlich sagte sie, er solle sich wieder auf den Hocker setzen, sie müsse ihm etwas beichten.

«Ich will nicht behaupten, dass Luca und ich uns deswegen getrennt haben, aber es ist etwas, was vor vier Jahren passiert ist, und du solltest es wissen.»

Sie erzählte, sie habe ein drittes Kind erwartet, das sie nicht wollte, sie wollte nicht noch ein Kind, und sie wollte es nicht von Luca, sie habe abgetrieben. Sie erzählte das in wenigen Worten, dann schwieg sie und blickte über die Dächer der gegenüberliegenden Häuser bis zu den Hügeln.

Viberti nahm ihre geröteten Hände, küsste sie und legte seinen Kopf darauf wie auf ein Kissen.

«Was denkst du von mir?»

Er sagte, er denke gar nichts, für sie müsse es schrecklich gewesen sein, aber er könne darüber nicht urteilen, er verstehe zu wenig davon.

«Du denkst nicht, dass ich ein Ungeheuer bin?»

Er sah sie bestürzt an. Nein, das denke er nicht.

«Und wenn ich das bei dir machen würde? Wenn ich beschließen würde, dein Kind abzutreiben?»

Am meisten ängstigte ihn, dass Cecilia auf diese Weise mit ihm sprach, mit diesem zurückgehaltenen Zorn.

«Warum solltest du das machen?»

«Um dir weh zu tun.»

Viberti schüttelte den Kopf. Einen Augenblick lang fürchtete er, nicht recht verstanden zu haben. Denn bis jetzt hatte er tatsächlich nichts verstanden. Aber es war auch möglich, dass er nicht die geringste Hoffnung hatte, je etwas zu verstehen, nicht einmal angesichts der offensichtlichen Tatsachen. «Dann würde mir Sorgen bereiten, dass du mir weh tun willst. Wolltest du deinem Mann weh tun? Was hatte er dir getan?»

«Nichts. Absolut nichts.»

Sie schwiegen. Dann fügte Cecilia hinzu: «Ich habe ihn nicht mehr geliebt. Vielleicht wollte ich ihn dafür bestrafen.»

Viberti küsste ihr wieder die Hände, sagte, sie habe schwierige Jahre durchgemacht, aber jetzt habe sie diese Zeit überwunden, und alles würde besser werden.

«Warum muss es besser werden?»

Aber die Frage war zu kompliziert, und kaum hatte sie sie gestellt, bereute Cecilia das schon, sagte, es sei nicht wichtig, er müsse nicht antworten. Sie stand auf, nahm ihn an die Hand. «Lass uns jetzt gehen», sagte sie und führte ihn in die Wohnung.

Am nächsten Tag wachte Viberti sehr früh auf und fand sich auf der linken Seite des Bettes wieder. Eine halbe Stunde lang betrachtete er Cecilia, sie hatte sich nachts in das Laken gewickelt. Auch ihm war kalt gewesen, er war ein paar Mal aufgewacht, war ins Bad gegangen und mit dem Bademantel ins Bett zurückgekehrt. Sein Pyjama lag unter dem Kissen, auf dem Cecilia schlief. Er betrachtete die Haut auf ihrer Schulter und dem Arm, den blonden Flaum, die Konstellation der Muttermale. So viele Sterne. Und wenn er nun einen Makel bei ihr entdeckt hätte, wenn die Liebe ihn nicht blind gemacht hätte? Doch vielleicht hatte nicht die Liebe ihn blind gemacht, vielleicht war er von Geburt an blind gewesen, und Cecilia lehrte ihn jetzt sehen. Zum zweiten Mal innerhalb weniger Tage hatte er Gelegenheit, seinen Blickwinkel zu ändern, er hatte den Balkon vom Hof aus gesehen, jetzt sah er den rechten Teil des Bettes von der linken Seite aus, und noch konnte er nicht sagen, ob diese neuen Perspektiven ihm gefielen oder ob sie nicht eher eine Bedrohung darstellten. Er stand auf, um Kaffee zu kochen, doch kaum hatte er die Espressomaschine auf die Herdplatte gestellt, ging er wieder zurück ins Schlafzimmer, um sie zu betrachten. Nein, er wollte sie nicht wecken. Er trank den Kaffee in der Küche, manchmal stand er auf, um nach ihr zu sehen. In dieser Nacht hatten sie sich im Bett geliebt, er konnte es noch immer nicht glauben. Ihre erste gemeinsame Nacht. Jetzt hatte er Cecilias Körper, der sich ihm bisher nur in Einzelteilen, als Fortsetzungsserie, enthüllt hatte, ganz gesehen, wieder zusammengesetzt. Es war ein schöner Körper. Er ging zurück in die Küche, wo die beiden Salate und die Frittata mit Kräutern die ganze Nacht über unangetastet geblieben waren, wie Opfergaben. Er räumte auf, ohne Lärm zu machen. Er wusste, dass sie dort drüben war, sie schlief in seinem Bett, in seiner Wohnung, und das war der pure Luxus, ein Geschenk, ein Privileg. In gewisser Weise war es wie in diesem Film über die Frau im Koma. Aber viel besser, denn Cecilia würde aufwachen. Obwohl die Gefahr bestand, dass sie nach dem Aufwachen wieder sagen würde, sie habe sich geirrt. Falsch, es war kein bloßes Risiko, es stand schon fest, er konnte sicher sein: Sie würde ihm wieder einmal sagen, dass alles vorbei war.

## DER WUNSCH, AUCH AM TAG DANACH MIT IHM ZUSAMMEN ZU SEIN

Das Gedächtnis spielt einem Streiche, heißt es, aber das Gedächtnis spielt nicht, es weiß immer genau, was es will. Sie erinnerte sich an den Moment, als sie die Nachricht in der Zeitung gelesen hatte. Es war im Januar gewesen, nach der ersten Nachtschicht, sie war gerade von einer Woche Ferien zurückgekommen. Eine aufreibende Nacht, aber ohne Unfälle. Sie war nicht müde, obwohl viele Tragbahren in der Notaufnahme standen, denn es war der offizielle Beginn der Grippesaison, und sie hatte vierzig Personen untersucht. In der Zeit, in der normalerweise gar nichts passierte, zwischen sechs und sieben Uhr, war ein Sanitäter des Rettungsdienstes von draußen hereingekommen und hatte einen kalten Luftzug, Brioches und die Zeitung mitgebracht. Die Zeitung lag vor ihr, sie las zwar fast nie Zeitung, doch als sie am Schreibtisch saß und, den Kopf in die Hand gestützt, die Fragen eines Kollegen beantwortete, der das letzte Patientenblatt ausfüllte, hatte sie darin geblättert.

MUTTER LÄSST IHR KIND VERHUNGERN war ein blinkendes Alarmlicht, eine heulende Sirene. Sie hätte den Artikel nicht lesen dürfen. Nach ein paar Zeilen konnte sie sich nicht mehr lösen. (War es unvermeidlich, an dem Artikel hängenzubleiben? Ich habe mir angesehen, wie er gesetzt war. Unteres Seitendrittel, auf der nächsten Seite fortgesetzt, daneben, als Konkurrenz, die Nachricht von einem Haus, das wegen eines Gasaustritts eingestürzt war. Nein, es war nicht unvermeidlich.)

Von dem Tag an verfolgte sie täglich die Geschichte von der Mutter, die ihr dreijähriges Kind hatte verhungern lassen. Anfangs war nur von einer Kinderleiche im Leichenschauhaus die Rede und von einem Mann, dem Partner der Mutter, der den Kleinen in die Notaufnahme gebracht hatte. Das Paar, sie dreiundzwanzig, er fünfundvierzig, lebte mit zwei weiteren Kindern in einem Zimmer ohne Trinkwasser und Strom. Die Frau war arbeitslos und der Mann wegen Drogenhandels vorbestraft. Acht Jahre zuvor, die Frau war damals erst fünfzehn, hatten sie gemeinsam zu fliehen versucht, denn die Familie der Frau hatte sich der Heirat widersetzt und die beiden getrennt.

Am dritten oder vierten Tag wurde das Ergebnis der Autopsie veröffentlicht, die erschreckende Magerkeit des Jungen, die Hämatome, vermutlich durch Gewaltanwendung. Dann stellte sich heraus, dass die beiden anderen Kinder, mit denen das Paar lebte, ein Junge von sechs und ein Mädchen von fünf Jahren, nicht von dieser Frau, sondern von einer früheren Partnerin des Mannes stammten. Rein körperlich waren die Kinder in einem guten Gesundheitszustand. Außerdem entdeckte man, dass es in dem Zimmer ohne Elektrizität eine Leitung gab, mit der illegal Strom abgezapft wurde, und dass das Paar eine Klimaanlage und einen Satellitenfernseher besaß, aber oft kein Geld für Lebensmittel.

Und zum Schluss kam die Geschichte der Frau und des biologischen Kindsvaters ans Licht. Nach der gescheiterten Flucht hatte die Frau es noch zwei Jahre in ihrer von einem gewalttätigen Vater beherrschten Familie ausgehalten, mit siebzehn war sie geflohen und hatte sich in einer Nachbarstadt versteckt, wo sie ihren Lebensunterhalt als Prostituierte verdiente. Ein Kunde (ein wohlhabender Unternehmer, verheiratet, Vater von drei Kindern) hatte sich in sie verliebt, ihr die Ehe versprochen, eine Wohnung für sie angemietet und sie ein Jahr lang unterstützt, aber als er erfuhr, dass sie ein Kind von ihm erwartete, hatte er sie verlassen. Mit neunzehn war die Frau schwanger, ohne Wohnung und ohne Arbeit. Sie hatte Hilfe bei ihrer alten Liebe gesucht, der Mann hatte sie nie vergessen und sie wieder aufgenommen. Das Kind wurde geboren. Die Mutter und ihr Lebenspartner hassten es, weil es dem Kunden immer ähnlicher sah, als es größer wurde. Sie gaben ihm nur dann zu essen, wenn die anderen Kinder etwas übrig ließen.

Nie würde sie die Einzelheiten dieser Geschichte vergessen. Was lernte sie daraus? Dass man Kinder nicht verhungern lassen darf. Dass man seine Ängste nicht pflegen darf. Dass es besser ist, keine Zeitung zu lesen. Dass das Gedächtnis unter anderem dazu dient, schlaflose Nächte mit Gedanken zu füllen. Dass man sich vor dem Gedächtnis schützen muss. Dass die natürliche Auslese unter den Erinnerungen nicht vorhersehbar ist. Schöne Erinnerungen überleben, sie trösten und erfreuen, und der Grund dafür ist klar. Außerdem überleben natürlich böse, harte und grausame Erinnerungen, Erinnerungen, die blutunterlaufene Augen hatten und darauf abgerichtet waren, zu knurren und zu beißen (sogar wenn man versuchte, sie zu zähmen).

Diese abgedroschenen Phrasen, immer wieder gedroschen. *Das sage ich nicht zweimal!* Aber sie wollten es noch einmal hören, und im Grunde wollte Cecilia es wiederholen. An dem Tag, da es genügen würde, ein einziges Mal zu bitten oder zu befehlen oder zu verbieten, damit sie gehorchten (oder sie ignorierten oder gehorchten und sie dann ignorierten), würden sie erwachsen sein, und die Lust an der Wiederholung würde sich andere Wege suchen. *Das sage ich nicht zweimal* zu dem Jungen, der seine Hausaufgaben machen sollte, *Das sage ich nicht zweimal* zu dem Mädchen, das sein Zimmer aufräumen sollte. Sie hatte den Eindruck, dass die beiden sich sehr gut verstanden, sie waren

Freunde geworden. Doch das traf die Sache nicht, sie hatten sich schon immer gut verstanden, einigermaßen. Jetzt aber waren sie auf andere Weise Freunde. Cecilia merkte es daran, dass sie sich ausgeschlossen fühlte, nicht mehr vermitteln musste. Oder schlimmer, Michela hatte ihr Verhalten gegenüber dem Bruder verändert. Weil sie größer geworden war. Oder weil sie ohnehin immer diejenige war, die kommandierte. Cecilia glaubte es nicht wirklich, doch der paranoide Gedanke, dass Michela ihn zum Fasten verleitet hatte, klopfte noch immer an ihre Tür. Sie fürchtete, er könnte sich wieder in ihrem Kopf einnisten, darum führte sie all ihre Gedanken auf diesen einen Gedanken zurück, um ihn erst zu denken und danach aufzuhören, ihn zu denken. *Hör damit auf.* Jetzt hörten sie meistens auf. Doch als sie noch kleiner waren, hatten sie ihre Widerstandskraft ausgetestet. *Hör damit auf, habe ich gesagt.* Sie machten weiter, blickten ihr ins Gesicht und grinsten herausfordernd (als sie noch sehr klein waren) oder spähten verstohlen aus dem Augenwinkel zu ihr hin, um den Grad der Verärgerung zu überprüfen (als sie etwas größer waren). *Wollen wir jetzt damit aufhören?* Sie kaufte keine Zeitung mehr. Die Geschichte vom verhungerten Kind war für immer vorbei, dem allgemeinen Vergessen und ihrer persönlichen Erinnerung anheimgegeben.

Doch jetzt suchte sie im Internet nach ähnlichen Geschichten. Zu diesem Thema gab es wenig, während mordende Mütter und Diskussionen jeder Art über mordende Mütter im Überfluss zu finden waren. Mütter, die in den Foren schrieben: «Eine Mutter, die ihre eigenen Kinder tötet, verdient den Tod.» Mütter, die sich panisch vor der Versuchung fürchteten, ihre eigenen, unerträglichen Kinder zu töten. Doch die mordende Mutter war fast immer eine gewalttätige Mutter. Gefühlskälte, Unwissenheit oder Dummheit als Grund, ein Kind verhungern zu lassen, fanden sich nicht so leicht. Sie dachte an die Katze, die ihre Kinder säugte und das schwächste verstieß. Sie fand viele Seiten über die Hamstermännchen, die ihre Kleinen töteten, damit die Weibchen sich sofort wieder paaren konnten. Die Hamster begnügten sich nicht damit, die Kleinen zu töten, sie fraßen sie auf und ließen nur die Köpfe zurück. Cecilia machte den Computer aus, indem sie den Stecker zog. Der schwarze Bildschirm sog die Luft auf, einen Augenblick lang stockte ihr der Atem.

*Mach mich nicht wütend.* Wenn sie das sagte, war sie schon ziemlich wütend, auf dem besten Weg, ernsthaft wütend zu werden. *Mach mich nicht wütend* war ein böses Zeichen für die Kinder und funktionierte viel besser als *Hör auf damit.* Sie war überzeugt, eine gute Mutter zu sein, eine zu großzügige Mutter vielleicht, doch eines Tages war Michela, damals in der dritten oder vierten Grundschulklasse, mit einem Aufsatz nach Hause gekommen, in dem sie geschrieben hatte: «Wenn wir brav sind, ist Mama schön wie ein Engel, aber wenn wir sie ärgern, stürzt sie sich auf uns wie eine Krähe.» Doktor Engel & Mutter Krähe. *Stürzt sie sich auf uns.* Mit der Zeit wurde die Angst, als ein langschnäbeliges Tier mit schwarz glänzenden Federn zu erscheinen, das böse Kinder bestrafte, durch die Befürchtung ersetzt, ein engelhaftes, reines Wesen mit weißen, duftigen Federn zu sein, das *ausschließlich* brave Kinder beschützte.

Sie erinnerte sich, wie bestürzt und abwehrend der schüchterne Internist am Tag der berüchtigten Liebeserklärung auf die Beschreibung seiner Person als eines anständigen, humanen Menschen und zuverlässigen Vertrauten reagiert hatte. Und sie erinnerte sich, dass es ihm nicht gefallen hatte, Dr. Anorexic und Mr. Bulimic genannt zu werden. Wenn es einen Menschen gab, der keine gespaltene Persönlichkeit sein konnte, dann war er es. Statt sie zum Teufel zu schicken, war er in seiner stummen Anbetung erstarrt, als hätte man ihn verhext. Und für sie wurde die Situation immer ärgerlicher. *Sonst gibt's Ärger.* Den gab es schon jetzt. Seit ein paar Monaten widerstand sie der Versuchung, mit ihm zu schlafen. Sie wusste, dass sie sich richtig verhielt, denn sie wollte erst verstehen, wie ernst diese erotische Anziehung war, ob sie kein vorübergehender Anfall von Lust war. Nein, andersherum: Sie dachte, dass es ein vorübergehender Anfall war, und wollte sich selbst beweisen, dass die Anziehung verschwinden würde, wenn sie durchhielt. *Jetzt gibt es wirklich Ärger.* Die Anziehung verschwand nicht, und sie hatte nicht nur weiterhin Lust auf Sex mit ihm (besonders in manchen schlaflosen Nächten, wenn die Kinder beim Vater waren und sie allein zu Haus), ihr zog sich auch das Herz zusammen. Das sich zusammenziehende Herz gehörte nicht zu den bekannten kardiologischen Syndromen, doch so etwas kam vor, wie die Patienten in der Notaufnahme wussten. Unwichtig, ob es sich dabei um eine nervöse Kontraktion der Muskeln am Magenmund handelte. Tatsächlich verging einem dabei der Appetit. *Ohne Abendbrot ins Bett!* Die einzige Drohung, die sie ihren Kindern gegenüber niemals benutzen durfte.

Es gab Momente, in denen sie sich mitten am Tag allein zu Hause fand, frei, weil ihre Schicht beendet war, oder weil sie in ein paar Stunden begann. Sie schloss die Tür und war sofort versucht, sich wieder im Bett zu verkriechen. Stattdessen fing sie an aufzuräumen. Die leere, stille Wohnung schien auch dann, wenn sie von der Anwesenheit der Kinder zeugte, jemand anderem zu gehören. Sie hatten gelernt, die Milch in den Kühlschrank zurückzustellen, wer weiß, warum. Nichts anderes räumten sie auf, ihre Zimmer waren chaotisch, doch die Milchpackung, die stellten sie weg. Aufräumen war immer nötig, und es war eine erholsamere Tätigkeit, als sich unter der Bettdecke zu verkriechen, vorausgesetzt, am Ende kam etwas dabei heraus.

Eines Morgens rief Luca an, um ihr zu sagen, dass er auf Dienstreise müsse, drei Wochen Rom und Sizilien, er würde an den Wochenenden nicht zurückkommen können.

«Fast ein Monat, ohne zurückzukommen, warum?», fragte sie und wunderte sich über ihren erschrockenen Tonfall, noch bevor ihr bewusst wurde, dass diese Abwesenheit des Vaters sie wirklich erschreckte.

«Ich weiß, ich weiß, es tut mir leid, wenn du willst, nehme ich die Kinder zwei Sonntage hintereinander, wenn ich zurück bin, aber ich kann es wirklich nicht ändern.»

Sie sagte, es sei nicht wegen der Wochenenden, die Kinder würden ihn vermissen.

«Tja …», er schien verlegen, «… es ist sehr nett von dir, dass du mir das sagst, ich werde ihnen ein schönes Geschenk mitbringen, einen Weg finden, damit sie mir verzeihen, und … meine Eltern sind ja auch da, wann immer du sie brauchst.»

Cecilia kicherte nervös und sagte, sie habe nicht nett sein wollen, sie habe nur die Wahrheit gesagt, die Kinder liebten ihn. Sie schwiegen. Wie weit war die Zeit entfernt, in der er sie verletzt hatte. Eines Tages hatte er gesagt, sie sei ganz offensichtlich nicht mehr in der Lage, Kinder aufzuziehen. Wie weit entfernt war diese Brutalität.

Dann bot Luca ein Abendessen bei sich zu Hause an, vor seiner Abfahrt.

Als sie auflegte, dachte Cecilia, dass sie allen Grund hatte, sich Sorgen zu machen, die organisatorischen Probleme konnte sie ohne ihn lösen, doch seine Abwesenheit würde für die Kinder nicht ohne Folgen bleiben. Sie fragte sich, ob sie eifersüchtig war: Zwei Wochenenden auswärts, vielleicht bedeutete das, dass

Luca eine Andere hatte. Aber sie entschied, nein, sie war nicht eifersüchtig, das war sie nie gewesen. Und wenn er eine Andere hatte, dann besser in einer anderen Stadt.

Sie versuchten, die Entfernung durch lange Telefonate zu überbrücken. Während der ersten Woche rief Luca jeden Abend an. Michela beschrieb ihm ausführlich ihre Tagesabläufe, und da der Vater sich nie an die vorangegangenen Folgen erinnerte, schimpfte sie mit ihm und bestrafte ihn mit Zusammenfassungen, die viel länger waren als die Nachrichten. Beim Sprechen setzte sie ihr ganzes Repertoire an Grimassen und komischen Ausdrücken ein, Cecilia und Mattia lachten beim Zuhören und wechselten verständnisvolle Blicke, sie kannten die Geschichten schon. Kam Mattia an die Reihe, antwortete er einsilbig. Nach ein paar Tagen hatte Michela die ganze zur Verfügung stehende Zeit für sich erobert, Mattia dagegen floh ins Bad, wenn er den Hörer nehmen und mit seinem Vater sprechen sollte. Am Samstag rief Luca zweimal an, und beim zweiten Mal sprach er dreißig Minuten mit Michela. Das Telefonat fand in der Küche statt, wo Michela durch die Balkontür nach draußen schaute, während sie sprach, ein Fuß auf den anderen gestellt, die Balance haltend. Als Cecilia sie ins Wohnzimmer zurückkehren sah, erwartete sie, Michela würde das Telefon an Mattia weiterreichen, doch sie hatte schon aufgelegt. «Papa lässt dich grüßen», richtete sie ihrem Bruder aus. Cecilia auf dem Sofa sagte nichts, sie hatte die Arme um sich geschlungen, während ihr Blick zwischen dem Fernseher und dem reglosen Hinterkopf des Jungen, der vor ihr auf dem Boden lag, hin und her ging. Sie hätte diese Dinge lieber nicht bemerkt, die Gleichgültigkeit des Jungen erschreckte sie.

In dieser Nacht kam ihr der Gedanke, dass Luca etwas falsch machte. Sie würde es ihm sagen. Er musste jedes Mal mit Mattia sprechen, auch wenn Mattia kein Interesse an einer Unterhaltung mit dem Vater zeigte, nein, in diese Falle durfte Luca nicht gehen. Vor allem durfte er den Kontakt mit Mattia nicht an Michela delegieren. Als gäbe es zwischen beiden eine Rangordnung. Zum ersten Mal wurde ihr klar, dass aus dem Jungen einer jener Menschen werden würde, die nichts tun, um Distanzen zu überwinden. Die Distanz, die ihn vom Vater trennte, existierte, das bildete sie sich nicht nur ein. Er würde immer von den anderen fordern, sich die Mühe zu machen, auf ihn zuzugehen. Er wollte als der geliebt werden, der er war. Er war das perfekte Exemplar eines Katers, eines übergewichtigen, haarigen Katers im Körper eines unterernährten Kindes, viel katzenhafter als sie, und darum entzückte und verzauberte er den schüchternen Internisten. Die ganze Welt war fasziniert von der stillen Kraft des Jungen, alle schienen immer um ihn herumzuschwirren (auch Michela natürlich, gerade darum, weil sie glaubte, ihn in der Hand zu haben).

Der schüchterne Internist hatte den Jungen sehr gerngehabt, dann hatte er die Mutter des Jungen sehr gerngehabt. Und die Mutter des Jungen hatte den schüchternen Internisten sehr gern. Sie hatte ihn furchtbar gern. Unter der Decke streckte sie einen Arm zur linken, leeren Seite des Bettes aus und überlegte, wie es für sie sein würde, wenn sie wieder einen anderen Menschen leise oder geräuschvoll neben sich schlafen hörte. Und schnell wie der Blitz kam ihr eine Idee: Vielleicht war sie verliebt in Viberti, vielleicht waren diese Phantasien ein Zeichen, das sie nur nicht mehr richtig deuten konnte. Sie musste mit ihm sprechen, sie musste sich entscheiden. Der Gedanke störte sie, und um sich abzulenken, stand sie auf, unter dem Vorwand, sie müsste nachsehen, ob die Kinder zugedeckt waren.

Sie holte die Pasta aus dem Kühlschrank, die Mattia übrig

gelassen hatte. Nie wusste sie, was sie mit den Resten anfangen sollte, oft warf sie alles weg, manchmal bewahrte sie es auf, größere Mengen warf sie leichter weg, die kleineren, weniger gefährlichen Portionen bewahrte sie auf, für den Fall, dass irgendwann mal jemand nachforschen sollte. Sie erhitzte die Pasta in der Mikrowelle, goss ein wenig Öl darüber und aß sie hastig auf.

Am nächsten Tag hatte sie Spätschicht, vier Stunden von acht Uhr bis Mitternacht. Sie brachte die Kinder zur Schule, kaufte ein wenig ein und bereitete sich darauf vor, einen ganzen freien Tag vor sich zu haben. Zu Hause hängte sie die Wäsche auf, eine der häuslichen Tätigkeiten, bei denen sie besonders nervös, mitunter unausstehlich wurde. Sie hatte es immer gehasst, diese verschlungenen Stoffgedärme aus dem Bauch der Waschmaschine zu ziehen, die sofort auseinanderfielen, als riefe der Kontakt mit der Luft augenblicklich eine Nekrose der Gewebe hervor. Den Geruch gewaschener Wäsche verabscheute sie. Sie verstreute Strümpfe und Unterhosen vom Bad bis zum Wäscheständer im Zimmer am Ende des Flures, weil sie jedes Mal vergaß, den Wäschekorb zu benutzen. Schon bald war kein Platz mehr auf dem Ständer, vielleicht nutzte sie ihn auch schlecht oder hatte keine Lust, Stücke, die sie schon aufgehängt hatte, neu anzuordnen. Oft ließ sie einen letzten Wäscheballen zurück, in der Hoffnung, jemand (die Putzfrau oder Luca) würde ihn aufhängen. Seit Luca nicht mehr bei ihnen wohnte, gab es weniger zu waschen, verschwunden waren die zahllosen identischen Oberhemden, und an Platz mangelte es jetzt nicht mehr, aber die Wäsche war trotzdem schlecht aufgehängt.

Luca war immer besser darin gewesen, die Waschmaschine zu füllen, Wäsche aufzuhängen und den Kofferraum zu beladen. Sie ahnte vage, welches die Gründe für ihre Unfähigkeit waren, es hatte mit methodischem Handeln zu tun, etwas, was Männern sehr am Herzen lag, wofür Frauen keine Zeit hatten oder etwas (geben wir es ruhig zu), für das die Intelligenz von Frauen sich nicht eignete. Doch wen kümmerte das. Vibertis Vorliebe für Leitlinien zum Beispiel. Sie würde ihn bitten, ihr Leitlinien für das Beladen der Waschmaschine und Leitlinien für das Wäscheaufhängen zu schreiben. Das würde er tun, dachte sie. Dann dachte sie, dass ihr immer Viberti einfiel, egal, was sie gerade dachte. Und es war schade, dass sie nicht den Mut hatte, ihm das zu sagen.

Diesen Mut würde sie nie haben.

Sie war nicht mutig, sie war furchtsam und feige. Die Angst, allein zu bleiben, zwang sie dazu, einen Mann zu täuschen, der nichts von ihr verlangte und sie gernhatte. Sie musste ihm sagen, dass auch sie ihn gernhatte, und dass es besser war, wenn sie sich nicht mehr sahen. *Das* war es, was sie ihm dringend sagen musste.

Ein feuchtes Tischtuch glitt ihr aus der Hand und fiel klatschend zu Boden. Sie ließ die Wäsche halb aufgehängt zurück und ging in den Flur, ohne zu wissen, wohin sie gehen wollte. Plötzlich fand sie sich im Wohnzimmer wieder, mit geradem Rücken auf dem Sofa sitzend, die Beine geschlossen, die Hände auf den Knien, wie bei einem Arbeitsgespräch. Als sie merkte, dass sie in dieser albernen, steifen Haltung festgefroren war, sank sie, gegen die Rückenlehne fallend, sofort in sich zusammen. Das Wohnzimmer war noch so chaotisch wie am Abend zuvor: auf dem Boden verstreute Zeitschriften, halb gespielte Spiele, überall Kassetten und DVDs, das übliche Schlachtfeld, bevor sie kapitulierte und ins Bett ging. Sie fühlte, dass ihr die Luft wegblieb, aber sie war nicht aufgeregt. Doch, vielleicht war sie es. Sie wollte mit Viberti sprechen. Es am Telefon sagen? Nein. Auf morgen warten? Nein. Sie dachte an ihre Bar. Ihm in derselben Bar, in der er ihr seine Liebe gestanden hatte, mitzuteilen, dass sie sich nicht mehr sehen durften, war eine sinnlose Grausamkeit. Außerdem war sie nicht sicher, ob er einwilligen würde. Sie konnte darauf bestehen. Hoffte sie, dass er nicht einwilligte?

Sie rief ihn an. Er war im Krankenhaus, sie sagte, sie müsse ihn sofort sehen. Sofort, augenblicklich. Sie könne sich nicht zu weit von zu Hause entfernen, weil der Junge krank sei, er huste seit drei Tagen, und das war nicht ganz gelogen. Mattia zu erwähnen, war bei Viberti immer noch die Trumpfkarte. Sie sagte, sie müsse den Zahnarzt bezahlen, und bat ihn, sich auf halbem Weg mit ihr zu treffen. Warum es so wichtig war, jedes Mal zu lügen, konnte sie nicht erklären.

Dass Viberti alle Bedingungen akzeptierte, erleichterte sie, und sie fühlte sich besser. Statt ihren Mantel überzuziehen, ging sie ins Schlafzimmer und schlüpfte angezogen unter die Decke. Sie stellte sich die Rede vor, die sie ihm halten würde, sah ihn vor sich, wie er stumm zuhörte. Erst als noch fünf Minuten bis zur verabredeten Zeit fehlten, schaffte sie es, das Bett zu verlassen.

Vibertis Wangen waren rot vor Kälte, und er sah ein bisschen lächerlich aus, warum war er im Kittel aus dem Krankenhaus gegangen? Er wirkte sehr besorgt, ernst und bekümmert, als hätte er eine schlechte Nachricht für sie. Immer wenn Cecilia ihn sah, egal ob traurig oder fröhlich, heiter oder finster, bekam sie gute Laune. Sie flüchteten in eine Bar, das war ihr Schicksal. Statt ihm zu sagen, dass sie sich nicht mehr sehen durften, sagte sie, dass sie oft an ihn denke und vielleicht in ihn verliebt sei. Er schwieg, wartete auf die Fortsetzung (es gab keine), als hoffte oder fürchtete er, dass sie noch etwas anderes zu sagen hätte. Doch das Geständnis, ob wahr oder gelogen, hatte sie erschöpft, ihr Vorrat an Aufrichtigkeit oder an Vorstellungskraft war aufgebraucht. Wenn ihre Beziehung ein Problem geworden war, wusste sie jedenfalls keine Lösung. Nach einer Weile merkte sie, dass sie ihm die Hand drückte wie ein fünfzehnjähriges Mädchen (so alt würde Michela in zwei Jahren sein), doch sie ließ nicht los. Sie beichtete ihm, dass sie nachts aufstand, «um nachzusehen, ob die Kinder atmen» und zu überprüfen, ob sie gut zugedeckt waren. Jetzt war sie diejenige, die sich aus der Deckung begeben hatte, aber Viberti fehlte das Geschick, es auszunutzen. Er hatte keine Schwester zum Diskutieren gehabt, hatte seiner Mutter gegenüber nicht recht behalten wollen.

Er konnte Momente der Schwäche bei anderen nicht ausnutzen. Welche Beziehung hatte er zu seiner Mutter gehabt? Sie stellte sich eine kalte, stolze Frau vor, die wenig sprach.

Darum bat sie ihn, ihr die Geschichte zu erzählen, die seine Mutter erzählt hatte, wo die Hauptfigur Cecilia hieß. Und während er sprach, kam ihr eine Idee. Die Kinder voneinander trennen, manchmal. Jetzt zum Beispiel, unter dem Vorwand, Mattia habe Husten. Jetzt, wo Luca weg war. Michela zur Großmutter bringen. Überprüfen, wie Mattia sich während der Abwesenheit seiner Schwester verhielt. Oder zu Silvia. Bei Silvia würde das Mädchen sich sehr wohl fühlen. Wie sollte sie es begründen? Das musste sie nicht. Mattias Husten reichte. Sie war der Arzt, alle würden ihr glauben. Sie spürte eine jähe Freude, bekam Lust, es sofort auszuprobieren. Konnte das wirklich funktionieren?

Viberti beendete die Geschichte, und sie sagte, sie könne sich nicht vorstellen, welch ein Typ Frau seine Mutter sei. «Der vornehme Typ Frau», sagte er mit einem sanften, traurigen Lächeln. Cecilia aber verstand «der vernehmende Typ Frau», und ohne zu wissen, was er damit meinte, ahnte sie, dass es sich um etwas handelte, was eine lange Erklärung erforderte. Sie hielt den Mund.

Der Junge entpuppte sich als ein perfekter Komplize. Als er aus der Schule kam, hatte er glänzende Augen und jammerte: «Ich bin so müde.» Cecilia legte ihre Lippen auf seine Stirn und sagte, er habe Fieber. Sie nahm seine Hand und hoffte, dass keine Mutter sie aufhalten würde, während sie sich einen Weg durch die kleine Schar Kinder und Eltern bahnte. Als könnten sie ihre böse Absicht, die Kinder zu trennen, in ihren Augen lesen und versuchen, sie davon abzubringen.

Sie ließ Mattia bei ihrer Mutter und ging Michela abholen. Ihr Bruder sei krank, sagte sie, und würde bei der Großmutter schlafen.

«Heute Morgen hat er schon gehustet.» Das Mädchen nickte. Sie kam gerade aus der Klavierstunde und trommelte singend mit den Fingern auf ihren Knien.

Das ist das Geheimnis, dachte Cecilia, so sind Kinder, man muss sie vor vollendete Tatsachen stellen, dann wundern sie sich nicht.

«Willst du hören, wie die neue Lehrerin in Sachkunde redet?»

«Wie denn?»

«Und jätzt nähmt eurä Büchä und schlagt sä auf Säitä sächs auf.»

Das sei ein Familienfehler, erklärte sie.

«Ein Familienfehler? Was soll das denn heißen?»

«Ihre Schwester ist Italienischlehrerin und redet genauso.»

«Ja, aber man sagt nicht Familienfehler. Es heißt Sprachfehler. Aber in diesem Fall ist es keiner. Es muss ein Akzent aus irgendeiner Gegend sein. Sie spricht so, du sprichst anders. Das ist nicht schlimm.»

Michela nickte.

«Versuch mal, mich nachzuahmen.»

«Hä?»

«Mach nach, wie ich spreche.»

«Du sprichst normal.»

«Du hast mich noch nie nachgeahmt.»

Michela machte ein sehr betrübtes Gesicht, dann erschrocken aufgerissene Augen, dann wieder betrübt, dann wieder erschrocken.

Cecilia lachte. Möglich, dass die Lehrerin aus einem Städtchen nicht weit vom Geburtsort ihres Vaters kam, der wiederum nicht weit von dem Städtchen entfernt sein konnte, in dem das verhungerte Kind sein kurzes Leben gelebt hatte. Und auch das hatte sie verstört, obwohl sie es sich ein paar Tage lang nicht eingestanden hatte. Denn natürlich bedeutete es gar nichts. Sie seufzte.

Und seufzend erzählte sie etwas später Silvia, dass sie Mattia zum Übernachten bei ihrer Mutter gelassen hatte.

«Er hat so sehr darauf bestanden, dass ich nicht nein sagen konnte.»

«Ja, ich verstehe dich, er kann schrecklich sein», bemerkte Silvia, ebenfalls zerstreut, ebenfalls bereit, sich von Cecilias Vernebelungstaktik einwickeln zu lassen.

«Hör mal, soll ich Michela eine Nacht bei mir schlafen lassen? Ich habe dir das nie angeboten, weil ich den Eindruck hatte, du trennst dich nicht gerne von ihnen, aber wenn ich dir damit helfen kann …»

Es hatte fast den Anschein, als könnten Mutter und Schwester ihre Gedanken lesen, und wenn das so war, gab es zwei Möglichkeiten: Entweder lasen sie nur einen Teil ihrer Gedanken, die Sorge und die Erschöpfung, und wollten ihr wirklich helfen, oder sie lasen alles, auch die Absicht, die Kinder zu trennen, und zogen es vor, ihr nicht zu widersprechen.

Zu Beginn der Schicht, um acht Uhr, schickte sie Viberti eine

SMS, sie sei ohne Auto im Krankenhaus und höre um Mitternacht auf. Der Internist antwortete, er warte vor dem Haupteingang auf sie. Sie fuhren zu demselben Parkplatz, wo sie beim letzten Mal gewesen waren, und liebten sich. Bis zu dem Moment, als sie Lust bekommen hatte, ihn zu sehen und ihm die SMS geschickt hatte, hatte sie fast zweiundzwanzig Stunden lang nicht an ihn gedacht. Wenn jemand ihr gesagt hätte: «Heute Abend wirst du mit Viberti Sex haben», hätte sie erwidert: «Es ist wahrscheinlicher, dass ich morgen nach China reise.» Ansonsten war es nicht anders als die Male davor: Es gefiel ihr sehr, und gleich danach war sie sicher, dass sie es nie wieder tun würde.

Am nächsten Tag bat sie Silvia, das Mädchen um sechs vom Volleyball abzuholen und sie noch eine Nacht bei sich zu behalten.

Nach der Schicht holte sie den Jungen bei ihrer Mutter ab und brachte ihn nach Hause. Bevor sie die Tür öffnete, hatte sie einen Moment lang ein Bild der dunklen, leeren Wohnung vor Augen, den düsteren Flur, der aussah, als wäre er mit einem weichen, dicken Wollstoff tapeziert. Sie machte das Licht im Eingang an, ging, ohne ihren Mantel auszuziehen, in die Küche und machte das Licht an, ging ins Wohnzimmer und machte das Licht an, ging in die Kinderzimmer und machte das Licht an. Dann kehrte sie zur Eingangstür zurück, wo der Junge auf der Schwelle stehen geblieben war und sie beobachtete.

Zum ersten Mal in drei Tagen fragte Mattia, wo Michela war.

«Hat sie dir gefehlt?», fragte Cecilia.

Mattia nickte, doch wie immer konnte man seine wahren Gefühle nicht erkennen.

Die Wohnung schien unter der Abwesenheit ihrer Bewohner nicht gelitten zu haben. Die Betten waren gemacht, die Küche war sauber, und sogar die Waschmaschine war geleert. Jedes Mal, wenn sie nach kurzer Abwesenheit zurückkam, dachte sie, dass sie vielleicht von hier wegziehen, sich etwas Neues suchen sollte, wie Luca, denn diese Wohnung würde ihre Geschichte niemals vergessen.

Der Junge aber schien sich zu freuen, dass er seine Spielsachen wiederhatte, er fing sofort an, in einem Korb nach einem Spielzeugauto zu kramen. Sie konnten sich einen schönen Abend zu zweit machen. Zwei Tage Gespräche und Telefonate mit vagen Andeutungen, Fahrten mit dem Auto von einer Wohnung zur anderen, Smalltalk und Spekulationen über provisorische Pläne waren nötig gewesen, um diese Gelegenheit herbeizuführen und diesen Moment jetzt zu erleben, obwohl dieser Moment nichts Besonderes zu sein schien. Als sie mit Mattia am Tisch saß, fragte sie sich, was sie eigentlich zu erreichen gehofft hatte. Er aß so lustlos wie immer, hatte nicht mehr Appetit als sonst, sah nicht glücklicher oder unglücklicher aus. Trotz Cecilias Versuche, ihn abzulenken, kehrte er hartnäckig und entschlossen immer wieder zu dem einzigen Thema zurück, das ihm wichtig zu sein schien: morgen wieder zur Schule zu gehen, nicht noch einen Tag zu versäumen. Bei der Großmutter hatte er einen Freund angerufen, um sich die Hausaufgaben geben zu lassen.

Sie hatten kurze Sätze gelernt, nur Subjekt und Verb. «Zum Beispiel: Die Kuh muht, der Hund bellt, der Löwe brüllt.»

«Nur Tierlaute?»

«Mama!»

Er mochte es nicht, wenn sie Spaß machte.

«Nicht nur Tierlaute. Auch: Das Flugzeug fliegt, der Dieb stiehlt, der Vater arbeitet.»

«Oder: Der Junge isst seinen Teller leer.»

«Falsch! Das ist kein Kurzsatz.»

«Der Junge isst.»

Endlich lachte auch er und nahm eine Gabel Pasta.

Da sagte Cecilia, wenn er sich morgen wohl fühle, könne er wieder in die Schule gehen.

Sie sahen bis zehn Uhr fern, dann packte Mattia seinen Schulrucksack und ging schlafen. Cecilia nahm das Telefon mit ins Schlafzimmer und rief Silvia an, um mit Michela zu sprechen.

Michela schlief schon. «Sie war todmüde, als sie vom Volleyball kam.»

«War sie traurig, dass ich nicht angerufen habe?»

«Nein, ich glaube nicht.»

Cecilia sagte, immer wenn Mattia krank werde, wachse ihr alles über den Kopf, sie sei nicht mehr Herr der Lage. Auf jeden Fall würde sie Michela morgen nach Hause holen.

Sie könne ganz beruhigt sein, sagte Silvia, sie habe die Lage doch gut gemeistert, es war nichts Schlimmes passiert.

Doch, etwas Schlimmes war passiert, sie hatte wieder mit Viberti geschlafen. Sie wusste, dass es nicht in Ordnung war, aber den Grund hatte sie vergessen.

Sie hatte Luca nie betrogen, jetzt kam es ihr vor, als betrüge sie die Kinder. Doch die eigenen Kinder zu betrügen, war eine verrückte Idee. Sie schlief ein, ohne zu verstehen, was das bedeutete.

Zwischen dem Ende des Winters und dem Beginn des Frühlings wurden Michelas Übernachtungen bei der Tante zu einer festen Gewohnheit, auf die vielleicht nur die Großmutter eifersüchtig war. Cecilia war öfter mit dem Jungen allein, dem die Abwesenheit seiner Schwester aber nicht aufzufallen schien, er wusste ja, dass es nur von Zeit zu Zeit um einen Abend ging. Er aß so, wie es mittlerweile seine Gewohnheit war, genug, um die Eltern nicht zu beunruhigen, doch ohne jemals besonderen

Appetit oder eine besondere Vorliebe für bestimmte Speisen zu zeigen. Essen war wie Hausaufgaben. Die Lehrerinnen sagten, er sei wohlerzogen, höflich, zu stolz, um jemanden um Hilfe zu bitten, und wenn er nur das Allernötigste tat, geschah das nicht aus Faulheit, sondern weil ihm die Kräfte fehlten. Sie meinten, es genüge, ihn zu ermutigen. Ihn ermutigen, zu überleben, ein distanzierter, unnahbarer und gleichgültiger Erwachsener zu werden? Cecilia war damit nicht einverstanden, sie provozierte ihn weiterhin mit ironischen Bemerkungen, weil sie hoffte, er würde dadurch ein bisschen gewitzter und lebhafter werden, würde lernen, zu lachen oder wenigstens manchmal zu lächeln.

Eines Tages sah sie Silvia in der Notaufnahme auftauchen, es war gegen Ende der Frühschicht. Jemanden aus ihrer Familie im Krankenhaus zu sehen, war ein wiederkehrender Albtraum für sie, im Schlaf und im wachen Zustand. So oder ähnlich stellte sie sich das vor: Sie untersuchte gerade einen Patienten mit unklaren thorakalen Schmerzen und ohne pathologischem Befund im EKG und fragte ihn, ob der Schmerz lokal oder ausstrahlend sei, stechend oder dumpf, ob er an derselben Stelle bleibe oder zum Hals wandere, und während sie sich darauf konzentrierte, ihre Fragen verständlich zu stellen und die Antworten zu verstehen, kam ein Kollege und berührte sie am Arm, «Komm, du musst nach einem deiner Patienten in Untersuchungszimmer zwei sehen.» Sie würde erwidern «Ja, gleich», vielleicht irritiert von diesem «Du musst», und würde den Krankenpfleger bitten, Blut für die Messung der Enzymaktivitäten abzunehmen, noch immer mit dem Fall beschäftigt, den sie vor sich hatte, ohne daran zu denken, dass sie diesen Patienten nie wieder sehen würde. Hinter der Tür von Zimmer zwei würde sie den bewusstlosen Mattia finden oder Michela, die weinte, oder ihre Mutter mit Todesangst in den Augen. Doch vor allem den Jungen: In neun von zehn Fällen war der Junge im Untersuchungszimmer zwei. Der unterernährte Junge, der Junge, der zu verhungern drohte, und sie hatte es nicht gemerkt. Hilflos und angespannt wie ein weit geöffneter Mund, und die Nahrung, die er erwartete, war sie.

Silvia jedoch ging es ausgezeichnet, sie war gekommen, um Cecilia abzuholen, sie wollte einen Happen mit ihr essen.

«Hatten wir das verabredet?» Cecilia fürchtete, es vergessen zu haben.

Nein, das Mittagessen war nicht geplant. Silvia war unangekündigt gekommen, weil sie bis zum letzten Moment nicht wusste, ob sie wirklich darüber sprechen wollte.

«Ist irgendwas nicht in Ordnung? Bist du krank? Geht es Mama schlecht?»

Silvia strich ihr über die Hand, sagte, sie solle Ruhe bewahren, allen gehe es gut.

«Brauchst du Geld?»

Silvia lächelte schief, schüttelte den Kopf. Sie wollte über Michela sprechen, über ein Geständnis, das Michela ihr gemacht hatte. Aber sie mussten irgendwohin, wo es ruhig war.

«Hat sie einen Freund?»

«Können wir woanders reden?»

Es war erst Viertel nach eins, Cecilia fragte die Kollegen, ob sie früher gehen könne, der Wartesaal war leer, und kein Rettungswagen hatte sich angekündigt.

Als sie am Tischchen hinter der Säule saßen, erzählte Silvia, dass Michela eines Abends zu weinen begonnen hatte. Sie schauten gerade einen zweiteiligen Film über das Leben von Mutter Teresa. «Ein furchtbarer Kitsch», sagte Silvia, aber sie hatten vereinbart, dass sie den Film nur eine halbe Stunde lang ansehen würden, denn Michelas Lehrerin hatte davon gesprochen, und sie hatte entdeckt, dass sie die Einzige in der Klasse war, die den ersten Teil nicht gesehen hatte.

Cecilia seufzte. «Immer entscheidet sie, was wir abends anschauen, Mattia und ich dürfen nie einen Wunsch äußern. Außerdem scheint mir, dass dieses Problem …»

«Wenn du an die Zeit denkst, in der sie eine Heilige werden wollte, dann hat das nichts mit dem Film zu tun, glaube ich. Sie wollte ihn wirklich nur sehen, um mitreden zu können. Der Film war es nicht, was sie zum Weinen gebracht hat.»

Es machte Cecilia entsetzlich wütend, wenn Silvia ihre Gedanken las.

«Warum weinte sie dann?»

Normalerweise musste man nicht lange bohren, um Michelas Gedanken zu erfahren, sogar die heimlichsten. Diesmal aber bedeckte sie das Gesicht mit den Händen und weigerte sich, etwas zu sagen, während Silvia ihr über die Haare strich und ihr zuflüsterte, sie solle sich beruhigen. Es hatte ganz ohne Vorwarnung begonnen, sie war nicht erregt oder nervös gewesen, nicht traurig oder verstört, als sie zu Hause angekommen waren. Beim Abendessen hatten sie von der Schule gesprochen, und Michela war das fröhliche Mädchen gewesen, als das man sie kannte.

Endlich hatte sie sich beruhigt und gesagt: «Mama kann mich nicht leiden.»

Cecilia blickte auf das Brötchen hinunter, das sie noch nicht angerührt hatte, eine Scheibe Mortadella ragte aus dem Brot heraus wie ein Stück nackter Haut, das durch einen offenen Knopf oder eine gelöste Gürtelschnalle zum Vorschein kommt.

«Ich erzähle dir das bestimmt nicht, damit du dich mies fühlst», sagte Silvia, «zwei Wochen lang hab ich hin und her überlegt und wusste am Ende nicht mehr, was ich tun sollte.»

Damit sie sich mies fühlte? Sie fühlte sich ganz und gar nicht mies und fürchtete, dass ihre Schwester das merken würde, wenn sie die Augen hob. Vielleicht fühlte sie sich ja doch mies, aber nicht aus dem Grund, den Silvia vermutete.

Trotzdem blickte sie schließlich auf und sah, dass es Silvia viel schlechter ging als ihr. Sie nahm ihre Hand, die zu zittern schien, doch vielleicht zitterte sie selbst, ihr Blick zitterte, und sie sah das Tischchen zittern, das Glas und die kleine Flasche ACE-Saft, die Tasse und die Teekanne, das Schinkensandwich und das Brötchen mit Mortadella. «Nein, ich denke nicht, dass du es mir erzählst, damit ich mich mies fühle. Bestimmt nicht. Was hat sie denn noch gesagt?»

«Sie hat gesagt, sie merkt ganz genau, dass du sie nicht leiden kannst, aber sie weiß nicht, was sie sagen soll, damit du mit ihr zufrieden bist.»

Cecilia schlug abermals die Augen nieder. Sie wusste, dass sie jetzt mindestens gerührt sein müsste, und wenn sie Rührung hätte spielen können, hätte sie das getan. Um das Problem zu lösen, um dieses Mittagessen durchzustehen.

«Mach nicht so ein Gesicht, sonst fühle ich mich wie eine gemeine Verräterin.»

«Es war sehr gut, dass du es mir erzählt hast, ehrlich. Hat sie denn nichts von Mattia gesagt?»

«Sie hat gesagt, du bist andauernd so besorgt wegen ihm, dass du nichts anderes mehr wahrnimmst. Sie hat mehrmals gesagt, dass sie es spürt, sie spürt, dass sie dich nervt.»

«Das stimmt nicht. Du bist doch oft bei uns: Hast du den Eindruck, dass ich genervt auf sie reagiere?»

«Natürlich nicht, darum habe ich ihr ja auch gesagt: Mama hört dir immer zu, es macht ihr Spaß, dir zuzuhören, und am nächsten Tag erzählt sie mir alles, was du gesagt hast. Aber sie wollte keine Ruhe geben.»

«Und wie denkst du darüber? Abgesehen von dem, was du Michela gesagt hast, findest du, dass ich sie immer nur genervt und gereizt behandle?»

«Nun ja, sie reizt dich …»

«Klar, Kinder machen einen fertig, das ist nichts Neues.»

«Trotzdem, du reagierst nicht nur gereizt auf sie, den Eindruck habe ich nicht.»

«Gut. Denn so ist es auch. Ich bin ihr gegenüber nicht nur verärgert und gereizt. Ich bin mir ziemlich sicher, dass ich sie spüren lasse, wie lieb ich sie habe.»

«Reg dich nicht auf.»

«Ich rege mich nicht auf.»

Sie schwiegen. Cecilia dachte, dass sich später vielleicht alles klären ließ, dass sie jetzt über etwas anderes sprechen sollten. Die beiden Frauen am Nachbartisch, Ärztinnen oder Angestellte oder Verwandte von Patienten hätten ihnen Anlass zu weniger riskanten Gesprächsthemen geben können. Doch Silvia nahm den Faden wieder auf.

«Aber vielleicht …»

«Was?»

«Was du mir neulich erzählt hast, … als dir der Gedanke kam, sie könnte Mattia beeinflussen …»

«Ich war außer mir, das habe ich nicht ernst gemeint. Es war sehr richtig von dir, mir zu sagen, ich solle damit aufhören.»

«Ja. Aber sie könnte etwas davon mitgekriegt haben.»

«Sie hat das mitgekriegt, was sie dir gesagt hat, dass ich mir große Sorgen um Mattia mache. Und das stimmt: Ich mache mir mehr Sorgen um Mattia als um sie. Ich glaube, sie wird im Leben sehr gut zurechtkommen. Ich glaube, sie braucht mich nicht so sehr.»

«Da irrst du. Sie ist dreizehn. Und wie sie dich braucht.»

«Ich weiß, dass sie dreizehn ist, wenn ich es vergessen hätte, würde sie mich daran erinnern, sie redet andauernd darüber, sie redet überhaupt furchtbar viel, und ich rede auch mit ihr, sie wird nicht alleingelassen.»

«Reg dich nicht auf.»

«Ich rege mich nicht auf.»

«Ich hab's dir erzählt, weil sie wirklich geweint hat. Ich glaube nicht, dass das geschauspielert war, um Eindruck auf mich zu machen.»

«Sie ist eine geborene Schauspielerin.»

«Sie hat nicht geschauspielert. Sie trägt das schon eine ganze Zeit mit sich herum, sie sagt, sie spürt es seit langem. Sie weiß nicht, was sie tun soll, damit du sie gernhast. Genau so hat sie sich ausgedrückt: Ich möchte, dass sie mich gernhat.»

Der einzige Weg, um aus dieser Diskussion und aus der Bar herauszukommen, bestand vielleicht wirklich darin, sich aufzuregen. Schreien, Silvia fragen, ob ihr klar sei, was sie in den letzten Jahren durchgemacht hatte, ihr sagen, sie habe es leicht, ohne Verantwortung und mit der Gewissheit, dass es immer jemanden gab, der sie unterstützte. Sich aufregen und ungerecht sein. Etwas Unangenehmes sagen und es gleich danach bereuen. Vom Tisch aufstehen und die Bar verlassen. Wenn sie sich aufgeregt hätte, wäre es ihr erst besser gegangen und dann schlechter.

Dies war der Moment, in dem der schüchterne Internist hinter der Säule auftauchte. Cecilia klammerte sich an sein Erscheinen, bat ihn mit einer verzweifelten Geste, sich zu ihnen zu setzen, und als Viberti wieder aufstand, um seinen üblichen Teller geschmortes Gemüse zu bestellen, flüsterte sie ihrer Schwester zu, sie habe vergessen, dass sie mit diesem Kollegen verabredet war, sie könne ihn jetzt nicht wegschicken, sie würden ihr Gespräch später fortsetzen. Wenn sie dachte, dass Silvia jetzt aufstehen und sie beide allein lassen würde, hatte sie sich schwer getäuscht. Silvia blieb nicht nur sitzen und fing an, ihr Sandwich zu essen und am Tee zu nippen, sie begann auch eine liebenswürdige Unterhaltung mit dem Internisten. Der arme Viberti war noch verlegener als sonst und bemühte sich nach Kräften, eine höfliche, normale Konversation mit Silvia zu führen. Doch normal mit Silvia zu sprechen, war unmöglich, das Gespräch sprang in alle Richtungen gleichzeitig. *Eine brennende Katze* sagte ihr Vater (sie erinnerte sich plötzlich an den Sommer, in dem ihr Vater diesen Ausdruck geprägt hatte, nachdem er in der Zeitung gelesen hatte, dass Pyromanen streunende Katzen mit Benzin übergossen, sie anzündeten und in den Wald warfen, damit sie, verrückt vor Schmerzen, von einem Busch zum anderen sprangen und so das Feuer verbreiteten). Eine Weile glaubte sie, sitzen bleiben zu können, um der Szene beizuwohnen und vielleicht auch ihr Brötchen essen zu können, das sie noch nicht angerührt hatte. Stattdessen wurde sie immer nervöser, ihr Herz krampfte sich zusammen, ihr Magen schloss sich, und nach zehn Minuten ließen Wut und Schmerz sie aufspringen wie eine Feder. Silvia hatte ihren ewigen Verlobten erwähnt, unter dem Spitznamen, den sie ihm verpasst hatte, Enrico Fermi, und von den vielen Dingen, die Cecilia an ihrer Schwester aufregten, war ihr diese Manie, Leute mit Spitznamen zu belegen, besonders widerlich. Außerdem fürchtete sie, sich davon beeinflussen zu lassen, zum Beispiel wenn sie Viberti den «schüchternen Internisten» nannte. Als sie endlich draußen war, füllten sich ihre Augen mit Tränen beim Gedanken an ihr kleines Mädchen, das weinte und sagte: «Ich möchte, dass sie mich gernhat», und mit den Absätzen auf den Gehsteig knallend, als müsste sie den Boden bestrafen, über den sie ging, gelangte sie im Laufschritt zu ihrem Auto, das wie immer in der Sonne und wie immer zu weit weg geparkt war.

(Eine zusätzliche Information zu den Schauplätzen: Das Krankenhaus wurde zum großen Teil in einzelne Komplexe aufgeteilt, die alten Pavillons abgerissen, die Station meines Vaters existiert nicht mehr, die Notaufnahme hat man abgebaut und an anderer Stelle vollkommen neu errichtet, Cecilias Wohnung wurde verkauft und in zwei kleinere Wohnungen aufgeteilt, die Wohnung meines Vaters ist unverändert, und die Bar der beiden gibt es noch, das wundert mich am meisten, nach all diesen Jahren hat man die Inneneinrichtung erneuert, klar, aber die Säule steht noch, «wie eine antike Ruine», hätte Silvia gesagt.)

Ein paar Tage später fiel ihr plötzlich wieder ein, wie abscheulich ihre Schwester sein konnte. Sie dachte daran, wie sie Silvia beschützt hatte, als ihr Vater krank war. Sie hatte dafür gesorgt, dass Silvia ihn nicht leiden sah. Sie hatte Silvias Besuche so gut vorbereitet, dass er ihr wie ein alter General im Ruhestand statt wie ein Krebskranker erscheinen musste. Im Krankenhaus hatte ihr Vater sich eines Nachts den Tropf abgerissen, man hatte ihn halbnackt im Flur gefunden, wo er einen Rollstuhl vor sich herschob und nicht mehr wusste, aus welcher Station er abgehauen war, er glaubte, er sei im Supermarkt. Als er wieder zu Hause war, hatte er ihr anvertraut, dass er sich davor fürchtete, mit Silvia allein zu sein, und sie hatte ihm geraten, immer ein Beruhigungsmittel zu nehmen, bevor Silvia zu Besuch kam. Es war seltsam, erleben zu müssen, dass ihr Vater sich wie alle anderen Menschen verhielt, er lief weg, weinte und verzweifelte, weil er Angst vor dem Sterben hatte.

An dem Tag, an dem der Junge wieder ins Krankenhaus kam, lag er nicht verhungert im Untersuchungszimmer der Notaufnahme, sondern wartete in der pädiatrischen Ambulanz auf sie. Antonio

Lorenzi hatte sie angerufen und ihr in seinem heiteren, launigen Tonfall, den Cecilia nicht mochte, gesagt, dass ihr Sohn zu Besuch gekommen sei, zusammen mit Luca, um sie zu überraschen.

«Was ist passiert?»

«Nichts Ernstes, er ist in der Schule kurz ohnmächtig geworden, aber es geht ihm prima.»

Ihr war, als müsste sie tot umfallen.

«Los, komm hoch, dann erzählen wir dir alles», sagte Lorenzi.

Das Herz klopfte ihr bis zum Hals, ihre Beine zitterten, in diesem Zustand konnte sie nicht zwei Stockwerke zu Fuß hochlaufen, also nahm sie den Fahrstuhl, gefolgt von zwei Krankenpflegern, die eine leere Trage schoben. Der Fahrstuhl setzte sich in Bewegung, gleich darauf ruckte er und blieb stehen. Die Pfleger drückten auf mehrere Knöpfe, aber da war nichts zu machen, der Fahrstuhl rührte sich nicht.

«Stecken wir fest?», fragten die Pfleger. «Stecken wir fest?», fragten sie Cecilia, die zu entsetzt war, um zu antworten. «Was ist denn da los?», fragte einer der beiden. «Und das, wo ich an Klaustrophobie leide», sagte der andere, obwohl er vollkommen ruhig wirkte.

Der Erste beugte sich über die Knöpfe, drückte den Alarm und teilte jemandem durch das Mikrophon mit, dass der Fahrstuhl feststeckte.

«Wird sofort überprüft», krächzte eine Stimme.

«Und was sollen wir machen? Wir warten», sagten beide und sahen sie an.

Cecilia senkte die Augen, damit sie ihre Panik nicht sahen.

«Leiden Sie auch an Klaustrophobie, Dottoressa?», fragten sie ohne Anteilnahme, ohne Ironie.

«Nein, danke», antwortete sie mechanisch.

Die beiden wechselten einen Blick. Noch so eine Verrückte, dachten sie. Oder: Hier gibt es keinen einzigen normalen Menschen. Wieder drückten sie auf die Knöpfe, der Fahrstuhl setzte sich abrupt in Bewegung. Er hielt im ersten Stock, die Türen öffneten sich, und die beiden Pfleger stiegen aus, ohne sich nach ihr umzudrehen und sich zu verabschieden. «Kommt alles wieder in Ordnung, siehst du», sagte der eine zum anderen.

Cecilia blieb in der Ecke stehen, an die Metallwand gepresst, gelähmt, denn ihre Beine gehorchten keinen Befehlen mehr, und die Befehle waren unsicher und wirr.

Wieder die krächzende Stimme aus dem Lautsprecher: «Dann beschreiben Sie bitte mal das Problem.»

Cecilia stürzte aus der Fahrstuhltür und nahm die Treppe.

Der erste Mensch, der ihr entgegenkam, war Luca, sie flüchtete sich in seine Arme, sprechen konnte sie nicht. Luca sagte immer wieder: «Es ist alles gut», während er ihre Haare streichelte, und so standen sie eine Weile fest umarmt, wie seit Jahren nicht mehr. Er erzählte, dass der Junge in der Schule ohnmächtig geworden war, die Lehrerinnen hatten sie nicht erreichen können (der Akku ihres Handys war leer), und die Nummer der Notaufnahme war immer besetzt, also hatten sie ihn angerufen.

Sie lösten sich erst voneinander, als Lorenzi aus der Ambulanz auf sie zukam. «Du bist ja kreidebleich», sagte er, «warte, so kannst du nicht zu ihm gehen», und er bat sie ins Ärztezimmer. Diesmal stand der schüchterne Internist nicht da und erwartete sie.

Lorenzi zwang sie, sich zu setzen, unterdessen erzählte er, um sie zu beruhigen, es sei eine banale Ohnmacht, sie müsse sich keine Sorgen machen, alles scheine in Ordnung zu sein, sie würden ein CT machen, aber es war klar, dass dem Jungen nichts fehlte. Dann sagte er: «Ich hab ihn seit zwei Jahren nicht gesehen, er hat sich prächtig entwickelt», und Cecilia war ihm dankbar, das war eine Anerkennung für sie als Mutter, kein Kompliment unter Ärzten.

Luca erzählte etwas, sie hörte nicht zu. Lorenzi erwähnte einen ähnlichen Fall. Auch ihr fiel einer ein. Nach zehn Minuten brach sie mitten im Satz ab, sagte, sie habe sich erholt, und sie standen auf, um in die Ambulanz zu gehen.

Mattia saß auf der Untersuchungsliege, mit dem Rücken zur Tür, seine Beine baumelten in der Luft, der Kopf war halb zurückgelegt. Seine Augen waren auf einen Fensterschlitz gerichtet. Cecilia überlegte, wie lange er wohl schon in dieser Haltung dasaß, wie lange er aus diesem Blickwinkel das Fenster betrachtete. Er konnte nur den Himmel sehen, also sah er nichts, während er mit dem Blau des Himmels in den Augen seine Gedanken dachte.

«Mir geht's gut, ich will nach Hause», sagte er und entwand sich der Umarmung seiner Mutter. Er erinnerte an einen zornigen Heranwachsenden, einen kleinen Protestler, dem die Eltern verboten hatten, abends auszugehen.

Sie erklärte ihm, es sei besser, wenn er eine Nacht im Krankenhaus blieb, es war nichts Schlimmes passiert, aber man wolle ihn vorsichtshalber beobachten und am nächsten Tag ein paar kleine Untersuchungen machen.

Der Junge schüttelte den Kopf, es gehe ihm gut, er wolle sofort nach Hause zurück.

«Ich schlafe hier bei dir, morgen zeige ich dir das ganze Krankenhaus, und nachmittags gehen wir wieder nach Hause, versprochen.»

«Ich kann keinen ganzen Monat hierbleiben, wir haben jetzt Ferien, und ich muss ins Sommerlager.»

«Du wirst keinen Monat hierbleiben.»

Luca und Lorenzi schalteten sich ein, vielleicht sahen sie, wie wehrlos sie war und dass ihr die Kraft fehlte, ihn zu überzeugen oder gar zu zwingen.

«Du wirst ins Sommerlager gehen, das verspreche ich dir», sagte Cecilia schließlich. Sie betete, der Junge möge nicht anfangen zu weinen, dabei war es sehr viel wahrscheinlicher, dass sie in Tränen ausbrach.

Später ging sie zurück in die Notaufnahme, um ihre Schicht mit jemandem zu tauschen und sich so einen freien Tag zu verschaffen. Dann rief sie ihre Mutter an, ob sie Michela bitte von der Schule abholen könne. Silvia wollte sie nicht fragen, denn sie hatte in letzter Zeit sehr müde gewirkt, sie arbeitete die Nächte durch, um einen Auftrag fristgerecht abzugeben. Trotzdem rief Cecilia ihre Schwester an, bat sie, in ihrer Wohnung vorbeizufahren und einen Pyjama und eine Zahnbürste für den Jungen ins Krankenhaus zu bringen. Silvia versprach es, sie würde ihn später besuchen.

Mattia wollte nicht essen, aber es ging ihm gut, er lag auf dem Bett und sah aus dem Fenster, noch immer wütend, aber er hatte sich damit abgefunden, dass er eine Nacht im Krankenhaus verbringen musste. In solchen Situationen bei ihm zu sitzen, war schwierig, Cecilia hatte den Eindruck, dass ihm ihre Anwesenheit unangenehm war, darum dachte sie sich Dinge aus, die sie tun konnte. Sie ging eine kleine Flasche Mineralwasser, einen Zeichenblock im DIN-A4-Format und ein Asterix-Heft kaufen und suchte nach einem Handtuch für ihn. Sie sprach mit Lorenzi, mit einem anderen Pädiater, mit der Oberschwester und einer Krankenschwester, zwischendurch kehrte sie immer wieder zu Mattia zurück und erzählte ihm, dass alle gesagt hatten, es sei nichts Schlimmes, und dass er am nächsten Tag eine lustige Untersuchung haben werde, wo ein großer Kringel um seinen

Kopf kreisen und einen ganz genauen Plan von seinem Gehirn zeichnen würde. Mattia nickte, aber sprechen wollte er nicht. Gott sei Dank fing er irgendwann an, *Asterix bei den Briten* zu lesen.

Sie ging hinaus, um im Flur auf Silvia zu warten, und setzte sich auf eine der Metallbänke vor den Glastüren. Von dort fixierte sie den Himmel und versuchte zu verstehen, zu welcher Art Gedanken eine langandauernde Beobachtung genau dieses Farbtons anregen mochte. Sie kam zu dem Schluss, dass es keine allzu schlimmen Gedanken sein konnten. Der Junge schmollte nur, um sich abzureagieren, und sie war die Person, die er in Reichweite hatte.

«Was ist passiert?», hatte sie ihn gefragt, als sie beide allein waren.

«Ich weiß nicht», hatte er gesagt.

«Wo warst du denn?»

«In der Klasse.»

«Und was hast du gerade gemacht?»

«Ich hab der Lehrerin zugehört, sie hat erzählt, dass sie nach Indien fährt.»

«Und dann?»

«Dann hab ich nur noch schwarz gesehen. Als ich die Augen aufgemacht hab, lag ich auf dem Boden, und lauter Gesichter waren um mich herum, und die Lehrerin hat gesagt, dass sie weggehen sollen, denn ich brauchte Luft, aber ich konnte sehr gut atmen.»

«Du hast nur noch schwarz gesehen?»

«Ja.»

«War das schlimm?»

Er dachte ein wenig nach, dann antwortete er: «Nein, weil ich es ja nicht gemerkt habe.»

«Und dann ging es dir wieder gut.»

«Ja, aber die Lehrerin wollte Papa anrufen. Das heißt, erst hat sie dich angerufen, aber du hast nicht geantwortet, und ich habe wieder gesagt, dass es mir gutgeht, und dann hat sie Papa angerufen.»

«Mein Telefon war nicht aufgeladen», sagte Cecilia in einem Ton, als würde sie eine entsetzliche Schuld bekennen.

Vor den Fahrstühlen sprachen zwei Kollegen mit einem großen, schlanken Mann ohne Kittel. Seit man den Klinikleiter verhaftet hatte, wurde jeder Mann in Jackett und Krawatte, der nicht nach Arzt oder Patient aussah, für einen Steuerfahnder in Zivil gehalten. Sie kannte einen der beiden Kollegen, sie war mit ihm bei einem Kurs für kardiopulmonale Reanimation gewesen, wo sie an einem Dummy in Lebensgröße Herzdruckmassage und Beatmung mit dem Ambu-Beutel geübt hatten. Der Dummy hieß Ken, den Namen des Kollegen hatte sie vergessen. Während der Kaffeepause hatte der Kollege ihr die Geschichte seiner Tochter erzählt, die in ihren ersten fünf Lebensjahren von einem Hund, einem Kaninchen und einer Maus gebissen worden war (sie lebten auf dem Land, das Mädchen war ins Esszimmer gekommen und hatte vor der versammelten Familie mit dem Zeigefinger gewedelt, in den sich eine graue Feldmaus verbissen hatte), eine Münze und die Batterie einer Swatch verschluckt hatte (die Batterie hatte man entdeckt, bevor der Hundebiss genäht wurde, als man eine Röntgenaufnahme des Brustkorbs gemacht hatte), einen ordentlichen Schluck Geschirrspülmittel getrunken hatte, fast ertrunken wäre (von einem Kind, das jünger war als sie, von einer Mole geschubst) und sich einen Arm gebrochen hatte, als sie im Flug von der Schaukel gesprungen war. Nach Meinung ihres Kollegen konnten manche Kinder einfach nicht anders, es sei, als wären sie ohne das Gen der Vorsicht geboren, als fehlte ihnen die angeborene Fähigkeit, Gefahren zu erkennen. Jetzt war seine Tochter sechzehn und hatte gelernt, aufzupassen. Doch sie hatten fünf Jahre lang in Angst und Schrecken gelebt. (Der Kollege grinste, während er das sagte, er war überhaupt nicht erschrocken, das war kein *wirklicher* Schrecken.) Fünf Jahre Angst und Schrecken, dachte Cecilia, vielleicht sind es ja nie mehr als fünf Jahre Angst, vielleicht gibt es eine Regel oder ein Gesetz, das die maximale Anzahl von Schreckensjahren in Folge festlegt. Das Grüppchen löste sich auf, sie ging zu dem Jungen zurück, sah, dass er eingeschlafen war, ging wieder hinaus auf den Flur und bemerkte, dass der Himmel einen wärmeren Blauton angenommen hatte, eine Farbe, die sie weiterhin zu positiven, ja, zu freudigen Gedanken hätte anregen müssen, wie gewisse Träume, in denen nichts passiert, außer dass man ein intensives Glücksgefühl empfindet.

Am Ende des Flurs erschien der Umriss von Silvia, die einer imaginären diagonalen Linie folgend auf sie zuging, nach links ausscherend, als würde sie von dem Licht, das durch die großen Fenster fiel, auf die im Schatten liegende Hälfte des Flurs gedrängt. Cecilia rührte sich nicht vom Fleck, und Silvia bemerkte sie erst im letzten Moment, vielleicht weil sie nicht erwartet hatte, Cecilia im Flur sitzend anzutreffen, vielleicht weil sie in Gedanken war. Sie schien auch gedankenverloren, als sie Cecilia umarmte und nach den neusten Entwicklungen fragte, sie war abwesend, jedenfalls weniger gesprächig als sonst. Cecilia dachte, sie sei durcheinander, wie sie selbst bis vor wenigen Stunden (sie war es noch immer), und ihr kam der Gedanke, dass auch ihre Schwester befürchten könnte, alles würde ausgerechnet dann wieder von vorn anfangen, als es gerade überwunden schien, Angst und Schrecken gehörten nicht ihr allein.

Silvia umarmte, küsste und liebkoste Mattia, dann zog sie

den Pyjama aus ihrer Tasche, erst das Oberteil, dann die Hose, und breitete sie so auf dem Nachbarbett aus, dass eine ganze Figur entstand. Cecilia und der Junge beobachteten sie, ohne zu verstehen, was sie da tat. Als sie das merkte, nahm sie den Pyjama vom Bett, faltete ihn wieder zusammen und reichte ihn Cecilia mit den Worten: «Hier, bitte.» Sie schien ziemlich durcheinander. Dann war sie auf einmal wieder die gewohnt geschwätzige, aufgedrehte Schwester, fing an, Witze zu machen, sagte, ihrer Meinung nach habe Mattia die Ohnmacht gespielt, weil er keine Lust mehr auf die Schule hatte. Sie wollte eine ausführliche Beschreibung der Ohnmacht, und noch während Mattia sprach, unterbrach sie ihn, um zu erzählen, wie sie einmal an der Uni ohnmächtig geworden war. Sie lag auf dem Boden vor dem Katheder, umringt von den Professoren, als wäre sie das Prüfungsthema. Der Junge lachte.

Sie waren schon wieder draußen, als Silvia, bevor sie ging, fragte, ob es ein Schock für Cecilia gewesen sei.

Cecilia bejahte, ein großer. «Und du?»

Silvia verstand nicht.

«Ich meine: Warst du auch sehr erschrocken?»

«Oh ja, ich auch, sehr.»

«Hast du dich mit Mama gestritten?»

«Ich? Nein, bestimmt nicht.»

«Du bist komisch.»

«Ich habe nicht mal mit ihr gesprochen.»

«Ob sie erschrickt?»

«Ich fahre bei ihr vorbei, und dann rufe ich dich an oder schicke dir eine Nachricht. Soll ich Michela heute Nacht nehmen?»

«Nein, brauchst du nicht.»

Sie verabschiedeten sich.

Mattia las wieder im Asterix-Heft. Sie sollte mit ihm reden, aber ihr fiel nichts ein. Jemand hatte ein Bild auf eine Tür des Schranks geklebt. Es war zu weit oben, sie konnte die Schrift um das Gesicht der Muttergottes nicht lesen, Lourdes oder Częstochowa, Medjugorje oder Fatima. Sie zog ihre Schuhe aus und stieg auf das Bett neben Mattias, doch bevor sie zu dem Bild aufblicken konnte, sah sie Silvia im Türrahmen stehen.

«Ich habe etwas vergessen», sagte Silvia, ohne zu fragen, warum Cecilia auf dem Bett stand. Sie machte ihr ein Zeichen, zu ihr nach draußen zu kommen.

Draußen sagte Silvia: «Erst wusste ich nicht, ob ich es dir sagen sollte, doch dann hab ich mir gedacht, ich tu es, weil ich Angst habe, dir Schwierigkeiten zu machen.»

«Was ist los?»

«Dieser Kollege von dir, den du mir neulich vorgestellt hast …»

«Viberti?»

«Claudio Viberti, ja. Du weißt ja, wie chaotisch ich bin …» Sie brach ab, wusste nicht weiter.

«Hast du ihm etwas über mich erzählt?»

«Über dich? Nein, natürlich nicht. Aber wir haben uns wiedergesehen, und … Ich weiß auch nicht, wie es passiert ist. Wir haben uns zwei oder drei Mal getroffen.»

Cecilia versteifte sich, ihr wurde am ganzen Körper kalt.

«Ja, und?», fragte sie lächelnd, aber sie wollte nicht lächeln.

«Wir sind nicht zusammen, ich glaube nicht, dass wir je eine Beziehung haben werden, ich weiß nicht, was er will, aber ich bin reichlich durch den Wind und …»

Cecilia schüttelte den Kopf, vielleicht etwas zu energisch. «Du brauchst dir keine Sorgen wegen mir zu machen, er ist nur ein Kollege, warum sollte ich wütend werden?»

«Nein, ich habe auch nicht geglaubt, dass du wütend wirst.

Ich dachte, ich würde dich damit in Verlegenheit bringen, denn ich bin die übliche Chaotin, und wer weiß, was dein Kollege von mir denkt.»

«Er wird nichts Schlechtes von dir denken, aber ich kenne ihn auch nicht so gut, keine Ahnung, weißt du, ich bin jetzt ein bisschen nervös wegen Mattia.»

Silvia nickte, vielleicht etwas zu energisch. «Natürlich. Bitte entschuldige. Ich habe es dir erzählt, weil ich nicht wollte, dass du es von ihm oder von jemand anderem erfährst, und mich als die übliche Idiotin verurteilst.»

Cecilia lächelte und spielte die verständnisvolle Schwester. «Unsinn, warum sollte ich dich denn verurteilen?» Sie verurteilte Silvia nicht, aber sie wollte, dass sie sofort verschwand, bevor die Maske zerbröckelte, die sie aufgesetzt hatte. Sie sagte, es gebe keinen Grund, sich Sorgen zu machen.

Silvia murmelte etwas von Schicksal. «Bei dir bin ich dazu verdammt, immer wie ein dummes kleines Mädchen dazustehen, du wirst immer meine ältere Schwester sein.»

«Natürlich, ich kann ja nicht auf einmal die jüngere werden.»

Silvia lächelte krampfhaft, dann ging sie endlich.

Viberti war mit ihrer *Schwester* ins Bett gegangen, er fühlte sich von ihrer *Schwester* angezogen, er verliebte sich gerade oder war bereits verliebt – in ihre *Schwester.* Wie hatte er das tun können, wie hatte er es überhaupt denken und dann tun können? Und wie gedachte er, es ihr zu sagen? Eines Tages am Tischchen auftauchen und ihr die frohe Botschaft überbringen? «Ich bin jetzt mit Silvia zusammen, tja, du bist es zwar nicht, aber wenigstens bleibt es in der Familie.»

Sie hatte Mattia in einem Zweibettzimmer unterbringen können, weil sie bei ihm übernachten wollte, die Station war halbleer. Er schlief, und sie ging den Flur auf und ab, ohne Ruhe zu finden. Sobald sie einen Umriss hinter den Glastüren der Station auftauchen sah, tat sie, als telefonierte sie. Die Umrisse sahen aus wie verschwommene Gespenster, die näher kamen und allmählich immer deutlicher wurden, bis die Tür mit einem Knall aufgestoßen wurde, und die Figuren in Fleisch und Blut erschienen und sie ansahen.

Eine Stunde lang hielt sie das Telefon in der Hand, um es sofort an ihr Ohr zu pressen, wenn ein Kollege oder eine Krankenschwester vorbeikamen. Wie eine Verrückte, nur um nicht reden zu müssen. Mit dem Handy am Ohr dachte sie an Viberti, dass er sich hatte rächen wollen, aber das war kaum möglich, weil er kein nachtragender Mensch war, also hatte er sich unbewusst rächen wollen, weil sie ihn zur Verzweiflung gebracht hatte, denn sie hatte ihn an sich gebunden und ihm fast nichts gewährt. Aber er war frei, er konnte tun und lassen, was er wollte, sie hatte nie beansprucht, die Einzige für ihn zu sein, und so wie die Dinge standen, konnte sie schwerlich verlangen, dass er ihr treu war, schon das Wort «Treue» hatte keinen Sinn, sollte er also ruhig seine eigenen Wege gehen.

Aber doch nicht mit ihrer Schwester! Darum konnte sie bitten, nein, das konnte sie verlangen. Nicht mit ihrer Schwester, möglichst nicht mit einer Kollegin aus der Notaufnahme und möglichst auch nicht mit Kolleginnen aus allen anderen Stationen des Krankenhauses. Sie dachte an den Moment zurück, als Silvia es ihr gesagt hatte, die Kälte, die sie gespürt hatte, war ganz anders gewesen als ein Herz, das sich zusammenzieht, in dem Moment hatte sich ihr Herz in ein weites, unbewegtes arktisches Meer verwandelt. In dem Moment hatte sie gar nichts gespürt, keinen Kummer, keinen Schmerz, keine Feindseligkeit und keine Verbitterung, weder gegen Viberti noch gegen Silvia, auch nicht gegen sich selbst. Sie hatte nur gewollt, dass Silvia wegging, als wäre ihr erneutes Auftauchen im Türrahmen ein Irrtum der Chronologie gewesen, die alles mit sich vorwärtszog, als könnte man dieses aberwitzige Geständnis auslöschen, indem man den Moment, in dem Silvia zum ersten Mal gegangen war, mit dem Moment zusammennähte, in dem sie zum zweiten Mal gegangen war.

Warum hatte Silvia das Bedürfnis gehabt, es ihr zu erzählen? Warum hatte sie nicht den Mund gehalten? Warum war sie immer so kindisch und dumm?

Als sie vor einer Stunde mit Mattia Karten gespielt und jedes Mal die falschen Karten gesetzt hatte, worauf der Junge protestierte, weil er dachte, sie wollte ihn gewinnen lassen, waren ihr erste Zweifel gekommen, ob ihre Schwester ihr wirklich gestanden hatte, dass sie mit Viberti ins Bett gegangen war. Gesagt hatte sie es nicht, sie hatte nicht gesagt, dass sie *gevögelt* hatten, vielleicht waren sie ja nur ein paar Mal miteinander ausgegangen, vielleicht hatten sie sich im Auto geküsst. Aber wegen eines Kusses wäre Silvia niemals so durcheinander gewesen, wenn es wirklich nur ein Kuss war, hätte sie wahrscheinlich keine Notwendigkeit gesehen, alles zu beichten, und das wirklich Beschämende, das sie hatte sagen wollen, war diese eine Sache, es konnte nicht anders sein.

Jetzt war sie nicht mehr so sicher, dass sie gar nichts empfand: Auf jeden Fall spürte sie Verwirrung und Bestürzung, sie hatte geglaubt, den Internisten gut zu kennen, und kannte ihn doch überhaupt nicht (nie wieder würde sie ihn «schüchtern» nennen können!), sie hatte sich getäuscht, und sie hatte ihn getäuscht, sie wusste nicht, was sie wollte, oder wusste es noch weniger als vorher. Und nicht einmal bei dem Zorn, den sie spürte, während sie im Flur auf und ab ging, wusste sie, wem er galt: Sie war zornig auf Viberti, auf Silvia und auf sich selbst. Immerhin war sie sicher, dass sie jetzt zornig war. So sicher, dass sie fürchtete, es könnte nicht genügen, so zu tun, als telefonierte sie.

Um sich vor den anderen zu schützen, ging sie ins Zimmer zurück. Es lag im Halbdunkel, die Rollläden waren noch nicht heruntergelassen, man hatte gedacht, das würde sie tun. In der sommerlichen Abenddämmerung fuhren die Autos auf der Allee schon mit eingeschalteten Scheinwerfern. Manche drehten eine Runde im Kreisverkehr und fuhren dann weiter, andere überquerten die Brücke und verschwanden, eine zweifache rote Spur hinter sich herziehend, unter den Bäumen, wo Viberti und sie sich zum ersten Mal versteckt hatten wie in einem Wald. Sie war wütend, aber auch traurig. Diese ganze Geschichte war unerträglich traurig. Aber nicht ohne Bedeutung, nicht ohne Sinn.

Der Sinn war, dass sie auf jeden Fall eine Strafe verbüßen musste. Was auch immer sie tat, sie machte es falsch und musste dafür bezahlen. Der Sinn war, dass die Buße andauerte, ein kleines Fegefeuer aus leichten, boshaften Strafen, wie Mattias Ohnmacht, und aus niederträchtigen, grotesken Strafen wie Vibertis Seitensprung, der rein technisch nicht einmal ein Seitensprung war. Mattia ging es gut, aber er erinnerte sie daran, dass es ihm schlechter gehen konnte; Viberti betrog sie, und sie durfte nicht einmal wütend werden. Von allen Frauen der Welt ausgerechnet ihre Schwester. Wenn sie Silvia nicht mit ans Tischchen in der Bar genommen hätte, wären sie sich nie begegnet. Lächerlich und todtraurig. Sie wollte nicht zu dieser todtraurigen Geschichte gehören. So durfte diese Geschichte nicht enden. Dieses erste Stück des Anfangs einer Geschichte. Vielleicht musste sie irgendwie enden, aber so nicht.

Zum ersten Mal, seit Silvia weggegangen war, dachte sie daran, Viberti anzurufen. Silvia alles zu sagen, war unmöglich, mit

Viberti sprechen, ja, das konnte sie tun. Sie ließ die Rollläden herunter, legte sich aufs Bett, ohne den Kittel auszuziehen. Mattia schlief in sich zusammengekrümmt. Es ging ihm gut, und das war wichtig. Sie würde Viberti sagen, dass sie es erfahren oder geahnt habe. Die Ruhe zu bewahren, war nicht leicht, allein der Gedanke, mit ihm zu sprechen und ihn zu fragen: «Stimmt das?», versetzte sie in helle Aufregung. *Wie viel* stimmte daran? *Was* war passiert? Vor allem bekam sie Lust zu weinen.

Erst jetzt bekam sie Lust zu weinen, neben Mattia liegend, während sie nachdachte und sich ein Gespräch mit Viberti ausmalte. Vielleicht, weil sie Viberti zum ersten Mal vor sich sah, bereit, ihr zuzuhören. Sie stellte sich vor, wie er gleichgültig, vielleicht angriffslustig und zuletzt feindselig reagierte.

Versuchen wir doch, uns wie Erwachsene zu benehmen, wir hatten keine Zukunft, du und ich, unsere Beziehung hat vielleicht nie begonnen, wir haben uns nur deswegen weiterhin getroffen, weil wir Angst hatten, allein zu bleiben, da ist dieser etwas abrupte und überraschende Schluss doch besser, in deiner Schwester steckt ein Teil von dir, und es ist, als hätte ich dir zwei Jahre lang den Hof gemacht, um bei ihr anzukommen, sie muss nicht umworben werden, na ja … nicht nur weil sie entschlossener ist als du, *ungehemmter*, sondern auch, weil ich den Teil der Unternehmung schon hinter mich gebracht habe, und auch für dich ist es kein Ende, sondern ein Anfang, du wirst dich deinen Kindern widmen können, und mit der Zeit wirst du sicher jemanden finden und dich verlieben, und es wird ein Mann sein, der anders ist als ich, nicht so unsicher und introvertiert, er wird eher deinem Mann ähneln, aber anders, besser, weniger egoistisch – war dein Mann egoistisch? Egal, du wirst einen finden, der es nicht ist, deine Kinder werden erwachsen sein, und du wirst keine Angst mehr haben, sie zu betrügen, du wirst dir ein neues Leben aufbauen. Und weißt du, was das Schöne daran sein wird? Dass wir uns weiterhin sehen! Ganz bestimmt, denn nach einer anfänglichen Verstimmung werdet ihr, du und Silvia, aufeinander zugehen und wieder Freundinnen sein, und dank deiner Zuneigung zu Silvia wirst du auch mich mögen und mir verzeihen, was passiert ist.

Ein sarkastischer, aggressiver, dreister und redseliger Viberti. Geschwätzig wie Silvia. Als hätte er sich dadurch, dass er mit Silvia ins Bett ging (was er garantiert getan hatte), angesteckt und redete auch wie eine brennende Katze.

Doch im Grunde war diese neue Version des Internisten sehr unwahrscheinlich, nein, sie glaubte nicht daran, er konnte sich in zwei Wochen nicht so radikal verändern. Der wahrscheinlichere Viberti wäre ein stummer Viberti. Stumm, betreten, beschämt, unfähig, sich zu rechtfertigen. Wenn sie diesen wahrscheinlicheren Internisten vor sich hatte, würde sie sprechen müssen.

Ich versuche, mich wie eine Erwachsene zu benehmen, würde sie sagen, ich versuche, nicht zu verurteilen, sondern zu verstehen. Aber ich verstehe nicht, und auch wenn ich dich nicht verurteile, habe ich eine Frage. Wie war das möglich? Was ist in dich gefahren? Hatte es nicht etwas zwischen uns beiden gegeben? Wäre es nicht besser gewesen, die Sache zu verschieben und erst mit mir ins Reine zu kommen? Ich weiß, dass ich kein Recht dazu habe. Ich darf dir nichts vorwerfen, zuallerletzt, dass du dich falsch verhalten hast, aber ich frage dich eins: Hatte es zwischen uns nicht etwas gegeben?

Mattia atmete friedlich im Schlaf, die schadhaften Rollläden warfen Lichtstreifen an die Decke. Mit offenen Augen im Dunkeln liegend, überlegte Cecilia, dass sie mit dieser Frage beginnen musste, einer starken Frage: Hatte es zwischen uns nicht etwas gegeben?, oder besser in positiver Form: Hatte es zwischen uns etwas gegeben? Alle anderen Fragen würden ganz natürlich daraus folgen. Warum meine Schwester? Bist du so böse auf mich? Was habe ich dir angetan? Wolltest du dich rächen? Hast du gedacht, ich liebe dich nicht? Und wenn ich dir jetzt sagen würde, dass ich dich liebe, was würdest du dann tun?

Was würde Viberti tun, wenn sie ihm gesagt hätte, dass sie ihn liebte? Wahrscheinlich gar nichts. Wie damals, vor ein paar Monaten, in der Bar am Fluss, als sie es ihm wirklich gesagt hatte. Es war besser, nur am Telefon mit ihm zu reden, ihn nur zu fragen: Hat es in diesen zwei Jahren etwas zwischen uns gegeben? Und sich dann anhören, was er zu sagen hatte. Seine Version. Vorausgesetzt, er schwieg nicht, in Scham versunken. Dieser Feigling, dieser Versager.

Als Luca am nächsten Tag kam, um sie abzulösen, setzten sie sich zum Sprechen ins Ärztezimmer, wo sie ihm vom Ergebnis der Untersuchungen am Morgen berichtete und sich eingehend über die vielen beruhigenden Einzelheiten ausließ. Endlich einmal war alles in Ordnung, und man musste nicht nur sagen «Alles wird wieder gut». Sie übertrieb, um sich ein paar gute Nachrichten aufzubewahren, einen Vorrat für schlechtere Zeiten.

Plötzlich wurde sie von Luca unterbrochen: «Es gibt etwas, was ich dir gestehen muss, gestern ist es mir eingefallen, aber es war, als ginge mir das seit wer weiß wie langer Zeit schon im Kopf herum ... Dieses Kind macht mir Angst. Nicht immer, ich sage nicht, dass ich *immer* Angst habe, mit ihm zusammen zu sein, oder dass mir schon der Gedanke an das Zusammensein mit ihm Angst macht, aber manchmal, wenn er bei mir ist, habe ich Angst vor dem, was er von mir denkt und was er tun könnte.»

Cecilia lächelte. «Was könnte er denn tun?»

Er erwiderte das Lächeln, um die Verrücktheit oder Traurigkeit dessen, was er sagen würde, abzumildern: «Glaubst du nicht, dass er eines Tages, vielleicht erst, wenn er groß ist und ich ein alter Mann, versucht sein könnte, mich zu bestrafen?»

Ermutigt von seinem Lächeln, beschloss sie, ihn nicht ernst zu nehmen: «Nein, das glaube ich nicht. Wofür sollte er dich denn bestrafen?»

Luca lächelte noch immer, nein, es sei nicht ernst gemeint, nur ein bisschen. «Gut, er wird mich nicht bestrafen, aber er macht mir trotzdem Angst, das, was er denkt, was er fühlt ...»

«Mir auch, mir macht er auch Angst», sagte Cecilia, um ihn zu trösten.

Diese Angst zu teilen, war eine Erleichterung für sie. Auf dem Nachhauseweg im Auto stellte sie fest, dass sie schon etwas ruhiger an Silvia und Viberti denken konnte, und überprüfte neugierig das Eifersuchtsgefühl, das Silvia bei ihr geweckt hatte. Sie sagte sich: Ich bin nie auf Silvia eifersüchtig gewesen, und niemals hätte ich gedacht, dass ich es werden würde, und dann auch noch wegen Viberti. Aber sicher war sie nicht.

Sie war nie neidisch auf Silvia gewesen, seit sie erwachsen waren, und hatte der Schwester nie einen Mann missgönnt. Die Männer, die Silvia gefielen, machten sie meistens nervös. Aber als sie Kinder waren, hatte sie die Schwester oft beneidet. Auf eine Schwester neidisch zu sein, war banal und normal, unvermeidlich, kindisch und egoistisch. Diese Art Gefühle überwinden zu können, bedeutete, dass man erwachsen wurde.

Dennoch erinnerte sie sich so genau, als wenn es gerade passiert wäre, was sie als Mädchen empfunden hatte, wenn Silvia schreiend und lachend ins Zimmer kam, und die Augen des Vaters zu strahlen begannen. Sie erinnerte sich an ihre Befriedigung, wenn Silvia zur Strafe in die Ecke gestellt wurde, und die Mutter mit ihr schimpfte. Mit der Zeit aber hatte sie den Neid überwunden, hatte sich wichtig und älter gefühlt, weil sie die kleine Schwester beschützen musste. Sie war nicht mehr eifersüchtig auf das besondere Einvernehmen zwischen Silvia und ihrem Vater, das wusste sie genau, und die ständigen Auseinandersetzungen, die Silvia mit ihrer Mutter hatte, gingen sie nichts mehr an. Oder sie hatte gelernt, sich selbst zu betrügen.

Sie war sicher, dass sie niemals mit ihr darüber sprechen konnte. Niemals würde sie Silvia erzählen können, was sie mit Viberti erlebt hatte. Nie und nimmer. Sie musste versuchen, das Problem mit ihm allein zu lösen. Als sie Mattia an diesem Morgen vom CT in der Radiologie zurück in die Pädiatrie brachte, hatte sie drei Anrufe des Internisten bekommen, auf die sie nicht geantwortet hatte, weil sie sich noch nicht bereit fühlte. Doch sie musste mit ihm sprechen und ihn fragen, welche Absichten er hatte, und ihn außerdem um einen Gefallen bitten: Silvia niemals etwas von ihnen zu erzählen. Der Gedanke, Silvia könnte sich von ihr bedroht fühlen, versetzte sie in Panik.

Da sie fast die ganze Nacht wach gelegen hatte, wäre sie unter der Dusche fast eingeschlafen, wo sie mit hochgezogenen Beinen am Boden saß, die Stirn auf die Knie gelegt, während der Wasserstrahl ihr in den Nacken prasselte. Die ganze Nacht hatte sie an Silvia und an Viberti gedacht und war schließlich so weit gekommen, sich vorzustellen, wie sie Sex miteinander hatten: Viberti, der es so machte wie mit ihr, und Silvia, die Dinge tat, die sie, Cecilia, niemals hätte tun können. Sie stellte sich Silvia geschickter, erfahrener vor, und Viberti in Ekstase, überwältigt von der Lust. Vielleicht hatte Viberti, während er mit Silvia schlief, auch einen Moment lang gedacht, wie seltsam das Leben doch war, sich in eine Frau zu verlieben und sie zwei Jahre lang anzubeten, nur um schließlich zu entdecken, dass sie eine sympathischere und leidenschaftlichere (kompaktere) Version ihrer selbst vor ihm versteckt gehalten hatte.

Um nicht schon wieder mit dem Grübeln anzufangen, stellte sie die Dusche ab und ging in die Küche, um etwas zu essen. Es gab einen Rest Reissalat, sie hob die Frischhaltefolie über der Schüssel und aß ein paar Bissen, im Stehen, vor dem geöffneten Kühlschrank, der sie mit etwas Frische umfing. Sie ertappte sich dabei, wie sie die besten Zutaten herauspickte, ohne den Reis zu essen, etwas, wofür sie die Kinder immer tadelte. Sie legte die Gabel ins Spülbecken und holte Wasser aus dem Kühlschrank. Die beschlagene Flasche erinnerte sie an einen ihrer ersten Toten, ein Todesfall, der die sonderbare Fähigkeit hatte, alle folgenden Toten in sich zusammenzufassen, denn nach ihm hatte sie gelernt, die Toten zu vergessen. Sie hätte es sich gemütlich machen können, aber sie fürchtete, wenn sie sich ausruhte, würde sie nicht mehr in Bewegung kommen. Also hängte sie den Bademantel im Bad auf und ging nackt durch den Flur ins Schlafzimmer. Als sie ihren Körper in dem großen Spiegel sah, fühlte sie ein stechendes Verlangen nach Viberti, diesem Arsch.

In der Pädiatrie erzählte ihr Lorenzi, dass der Internist in der Mittagspause den Jungen besucht habe.

Cecilia hatte nicht erwartet, dass er so einfach in der Station erschien, ohne eingeladen zu sein, als betrachtete er sich mittlerweile als Familienmitglied, als machte er sich nicht die geringsten Sorgen um ihre Reaktion – oder, wahrscheinlicher, als wüsste er noch nicht, dass sie es wusste –, und bildete sich ein, er könnte den Unschuldigen spielen, ausgerechnet ihr etwas vormachen, die ihn so gut kannte. Er war in die Station gekommen, aber mehr wusste Lorenzi nicht. Er musste mit Luca gesprochen habe. Und mit dem Jungen natürlich. Was mochte ihm der

Junge gesagt haben, hatte er ihn wiedererkannt, sich an ihn erinnert? Sie konnte sich die Gefühle des Internisten vorstellen, aber sie spürte die Rührung nicht mehr, die die Freundschaft ihres Sohnes mit diesem einsamen, kinderlosen Mann immer in ihr ausgelöst hatte. Wenn sie versuchte, sich seine Begegnung mit dem Kind auszumalen, musste sie wenigstens nicht mehr an ihn zusammen mit Silvia denken.

Auch als sie das Krankenhaus verließen, der Junge glücklich und gesund, und bei der Großmutter ankamen, gab es keine Möglichkeit zum Grübeln mehr: Michela hatte einen Vorrat aufgesparter Geschichten aus zwei ganzen Tagen, war aufgeregt und selig, ihren Bruder wiederzusehen. Im Auto redete sie ohne Punkt und Komma und benutzte zweimal die Wendung «Wir haben uns solche Sorgen gemacht», wenn sie sich zu Mattia umdrehte, der friedlich und zufrieden auf dem Rücksitz saß.

Cecilia schnitt ihr das Wort ab: «Es ist alles in Ordnung, Mattia ist im Wachstumsalter.» Sie war der Arzt, und die Menschen glaubten ihr, auch wenn sie Banalitäten von sich gab, ja, gerade wenn sie banale Dinge sagte, glaubte man ihr noch mehr, weil man verstand, was sie sagte. Michela redete weiter, und um sie zum Schweigen zu bringen, kündigte Cecilia an, dass sie zur Feier von Mattias Rückkehr vor dem Fernseher essen würden.

Doch als sie nach dem Abendessen vom Sofa aufstand, um das Geschirr abzuräumen, folgte Michela ihr in die Küche, in den Schildkrötenpantoffeln schlurfend, die Tante Silvia ihr geschenkt hatte. Sie begann von einem Jungen aus ihrer Klasse zu erzählen, der sie ärgerte, und erklärte, wie erleichtert sie sei, dass bald Ferien waren und sie die Schule ein paar Monate lang nicht sehen musste.

«Was ärgert dich denn an ihm?»

«Er macht mir doofe Geschenke.»

«Was für Geschenke?»

«Er schenkt mir die Sachen aus den Kinderüberraschungseiern, er schenkt mir uralte Sticker, weißt du, die für das Album, wo du aus vier Bildchen eine Geschichte zusammensetzen kannst, aber er schenkt mir immer welche, die nicht zusammengehören, die kann ich nirgendwo reinkleben, ich würde sie sowieso nicht haben wollen, aber …»

«Ich finde, er tut nichts Böses.»

«Weil du ihn noch nie gesehen hast, er ist ein armer Blödmann.»

«Ich verrate dir ein Geheimnis, das Beste ist, wenn du ihn gar nicht beachtest.»

«Ich beachte ihn ja auch nicht.»

«Wie war das denn vorher mit ihm, bevor er mit diesen Geschenken angefangen hat, wart ihr da Freunde?»

«Nein, Freunde nicht, aber er ist so schlecht in der Schule, wirklich total schlecht, er lernt überhaupt nicht, er hat keine Zeit, sagt er, weil er im Geschäft seiner Eltern arbeiten muss, da hat er mir leidgetan, und letztes Jahr hab ich ihm ein paar Mal in Sachkunde und Geschichte geholfen, da hat er dann ganz anständige Noten gekriegt und war super zufrieden.»

«Wie schön, Michi, das hast du mir ja nie erzählt. Das war sehr schön, was du da gemacht hast, ihm so zu helfen. Dann ist auch klar, warum er ein bisschen in dich verliebt ist, daran ist doch nichts Schlechtes.»

«Das war aber gar nicht meine Idee, die Lehrerin tut uns zusammen, damit wir uns gegenseitig helfen.»

«Ach so, gegenseitig … Also ich finde, das ist eine sehr gute Idee.»

Michela war ganz und gar nicht davon überzeugt, sie blieb in der Küche und redete weiter, bis Cecilia ins Wohnzimmer zurückging, wo Mattia noch immer *Harry Potter* schaute.

Jetzt musste sie mit Viberti sprechen, sie konnte es nicht länger aufschieben, wenn sie ihn nicht anrief, würde ihr das eine weitere schlaflose Nacht bescheren, wenn sie ihn anrief, würde sie vielleicht trotzdem nicht schlafen, es sei denn, sie konnte ihre Wut abladen und dadurch wieder Ruhe und Schlaf finden. Sie nahm sich vor, alles, was sie ihm sagen wollte, im Geist noch einmal aufzulisten und eine Abfolge von Themen vorzubereiten, um nicht als hysterische Irre dazustehen. Doch der einzige Satz, der ihr klar und vollständig wieder einfiel, war die Frage: Hatte es zwischen uns etwas gegeben?, aber sie hätte nicht mehr sagen können, wann er am besten ausgesprochen werden sollte. Damit anzufangen schien nicht möglich, jedenfalls nicht für sie. Sie würde den Satz irgendwo im Gespräch unterbringen. Und vielleicht konnte sie es noch aufschieben, vielleicht musste sie nicht um jeden Preis die halbe Stunde nutzen, in der die Kinder noch wach waren. Sie konnte Viberti auch nach zehn Uhr anrufen. Aber sie riskierte, dass sein Handy ausgeschaltet war, dass niemand zu Hause war. Sie stand auf, von ihrer Angst getrieben. Sie wollte sofort anrufen und die Sache erledigen. Die Kinder lagen vor dem Fernseher, sie würden ihr nicht folgen.

Sie schloss sich im Schlafzimmer ein. Rief Viberti an. Als sie seine Stimme hörte, kamen ihr sofort die Tränen. Sie versuchte, ruhig zu bleiben, und erzählte in tieftraurigem Ton von den Kindern. Dann geriet das Gespräch recht schnell ins Schwimmen, nichts von dem, was gesagt wurde, hatte noch Sinn, es sei denn, sie wollten darum wetteifern, wer unglücklicher war. Sie fing an zu weinen. Die Fragen gingen von selbst los, und alle waren eine einzige Frage, die sie erst nach mehreren Versuchen aussprechen konnte: Hatte er mit Silvia geschlafen? Die Antworten waren keine Antworten, Viberti war in Panik, das spürte Cecilia und verstand es, und am Ende schämte sie sich, dass sie ihn so beharrlich nach dieser einen Sache gefragt hatte, als ginge es nur darum. Nein, darum ging es nicht, und sie holte die einzige Frage wieder hervor, an die sie sich aus ihrer Vorbereitung auf das Gespräch erinnerte: «Hat es zwischen uns etwas gegeben?» Aber sie wollte ihn nicht mehr bestrafen, sie wollte nur das Gespräch beenden. Die Rechtfertigungen, die er stammelte, verstand sie nicht, wenn es denn Rechtfertigungen waren, sie verstand gar nichts mehr, schluchzte ins Telefon, auf dem Boden zusammengekauert, mit dem Rücken ans Bett gelehnt und den Kopf unter dem Nachttisch, aus Angst, die Kinder könnten sie hören. Sie wollte das Gespräch schnell beenden, legte auf und machte das Handy aus.

Auf Knien vor dem Bett, als würde sie sich anschicken, ihr Abendgebet zu beten, vergrub sie das Gesicht im Kissen, um ihre Tränen abzuwischen, dann atmete sie tief durch, sie wollte sich im Bad das Gesicht waschen, bevor sie zu den Kindern zurückkehrte.

Kaum hatte sie die Tür geöffnet, sah sie Michelas Schatten vor sich, wer weiß, wie lange sie schon im dunklen Flur stand, um zu lauschen, zu spionieren, vielleicht von Cecilias Weinen angelockt.

«Was ist los?», fragte Cecilia, eher erschrocken als verärgert.

Michela antwortete nicht, und Cecilia sah, dass auch sie weinte.

Sie umarmte das Kind, flüsterte: «Was ist passiert?»

Sie drückte sie fest an sich.

Sie weinte.

Cecilia nahm sie mit ins Schlafzimmer und schloss die Tür, hoffentlich würde Mattia nicht aufhören, sich den Film anzusehen, hoffentlich würde dieser Kummer ihn nicht anstecken. Sie schloss die Tür, das Schlafzimmer als wasserdichte Kammer, damit kein Leck die ganze Wohnung überschwemmte und versinken ließ.

Sie führte Michela zum Bett. «Weinst du wegen deines Klassenkameraden, der dich belästigt?» Michela weinte wie ein kleines Mädchen, sie war ein kleines Mädchen. Sie streckten sich auf dem Bett aus, den Rücken an die Kissen gelehnt. Cecilia legte Michelas Kopf auf ihre Brust. Und fragte wieder: «Was ist los?»

Michela antwortete nicht sofort, doch etwas später, als ihre Mutter gerade noch einmal fragen wollte, ob dieser Dummkopf, der sich in sie verliebt hatte, sie so durcheinandergebracht hatte, sagte sie: «Es ist nicht meine Schuld, ehrlich, es ist nicht meine Schuld!»

«Was für eine Schuld? Wovon redest du?»

«Dass Mattia krank ist, ich kann nichts dafür!»

«Aber Mattia ist doch gar nicht krank.»

«Ich hab dich weinen gehört, ich hab gehört, wie du weinst.»

«Weil ich sehr müde bin und einen großen Schreck bekommen habe, aber die Untersuchungen sind in Ordnung, und Mattia ist gesund wie ein Fisch im Wasser. Glaubst du mir?»

Michela antwortete nicht.

«Und ich denke ganz bestimmt nicht, dass es deine Schuld ist, es gibt keine Schuld, niemand ist schuld.»

Sie fuhr fort, das Mädchen zu trösten und zu beruhigen, verlor das Zeitgefühl, während sie ihr Kind umarmte, das ihre Umarmung erschöpft erwiderte. Ihr fiel ein verrückter Anruf von Silvia ein, wann das war, hätte sie nicht sagen können, vor fünf oder sechs Jahren: Silvias Freundin Stefania hatte große Angst, weil bei ihrer Katze eine hepatische Lipidose diagnostiziert worden war und sie zu sterben drohte, denn sie war übergewichtig und aß seit zwei Tagen nicht mehr. «Die Katze frisst sich selbst auf», schrie Silvia ins Telefon, «verstehst du? Sie frisst sich selbst auf!» Das war ihre Schwester. Und sie brachte es nicht fertig, jemanden zum Teufel zu schicken.

Irgendwann mussten ihr die Augen zugefallen sein, denn sie bemerkte Mattia erst, als er neben dem Bett stand.

Er betrachtete sie interessiert. «Der Film ist aus», verkündete er in seiner gelangweilten und feierlichen Art.

Nach dem Telefonat fühlte sie sich besser, verbeult, aber noch heil oder vielmehr je verbeulter, desto heiler. Viberti sah sie fast zwei Wochen lang nicht.

Silvia erwähnte ihn nur einmal, am Ende langer, komplizierter Ausführungen über ihre Arbeit, sie sagte, sie mache eine schwierige Zeit mit diversen Problemen durch, aber es seien keine persönlichen Probleme, denn diese Geschichte, von der sie ihr kurz erzählt habe, sei sofort zu Ende gegangen und das tue ihr nicht leid. Hatte sie Cecilia Schwierigkeiten bereitet?

«Nein, das hab ich dir doch schon gesagt.»

«Hast du ihn mal wiedergesehen?»

«Ja, manchmal laufen wir uns über den Weg», log sie.

«Und er hat dir nichts erzählt?»

«Natürlich nicht.»

Sie war sehr ruhig. Woher diese Gelassenheit kam, versuchte sie nicht herauszufinden.

Sie begriff es zehn Tage später, als sie Viberti vor der Notaufnahme antraf, er wartete auf sie. Er stand wieder da wie ein geprügelter Hund. Er *war* ein geprügelter Hund. Wie immer bekam sie bei seinem Anblick gute Laune (und es war nicht gesagt, dass das etwas Wichtiges bedeutete). Er sprach nicht viel, er wusste nicht, was er sagen sollte, und Cecilia genoss seine Verlegenheit und dieses Schweigen. Sie unterhielten sich über den Jungen, dann kamen sie zu den Umkleideräumen, und der Internist erzählte ihr, dass er sie vor zwei Jahren von diesem Fenster aus heimlich beobachtet hatte, es war an dem Tag gewesen, als Mattia nach seinem ersten Krankenhausaufenthalt entlassen wurde. Was Viberti von dieser Szene erinnerte (an die sie sich gut erinnerte), die Art und Weise, wie er darüber sprach, rührte sie sehr. Zwei Jahre waren vergangen, die sich wie zwanzig Jahre anfühlten. Dann setzte der Internist zu einem traurigen, wirren Geständnis an, eine Art Selbstbezichtigung wie vor einem Volkstribunal, und bevor er sich zu stark geißeln konnte, hielt sie ihn zurück, sagte, er solle aufhören.

Sie fingen wieder an, sich zum Mittagessen zu treffen, als wäre nichts geschehen. Sie sprachen nicht von Silvia und nicht von ihrer Zukunft. Zwei Wochen lang aßen sie gemeinsam, wie sie es immer getan hatten, genossen die Gesellschaft des anderen, redeten von den üblichen Dingen, dem Krankenhaus, Martas Gesundheit, den Kindern. Die Kinder waren im Ferienlager.

Wenn sie Nachmittagsschicht hatte, verbrachte sie den Vormittag in der noch kühlen Wohnung, lag in Unterwäsche auf dem Bett und las alte Krimis von Maigret. Oder sie holte die Mappen mit den Zeichnungen der Kinder hervor, friedliche Katzen und unruhige Katzen, eilige Wolken, zarte Grashalme, unendlich oft wiederholt, hysterische Sonnen und leicht verrückte Monde, glückliche Häuschen aus roten Steinen. Oder sie blätterte in den Büchern, die sie jahrelang, jeden Abend zusammen angeschaut hatten, Bücher von Richard Scarry mit den winzigen Tierchen, von denen es auf den weißen Seiten wimmelte, der große rote Elefanten-Bus mit zwei Stockwerken und Big Ben im Hintergrund, das zerstreute Kaninchen, das die Straße überquert und vom Taxi-Rhinozeros angefahren wird, sodass es in hohem Bogen durch die Luft fliegt, während die Kaninchen am Straßenrand entsetzt zusehen. Oder sie schaute sich im Fernsehen die Wiederholung einer Kochsendung an, die mit großem Erfolg den ganzen Winter über gelaufen war. Sie sah eine Folge, in der Kochprofis und Laien eine Stunde lang über die tausenderlei Arten diskutierten, eine Carbonara zuzubereiten: mit Speck von der Schweinebacke oder geräuchertem Bauchspeck, Schafskäse oder Parmesan, dem ganzen Ei oder nur dem Eigelb, in der Pfanne schwenken oder auf dem Teller mischen. Vor ein paar Monaten noch wäre sie vielleicht ungeduldig geworden, jetzt folgte sie der Sendung völlig entspannt, heiter.

Wenn sie Vormittagsschicht hatte, kam sie um zwei aus dem Krankenhaus und ging, der erstickenden Hitze unter den Rosskastanien trotzend, zu Fuß ins Schwimmbad, schwamm anderthalb Stunden und verbrachte dann den Abend bei ihrer Mutter. Sie aßen zusammen vor dem offenen Küchenfenster, warteten dort auf ein kühles Lüftchen. Seit der Internist ihr gestanden hatte, dass er stundenlang die menschenleeren Höfe betrachtete, ohne an etwas zu denken, setzte sie sich öfter mit einem Stuhl auf den Balkon ihrer Mutter, um es ihm gleichzutun. In ihrer eigenen Wohnung gingen die hinteren Fenster auf einen dunklen, engen Innenhof, wo es nichts zu sehen gab. Sich Viberti in dieser melancholischen Haltung vorzustellen, sich in ihn hineinzuversetzen, stimmte sie nicht traurig, im Gegenteil, sie bekam Lust zu lachen und den Mann zu streicheln, der als Gespenst neben ihr saß. Manchmal überraschte ihre Mutter sie mit einem breiten Lächeln auf den Lippen, dann sagte sie, es sei schön, sie wieder so lächeln zu sehen. Und Cecilia nickte, ließ sie im Glauben, sie dächte an Mattia, an die Schrecken der letzten Jahre. Stattdessen lernte sie in diesen Tagen, nicht mehr so verbissen wie früher an ihre Kinder zu denken. Nicht, weil die beiden älter geworden waren, es war, als wäre sie selbst gewachsen.

Silvia sah sie fast nie. Sie musste eine Arbeit beenden und saß nur noch zu Hause. Cecilia war nicht mehr eifersüchtig auf sie, wenn sie es denn je gewesen war. Eines Tages kam sie sogar auf die Idee, dass die Schwester ihr geholfen hatte. Außerdem hatte sie jetzt einen ausgezeichneten Vorwand, um die Geschichte mit Viberti noch eine Zeitlang geheim zu halten. Erleichterung empfand sie vor allem bei dem Gedanken, dass sie es ihren Kindern nicht erzählen musste. All das, worüber sie nachdachte, nackt oder in Slip und Büstenhalter quer auf dem Bett liegend, hatte mit der Wirklichkeit nichts zu tun, da sie und Viberti wieder zu Freunden geworden waren, nicht zu Geliebten.

Einen Tag, bevor sie Mattia aus dem Sommerlager abholen musste, sah sie beim Öffnen ihres Spindes im Umkleideraum einen weißen Briefumschlag zu Boden fallen. Es war ein Brief von Viberti. Hat er das aus einem Roman abgeschrieben?, fragte sie sich. Sie lächelte, als sie sich den Internisten über den Küchentisch gebeugt vorstellte, um ihr einen Liebesbrief zu schreiben. Dann fügte sie dem Bild ein dickes Wörterbuch hinzu und dachte, dass sie wirklich verliebt sein müsse. Und neidisch auch. Wie hatte er nur einen so schönen Brief hingekriegt? Er musste ihn irgendwo abgeschrieben haben. Dieser Schwindler. Glaubte er, sie würde darauf hereinfallen? Sie würde es ihm sagen, wenn sie ihn sah, und sie wollte ihn sofort sehen.

Sie verließ die Umkleide und rief ihn an. Als sie seine Stimme hörte, wusste sie, dass sie ihm an diesem Abend alles erzählen würde. Ohne Eile suchte sie unter den Alleebäumen nach ihrem Auto. Die Vorstellung machte ihr keine Angst mehr, dem nun wieder schüchternen Internisten alles zu erzählen, würde die einfachste Sache der Welt sein.

(Und dies ist ihr Moment vollkommenen Glücks, der Moment, der eigentlich nicht mehr kommen sollte, in dem sie allein durch den Sommernachmittag geht und sich leicht fühlt, wie eine andere Frau. Und obwohl es ein Paradox ist, weil *sie es nicht ist*, erinnere ich mich gerne so an sie.)

Bevor sie in Vibertis Armen einschlief, dachte sie, sie würde nicht einschlafen können. Sie würde andauernd aufwachen und mit offenen Augen an die Decke dieses fremden Zimmers starren. Sie nahm sich vor, gegen fünf oder sechs zu gehen, bei Tagesanbruch, und ein paar Stunden in ihrem eigenen Bett zu schlafen. Sie würde sich mit einem Kuss verabschieden, während er noch in tiefem Schlaf lag, das Gespräch am Tag danach vermeidend. Doch dieses morgendliche Gespenst nahm keine Gestalt an. Sie schlief fest ein und wachte in der Nacht nur einmal auf, das Fenster stand halb offen. Sie stieg aus dem Bett, schloss es und wickelte sich im Bett in ein Laken. Doch ihr war immer noch kalt, es schien, als wäre der Luftzug nicht aus dem Fenster gekommen, sondern aus dem Schrank ohne Türen, den man nicht zumachen konnte. Erst dann merkte sie, dass Viberti sich nicht bewegte, nicht atmete, nicht schnarchte, er lag reglos da wie eine Schaufensterpuppe, nackt wie ein Wurm. Sie strich über seinen Arm, er war warm, tot konnte er nicht sein. Sie lächelte. Sie würde diesen Mann ein Leben lang necken, und das würde sie glücklich machen.

Als sie zum zweiten Mal aufwachte, schien es sehr spät zu sein, dabei war es erst acht. Viberti trug einen eleganten blauen Bademantel und saß neben dem Bett. Er betrachtete sie, wie man ein schlafendes Neugeborenes betrachtet, oder eine Frau, die soeben entbunden hat. Sie wollte nicht boshaft sein, sie war jetzt sicher, dass sie ihn wirklich liebte. Aber ihm stand so sonnenklar im Gesicht geschrieben, dass er Vater sein wollte, eine Familie haben, Kinder, wenigstens ein Kind, und eine Frau zur Mutter machen wollte. Und das würde kein kleines Problem sein, aber auch kein beängstigendes Problem. Sie würde in aller Ruhe mit ihm darüber reden, auf dem Balkon, sie auf dem Korbsessel und er auf Knien am Boden, so wie gestern Abend, inmitten all dieser weißen Hochzeitsblumen.

«Warum siehst du mich an?»

«Weil du schön bist.»

Sie fing an zu lachen. «Ganz bestimmt nicht um diese Uhrzeit», sagte sie und zog sich das Laken über den Kopf. «Warum siehst du mich an?», fragte sie noch einmal und suchte hinter dem Stoff nach seinem Umriss.

«Ich habe eine Gehirnwäsche bei dir gemacht.»

«Du kannst höchstens eine Magenspülung bei mir machen.»

Doch Viberti war todernst, wie nur er es sein konnte. Er erzählte, er habe als kleiner Junge einen Fernsehfilm gesehen, der ihn furchtbar erschreckt habe. Ein Mann drang nachts in die Häuser ein, kniete sich vor die Betten, als wollte er beten, und während er die schlafenden Menschen anstarrte, pflanzte er ihnen telepathisch einen Gedanken ins Gehirn. Meistens einen bösen Gedanken.

«Zum Beispiel?»

«Zum Beispiel verwandelte er die Menschen in Mörder.»

«Wo waren denn deine Eltern in dem Moment, warum haben sie dich solche Filme überhaupt anschauen lassen? Du erzählst mir jetzt mindestens vom dritten Film, den du als Kind gesehen hast und der dein Leben verändert hat.»

«Meine Mutter schlief manchmal ganze Tage lang, ich weiß nicht, was sie hatte, jedenfalls konnte ich so ziemlich alles tun, was ich wollte. Wenn ich einen Sohn haben werde, darf er im

Fernsehen anschauen, was er will, ich bin der lebende Beweis, dass es nicht schadet.»

«Dann verrate mir doch mal, lebender Beweis, welchen Gedanken hast du denn in mein Gehirn einzupflanzen versucht?»

«Den Wunsch, auch am Tag danach mit mir zusammen zu sein.»

Langsam und vorsichtig zog sie sich das Laken vom Kopf und sah ihn ernst an.

«Hat es funktioniert?», fragte er ernst.

«Vielleicht.»

Da kroch er zu ihr unter das Laken.

Wo hatte dieser Mann gelernt, so zu lieben? Es konnte nicht sein, dass er die letzten zehn Jahre in völliger Einsamkeit verbracht hatte. Und wenn es doch stimmte? Wenn sie diese Leidenschaft und dieses Wissen in ihm hervorrief? Er wusste, wo er sie berühren musste, weil er sie liebte – war das möglich?

Hinterher sagte sie: «Aber ich habe am Tag danach meine Meinung nicht geändert. Ich war bloß durcheinander.» Und er nickte.

Zum ersten Mal seit Monaten, vielleicht seit Jahren, hatte sie das Gefühl, das Richtige getan zu haben. Die Straße, die zu Mattias Sommerlager führte, war schnurgerade und eintönig, die Landschaft gesichtslos. Lampenfabriken auf der einen, Sanitäranlagen und Badezimmerarmaturen auf der anderen, Küchenausstellungen, Fliesen, ein von Brombeerbüschen eingehülltes Kirchlein, ein verlassenes Gehöft, dann wieder Kloschüsseln und Sofas aus echtem Leder. Die halbleere Wohnung des Internisten, nach zehn Jahren hatte er die Möbel, die seine Exfrau mitgenommen hatte, noch immer nicht ersetzt, nicht einmal die Schranktüren – musste sie sich Sorgen machen? Waren das

Anzeichen einer schleichenden Depression, die jederzeit ausbrechen konnte? Sie brauchte diese Beweise nicht, um zu wissen, dass Viberti ein melancholischer Typ war, das hatte sie ihm am ersten Tag von den Augen abgelesen, und vielleicht gefiel er ihr gerade deswegen. Also musste sie sich nicht ängstigen. Auch diese verrückte Angewohnheit, stundenlang in die Höfe zu starren, war nicht wirklich besorgniserregend. Nichts war besorgniserregend oder ernst oder endgültig. An diesem Morgen schien alles heilbar, für alles gab es ein Heilmittel. Auch sie war melancholisch, und ihr Optimismus erschreckte sie, aber das war ja kein wirklicher Optimismus, sie war weit davon entfernt, den echten, fröhlichen, energischen Optimismus sorgloser Menschen zu kennen. An diesem Morgen ging es ihr einfach deshalb besser, weil der Pessimismus seinen Griff ein wenig gelockert hatte. Sie würde ihm helfen, neue Möbel auszusuchen, zusammen würden sie das Paar spielen, das sich eine Wohnung einrichtet. Zwei Sessel fürs Wohnzimmer: Sie wusste, wo man die kaufen konnte. Ein Tischler für die Schranktüren: Sie konnte ihm einen empfehlen. Für einen guten Rat ist man immer dankbar.

Das Handy klingelte. Es war Silvia. Cecilia zögerte, bevor sie antwortete, nicht weil sie fuhr, sondern weil sie fürchtete, Silvia könnte ihrer Stimme anhören, was passiert war.

Sie schien es sehr eilig zu haben, war außer Atem. «Ich muss mit deinem Kollegen sprechen, weißt du, der, von dem ich dir erzählt habe, ich erwische ihn nicht am Telefon. Oder er weicht mir aus, keine Ahnung», und sie kicherte höhnisch. «Er hat etwas bei mir vergessen, und das will ich ihm zurückgeben. Ich kann ihn nicht erreichen, weißt du zufällig, ob er weggefahren ist?»

Es war nichts Schlimmes daran, wenn Silvia und Viberti sich trafen, im Gegenteil, besser, wenn die Sache auf möglichst anständige Weise endete.

«Ja, ich glaube, er bringt seine Mutter aufs Land oder in die Berge, ich weiß es nicht. Montag erreichst du ihn bestimmt.»

Sie sprachen von den Kindern, dann machten sie Schluss.

Kurz darauf kam Cecilia an eine Abzweigung, verließ die Hauptstraße und sah sich eingereiht in eine kleine Karawane aus Autos mit Eltern, die, wie sie, ihre Kinder abholen kamen. In den Autos vor und hinter ihr saßen Väter und Mütter, zu zweit oder allein. Die, die allein kamen, mussten nicht unbedingt geschieden sein. Und auch nicht allein leben. Sie fuhren an bewaldeten Hügeln vorbei, die Schatten auf die Straße warfen, dann wies ein buntes Schild auf die letzte Abzweigung hin, die zum Lager führte. Der Wald wurde jetzt dichter, die Straße war nur noch ein Schotterweg und begann aufzusteigen. Nach ein paar Kurven zwang der holprige Weg die Eltern, das Auto stehen zu lassen. Die letzten Spitzkehren würden sie zu Fuß zurücklegen.

Sie erkannte eine Mutter, die sie zwei Wochen zuvor schon gesehen hatte. Die Frau trug einen Säugling im Tragetuch. Cecilia war ihr mehr oder weniger unbewusst ausgewichen. In den darauffolgenden Tagen hatte sie oft an die Frau gedacht und überlegt, dass sie keinen Grund hatte, die Frau zu meiden, nicht mit ihr zu sprechen. Also ging sie jetzt direkt auf sie zu. Das kleine Mädchen war entzückend. Sie redeten darüber, wie es war, nach zehn Jahren das zweite Kind zu bekommen. Letzte Nacht hatte die Kleine sie nicht schlafen lassen, jetzt schlummerte sie selig. Cecilia erinnerte sich genau an diese Art Müdigkeit, daran, was es bedeutete, wegen eines Kindes kein Auge zuzumachen, sie erinnerte sich, dass sie Michela hätte ersticken wollen, damit sie aufhörte zu schreien. Sie hatte es nicht wirklich tun wollen, sie hatte nur geglaubt zu verstehen, wie jemand so weit gebracht werden konnte, es zu tun. Diese Müdigkeit unterschied sich sehr von der beim Nachtdienst in der Notaufnahme. Mattia dagegen war ein Engel gewesen, er hatte sie kein einziges Mal nachts geweckt.

Sie kamen aus dem Wald heraus und standen vor dem Jugendwohnheim knapp unter dem Gipfel. Das Gepäck lag schon fertig auf der Wiese, doch die Kinder begrüßten sie nur flüchtig, spielten weiter, als würden sie noch zwei Monate lang im Lager bleiben. Sie hatten viele Bastelarbeiten gemacht, die unter dem Laubengang vor dem Hauptgebäude ausgestellt waren: Gipsabdrücke von Blättern, Schleudern aus Holz, kleine Antistress-Bälle, mit Mehl gefüllt.

Es brauchte eine halbe Stunde, Mattia von seinen Freunden zu trennen und ihn zum Abfahren zu bewegen. Erst hinter der ersten Spitzkehre ins Tal hinab ließ er sich umarmen und küssen und begann zu erzählen. Er war stolz auf sich, weil er bei der nächtlichen Waldwanderung keine Angst mehr gehabt hatte, wirklich überhaupt keine.

«Natürlich hast du keine Angst mehr, du bist jetzt zehn Jahre alt», sagte Cecilia.

Sie hob eine Hand, um die Eltern des kleinen Mädchens zu grüßen, sie hatten den älteren Bruder abgeholt und fuhren gerade vom Parkplatz. Cecilia blieb vor ihrem Wagen stehen, um die Schlüssel zu suchen, und während sie in ihrem Rucksack kramte, fiel ihr Silvia wieder ein. Sie versuchte, sich vorzustellen, was Viberti vergessen haben konnte, und verspürte einen leichten Schauer.

Aber es war nur ein kurzer Moment. Sie öffnete Mattia die Beifahrertür, küsste ihn wieder, unbeeindruckt von seinem Protest, und sagte: «Jetzt erzählst du mir alles von Anfang an.»

## DAS UNVORHERGESEHENE EREIGNIS

Die Erinnerung ist ein zum Bersten gefülltes Zimmer, vor vier Jahren erst, aber sie fühlen sich an wie zehn, die Feier der Erstkommunion des Mädchens in Cecilias Wohnung, der Vater seit drei Monaten tot, sie hat vier Kilo verloren, die Mutter hat schnell gelernt, die Rolle der Witwe zu spielen, in gewissem Sinn war sie schon seit Jahren Witwe, und dieser Sinn müsste erforscht und demaskiert werden, aber nein, er bleibt zwangsläufig ein Geheimnis (was empfand ihr Vater für ihre Mutter, was empfand ihre Mutter für ihren Vater, was passierte im Ehebett, solange sie noch ein Bett teilten, und so weiter). An diesem Tag haben die drei Frauen der Familie, drei Bruchstücke, die nie mehr zu einer gemeinsamen Form zusammenfinden werden, ihren ersten öffentlichen Auftritt seit der Beerdigung, und sie persönlich ist der Meinung, dass sie vermeiden sollten, sich untröstlich zu zeigen, die maßlos in die Länge gezogene Bekundung von Trauer ist lächerlich, das hat sie der Mutter auch gesagt, die beleidigt reagierte und fast zu weinen anfing. Sie hat nicht weiter darauf bestanden, ist der Mutter ausgewichen, um Cecilia nicht den Spaß zu verderben. Aber was könnte ihrer Schwester schon den Spaß verderben? Schnelle, mit den Absätzen knallende Schritte, Cecilia geht durch den Flur zwischen Küche und Wohnzimmer, bringt Schüsseln mit russischem Salat, Thunfisch- und Schinkenmousse, Mini-Koteletts, Caprese, Gnocchi alla Romana, Lasagne, Essen für eine ganze Legion aus Verwandten, der besessene Blick eines Menschen, der beschlossen hat, es unter allen Umständen und um jeden Preis zu schaffen. Manchmal, oft, macht die Schwester ihr Angst: So wie sie ihren Weg geht, könnte sie jeden umrennen.

Also ist die Erinnerung ein lichtdurchflutetes Wohnzimmer, angefüllt mit breit lächelnden Gesichtern und Mündern, die laut durcheinanderreden, und sie und Cecilia und die Mutter kümmern sich, unterstützt von sporadischen Frauen aus Lucas Familie, um die Verpflegung, während Luca für die Erwachsenen Weinflaschen entkorkt und den Kindern zuckrige Getränke in bunte Plastikbecher gießt. Ihre Schwester begnügt sich nicht damit, durch den Flur zu gehen, nein, sie *schreitet* mit schnellem, schwingendem Schritt, und ihre Mutter hält eine Schulter tiefer als die andere, als wollte sie kleiner werden und verschwinden, der Kopf geneigt wie die Nadel einer Waage, um allen das Gewicht der Trauer zu zeigen, aber eigentlich wirkt sie wie eine Dienerin, wie die Hausangestellte, die unbemerkt bleiben will. Sie hat den Tod ihres Vaters überlebt und würde gerne sehr würdevoll auf einen Stuhl steigen, um allen zu sagen: «Hört bitte einen Moment zu: Ich möchte euch mitteilen, dass ich dank des guten Herzens meiner Schwester hier unter euch bin, denn wenn sie mich nicht vier Wochen lang ernährt hätte, wäre ich verhungert. Aber ich habe es geschafft, und jetzt bin ich stärker.»

Sie weiß nicht genau, ob das stimmt. Seit ein paar Tagen zittern ihr die Hände, vielleicht hat sie eine Abbaukrankheit. Doch was zählt das schon, sie ist das schwarze Schaf der Familie. Es sei denn, sie überschätzt sogar die Gefahr, als das schwarze Schaf zu gelten. Zum Beispiel ist sie immer gut in der Schule gewesen. Sagen wir, sie ist nicht perfekt wie Cecilia, das genügt. Und überhaupt, wer möchte schon perfekt wie Cecilia sein?

Die Erinnerung sind all diese Augen, die sie nicht sehen, und sie, wenn sie sich auf sie richten, noch bevor sie sie wirklich sehen, durch die Brille des ehrlichen Mitleids oder Misstrauens oder der Gleichgültigkeit beurteilen. Doch plötzlich fixieren sie zwei Augen, Lucas Augen, wie nie zuvor, und gerade weil sie in ihr das schwarze Schaf suchen, gerade weil sie die Zerbrechlichkeit und Instabilität erkennen und glauben, sie könnten Verständnis und guten Rat finden, halten sie die ihren zum ersten Mal seit vielen Jahren, vielleicht überhaupt zum ersten Mal fest. Luca sieht sie auf diese neue, erschrockene Weise an, und während sie ein Tablett mit kleinen Pizzen auf dem Tisch abstellt, das schon halb leer ist, nachdem es im Flur von den Kindern geentert wurde, nähert er sich ihr und flüstert: «Ich muss mit dir reden», und sein Blick ist der eines verzweifelten Mannes, eines Mannes, der um Hilfe bittet, und das kann nicht Luca sein. So ein Blick? Der gehört nicht zu ihm. Darum lächelt Silvia ungläubig. Sie um Hilfe bitten? Das hat keinen Sinn. «Ich muss mit jemandem reden.»

Wie seltsam dieser Blick ist: Luca hofft, gesehen zu werden, aber er selbst sieht nicht, er taucht auf dem Bildschirm einer Gegensprechanlage auf, traurig, verängstigt, in Schwarzweiß, und weiß nicht, ob er sie zu Hause antrifft. Oder er ist die Prinzessin Leia Organa, erscheint als winzig kleines Hologramm, sendet seine Bitte um Hilfe und löst sich auf. Wenn der Vater alle Folgen von *Star Wars* anschaute, mindestens einmal im Jahr, war Silvia die Einzige, die ihm vor dem Fernseher Gesellschaft leistete. Nie hatte sie den Mut, ihm zu sagen, dass sie die Geschichte banal, ja, eindeutig dämlich fand. Doch mit der Prinzessin identifizierte sie sich, und vor vielen Jahren hatte sie geplant, zu einer Prüfung in Filmgeschichte mit zwei Chignons über den Ohren zu erscheinen, obwohl ihre Haare nicht lang genug dafür waren. Sie müsste diejenige sein, die Notschreie und Hilferufe aussendet, stattdessen ist es in diesem Film Luke Skywalker, der weit weg zu sein scheint und endlich in Reichweite, in einer anderen Galaxie, am Ende aber ein Bruder.

Die Erinnerung ist also ein Zimmer voller Menschen, zwei Augen und das Gefühl, dass etwas nicht stimmt, dass etwas entgleist ist, das Leben von Luca und Cecilia war ein geräuschloser, pünktlicher Zug, Handbremse nur im Notfall ziehen, Dinge, die niemals auftauchen durften, kommen jetzt ans Licht, und im selben Moment, in dem das Tablett auf dem Tisch abgestellt ist, antwortet sie: «Natürlich, wann immer du willst, aber was ist denn passiert?»

«Später. Kein Wort zu Cecilia.» Und er geht weg. Silvia lächelt, noch immer ungläubig. Dann denkt sie: Er hat eine Andere, er wird Cecilia verlassen. Gleich darauf: Nein, das ist unmöglich. Seinen Blick hat sie erfunden, er war ganz und gar nicht verzweifelt. Sie ist verzweifelt und projiziert ihre Verzweiflung in die Augen der anderen. Luca wollte nur einen Witz machen: Rette mich, ich schaffe das nicht, die Wohnung voller Leute, all die kreischenden, aufgeregten Kinder.

Unterdessen schreitet Cecilia durch den Flur, und ihre Mutter schlüpft zwischen den Verwandten hindurch wie eine Hausangestellte. Die Kinder jagen einander schreiend durch die Zimmer. Die Erinnerung ist auch die echte, stumme Panik, die sie inmitten ihrer lärmenden, gespielten Panik erfasst. Trotz der gelegentlichen Versuchung, sich eines der Kinder zu packen und es zu umarmen, der Versuchung, für ein paar Sekunden Mutter zu sein. Michela hat ihr langes weißes Kleid noch nicht ausgezogen und benimmt sich wie eine Braut, sie hat sich sogar umgedreht und ein Blumensträußchen geworfen, als wäre es ein Brautstrauß, eine überraschende Entwicklung, denn bis gestern hat sie die Rolle der Novizin kurz vor den letzten Gelübden gespielt.

Nicht nur drei Frauen sind zurückgeblieben, nein, tatsächlich sind sie zu viert. Michela hat ihren Initiationsritus hinter sich und tritt in die Gruppe ein, in die Familie und in die Trauer.

Gibt es andere wichtige Figuren? Nein. Der Junge zum Beispiel ist abwesend, in Deckung, versteckt, wie immer. Alle reden darüber, wie sehr er unter dem Tod des Großvaters gelitten hat (ohne einen Gedanken daran zu verschwenden, wie sehr *sie* gelitten hat), doch wenn er gelitten hat, dann hat er es nicht gezeigt.

Und Lucas Blick, diese zehn Sekunden lang, von einem Schwarzweißbildschirm oder von einem zukünftigen Bildschirm aus weißem Siebziger-Jahre-Plastik.

Es gibt noch eine Erinnerung, getrennt von der anderen, aber an sie angrenzend, eine Szene aus einer anderen Zeit, die das Gedächtnis hartnäckig mit Michelas Erstkommunion verbindet. Ein anderes Zimmer, voll stummer Präsenzen, Cecilias und Lucas Schlafzimmer, wo der Metallständer steht, an dem die Mäntel der Gäste ordentlich aufgereiht und stumm hängen, während ihre Besitzer im Wohnzimmer stehen, lachen und reden, einen Teller und ein Glas in der Hand. Doch für Silvia ist die Gesellschaft der Mäntel natürlich besser. Aus einem Mantel hat sie bei einer Familienfeier vor ein paar Jahren einen Fünfzigtausend-Lire-Schein geklaut.

In dem Zimmer ist ein Mädchen bei ihr, eine Verwandte von Luca, die ihr bis hierhin gefolgt ist und Silvia trotz zahlreicher, vergeblicher Versuche, sie abzuhängen, nicht in Ruhe lässt. Statt Luca, der reden möchte, weil er erkennt, dass auch ein schwarzes Schaf gelegentlich von Nutzen sein kann, ist da diese Spinnerin, die nicht aufhört, Silvia Fragen nach ihrer Arbeit zu stellen und sich in Ausrufen maßloser Bewunderung ergeht. Ihre Arbeit kann man schwerlich bewundern, es sei denn, man hat sie völlig missverstanden. Sie kann man unmöglich bewundern.

Warum kreist ihr Gedächtnis andauernd um diese beiden Erinnerungen? Die erste hätte ein paar Gründe mehr, ihre Anziehungskraft zu rechtfertigen: Kreuzung von Vergangenheit und Zukunft, erstes Fest ohne ihren Vater, Ankündigung von Lucas Enthüllung, Ankündigung der (bis zu dem Moment perfekt versteckten) Ehekrise ihrer Schwester, Ende der glanzvollen Zeit, in der sie der negative Held der Familie war, Beginn einer Zeit der Lethargie oder Kryokonservierung, die nicht enden zu wollen scheint. Warum kehrt dann aber die zweite Erinnerung so hartnäckig wieder? Eine parasitäre Erinnerung, eine schlechte Kopie der ersten, die den süßlichen Geruch des Narzissmus ausströmt, unbegründete Bewunderung ist fast schlimmer als unbegründete Missbilligung. Nur ihr Vater durfte sie bewundern, nur ihre Mutter durfte sie verdammen.

«Du verstehst dich nicht gut mit Großmutter», sagt Michela urplötzlich mit der Miene, mit der Erwachsene große Vertraulichkeiten austauschen.

Seit einiger Zeit übernachtet Michela mindestens einmal in der Woche bei ihr. Es hat zufällig angefangen, eine Grippe von Mattia, die zu Lucas Abwesenheit hinzukam und zu den üblichen Problemen wegen Cecilias Abendschichten. Der Vorschlag, Michela zu sich zu nehmen, war ein spontaner Einfall. Sie hat sich gewundert, wie leicht ihr das fiel, sie hat es sogar mit einer gewissen Euphorie vorgeschlagen. An das Alleinleben ist sie gewöhnt, sie ist stolz auf die Unabhängigkeit, die sie sich erkämpft hat, und hütet sie sorgsam. Und die Schulden bei ihrer Schwester hat sie überreichlich zurückgezahlt, auch wenn sie das Schuldenkonto nicht auflösen kann. Also hat sie es nicht vorgeschlagen, weil sie sich als Schuldnerin oder einsam fühlt. Und sie hat es auch nicht vorgeschlagen, um ihrer Mutter ein Privileg zu entreißen, obwohl die Mutter sie wissen ließ, dass sie eifersüchtig ist (schon vor Jahren hat sie der Mutter einen einseitigen Waffenstillstand erklärt und hält ihn ein). Sie wollte Cecilia helfen.

Doch dann sind zwei Dinge passiert.

Das erste ist, dass Cecilia sich seltsam benommen hat, als wollte sie Michela von zu Hause fernhalten. Und das hat Silvia beunruhigt, denn im letzten Jahr hat Cecilia verworrenes Zeug über einen vermeintlich negativen Einfluss von Michela auf Mattias Appetit geredet. Solange es nur um einen Abend in der Woche geht, hat sie sich gesagt, ist es besser, Cecilias Paranoia zu unterstützen. Sie stellt sich Cecilias Abendessen mit dem Jungen vor, ein heimliches Liebespaar, sie hingerissen, er zurückhaltend und gelangweilt.

Das zweite ist, dass es sie glücklich macht, Michela bei sich zu Hause zu haben, so glücklich, wie sie seit Jahren nicht mehr war, vielleicht noch nie war. So glücklich, wie sie es sich erträumt hatte, als sie noch glaubte, dass sie früher oder später glücklich werden würde. Wie sie vielleicht für kurze Zeit in den Ferien mit ihren Freundinnen gewesen war. Außer man stritt irgendwann oder fand die anderen unerträglich oder langweilte sich zu Tode und fuhr dann doch lieber nach Hause zurück.

Michela gefällt ihr. Sie ist immer die letzte Erwachsene gewesen, die dem Ungestüm des Mädchens nachgegeben hat, wenn man gemeinsam in den Ferien war oder an Feiertagen. Sie hält stundenlang durch, bis sie zugibt, dass Michela mitunter geradezu unausstehlich sein kann. Ihrer Meinung nach ist Michela frühreif, intelligent und sensibel. Witzig, extrovertiert. Zu impulsiv und großherzig, um komplizierte Strategien zur Vernichtung des Bruders zu ersinnen. Der ist eher einer, der sich selbst vernichtet.

Silvia steht am Herd und kocht, sie dachte, Michela sitze an ihrer Hausaufgabe, einer Textinterpretation. «Was hast du gesagt?», fragt sie, obwohl sie genau verstanden hat.

«Ich habe gemerkt … dass du dich mit Großmutter nicht gut verstehst.»

Sie sucht nach einer passenden Antwort, ohne vom Wurzelgemüse, das in der Pfanne brät, aufzuschauen.

«Wir sind zwei sehr verschiedene Charaktere.»

«Was heißt das?»

«Das heißt … hm, ich weiß nicht … du kennst Großmutter … sie ist sehr ordentlich, die Wohnung immer tadellos aufgeräumt, sauber …»

Michela scheint verwirrt. «Deine Wohnung ist auch sauber.»

«Ich meine … du siehst doch das Chaos hier drinnen, mir ist es egal, ob etwas wochenlang auf dem Tisch herumliegt, dieser Stapel Zeitungen auf dem Boden oder die Fernbedienung zwischen den Sofakissen …»

«Du bist eher eine Chaotin.»

«Stimmt.»

«Hat sie viel mit dir geschimpft, als du klein warst?»

«Ziemlich … ja, sie war streng.»

«Mama ist auch streng.»

«O nein.» Silvia lächelt. «Du weißt nicht, was eine strenge Mutter ist.»

«Wieso, was hat Großmutter denn mit dir gemacht?»

«Ich wurde andauernd bestraft.»

«Weswegen?»

«Ich hab ihr einen Haufen Lügen erzählt, ich hab ihr nicht gehorcht.»

«Warum hast du das getan?»

«Ich war ein bisschen verrückt.»

Michela lächelt. «Auch noch, als du größer warst?»

«Vor allem dann.»

«Hast du ihr nicht gesagt, wohin du gehst?»

«Ich hab ihr nicht gesagt, *mit wem* ich wegging.»

«Mit Jungen?»

Silvia muss lachen. «Du bist ganz schön neugierig!»

«Erzähl mal, bitte …»

«Ich war ein bisschen aufsässig, aber Großmutter hat Fehler gemacht, denn sie hat mich eingesperrt.»

«Sie hat die Tür mit dem Schlüssel abgeschlossen?»

«Einmal hat sie mich sogar auf dem Balkon eingeschlossen!»

«Und dann?»

«Großvater ist sofort gekommen, um mich zu befreien. Beide haben sich angeschrien, und dann haben wir uns zum Essen gesetzt, als wäre nichts passiert.»

«Und was hat meine Mama gesagt?»

«Sie hat mich verteidigt. Aber sie hatte andere Sachen im Kopf, sie musste studieren, dann hat sie geheiratet, und du wurdest geboren.»

«Mama hat immer andere Sachen im Kopf.»

Silvia hält inne, sieht Michela an. «Sag das nicht. Das stimmt nicht.»

Michela wird rot, senkt die Augen. Sie scheint verlegen.

Dann, als wenn nichts wäre, fängt sie an, von einer Freundin zu erzählen, die mit ihrer Großmutter einkaufen geht und sich alles Mögliche von ihr kaufen lässt. «Sie nutzt ihre Großmutter richtig aus, kannst du dir das vorstellen?»

Wie schön, wenn man das Thema wechseln kann. Punkt, neuer Absatz, voller Energie und Hoffnung, jetzt spricht sie wieder übertrieben laut, als müsste man sie auf der anderen Straßenseite hören, erzählt die Dinge so, als wären sie ihr zum ersten Mal in der Geschichte der Menschheit passiert, als wäre ihre Erfahrung einzigartig und unwiederholbar, ihre Freunde einzigartig und unersetzlich, etwas, was man nur in diesem Alter glauben kann. Wenige Jahre noch, dann wird der Abdruck, den Worte und Ereignisse hinterlassen, von Mal zu Mal langsamer verschwinden, wie blaue Flecken.

Später denkt Silvia an diese Zeit zurück und fragt sich, wie sie übersehen konnte, dass das Mädchen sie etwas fragen wollte. In diesen Wochen spricht Michela immer von der Mutter, auch wenn sie von der Schule erzählt, auch wenn sie von der Großmutter spricht, vor allem, wenn sie vom Bruder spricht. Und Silvia hat so wenig Lust, das zu tun, worum das Mädchen sie bittet, dass sie sich wochenlang weigert, zu verstehen, und über ihre Stimmungswechsel und kindlichen Überlegungen hinweglächelt. Denn Michela ist fast immer guter Laune, wenigstens tut sie alles, damit andere das glauben, und Silvia geht in die Falle, sie *will* es glauben.

Nach dem Abendessen schauen sie sich meistens eine Spielshow im Fernsehen an. Das Mädchen hat gesagt: «Ich komme gern zu dir, Tante Silvia, weil wir die bescheuerten Programme anschauen, die Mama mich nicht sehen lässt.» Eines Abends sagt sie, dass sie unbedingt mindestens eine halbe Stunde lang einen Fernsehfilm über Mutter Teresa von Kalkutta sehen muss. Den ersten Teil hat sie schon verpasst, wenn sie die Sendung heute Abend nicht sieht, kriegt sie Probleme, sie braucht die Informationen für eine Arbeit in Geschichte und Geographie. Was hat Mutter Teresa mit Geschichte und Geographie zu tun?

«Weil der Film in Indien spielt.»

Indien hat Silvia nie gefallen. Außerdem muss sie gerade die Übersetzung eines sterbenslangweiligen Buchs über hinduistische Mythologie redigieren. Es ist ein dicker Wälzer, wo Gottheiten mit maßlosem sexuellem Appetit jahrtausendelang grässliche Beischlafpraktiken zelebrieren. Wie unendlich viel besser ist dagegen die japanische Eleganz.

Einverstanden, sagt sie zu Michela, wenn du um zehn im Bett bist. Sie essen, dann setzen sie sich aufs Sofa vor den Fernseher. Sofort hat sie den Eindruck, dass sie die Schauspielerin, die Mutter Teresa spielt, schon einmal gesehen hat, sie erinnert sich aber nicht, wo. Es ist eine junge Schauspielerin, die mit ein paar Falten hier und da auf alt geschminkt wurde, oder es ist die ältere Schwester einer jungen Schauspielerin, die sie in einem anderen Film gesehen hat. Sie nimmt ihren Laptop, klappt ihn auf und sucht bei Google den Namen der Schauspielerin, Olivia Hussey, dann entdeckt sie, dass sie in *Jesus von Nazareth* (wo Jesus mit seinen eingefallenen Wangen, hervorstehenden Augen und stark geölten Haaren ein ziemlich geiler Typ war) die Maria gespielt hat, ja, dann ist diese Besetzung natürlich konsequent, der Schleier steht ihr gut. Aber die Hussey hat auch in *Romeo und Julia* gespielt, und das liegt schon weniger nahe, oder?

Sie fängt an, Michela von ihrer Entdeckung zu erzählen, dreht sich zu ihr um und sieht sie stumm weinen, sie hat es gar nicht bemerkt. Michela weint heimlich, geräuschlos, und trocknet sich die Tränen mit einem Taschentuch, das sie in der Faust hält. Silvia lässt sich nichts anmerken, blickt wieder auf den Computer. Was ist passiert? Was soll sie jetzt machen? Der Film war ihr so abgeschmackt vorgekommen, sie hätte nicht gedacht, dass die über einen Sterbenden gebeugte Mutter Teresa das Mädchen beeindrucken könnte.

Vielleicht möchte Michela insgeheim immer noch eine Heilige werden. Sie hat einfach nur gelernt, ihre berüchtigten Krisen zu verbergen.

«He, stimmt irgendwas nicht?»

Michela schüttelt den Kopf.

«Nimmt dich das so mit?»

Sie zuckt mit den Achseln. «Bestimmt nicht.»

«Soll ich abschalten?»

«Ja, es ist furchtbar langweilig.»

Silvia lacht erleichtert, sagt, sie habe gedacht, Michela weine wegen des Films. Doch in Wirklichkeit ist es viel schlimmer, wenn sie aus anderen Gründen weint.

Das denkt auch Michela, die sich ein Kissen aufs Gesicht drückt und zu schluchzen beginnt. Jetzt lässt sie alles heraus, was sie bis jetzt zurückgehalten hat.

Silvia umarmt sie. Sie bleiben bis halb zwölf auf dem Sofa sitzen.

Anfangs ist es eine endlose Aufzählung winziger Ereignisse, scheinbar völlig zusammenhanglos. Doch nicht für Michela, die sie ineinanderfügt wie Legosteine.

Mittendrin gibt es den Bericht von einer Ohrfeige, die Cecilia ihr vor einem Jahr gegeben hat, dazu die minutiöse Erklärung der Abläufe und Beweggründe, außerdem das Eingeständnis, nicht nett zum Bruder gewesen zu sein, aber ohne ihm Böses zu wollen. Und die Ohrfeige ist das Einzige, woran Silvia sich später noch erinnert, weil sie nicht gedacht hätte, dass Cecilia die Kinder ohrfeigen würde, sie kann es sich nicht vorstellen.

Am Ende die katastrophale Schlussfolgerung, dass die Mutter sie nicht erträgt, das spürt sie, sie merkt, dass sie ihrer Mutter unsympathisch ist, und wünscht sich doch so sehr das Gegenteil.

Silvia tröstet sie, streichelt sie, hält sie an sich gedrückt.

Schließlich gibt das Mädchen vor Müdigkeit auf, obwohl

die Ermunterungen ihrer Tante sie nicht überzeugt haben. Wie denn auch? Sie überzeugen nicht einmal die Tante selbst.

Ich frage mich, ob ich Sofas nicht zu viel Bedeutung verleihe, es sieht so aus, als wollte ich alles auf Sofas geschehen lassen. Das von Silvia ist jedenfalls zu groß für den Raum, in dem es steht. Silvia hat es von der Familie einer Freundin, die es wegwerfen wollte. Es hat riesige, flache Armlehnen, die für immer niedergedrückt zu beiden Seiten herabhängen; es ist in eine große indische Decke gehüllt, um die Flecken und Zigarettenbrandlöcher im Bezug aus preußischblauem Samt zu verstecken. Es ist monumental, trotzdem sitzt man nur zu zweit gemütlich; versucht man, einen Dritten in der Mitte zu platzieren, sieht sich der Unglückliche nach einer Weile erdrückt von den beiden außen Sitzenden, die langsam auf ihn rutschen. Wenn ich an Silvia denke, sehe ich sie so: ein zu großes Möbelstück für die Immobilie, die sie enthält.

Kaum ist Michela eingeschlafen, geht Silvia ins Wohnzimmer zurück, um genau aufzuschreiben, was das Mädchen gesagt hat. Was ist passiert, was soll sie tun? Sie hat keine Lust, mit ihrer Schwester zu sprechen. Sie weiß nicht, ob sie eine andere Wahl hat.

Sie möchte eine gute Vizemutter sein und versteht Cecilia, die sicher eine gute Mutter sein will. In der schwierigsten Zeit der Trennung von ihrem Mann fürchtete Cecilia sich davor, mit den Lehrerinnen zu sprechen: Sie würden ihr sagen, dass der Junge unterernährt war, vernachlässigt, müde, schmutzig. Dass die Schuld ganz offensichtlich, eindeutig, bei ihr lag.

Alles, aber keinesfalls die Rolle dieser Lehrerinnen übernehmen. Sie streckt sich auf dem Sofa aus, geht mit den Augen den Umrissen der Schatten an der Decke nach. Michela weckt mehr in ihr als bloße Zärtlichkeit. Einfach so zu weinen anfangen, aus heiterem Himmel! So viel Angst mit sich herumtragen und mit zusammengebissenen Zähnen durchhalten, um sich dann bei einem vertrauten Menschen gehenzulassen. Ein Innenleben haben und eine Seele und sich nicht damit begnügen, apathisch zu leben.

Es war Cecilia gewesen, die ihr gesagt hatte, dass ihr Vater krank war. Sie hatte es ihr unter vier Augen sagen wollen, wenn die Mutter nicht dabei war (der sie es auf die gleiche Weise in Abwesenheit des Vaters gesagt hatte). Cecilia, die Beschützerin und Wächterin der Familie. Heilerin noch dazu, aber zu Wundern nicht ermächtigt. Cecilia kam noch am selben Tag bei ihr vorbei und sagte es ihr, sie sagte, man könne ihn behandeln, der Prozentsatz an Heilungen sei hoch, man dürfe nicht in Panik geraten und denken, ihr Vater wäre zum Tode verurteilt. Silvia war, als müsste sie sterben, sie konnte nicht mehr atmen. Ceci gab ihr ein Beruhigungsmittel. Dann musste sie ihr versprechen, vor dem Vater keine Tragödie daraus zu machen. Silvia versprach es, aber am nächsten Tag ging sie zu den Eltern, brach in Tränen aus und reizte ihre Mutter, bis die einen Schwächeanfall bekam. Sie tat all das, was sie nicht hätte tun sollen. Aber war es nicht das, was ohnehin alle von ihr erwarteten, dass sie tat, was sie nicht tun sollte, was zu unterlassen besser und vernünftiger gewesen wäre?

Sie weinte vor ihrer Schwester, sie weinte vor dem Vater, sie verfluchte ihre Mutter, die sie bat, ruhig zu bleiben und nicht alles noch schlimmer zu machen (dabei weinte die doch auch, was zum Teufel sollte also das Gerede). Der Vater stand auf und zog sich in sein Zimmer zurück, er hatte die letzten zehn Jahre damit verbracht, zu vermitteln, man hatte soeben Darmkrebs bei ihm diagnostiziert (die Diagnose stammte von seiner anderen Tochter, als Kind war sie wunderbar gewesen, immer so ernst), ihm fehlte die Kraft, die beiden auch an diesem Abend zu trennen, er hatte ein Recht auf ein bisschen Ruhe. Silvia und die Mutter fanden sich plötzlich allein, sie weinten noch eine Weile, stumm, jede für sich, dann stand Silvia auf und verließ die Wohnung ihrer Eltern ohne ein Wort. Am nächsten Tag rief der Vater sie an und sprach ihr Mut zu, als wäre sie die Krebskranke, als müsste sie getröstet werden. Der Vater wiederholte Cecilias Lügen, als würde er daran glauben, vielleicht glaubte er auch daran, vielleicht waren es keine Lügen, sie glaubte nicht daran, aber sie war es gewöhnt, das zu glauben, was sie sich einredete, also glaubte sie es am Ende auch, ja, sie glaubte, dass er geheilt werden würde.

In Augenblicken sinkenden Selbstwertgefühls ist ihr, als beträte sie die von anderen Menschen geschriebenen Texte wie eine Putzfrau. Wenn du die Wohnung nicht kennst, ist der Anfang schwer, du weißt nicht, wo sich der Dreck anhäuft. Und man darf nicht bemerken, dass du da gewesen bist. Wer die perfekte Seite betritt, nachdem du sie geputzt hast, darf es nicht merken, er muss denken, sie sei immer schon so gewesen. Seiten haben ein Zentrum, Sätze einen Schwerpunkt, sie dürfen weder zur einen, noch zur anderen Seite herunterhängen. Man muss staubwischen, geraderücken, umstellen und Ordnung schaffen. Man muss viele graphische Zeichen kennen, um anzugeben, wo die Korrekturen eingeschoben werden müssen: die Beine, die zum Himmel erhobenen Arme, die geraden oder umgedrehten Köpfe; und wenn zu viele Zeichen zusammenkommen, muss man neue erfinden: gekrönte Köpfe, Hände mit Elephantiasis, männliche Fortpflanzungsorgane. Und das schönste Zeichen für eine Korrektur, die rückgängig gemacht werden muss: VIVE! Doch es ist eine aussterbende Kunst, in ein paar Jahren wird sie zur Korrektur in der Datei übergehen, wie alle.

Wenn sie etwas weniger niedergeschlagen ist, stellt sie sich vor, sie ist eine liebevolle Mutter, die das Zimmer ihrer Kinder betritt (sie muss sie sich klein vorstellen und mögen, sonst funktioniert es nicht). Jedes nicht weggeräumte Spielzeug, jedes aufgeschlagen am Boden liegende Schulheft, jeder in eine Ecke geworfene Strumpf. Sie muss an ihre aufgeregten oder unbeholfenen oder zerstreuten Gesten denken, sie vor Augen haben und lächeln. Einen Stich im Herzen spüren und sie auch für die Unordnung lieben, die sie anrichten können.

Doch da Menschen, die schreiben oder übersetzen, in Wirklichkeit weder die eigenen Kinder noch Neffen sind, möchte man sie am liebsten ohrfeigen, wenn man sich über sie ärgert. Was erlauben sie sich eigentlich? Wo hatten sie bloß ihre Gedanken? Und wie kommen sie dazu, zu glauben, jemand müsse für sie sauber machen? Halten sie Silvia für ihre Dienerin? Bei der Arbeit spricht sie oft mit dem Autor oder Übersetzer, starrt auf den Computerbildschirm wie auf das Auge von HAL 9000 und schickt sie zum Teufel. Leute, zu denen sie persönlich eine sehr gute Beziehung hat.

Sie arbeitet allein, niemand kontrolliert sie. Sie muss sich selbst kontrollieren, sonst ist sie verloren. Wenn sie abgelenkt ist, sich nicht mehr konzentrieren kann und den Rhythmus verliert, verlässt sie türschlagend die Wohnung und geht einkaufen. Wenn sie nicht einkaufen muss, geht sie einmal um den Block. Zehn Minuten später setzt sie sich wieder an den Schreibtisch und nimmt den roten Faden sofort wieder auf. Doch wenn sie ihn abermals verliert, gibt es ein ernstes Problem. Sie steht auf, schaut aus dem Fenster, unten auf der Straße geht eine Dame mit einem Hund vorbei. Keine Verpflichtungen haben, ein Leben führen, das einem erlaubt, um elf Uhr vormittags mit dem Hund auszugehen, unmoralisch ist das, unmoralisch, es dürfte nicht erlaubt sein, arbeitende Menschen zu stören, mit oder ohne Hund.

Was ist los? Sie grübelt ein paar Tage lang über die Sache nach, schließlich stellt sie fest, dass sie keine andere Wahl hat, sie muss mit ihrer Schwester über das sprechen, was das Mädchen gesagt hat. Es ist ein Montag Ende Mai, stundenlang widmet sie sich der dümmsten Arbeit der Welt, kontrolliert, ob sie die Korrekturen richtig eingetragen hat, tippt auf die Wörter auf dem Bildschirm und buchstabiert sie dabei, als würde sie anklopfen, um herauszubekommen, wer dahintersteckt. Abends geht sie mit zwei ihrer besten Freundinnen aus (die dritte lebt im Exil in Barcelona, falls sich am Ende nicht noch herausstellt, dass die Zurückgebliebenen im Exil gelebt haben).

Ihre Freundin Carla hat einen Partner und einen Sohn, und an diesem Abend trägt sie ein zu elegantes schwarzes Kleid mit tiefem Ausschnitt. Sie und Stefania, die beide allein leben und anziehen, was ihnen gerade in die Hände fällt, bemerken das und ziehen sie damit auf. Sie gehen in eine Bar, trinken Mojito und essen zwei Tage alte Canapés, schrumpelige, vertrocknete Pizzette und übergewichtige, fade Oliven. Sie wissen genau, dass die Canapés nicht frisch sind, und der Eifer, mit dem sie kauen, gehört zu der Erregung, mit der sie lachen und reden und sich gegenseitig ins Wort fallen, während sie über das Schicksal von Francesca sprechen, der abwesenden Freundin. Bei anderen Gelegenheiten haben Silvia, Stefania und Francesca über Carlas Schicksal gesprochen, andere Male haben Silvia, Francesca und Carla über Stefanias Schicksal gesprochen, also ist es sehr wahrscheinlich, dass Stefania, Carla und Francesca irgendwann einmal über Silvias Schicksal gesprochen haben. Was lässt sich bloß stundenlang über sie sagen? Sie erinnert sich an viele peinliche Sachen, die die Freundinnen ihr erzählt haben, aber sie weiß nicht, ob sie sich an all die peinlichen Sachen erinnern kann, die sie ihnen von sich erzählt hat. Sie lachen, aber sie machen absolut keine Witze, denn die Fragen, die sie leidenschaftlich beschäftigen, sind Fragen von Leben und Tod: das Leben, das sie zu versäumen fürchten, das Leben, das nie beginnt, das Gefühlsleben und das Berufsleben; das Fehlen starker, leidenschaftlicher Gefühle und faszinierender, beständiger Berufe, oder aber der Überfluss an schwachen Gefühlen und unsicheren Berufen. Der Mangel an Leben ist Angst vor dem Tod, die ist immer dabei.

Silvia, die laut lacht und spricht und kaut wie die anderen, kann Michelas Weinen nicht vergessen. Sie sind einunddreißig, alle drei klein, brünett, mit dunklen Augen. Sie wissen, dass sie viel gemeinsam haben, aber sie würden niemals zugeben, dass sie sich ähneln. Sie lachen und sprechen sehr laut und essen die Canapés aus altbackenem Brot und trinken drei Mojitos, von denen sie nur zwei bezahlen, weil sie den Barmann kennen. Er heißt Rumi und ist Australier, was ist das für ein Name, Rumi? Hört sich an wie ein Hundename. Komm her, Rumi! Sie lachen. Sie zerbeißen die übergewichtigen Oliven zwischen den Backenzähnen, und was herausspritzt, ist nur säuerliches Wasser. Sie gehen vom Mojito zu einem Glas Weißwein über – er darf aber nicht perlen, Rumi! – und von den vertrockneten zu warmen, entschieden besseren Pizzette. Neue Gesichter füllen gelegentliche Lücken in der Konversation (guckt euch die an, wie geschmacklos die angezogen ist), und nach einer Stunde Plauderei über Francescas Schicksal ist nicht viel übrig, oder besser,

Francescas Schicksal hat seine charakteristischen Eigenschaften verloren und wird dem Schicksal der drei Anwesenden immer ähnlicher.

Silvia erinnert sich, wie sie vor ein paar Jahren lachend von Michelas sogenannten mystischen Anfällen erzählt hat. Sie hat es bereut, mit den Freundinnen über das Mädchen hergezogen zu sein, sie hat sich beschissen gefühlt und war schlagartig zu ernst geworden. Jetzt weiß sie nicht, ob sie erzählen soll, was Michela ihr gesagt hat. Aber sie kann nicht anders. Stefania spricht gerade über die zynischen, perversen Regelungen in den Arbeitsverträgen für Schwangerschaftsvertretung und über den Dschungel des Arbeitsmarkts, ein Thema, bei dem sie kein Ende kennt. Darum reagiert Carla übertrieben begeistert, als Silvia ankündigt, sie brauche einen Rat.

Sie sprechen eine Stunde lang über Michela, und Silvia lässt sich erklären, was sie schon weiß: Sie muss Cecilia auf jeden Fall berichten, was ihre Tochter gesagt hat. Nicht nur Michela zuliebe, nicht nur Cecilia zuliebe. Zu ihrem eigenen Besten: Sie kann mit dieser Angst nicht leben.

«Übertreibe ich, wenn ich es Angst nenne?»

«Nenn es, wie du willst, aber sprich mit ihr.»

Dann muss Carla zu ihrem Kind zurück und geht, eine Spur aus lüsternen, unnützen Blicken hinter sich herziehend. Dieses Kleid war völlig überflüssig, es sei denn, es war für die Rückkehr nach Hause bestimmt. Silvia und Stefania sehen sich alleingelassen, und Stefi zeigt Silvia ein paar Typen, die sie vor ein paar Monaten kennengelernt haben, doch Silvia entdeckt, dass sie schlecht gelaunt ist und sagt, sie habe keine Lust, die Typen zu begrüßen, Stefi besteht darauf, da macht Silvia ohne Vorwarnung eine böse, ungerechte Bemerkung (ob sie die Leute mit ihren Geschichten von der Schwangerschaftsvertretung unterhalten will), Stefi steht auf und geht weg. Das alles geschieht in wenigen Sekunden, keine Zeit, um nachzudenken und es zu vermeiden. Noch dazu wird in diesem Moment der Song *In Between Days* von den Cure gespielt, der sie an Enrico Fermi erinnert und traurig macht. Sie geht eilig nach draußen und schickt Stefania eine SMS: *Entschuldige, entschuldige, entschuldige, ich rufe dich morgen an.*

Während der Krankheit ihres Vaters stellte sie sich vor, Zeit mit ihm zu verbringen und ihm Romane von Philip K. Dick oder Ursula K. Le Guin oder anderen Sciencefiction-Autoren mit einem K. zwischen dem Namen und Nachnamen vorzulesen. Sie sah die Szene vor sich, erfüllt von einem melancholischen, sanften Licht, der Vater bewegungslos im Bett.

Doch in den Monaten der Chemotherapie war der Vater nicht mehr er selbst. Mit ihr war er nicht mehr er selbst. Er hatte keine Lust mehr zu reden. Es schien, als hätte er große Lust zuzuhören, aber das täuschte. Sie kam ihn jeden zweiten, dritten Tag besuchen, die Mutter ließ die beiden immer allein. Ihren eigenen Worten zufolge «nutzte sie die Gelegenheit, um mal rauszugehen», in Wahrheit aber nutzte sie sie als ein Alibi, um nicht bei ihnen sitzen, in den Augen ihres Mannes nicht die Liebe zur jüngeren Tochter lesen zu müssen.

Der Vater bemühte sich, zu plaudern. Schon immer hatte er es in Gesprächen darauf angelegt, nicht von sich zu sprechen. Gewöhnlich bediente er sich einer Ablenkungsstrategie: Er sprach von Kollegen, alten Freunden, Bekannten, Orten, die er gesehen hatte, und was er erzählte, hätte ganze Bücher gefüllt. Jetzt war aus ihm eine Art freundlicher Polizist geworden, ein gutmütiger, aber unerbittlicher Inquisitor. Er hörte nicht auf, Fragen zu stellen, und begnügte sich nie mit einfachen Antworten.

Das Fenster stand halb offen, von draußen kam der Geruch des Regens oder der Duft des Frühlings herein. Die Bäume auf der Allee hatten endlich erste Blätter bekommen, und das Licht im Zimmer nahm den gleichen hellgrünen Farbton an. Wenn sie ankam, fand sie ihn im Sessel im Wohnzimmer, einem Raum, wo sie früher nie miteinander gesprochen hatten, hier patrouillierte die Mutter zu oft. Der Fernseher ausgeschaltet, das geschlossene Buch neben sich, immer dieselben Romane in jenen Monaten, *Die linke Hand der Dunkelheit* oder *Revolte auf Luna* oder *Ubik*, das Lesezeichen immer an derselben Stelle (die vielleicht gar keine Stelle war, vielleicht ging es nur darum, sofort das Buch in die Hand zu nehmen und aufzuschlagen, wenn die Mutter auftauchte, damit sie wieder verschwand).

Es war noch nicht so warm, dass das Fenster den ganzen Tag geöffnet bleiben konnte, es war nicht zufällig offen, so wie es auch kein Zufall war, dass der Sessel weiter vom Sofa entfernt stand als normalerweise, und es war kein Zufall, dass die Gesichtsfarbe des Vaters gelblich war und sein Atem unerträglich. Cecilia hatte es ihr gesagt, der Vater hatte Angst, einen schlechten Geruch zu verbreiten, nach Krankheit zu stinken, also nach Tod, er wollte kein Unbehagen bereiten und Anlass zu hässlichen Erinnerungen bieten. Silvia setzte sich aufs Sofa, zu weit weg von ihm, schaute nach draußen, sagte «wie schön die Sonne auf den Blättern, wie schön der Regen auf den Fensterscheiben». Umso unglaublicher war es, dass die Mutter sich dem Vater näherte, wie sie es nie zuvor getan hatte, jedenfalls nicht in Gegenwart der Töchter, um ihm beim Aufstehen aus dem Sessel zu helfen.

Manchmal hätte sie den Vater gern zum Arzt ins Krankenhaus begleitet, ohne die Mutter immer im Schlepptau zu haben. Sie hätte sich gewünscht, dass der Vater sich ihr anvertraute, in der Zeit, die sie gemeinsam verbrachten. Egal, welche Art von Geständnis. Sie war in diesen Monaten ein bisschen eifersüchtig auf Cecilia. Die Schwester hatte ihr die Liebe des Vaters nie streitig gemacht, doch in den letzten Jahren hatte sie eine hervorragende Waffe, die Gesundheit. Auch bevor er krank wurde, wusste Cecilia Dinge vom Vater, *intime* Dinge, Cholesterinwerte, Blutsenkungsreaktion, Größe der Prostata, die Silvia verborgen blieben. Sie hatten Gesprächsthemen, Diätvorschriften, Empfehlungen, Dosierungen, die den Vater mit fortschreitendem Alter immer mehr interessierten. Das sah Silvia an seinen Augen, an seinen Blicken. Cecilias Erscheinen beruhigte ihn. Als Cecilia heiraten wollte, hatten sie eine Zeitlang nicht mehr miteinander gesprochen. Du bist zu jung, hatte er gesagt, nicht mit lauter Stimme, er hatte ein paar Monate lang gebrummelt, dass sie vielleicht hätten warten können. Dann war er der Erste, der zugab, dass er sich geirrt hatte, und wenn Enkel kommen, ändert sich bekanntlich alles. Wenn sie dir einen Enkel schenken, werden dir sogar die Männer sympathisch, die deine Tochter ficken.

Wenn sie solch schreckliche, ungerechte Gedanken denkt, weiß sie, dass sie den Grund der Traurigkeit erreicht hat. Einen noch traurigeren Zustand kann sie sich nicht vorstellen. Ihre Spezialität ist eigentlich die Panik, die Angst, die Aufregung und die Beunruhigung. Doch wenn diese abscheuliche Traurigkeit sie überfällt, ist das einzige Gegenmittel, sich zu Hause zu verkriechen und zu arbeiten.

Sie zählt die Seiten, die noch von der hinduistischen Mythologie bleiben. Es kommt ihr vor, als hätte sie ihr Leben mit Seitenzählen verbracht. Auch an der Uni hat sie die Seiten gezählt, die noch blieben. Sie zählt, indem sie subtrahiert. Sie nimmt die letzte Seite, dann die Seite, bis zu der sie gekommen ist und zieht sie voneinander ab. Aber das genügt nicht. Es gibt Seiten mit Illustrationen, halbe Seiten, leere Seiten, Seiten voller Fußnoten, die sie ignorieren kann, weil das alles bibliographische Verweise sind, die andere überprüfen. Also macht sie eine Schätzung dieser Phantomseiten und zieht sie vom Ergebnis der ersten Subtraktion ab. Mit den Jahren hat sie das Zählen auch auf die Seiten der Bücher ausgedehnt, die sie in ihrer Freizeit liest. Wenn sie ihren Vater mit einem seiner dicken Sciencefiction-Wälzer unterm Arm sah, hat sie ihn manchmal gefragt, wie viele Seiten ihm noch blieben. Er hatte keine Ahnung, oder besser, er war immer «ungefähr in der Mitte» (ihr Vater war in allen Dingen ungefähr in der Mitte, er war ein unfertiger Mann, aber das war nicht seine Schuld). Bei der Arbeit kommen ihr jetzt Texte unter, die mit unterschiedlich großen Buchstaben gedruckt sind, Reiseführer mit Textfenstern oder Boxen, die das Berechnen der Seiten erschweren, Abbildungen, deren Raumbedarf sie voraussehen muss. Seiten zählen, eine Prognose der endgültigen Anzahl Druckseiten wagen – das tut sie sehr gerne. Die Lektoren der Verlage, für die sie arbeitet, bewundern ihre Präzision. Sie gehört zu einer klar definierten und mit bloßem Auge erkennbaren Kategorie: der verdienstvolle Mitarbeiter, bei dem es gelegentlich Momente von Unzuverlässigkeit gibt. Manchmal bekommt sie anscheinend unbegründete Anrufe und begreift erst Tage später, dass man kontrolliert hat, ob die Arbeit ordnungsgemäß vorangeht.

Sie kann es nicht länger aufschieben, sie wird mit Cecilia sprechen. Mit Cecilia zu sprechen, macht ihr Angst. Sie kommt vor der Notaufnahme an, und ihre Beine weigern sich, die Rampe hinunterzugehen, sie setzt ihren Weg auf dem Bürgersteig bis zur Straßenecke fort. Dann schafft sie es, ganz langsam zurückzugehen, steht wieder vor dem Empfang und fragt nach ihrer Schwester.

Und Cecilia reagiert genauso, wie vorauszusehen war, sie lädt ihre eigene Angst bei Silvia ab, wird stocksteif und sträubt sich, was Silvia plötzlich an einen Ausdruck des Vaters erinnert, um ein bestimmtes Verhalten seiner älteren Tochter zu beschreiben: «An der Leine ziehen.» Natürlich wäre es unpassend, diesen Spruch jetzt und hier zu zitieren. Cecilia muss beruhigt werden, niemandem geht es schlecht, es ist nichts Schlimmes passiert. «Ich möchte nur mit dir über Michela sprechen.» Cecilia glaubt ihr nicht, begreift aber, dass sie keine Wahl hat und führt sie in eine Bar vor dem Krankenhaus, wo sie sprechen und einander zuhören können.

Doch als sie sich gegenübersitzen, scheint es, als wären sie an die Stühle geschraubt, Silvia redet, als würde ihr jemand den Arm hinter dem Rücken verdrehen, ihre Schwester beugt sich immer tiefer über den Tisch, als müsste sie gleich den Kopf auf den Richtblock legen und das Schwert erwarten. Dann fängt Silvia an zu zittern.

Cecilia bemerkt es, und jetzt ist sie diejenige, die beruhigt, sie drückt ihre Hand, streichelt sie. Reden tut gut, Himmel, wie gut das tut. Sie erzählt alles, und je mehr sie erzählt, desto besser geht es ihr, bis sie sich fast gut fühlt. Sie kann ihr alles sagen! Sie kann sie sogar an die paranoide Idee vom letzten Sommer erinnern. Sie ist so zufrieden, dass sie Appetit bekommt.

Da geschieht etwas Unvorhergesehenes, ein Kollege kommt, mit dem Cecilia verabredet war, er setzt sich zum Essen zu ihnen. Ein gesichtsloser Typ, schweigsam, die Sorte Arzt, die sie wütend macht, einer von denen, für die dein kleines Bauchweh bloß eine lästige Störung ist. Doch es ist kein Problem, dass er aufgetaucht ist. Was sie sagen musste, hat sie gesagt. Ich esse mein Brötchen auf und gehe, denkt sie. Doch es scheint, als drängte ihre Schwester sie dazu, mit diesem Claudio Viberti Konversation zu machen, das spürt sie, gleich wird Cecilia den verhängnisvollen Satz sagen: «Silvia arbeitet in der Buchbranche.»

Doch nein, stattdessen kommt eine uralte Geschichte hervor, die sie schon fast vergessen hatte, der irrsinnige Ernährungsplan, in ihrem letzten Jahr auf dem Gymnasium ersonnen, eine Art Selbstgeißelung. Aber immerhin viel besser, als über ihre Arbeit zu sprechen, und während sie erzählt, ist sie fast glücklich, als hätte es die Angst von eben nie gegeben.

Dann fällt ihr der Vortrag eines Schweizer Philosophen ein, zu dem sie mit Enrico Fermi gegangen ist. Und ausgerechnet in diesem Moment springt Cecilia auf und verkündet, dass sie gehen muss. Was ist passiert?

Sie hat keine Zeit, es herauszufinden, ihre Schwester ist schon draußen. Auch der gesichtslose Viberti scheint betroffen. Beide sind sprachlos. Wieder einmal hat sie sich reinlegen lassen. Cecilia ist zu gerissen für sie. Sie hat ihr weisgemacht, sie sei nicht wütend, sie hat ihr versichert, dass sie nicht böse auf sie ist. Sie schien nur leicht verärgert über das Verhalten des Mädchens. Stattdessen ist sie außer sich vor Zorn. Silvia hat es in dem Moment erkannt, als Cecilia ihre Jacke nahm, an der Art, wie sie sie übergezogen hat.

Doch das Seltsamste ist, dass der gesichtslose Viberti weiterredet, als würden die Geschichten von dem Ernährungsplan und dem Schweizer ihn wirklich interessieren. Weil es blöde Geschichten sind und völlig uninteressant, muss etwas anderes dahinterstecken. Er scheint drauf und dran, ihr ein Geständnis zu machen. Oder einen Annäherungsversuch zu wagen. Sie weiß nicht genau, ob dieser Mann sie überhaupt interessiert.

Und während sie im Kopf das Drehbuch zu diesem Film

schreibt und Regie führt, erzählt sie, um den gesichtslosen Viberti zu unterhalten, von den guten Eigenschaften des grünen Tees und dann die Handlung eines Romans, den sie vor hundert Jahren gelesen hat, eines der Bücher ihres Vaters, allerdings nicht direkt Sciencefiction. Mit dem Versprechen, diesen Roman für ihn zu finden, schafft sie es, sich seine E-Mail-Adresse geben zu lassen, und damit ist dieses Mittagessen endlich überstanden.

Wenn eine Beziehung schlecht ausgeht, sagt man, dass die Beziehung ein *Fehler* war. Man benutzt Ausdrücke wie «der richtige Mann» und «der falsche Mann». Sie ist die Königin der Korrekturen, aber ihre Beziehungen sind immer Fehler. Ihre Männer sind nie die Richtigen. Männer und Beziehungen korrigieren? Unmöglich.

Ihre einzige große Liebe, Enrico Fermi, war am Ende auch der Mann, der am nächsten dran gewesen war, der richtige Mann zu werden. Zumindest durch Häufung: Sie haben sich sechsmal getrennt und wieder zusammengetan. Der erste Enrico Fermi, siebzehn Jahre alt, gehört zur Vorgeschichte, ist mythisch geworden, all der spätere Groll in einer süßlichen Erinnerung aufgelöst. Unter diesem Aspekt kommen die Enrico Fermi neueren Datums am schlechtesten weg, die Wunden bluten noch. Um ihn zu retten oder sich selbst zu retten, um die gemeinsam verbrachte Zeit zu retten, erfindet sie, wenn sie mit jemandem über ihn spricht, aus Liebe oder aus Mitleid neue Biographien: Enrico Fermi, der Archäologe, Enrico Fermi, der Experte für seltene Teesorten, Enrico Fermi, ein halber Japaner.

Manchmal denkt sie an einen besonderen Moment zurück. Der letzte Enrico Fermi dauerte ein Jahr, sie waren seit ein paar Monaten wieder zusammen, hatten ihre erste Krise gehabt, und sie hatte ihm gesagt, es sei wahrscheinlich besser, Schluss zu machen. Sie hatte es ihm gesagt, bevor er mit einer Schulklasse auf Klassenreise ging (das war ein bisschen gemein gewesen). Dann war er zurückgekommen und hatte angefangen, ihr von der Reise zu erzählen. Enrico Fermi war Mathematiklehrer (er ist immer noch Mathematiklehrer). In der Gruppe gab es einen schrecklichen Jungen, nicht direkt geistig zurückgeblieben, aber eine Art Hitzkopf, wie man ihn früher genannt hätte, einer, der im Klassenzimmer auf den Tisch sprang, sich das T-Shirt auszog und durch die Luft schwang (vielleicht war er in Wirklichkeit doch zurückgeblieben), der laut redete und Enrico beleidigte, er schrie ihn an «Kommunist, Faulenzer» … Wer weiß, warum er es auf Enrico abgesehen hatte und ihn verfolgte. Auf den Fluren des Hotels rannte er hinter ihm her und bewarf ihn mit nassem Klopapier. Er sagte: «Du stinkst.» Am letzten Tag hatte Enricos Verfolger ihm eine halbe Dose Red Bull in den Schuh gegossen, während sie in einem Fastfood-Restaurant zu Mittag aßen.

«Igitt, wie hat er das denn gemacht?»

Er war hinter Enrico unter den Tisch gekrochen. Schon von Anfang an hatte er sich über seine blauen Clarks lustig gemacht, Kommunistenschuhe, über seine schmalen Fußfesseln und die zu kurze Hose. Und Enrico lief den ganzen Nachmittag lang mit einem nassen Fuß herum. Dann wollten die Schüler in einen Musik-Megastore. Die anderen Lehrer flüchteten sich in die Cafeteria, Enrico versteckte sich in der Abteilung für Jazzmusik, weil das der einzige völlig leere Raum im ganzen Laden war und weil er wusste, dass niemand ihm dorthin folgen würde. Er zog den Schuh aus. Eine Glasscheibe trennte die Abteilung von den anderen, die Musik lief mit passabler Lautstärke, alles war von einem tiefen Frieden erfüllt, und plötzlich hatte er die Gewissheit, dass sie in dem Raum war, zwischen den Regalen versteckt, und auf ihn wartete.

«Ich war ganz bestimmt nicht da.»

Aber etwas von ihr war da. Und er fühlte sich sehr viel besser. Gleich darauf bemerkte er, dass er nicht allein war.

«Weil mein Geist durch den Raum wehte.»

Nein, es war ein Verkäufer. Alt, klein, ein bisschen bucklig, mit dicken Brillengläsern und einer weißen Löwenmähne. Er beugte sich über die Gestelle mit den CDs und ging die Reihen der CDs mit einer unglaublich schnellen Bewegung der Finger durch, wie ein obsessiv-zwanghaftes Kaninchen, das seinen Vorrat an Nüssen überprüft. Manchmal hörte das regelmäßige Klappern auf, dann zog der Verkäufer eine CD heraus, betrachtete sie und steckte sie wieder zwischen die anderen. Manchmal füllte er die Reihen mit Stapeln neuer CDs, die er aus einem Plastikwägelchen holte. Abgesehen vom Klappern der gegeneinanderstoßenden CD-Hüllen und dem Quietschen der Räder des Wägelchens machte er kein Geräusch.

Enrico Fermi betrachtete gedankenverloren die CD-Cover. Er hatte keine Eile, die Jazz-Abteilung zu verlassen, er wusste, dass draußen der Albtraum mit seinem Verfolger weitergehen würde. Und er wollte, dass sein Fuß trocknete. Es war nicht nur die friedvolle Stimmung und das Gefühl, in Sicherheit zu sein, er hatte außerdem den Eindruck, endlich in dem fremden Land angekommen zu sein, von dem er, naiv wie er war, gedacht hatte, er sei vor drei Tagen dort gelandet, in Gatwick.

«Das fremde Land?»

«Weit weg von allem. Dasselbe Gefühl habe ich, wenn ich mit dir zusammen bin.»

Und das hatte ihr unglaublich gut gefallen. Das fremde Land sein, in das sich jemand flüchten und um politisches Asyl bitten kann. Das fremde Land, in dem jemand nach einer langen Reise ankommt, um sich ein neues Leben aufzubauen. Einer Frau, mit der man zum sechsten Mal wieder eine Beziehung anfängt, zu sagen, dass sie wie ein fremdes Land ist, das hatte schon was Geniales.

Enrico Fermi schwieg eine Weile, dann erzählte er weiter. Er wusste nicht, was in ihn gefahren war, aber er *musste* mit dem Verkäufer sprechen, als würde der wer weiß was für ein Geheimnis hüten. Also erfand er die Geschichte von dem kranken Freund, dem er ein Geschenk machen wollte, um ihn aufzumuntern. Und der Verkäufer zuckte mit keiner Wimper, Kunden zu beraten war sein Beruf. Er ging schnurstracks zu einem Regal, nahm eine CD und gab sie Enrico. Damit könne er nichts falsch machen, sagte er, denn in dieser Aufnahme lebe die Seele des Jazz. Es war ein Konzert, in dem fünf der besten Musiker aller Zeiten zusammen gespielt hatten, sie waren an dem Abend zufällig zusammengekommen und danach nie wieder, obwohl sie sich gegenseitig hassten und fast nicht miteinander sprachen und ziemlich betrunken waren und eigentlich viel lieber im Radio die Übertragung eines Boxkampfes gehört hätten, und obwohl der Saxophonist sein Instrument im Leihhaus versetzt hatte, um sich Heroin zu kaufen, und auf einem Saxophon aus Plastik spielen musste. Die Magie der Musik hatte sich ganz zufällig ergeben, und während sie spielten, schienen die Mitglieder der Band dem nicht die geringste Beachtung zu schenken. Nach dieser Erklärung verbeugte der Verkäufer sich leicht und machte sich, ohne noch etwas hinzuzufügen, wieder an seine Arbeit.

«Das war Yoda. Du bist Yoda begegnet.»

«Yoda?»

«Aus *Star Wars*, der weise kleine Alte mit den vielen Falten.»

«Ich habe dir ein Geschenk mitgebracht.»

Enrico Fermi zog die CD mit dem Konzert aus der Tasche.

«Ich mag keinen Jazz.»

«Ist bloß eine kleine Aufmerksamkeit. Es war der einzige Moment, in dem ich allein war. Ich habe an dich gedacht.»

«Okay. Danke.»

Enrico Fermi war nicht mehr imstande, ein gutes Zeichen zu erkennen. Und die Erscheinung von Yoda war ein verteufelt gutes Zeichen.

Dieses Mal hatten sie die Krise überwunden. Doch statt ihr weiterhin Zen-Geschichten oder lustige Geschichten oder überhaupt irgendwelche Geschichten zu erzählen, statt zu kapieren, wie er sie erobern konnte, hatte Enrico mit der Zeit angefangen, den Teddybär zu spielen, wie ein dummer Ewok auf dem Waldmond Endor. Wenn er in Schwierigkeiten war, versuchte er, sie mit endlosen Beschreibungen seiner Probleme zu rühren, als hätten andere Menschen keine Probleme, bis er ihr zuletzt nur noch leidtat. Und sie wütend machte, sehr wütend.

Als sie *Der Koch* von Harry Kressing auf dem Dachboden der Eltern suchen geht, um Viberti damit zu ködern, verspürt sie die geheimnisvolle Befriedigung, die das Wiederfinden eines Buches immer begleitet. Das passiert ihr auch mit den Büchern bei sich zu Hause, die sie in ihrem Besitz weiß, wenn sie sie eine Zeitlang nicht in der Hand gehabt hat. Als könnten sie weglaufen, als könnte sie jemand stehlen. Sie haben keine Beine, und niemand interessiert sich für sie, darum ist die Freude, die sie empfindet, umso unverständlicher. Solange ihre Bücher nicht verschwinden, solange ihre Bücher immer wieder auftauchen, herbeibeschworen wie Geister bei einem nächtlichen Hexensabbat, wird ihr nichts Böses geschehen.

Sie hat diesen Dachboden seit dem Sommer vor vier Jahren, dem Jahr, in dem ihr Vater starb, nicht mehr betreten. Sie hat sich eine Kopie der Schlüssel beschafft. Irgendwann hatte sie so viele Nachschlüssel (Schlüssel für den Hauseingang, Schlüssel zur Wohnungstür, Bodenschlüssel, Kellerschlüssel, Garagenschlüssel), dass sie sich nicht mehr erinnern konnte, welcher Schlüssel zu welcher Tür gehörte.

Bevor sie zur Mutter hinuntergeht, öffnet sie den großen Plastiksack, den sie mitgebracht hat. Sie holt drei in vergilbtes Seidenpapier eingewickelte Keramiktöpfe heraus und legt sie in den einzigen offenen Pappkarton, auf den die Mutter mit einem Kugelschreiber GESCHIRR GROSSMUTTER RE geschrieben hat. Das Klebeband wurde abgerissen und baumelt wie ein gelöster Hosenträger an einer Seite. Sie reißt es ganz ab und versiegelt die Deckelklappen mit einem neuen Klebeband.

Dann nimmt sie das Buch und geht drei Stockwerke hinunter, bis vor die Wohnungstür. Sie zögert, schließlich klingelt sie. Aus dem Inneren kommt kein Geräusch. Dann leise Schritte, die Tür öffnet sich. Die Mutter zuckt vor Überraschung leicht zusammen, weicht ein wenig zurück. Sie wusste von dem Besuch, doch ihre jüngere Tochter zu erblicken, versetzt sie jedes Mal in Aufregung. Die Tochter dagegen findet, dass die Mutter gealtert ist, obwohl sie sie erst vor wenigen Tagen gesehen hat. Und auch das ist eine gewohnte Reaktion.

Sie sagt, sie sei kurz auf dem Dachboden gewesen (ohne sich darum zu kümmern, dass die Mutter sie fragen könnte, woher sie die Schlüssel hat), und zeigt ihr das Buch. «Es ist für einen Kollegen von Cecilia, eines von Papas Büchern, weißt du?» Die Mutter schüttelt leicht den Kopf, vielleicht ohne es zu merken. Zu viele komplizierte Informationen, die sie zusammenbringen müsste, und gleichzeitig fast völlig bedeutungslos. Warum auf dem Dachboden? Warum gerade dieses Buch? Warum ein Kollege von Cecilia? Dumme Fragen nach unwichtigen Dingen, Silvia kann sie immer nur enttäuschen.

Doch die Zeiten, da die Enttäuschung sie rasend machte, sind für immer vorbei, und die Zeiten, da die Enttäuschung sie zutiefst schmerzte, werden nicht wiederkehren, und vielleicht ist auch bald Schluss mit den Zeiten, da die Enttäuschung sie verbitterte. Jetzt enttäuscht die jüngere Tochter sie schlicht und einfach. «Willst du reinkommen? Ich habe gerade Kaffee gekocht.»

Sie finden sich in der Küche wieder, zu beiden Seiten des Tisches sitzend. «Sind noch viele Bücher von Papa auf dem Dachboden? Ich gehe schon seit langem nicht mehr hinauf.» Wahrscheinlich ist niemand dort oben gewesen, seit sie vor vier Jahren auf dem Dachboden war. Vielleicht hat ihre Mutter Angst vor dem Dachboden.

«Nein, da sind nur noch Taschenbücher ... aber dies hier mochte Papa sehr, ich erinnere mich genau.»

«Warum nimmst du nicht alle mit? Statt sie da oben verstauben zu lassen.»

Sie erzählt der Mutter, dass sie die Kartons mit dem Porzellanservice der Großmutter gesehen hat.

«Ach ja, ich habe ganz vergessen, dass ich das Service nach oben gebracht hatte. Nehmt es euch, du und Cecilia. Da oben ist es zu gar nichts nütze.»

Silvia nippt am Kaffee. Er ist sehr gut. Die Kaffeemaschine ihrer Mutter, ja, die würde sie gerne erben.

Sie lächelt. «Ich erinnere mich, dass Großmutter Re am Ende überhaupt nichts mehr kapierte und dass sie dich schlecht behandelt hat.»

Die Mutter blickt sie scheel an. Doch dann schmunzelt auch sie, weil das sehr lange her ist, weil es zum Lachen ist und weil es ihr inzwischen egal sein kann, dass die Schwiegermutter sie nie hat leiden können.

«Was hat sie zu dir gesagt?» Lachend ahmt sie den südlichen

Akzent der Großmutter nach. «‹Kommen Sie nie wieder in dieses Haus und lassen Sie meinen Sohn in Ruhe!›»

«Die Ärmste, sie war völlig dement. Wenn ich neunzig werde, wie sie, verfalle ich wahrscheinlich auch so, man weiß ja nie …»

«Vielleicht hat sie auch gesagt: ‹Es gefällt mir nicht, dass mein Sohn mir Frauen wie Sie ins Haus bringt.›»

Ihre Mutter kichert. «Ich war einer der Menschen, die sie nicht mehr erkannte, so ein Zufall. Übrig blieb nur noch die Feindseligkeit, und die konnte sie mir endlich zeigen.»

«Wie sehr hat Papa gelacht …»

«Ich erinnere mich nicht, dass er gelacht hat. Das kommt mir seltsam vor. Er hatte Angst, ich könnte beleidigt sein.»

«Deine Mutter war nicht dement, warum solltest du es dann werden?»

«Meine Mutter ist mit fünfundsechzig gestorben, sie hat keine Zeit dafür gehabt.»

«Wenn es so weit ist, wirst du die ganze Wahrheit sagen.»

Der Gesichtsausdruck der Mutter wechselt nicht, als hätte sie die Bemerkung nicht gehört. Einen Augenblick später steht sie auf, nimmt die leeren Tassen, stellt sie in die Spüle und wäscht sie aus.

Zu Hause schreibt Silvia eine Mail an den gesichtslosen Viberti. Sie schreibt, sie habe das Buch gefunden, von dem sie ihm erzählt hat, sie habe es noch einmal überflogen und sich erinnert, warum sie so begeistert davon war: es sei eine phantastische Geschichte, phantastisch im Sinne von unwahrscheinlich und schön. Der Koch des Titels macht die Herrschaften, bei denen er arbeitet, zu Hausdienern, den Vater zum Butler, die Mutter zum Hausmädchen und den Sohn zum Koch, dann heiratet er die Tochter und lässt sich für immer aushalten und bedienen.

Die Handlung sei nicht mal das Wichtigste, schreibt sie, es sei kein Krimi, darum verderbe man nichts, wenn man erzählt, wie es ausgeht. Es sei auf jeden Fall ein lesenswertes Buch. Und das Ende sei überraschend, absolut *gigantisch*.

Sie schreibt ihre Handynummer dazu. Ihrer Meinung nach hat sie alles Nötige getan, sie ist freundlich gewesen und hat den Köder ausgeworfen.

Dann vertieft sie sich wieder in das Buch über die hinduistische Mythologie und fängt dort an, wo Agni in den Leib von Prajapati zurückkehrt, der ihn soeben geboren hat, wo Prajapati entleert und zergliedert daliegt und Agni ihm, indem er ihn ausfüllt, Leben und Kraft zurückgibt und so seinen Schöpfer erneut erschafft. Und so weiter und so fort.

In den Monaten, in denen es ihm besserging, zwischen zwei Chemos, verabredete der Vater sich manchmal mit ihr in einer Bar unten im Haus. Er ging raus, um die Zeitung zu kaufen, wagte sich aber nie weiter vor als bis zum Kiosk in der Allee. Silvia erzählte von einem Kleinverleger, mit dem sie seit kurzem zusammenarbeitete, ein Verleger, der etwas ausgefallene Bücher machte. Der Vater spielte amüsiert den Besorgten: In welchem Sinn waren die Bücher ausgefallen? Nein, antwortete sie, nicht ausgefallen unanständig, ausgefallen im Sinne von ungewöhnlich, New Age und so was. Zum Beispiel Bücher über Hexen und Schamanen oder über alternative Medizin, Prophezeiungen, die Tempelritter oder Bücher über Ethno-Food. Sie sagte dem Vater nicht, dass sie in einem dieser Bücher etwas über Krebsheilung durch Kräuter gelesen hatte, sie hatte darüber mit Cecilia gesprochen, die sie mit einem zornglühenden Blick durchbohrt und «du lieber Himmel» gemurmelt hatte. Sie hatte sich in Grund und Boden geschämt.

In diesen Wochen redigierte sie die Übersetzung eines Buches, wo erklärt wurde, wie man sich mit Pilzen berauscht. So ungefähr. Es war ein seriöser Ratgeber. Sogar bei der Initiation in die eleusinischen Mysterien wurde ein Trank verabreicht, in dem ein halluzinogener Pilz aufgelöst war. Diese Pilze hatten Namen wie Amanita muscaria oder Psilocybe semilanceata. Eine Zeitlang wusste sie alles über den Claviceps purpurea. Sie konnte stundenlang darüber sprechen, der Vater nickte gelassen, heuchelte Interesse. Wichtig war, über etwas anderes zu sprechen. Etwas anderes als was?

Sie brachte ihn zurück nach Hause, und sie setzten sich auf ihre gewohnten Plätze im Wohnzimmer. Silvia wartete auf eine Frage, die das Gespräch wieder in Gang brachte, doch sie wusste, dass irgendwann die Mutter erscheinen und der Vater sagen würde: «Ich lege mich nur ein Weilchen hin», wobei er Anstalten machte, sich zu erheben. Sie würde versuchen, ihm zu helfen, doch er würde sich der Mutter anvertrauen, aus Gewohnheit. Oder er würde sie, um sie loszuwerden, auf den Dachboden schicken, damit sie ihm einen alten Band aus der Sciencefiction-Taschenbuchreihe holte, erinnerst du dich an die Geschichte, wo Walt Disney in der Zukunft aufersteht? Oder er würde sie bitten, Batterien für den Walkman zu kaufen, mit dem er Hits aus den sechziger Jahren hörte, auf CDs, die als Werbegeschenk der Zeitung beilagen.

Im letzten Oktober des Jahrtausends stellte sich bei den Untersuchungen heraus, dass die Krankheit zurückgekehrt war. Der Vater wurde zum zweiten Mal operiert. Aufgemacht und wieder zugemacht, sagte Cecilia, die keine Euphemismen kannte, wenn sie als Ärztin sprach. Doch vielleicht war aufgemacht und wieder zugemacht auch schon ein Euphemismus. Einen Schrank macht man auf und wieder zu, weil aufräumen eine gute Idee zu sein schien, man es aber nicht schafft. Eine Datei macht man auf und wieder zu, weil man keine Lust zum Arbeiten hat. Einen Küchenschrank macht man auf und wieder zu, weil einem der Appetit vergangen ist. Das Portemonnaie macht man auf und wieder zu und sagt der Verkäuferin, dass man später noch einmal vorbeikommt, weil man bemerkt hat, dass man kein Geld hat und das, was man kaufen wollte, vielleicht nicht unbedingt nötig war. Den Mund macht man auf und wieder zu, weil sich das Gesicht des Freundes beim Näherkommen in das eines Unbekannten verwandelt hat. Die Hemdknöpfe macht man auf und wieder zu, weil man eigentlich doch keine Lust zum Vögeln hatte. Die Tür zur Wohnung deiner Eltern machst du auf und wieder zu, weil dir die Kraft fehlt, deinen sterbenden Vater zu besuchen, und dann machst du die Haustür auf und wieder zu und dankst dem Himmel, dass du draußen bist, im Freien, lebendig, obwohl es schneit und obwohl du weinst.

Ende Januar wurde der Vater mit dem Rettungswagen ins Krankenhaus gefahren, und am nächsten Morgen starb er, bewusstlos, weil Ceci ihn mit Morphium vollgestopft hatte.

Sie konnte nicht Abschied nehmen.

Zum Ausgleich konnte sie sogar am Tag der Beerdigung mit der Mutter streiten (Silvia hatte ihr verboten, die Sachen des Vaters anzurühren, die Sachen des Vaters gehörten nicht ihr allein). Auf dem kleinen Friedhof am Fuß der Berge war so viel Schnee gefallen, dass der Weg zum Familiengrab unbegehbar war, die Grabsteine waren mit einer glatten Eisdecke überzogen. Obendrein hatte sie in der Nacht ihre Tage gekriegt, mit ein paar Tagen Verspätung (das passierte ihr oft, doch sie hatte trotzdem gedacht, sie sei schwanger, hatte sich vorgestellt, der Sohn von Enrico Fermi käme, um den Vater abzulösen). Die Mutter jammerte während der ganzen Fahrt, wie furchtbar es sei, ihn zusammen mit unbekannten Leuten im Kolumbarium liegen zu lassen. «Es ist doch nur bis zum Frühling», sagte Cecilia und drückte Silvias Hand sehr fest, vor Kummer oder um sich davon abzuhalten, die Mutter brutal zum Schweigen zu bringen oder um Silvia davon abzuhalten. Irgendwann bat Silvia sie, locker zu lassen, denn Cecilia grub ihr buchstäblich die Fingernägel ins Fleisch. Später dachte sie an diese Sache mit den Fingernägeln zurück, um den genauen Moment zu bestimmen, in dem ihre Schwester angefangen hatte, abzudriften.

Als der gesichtslose Viberti sie zwei Tage später anruft, um sich für die Mail zu bedanken, ist sie nicht einfach nur überrascht: Sie hat das Buch vom Koch und Viberti selbst wirklich vergessen. Überrascht und gleichzeitig leicht enttäuscht, denn am Tonfall des Internisten wird klar, dass der Anruf reine Höflichkeit ist und er sich das Buch niemals abholen wird. Tatsächlich sagt er, dass er drüber nachdenken wird, *vielleicht* wird er vorbeikommen, vielleicht.

Aber noch überraschter, ja, entgeistert ist sie eine Stunde später, als es klingelt und Viberti unten steht. Er muss verrückt sein. Sie hat nicht mal Zeit, sich umzuziehen, empfängt ihn in ihrem Kampfanzug. Das Unglaublichste ist, dass Viberti, obwohl er bis zu ihrem Haus und nach oben und in ihre Wohnung gekommen ist, an dem Buch oder an einem Gespräch oder an irgendwas anderem nicht interessierter scheint als vor kurzem am Telefon. Er scheint an gar nichts interessiert. Er trägt Tenniskleidung, geht er zum Spielen? Offenbar nicht. Er ist zu Fuß hergekommen. Und verschwindet sofort wieder, das Buch vom Koch unterm Arm.

Silvia beobachtet ihn vom Fenster aus, während er sich auf

dem Bürgersteig entfernt. Ein merkwürdiger Typ. Nicht dass sie sich für normal hält. Nicht, dass merkwürdige Typen sie nicht interessieren oder ihr Angst machen oder sie sich merkwürdige Typen vom Leib halten will. Sie zieht merkwürdige Typen an wie Honig die Bienen. Sie zieht sie an und wehrt sie ab, ja, so ist es, denn auch dieser hier ist sofort wieder abgehauen.

Sie lässt sich aufs Sofa fallen. Es ist spät, sie hat keine Lust mehr, sich wieder an die Arbeit zu setzen. Sie starrt auf den schwarzen Fernsehbildschirm und lässt sich eine halbe Stunde lang von ihren Gedanken forttragen, durchquert zeitlich weit entfernte Räume, die von ihrer persönlichen Galerie merkwürdiger Typen bewohnt werden. Allen voran Enrico Fermi. Oder nicht? Ist es möglich, dass Enrico Fermi kein bisschen merkwürdig war, sondern der normalste und spießigste aller Männer? Im Grunde träumte er davon, die Abende zu Hause zu verbringen und alte DVDs zu gucken.

Bis das Telefon abermals klingelt, und Viberti sie zum Essen einlädt. Etwas Verheerendes zehrt an diesem Mann, wenn er, um sich dazu durchzuringen, sie einzuladen, erst anrufen, dann bei ihr hereinplatzen und dann wieder anrufen muss. Die verquälteste Einladung zum Abendessen in der Geschichte der Anmache (aber vielleicht war es keine Anmache).

Es gibt zwei Möglichkeiten, denkt sie auf dem Weg in das Restaurant, in dem sie sich verabredet haben: Er mag Cecilia und kennt sie vielleicht nicht so gut, wie es den Anschein hatte. Oder ich gefalle ihm. Warum sollte ich ihm nicht gefallen?

Sie hat ihn gerade eben noch gesehen, aber die körperlichen Merkmale des gesichtslosen Viberti sind so gesichtslos, dass sie das natürliche Vergessen, dem die körperlichen Merkmale unbekannter Menschen in ihrem Geist normalerweise anheimfallen, ungeheuer beschleunigen. Sie ist nicht sicher, ob sie interessiert ist, als sie ihn neulich in der Bar zum ersten Mal gesehen hat, hat er sie nicht angezogen, aber auch nicht abgestoßen. Da sie in ihrem Zustand allgemeiner Lethargie fast kein Mann mehr auf den ersten Blick anzieht, will sie ihm eine zweite Chance gewähren. Unter der Voraussetzung, dass der Gesichtslose mit achtzigprozentiger Wahrscheinlichkeit an Cecilia interessiert ist, muss sie, falls es sich stattdessen um die restlichen zwanzig Prozent handeln sollte, herausfinden, ob und wie sehr er sie interessiert.

Und kaum sieht sie ihn wieder, denkt sie, nein, er interessiert sie nicht besonders. Vor allem der Tennisdress bleibt ein Geheimnis. Er erinnert sie an das Spiel, das sie als Kind hatte, wo man Figuren bastelte, indem man Köpfe, Oberkörper, Beine und Füße verschiedener Personen zusammenfügte und einen bärtigen Mann mit üppigen Brüsten ausstatten oder Fußballerbeine mit den Füßen einer Balletttänzerin versehen konnte.

Sie versucht, das Gespräch in Richtung Cecilia zu lenken, um zu überprüfen, ob sie der entscheidende Grund ist, weswegen der Internist sich bis hierhin vorgewagt hat. Doch nichts zu machen, er lässt die Katze nicht aus dem Sack, wobei die Katze Enthüllungen, vertrauliche Geständnisse sind und Viberti der Sack, ein bodenloses, dunkles Behältnis, das sich während des ganzen Abendessens nicht öffnet. Dieser Mann isst Sushi mit pathetischem Misstrauen, kaut jeden Bissen zweihundert Mal. Sie möchte seine Hand nehmen und ihn beruhigen: «Du wirst dich nicht vergiften, keine Sorge, iss ruhig.» Damit die Zeit vergeht, erzählt sie ihm die japanische Version des Lebens von Enrico Fermi, und vielleicht glaubt Viberti ihr.

Sie hat sich oft gefragt, was sie dazu treibt, ihre Geschichte mit Enrico Fermi so romanhaft auszuschmücken. Es ist eine Geschichte ohne Schlüsselszenen, sozusagen den Müttern aller anderen Szenen, und obwohl sie Probleme mit der Idee der

Mutterschaft hat, mag sie solche Mutterszenen. Der Fortsetzungsroman mit Enrico Fermi scheint, zumindest in seinen letzten Folgen, aus gar nichts zu bestehen. Wenn sie daran zurückdenkt, wenn sie an die mit ihm verbrachte Zeit denkt, kommt ihr zuallererst eine Frage in den Sinn: «Was haben wir eigentlich die ganze Zeit gemacht?» Was sie gemacht haben, taucht in Fetzen wieder auf, Erinnerungen wie Fische, die zu schlau sind, um vollständig und glänzend an den Köder zu gehen, man kann sie nur mit Dynamit fischen, und das zerreißt sie. Dynamit ist der Gedanke, dass sie die besten Jahre ihres Lebens vergeudet hat.

Der gesichtslose Viberti scheint ihr vor allem sehr müde zu sein. Ärzte sind oft sehr müde. Obendrein ermüden andere Menschen sie schnell. Und als sie auf tote Väter zu sprechen kommen, hat sie den Eindruck, dass Viberti völlig erlahmt. Also sagt sie, es sei besser, zu gehen, sie möchte nicht zu spät ins Bett. Sie steht auf, geht auf die Toilette, soll er doch die Rechnung übernehmen.

Als sie aus dem Restaurant kommt, sieht sie ihn lachend allein auf dem Bürgersteig stehen, und der Abend nimmt eine unerwartete Wendung. Es mag am warmen Sake liegen, egal, Viberti ist jedenfalls weniger gesichtslos und sympathischer geworden. Betrunkener. Sein Schnürsenkel hat sich gelöst, und obwohl er zehn Minuten lang kniet, schafft er es nicht, den Schuh zuzubinden. Die Schnürsenkel sind gegen ihn, sagt er. Also kniet Silvia nieder und bindet im Nu eine Schleife. Doch jetzt sind die Enden sehr viel länger als beim anderen Schuh. «Deine Schleife», sagt Viberti, «sieht aus wie zerkochte japanische Spaghetti.»

«Wage es nicht, so von meinen Schleifen zu sprechen», sagt sie kichernd. Was hindert sie eigentlich daran, ihn mit nach Hause zu nehmen? Was hindert sie daran, ihn in die Teezeremonie einzuweihen?

Den ganzen Weg über imitieren sie die Gesichter der Passanten, die ihnen entgegenkommen, und lachen sich dann halbtot. Sie kommen zu Silvias Haus und scheinen nicht mehr dieselben Menschen zu sein, die an der Theke des japanischen Restaurants zu Abend aßen, ernst, beherrscht und ziemlich melancholisch.

Und wie immer, wenn die Teezeremonie beginnt, ist es, als hätte Silvia im Geist vom Beginn des Abends an auf dieses Finale abgezielt. Alles erhält Sinn, danach, auch wenn es bloß ein Fick ist. Und dieser Sinn müsste erforscht und demaskiert werden, aber nein, er bleibt zwangsläufig ein Geheimnis.

Dies ist der Moment, der für mich wirklich schwer zu erzählen ist: weniger die Tragweite der Veränderung als ihre Plötzlichkeit. Einen Augenblick zuvor war Silvia noch genervt und gelangweilt und kein bisschen neugierig auf Viberti. Dann genügt es ihr, aus dem Restaurant zu kommen und ihn ein bisschen betrunken zu sehen, um eine Zärtlichkeit zu empfinden, die Brüderlichkeit und gemeinsames Schicksal wird, als der zurückhaltende und beherrschte Internist die Beherrschung und Zurückhaltung verliert und sich zum Idioten macht.

Insgesamt machen sie sich drei Mal zusammen zu Idioten.

Zehn Tage später ist Silvia bei Carla zum Abendessen, auch Stefania ist dabei. Carla hat ein elf Monate altes Kind, das ihr wie aus dem Gesicht geschnitten ist. Zugegeben, natürlich können Kinder ihren Eltern gleichen, aber doch nicht wie deren perfekte Miniaturen erscheinen. Der Krieg der Klone? Nein. Doch wenn man sieht, wie diese beiden menschlichen Wesen sich ineinander spiegeln und wie glücklich sie sind, fragt man sich, ob nicht genau darin das Geheimnis liegt, einander in allem und immer zu kopieren, anstatt vergeblich zu versuchen, einzigartig zu sein. Das fragt sich Silvia, obwohl es natürlich unmöglich wäre, das genaue Abbild ihrer Mutter zu sein, denn ihre Mutter ist einzigartig.

Der gesichtslose Viberti hat ihr vor ein paar Tagen eine SMS geschickt, eindeutig ein erfundener Vorwand, um sie nicht mehr zu sehen, und sie hat Erleichterung verspürt. Die Enttäuschung über dieses angekündigte Ende ist relativ und eher ein Verdruss, denn sie hätte gerne den Mut, die Männer, die in ihrem Leben auftreten, nur ein Mal zu sehen. Stattdessen ist es, als müsste sie zwei oder drei oder sogar vier Mal überprüfen, was sie schon beim ersten Mal geahnt hat, nämlich dass diese Männer sie nicht interessieren. Also ist es eine Form verfrühter Senilität, eine Art Taubheit der Gefühle oder Demenz der Selbstwahrnehmung, was sie zwingt, das Leben zu fragen: Wie bitte? Wie war das? Kannst du das bitte wiederholen? Obwohl sie die Antwort sehr wohl verstanden hat. Es ist besonders der Verdruss darüber, dass das alles zur Regel, fast zur Gewohnheit wird, Männer, die ihr völlig egal sind, nähern sich ihr, sie weist sie nicht ab, um nicht allein zu bleiben, geht mit ihnen ins Bett, weil sie keine unmittelbaren Gründe sieht, es nicht zu tun, und sieht sie dann ohne Bedauern am Horizont verschwinden.

Carlas kleiner Junge isst leidenschaftlich gern. Wenn es so weit ist, bewegt er wild die Hände, als drehte er die Hähne auf, aus denen das Abendessen fließt. Er hat weit geöffnete, leuchtende Augen. Bebt vor Freude. Carla spielt ein Spiel mit ihm: Sie hält ihm den Löffel vor den Mund, tut so, als würde sie ihn füttern wollen, dann zieht sie den Löffel plötzlich zurück. Es sieht aus wie Sadismus, aber der Junge lacht wie verrückt. Dafür bekommt er einen Happen zur Belohnung. Und wieder spielt Carla, dass sie ihm das Essen vom Mund weg entzieht. Carlas Partner sagt: «Ist euch klar, was das bedeutet? Mit elf Monaten hat er schon verstanden, was Ironie ist.» Die drei Frauen schicken ihn weg, Tisch decken.

Eine Stunde später erzählt Stefania, halb auf dem Sofa liegend, eine Geschichte: Ihre alte Tante ist gestorben, und ihr Cousin, das einzige Kind, hat den Hausrat der Mutter auflösen müssen. Er hat sich die Möbel mitgenommen, die er haben wollte, die anderen hat er versucht zu verkaufen – niemand wollte sie; er hat versucht, sie zu verschenken – niemand wollte sie; er hat die Sperrmüllabfuhr angerufen – man hat ihm gesagt, sie nähmen nur Gegenstände mit, die kleiner sind als 30 mal 30 Zentimeter; der Cousin hat eine Säge gekauft – und zwei Wochenenden damit zugebracht, die Möbel seiner Mutter in Stücke zu sägen.

Carla schießt sich pantomimisch mit der Hand in den Mund.

Stefania ist beleidigt.

Silvia lacht, dann vergeht ihr die Lust zum Lachen. Ihr Herz krampft sich zusammen. Sie sieht den gesichtslosen Viberti vor sich, wie er am ersten Abend vor ihrer Tür steht. Sie hat ihn gefragt, ob er raufkommen will, und er hat genickt wie in stummer Resignation, allerdings gleich danach wieder angefangen zu lachen.

Als sie gehen, drückt Carla ihren Arm, flüstert: «Wolltest du uns heute Abend etwas sagen?»

«Nein, warum?»

«Du warst in Gedanken woanders. Immer noch in Sorge wegen Michela?»

Silvia schüttelt den Kopf. «Dein Sohn ist wunderbar.»

Carla lächelt.

An diesem Montag ruft Cecilia an, um zu erzählen, dass Mattia in der Schule ohnmächtig geworden ist und ins Krankenhaus eingeliefert wurde, es ist alles in Ordnung, aber man wird ihn eine Nacht zur Beobachtung dabehalten, ob Silvia bitte bei ihr zu Hause vorbeigehen und einen Schlafanzug für Mattia mitbringen könnte? Und so sieht sie sich allein in der Wohnung ihrer Schwester, und nachdem sie den Schlafanzug des Jungen aus einem Schrank geholt hat, erfindet sie Vorwände, um noch ein bisschen zu bleiben, sie weiß selbst nicht, warum. Vielleicht weiß sie es doch, sie hat Cecilia schon seit der Teezeremonie nicht mehr gesehen und wird so tun müssen, als wenn nichts wäre, sie wird verlegen sein und darf es nicht zeigen. Nicht, dass die Schwester unbedingt wütend werden müsste, wenn sie von ihr und Viberti wüsste, würde sie wahrscheinlich lachen, denn das ist ja Silvias Schicksal, sich vor dem tragischen, strengen Ungeheuer Cecilia lächerlich zu machen.

Sie kontrolliert, ob Wäsche aufgehängt oder die Geschirrspülmaschine ausgeräumt oder die Betten gemacht werden müssen. Mit langsamen Schritten durchmisst sie den Flur. Setzt sich auf das Sofa im Wohnzimmer. Sie hat Cecilia nie um die größere Wohnung, das schönere Viertel beneidet. Jetzt vielleicht doch. Sie möchte nicht mehr allein leben. Wie schön so eine Wohnung wie diese ist, wie schön diese Unordnung, ganz anders als ihre Unordnung einer alleinlebenden Frau. Könnte sie Cecilia fragen, ob sie bei ihr einziehen darf? Nein. Es gibt keinen Platz, in jedem Sinn, materiell und geistig. Sie könnte ihr vorschlagen, zusammen in eine größere Wohnung zu ziehen. Früher machten die Frauen das. Alte Tanten, alte Jungfern, die sich gegenseitig Gesellschaft leisteten. Dieses Schicksal haben sie und Stefania sich viele Male lachend für die Zukunft prophezeit, als könnten sie es abwenden, indem sie es laut aussprechen.

Ohne es zu merken, hat sie, während sie mit leerem Blick phantasierte, Mattias Pyjama in der Hand zerknautscht. Sie steckt ihn in den Rucksack und läuft zum Krankenhaus.

Nach dem Tod des Vaters verkroch Silvia sich in ihrer Wohnung. Auf dem Sofa liegend, starrte sie stundenlang denselben Quadratmeter weißer Zimmerdecke an und hörte denselben Song in Endlosschleife (*Risingson* von den Massive Attack). Sie konnte nicht mehr essen, immer waren die Bissen zu groß und zu bitter, sie brauchte lauwarme oder kalte flüssige Sachen, die leicht die Speiseröhre runterrutschten. Cecilia kam ihr zu Hilfe, kochte Brühen und Suppen, versorgte sie mit Joghurt und kaufte manchmal rohen Fisch im japanischen Restaurant um die Ecke, ein Luxus, aber das war die einzige feste Speise, die Silvia verdauen konnte, wie sie behauptete.

Sie verbrachte die Tage, indem sie lange Phantasiegeschichten ersann. Vor seinem Tod ruft der Vater sie zu sich und bittet sie, einer bestimmten Person einen Umschlag auszuhändigen. Einen Umschlag, ein Paket, ein Säckchen aus rotem Samt. Darin ein Brief, ein Buch oder der Verlobungsring von Großmutter Re. Der Name der Person ist unbekannt, unbekannt ist die Adresse. Eine Frau öffnet, im gleichen Alter wie ihr Vater, doch sie sieht bestimmt zehn Jahre jünger aus. Hinter ihr eine Wohnung voller Bücher. Silvia muss sich nicht vorstellen, die Frau hat sie erwartet. Sie lächeln. Die Augen dieser Frau würde sie überall wiedererkennen. Denn sie erkennen Silvia wieder, durch die Erzählungen des Vaters.

«Ich wusste, dass es Sie gibt.»

«Sag Du zu mir.»

Cecilia hat Silvia aufgefordert, nach vorne zu blicken. Fast denselben Rat hat sie dem Vater nach der ersten Operation gegeben, und wenn man bedenkt, wie es ausgegangen ist, konnte Silvia den Rat nicht gut aufnehmen. Wohin nach vorn blicken? Auf was? Doch Cecilia war der letzte Mensch, mit dem sie streiten durfte, denn ohne sie wäre sie verhungert.

Dann kehrte der Appetit zurück, mäßig, doch nach und nach schmolz das Geld zum Einkaufen, und es waren keine Aufträge in Sicht, und auch die Vorwände für nicht eingehaltene Abgabefristen hatten sich erschöpft. Zwischen Februar und März erreichte sie den Minimalrekord an Produktivität: Sie schaffte es nicht, mehr als einen Satz am Tag zu korrigieren. Einmal in der Woche aß sie abends bei Cecilia, manchmal fiel das aus, ansonsten sparte sie systematisch, das letzte Geld, das der Vater ihr heimlich zugesteckt hatte, war bald alle. Sie war so sehr daran gewöhnt, sich bei Bedarf an ihn zu wenden, sie war so sicher gewesen, dass sie nichts zu befürchten hatte, dass sie niemals nachgeschaut hatte, wie viel Geld auf ihrem Konto war. Man rief sie an, um ihr zu sagen, dass sie ihr Konto überzogen hatte. Auf die Miete, die Heizung und das DSL-Abo konnte sie nicht verzichten, auf ein paar Mal abends mit den Freundinnen ausgehen konnte sie nicht verzichten, den Rest versuchte sie, auf ein Minimum zu beschränken. Der Abend kam, an dem sie sich hundert Gramm Pasta kochte und sie ohne Soße, ja, ohne einen Tropfen Öl aß, und der einfache Geschmack der ungewürzten Spaghetti schien ihr der beste von der Welt zu sein.

An einem windigen, sonnigen Frühlingsnachmittag postierte sie sich hinter dem Stamm einer Rosskastanie vor dem Haus, das zweiundzwanzig Jahre lang ihr Zuhause gewesen war, die Wohnung ihrer Eltern, die Wohnung, in der ihre Mutter inzwischen allein lebte. Sie musste warten, bis die Mutter aus dem Haus ging, um die Kinder von der Schule abzuholen, es war ein Tag, an dem Cecilia nachmittags Dienst hatte, und es war die einzige aushäusige Verpflichtung der Mutter, deren zeitliche Dauer Silvia genau einschätzen konnte. Sie wartete, bis die Mutter sich entfernte, sie wartete weitere fünf Minuten, dann ging sie mit raschen Schritten auf die imposante Haustür aus

Kirschbaum zu, deren rötliche Maserung zwei große, weit aufgerissene Augen zeichnete.

Sie öffnete mit ihren alten Schlüsseln. Zuletzt hatte sie, wenn sie ihre Eltern besuchen kam, immer geklingelt, um ihre Rolle als Fremde zu unterstreichen. Sie fuhr mit dem Fahrstuhl in den fünften Stock, niemand begegnete ihr, doch selbst wenn plötzlich ein Nachbar im Halbdunkel des Eingangs, im schwachen Licht des Treppenabsatzes erschienen wäre, welchen Grund zum Misstrauen hätte er gehabt? Ihre Mutter hatte keinen Kontakt zu den Hausnachbarn, keiner konnte ihr berichten, dass er ihre jüngere Tochter ins Haus habe kommen sehen (damit wir uns recht verstehen, die Tochter, mit der sie ständig stritt, das hörte man bis ins Erdgeschoss).

Die Wohnung war unverändert. Mit zwei Ausnahmen: Die ältere Tochter hatte geheiratet, und ihr Zimmer wurde in den Nächten benutzt, in denen der Vater nicht darauf verzichtete, unerträglich laut zu schnarchen (also jede Nacht, denn nur schnarchend konnte er seine Ablehnung bekunden); die jüngere Tochter war ausgezogen, und ihr Zimmer war für das Mittagsschläfchen und die Spiele der Enkelkinder eingerichtet worden. Doch diese Veränderungen beschränkten sich auf zwei innere und nahezu versteckt liegende Zimmer, darum erschien der Rest der Wohnung noch unveränderlicher und ewiger.

Kein Zeichen vom Tod des Ehemanns und Vaters. Zwei Monate waren seither vergangen. Ihr Vater war ein Nomade in einem fremden Land, wo er höchstens geduldet wurde, ein Migrant. Mit der Krankheit war er zu einer Minderheit geworden, die im Ghetto lebt: Er besaß einen eigenen, knapp bemessenen Raum. Die Mutter beabsichtigte keineswegs, das Eheschlafzimmer wieder in Besitz zu nehmen, wo ihr Mann allein geschlafen hatte, bis zur letzten Nacht, bevor er zum letzten Mal ins Krankenhaus gekommen war. Die Ehe tot, der Gatte tot, tot das Zimmer. Die Tür war verschlossen, war verdammt, und sie hatte keine Lust, die Tür zu öffnen. Sie wanderte durch den Rest der verlassenen Wohnung, ohne Licht zu machen, ohne etwas anzufassen, sorgsam darauf bedacht, keine Spuren ihres Besuchs zu hinterlassen. Wie eine Diebin, dachte sie, aber das war ungenau, denn sie war *wirklich* eine Diebin, sie ging durch die Wohnung wie eine Unbekannte, ein Mensch, für den diese Räume keine Bedeutung hatten.

Die Plastiktüten für die Lebensmittel hatte sie sich von zu Hause mitgebracht. Sie nahm Pasta, Fleisch, Gemüse, Kekse und Brot aus dem Vorratsschrank und dem Kühlschrank. Natürlich würde ihre Mutter den Diebstahl bemerken und sofort an sie denken und niemand anderen beschuldigen. Vielleicht würde sie mit Cecilia darüber sprechen und einen verständnisinnigen Blick mit der älteren Tochter wechseln, eine Sache von wenigen Sekunden, sie würden die Angelegenheit nicht weiter kommentieren, weil das zu lächerlich und peinlich gewesen wäre. Oder sie überschätzte die beiden, und es war anders. Sie würden ausführlich darüber reden, und die Mutter würde von Cecilia verlangen, der Sache nachzugehen. Cecilia würde der Sache nachgehen, und Silvia würde sofort gestehen. Cecilia würde ihr sagen, sie solle keine Dummheiten machen, sie würde ihr Geld geben. Und sie würde bis zur nächsten Abgabe von der Mildtätigkeit ihrer Schwester leben. Dann würde sie wieder anfangen, voll zu arbeiten und hätte wenigstens Geld genug zum Überleben.

Nachdem sie die beiden Tüten gefüllt und neben die Wohnungstür gestellt hatte, hielt sie sich noch eine Weile in der Wohnung auf. Sie bemühte sich, etwas zu empfinden. Sie bemühte sich zu weinen, vergeblich. Vielleicht dachte sie, dass allein die Wohnung sie rühren musste, dass es nicht nötig war, in das Zimmer des Vaters zu gehen. Aber ihr wurde einmal mehr bewusst, dass der Vater in dieser Wohnung wie ein Gast gelebt hatte. Das war die Bestätigung: Sie hatte nicht danach gesucht, sie hatte sie gefunden.

Sie verließ das Haus mit dem Einkauf, ohne einer Menschenseele zu begegnen. Mit ruhigen Schritten ging sie bis zur Ecke, drehte sich um und sah eine menschenleere Straße vor sich, das Versprechen einer sicheren Flucht, der Erfolg der Unternehmung, und sie überlegte, dass sie es wahrscheinlich nicht noch einmal tun würde. Es war ein alberner Streich gewesen.

Stattdessen machte sie weiter. Ein paar Monate lang ging sie mindestens einmal pro Woche in der Wohnung der Mutter einkaufen, bis zum Herbst. Wenn die Mutter es bemerkt hatte (wie hätte sie es nicht bemerken sollen?), hatte sie es niemandem gesagt. Sie hatte es Cecilia nicht gesagt, oder wenn sie es ihr gesagt hatte, dann hatte Cecilia ihr geraten, so zu tun, als wenn nichts wäre (Cecilias Rat lautete oft, so zu tun, als wenn nichts wäre, schließlich war es immer noch besser, wenn Silvia bei der Mutter stahl, statt im Supermarkt).

Schrecken und Reiz des Verzugs, sie erinnert sich nicht mehr, wann sie diesen Kitzel zum ersten Mal verspürt hat, aber sie weiß, dass es bei weitem das stärkste Gefühl ist, das sie sich momentan erlauben darf. Wochenlang reglos auf dem Sofa, eine glanzvolle Zeit hat sie nach dem Tod des Vaters durchlebt. Sie hat sich zu telefonischen Entschuldigungsorgien bei den Verlagslektoren hinreißen lassen und sich rettungslos in Lügen verstrickt. Irgendwann war der Verzug zu einer Überlebensform geworden wie andere, einer Weise, der Welt mitzuteilen, dass sie noch lebte. Während Cecilia sie mit Sashimi und Babynahrung ernährte, ihr Brühen, Suppennudeln und Grießbrei kochte, häufte sie Verspätungen an. Um einen Aufschub von Stunden oder Tagen für Arbeiten zu erwirken, die sie nicht einmal in Wochen oder Monaten hätte fertig stellen können, erfand sie die unwahrscheinlichsten Vorwände. Jahre gewissenhaften Arbeitens und pünktlicher Abgaben sind nötig gewesen, um diesen Monat der Verrücktheit wiedergutzumachen und sich das Vertrauen der Verleger zurückzuerobern. Und wenn sie einen Arbeitstag verliert und das Gespenst des Verzugs in seinem weißen Leichentuch mit rasselnden Ketten wieder vor ihr aufersteht, packt sie die Erregung und schnürt ihr den Magen zu. Dann fängt sie an, Seiten zu zählen, und korrigiert den täglichen Durchschnittswert, der ihr erlaubt, rechtzeitig fertigzuwerden.

Zwanzig Tage sind seit der Geschichte mit dem gesichtslosen Viberti vergangen, und noch immer lebt sie mit dem Eindruck, in Verzug zu sein, obwohl die Geschichte an sich sie keine Arbeitsstunden gekostet hat, sie hat ausschließlich abends stattgefunden. Schuld ist vielleicht das übliche Gewimmel an Gedanken ohne Sinn und Verstand, und schuld ist auch dies verfluchte Buch über die hinduistische Mythologie, dieser Meteorit, von dem sie sich bereitwillig hat treffen lassen und dessen Grobschliff sie bis Mitte Juli beendet haben müsste. Wenn es einen Verzug gibt, tragen diese drei harmlosen Abende dafür keine Verantwortung. Ihr bleiben zwanzig Arbeitstage, zu denen sie, um nicht auf den letzten Drücker abzuliefern, ein Wochenende addieren könnte.

Also möchte sie auch an diesem Samstagnachmittag arbeiten, doch da fällt sie schlagartig in einen tiefen, traumlosen Schlaf und schläft wie versteinert drei Stunden auf dem Sofa. Soviel sie weiß, schlafen nur Kinder auf diese Weise ein. Um sechs weckt sie ein Anruf von Cecilia. Sie ist verwirrt, benommen, stellt sich aber hellwach, als fürchtete sie, zurechtgewiesen zu werden, obendrein von ihrer Schwester, weil sie den Nachmittag vergeudet hat. Cecilia merkt nichts, sie ist aufgeregt, mit eigenen Problemen beschäftigt, will ihr erzählen, dass sie den Jungen ins Sommerlager gebracht hat, obwohl er vor zwölf Tagen noch im Krankenhaus war.

«Das war richtig, Ceci, du wirst schon sehen, es wird ihm gutgehen.»

«Er hat jeden Nachmittag Fußball gespielt.»

«Siehst du.»

«Er wollte es unbedingt. Aber weißt du, sobald man ihn alleinlässt, kommen einem Zweifel.»

«Es ist ja nur eine Stunde Fahrt entfernt. Aber es wird nicht nötig sein … Und Michela?»

Sie kann Cecilia mit der Erzählung von Michelas Studienfreizeit ablenken, dann ist sie sie endlich los.

Sie duscht, ihre Brüste sind hart, sie müsste ihre Tage bekommen. Sie zieht sich an, geht mit ihren Freundinnen und anderen Leuten aus, sie essen im Restaurant und schauen sich dann *The Day After Tomorrow* an. Den Film hat sie ausgesucht, sie hat darauf bestanden und alle überzeugt, dass es nicht der übliche Katastrophentrash ist. Doch schon nach zehn Minuten versinkt sie im Kinosessel. Stefania weckt sie, als bereits eine zweite Eiszeit über die Welt hereingebrochen ist und die Schauspieler sich in dicken gelben Daunenanzügen durch den Schneesturm bewegen.

«Was ist los mit dir?»

«Ich arbeite zu viel.»

Sie arbeitet den ganzen Sonntag, ohne dem Sofa oder dem Bett je zu nahe zu kommen, aus Angst, wieder von Schlafsucht überwältigt zu werden. Vom frühen Morgen an weiß sie genau, woran sie denken wird, wenn sie diesen Arbeitstag für beendet erklären wird. Als hätte man ihr einen unerwünschten Brief zugestellt, und sie hätte sich vor Ärger den ganzen Tag lang geweigert, ihn zu öffnen.

Um sieben Uhr schließt sie die Datei, an der sie arbeitet, macht sich einen Tee und nimmt ihren Terminkalender in die Hand. Der gesichtslose Viberti hat aufgepasst. Sie hat ihn gebeten, aufzupassen. Sie hat es gesehen. Sie hat es am zweiten Abend gesehen. Sie hat es am dritten Abend gesehen. Spuren dieses Aufpassens sind auf dem Laken geblieben. Am ersten Abend haben sie auf dem Fußboden vor dem Sofa miteinander geschlafen. Gleich danach ist er ins Badezimmer gegangen, vermutlich, um sich zu waschen.

Nie hat sie den Tag ihrer letzten Menstruation gekennzeichnet, in ihrem ganzen Leben nicht. Cecilia ist natürlich diejenige, die ein Kreuzchen in den Kalender malt. Überraschenderweise aber auch Stefania. Bei Carla kommen die Tage so regelmäßig, dass sie so was nicht braucht.

Scheiß drauf, sie werden schon kommen. Trotzdem, einfach nur, um diese wenigen Minuten zu füllen, bevor der Tee dunkel wird, welcher Tag war das damals? Ein Montagmorgen, Mitte Mai, sie ist um sechs mit Bauchschmerzen und Flecken im Schlafanzug aufgewacht. Sie ist aufgestanden und hat versucht, nicht ganz aufzuwachen, während sie ins Bad gewankt ist, sich gewaschen, einen Tampon und eine Unterhose genommen hat. Sie wollte ins Bett zurück, bis acht Uhr schlafen. Doch etwas hat sie ans Wohnzimmerfenster gezogen. Nachts lässt sie die Rollläden nur im Schlafzimmer herunter, sie liebt es, wenn morgens Licht aus dem anderen Zimmer kommt. Draußen war es Tag, und am blauen Himmel über den Dächern schwebte eine graue Wolke, die ständig ihre Form änderte, ein Schwarm

Vögel, der sich in der Morgenluft pulsierend aufblähte und zusammenzog.

Also sind fünf Wochen vergangen, fast. Also gibt es einen Verzug. Sie war schon mal acht, neun Tage im Verzug. Sie könnte noch länger im Verzug sein. Sie könnte einen Monat im Verzug sein und nicht schwanger sein. Sie vermutet, dass es nur ein Trick ist, um nicht an die Arbeit denken zu müssen, um sich Alibis zu verschaffen, um den Wälzer über die hinduistische Mythologie zu sabotieren, indem sie einen Verzug durch einen anderen ersetzt. Sie wird eine Woche vergehen lassen und dann wieder dran denken. Doch da Donnerstag ein Feiertag ist und sie beschließen könnte, mit Stefania ans Meer zu fahren (wenn sie mit der Arbeit im Reinen ist), da sie sich zwei Badetage verderben könnte, wird es garantiert passieren, am Mittwochabend wird sie ihre Tage bekommen.

Am nächsten Tag versucht sie, nicht dran zu denken, sie arbeitet gut, aber weil ihre Brüste immer noch hart sind und sie entsetzlich müde ist, macht sie sich doch Sorgen. Sie schläft mit Unterhose und Tampon. Nichts passiert.

Dienstagmorgen um acht stellt sie den Wecker aus, ohne es zu merken, und schläft weiter. Sie schläft bis zehn, steht mit einer Angst auf, die ihr im Kopf herumbrummt wie eine Schmeißfliege. Um zwanzig nach zehn geht sie in eine Apotheke, kauft einen Schwangerschaftstest, sie ist zum ersten Mal hier, in diese Apotheke geht sie normalweise nicht. Man fragt sie, ob sie zwei Tests möchte, sie versteht nicht, verneint. Hinterher erkennt sie, dass das eine Falle war (um herauszufinden, ob sie *befürchtet*, schwanger zu sein, oder *versucht*, schwanger zu werden).

Sie geht zurück nach Hause. Öffnet die Schachtel, das Ding sieht aus wie ein Textmarker, der Morgen sieht aus wie ein normaler Arbeitsmorgen, doch statt die Fahnen mit einem Textmarker zu korrigieren (wie man es früher machte, hellblau und rosa für die Großbuchstaben, die zu Kleinbuchstaben werden sollten, und umgekehrt) macht sie einen Schwangerschaftstest, sie ist zweiunddreißig, und so was hat sie noch nie gemacht. Sie hat das nie für ein besonderes Glück gehalten, vielleicht war es das?

Sie nimmt die Kappe ab, hält die Spitze fünf Sekunden lang in den Urinstrahl, wie auf der Anleitung vorgeschrieben, geht aus dem Badezimmer und wartet. Die Spitze wird rosa, das erste Kontrollfenster wird hellblau. Auch das zweite wird hellblau. Das ist sicher falsch. Sie muss den Test wiederholen. Aus gutem Grund ist sie nie in diese Apotheke gegangen, die sind nicht vertrauenswürdig, haben altes Zeug mit abgelaufenem Haltbarkeitsdatum.

Sie geht wieder aus dem Haus, ihr ist ein bisschen schwindelig, in einer Bar bestellt sie einen Kaffee und ein Brioche, den Kaffee kann sie nicht trinken, schon beim Geruch wird ihr speiübel. Sie bestellt einen Tee, setzt sich, denkt: Jetzt beruhigst du dich, okay? Jetzt beruhigst du dich. Sie ist ernst, stinksauer. Der Blick starr auf die marmorierte Tischplatte gerichtet. Sie trinkt den Tee, beißt eine Ecke vom Brioche ab.

Sie geht in ihre gewohnte Apotheke. Fragt nach dem Test und schämt sich zu Tode. Die Apothekerin lächelt ihr zu, ob sie zwei Stück möchte? «Ja, natürlich», sagt sie. Sie kauft auch noch eine Zahnbürste.

Zu Hause wiederholt sie den Test. Es ist eine andere Marke, aber auch dieser hier sieht aus wie ein Textmarker. Er wird rosa und dann hellblau. Und noch mal hellblau. Warum immer diese Farben? Wer hat das beschlossen? Unmöglich, sie kann nicht schwanger sein.

Sie zittert. Es ist Viertel nach elf, und sie hat noch immer nicht angefangen zu arbeiten, die hinduistische Mythologie starrt sie vom Schreibtisch aus an. Von wegen Blick nach innen, tausend Bodhisattvas zeigen mit dem Finger auf sie.

Sie will sofort den dritten Test machen, stattdessen ruft sie Stefania im Büro an, bittet sie, mit ihr Mittag zu essen. Kaum hat sie das Wort «Mittagessen» ausgesprochen, spürt sie Brechreiz. Stefania hat keine Zeit, fragt, ob etwas passiert ist, ob etwas nicht stimmt.

«Nein, alles in Ordnung, wir telefonieren später.»

Sie legt auf und gerät eine Minute später in Panik. Wieder ruft sie Stefania an, sagt, dass sie Angst hat, schwanger zu sein, sie hat was mit einem Mann gehabt, den sie nie wiedersehen wird, sie ist so furchtbar blöd, sie hat Scheiß gebaut, können sie sich nicht doch sofort treffen?

Stefania fragt sie, wie das möglich ist, wartet nicht auf eine Antwort, sagt, sie soll eine Beruhigungstablette nehmen, eine halbe, sie ist so schnell wie möglich bei ihr. Sollte sie aber wirklich schwanger sein, ist es vielleicht doch keine so gute Idee, eine Xanax zu nehmen.

Silvia sucht im Internet, landet auf einer Seite, wo sie Erfahrungsberichte von schwangeren Frauen liest, die zu Panikanfällen neigen, manche sagen, man kann Xanax nehmen, andere nein, man sollte nicht. Sie springt vom Stuhl auf, geht schwer atmend im Zimmer auf und ab.

Stefania ruft wieder an, sie soll keine Xanax nehmen, vielleicht darf man das nicht.

Sie legt sich aufs Sofa, steht wieder auf. Schiebt die DVD eines japanischen Trickfilms, den ihr die Kinder geschenkt haben, in den Player. Der Film heißt *Mein Nachbar Totoro* und ist so langsam, dass er entspannend wirkt. Sie atmet tief ein, tief aus. Erzählt einem imaginären Gesprächspartner die Geschichte von Totoro. Es waren einmal zwei Schwestern und ein Papa, die Mutter war krank.

Sie steht auf, schaltet den Fernseher aus. Geht durchs Zimmer, erzählt mit lauter Stimme die Anekdote über Xanax, die Cecilia oft erzählt, eine Frau kommt in die Notaufnahme, behauptet, sie nehme «mal-ana-mal».

Eine halbe Stunde später kommt Stefania, aber sie ist noch verängstigter als Silvia. Sie nimmt die Tablette, die Silvia auf dem Tisch liegen gelassen hat, zerteilt sie, schluckt eine Hälfte mit einem Glas Wasser. Sie lässt sich alles erzählen, dann fängt sie an zu weinen.

«Stefi, du darfst nicht weinen, ich habe dich gerufen, weil ich mit jemandem reden musste, du darfst jetzt nicht weinen.»

«Du musst mit deiner Schwester sprechen, du musst sie sofort anrufen. Du musst dir von ihr helfen lassen.» Denn natürlich wäre es verrückt, das Kind zu behalten, doch Stefania hat nicht den Mut, das auszusprechen, und möchte, dass Silvia es zuerst sagt.

«Das kann ich nicht», sagt Silvia kopfschüttelnd.

«Sie weiß ganz bestimmt, was man in solchen Fällen macht.»

«WAS WILLST DU DAMIT SAGEN?»

«SIE IST ÄRZTIN! SIE WEISS DAS!»

Da fängt auch Silvia an zu weinen.

«Ich kann mit ihr nicht darüber reden, das geht nicht. Sie hat schon genug Sorgen, glaub mir. Nein, ich kann nicht.»

Sie setzen sich aufs Sofa, halten sich an der Hand. «So was Ernstes passiert uns zum ersten Mal, stimmt's?», sagt Stefania.

Silvia nickt. «Zum ersten Mal.»

«Erzählst du mir jetzt, was passiert ist? Verrätst du mir, wer er ist?»

Bei Michelas Erstkommunion hatte Luca sie gefragt, ob er mit ihr reden könne, und am nächsten Tag war er in ihre Wohnung gekommen und hatte angefangen, alles zu erzählen. Allerdings nicht sofort, nicht alles auf einmal. Für das Ganze hatte er vier Folgen gebraucht. Beim ersten Mal war er erschöpft und entnervt in ihrem Sofa versunken, und nach einer Stunde mit hauchdünner Stimme gestammelter Geschichten hatte er nichts gesagt. Er trug zwar nicht den gewohnten grauen Anzug mit Schlips, aber an ihm sah jedes Kleidungsstück aus wie eine Uniform, auch diese blaue Sportweste, auch diese Hose aus beiger Baumwolle. Er war kein fernes, aber brüderliches Hologramm mehr, es gab keine Spur Hektik und Panik mehr in ihm. Aber er war auch nicht wieder der Alte, aufmerksam, zuverlässig und unnahbar. Er war ein neuer, anderer Mensch, der sich auf dem Sofa gehenließ und langsam darin versank. Er sagte, dass es ihm leidtue, sie da hineingezogen zu haben, dass Cecilia ihm das nie verzeihen würde, dass er sie nicht in Schwierigkeiten bringen und mit ihren Problemen belasten wolle. Silvia betrachtete ihn schweigend und dachte wehmütig an den erschrockenen Jungen zurück, den sie am Vortag gesehen hatte.

«Ich mache dir einen Tee», sagte sie. Er erklärte, dass er keinen Tee trinke, von Tee bekomme er Magenbeschwerden, er habe Tee nie gemocht. Zwecklos, schon setzte Silvia Wasser auf, gab zwei Löffeln Darjeeling in den Filter, stellte die Tassen aufs Tablett. An den Tresen der Kochnische gelehnt, murmelte sie, ihm den Rücken zukehrend, dass sie ein Geheimnis für sich behalten könne, sie werde niemandem etwas erzählen. Es sei aber auch in Ordnung, wenn er sich ihr nicht mehr anvertrauen wolle. Wenn er seine Meinung geändert habe, wenn die Vorstellung, reden zu müssen, ihn nervös mache und er sich nicht mehr von der Last befreien wolle, dann solle er es lieber sein lassen.

Das war eine Strategie, die sie gut beherrschte, sie hatte sie dutzendmal bei ihren Freundinnen eingesetzt, ihre Freundinnen hatten sie dutzendmal bei ihr eingesetzt. Viele Jahre später sollte sie sie bei ihrem Sohn einsetzen, es war also nicht zwangsläufig ein böswilliger Trick, um Geständnisse zu erpressen. Zu einem guten Zweck angewendet, half sie demjenigen, der reden wollte und den nötigen Mut plötzlich nicht mehr aufbringen konnte.

Luca schüttelte den Kopf, er sei sicher, dass Reden ihm guttun würde, doch bis jetzt habe er keine Lust dazu gehabt und sich gefragt, warum um alles in der Welt er gestern, bei Michelas Fest, plötzlich den Impuls verspürt habe, ihr alles zu erzählen. Und die Antwort war, dass er vielleicht wollte, dass sie das Geheimnis *nicht* für sich behielt, er wollte, dass sie mit jemand darüber sprach.

Silvia lachte. «Du hast ja wirklich großes Vertrauen in mich.»

«Du hast mich missverstanden.» Er wurde rot. «Ich kann es dir nicht richtig erklären.» Er sank noch eine Weile ins Sofa, den Kopf zwischen den Schultern. Betrachtete stumm seine Hände. Eine Stunde später ging er.

Am nächsten Tag kam er wieder. Und wieder bot Silvia ihm eine Tasse Tee an, und wieder sagte er «Nein danke». Silvia lächelte, kochte Wasser, goss es in die Teekanne, verschloss sie mit dem Deckel. Sie ging durchs Zimmer, stellte die Stereoanlage an und drehte die Lautstärke auf ein Minimum herunter. Sie konnte sich wirklich nicht denken, was Luca ihr erzählen wollte, sie hatte viele Vermutungen angestellt, und am glaubwürdigsten erschien ihr noch immer die Ehekrise. Doch es fiel ihr schwer, zu entscheiden, wer von beiden sie ausgelöst haben konnte, weil es so unwahrscheinlich war, dass einer dieser besonnenen und angepassten Menschen Ehebruch beging. Allein beim Gedanken daran musste sie lächeln, wie man als Kind lacht über zwei, die sich küssen. Doch Luca inmitten der Gegenstände ihres Alltagslebens zu sehen, beruhigte sie. Es konnte nichts wirklich Schlimmes oder nicht Wiedergutzumachendes passiert sein.

«Gestern, als ich gesagt habe … sagen wollte …», er brach ab, rieb sich mit einer Hand die Stirn. «Ich war sicher, dass das, was ich dir sagen wollte, dich erschüttern würde, und dass du es den Menschen erzählen würdest, denen du am meisten vertraust. Das ist normal, das passiert, alle handeln so, weil sie verstehen möchten. Ich kann es diesmal nicht tun, das schaffe ich nicht.»

Silvia goss Tee in die Tassen, stellte das Tablett auf das Tischchen vor dem Sofa und nahm ihre Tasse. Die andere dampfende Tasse blieb stehen und kühlte langsam ab, bis sie nicht mehr dampfte. «Also gut», sagte Silvia und setzte sich, «wem sollte ich das erzählen, was du mir sagen willst?»

«Keine Ahnung. Eurer Mutter?»

«Meiner Mutter?» Sie riss die Augen auf. «Ich rede fast nie mit meiner Mutter. Wie kommst du bloß darauf, dass ich ihr etwas von euch erzählen würde? Und warum?»

«Ich wollte, dass jemand es erfährt und Cecilia dann sagt, dass sie einen Fehler gemacht hat, dass sie etwas Furchtbares getan hat.»

«Du wolltest, dass unsere Mutter ihr das sagt?»

«Du, deine Mutter, ich weiß nicht. Ich versuche ja nur zu verstehen, warum ich auf die Idee gekommen bin, es dir zu sagen. Ich schäme mich so. Ich möchte es eigentlich niemandem sagen. Ich möchte, dass niemand es erfährt. Ich wünschte, es wäre nie passiert.»

«Ich kann dir nicht folgen, tut mir leid.»

Luca zog sein Mobiltelefon aus der Jackentasche, er schien eine Nummer oder eine Nachricht zu suchen, seufzte, steckte es in die Tasche zurück. Er schüttelte leicht den Kopf, murmelte etwas.

Und wenn auch aus ihm ein merkwürdiger Typ geworden war, nachdem er der normalste Mann der Welt gewesen war, wenn Luca jetzt einer von denen war, die allein auf einer Bank sitzen und mit sich selbst sprechen?

«Vielleicht solltest du mir sagen, was Cecilia getan hat, sonst verstehe ich gar nichts.»

«Es ist zu schwierig. Was ich seit ein paar Monaten empfinde, habe ich noch nie empfunden, das ist mir noch nie passiert. Dieser Mensch bin ich nicht, ich bin nicht diese Wut. Von morgens bis abends denke ich daran, sogar nachts, ich hätte nie gedacht, dass ich zu gewissen Gedanken fähig bin. Verstehst du?»

«Eher nicht.»

«Ich wollte, dass ihr jemand sagt, dass sie nicht tun darf, was sie getan hat, ich wollte, dass ihre Mutter sie tadelt. Ich wollte meinen Zorn mit jemandem teilen.»

«Tja, also ich kann niemandem irgendwas erzählen, und ich kann Cecilia keinen Vorwurf machen … wegen dem, was sie getan hat … wenn meine Vermutung richtig ist. Wenn es dir also nicht reicht, die Sache mit mir zu teilen, erzählst du mir besser gar nichts.»

Und das war nicht mehr der alte Trick, um auf liebevolle Weise Geständnisse zu erpressen. Es war ein neuer Trick, bei dem man genau sagte, was man dachte. Schließlich war inzwischen klar, dass Cecilia ihn betrogen hatte, und Silvia war nicht mehr sicher, ob sie die Details dieser Geschichte erfahren wollte.

«Du hast es nicht verstanden, du kannst es nicht verstehen», sagte Luca.

Er erhob sich. Blieb stehen. Dann verabschiedete er sich, und im nächsten Augenblick war er draußen.

Cecilia hatte sich in einen anderen verliebt, während ihr Vater im Sterben lag. Silvia stellte die leere Tasse aufs Tablett, neben die andere, noch volle.

Ein paar Tage später kam Luca wieder und war sehr erregt. «Es wäre besser gewesen, wenn ich sie nie kennengelernt hätte, sie nicht geheiratet hätte, nicht die zwei Kinder mit ihr hätte. Ist dir klar, was das bedeutet? Dass ich so etwas denke? All die schönen Momente in diesen zehn Jahren, die kostbarsten Erinnerungen, die ich habe, sind für immer verdorben. Michelas erster Schultag, erinnerst du dich, wie erwachsen sie schon war? Als sie am Abend vorher ihre Sachen packte, waren wir aufgeregter als sie, und am Morgen habe ich ein Foto von ihr gemacht, bevor ich aus dem Haus ging, sie war so stolz und aufgeregt, manchmal schaue ich mir dieses Foto an und lache für mich allein, einfach vor Freude, weißt du? Und als Mattia eines Abends beim Essen eine Rede gehalten hat, seine erste längere, ausführliche Rede, wo alle Wörter am richtigen Platz waren, und Ceci und ich haben uns angesehen und hätten fast geweint, er hat kein einziges falsches Wort gesagt. Er sprach von Autos, kannte schon sämtliche Modelle aller Marken, und wir haben so getan, als wenn nichts dabei wäre, um den Augenblick zu verlängern, aber Michela hat es nicht mehr ausgehalten, sie hat gerufen: ‹Mattia, du sprichst ja genau richtig!› Wir haben alle angefangen zu lachen. Und einmal am Meer hat er seine Schwester vor zwei größeren Kindern beschützt, die sie mit Sand bewarfen, Michela hat gestrahlt, aber er war wütend, weil wir ihn weggezogen haben, denn er wollte weiterkämpfen. Und damals in den Bergen, wir saßen am Ufer eines Sees, als eine Gruppe Jugendlicher an uns vorbeiging und Michela hinter ihnen hergegangen ist, bis ans andere Ufer ist sie den Jungen gefolgt, damals war sie drei oder vier. Als ich sie holen kam, lachten alle und sagten, sie sei ein wirkliches nettes Mädchen, sie hatte wissen wollen, wer mit wem zusammen war, obwohl sie die Jugendlichen erst seit fünf Minuten kannte, hatte sie gefragt: ‹Gefällt sie dir denn nicht? Warum küsst ihr euch nicht?›, mit ihrem piepsigen Stimmchen, erinnerst du dich daran?»

«Und ob ich mich erinnere.» Silvia nickte. Sie nickte. Und nickte. Was konnte sie sonst tun? Sie durfte nur nicken. Bis Luca ging, diesmal sogar ohne sich von ihr zu verabschieden, er hatte es vergessen.

Der Mann, den sie vor ein paar Tagen gesehen hatte, hatte reden wollen, hatte Hilfe gebraucht, einen Rat gewollt. Dieser Mann hier brauchte keinen Menschen zum Reden, sondern ein Publikum, er musste nur seinen Monolog aufsagen, die Antworten kannte er alle schon. Und war das nicht auch ein bisschen übertrieben, dieses ganze Theater, wegen eines Ehebruchs?

In der vierten Folge wurde Luca endlich in einem einzigen Wortschwall los, was er sagen wollte.

Er kam mit einem Schirm, obwohl es nicht regnete und auch nicht zu regnen drohte. Er versank im Sofa. Richtete seinen Oberkörper auf. Seine Stimme stieg um zwei Oktaven, nahm einen heiseren, scharfen Klang an und erlosch in einem Schluchzer mit zusammengebissenen Zähnen: «Wir erwarteten ein Kind, Cecilia hat es abtreiben lassen, hat gesagt, sie könne es nicht behalten.»

Silvia fuchtelte mit den Händen, um ihn zu unterbrechen. «Ich hab nicht verstanden, warte! Sie erwartete ein Kind? Hat sie es verloren?»

«Sie hat es abtreiben lassen, sie ist allein hingegangen, ohne es mir zu sagen.»

«Sie hat eine Fehlgeburt gehabt …»

«NEIN! NEIN!», schrie er. «HÖRST DU MIR ZU? SIE HAT ABGETRIEBEN! SIE WOLLTE ES NICHT!»

«Sie hat gesagt, dass sie es nicht behalten konnte …»

«Sie meinte, dass sie es nicht wollte.»

«Sie hat zu dir gesagt: Ich kann es nicht behalten. Mehr hat sie nicht gesagt.»

«Sie hat mir gesagt, dass sie nicht noch ein Kind wolle, dass Mattia noch immer Probleme habe, dass sie sich nicht stark genug fühle, noch einmal von vorn anzufangen. Das hat sie gesagt. Ich habe sie gebeten, mit mir zu reden, zu warten. Nichts zu machen. Zehn Tage später hatte sie es getan.»

«Das glaube ich nicht.»

Die Nachricht war so unerwartet, das Befremden so groß. Silvia schüttelte den Kopf. Wann war das passiert? An einem Tag, an dem sie sich gesehen hatten? Am Tag davor, am Tag danach? Ohne es jemandem zu sagen. Sie hatte einen Termin gemacht. Am Telefon? Im Krankenhaus? Sie war allein hingegangen. Wann? Welches Wetter war da? Schien die Sonne, oder regnete es? Was hatte sie selbst in dem Moment getan? Wo waren die Kinder? Morgens hatte Cecilia sie zur Schule gebracht. Abends wieder abgeholt. Sie war gefasst, sie hatte Angst. Wusste ihre Mutter davon? Sie wusste es nicht. Und wie war es möglich, dass sie überhaupt nichts bemerkt hatte? Wie hatte ihre Schwester alles nur so gut verbergen können?

Sie wollte Luca nicht verletzen, aber sie wusste auch nicht, ob sie ihn trösten wollte. Ihr Magen war wie zugeschnürt, da war er wieder, ihr alter Freund, der Knoten, und gleichzeitig fühlte sie sich leichter, erleichtert, vielleicht nur von der Unsicherheit befreit. Vor allem wusste sie genau, dass sie Lucas Wut nicht teilte, Trauer oder Schmerz oder Sorgen hätte sie mit ihm teilen wollen, aber die Wut? Ja, es schien ihr sogar unglaublich, dass er angesichts einer solchen Tat nur oder vor allem Wut verspürte, dass er kein einziges verständnisvolles Wort für Cecilia hatte.

«Geht es Cecilia gut?»

«Cecilia geht es sehr gut, ihr ist nicht bewusst, was sie getan hat, es ist, als wäre sie zum Zahnarzt gegangen.»

«Bist du wirklich sicher?»

Er nickte.

Silvia fing an zu stottern. «Ich kann nicht glauben, dass sie … wenn sie diese Entscheidung getroffen hat … ich bin nicht dagegen … ich bin nicht generell dagegen, aber … es ist eine große Sache, so wie du es erzählst, sieht es aus, als hätte sie eine solche Entscheidung einfach so … ohne zu überlegen … das passt nicht zu ihr, ich kann das nicht glauben … es gefällt mir nicht, dass du es so sagst … diese Sache mit dem Zahnarzt … das gefällt mir nicht … das gefällt mir GANZ UND GAR NICHT!»

Sie atmete schwer. Aber sie verstand jetzt, warum sie sich erleichtert fühlte. Cecilia war nicht mehr die perfekte Frau, sie war nicht mehr unfehlbar, und es wäre wirklich richtig, wenn ihre Mutter es wüsste. Im Grunde teilte sie auch ein bisschen Wut mit Luca, aber aus anderen Gründen: Cecilia erzählte nie etwas, sie exponierte sich nicht, offenbarte niemandem ihre Schwächen, sie war keine richtige Freundin, und darum hatte sie auch keine Freundinnen, Freundinnen zeigen sich einander ungeschützt. Allein zu so was hinzugehen und es allein durchziehen. Sie fühlte sich erleichtert, aber es war eine schwache Erleichterung, der Kummer war stärker. Sie legte eine Hand auf ihre Kehle, um ihren Herzschlag zu messen, sie versuchte, klar zu denken.

«Vielleicht hat niemand von uns begriffen, wie der Tod unseres Vaters Cecilia getroffen hat, wie sehr sie darunter gelitten hat, dass sie ihn nicht retten konnte … auch ich war manchmal wütend auf sie, weil sie mir immer so kalt erschien, wenn sie über Papas Zustand sprach, über die Heilungschancen … wenn sie mir und Mama sagte, was noch getan werden musste, als würde sie von einer Liste mit Besorgungen sprechen … und kein einziges Mal hat sie gesagt, dass es aussichtslos war … aber das ist eine Form, sich zu schützen, weißt du? Wenn sie es getan hat … wenn sie gedacht hat, dass sie es tun muss, dann muss sie ihre Gründe gehabt haben … sie hat ganz bestimmt Gründe, und die musst du herausfinden … ich verstehe, dass du entsetzt bist, aber Wut, nein, du darfst dich nicht so gehenlassen … du musst ihr beistehen … und das mit dem Zahnarzt, sag das nie wieder.»

«Das ist bei weitem nicht das Schlimmste, was ich gesagt habe.» Er erzählte, dass sie einen Monat lang zum Streiten in den Park gegangen waren, damit die Kinder sie nicht hörten. In einer Lichtung zwischen den Bäumen hatte er zu Cecilia gesagt, dass sie ein Ungeheuer sei, eine Mörderin, dass ihm bei ihrem Anblick das Kotzen komme, sie sei ein Monster, ein verabscheuungswürdiges Wesen. Er hatte ihr gesagt, sie verdiene es nicht, die Mutter seiner Kinder zu sein. Er hatte ihr gesagt, es sei ihm lieber, sie würde bei der Geburt eines weiteren Kindes sterben.

Das alles erzählte er, als würde es ihn nichts angehen, den trockenen Schirm neben sich. Es hatte keinen Sinn mehr, weiterzureden. Sie konnte sowieso nicht mehr reden, sie war zu aufgeregt. Sie beugte sich vor, legte die Stirn auf die Knie, ihre Arme baumelten herab. In den Ohren ihr dröhnendes Herzklopfen. Und dabei hatte sie sogar vorgehabt, ihn um Geld zu bitten, am Ende, wie auch immer das Ende aussah. Ihr Herz schlug langsamer, blähte sich bei jedem Schlag auf, erfüllte ihren ganzen Brustkorb, wurde hart und faserig. Und wieder sah sie die Schwester vor sich, allein – vorher, währenddessen und nachher – allein, von jetzt an, ganz allein mit sich selbst, wie sie nie hätte sein wollen und sein können.

Sie überlegte, ob sie Cecilia gestehen sollte, dass sie alles wusste. Mehrmals probte sie im Geist eine Rede. Nie kam sie weiter als bis zum einführenden Satz, in dem sie ausführlich Lucas Entscheidung rechtfertigte, als könnte der Entschluss ihres Schwagers, ihr alles zu erzählen, auch sie ins Unrecht setzen, als hätte sie ihn mit ihrer Schwäche und Labilität gezwungen, das Schweigen zu brechen.

Doch jedes Mal, wenn sie mit Cecilia zusammenkam, wusste sie, noch bevor sie zu sprechen begann, dass sie das Thema an diesem Tag nicht ansprechen würde. Es gab wichtigere, interessantere, weniger komplizierte Dinge. Man musste die richtige Gelegenheit abwarten. Und keine neuen, sinnlosen Streitereien zwischen Luca und Cecilia provozieren. Jedes Mal sagte sie sich, dass es aus Verantwortungsgefühl, nicht aus Feigheit geschah, wenn sie nicht davon sprach.

Immerhin fühlte sie sich etwas weniger als das schwarze Schaf, die Schwester war in ihren Augen menschlicher, fehlbarer geworden, sie war eine schreckliche Figur geworden, eine Medea. Und sie entdeckte, dass sie eine tiefe Zuneigung zu Cecilia empfand, dass sie und die Kinder ihr am Herzen lagen wie eine richtige Familie. Nie kam ihr in den Sinn, außer um den Gedanken wie ein böses Omen abzuwenden, dass Cecilia und Luca sich trennen könnten, ein Paar zu sein war ihrem Schicksal eingeschrieben.

An dem Tag, als Silvia entdeckt, dass sie schwanger ist, übernachtet Stefania bei ihr. Sie reden eine Stunde lang vor dem stummgeschalteten Fernseher. Manchmal stehen sie auf, um im Internet zu recherchieren. Sie suchen nach allen nötigen Informationen über Zeiten und Formen eines Schwangerschaftsabbruchs. Sie rufen Seiten von Abtreibungsbefürwortern und Abtreibungsgegnern auf und verlassen sie sofort wieder. Sie gehen früh zu Bett, beide sind furchtbar müde.

Am nächsten Tag läuft alles viel besser. Stefania geht ins Büro. Silvia telefoniert mit dem Lektor, für den sie das Buch über hinduistische Mythologie redigiert. Er lässt sich unerwartet leicht überreden, ihr noch zwei Wochen mehr zu geben. Wahrscheinlich hatte er sie bei den Fristen belogen. Egal, die Nachricht erfüllt sie mit Freude, mit einem unbegründeten Vertrauen in die Zukunft. Alles wird sich lösen lassen.

Also geht sie am nächsten Abend mit Carla aus, sie wollen sich das Feuerwerk zum Fest des Schutzpatrons der Stadt ansehen. Mitten auf der Brücke über dem Fluss gesteht sie die Wahrheit. Carla will alle Einzelheiten wissen. Will wissen, wer er ist. Will wissen, ob es wirklich nicht in Frage kommt, dass sie sich weiterhin sehen. Dann sagt sie, dass Silvia mit Cecilia sprechen muss. In jedem Fall. Wie auch immer ihre Entscheidung ausfällt.

«Hast du dich schon entschieden?»

Silvia schüttelt den Kopf: «Ich kann nicht denken.»

«Willst du es behalten?» Es hört sich nicht mal an wie eine Frage, Carla ist imstande, sie in vollkommen neutralem Ton auszusprechen, ohne dass Meinungen, Urteile, Vorurteile oder Ängste zwischen den Worten hindurchsickern.

«Ich kann nicht denken. Aber ich glaube nicht, dass ich in meiner Lage eine Wahl habe.»

«Rede mit deiner Schwester. Versprichst du mir das?»

«Warum wollt ihr bloß alle, dass ich mit meiner Schwester rede?»

«Weil sie dir helfen kann, sie kann es weniger unangenehm für dich machen.»

Sie sieht Carla verständnislos an.

«Weißt du, an was für Leute du geraten kannst? Man hört Geschichten von Frauen, die wie Verbrecher behandelt werden.»

«Aber ich habe noch gar nichts entschieden …»

«Natürlich. Nur falls du dich entscheiden solltest.»

Mit Cecilia darüber zu reden, wird zu einer Möglichkeit, Zeit zu gewinnen und zu der unvermeidlichen Entscheidung zu gelangen. Als wäre Cecilia, weil sie Ärztin ist, mit genügend Zynismus ausgestattet, um klipp und klar zu sagen, dass es keine andere Wahl gibt.

«Ich lasse noch zwei, drei Tage vergehen. Ich möchte es schaffen, darüber nachzudenken.»

Am Freitagmorgen macht sie den dritten Test. Er wird rosa, dann hellblau.

Sie beschließt, mit Stefania ans Meer zu fahren. Wenn sie in der Stadt blieben, würden sie zwei Tage zu Hause damit verbringen, andauernd über dasselbe zu reden. Sie verbringen zwei Tage am Strand damit, andauernd über dasselbe zu reden. Stefania versucht abermals, sie zu überzeugen, mit Cecilia zu sprechen. Egal, wofür sie sich entscheidet. «Na gut», sagt sie. «Dienstag rede ich mit ihr», um noch einen Tag zu gewinnen.

Den ganzen Montag lang arbeitet sie sehr gut. Abends stellt sie sich mögliche Anfänge, mögliche Entwicklungen des Gesprächs mit Cecilia vor. Sie spricht lange am Telefon mit Francesca, die vielleicht ehrlicher ist, weil sie ihr nicht ins Gesicht sehen muss, und die ihr sagt, dass es ein Wahnsinn wäre, allein ein Kind großzuziehen, «obwohl du natürlich nicht allein bist, das weißt du, wir sind für dich da», aber damit meint sie die anderen beiden, denn sie ist ja nicht da.

Am nächsten Tag kommt sie bis zur Notaufnahme, geht hinein. Doch als sie Cecilia am Ende des Flurs sieht, dreht sie sich auf dem Absatz um und flieht. Draußen die Stadt wie immer an einem Morgen Ende Juni, es ist schon warm, der Himmel verschleiert, kein Lüftchen weht. Ein paar Schritte werden ihr wieder Mut machen, in die Notaufnahme zurückzugehen. Doch je länger sie nachdenkt, desto schwieriger erscheint es ihr, mit Cecilia über eine unerwünschte Schwangerschaft zu sprechen. Sie könnte ihren ungerührten Gesichtsausdruck nicht ertragen, wenn sie Gefühle verstecken würde. Sie könnte ihren aufgewühlten Gesichtsausdruck nicht ertragen, wenn sie zusammenbrechen würde. Und sie ist nicht mal sicher, ob sie Ratschläge von Cecilia will.

Sie schlägt den Rückweg nach Hause ein, geht zehn Minuten lang. Sie ist nicht mehr aufgeregt, fühlt sich nicht mehr schwanger. Sie fühlt sich leer, als wäre alles schon vorüber. Sie ist müde, also steigt sie in einen Bus, lässt ihre Gedanken abdriften, lässt den Blick auf die Stadt ziellos schweifen. Trotz des staubigen, vibrierenden Fensters ist ihr die Welt noch nie so farbig erschienen, die Umrisse noch nie so scharf und klar.

Wenn sie eine Woche lang auf diesem Platz sitzen bleiben würde, würde sie durch die Erschütterungen vielleicht das Kind verlieren. Vielleicht verliert sie es sowieso. Sie steigt nicht an ihrer Haltestelle aus, sie hat keine Lust auszusteigen, nach Hause zurückzukehren, wozu auch? Sie fährt bis zur Endhaltestelle, dann wieder zurück.

Sie kommt an der Fußgängerzone vorbei, wo die Bar von Rumi liegt. Rumi hat rote Haare wie Enrico Fermi, aber leider ist er nicht Enrico Fermi. Wie viel Musik hat sie durch Enrico Fermi entdeckt! Wenn sie jetzt zu ihm ginge, wenn sie ihm alles beichten würde, würde er sie vielleicht zurücknehmen. Er würde *Sweet Song* von den Blur auflegen, und sie würden eng umschlungen in seiner Einzimmerwohnung tanzen. Doch eigentlich hat sie keine Lust, aus diesem Bus auszusteigen.

Im Jahr, als der Vater starb, nach Lucas Geständnis, hatte sie ihre Raubzüge fortgesetzt, auch als es in der Wohnung keine frischen Vorräte mehr gab, weil ihre Mutter mit den Enkeln ans Meer gefahren war. Eines Tages, sie ging gerade im dunklen Flur auf und ab, lächelte sie plötzlich und begann zu sprechen und sich zu bewegen, als würde sie einen Gast in der Wohnung empfangen und ihn auffordern, im Wohnzimmer Platz zu nehmen. Sie stellte sich vor, sie sei in dieser Wohnung die Hausherrin, ein Mensch mit einer richtigen Arbeit und einem richtigen Gefühlsleben, jemand, der etwas erzählen konnte. Das Spiel dauerte nicht lange, aber es gefiel ihr so sehr, dass sie auch am nächsten Tag wiederkam. Sie stellte sich vor, mit einem Architekten darüber zu sprechen, wie sie die Wohnung umgestalten lassen konnte, sie stellte sich vor, dass der Architekt sich in die Wohnung und in sie verliebte. (Viele Jahre später sollte sie sich wünschen, dass ihr Sohn Architekt wird, und der Sohn sollte sie enttäuschen, denn er beschäftigte sich mit Konstruktionen anderer Art.)

Sie wagte es nicht, das Zimmer ihres Vaters zu betreten. In der Küche rief sie sich die epischen Streitereien mit der Mutter ins Gedächtnis zurück. Es gab einen Spalt in der hölzernen Tischplatte, dorthin verkroch sich ihr Blick während der Auseinandersetzungen. Sie setzte sich auf den Platz des Vaters und versuchte, sich daran zu erinnern, wie sie mit sechzehn ausgesehen hatte, wie sie angezogen war. Ihr Vater hatte tausenderlei Ausflüchte ersonnen, um sich auf ihre Seite schlagen zu können, ohne die Mutter zu reizen. Sie erinnerte sich, wie sie einmal, im Glauben, die Eltern würden nicht vor Sonntagabend zurückkommen, am

Samstagnachmittag Enrico Fermi zu sich eingeladen hatte. Er war mit Kuchenstücken erschienen, die sie zum Teil gegessen und zum Teil aus dem Fenster auf die vorüberfahrenden Autos geworfen hatten, um dann mit dem Rest eine Schlacht in der ganzen Wohnung zu veranstalten. Bis die Mutter, die sie nicht hatten kommen hören, im Türrahmen aufgetaucht war. Als ihre Blicke sich trafen, hatte Silvia in ihren Augen nicht Ärger oder Missbilligung, sondern nur fassungsloses Erstaunen gelesen, und da hatte sie erkannt, dass es weniger schlimm gewesen wäre, wenn sie ihre Tochter beim Vögeln auf dem Küchentisch überrascht hätte.

Sie war gut in der Schule, darum verzieh ihr der Vater letztendlich alles. Denn er war stolz auf sie, sehr stolz. In dieser Küche hatte Silvia die ganze Familie angetroffen, als sie von der Disputation ihrer Doktorarbeit zurückkam (sie hatte niemanden dabeihaben wollen, den Vater hatte das vielleicht gekränkt). Cecilia mit dickem Bauch, schwanger mit Mattia, Luca, die kleine Michela, die in der Küche herumlief, ihren Vater und ihre Mutter, und alle hatten sie umarmt. Sie erinnerte sich nicht, ihre Mutter nach diesem Tag noch einmal umarmt zu haben, nicht einmal beim Tod des Vaters vor ein paar Monaten hatte sie das getan. Sie wiederholte diese vier Umarmungen, indem sie viermal die Luft umarmte. Alle hatten sie gefeiert, sie hatte *cum laude* promoviert.

Sie nahm ihre Wanderungen durch die Wohnung wieder auf, und wenn sie an der Tür des Eheschlafzimmers vorbeikam, verschob sie es jedes Mal auf später, die Hand auf die Klinke zu legen und sie herunterzudrücken. Zu den von der Mutter innig geliebten geschmacklosen Gegenständen gehörten zwei Wandlampen, die seit unvordenklichen Zeiten ein fahles Licht in den Flur warfen: zwei Ärmchen aus vergoldetem, wurmstichigem

Holz, Puttenarme oder Babyarme, die aussahen wie Jagdtrophäen und in ihren geschlossenen Fäusten die Fassungen für die spiralförmigen Glühbirnen hielten. Sie waren so niedlich und unheimlich, dass man meinen konnte, die Ärmchen seien einem ungezogenen kleinen Mädchen abgehackt worden. Vielleicht hatte man das Mädchen auch eingemauert, bis auf die Arme, damit es ruhig blieb, nicht mehr aus dem Haus lief, wer weiß wohin, wer weiß mit wem. Vom Vater einen Kommentar über diese Scheußlichkeit zu hören, war unmöglich. Sie hätte ihn fragen müssen und hatte es nicht getan. Er hätte sowieso nichts gesagt.

Mit festen Schritten ging sie auf die geschlossene Tür zu, öffnete sie, betrat mit einer wütenden Bewegung das Zimmer. Überwältigt vom Geruch des Vaters, der die abgestandene Luft und den Geruch der Krankheit überlagerte, zog sie die Rollläden hoch und öffnete das Fenster, bevor ihr die Kräfte schwanden. Sie streckte sich auf dem mit einem weißen Laken bedeckten Bett aus, legte den Kopf auf das Kissen ohne Bezug, schloss die Augen. Und wäre am liebsten nie mehr aufgestanden.

Die irdische Habe des Vaters war spärlich. Die Anzüge im Schrank. Ein Archiv mit Arbeiten auf dem Dachboden. Eine Bibliothek mit Sciencefiction-Büchern. Ein Sekretär mit aufklappbarer Schreibplatte und drei Schubladen voller Krimskrams. Auf dem Nachttisch, halb unter Tablettenpackungen begraben, die *Foundation-Trilogie* von Isaac Asimov. Der Vater hatte ihr die Geschichte oft erzählt, als sie ein kleines Mädchen war: Das galaktische Imperium befindet sich im Niedergang, viele tausend Jahre Verfall erwarten die Menschheit, zumindest ist Hari Seldon davon überzeugt, ein Wissenschaftler, der ein unfehlbares System von Gleichungen zur Vorhersage der Zukunft entwickelt hat. Seldon gründet eine Kolonie auf einem Planeten am Rand der Milchstraße, der am weitesten vom Zentrum der Galaxie (wo die Hauptstadt des Imperiums liegt) entfernt ist, und nennt ihn Foundation. Die Foundation soll das Wissen der Menschheit während des kommenden barbarischen Mittelalters weitergeben und auf diese Weise dessen Dauer verkürzen. Einige Jahrhunderte lang entwickeln sich die Dinge so wie von Seldon vorhergesehen, bis das Maultier auftaucht, ein Mutant mit übermächtigen psychischen Kräften. Das Maultier ist das Unvorhersehbare, das, was keine Wissenschaft der Zukunft je vorhersagen können wird. Der Mutant schlägt die Foundation im Kampf, und das, was vom Imperium übrig geblieben ist, muss sich ihm unterwerfen. Die einzige Hoffnung der freien Menschen ist eine alte Prophezeiung: Seit Jahrhunderten heißt es, dass Hari Seldon nicht nur eine, sondern zwei Kolonien gegründet hat und dass diese, am anderen Ende der Galaxie versteckte zweite Foundation die erste retten wird.

Als sie klein war, verstand sie davon fast nichts und fragte am Ende immer, ob das Maultier gut oder böse sei, und wenn es böse sei, warum? Noch heute war ihr das nicht klar. Aber der Vater antwortete nicht. Für ihn war das der Höhepunkt der Geschichte. Wichtig war ihm jedoch, dass sie genau verstand, *wo* die zweite Foundation sich befand. Warum? Auch das lag noch immer im Dunkeln. Der Vater legte die Spitzen der Zeigefinger zusammen. «Wenn die Galaxie so aussieht», sagte er, löste die Finger voneinander, drehte sie in entgegengesetzter Richtung durch die Luft und entfernte sie dabei voneinander, als folgte er dem Gewinde einer riesigen Schraube, «wie eine Wendeltreppe, verstehst du? Und wenn die erste Foundation hier ist», er hatte keine Finger zum Zeigen mehr, also berührte er die linke Hand mit der Nase, «wo wird dann die zweite sein?» Nach einiger Zeit hatte sie zu antworten gelernt: «In der Mitte.» Nämlich nicht auf der anderen Seite, auf der rechten Hand. Der äußerste Gegensatz war die Mitte, die Leere zwischen den Händen (doch in der Galaxie hatte dort die alte Hauptstadt des Imperiums gelegen). Diese Geschichte war geheimnisvollerweise sehr wichtig. Ihrem Vater zuzuhören, weckte immer zwei gegensätzliche Gefühle bei ihr: das Gefühl der Einzigartigkeit, denn er erzählte ihr etwas, was er für wichtig hielt, und hatte sie ausgesucht, um es zu erzählen; außerdem Verlegenheit, denn sie war fast sicher (nicht ganz), dass es sich um verquasten Unsinn handelte. Darum die steigende Angst, das Kribbeln in den Fingerspitzen, die Atemnot.

Das gleiche Kribbeln, die gleiche Atemnot verspürte sie nun auf dem Bett des Vaters liegend, während die sommerliche Abendluft sich mit der Luft im Zimmer mischte und ihre nackten Beine streichelte. Wie viele Stunden hatte ihr Vater denselben Quadratmeter weißer Zimmerdecke angestarrt? Wie in der spiralförmigen Galaxie war auch in diesem Bett nur die Lage einer der beiden Foundations bekannt. Die zweite Foundation schwieg, man wusste nicht, wo sie sich befand, wenn sie wirklich existierte, wenn sie nicht nur eine Legende war.

Im August, als die Vorräte aufgebraucht waren, stahl sie vom Dachboden einen Tafelaufsatz aus Keramik und sechs kleine Teller, mit Blättern und Granatäpfeln bemalt, außerdem eine zum Service gehörende Etagere mit demselben Motiv, einem aufgeschnittenen Granatapfel. Die Stücke stammten aus dem Sonntagsservice der Großmutter väterlicherseits, im Herbst wollte Silvia sie verkaufen. Ihre Mutter würde kaum bemerken, dass sie fehlten, sie hatte den Nachlass ihrer Schwiegermutter auf den Dachboden verbannt. Unzählige Kartons und Schachteln mit nahezu neuen oder nie aus der Originalverpackung genommenen Gegenständen, darunter ein Paar hellbrauner

Frauenhandschuhe aus feinem, weichem Leder oder eine volle noch versiegelte Flasche Likör Ferro China der Marke Bisleri.

Auf dem Dachboden fand sie auch die Terminkalender ihres Vaters. Terminkalender aus dreißig Jahren, Arbeitstreffen, Fristen, keine einzige persönliche Bemerkung. Wie war es möglich, dass er nie der Versuchung nachgegeben hatte, einen Gedanken aufzuschreiben oder eine Erinnerung, eine Hoffnung, oder wenigstens eine Bemerkung über das Wetter oder die Zusammenfassung eines Buches? Manchmal Kreuzchen oder Sternchen. Aber dahinter steckte kein Geheimnis: Der Vater notierte die Wiederkehr seiner Kopfschmerzen und die Einnahme von Schmerzmitteln. Er hatte Stunden auf dem Dachboden verbracht, in der staubigen Hitze, im Halbdunkel, stark schwitzend. In den Terminkalendern fehlte alles, was ein Leben lebenswert macht (schien ihr).

Sie fand die Sciencefiction-Taschenbuchreihe, die sie vor einem Jahr für ihren Vater auf dem Dachboden hatte suchen müssen. Der Titel lautete *The Resurrection Of Warped Dismay*, nach dem Namen der Hauptfigur, einem Trickfilmproduzenten, der im Dezember 1966 gestorben war, wie Walt Disney. Ihr fiel ein, dass Disney sich, einer modernen Legende zufolge, tatsächlich hatte einfrieren lassen. So auch im Roman, wo siebenhundert Jahre später, 2666, der kryokonservierte Körper von Warped Dismay dank moderner Technologie wieder zum Leben erweckt und sein Tumor in der linken Lungenhälfte geheilt werden kann. Doch inzwischen sind seine Trickfilme für eine blutdürstige fundamentalistische Sekte, die die ganze Welt erobert hat, zu heiligen Schriften geworden, und Dismay, den der Kult um *Dumbo*, *Schneewittchen* und *Peter Pan* entsetzt und anekelt, wird so etwas wie ein Antichrist.

Sie dachte an die Nachmittage, an denen ihr Vater mit Mattia und Michela Trickfilme auf Videokassetten geschaut hatte, wie spontan und ehrlich sein Vergnügen gewesen war. «Nun lach doch nicht so albern, Papa», sagte Cecilia. Cecilia hatte ihn schon immer wie einen verblödeten Alten behandelt, darum verstand er sich umso besser mit ihr, je mehr er alterte.

Dann kam der September, ihre Mutter kehrte vom Meer zurück, der Kühlschrank und die Vorratskammer füllten sich wieder, und Silvia nahm ihre Diebereien wieder auf. Eines Tages fuhr sie nach einem dieser Raubzüge mit dem Fahrstuhl nach unten, zwei prall gefüllte Einkaufstüten zu ihren Füßen. Der Fahrstuhl hielt im Erdgeschoss, die Türen öffneten sich, und Silvia ging in den Hausflur.

Vor den Briefkästen stand eine Frau, die ihr den Rücken zukehrte, Silvia hoffte, dass sie es nicht war, aber es war ihre Mutter. Sie hatte die Post herausgenommen und betrachtete einen Briefumschlag. Sie drehte den Kopf, sah Silvia. Sie drehte den Kopf zurück, musterte wieder den Umschlag. Noch immer stand sie in der Haltung da wie zuvor, bevor sie Silvia gesehen hatte, wenn sie sie gesehen hatte. Jetzt aber lag in ihrem Lesen ohne Brille, darin, wie sie sich den Umschlag dicht vor die Augen hielt, als wollte sie sich hinter dem weißen Rechteck verstecken, eine Absicht, die vorher nicht da gewesen war. Silvia stand reglos vor der Fahrstuhltür, die Plastiktüten in der Hand. Die Mutter drehte sich nicht mehr um, bewegte sich nicht. So blieben beide sehr lange stehen, ohne sich zu rühren. Dann ging Silvia hinter dem Rücken ihrer Mutter durch den Hausflur und hinaus in den Torweg, öffnete die Eingangstür und trat auf die Straße.

Mit großer Mühe schleppte sie sich auf dem Bürgersteig vorwärts, ihre Beine waren steif, die Glieder verkrampft. Die Nachmittagssonne warf ihren Schatten an die Hausmauer, und sie fühlte sich so platt gedrückt wie dieser Schatten. Sie kroch durch die schwüle Luft und schaffte es bis zur Straßenecke. Hier standen die Müllcontainer, sie stellte die Tüten am Boden ab. In diesem Zustand würde sie es nie bis nach Hause schaffen. Sie warf alles weg.

Nach und nach entspannten sich ihre Beinmuskeln. Sie dachte an bestimmte Nachmittage in ihrer Kindheit zurück, an denen die Mutter zwei Freundinnen zum Tee empfing. Hochelegant erschienen ihr diese Frauen, auf eine unerreichbare Weise schön. Schuhe mit hohem Absatz natürlich, aber vor allem diese dunklen Strümpfe, die schmalen Fußfesseln und die Kurve ihrer Waden. Wie konnten sie nur so schöne Fußfesseln haben? Bei ihr und Cecilia waren sie nicht so schön, es hatte keinen Sinn, sich etwas vorzumachen.

Eine Stunde später kam sie zu Hause an. In der Zwischenzeit hatte sie beschlossen, dass die Mutter sie nicht gesehen hatte. Viereinhalb Stunden lang schaute sie sich alte Folgen der Serie *Friends* an, die ihr Carla geliehen hatte. Um zwei ging sie ins Bett. Obwohl sie nicht mehr aufgeregt war, konnte sie nicht schlafen. Immer wieder fielen ihr Einzelheiten der Kleidung ihrer Mutter ein. Büstenhalter mit steifen Körbchen. Schwarze Unterröcke mit Spitzensaum. Sehr dunkle Strümpfe. Pastellgrüne Twinsets. Später in der Nacht beschloss sie, dass die Mutter sie gesehen hatte. Wie sollte sie je über diese Scham hinwegkommen?

Am nächsten Morgen klingelte Cecilia, ein unerwarteter Besuch, doch der Grund war leicht zu erraten. Silvia erwartete sie auf dem Sofa sitzend, gesenkte Augen, bereit für die Demütigung. Cecilia kam in die Wohnung, aber sie bemerkte das bekümmerte, schuldbewusste Gesicht der Schwester nicht, sie war auf die kurze Erklärung konzentriert, die sie machen wollte: Luca und sie würden sich trennen.

«Unmöglich», sagte Silvia, «das könnt ihr nicht tun.»

«Jetzt bist du diejenige, die mir helfen muss.»

«Ihr seid füreinander geschaffen», sagte Silvia, «ihr könnt euch nicht trennen.»

«Hast du gehört, was ich gesagt habe? Du musst mir helfen, ich verlasse mich auf dich.»

«Ihr habt euch doch immer so gut verstanden, was ist passiert?»

Plötzlich stiegen Cecilia Tränen in die Augen. «Hörst du mir zu?» Sie ergriff Silvias Hände. «Es ist vorbei. Wir halten es nicht mehr aus zusammen.»

Sie umarmten sich.

Cecilia erzählte von den letzten Monaten, wie sehr Luca sich von ihr entfernt habe, seine Unfähigkeit, zu akzeptieren, dass sie ihr eigenes Berufsleben hatte, dass sie sich nicht die ganze Zeit mit der Familie beschäftigen konnte. Sie erzählte nichts, was mit der Abtreibung zu tun hatte oder auch nur entfernt auf sie anspielte. Silvia hörte ihr zu und erwartete, dass dieses Kapitel früher oder später durch irgendeine unvorhergesehene Wende des Berichts hervorkommen würde. Sie hörte zu und wartete, als stünde sie am Fenster. Sie sah alles Mögliche vorüberziehen, aber das nicht. Es gab genügend Gründe für die Trennung, überlegte sie, vielleicht hatte Luca sich diese Geschichte nur ausgedacht. Dann dachte sie, nein, er hatte sie sich nicht ausgedacht. Cecilia sprach nicht davon, aber das war einfacher für sie, sie war es gewöhnt, Dinge zu verschweigen. Für Silvia aber war das Reden ein spontanes Bedürfnis. Sie hätte sagen können: Ich weiß alles, Luca hat es mir gesagt. Was hätte das jetzt noch ausgemacht? Cecilias Groll auf ihn konnte nicht noch größer werden. Sie hätte reden können, aber sie tat es nicht. Und so ließ diese Geschichte am Ende nicht ihre Schwester verstummen, sie ließ Silvia verstummen. Früher oder später musste es ja passieren, dass etwas sie zum Schweigen brachte. Sie sprach an diesem Tag nicht davon, sie würde nie davon sprechen.

Doch bevor Cecilia ging, gestand sie ihr noch, dass sie kein Geld mehr habe. Sie stehle Lebensmittel in der Wohnung der Mutter. Cecilia fing an zu lachen. «Wie gut, dass wenigstens du mich aufheiterst.»

«Glaubst du mir nicht? Frag Mama. Sie hat mich gesehen.»

«Doch, ich glaube dir. Ich engagiere dich als Babysitter, Verpflegung inbegriffen. Ich werde dich in den kommenden Monaten brauchen. Einverstanden?»

Mit dieser Begegnung hatte jenes schreckliche Jahr ungefähr geendet, und die Jahre der Lethargie oder der Kryokonservierung hatten begonnen.

Sie kehrt nach Hause zurück, nachdem sie drei Stunden lang kreuz und quer durch die Stadt gefahren ist, legt sich aufs Sofa, macht den Fernseher an, spielt die DVD mit *Totoro* ab. Vor der zwölfbeinigen Buskatze schläft sie ein. Das beharrliche Klingeln des tief in ihrer Handtasche vergrabenen Handys weckt sie. Es ist Stefania, sie fragt, wie es mit Cecilia gelaufen ist, was sie gesagt hat.

«Entschuldige, ich war eingeschlafen», sagt Silvia, «warte einen Moment.»

Sie geht ins Bad, wäscht sich das Gesicht, betrachtet ihr Spiegelbild. Ihre Augen sind nicht traurig und verquollen, wie sie erwartet hatte.

Sie nimmt das Handy. «Alles in Ordnung. Sie hat gesagt, ich soll mir keine Sorgen machen. In aller Ruhe drüber nachdenken, die Entscheidung liegt bei mir. Sie wird mir auf jeden Fall helfen.» Sie könnte jetzt nicht die Wahrheit gestehen, fühlt sich zu schwach, sie wird es ihr später sagen. Zum Glück ist es unwahrscheinlich, ja, ausgeschlossen, dass Stefi ihre Schwester anruft. Ihre Freundinnen haben Angst vor Cecilia.

Sie kocht eine Zwei-Portionen-Packung Tortellini, gibt Butter und ein paar Blätter Salbei dazu. Sie ist nicht ängstlich, nicht besorgt, sie ist gelassen und hat großen Hunger. Als sie aufgegessen hat, kommt ihr eine Idee.

Sie wird zum gesichtslosen Viberti gehen. Auch er ist Arzt, er ist ein anständiger Mensch, hat sogar angerufen, um ihr zu sagen, es sei besser, wenn sie sich nicht mehr sehen. Im Grunde muss sie nicht unbedingt persönlich mit einem Arzt bekannt sein, um sich das Problem vom Hals zu schaffen, sie weiß genau, was zu tun ist und wo. Aber es ist richtig, ihn zu informieren. Nehmen wir an, er wird erschrocken reagieren, nehmen wir an, er wird sagen: «Du willst es doch nicht etwa behalten?» Genau das ist es, diese Reaktion wird genügen, um sie zum Handeln zu bewegen.

Sie nimmt sich einen Tag Zeit, gesteht den Freundinnen, dass sie nicht mit Cecilia gesprochen hat, das geht über ihre Kräfte. Vielleicht wird sie mit ihrem flüchtigen Liebhaber sprechen, er ist Arzt (ein Zufall, er hat absolut nichts mit ihrer Schwester zu tun), er kann ihr helfen. Die Sache weniger unangenehm für sie machen, wie Carla gesagt hat. Aber die Freundinnen sind besorgt um sie, vielleicht ist das doch keine so gute Idee, er hängt zu sehr in der Geschichte drin, könnte sie verletzen, wie auch immer seine Reaktion ausfällt (sie versteht nicht, ob die Freundinnen argwöhnen, er könnte sie zur Abtreibung überreden, oder ob sie befürchten, er könnte versuchen, sie daran zu hindern). Sie wollen wissen, ob Silvia ihnen die ganze Wahrheit erzählt hat, ob sie ihn wirklich fast nicht kennt, ob die Beziehung nicht länger als drei Abende gedauert hat, ob sie nicht weitergehen könnte.

Doch nur Carla hat den Mut, sie zu fragen, ob Enrico Fermi der Schuldige ist, nur Carla ist kaltblütig genug, von ihr zu fordern: «Schwöre mir, dass du nicht schon wieder mit ihm angefangen hast!» Wenn sie es ihr nicht mit tränenerstickter Stimme sagen würde, würde Silvia sie zum Teufel schicken. Vielleicht auch nicht. Seit ein paar Tagen ist sie so ruhig, so gelassen, dass sie niemandem böse sein kann. Sie schwört Carla, dass sie Enrico Fermi seit einem Jahr nicht gesehen hat, dass dieser Arzt jemand anderes ist, ein anderer Name, ein anderes Gesicht, und dass es sich wirklich um einen Unfall handelte, eine fürchterliche Leichtsinnigkeit.

Aber sie erinnert sich, dass ihre Freundinnen entschieden gegen Enrico Fermi waren, vor allem gegen Nummer fünf und sechs. Dass sie diese Katastrophe angerichtet hat, ist zum Teil auch ihre Schuld. Vor allem Carla hat keine Gelegenheit versäumt, Enrico Fermi zu verspotten. Einverstanden, er war kein Genie. Aber vielleicht hätte sie lieber mit ihm ein Kind als mit einem unbekannten Internisten. Wenigstens hätte es rote Haare gehabt.

Noch am selben Abend versucht sie, Viberti anzurufen, am nächsten Tag wieder, doch das Handy klingelt immer vergeblich. Sie hinterlässt keine Nachricht. Überlegt, ob sie ihm eine Mail schreiben soll, kommt nicht weiter als bis «Ich muss mit dir reden» und löscht sie. Sie ruft in der Allgemeinmedizin an, man teilt ihr mit, Doktor Viberti mache gerade Visite. Da fällt ihr ein, dass es besser ist, ihn zu treffen, als am Telefon mit ihm zu sprechen. Sie überlegt, ob sie ihn zu Hause besuchen soll, erstaunlicherweise steht seine Adresse in den Gelben Seiten, es gibt nur einen einzigen Claudio Viberti in der ganzen Stadt.

Doch sie möchte nicht übertreiben, es soll nicht so aussehen, als spionierte sie ihm hinterher. Im Krankenhaus riskiert sie zwar, Cecilia über den Weg zu laufen, aber sie kennt das Gebäude gut genug, um die Wege ihrer Schwester zu meiden.

Darum erscheint sie am späten Nachmittag erhitzt und schon erschöpft am Empfang seiner Station und erfährt, dass der Doktor gerade gegangen ist. Statt umzukehren, streift sie durch die Flure und verläuft sich, fragt nach dem Weg zur Notaufnahme, um sicherzugehen, dass sie nicht dort landet, kommt auf einem Parkplatz mit verkümmerten Bäumchen heraus und gelangt wieder zum Haupteingang.

Und da sieht sie ihn. Viberti geht auf sie zu. Dann läuft er weg.

Sie sieht, wie er sich schnell entfernt, das grüne Lacoste-Polohemd über der Hose. Sie bleibt mit einem dümmlichen Grinsen stehen, begreift nichts.

Was ist passiert? Hat es einen Blickkontakt gegeben, hat Viberti sofort das Weite gesucht, als er sie gesehen hat? Das scheint ihr unmöglich. Warum um alles in der Welt sollte er vor ihr fliehen? Er kann nichts wissen. Es sei denn, er weiß doch etwas.

Auf der Allee stehen viele Taxis unter den Bäumen. Die Fahrer sitzen alle auf den Bänken, Wasserflaschen in der Hand, und fächeln sich mit behelfsmäßigen Fächern Luft zu.

Sie steigt in das erste Taxi in der Reihe. Drinnen erstickt man, obwohl es im Schatten stand. Sie wird in diesem Taxi ihr Kind verlieren oder vielleicht einschlafen.

Nein, sie wird vor dem Haus des gesichtslosen Viberti ankommen, am Eingang auf ihn warten, mit ihm sprechen. Wenn er noch nicht nach Hause gefahren ist, wird sie auf ihn warten. Sie wird sich eine Bar mit Klimaanlage suchen.

Sie kommt an, bezahlt und steigt aus. Untersucht die Klingelknöpfe. Es gibt einen C. VIBERTI und einen M. VIBERTI.

Sie dreht sich um. Ein blaues Auto fährt durch die Straße, am Steuer, mit dem Blick eines Wahnsinnigen Viberti, der sie erblickt, erkennt und weiterfährt. Er beschleunigt sogar und muss an der Kreuzung bremsen. Dann biegt er rechts ab.

Ja, jetzt hat er sie gesehen. Er hat sie gesehen und erkannt. Er flieht.

Der erste Abend. Vielleicht weiß er, dass er am ersten Abend nicht vorsichtig genug war. Vielleicht hat er es von Anfang an gewusst und hoffte, ungeschoren davonzukommen.

Sie möchte verzagen, sie möchte denken: Es ist heiß, der erste Juli, die Hitze ist unerträglich, man kriegt kaum Luft. Es ist sechs Uhr, Zeit nach Hause zu gehen. Dieser Dreckskerl wird mir nicht helfen. Doch eigentlich ist sie nicht so furchtbar müde und hat nicht mehr das Gefühl, gleich ohnmächtig zu werden. Sie will verstehen, warum der gesichtslose Viberti vor ihr davonläuft.

Sie denkt ruhig über das nach, was passiert ist. Ruhig und gelassen wie noch nie in ihrem Leben. Was ist eigentlich los mit ihr? Es muss mit den Hormonen zusammenhängen. Die Schwangerschaft hat den kleinen Panikdynamo ausgeschaltet, der seit Urzeiten in ihrem Kopf surrt.

Bei Viberti zu klingeln, hat keinen Sinn, denn Viberti ist auf der Flucht.

Sie holt ein Stück Papier aus der Tasche, schreibt, an die Hauswand gelehnt: *Lieber Claudio, ich wollte über etwas Wichtiges mit dir sprechen, kannst du mich bitte anrufen? Danke. Silvia Re (die Schwester von Cecilia). PS: Es ist wirklich wichtig.*

Sie klingelt bei M. VIBERTI.

«Ja?»

«Ich muss eine Nachricht für Doktor Viberti hinterlassen, können Sie mir bitte aufmachen?»

Sie hört Stimmen im Hintergrund. Man wird ihr nicht aufmachen.

Man macht ihr auf.

Auf den Schildchen an den Briefkästen im Torweg des Hauses steht: MARTA VIBERTI, II. STOCK – DR CLAUDIO VIBERTI, V. STOCK. Sie hört Stimmen im Treppenhausschacht. Statt die Nachricht in seinen Briefkasten zu stecken, nimmt sie den Aufzug und drückt auf den Knopf für den zweiten Stock.

Auf dem Treppenabsatz stehen eine alte Dame in einer Kittelschürze mit blauen Blümchen und eine jüngere Frau, die versucht, sie in die Wohnung zurückzubringen.

«Siehst du, dass ich recht hatte?», sagt die alte Dame triumphierend. «Sie hat mir nicht geglaubt, aber ich wusste, dass du heraufkommen würdest.»

Silvia entschuldigt sich lächelnd, sie wollte nicht stören, sie hat eine wichtige Nachricht für Claudio, könnte sie ihm bitte ausrichten, er solle sie anrufen?

Die Dame kommt näher, löst sich aus dem Schutz und der Stütze der Frau hinter ihr, klammert sich an Silvia, nimmt ihre Hände, drückt sie. «Natürlich werde ich ihm das ausrichten.»

«Danke, Signora, sehr freundlich von Ihnen. Sagen Sie ihm, Silvia Re möchte ihn sprechen.»

«Ich habe dich erkannt!», ruft die Dame aus.

«Signora Marta, wir gehen jetzt in die Wohnung zurück», sagt die Pflegerin.

Doch Signora Marta hat nicht die Absicht, ihren Griff zu lockern. Sie betrachtet Silvia lächelnd, fixiert sie mit ihren himmelblauen Augen. «Wie geht es dir?»

«Gut, Signora, mir geht es sehr gut. Und Ihnen?» Sie lächelt der Pflegerin zu, um sie zu beruhigen. «Ich hätte nicht gedacht, dass Sie mich wiedererkennen.»

«Ich vergesse Menschen nicht, wenn sie …», Signora Marta senkt die Augen und sucht ungeduldig nach dem richtigen Adjektiv, als wäre es auf den Boden gefallen, «… hübsch sind.»

Silvia drückt ihre Hände, murmelt einen Dank. «Ich habe Sie auch nicht vergessen.» Sie weiß nicht, wie sie sich entwinden kann, sie weiß nicht, ob sie sich vom Blick dieser Augen lösen will. «Mir geht es gut, ich arbeite viel und bin ein bisschen müde. Ich arbeite für drei Verlage. Gerade arbeite ich an einem Buch über hinduistische Mythologie. Es ist ein bisschen langweilig.»

Signora Marta lächelt. «Man muss auch die langweiligen Dinge tun», sagt sie, «du ahnst ja gar nicht, wie sehr ich mich mit meinem Mann gelangweilt habe.»

Sie lachen, während sie einander die Hände drücken, sie lachen gemeinsam und jede für sich. Auch die Pflegerin lächelt.

«Ich verabschiede mich jetzt, ich muss gehen. Aber es hat mich gefreut, Sie wiederzusehen.»

«Mich auch, sehr!», sagt die Signora. «Komm mich wieder einmal besuchen.» Sie lässt Silvia nicht los.

Die Pflegerin hat einen Schritt rückwärts gemacht, wartet ab, doch kaum bemerkt sie Silvias Verlegenheit, nähert sie sich den beiden Frauen und kann sie voneinander trennen. Silvia bewundert das Zartgefühl, mit dem sie die alte Dame führt, fast ohne sie zu berühren.

Sie gehen in die Wohnung, drehen sich nicht mehr um, Silvia hört Signora Marta noch sagen: «… eine Schulfreundin von Claudio, ich habe sie wiedererkannt.» Die Tür schließt sich von allein, als hätte jemand versteckt dahinter gestanden. Der gesichtslose Viberti kann es nicht sein, dann hätte er durchs Fenster hereinkommen müssen.

Unten im Hausflur ist es angenehm kühl. Aber dort kann sie

nicht auf ihn warten, sie will nicht noch einmal schauspielern müssen. Sie geht hinaus auf die Straße.

Nach Hause will sie auch nicht sofort. Aber in der Nähe gibt es keine Bars mit Klimaanlage und Sicht auf den Hauseingang.

Sie setzt sich auf eine Stufe auf der anderen Straßenseite. Ihr ist, als hätte sie den Moment überschritten, von dem an es keine Rückkehr mehr gibt, den Moment, an dem man nicht mehr genug Sauerstoff hat, um auf die Erde zurückzukehren, also lässt man das Raumschiff träge durch das schwarze All gleiten, in Richtung auf das Lichtjahre entfernte Alpha Centauri, in der Hoffnung, dort Sauerstoff zu finden.

Von Zeit zu Zeit steht sie auf und geht bei Viberti klingeln, falls er durch irgendeinen anderen Eingang hereingekommen ist. Sie kann nicht glauben, dass er ihr nicht begegnen will.

Anderthalb Stunden wartet sie vor dem Hauseingang. Sie schreibt ein paar SMS an ihre Freundinnen, tut so, als wäre sie zu Hause und schaute *Totoro.*

Diese ganze Geschichte erscheint ihr unglaublich, sie versucht, sich vorzustellen, dass sie sich geirrt hat. Sie hat geglaubt, der Mann im grünen Lacoste-Polo vor dem Krankenhaus wäre er, sie hat geglaubt, der Mann im blauen Auto wäre er, aber sie kann nicht völlig sicher sein. So was ist ihr schon früher passiert, sie hat einen Unbekannten für einen Bekannten gehalten und sich blamiert. Und wenn Viberti am Telefon nicht antwortet, wird es einen Grund geben.

Nein, so ist es nicht, sie hat ihn gesehen, und er hat sie gesehen. Er muss Angst haben, wer hätte die nicht.

Sie fährt zurück nach Hause, denn ein Gewitter zieht auf. Sie wird morgen wieder nach ihm suchen.

Zu Hause trinkt sie drei Gläser Wasser, streichelt das Buch über hinduistische Mythologie, ihr ist, als hätte sie es seit Monaten nicht angerührt. Dann legt sie sich aufs Sofa und denkt an Signora Viberti. Wer weiß, ob sie jemals so sein wird. Vielleicht nicht, in Zukunft wird es keine so schönen alten Menschen mehr geben. Sie kann den Gedanken nicht klarer fassen, schläft ein.

Am Freitagmorgen bleibt sie bis zehn im Bett, als hätte sie Ferien.

Während sie ihr Spiegelbild betrachtet und versucht, sich vorzeigbar zu machen, fällt ihr ein, dass sie sich oft gefragt hat, ob die Männer wohl über ihre Haare erschrecken, darum hält sie ihre Haare immer mit dem schwarzen Band im Zaum, aber so erschreckt sie die Männer noch mehr. Dieses breite schwarze Band scheint zu sagen: *Jetzt werde ich euch im Zaum halten. Ich mache euch zu meinen Gefangenen.* Das lesen die Männer in ihr und laufen weg.

Doch es erscheint ihr richtig, dass Viberti den Mut finden muss, mit ihr zu sprechen und die Entscheidung zu teilen. Sie sucht den ganzen Freitag nach ihm, schickt ihm eine Mail, hinterlässt Nachrichten auf dem Anrufbeantworter.

Am Samstag versucht sie es wieder, vergeblich. Sie ruft in seiner Station an, der Doktor ist nicht da. Sie lässt abwechselnd alle fünf Minuten sein Handy und sein Telefon zu Hause klingeln, nur damit klar ist, dass sie nicht aufgeben wird. Keine Antwort. Also ruft sie Cecilia an, die gerade Mattia aus dem Ferienlager abholt. Cecilia ist noch ausweichender als sonst, offenbar bringt die Geschichte sie in Verlegenheit. Sie sagt, Viberti sei wahrscheinlich gar nicht in der Stadt, er hatte vor, seine alte Mutter aufs Land zu bringen, um ihr die Hitze in der Stadt zu ersparen. Sie fügt noch hinzu, dass er am Montag sicher wieder da sei.

Und im selben Moment, als ihre Schwester «aufs Land» sagt, sieht Silvia den Namen des Ortes vor sich, an dem Viberti sich verkrochen hat: San Colombano. Am ersten Abend, beim Essen in dem chinesisch-japanischen Restaurant, haben sie über Ferien gesprochen, und Viberti hat erzählt, dass er ein tristes kleines Haus in einer trostlos öden Ortschaft besitze, deprimierend wie ein Friedhof, weshalb er es als Junge San Colombario genannt habe, wenn die Mutter ihn zwang, für längere Zeit dort zu bleiben.

Man erreicht den Ort, findet sie gleich danach heraus, mit einem Regionalzug und dann einem Bus – ein halber Tag Fahrzeit. Mit dem Auto dagegen ist man in zwei Stunden da. Sie hat kein Auto, aber Stefanias Vater hat eins. Sie ruft Stefania an.

Stefania sträubt sich, dann gibt sie nach. Eine halbe Stunde später kommt sie Silvia abholen. Das Auto ist ein Lancia Delta Gold metallic, fast elf Jahre alt. Stefanias Vater holt es nur sonntags aus der Garage. Stefania reicht kaum an die Pedale, muss ans Steuer gepresst fahren und sich zurücklehnen, wenn sie lenkt. Um auf gleicher Höhe neben ihr zu sitzen, damit sie sich beim Sprechen nicht zu ihr umdrehen muss, rückt Silvia auch den Beifahrersitz nach vorn. Sie wirken wie zwei betagte Damen auf einem Ausflug.

Es ist warm, die Sonne brennt. «San Colombano ist ein Ort in mittlerer Gebirgslage», sagt Stefania. Sie diskutieren über die veraltete geographische Bezeichnung «mittlere Gebirgslage», erfinden dazu Anekdoten und historisch-soziologische Theorien. Die mittlere Gebirgslage ist eine beruhigende Gegend ohne die extremen Bedingungen des Hochgebirges, aber sie ist gesünder als das Flachland, weil sie höher gelegen ist. Die beiden können stundenlang über irgendein beliebiges Thema reden. Sie sind daran gewöhnt, sich durch Reden gegenseitig Mut zu machen. Darum haben sie, als sie in San Colombano ankommen, Viberti kein einziges Mal erwähnt oder besprochen, was Silvia ihm sagen soll, oder geplant, wie sie ihn im Ort finden können.

Hier ist es tatsächlich kühler als in der Stadt. San Colombano ist überhaupt nicht deprimierend, es gibt eine Piazza, ein altes Restaurant mit Bar. Silvia steigt aus, geht in die Bar und fragt den Mann hinter dem Tresen, ob er die Familie Viberti kennt, ob er weiß, wo sie wohnen. Der Barmann erklärt ihr den Weg. Sie steigt wieder ein, sagt: «Wenn man aus dem Dorf rauskommt, das erste weiße Haus links nach der Kurve.»

«Woher wusstest du, dass sie es wussten?»

«Ich wusste es nicht, ich wusste nicht mal, ob dies der richtige Ort ist.»

«Du willst damit sagen, dass wir bis hierhin gefahren sind, und du warst nicht sicher, ob es der richtige Ort ist?»

Silvia antwortet nicht. Stefania fährt wieder los. Im Auto herrscht Stille. Als sie an die angegebene Stelle kommt, hält Stefania an. Sie dreht sich zur Freundin um. «Hast du Angst? Was willst du jetzt machen? Soll ich mit dir gehen?»

Silvia schüttelt leicht den Kopf. Nein, sie hat keine Angst. «Ich steige aus, sage es ihm und komme zurück. Wartest du auf mich?»

Sie umarmen sich.

Es gibt einen grauen Bretterzaun, ein halb offenstehendes hölzernes Gartentor, einen Kiesweg, der über die Wiese vor dem Haus führt. Das Haus hat zwei Stockwerke, das zur Mansarde ausgebaute Dachgeschoss ist mit hellem Holz verkleidet. Es ist ein Mittelgebirgshaus, das im Hochgebirge keine schlechte Figur machen würde.

Vibertis Passat steht unter einem Wetterdach. Es gibt keine Klingel, keinen Türklopfer, keine Glocke. Sie will gerade klopfen, da hört sie Stimmen auf der Rückseite.

Sie geht ums Haus herum, durch den Schatten einiger Pinien, und tritt hinaus in die Sonne auf eine größere Wiese mit Blick auf das Tal. Ein schönes Panorama. Der gesichtslose Viberti sitzt mit seiner Mutter an einem Tischchen aus Stein. Auf dem Tisch stehen Blumentöpfe verschiedener Größe, manche leer, andere mit Erde gefüllt, in der vertrocknete Pflänzchen stecken.

Viberti erblickt sie, steht auf. Er ist blass geworden, oder täuscht sie sich? Da sie gerade aus dem Schatten kommt, wirkt im Sonnenlicht alles heller für sie, oder ist es der Kontrast zu dem dunklen Hemd, das er trägt? Fest steht, dass Viberti sprachlos ist.

Silvia entschuldigt sich für das Eindringen, entschuldigt sich für die Verfolgung. Sie möchte ihn nicht verfolgen. Sie bittet darum, ein paar Worte mit ihm wechseln zu dürfen, mehr nicht.

Das schwarze Haarband hat sie heute Morgen nicht angelegt, sie hat sich die Haare im Nacken zu einem kümmerlichen Zöpfchen zusammengebunden, wie Cecilia. Viberti wirkt trotzdem sehr erschrocken. Er weiß nicht, was er tun soll.

Die Mutter aber fasst beim Anblick Silvias einen plötzlichen Entschluss. Sie steht auf und geht ins Haus, ohne sich die Gartenhandschuhe auszuziehen. Ihr Sohn sieht ihr hinterher, dann sagt er zu Silvia: «Natürlich, komm mit», und geht mit ihr auf die Wiese hinaus, wo langstängelige blaue Blumen aus dem feuchten Gras sprießen.

Während ich diese Geschichte schrieb, dachte ich immer, wie viele Fragen ich meinen drei Eltern hätte stellen können, wenn sie noch gelebt hätten. Doch das ist fast immer der Nachteil beim Schreiben, da man in der Zukunft der vergangenen Ereignisse schreibt und ungerecht oder vielleicht nur ungenau wird. Man nutzt die wenigen verbliebenen Spuren, näht Überbleibsel von Gesprächen zusammen, den ganzen Rest erfindet man; und beim Erfinden verwirft man durchaus wahrscheinliche oder vielleicht sogar glaubwürdige Varianten, man tut es, um der erzählerischen Angemessenheit willen, um nicht zu sehr zu leiden, um ungehörige Details zu verbergen und die harmlosen hervorzuheben. Andererseits – wenn ich meine drei Alten vor zehn oder zwanzig Jahren befragt hätte, wären sie nicht auf dieselbe Weise mit ihren Erinnerungen umgegangen?

Was Silvia und Viberti sich an diesem Tag dort hinten auf der Wiese gesagt haben, weiß ich wirklich nicht, und ich habe keine Lust, es mir vorzustellen, doch vielleicht weiß ich es auch nur zu gut und habe deshalb keine Lust, es zu erzählen. Nein, das ist ungenau: Ich habe es versucht und kann es nicht. Und im Übrigen – was werden sie sich schon gesagt haben? Sie waren zwei Menschen, deren Verhalten vorhersehbar war: Mit einem schiefen Lächeln teilt Silvia ihm mit, dass sie schwanger ist, aber sie ist nicht gekommen, um ihm Schwierigkeiten zu machen. Todernst sagt Viberti, dass die Entscheidung bei ihr liegt, er werde auf jeden Fall seinen Teil der Verantwortung tragen.

Dann bittet er sie, sich an den steinernen Tisch zu setzen und fünf Minuten auf ihn zu warten. Er muss einen Moment allein sein, er muss ihr etwas sagen. Etwas Wichtiges. Er bleibt am Wiesenrand stehen, blickt ins Tal und sammelt seine Gedanken.

Silvia hat sich auf den Metallstuhl gesetzt, ohne ihn zu verschieben, sie dreht dem Panorama den Rücken zu. Marta ist aus dem Haus gekommen, gefolgt von Angélica mit dem Kaffeetablett. Silvia hat dankend abgelehnt, hat erklärt, dass sie keinen Kaffee trinkt, doch ein Glas Wasser gern, vielen Dank. Und Marta hat Angélica ins Haus zurückgeschickt.

Marta schien die Abwesenheit ihres Sohnes nicht zu bemerken. Sie musterte Silvia mit einem Funken Glückseligkeit in den

Augen. Was glaubte sie, wer Silvia war? Wirklich eine Schulfreundin von Viberti? Oder sie verwechselte sie mit jemandem. Ihr Sohn war verheiratet. Verwechselte sie Silvia mit seiner ersten Frau?

Silvia sagte, wie schön das Haus sei. Was für eine wunderbare Lage, was für ein Ausblick, was für ein nettes kleines Städtchen. Währenddessen fröstelte sie. Auch in der Sonne war es zu kühl, vielleicht war sie jetzt wieder der ängstliche, unruhige Mensch von eh und je.

«Der Großvater meines Mannes hat es gekauft», sagte Marta. «Mein Mann war einer der langweiligsten Menschen auf der Welt. Kein böser Mensch. Ich habe ihn in guter Erinnerung. O Gott, Erinnerung ist ein großes Wort, ich weiß nicht, ob ich dir schon gesagt habe, dass ich in letzter Zeit Probleme mit dem Gedächtnis habe.»

Silvia lächelte. Trank einen Schluck Wasser. Lächelte der Pflegerin zu, die ihr zulächelte, um ihr zu verstehen zu geben, dass sie sie wiedererkannt hatte. Silvia fühlte sich angenommen wie eine alte Freundin der Familie. Sie dachte, dass diese Frau, Vibertis Mutter, der schönste Mensch war, den sie je gesehen hatte. Sie fragte sich, warum Marta diese Wirkung auf sie hatte. Weil man sah, dass sie in ihrer Jugend schön gewesen sein musste? Weil sie noch immer schön war, obwohl sie über achtzig Jahre alt war? Weil sie Viberti ähnelte? Weil ihr Sohn oder ihre Tochter seiner Mutter ähnlich sehen könnten?

«Es ist ein kleiner Ort, sehr ruhig», sagte Marta. «Kein schickes Reiseziel. Aber weißt du, in meinem Alter ändert man die Dinge nicht mehr, das ist unmöglich. Ich reise auch nicht mehr. Ich bin zu alt. Außerdem bin ich nie gereist. Mein Mann machte nur Arbeitsreisen. Ich habe ihn aber nie begleitet. Wenn wir hierherkamen, setzte er sich dort hinten auf die Wiese, um zu lesen.

Dann kam er zurück und sagte, er habe keine Zeile gelesen, weil das Panorama ihn ablenkte.»

Sie lachten. Silvia drehte sich um, als Marta mit dem Finger auf die Wiese zeigte, und sah meinen Vater, der ihnen noch immer den Rücken zuwandte, während sein Blick sich vielleicht im Leeren verlor oder er die Augen geschlossen hatte. Sie dachte an Stefania, die im Auto auf sie wartete. Sie nahm das Handy und versuchte, Stefania eine SMS zu schreiben, doch ihre Hände zitterten zu sehr. Wenn es ein Mädchen war, würde sie es Marta nennen, wenn es ein Junge war, wie ihren Vater.

«Mein Vater war auch ein bisschen so», sagte sie. «Er las immerzu. Aber wir wussten nicht, warum. Wir wussten nicht, was in seinem Kopf vorging, welche Gedanken, welche Wünsche er hatte. Er war auch ein bisschen langweilig.»

Marta schüttelte den Kopf, und Silvia hatte den Eindruck, dass sie nicht verstand, dass sie nicht mehr zuhören konnte, obwohl sie weiterredete.

«Der Großvater meines Mannes hat dieses Haus gekauft. Ich habe ihn nicht kennengelernt, er war schon gestorben. Mein Mann erinnerte sich kaum an ihn. Er muss ein langweiliger Typ gewesen sein. Die Männer in dieser Familie waren alle langweilig. Den Vater meines Mannes habe ich noch kennengelernt. Er war zwar schon völlig vertrottelt, aber man ahnte, dass er als junger Mann sterbenslangweilig gewesen sein musste!»

Wieder lachten sie. Silvia merkte, dass ihre rechte Hand auf ihrem Bauch lag. Sie merkte, dass ihre Hand den Bauch mit einer kreisförmigen Bewegung streichelte, und sie fragte sich, ob sie das zum ersten Mal tat. Vielleicht versuchte sie nur, sich zu wärmen, vielleicht war es noch keine mütterliche Geste.

Auch Marta hatte es bemerkt. Sie sah Silvia an und fragte sie lächelnd: «Hast du mir schon gesagt, in welchem Monat du bist?»

Da stand Silvia mit einem Ruck auf und sagte zitternd, es sei wirklich zu kühl in diesem Dorf in Mittelgebirgslage. «Ich hole mir nur rasch einen Pullover aus dem Auto, ich bin gleich wieder da.» Aber sie rührte sich nicht vom Fleck.

Marta sah sie immer noch an.

«Ich bin am Anfang», sagte Silvia, «ich fange gerade erst an.»

MIX
Papier aus verantwortungsvollen Quellen
FSC® C083411

Das für dieses Buch verwendete Papier ist FSC®-zertifiziert.